DROEMER

THOMAS RYDAHL &
A. J. KAZINSKI

Die tote Meerjungfrau

KRIMINALROMAN

Aus dem Dänischen von
Günther Frauenlob und Maike Dörries

DROEMER

Die dänische Originalausgabe erschien 2019 unter dem Titel
»Mordet på en havfrue« bei Politikens Forlag, Dänemark.

Besuchen Sie uns im Internet:
www.droemer.de

Aus Verantwortung für die Umwelt hat sich die Verlagsgruppe Droemer Knaur zu einer nachhaltigen Buchproduktion verpflichtet. Der bewusste Umgang mit unseren Ressourcen, der Schutz unseres Klimas und der Natur gehören zu unseren obersten Unternehmenszielen. Gemeinsam mit unseren Partnern und Lieferanten setzen wir uns für eine klimaneutrale Buchproduktion ein, die den Erwerb von Klimazertifikaten zur Kompensation des CO_2-Ausstoßes einschließt. Weitere Informationen finden Sie unter: www.klimaneutralerverlag.de

MIX
Papier aus verantwortungsvollen Quellen
FSC www.fsc.org FSC® C083411

Deutsche Erstausgabe Oktober 2020
Droemer

Redaktion: Sibylle Klöcker
Covergestaltung: Stefan Hilden, www.hildendesign.de
Coverabbildung: HildenDesign unter Verwendung mehrerer Motive von shutterstock.com
Satz: Adobe InDesign im Verlag
Druck und Bindung: CPI books GmbH, Leck
ISBN 978-3-426-28231-1

2 4 5 3 1

H. C. Andersen führt von 1825 bis zu
seinem Tod 1875 akribisch Tagebuch.
Doch anderthalb Jahre fehlen.
1834, als er aus Italien zurückkehrt,
hört er plötzlich mit dem Schreiben auf.

Niemand weiß, warum.

Dieser Roman beginnt dort,
wo Andersen aufhört.

Teil I

X

13.–18. September 1834

Kapitel 1

Dieser Mann ist ungewöhnlich. Ein gewöhnlicher Mann hätte ihr die Kleider vom Leib gerissen, sie mit starker Hand herumgezerrt. Die Hose aufgeknöpft und ihren Blick nach unten ins Dunkel gezwungen, in der Erwartung, der Anblick würde sie begeistern. Ein gewöhnlicher Mann würde sie vor Müdigkeit, Trunkenheit, Geilheit nicht einmal sehen oder wissen, dass ihr Name Anna lautet und sie eine sechsjährige Tochter hat, Mariechen, auf die jetzt die Tante im Nebenzimmer aufpasst. Für einen gewöhnlichen Mann ist sie nichts anderes als ein feuchtes Loch.

Nein, dieser Freier ist nicht gewöhnlich.

Er hat immer seine Kleider angelassen, sie nie angefasst und ihr nicht gezeigt, was er in der Hose hat. Er ist weder reich noch arm, vielleicht ein Student, eine Art Dichter, hat sie gehört, auch wenn er nur wenig sagt. Sie kennt nur seinen Nachnamen. Andersen.

An diesem Abend riecht er auch ungewöhnlich gut. Seit ihrem letzten Treffen hat er seinen Schnäuzer wachsen lassen. Das macht ihn männlicher, denkt Anna, traut sich aber nicht, ihm das zu sagen. Er ist Ende zwanzig, vielleicht ein wenig älter, das ist schwer zu sagen. Er hat sich auf die Bank an der Wand gesetzt und seine Schere und das farbige Papier hervorgeholt. Wie immer will er sie nur betrachten und einen Scherenschnitt von ihr machen. Manchmal blickt er mit seinen großen Augen auf, kurz, fast verlegen, bevor sein Blick sich wieder auf die Schere und das farbige Papier senkt. Er ist ganz in seiner Arbeit versunken. Kleine Papierschnipsel rieseln zu Boden. Die Schere zuckt hin und her und greift auf eine Weise ins Papier, wie sie es bei niemandem zuvor gesehen hat. Nicht einmal bei ihrem Onkel, der Schneider war. Sie bewundert, wie er das Schöne hervorholt und alles andere verschwinden lässt. Was schließlich entsteht, ist eine papierdünne Ausgabe von Anna mit offenen Haaren und atemberaubenden Formen. Verschwunden ist alles Hässliche, die Spuren, die Annas Freier in ihren Augen hinterlassen haben, der fehlende Schneidezahn, die Sorgenfalten auf ihrer Stirn, die angstvollen Fragen, was aus ihrem Mariechen werden wird und ob sie ihr ein besseres Leben ermöglichen kann, als sie selbst es führt.

Es kommt vor, dass Andersen sie um etwas Besonderes bittet. Könnten Sie Ihre Arme und Hände zur Decke ausstrecken? Könnten Sie Ihr Bein so anheben wie eine Ballerina im Theater? Dann tut sie, was er will. Sie versucht es wenigstens. Für das Geld, das er ihr gibt, macht sie sonst beinahe alles. Aber er will nie, dass sie ihren Unterrock fallen lässt, will ihre Scham nicht sehen, nur ihre Brüste, ihre Formen. Sie hat ihn direkt gefragt, ob sie das letzte, entscheidende Stück Stoff ablegen soll? Aber das wollte er nicht. Annas jüngere Schwester Molly hält ihn für unnatürlich. Einem Mann, der nicht trinkt und nicht mit Frauen schläft, kannst du nicht trauen, sagt sie. Worauf du aber vertrauen kannst, ist, dass ein Mann, der trinkt und mit Frauen schläft, dir irgendwann wehtut. So sind alle Männer.

Anna streckt sich, schiebt ihre Brüste vor und stemmt die Hände auf die schmalen Hüften. Er schaut hoch, mustert ihren weißen Busen, der sich leicht bewegt.

Draußen auf der Straße ertönt das Lied des Nachtwächters. *Hört, ihr Leut', und lasst euch sagen, vom Turm die Glock hat neun geschlagen!* Immer derselbe Nachtwächter, sie haben ihre festen Stadtteile. Und die Ulkegade braucht einen standhaften Mann, der sich nicht scheut, zwischen zwei Streithähne zu treten, besoffene Seeleute zu besänftigen, einbeinige Diebe zum Richterstuhl zu führen und Ordnung im Chaos zu schaffen. Das sogenannte gute Ende der Gasse darf sich Holmensgade nennen. Als würde das Gesindel und sündige Pack deshalb verschwinden.

»Autsch«, entfährt es Andersen. Sein Finger zuckt zurück. Blut tropft auf den Boden.

»Lassen Sie mich mal sehen«, sagt sie und beugt sich vor.

Er blickt entsetzt auf und steckt sich den Finger in den Mund. »Nein, nein«, sagt er.

»Aber Sie bluten.«

»Ich muss gehen, es ist schon spät, viel zu spät«, sagt der Mann unglücklich wie ein Kind.

»Müssen Sie zurück zu Ihrer Familie?«, fragt sie und legt ihr Korsett an, während sie sich den großen, hageren Mann mit einer hübschen, blassen Frau vorstellt, ein Kind an jeder Brust.

Er antwortet nicht, steht auf und legt seinen Scherenschnitt in eine schwarze Ledermappe. Seine Locken berühren fast die Zimmerdecke, so groß ist er. Sein Körper erinnert sie an den Affen mit den langen Armen, den sie einmal im Vergnügungspark gesehen hat.

»Für Ihre Mühen«, sagt er und drückt ihr eine warme Münze in die Hand, ein Tropfen Blut folgt dem Geld. »Und für Ihre Vertraulichkeit«, fügt er hinzu.

Sie nickt, hat das Gefühl, sich verbeugen zu müssen. »Darf ich mal sehen?«, fragt Anna und überrascht sich damit selbst. Sie bittet die Männer, die sie aufsuchen, sonst niemals um etwas.

Auch Andersen ist überrascht, ja geradezu erschrocken. »Sehen?«

»Mich«, sagt sie und nickt in Richtung Ledermappe, die er fest mit seinen langen Fingern umklammert, wie eine Beute.

»Nächstes Mal, nächstes Mal. Ich bin nicht zufrieden, noch nicht«, sagt Andersen. »Aber das liegt nicht an Ihnen. Nur an mir, nur an mir.«

Er öffnet die Tür und sieht nach draußen auf den Gang. Wie die meisten anderen Kunden möchte er nur ungern den anderen Männern begegnen, die zu ihr kommen. Dann grüßt er zum Abschied. Er setzt keinen hohen Hut auf, wie die feinen Herren, nur eine weiche Mütze aus schwarzer Seide, die ein bisschen zu klein wirkt, bestimmt im Ausland gekauft, vielleicht in Frankreich. Anna erinnert sich dunkel an einen französischen Freier, der vor vielen Jahren bei ihr gewesen war. Er hatte eine ähnliche Kopfbedeckung getragen und sie damals mit französischen Geldscheinen bezahlt, die längst ihren Wert verloren hatten.

Andersen duckt sich unter dem Türrahmen hindurch und geht. Sie hört seine Schritte auf den Holzdielen. Dann ist er weg.

Ihr ist leicht ums Herz, der dünne Dichter war ihr letzter Kunde. Jetzt kann sie zu Molly gehen und zu Mariechen, die hoffentlich schon schläft.

Sie zieht ihr Kleid wieder an und fegt die Papierschnipsel zusammen, die wie Schneeflocken herumliegen, hier eine Brust, dort ein Bein. Andersen war anfangs nicht zufrieden und hatte immer wieder von vorn begonnen. Anna steckt die Münze in ihre Geldbörse und denkt an die Suppe mit Grünkohl und Fleisch, die es unten an der Ecke für sechs Schilling zu kaufen gibt.

In diesem Moment klopft es an der Tür. Ein Geräusch, an das sie sich nie gewöhnen wird. Ein neuer Freier, neue Widerwärtigkeiten, Männer, die ihre Finger in sie hineinbohren wollen, sich mit ihrem Urin waschen, mit Gürteln geschlagen werden wollen. Für gewöhnlich rufen sie ihren Namen, aber jetzt bleibt es still. Vielleicht ist der Dichter noch einmal zurückgekehrt, hat etwas vergessen.

»Herr Andersen, sind Sie das?«

Keine Antwort. Stattdessen klopft es noch einmal. Sie legt ihr Ohr an die Tür. Hört jemanden da draußen. Sie könnte die Tür geschlossen lassen, sagen, dass sie bereits Feierabend gemacht hat. Andererseits denkt sie an das Geld, das sie so dringend für die Judashöhle gebrauchen könnten, die Molly und sie kaufen wollen. Die Gaststätte liegt eine knappe Stunde vom westlichen Stadttor entfernt. Sicher nicht die schönste Schankstube in Seeland, aber sie ist bei Reitern und Reisenden beliebt, da der frühere Besitzer nie jemanden wegschickte. Wer auch immer dort übernachten wollte – und wenn es Judas persönlich war –, bekam dort einen Strohsack und ein Glas Bier, solange er einen Schilling in der Tasche hatte. Außerdem ist es die einzige Gaststätte, die Molly und sie kaufen können. Frauen dürfen keine Gaststätten besitzen, der jetzige Besitzer aber ist bereit, den Namen von Annas und Mollys verstorbenem Vater in die Papiere einzutragen, um diese Vorschrift zu umgehen. Sie haben bereits hundert Reichstaler angezahlt, für die sie ein halbes Jahr gespart hatten.

In dieser Zeit haben sie beinahe jeden Freier hereingelassen, mit ganz wenigen Ausnahmen.

Sie muss aufmachen.

Im Licht der Öllampe unter der Flurdecke sieht Anna eine junge Frau, sie trägt ein sauberes Kleid und hat ein hübsches Tuch um die hellen Haare gebunden. Diese Art von Frauen kommt sonst nicht in dieses Haus. Niemals. Hat sie sich verlaufen, oder sucht sie ihren Ehemann? Ist das Frau Andersen, die ihrem Mann gefolgt ist?

»Kann ich Ihnen helfen?«, fragt Anna.

»Erlauben Sie, Fräulein Hansen?«, fragt die Frau und zeigt in Annas Kammer.

Die Frau ist schön – wie eine Pariserin. Anna legt es nicht auf ein Gespräch auf dem Flur an, wo jeder sie hören kann. Ein paar der Dirnen, vor allem Sofie, haben so wenige Freier, dass sie sich die Langeweile damit vertreiben, den anderen zu lauschen. Anna zieht die Tür auf und tritt zur Seite.

Die Frau schlüpft hinein, sieht sich in der Kammer um, tritt ans Fenster und zupft die Gardine zurecht, obwohl sie bereits zugezogen ist. Anna ist die Nervosität ihrer Freier gewohnt, sie kennt ihre Angst, im Hurenhaus gesehen zu werden.

»Suchen Sie Gesellschaft? Ich habe leider nur noch wenig Zeit. Eine Viertelstunde, vielleicht.« Anna bleibt an der Tür stehen. Sie hat nur selten weibliche Kundschaft, aber es kommt vor, und sie empfängt sie gerne. Sie riechen besser als die Männer, und sie sind großzügiger. Aber sie leiden auch an Schamgefühlen, dabei wollen sie oft nur in den Arm genommen und ein bisschen gestreichelt oder ein klein bisschen gekitzelt werden. Ganz anders die Männer, sie sind schamlos und laut und rücksichtslos wie Vieh vor der Schlachtung.

Die Frau bleibt in den Schatten stehen und flüstert. »Lassen Sie mich Ihre Brüste sehen.«

Anna ist nicht dumm. »Das macht acht Schilling.«

»Sie bekommen fünf Reichstaler«, sagt die Frau wieder mit Flüsterstimme.

Fünf Reichstaler. Ein kleines Vermögen. Damit könnten sie bald die nächste Rate zahlen. »Sie reißen mir aber nicht mein Kleid kaputt«, sagt Anna und denkt an einen früheren, reichen Freier, der glaubte, sich alles erlauben zu dürfen.

»Machen Sie sich keine Sorgen.«

Anna schiebt die Träger ihres Kleides über die Schultern und löst ihr Korsett, sodass ihr Busen zum Vorschein kommt. Die Frau sieht sie an. Mustert ihre Taille, ihre Brust, wie ein Schlachter ein Rind auf dem Viehmarkt taxiert.

»Kommen Sie mit mir in meine Kutsche. Sie wartet an der nächsten Straßenecke.«

»Ich kann nicht weg, gute Frau, es tut mir leid. Es ist zu …«

Die Frau legt Anna einen Finger auf die Lippen. »Sie bekommen Ihr Geld unten.«

»Ich werde erwartet«, sagt Anna und verrät damit mehr, als sie es sonst tut. Aber vielleicht hat eine Frau ja Verständnis für ihre Situation.

»Ich zahle Ihnen noch mehr, wenn Sie mitkommen«, sagt die Frau und zeigt Anna sogar einen richtigen Geldschein. Sie wurde noch nie zuvor mit einem Schein bezahlt, außer von jenem Franzosen. »Der gehört Ihnen, wenn Sie mitkommen«, flüstert die Frau. Ihr Atem ist nah und warm.

Anna zögert, sie braucht das Geld. Noch einmal schaut sie in Richtung Tür. In der Kammer am Ende des langen Flures schläft ihr Mariechen, gut behütet von Molly. Anna und Molly haben einander das Versprechen gegeben, nie mit einem Freier auf die Straße zu gehen. Unter keinen Umständen. Mit den Dirnen auf der Straße geschahen die ungeheuerlichsten Dinge, und weder die Nachtwächter noch die Polizei kümmerten sich darum. Als Dirne war man vogelfrei. Hier im Haus aber passten die Frauen aufeinander auf. Ein Hilferuf blieb nicht unerhört.

»Es tut mir leid«, flüstert Anna. »Ich kann nicht. Ich darf nicht.«

Die Frau wendet verärgert den Blick ab. »Dann machen Sie weiter«, sagt sie und zeigt auf Annas Busen.

Anna nimmt das Korsett ab und schiebt die Unterröcke zu Boden. Sie setzt sich auf das Bett, wie es die meisten Männer lieben. Mit halb gespreizten Beinen, die Brüste leicht mit den Armen nach oben gedrückt, sodass sie sich prall aneinanderlehnen, wie zwei Betrunkene auf dem Nachhauseweg.

Die Frau setzt sich neben Anna. Fährt mit dem Handrücken über Annas Brust. »Wie alt sind Ihre Brüste?«

Zuerst ist Anna verwirrt. Haben Brüste ein anderes Alter als der Körper, an dem sie sitzen? Sie wachsen ja erst später, aber meinte die Frau wirklich das?

»Ich bin achtundzwanzig«, antwortet Anna, die zwölf Jahre nicht abgezogen, die es gedauert hat, bis ihr Busen keimte.

Die Frau nimmt das Tuch aus ihren Haaren, schiebt sich ein paar Strähnen zurecht und sucht in ihrer Tasche nach etwas. »Mögen Sie Parfüm? Gefällt Ihnen mein Duft?«

Die Frau hält Anna ihr Tuch hin und nickt auffordernd. Dies scheint ein Befehl zu sein, nicht einfach eine Aufmunterung. Das Tuch riecht nur schwach, süß und auch irgendwie sauer, wie Honig, gemischt mit etwas anderem, Ranzigem, vielleicht Lebertran.

»Ein merkwürdiger Geruch«, sagt Anna.

»Ich nenne ihn Engelsatem. Er stammt von den Wilden in Westindien.«

Anna steckt die Nase in den Stoff.

»Ich kann nicht ...«

Plötzlich legt die Frau ihre Hand fest auf Annas Hinterkopf und drückt ihre Nase in das Tuch. Warum ist dieses Parfüm so wichtig? Anna schnappt nach Luft und spürt Ameisen in ihre Lungen krabbeln. Oder etwas, das sich so anfühlt. Sie will Molly rufen, oder eine der anderen, egal wen, verliert aber die Gewalt über Körper und Stimme.

Das Gesicht der Frau verschwindet wie ein Docht in einer Flamme.

Kapitel 2

Ist Mama zu Hause?«, fragt Mariechen noch halb im Schlaf. Sie heißt Mariechen, weil sie klein für ihr Alter ist. Sie bekommt zu wenig zu essen, und ihr Vater, der in Annas und ihrem Leben keine Rolle mehr spielt, ist auch klein. Außerdem gibt es im Hurenhaus noch eine andere, größere Marie, eine unangenehme Frau.

»Sie kommt gleich«, antwortet Molly und lauscht dem Nachtwächter. Es muss bald zehn sein. Anna sollte längst fertig sein. Seit sie die Anzahlung gemacht haben, hat sie mehr Freier angenommen. Das sollte ich ebenfalls tun, denkt Molly, auch wenn Anna immer sagt, das sei nicht nötig, und behauptet, das Ganze setze ihr weniger zu. Große Schwestern könnten mehr einstecken als kleine. Molly weiß ganz genau, dass Anna lügt. Außerdem hat sie das Mariechen zu versorgen. Ich sollte auch mehr arbeiten, denkt sie. Morgen. Morgen wird sie ihre Tür ein- oder zweimal öfter aufmachen, ihre Seele einkapseln, wo niemand sie erreichen kann. Sonst kommen sie und Anna und das Mariechen niemals hier weg. Sie müssen das Hurenhaus hinter sich lassen, den Kuhstall über ihnen, den ewigen Gestank nach Mist, Liederlichkeit und Erbrochenem.

»Tante?«

Molly sieht zu der Kleinen hinüber, die sich halb aufgerichtet hat. »Was ist?«

»Ich muss dich etwas fragen. Und ich will eine ehrliche Antwort von dir«, sagt das Mariechen mit einem Blick, dem Molly nichts entgegenzusetzen vermag.

»In Ordnung, die sollst du bekommen. Aber dann musst du schlafen.«

Mariechen bereitet ihre Frage vor. Das braucht Zeit. Molly sieht, wie der kleine Kopf arbeitet, um die richtigen Worte zu finden. Molly kämmt sich in der Zwischenzeit mit den Fingern die schon wieder verfilzten Haare. Ihre Trumpfkarte, was die Männer angeht, aber schwer zu bändigen. Sie dreht sich einen Knoten im Nacken und steckt ihn mit der langen Haarnadel fest, die sie von Anna bekommen hat. Die hat die Nadel von einem chinesischen Seemann erhalten, der keinen hochbekommen hat. Anna wollte keine Bezahlung, solange der Chinese nicht konnte, weshalb er ihr die Haarnadel geschenkt hat. Sie ist lang und flach wie ein Messer und rot und schwarz wie die Uniform der Soldaten. Anna ist überzeugt, dass diese Haarnadel Molly noch einmal das Leben retten wird. Eine Hure ist nackt und hat nichts, womit sie sich verteidigen kann, doch Molly hat jetzt immer ein Ass in den Haaren. Einen Hurensäbel, wie Anna ihn nennt.

»Komm schon, mein Schatz«, sagt Molly. »Du musst schlafen.«

»Und du sagst wirklich die Wahrheit?« Mariechen sieht sie misstrauisch an.

»Ja, versprochen«, antwortet Molly.

»Gibt es Prinzessinnen? Also, echte?«

Molly lächelt und setzt sich auf die Bettkante. Das Stroh sticht ihr in die Pobacke. Sie streicht Mariechen die Haare aus der Stirn und versucht, die blonden Locken hinter die kleinen Ohren zu schieben. Es schmerzt sie, dass Marie die Stadt noch nie wirklich gesehen hat, aber sie achten darauf, dass sie in der Kammer bleibt oder wenigstens im Haus, da der König in den letzten Jahren mit Hurenkindern bös umgesprungen ist. Im letzten Monat haben sie Karen ihre beiden Jungen weggenommen. Karen hat geschrien und sich auf den Vogt des Königs und die Soldaten gestürzt, um ihre Kinder festzuhalten, aber sie wurden aus der Stadt gebracht. Manche Leute sagen, sie kämen als Dienstboten zu Familien auf dem Land.

»Ja, Marie. Es gibt echte Prinzessinnen. Und jetzt musst du schlafen.«

»Hast du schon mal eine gesehen?«

»Das habe ich, ja«, antwortet Molly, was die Wahrheit ist. Sie hat mal eine der goldenen Kutschen durch die Stadt fahren sehen. Hinter den weißen Gardinen hatte Molly ein Gesicht gesehen, ein Augenpaar, das sie verwundert und fragend angestarrt hatte. Kann man wirklich so im Dreck leben? Nein kann man nicht, hätte Molly ihr am liebsten geantwortet. Aber so ist das Leben, wenn man arm ist und sich in den Falschen verliebt. Liebe ist gefährlich. Das weiß Molly nur zu genau. Und das würde sie Mariechen gerne zuflüstern. Damit sie es ebenfalls weiß und auf sich aufpasst. Man muss sich vor den Männern hüten. Männer sind gefährlich, das Gefährlichste auf der Welt. Du verliebst dich in sie und wirst verlassen, so wie Molly. Und dann kannst du nur noch aus deinem Dorf weggehen. Niemand will dich, wenn du entjungfert bist, besudelt. Dann interessieren sich nur noch die Seeleute für dich, die Soldaten, Scharlatane und Freibeuter, mit ihren klimpernden Münzen in der Tasche. Und der Abschaum, die Stotterer mit faulen Zähnen oder Studenten mit krankhaften Fantasien. Wie der Dichter, der eben zu Anna in die Kammer geschlichen ist. Dieser Andersen. Molly hat Anna gewarnt, dass sie vor so einem Mann auf der Hut sein soll. Solche Männer sind gefährlich. Molly erinnert sich an einen Jungen zu Hause in Onsevig, der begonnen hatte, Tiere aufzuschlitzen. Er hatte sogar einer Amsel die Flügel abgebrochen. Irgendwann wurde er festgenommen, weil er ein Mädchen aus dem Nachbardorf misshandelt hatte. Er hatte sie grün und blau geschlagen und ihr die Arme gebrochen. So kann es auch mit dem Dichter gehen. Noch reicht es ihm, ins Papier zu schneiden. Aber was wird in einem Monat sein oder beim nächsten Vollmond? Wird er dann mehr wollen? So etwas kommt vor. Dieser Andersen hatte auch Molly gebeten, ihm für seine seltsamen Schnipseleien Modell zu stehen, aber sie hatte ihn abgewiesen. Sie kam mit solchen verkorksten Seelen nicht zurecht, hatte lieber irgendeinen Idioten als einen eingebildeten Dichter.

Molly gibt Mariechen den Rest des warmen Biers zu trinken. Die Kleine schluckt gierig. In ihrem Dorf auf Lolland konnte man das Wasser trinken. Hier geht das nicht, hier trinken alle, Kinder wie Erwachsene, Milch mit Branntwein oder warmes Bier.

»Gute Nacht, mein Engelchen.«

Das Mädchen kauert sich wie ein kleiner Vogel auf dem Bett zusammen. Viel zu mager. Sie muss raus aus diesem Haus. Wenn sie erst ihre eigene Gaststätte haben, können sie auch etwas mehr Speck in ihre Suppe schneiden. Dann müssen sie keine Angst mehr vor dem Vogt haben und das Mariechen wie eine Puppe unter dem Bett verstecken.

Im selben Moment hört sie den Nachwächter. *Hört, ihr Leut', und lasst euch sagen, vom Turm die Glock hat elf geschlagen! Elf der Jünger blieben treu …*, ruft er über das Hufgeklapper eines unruhigen Pferdes und das Gegröle des Trunkenboldes Otto unten in der Kneipe hinweg. Elf? Kann das sein? Anna arbeitet doch sonst nicht so lang.

Molly steht auf und lauscht an der Tür. Annas Kammer ist am Ende des Flures.

Ist noch jemand gekommen? Ein verzweifelter Junggeselle mit einem letzten Schilling in der Tasche? Andererseits ist Monatsmitte – nicht die Zeit, in der den Tagelöhnern oder Knechten aus den Dörfern vor der Stadt das Geld ausgegangen ist. Ende des Monats versuchen sie manchmal, den Preis zu drücken, dann kriegt man sie schwer in den Griff. Aber in der Regel hatte Anna selbst mit diesen Kerlen keine Probleme.

Anfangs, wenn die Kleine schlief, hat Molly Anna um Rat gefragt, sie wollte alles lernen, was man als Dirne wissen musste. Heute weiß sie, dass sie die dümmsten Fragen gestellt hat, die man nur stellen kann. Es ist unwesentlich, was den Männern gefällt oder warum sie so gerne überall geleckt werden … Anna hatte ihre Fragen trotzdem geduldig beantwortet, wodurch Mollys Neugier nur noch größer geworden war. Erst Monate später hatte Molly herausgefunden, dass ihre große Schwester keine sonderlich gute Dirne war. Aber sie hatte, besonders seit die Kleine auf der Welt war, große Brüste, was ihr gleichermaßen Segen und Fluch war. Ohne sie hätte sie zu den Ärmsten im Hurenhaus gehört, ja, in der ganzen Stadt. Und ohne diese Brüste wären sie vor drei Jahren, als Molly ihre Anstellung als Hilfsschwester im

Krankenhaus verloren hatte, alle verhungert. Molly hatte ihr verfluchtes neues Gewerbe selbst lernen müssen. Ein verfluchtes Gewerbe, aber auch ein Handwerk wie alle anderen. Je tüchtiger man war, desto schneller waren die Freier zufrieden und wieder verschwunden. Sie hatte sich Ratschläge von den anderen leichten Mädchen geholt. Wie man das Glied der Männer hielt und rieb, damit sie schnell zum Höhepunkt kamen, was man mit dem Mund machte und wie man es vermied, schwanger zu werden. Sollte man sich mit Malzbier oder morgens und abends mit Lederbalsam vom Schuhmacher einreiben, wie Salomine es behauptete?

Monate später hatte Molly Anna beigebracht, wie man die Freier täuschte, wie man sich kleidete, damit die Brüste am besten zur Geltung kamen und welche Freier man annehmen sollte. Das Glück wendete sich ein bisschen, aber wirklich nur ein bisschen. Die Kleine wuchs heran. Sie begann zu laufen, bekam Zähne, sagte Mama und Tante und lernte zu stöhnen wie ein besoffener Kapitän, dass Anna und Molly sich vor Lachen nicht mehr halten konnten und die Kühe oben zu brüllen begannen.

Molly gleitet in einen weißen Nebeltraum, bis die Glocken der Holmenskirche sie aus dem Schlaf reißen. Sie steht auf und legt noch einmal das Ohr an die Tür.

Kein Laut. Anna muss fertig sein.

Ein Schauer läuft ihr über den Rücken, als ihr endgültig klar wird, dass etwas passiert sein muss. Was, wenn dieser Andersen seine Schere zu etwas anderem als seinen Scherenschnitten benutzt hat? Sie wirft einen kurzen Blick auf das kleine Mädchen. Die Augen der Kleinen zucken unter den Lidern hin und her.

Molly schlüpft auf den Flur und huscht an Sofie vorbei, die dünn wie ein kranker Vogel zwischen den Beinen eines Soldaten kniet. Sofie ist bei der Geburt ihrer toten Zwillinge im Schritt komplett aufgerissen und anschließend falsch zusammengewachsen. Jetzt kann sie ihr Geld nur noch mit dem Mund verdienen. Molly biegt um die Ecke zu Annas Kammer. Klopft vorsichtig an.

»Anna«, sagt sie leise, falls ihre Schwester in den Armen eines Freiers eingeschlafen ist. So etwas ist schon vorgekommen, Anna ist um diese Uhrzeit oft sehr müde.

Keine Antwort.

Sie öffnet die Tür. Als sie das leere Bett in der kleinen Kammer sieht, verliert sie das letzte bisschen Ruhe. Die Türklinke gleitet ihr aus der Hand, sie macht auf dem Absatz kehrt und rennt wieder an Sofie und dem Soldaten vorbei. Dann bleibt sie stehen, geht zurück. »Hast du Anna gesehen?«, fragt sie. »Sofie, wo ist Anna?«

Sofie befreit sich aus den Hosen des Soldaten. Ihre Lippen sind nass. »Was?«, keucht sie.

»Verdammt, antworte mir, es ist wichtig. Wo ist Anna?«

Der Soldat sieht sich verwirrt um, zu besoffen, um einen Satz herauszubringen.

»Was?«, lallt Sofie. Sie scheint noch mehr getrunken zu haben als ihr Freier.

»Verdammt«, schimpft Molly und stürmt über die Treppe nach draußen auf die Straße, wo sie nach Annas blonden, zu einem Knoten hochgesteckten Haaren Ausschau hält.

Auch nach dem Dichter sucht sie. Diesem Andersen. Aber es sind zu viele Menschen auf der Straße. Auch so spät am Abend wimmelt es auf der Ulkegade vor Menschen, Molly kann die Leute in der Dunkelheit kaum unterscheiden. Sie schiebt sich an einem Bettler ohne Arme vorbei, passiert die Schenke, in der sich zwei Leute prügeln. Ein junger Mann heult vor Schmerz, weil seine Nase gebrochen ist. Ein Bäcker preist seine süßen Teilchen an. Hinter ihm hat eine Tonne Branntwein Feuer gefangen. Ein alter Mann schreit einem Jungen hinterher, der ihm die Uhr gestohlen hat. Eine Kuh brüllt. Molly biegt in die Vingårdstræde ab. Ein paar Seeleute tanzen im Kreis, ihre Mützen wippen auf ihren Köpfen.

Etwas entfernt entdeckt sie den Nachtwächter. Sie läuft zu ihm.

Er sieht müde aus, nickt ihr aber kurz zu, bis er in ihr die Dirne erkennt und weitergeht.

»Sie müssen mir helfen«, sagt Molly.

»Rede, Dirne, ich muss in die Admiralsgade, da hat sich ein Mann erhängt.«

»Ich weiß nicht, ich … meine Schwester ist weg. Sie ist … sie ist mit einem Mann verschwunden, einem seltsamen Mann.«

»Davon gibt es viele. Ist sie … ein leichtes Mädchen, wie du?«

»Ja, ja, aber … so ist sie nicht …«

»Dann wird sie schon wieder auftauchen, wenn der Herr sich beruhigt hat.«

»Nein, so ist es nicht. Das spüre ich …«

Aber der Nachtwächter ist bereits gegangen und hinter einem Karren mit stinkenden Kuhhäuten verschwunden. Molly hält sich die Nase zu und sieht sich um.

»Anna!«, ruft sie, als sie eine blonde Frau in der Gasse hinter dem Hotel du Nord verschwinden sieht. »Anna!«

Die Gasse steht voller Holzkisten, Balken und Tonnen. Jemand hat einen kaputten Pferdewagen dort abgestellt. Es ist düster, lediglich aus einem Fenster etwas entfernt dringt ein schwacher Schein. Sie geht weiter in die Gasse hinein. Im Dunkel erkennt Molly mehrere ineinander verschlungene Paare. Erregte Gesichter, nackte Brüste und Schultern, ein paar haarige Ärsche, unter dem Stoff der Röcke verschwundene Männerköpfe.

Sie sieht einen Mann in dunklem Frack, der sich über ein grünes Kleid beugt.

»Anna?«, fragt sie und schiebt den Mann weg, damit sie die Frau sehen kann.

»Hau ab, Schlampe«, ruft der Mann. Seine Zähne sind blutrot.

Die Frau sieht Molly ausdruckslos an. Es ist nicht Anna.

Molly läuft zurück zur Vingårdstræde und lässt ihren Blick über das Gewimmel der Menschen schweifen. Überall Chaos und Lärm. Nachts, wenn die Stadttore geschlossen sind, wird Kopenhagen zum Gefängnis. Ohne die richtigen Papiere kommt dann niemand mehr hinaus oder herein. So wird sie Anna niemals finden, das ist ihr klar. Es gibt viel zu viele Gassen, Keller, Hinterhöfe und Straßen, in denen sie verschwunden sein kann. Es ist nicht wie zu Hause in Onsevig, wo der Gasthof vor Sonnenuntergang schließt. Dort weiß man immer, wer sich wo befindet. Plötzlich muss sie an Mariechen denken und hastet zurück zum Hurenhaus. Sofie ist noch immer mit dem Soldaten beschäftigt.

Die Kleine schläft zum Glück. Sie atmet ruhig, unbekümmert, nichts ahnend von dem Verschwinden ihrer Mutter. Mollys Magen krampft sich zusammen. Anna würde Marie oder sie niemals vergessen. Sie würde um diese Uhrzeit nicht nach draußen auf die Straße gehen, nicht einmal um einen Freier zu suchen, Tabak zu rauchen oder sich einen Schnaps zu holen. Und Sofie hätte Anna gesehen, wenn sie mit dem Dichter gegangen wäre.

Aber wenn Anna nicht durch die Haupttür verschwunden war, wie dann? Molly schlüpft noch einmal aus ihrem Zimmer und wirft einen Blick ins Treppenhaus. Über den Kuhstall? Unmöglich, denkt sie, stürmt aber trotzdem nach oben. Die Tür zum Stall ist offen. Das ist sie sonst nie. Der Hausbesitzer, Herr Müller, hat Angst, dass die Dirnen Milch stehlen. Eine der drei Kühe sieht Molly müde und resigniert an. Die Luke am Giebel steht offen, das Hebewerk, mit dem Müller die Kühe nach oben zieht, muss benutzt worden sein. Der große Haken, der sonst immer oben eingehängt ist, ist nicht zu sehen. Molly geht an den Kühen vorbei zur Giebelöffnung. Unten am Ende des Seils hängt der Haken mit dem Lederriemen, den Müller um die Kühe spannt, wenn sie zum Schlachten abtransportiert oder gegen ein Stück Land in Amager eingetauscht werden. Hat der Dichter, Andersen, Anna auf diese Weise herabgelassen? Aber warum sollte jemand Anna entführen? Molly dreht sich um und entdeckt die Spuren in dem alten, am Boden klebenden Stroh. Exakt solche Spuren hatten sie zu Hause immer auf dem dreckigen Küchenboden, wenn sie und Anna abends ihren betrunkenen Vater ins Bett geschleift hatten.

Mit einem Mal wird Molly alles klar. Ihr ist, als krallte sich eine eiserne Faust um ihr Herz. Es ist etwas Schreckliches geschehen. Ein fürchterliches Verbrechen. Jemand hat Anna durch den Stall geschleift.

Sie ist tot. Maries Mutter ist tot.

Und damit ist Mollys einzige Hoffnung zerplatzt.

Kapitel 3

Irgendetwas stimmt nicht, denkt Anna, als sie wach wird. Dann erst spürt sie, wie ihr Kopf dröhnt. Der Puls hämmert hinter ihren Augen und in ihrem Zahnfleisch.

Als sie die Augen öffnet, steht alles kopf. Sie ist an den Füßen aufgehängt und schwingt von einer Seite zur anderen wie der Klöppel einer Kirchenglocke. Die Arme sind so fest auf dem Rücken zusammengebunden, dass es ihr fast die Schultern auskugelt. Ihr auseinandergezerrter Körper schreit vor Schmerz. Anna will um Hilfe rufen, aber die Töne ertrinken in dem Stoff, den man ihr in den Mund gedrückt und am Hinterkopf festgebunden hat. Sie versucht es noch einmal, so laut sie kann.

Der Raum ist lang gestreckt. Die Decke hoch. Daran ist das Seil befestigt, an dem sie hängt. Rechts und links stehen Tonnen und Säcke. Vor ihr befindet sich ein offenes Tor. Dahinter der Himmel, von Sternen erleuchtet. Sie kann das Meer erahnen, es glitzert im Mondlicht, und mitten darauf ein Schiff unter vollen Segeln.

Sie friert, obwohl es sommerlich warm ist.

Jemand kommt eine Treppe herunter.

Eine Silhouette vor dem nächtlichen Himmel.

Es ist die Frau, die Anna besucht hat. Sie ist so schön, so vornehm. In den Händen hält sie einen kleinen Porzellanteller mit zierlichem, blauem Muster. Auf dem Teller liegen zwei schmale Messer, wie der Schlachter sie nutzt, wenn er das Fleisch zerteilt. Die Messer passen nicht zu der Frau, dem hellen Sommerkleid und dem sanften Blick. Sie lässt sich vor Anna nieder und sieht ihr in die Augen.

»Du wirst so schön werden. Du wirst die Erste sein. Es ist genau, wie Schneider es sagt, wir gestalten die Welt nach unseren Wünschen«, flüstert die Frau und streichelt Annas Brust.

Anna will verstehen, was da vor sich geht. Sie kennt keinen

Schneider, will um ihr Leben flehen, für ihre Tochter. Aber die verzweifelten Laute ersticken in dem Stoff. Die Frau atmet tief ein, wählt ein Messer aus und steht auf. Anna versucht vergeblich, sich zu befreien. Dann spürt sie, wie die Haut aufschreit und das Fleisch ächzt, als das Messer dicht neben ihrer Brust tiefer und tiefer in sie dringt. Sie will nach unten sehen, das heißt, nach oben zu ihrem Körper, doch ein Schwall ihres eigenen Blutes überflutet ihr Gesicht.

»Mitgefühl nutzt nichts«, sagt die Frau. Es ist, als zögere sie, überrascht von dem Anblick von Annas blassem Fleisch, vielleicht kann sie noch von ihrem Vorhaben abgebracht werden, einsehen, dass es eine fürchterliche Idee ist. »Mitgefühl nutzt nichts«, wiederholt sie, »es ist der Untergang der Menschheit.« Anna schreit, schreit in den Stoff hinein, schreit und weint, als die Frau erneut zusticht. Anna sieht zu Boden. Dort liegt ein großer, runder, schwarzer Spiegel. Darin sieht sie ihr eigenes Gesicht, losgelöst von ihrem Körper wie ein Geist. Da plötzlich trifft ein Tropfen das Spiegelglas und schlägt darin Wellen. Es ist kein Spiegel, in den sie blickt, es ist eine Blutlache.

Kapitel 4

Hinter den Fenstern passiert etwas, das interessanter zu sein scheint als der Text, den Hans Christian vorträgt. Immer mehr der feinen Herren richten ihre Blicke auf die Straße.

Hans Christian räuspert sich und fährt fort: »Am Freitag, dem siebzehnten März, erwachte ich um Mitternacht und lag bis morgens wach, ohne wieder einschlafen zu können …«

»Uns geht es ganz anders, Andersen«, ruft einer aus den hinteren Reihen. »Wir können uns nicht wach halten.«

Gelächter brandet bei den gut fünfzig Männern in dem großen Saal auf.

Nur Edvard Collin ist jünger als Hans Christian, der in einem halben Jahr dreißig wird. Die anderen im Raum sind gestandene Männer aus der besseren Bürgerschaft, Ärzte, Professoren, Geschäftsleute. Viele von ihnen haben Hans Christian mit Almosen unterstützt, seit er vor etwas mehr als fünfzehn Jahren in die Stadt gekommen ist. Besonders die Collins haben ihm geholfen. Edvard, der gute Edvard, und sein stattlicher Vater hatten ihn aufgenommen wie einen herrenlosen Hund. Und genau das war das Problem. Als sie sich seiner annahmen, war er vierzehn und sprudelte vor jugendlicher Kraft und frischer Hoffnung. Jetzt ist die Kraft fort, die Hoffnung geschwunden, ihre Geduld aufgebraucht. Er spürt das ganz genau. Sein großes, dramatisches Werk von Agnete und dem Meermann hatte in einem Fiasko geendet, die Kritiker hatten ihn geschlachtet, und Monrad, der Schlimmste von ihnen, hatte mit seiner durchdringenden Stimme gesagt, das Stück sei ein jämmerliches Streben nach Tiefe. Auf der Rückreise aus Italien hatte sich Hans Christian geschworen, seinen Traum, Schriftsteller zu werden, ein für alle Mal an den Nagel zu hängen. Es sollte Schluss sein mit der unendlichen Nutzlosigkeit.

Hans Christian spürt, wie sich ein Schweißtropfen von seinem Haaransatz löst und über die Stirn rinnt. Er fährt mit seinem Text fort, was soll er sonst tun? »Wir stiegen zu den Ruinen von Tiberius' Villa hinauf«, liest er und hebt dabei die Hand, um zu zeigen, wie großartig die Ruinen sich in den italienischen Himmel recken. Aber ohne Erfolg. Knapp die Hälfte seiner Zuhörer ist aufgestanden und an die Fenster getreten, die zur Straße hinausgehen. Dabei ist da draußen nur das Klappern von Hufen auf Pflastersteinen zu hören, aber nicht einmal mit einer solchen Banalität kann er konkurrieren.

Hans Christian wirft einen Blick auf seinen Text, seine Reise nach Italien. Er hatte keine Lust zu dieser Lesung, aber er hat nicht ablehnen können. Wegen des bescheidenen Honorars, das er für die Miete braucht. Honorar? Sie nennen es so, damit er nicht das Gesicht verliert, im Grunde ist es aber nicht mehr als ein Almosen. Er weiß das so gut wie der Rest der Gesellschaft. Er fängt Edvards Blick ein und sieht darin Mitleid und Irritation. Edvard ist wie ein Bruder für mich, pflegt Hans Christian zu sagen, um alle zu beruhigen. Dabei ist er mehr, viel mehr, viel bedeutender.

Bei seiner Rückkehr aus Italien – die Worte der Kritiker noch im Ohr – hatte Edvard ihm vorgeschlagen, doch für Kinder zu schreiben. Sie lieben alle Arten von Geschichten, hatte Edvard gesagt. Ohne jeden Zweifel meinte sein Freund es nur gut, aber Hans Christian hörte etwas anderes heraus. In den wohlmeinenden Worten steckte mehr als nur ein Funke Wahrheit. War er nicht gut genug, für Erwachsene zu schreiben, blieben ihm nur die Kinder. Aber Hans Christian hat für Kinder nicht viel übrig, ihre Boshaftigkeit und wilde Natur, das ewige Popeln in allen nur erdenklichen Körperöffnungen stößt ihn ab. Selbst als Kind mochte er keine anderen Kinder, und in der Schule ergriff er am liebsten die Hand der Lehrer. Nein, die Entscheidung war schon vor langer Zeit gefallen. So etwas wollte er niemals schreiben. Da würde er lieber zurück nach Odense gehen, lieber alles aufgeben und verschwinden. Seinem Vater war es ebenso ergangen. Er hatte immer von einem anderen Leben geträumt, war klug gewesen, zu klug für einen Schuhmacher, und doch war dies sein Leben geblieben.

Mit Ausnahme von Edvard sehen jetzt alle nach draußen auf die Straße. Eine Kutsche hat vor dem Collin'schen Anwesen gehalten. In der klaren Luft hört er das Wiehern der Pferde. Hans Christian dreht sich zum Fenster und sieht einen Polizisten durch das Tor treten und auf das Haus zukommen.

Irgendwo weit entfernt klopft die Wirklichkeit hart an die Tür. Sie wird geöffnet, und Hans Christian ist zum Warten verurteilt. Er kann nicht mehr weitermachen. Energische Schritte hallen durch den Vorraum. Dann sind sie auf der Treppe zu hören. Alle Blicke sind auf die Tür des Salons gerichtet.

Sie schwingt auf, und ein Polizist mit schwarzem Hut tritt ein.

»Hans Christian Andersen?«, fragt der Polizist, und plötzlich starren ihn alle an wie die Kugel, die auf die Kegel zurollt.

Der Polizist schiebt sich durch das murmelnde Publikum, das zur Seite tritt und das Drama gespannt verfolgt. Schließlich steht er vor Hans Christian, der noch immer sitzt und seine Papiere umklammert.

Hans Christian schluckt seine Spucke herunter, sieht auf seinen Reisebericht aus Italien, dann zu Edvard, der fragend mit den Schultern zuckt. War es so schlecht, dass er festgenommen werden muss?

»Sind Sie Hans Christian Andersen?«, fragt der untersetzte Polizist und legt eine Hand auf den Knüppel an seinem Gürtel. Der Mann ist genau wie die anderen Polizisten, die Hans Christian in Kopenhagen erlebt hat. Großzügig teilen sie Schläge und Ohrfeigen aus, bis die Delinquenten in der Gosse liegen. In Odense war die Polizei freundlicher und spielte sich nicht auf, wenn man für seine Sache sprechen konnte. »So antworten Sie doch, Mann«, schimpft der Polizist.

»Ja.«

»Dann muss ich Sie bitten, mit mir zu kommen.« Der Polizist legt Hans Christian eine Hand auf den Arm.

Hans Christian sieht noch einmal zu Edvard hinüber. »War es wirklich so schlecht?«, fragt er.

Edvard tritt vor. »Guter Mann, worum geht es hier überhaupt?«

Der Polizist scheint Edvard Collin zu kennen und lässt Hans Christian augenblicklich los. Wieder ein trauriger Beweis für Hans Christians Position am unteren Rand der Gesellschaft. Man darf ihn behandeln wie ein Straßenkind, das an der Stadtmauer entlangschleicht, auf der Jagd nach allem, was von den Wagen der Bauern herabfällt.

»Befehl des Polizeidirektors, Herr Collin«, antwortet der Polizist. »Er will mit Andersen reden.«

»Worüber?«, fragt Hans Christian mit bebender Unterlippe, seine Gedanken stolpern bei dem Versuch, alle seine Handlungen Revue passieren zu lassen. Hat er etwas Falsches getan, etwas Falsches geschrieben, hat jemand erfahren, was er nur seinem Tagebuch anvertraut?

»Worüber?«, wiederholt Edvard. Ein Raunen geht durch das Publikum. »Worüber will Cosmus Bræstrup mit Herrn Andersen reden?«

Dem Polizisten ist sichtlich unwohl. »Es tut mir leid, ich habe lediglich Order erhalten, Herrn Andersen zu holen.«

Hans Christian stammelt linkisch einen Protest, er will nirgendwohin mitgehen. Soll er wirklich abgeführt werden wie ein Kind, das etwas verbrochen hat? Die Erinnerung an einen Tag, an dem er in der Näherei in Odense arbeitete, kommt in ihm hoch. An die kräftigen Arbeiter, die ihn demütigen wollten und mit einem Mal behaupteten, er sei ein Mädchen, eine Jungfrau. Er hatte geschrien, als sie ihm die Hose runterzogen und ihn vor den Blicken der anderen Jungs entblößten. Damals war er nach Hause zu seiner Mutter gelaufen, die ihm versprochen hatte, dass er nie wieder zurück in die Näherei musste. Dasselbe Verlangen hatte er jetzt. Er wollte weg, für immer verschwinden.

»Der Zeitpunkt ist äußerst ungünstig, ich kann meine Zuhörer nicht einfach verlassen.«

»Der Polizeidirektor wartet nicht. Wir müssen gehen«, sagt der Polizist, packt erneut Hans Christians Arm und zieht ihn vom Stuhl.

Das Publikum tritt zur Seite, die Erwachsenen, gestandene

Männer, sehen ihn bartzwirbelnd an, einer kneift sein Auge um sein Monokel zu. Hans Christian weicht ihren Blicken aus, seine Augen sehen zu Boden, während er aus dem Saal gezogen wird.

Wie ein gemeiner Verbrecher.

Vielleicht wird er aus Kopenhagen ausgewiesen, rausgeschmissen? Am Fuß der Treppe wartet das Hausmädchen mit seinem Mantel. Der Polizist hält nicht mit seiner Verachtung hinterm Berg. Im Ärmel ist ein Loch, außerdem ist der Mantel für die Jahreszeit viel zu warm, aber seit dem Winter hat er sich keinen neuen leisten können.

»Sie müssen doch irgendetwas sagen können? Ist jemandem, den ich kenne, etwas zugestoßen?«, fragt Hans Christian.

Sie gehen durch den prächtigen Hof mit den stattlichen Bäumen und treten durch das Tor des Collin'schen Anwesens auf die Straße. Auf dem Kutschbock sitzt ein älterer Polizist. Oben an den Fenstern stehen die Männer und verfolgen den letzten Akt der Andersen-Tragödie. Der Polizist gibt dem Kutscher ein Zeichen, und als sie eingestiegen sind, fahren sie los. Über die Norgesgade und dann über den Kongens Nytorv, wo sie um ein Haar zwei herrenlose Hunde überrollt hätten.

»Fahren wir nicht zum Gericht?«, fragt Hans Christian.

»Der Polizeidirektor ist am Tatort«, ruft der junge Polizist.

Tatort? Die Worte ergeben für Hans Christian keinen Sinn. Er sieht über den Platz auf die Frauen mit ihren Sonnenschirmen, dazwischen herausgeputzte Kinder mit Hüten. Sie fahren in Richtung Holmens Kanal. Gestank schlägt ihnen entgegen. Dieser Abschnitt des Kanals ist die Kloake der gesamten Stadt. Hier mündet alles, was gegessen oder getrunken wurde und über die Gossen hierhergelaufen ist. Der Schandfleck der Stadt. Besonders an warmen Sommerabenden wie heute gemahnt alles auf sehr greifbare Weise an die Vergänglichkeit. Hans Christian hält sich die Nase zu, die Polizisten hingegen lassen sich nichts anmerken.

Am Ufer des Kanals ist eine Menschenmenge zusammengelaufen. Junge Leute, Rabauken, ein paar Frauen, die sich unter ihren Schals verstecken, ein Malergeselle mit Farbklecksen auf dem Gesicht, ein paar Händler mit Hühnern und Gänsen in Käfigen, jeder kämpft in dieser Stadt um einen Schilling. Seit dem Staatsbankrott ist es noch schlimmer geworden, jetzt muss man doppelt so hart für dreimal so wenig arbeiten.

Unten am Wasser geht etwas vor, das alle Aufmerksamkeit auf sich lenkt. Die Leute weichen zurück, als die Kutsche kommt. Sie lassen die Polizisten und Hans Christian aussteigen. Er wird durch die Menschenmenge gestoßen, bis er vor einer stattlichen Gestalt steht, der eine alte Obstkiste notdürftig als Podest dient.

Das muss Polizeidirektor Cosmus Bræstrup sein. Er ist groß, die Stiefel glänzen, das schwarze Haar steht wirr vom Kopf ab. Er hat den Helm abgenommen. Seine Nase ragt wie der Schnabel eines Habichts hervor.

Der junge Polizist schiebt ihn weiter. Hans Christian sucht verzweifelt nach einem Ausweg, einer Lücke in der Menschenmenge, durch die er entkommen und im Gewirr der Gassen der Stadt untertauchen kann. Er hat nichts getan, es ist ungerecht, denkt er und steht gleich darauf am Rand des Kanals und kann nicht mehr weg.

»Das ist er, das ist er!«, hallt es aus der Menschenmenge. Eine Frauenstimme schneidet sich durch die vielen Rufe und den Lärm der Stadt. Beim Klang der Stimme dreht Hans Christian sich um. Er kennt sie. Auch das Gesicht kommt ihm bekannt vor, er hat schon einmal mit ihr gesprochen. Es ist die Schwester der Dirne. Ihre Wangenknochen sind ausgeprägter, das Kinn stärker, aber die Augen, die ihn wütend anstarren, gleichen denen ihrer Schwester. Sie muss Anfang zwanzig sein. Ein Schwall roter Haare quillt unter ihrem billigen Hut hervor und fällt ihr auf die Brust. Das Kleid ist verführerisch weit ausgeschnitten, noch dazu fehlt ein Knopf, unten der Saum ist vom Dreck mehrerer Tage verklebt.

Die Augen erinnern ihn an den Tag, an dem er sie gefragt hatte, ob er ihr Gesicht und ihren Körper mit seiner Schere aufs Papier bannen dürfe. So voller Abscheu und Verachtung. Sie hatte ihn fortgeschickt, ihm nachgeschrien, er solle seine Schweinereien woanders machen. Jetzt strahlt ihr Blick dieselbe Wut aus. Aber kann man ihn deshalb festnehmen?

»Das ist der Scherenmann. Der war es, der hat es getan«, ruft die Schwester und zeigt auf ihn.

Der Polizeidirektor dreht sich um und sieht Hans Christian an.

»Ich habe nichts verbrochen«, sagt Hans Christian. »Das muss ein Missverständnis sein.«

»Missverständnis? Sie sind gesehen worden, da bestehen keine Zweifel.« Cosmus Bræstrup steigt von der Obstkiste herab und mustert Hans Christian mit routiniertem Blick.

»Gesehen? Ich kann überall gesehen worden sein«, sagt Hans Christian und spürt förmlich, dass die Frau noch immer auf ihn zeigt.

Die Aufmerksamkeit des Polizeidirektors richtet sich wieder nach unten auf den Kanal. »Nun bringen Sie die Frau schon an Land!«, ruft er ungeduldig.

Erst weiß Hans Christian nicht, wer gemeint ist oder wovon der Mann spricht. Dann fällt sein Blick auf ein kurioses Boot mit Hebewerk, eine Art Kran, der über die Kaimauer ragt und etwas hochzieht. Wie ein Reiher, der einen Aal aus dem Schlick holt. Zwei Männer bedienen den bedrohlich schwankenden Kran. Dann sieht Hans Christian die tote Frau unten im Wasser. Ihr Gesicht ist nur zu erahnen, Polizei und Dirne haben sie aber trotzdem erkannt. Der Leichnam hängt allem Anschein nach an irgendetwas fest. Ein anderer Mann beugt sich über die Reling und schlägt mit einer Axt auf ein Tau ein. Als es reißt, wippt der Kran nach hinten und zieht die tote Frau rasch in Richtung Himmel.

Ein Seufzen geht durch den Pöbel oben am Kai.

Am Ende des schwarzen Taus hängt ein hübsches, weibliches Wesen mit geschlossenen Augen. Am Körper kleben Abfall und Kot aus der Kloake, und in den schulterlangen Haaren glitzern Muschelschalen. Strickreste, Tang und Kleiderfetzen haben sich um Unterleib und Beine gewickelt und sie zusammengeschnürt.

Das Wasser tropft von der Toten auf den Boden. Der Oberkörper ist blass und weiß, scheint aber mit einem hübschen Muster geschmückt, bis ihm, ja, bis allen auf dem Kai bewusst wird, dass es Messerstiche sind, sie misshandelt und ermordet wurde.

Der Schrei der Schwester schneidet sich durch das Gemurmel. »Was hat er getan? Was hat er mit meiner Anna gemacht?« Dann ersticken ihre Worte in Tränen. Hans Christian taumelt. Trauer und Schmerz überkommen ihn, der Wind fühlt sich schlagartig kälter an, rauer.

»Sagen Sie mir, Herr Andersen, kennen Sie diese Frau?« Der Polizeidirektor spricht nicht zu ihm, sondern ruft über die Menge hinweg. »Sie müssen sie sich schon ansehen, bevor Sie mir eine Antwort geben.«

Hans Christian braucht sie nicht anzusehen. Es ist einer der Nachteile der Künstlerseele, dass man von Details, von Schönheit besessen ist und dies einen prägt wie andere Leute ihr hitziges Temperament. Er braucht ihre geschlossenen Augen nicht zu sehen, die auf ihrem Gesicht verteilten Sommersprossen, die Schultern und Hüften, um sie zu erkennen.

»Sehen Sie sie an, Herr Andersen«, ruft Cosmus Bræstrup, aber seine Stimme enthält mehr als nur die Aufforderung, einen Blick auf die Tote zu werfen. Er soll sie nicht nur ansehen, er soll sehen, was er ihr angetan hat. Hans Christian hebt den Blick. Die tote Anna hängt noch immer über dem schwarzen Wasser der Kloake. Der Kranführer weiß noch nicht recht, wie er die Leiche an Land hieven soll. Im gleichen Moment sieht Hans Christian, dass es nicht Anna ist. Sie ist es und sie ist es auch nicht. Nur wenige kennen ihren Körper so gut wie er, der ihn wieder und wieder in Papier ausgeschnitten hat. Etwas ist verändert, er weiß nur noch nicht, was.

»Ich sag doch, dass der das war. Dieser Kerl ist ein Monster«, faucht die Schwester jetzt ganz in seiner Nähe.

»Ich habe sie nie angefasst«, sagt Hans Christian. Die Worte haben kaum seine Lippen verlassen, da scharen sich die Menschen schreiend und schimpfend um ihn, als wollten sie ihn in den Kanal stoßen. Mehr kann er nicht sagen. Da spürt er etwas Warmes, Feuchtes im Gesicht. Spucke rinnt seine Wange herab, und er sieht den Schaum am Mund der Schwester.

»Verfluchter Mörder!«, schreit sie, bis sich der Polizeidirektor mit Macht zwischen sie und Hans Christian schiebt.

»Bringen Sie ihn weg«, sagt Cosmus Bræstrup zu zwei anderen Polizisten.

Sie gehorchen, im Gegensatz zu Hans Christians Beinen.

»Ich habe nichts Verbotenes getan«, flüstert Hans Christian und spürt, wie sie ihre kräftigen Hände unter seine Achseln schieben und ihn wegtragen. Es tut weh, als sie ihn auf den Boden der Kutsche werfen. Er hört die hinter ihm herschreienden Männer und Frauen, ja sogar Kinder.

»Hund!« – »Mörder!« – »Monster!«

»Kopf ab!«, brüllt einer, und mehrere stimmen ein. »Kopf ab! Kopf ab!«

Die Menschen schreien, einige lachen. Es ist ein Theater, ein Spektakel mit ihm als Schurken. Hans Christian richtet sich auf und lässt seinen Blick über den Pöbel schweifen. Warum er das tut, weiß er nicht, er hätte liegen bleiben sollen. Er sieht an sich herab und bemerkt erst jetzt das Feuchte, Warme zwischen seinen Beinen.

Das Weinen beginnt an den Lippen. Die Ungerechtigkeit lässt seine Unterlippe beben, erst danach kommen die Tränen. Warum ist Gott so wütend auf ihn? Was hat er getan, um all das zu verdienen? Er wollte immer nur das schönste Lied singen, das man singen kann, das Beste schreiben, was man mit einer Feder zu Papier bringen kann, wollte tanzen und unterhalten. Wie kann das falsch sein? Es war doch Gott zu Ehren, nicht um seiner selbst willen, dass er sein Elternhaus und die sorgenden Arme seiner Mutter als Vierzehnjähriger verlassen hatte und allein nach Kopenhagen gereist war, um den Schöpfer mit Worten und Gesang und anmutigen Bewegungen der Beine zu ehren. Aber alles, was er unternahm, war abgewiesen worden. Und das hier scheint Gottes endgültiger Abschiedssalut zu sein. Es gibt keine Hoffnung mehr. Dies ist die letztgültige Demütigung, in aller Vollendung.

»Es ist vorbei, Mutter«, flüstert er und senkt den Kopf, damit niemand sein schmerzverzerrtes Gesicht sieht, über das immer alle gelacht, das sie verhöhnt, bespuckt und angeschrien haben. Und noch ehe die Woche vorbei war, würde dieses Gesicht nun auf einer Zeichnung in der Zeitung prangen. Unter der Überschrift: *Miserabler Dichter zum Tode verurteilt.* Das letzte Wort über ihn würde das Fallbeil des Henkers auf dem Richtplatz in Amager sprechen.

Kapitel 5

Madame Krieger kommt schon seit Monaten in den Botanischen Garten. In einer ruhigen Ecke hat sie einen Apfelzweig angespitzt, in einen frisch eingekerbten Weißdornzweig gesteckt und sie fest miteinander verbunden. Sie sind tatsächlich zusammengewachsen. Es kam ihr wie ein Wunder vor, unglaubwürdig, als Schneider davon erzählt hatte, aber jetzt sieht sie es mit eigenen Augen. Am Weißdornstrauch wachsen tatsächlich Äpfel. Zwei Dinge sind zu einem dritten geworden. Es ist genau, wie Schneider es gesagt hat: Wir dürfen keine Angst davor haben, die Welt nach unseren Wünschen zu gestalten.

Madame Kriegers Gedanken gehen von dem Weißdorn zu dem Tuch.

Sie versteht noch immer nicht, wie sie es bei der Dirne vergessen konnte. Es war alles bis ins letzte Detail geplant gewesen. Und trotzdem hatte sie einen Fehler gemacht. Sie spürt noch das Grauen, als sie realisiert hatte, dass das Tuch noch in der Kammer der Toten lag. Es kann sie entlarven. Alles kaputt machen. Vielleicht lassen sich die Initialen am Rand des hellblauen Seidenstoffs zu ihr zurückverfolgen. Bleib ruhig, ermahnt sie sich selbst. Niemand wird sich dafür interessieren. Die Leiche der Dirne wird nie gefunden werden. Sie ist längst ins Meer getrieben, und solange es keine Leiche gibt, ist sie nicht tot. Bloß verschwunden, wie so viele andere. Bei leichten Mädchen wie ihr kommt das oft genug vor. Sie verlassen die Stadt, verschwinden, gehen zugrunde.

Sie pflückt einen Apfel und beißt hinein. Er ist nicht rot, noch blass und unreif, aber ohne Zweifel ein Apfel.

Ein Apfel an einem Weißdornzweig. Ihr Experiment ist gelungen, Schneiders Welt wächst heran. Erst im Kleinen, bis sie schließlich das Ganze neu erschaffen. Man kann zwei Zweige zusammenwachsen lassen. Es ist die Zeit der Wunder.

Etwas bringt sie dazu, ihren Blick auf den Apfel zu richten. Ein Wurm ragt aus dem weißen Fruchtfleisch heraus. Sie hat ihn durchgebissen, den Kopf gegessen.

Madame Krieger beugt sich über den Busch und spuckt aus, bis der seltsam salzige Geschmack weg ist. Dann wischt sie sich die Lippen ab und sieht sich um. Botanische Gärten sind gut besucht, besonders an Spätsommertagen. Überall hinter den Hecken sind Sonnenschirme und hohe Hüte zu sehen. Kinderlachen erschallt. Ganz in der Nähe steht ein Paar. Die Frau hängt am Arm ihres Liebsten. Sie betrachten ein Goldfischbecken. Der Blick des Mannes ruhte etwas zu lange auf ihr, als die beiden kurz zuvor an ihr vorbeigegangen waren. Aber das macht ihr nichts aus. Im Gegenteil.

Entfernte Stimmen verraten ihr, dass etwas geschehen ist. Am Ausgang brüllt jemand laut und rudert wild mit den Armen. Ein Matrose. Andere zeigen mit dem Finger auf etwas. Ist es Neugier, die sie in dieselbe Richtung treibt? Angst?

Madame Krieger verlässt den Garten und lässt sich von dem Strom der Menschen in Richtung Holmens Kanal mitreißen. Alle folgen demselben Weg, die Menschenmenge ist aufgewühlt.

In Gedanken geht sie noch einmal alles durch: Niemand hat sie das Hurenhaus betreten sehen, auf der Straße hatte es von Betrunkenen nur so gewimmelt, und erst als sich zwei Preußen und ein italienischer Zirkusartist zu prügeln begannen, war sie durch die Tür ins Haus geschlüpft. Die westindische Mixtur hatte ihre Wirkung getan. Die Hure war schwer zu tragen gewesen, schwer wie ein Netz Aale. Über die Treppe nach oben in den Stall, wo ihr der Gestank der Tiere, den sie noch nie gemocht hatte, fast die Besinnung geraubt hatte. Aber die Kühe waren ruhig geblieben, hatten sie aus ihren dummen Augen nur neugierig angestarrt. Am Ende des engen Stalls hatte die Luke offen gestanden, und Madame Krieger hatte sich und die Hure nach unten herabgelassen. Von dort hatte sie die Bewusstlose zu dem Karren geschleppt, der im Dunkeln wartete, und sie mit einem alten Segeltuch abgedeckt. Das Ganze hatte weniger als zehn Minuten gedauert. Niemand hatte sie aus dem Hinterhof rollen sehen. Erst vor der Hauptwache war ihr aufgefallen, dass ihr Halstuch fehlte. Das hübsch gemusterte Tuch. Mit ihren Initialen.

Es herrscht wildes Durcheinander, die Erregung der Menschen wird immer greifbarer.

Madame Krieger ist auf dem Weg über den Kongens Nytorv, als eine Gruppe Männer an ihr vorbeihastet. Dann geht sie an einem Händler vorbei, der Kaninchen und Rüben vom letzten Jahr verkauft. Er ruft seinem Sohn hinterher, der so schnell in Richtung Kanal läuft, dass er die Mütze auf seinem Kopf festhalten muss. »Was ist da los, was ist das für eine Aufregung?«, will der Händler wissen.

»Sie haben jemanden gefunden! Im Kanal«, antwortet der Sohn.

Plötzlich hört sie es überall.

Eine Tote. Eine Frau.

Die Worte wabern durch die Menge, zwischen den Händlern hindurch, den beiden Freundinnen, die Seite an Seite gehen, den distinguierten älteren Herren.

Eine Frau. Im Wasser.

Madame Krieger will kehrtmachen und in die andere Richtung davongehen. Weg. Sie weiß, dass Brandstifter es lieben, sich die Hände an ihrem Werk zu wärmen, und dass die Polizei die Täter oft unter den Zuschauern findet, die am meisten Neugier zeigen. Sie will sich nicht nähern.

Madame Krieger bleibt bei einer dicken Frau stehen, die Tinte und Federn aus einem Koffer verkauft. Sie sieht an ihr vorbei in Richtung Kanal. Einige Männer sind dabei, etwas auf die Kaimauer zu ziehen, während andere die Schaulustigen zurückzudrängen versuchen. Einige junge Menschen haben sich an den Rand der Mauer gelegt, um nichts zu verpassen. Die Aufregung ist nicht zu übersehen. Der Polizeidirektor scheint über den Leuten zu schweben, er gibt seinen Männern Befehle und dirigiert einen Karren zur Kaimauer, der von zwei Schwestern aus dem Krankenhaus geschoben wird. Eine trägt die schwarze Tracht einer Nonne.

Sie muss zum Kanal gehen, wenn sie mehr wissen will. Von dort, wo sie jetzt steht, sieht sie nur die Rücken der Leute. Vielleicht geht sie gar kein Risiko ein. Vielleicht ist es auffälliger, wenn sie sich als Einzige nicht für den Wirbel an der Kaimauer interessiert. Und warum sollte jemand glauben, dass sie, eine junge, hübsche Frau aus gutem Hause, etwas damit zu tun hat?

Der Kran knarrt, als Madame Krieger sich in die vorderste Reihe der Schaulustigen schiebt. Dann sieht sie die blasse Gestalt, die in Seile verwickelt über dem Wasser hängt.

Sie ist schockiert, entsetzt, Angst überkommt sie.

Das muss Anna sein. So viele Leichen treiben nun wahrlich nicht im Kanal herum.

Dann wird es wieder laut. Der Pöbel ruft etwas. Eine simple Forderung an den Polizeidirektor: »Kopf ab! Kopf ab!«

Sie sieht sich um, alle schauen in ihre Richtung. Wissen sie etwa, dass das ihr Werk ist? Aber die Menschen meinen nicht sie, sondern jemanden, der hinter ihr steht.

»Bringen Sie ihn weg!«, ruft der Polizeidirektor.

Madame Krieger dreht sich um und sieht den geschlossenen Wagen der Polizei. Die Leute bewerfen den Wagen mit Abfall, sie spucken aus, während der Polizeidirektor eine Schneise für die Pferde freikämpft. Madame Krieger erblickt den Mann hinter den schmalen Gitterstäben des einzigen Wagenfensters. Er sieht bizarr aus, ein Gesicht, an das man sich erinnert, wenn man es ein Mal gesehen hat. Und genau das hat Madame Krieger getan. Ein Mal. Es ist der Freier, der an jenem Abend bei der Hure war. Sie hatte darauf gewartet, dass er ging. Hatte zwischen der Böttcherwerkstatt und dem Haus des Leichenbestatters gestanden und zu den Fenstern aufgeblickt. Sie erinnert sich an seine Verlegenheit und Nervosität, als er hastig das Weite suchte. Sein Gang war linkisch wie der eines dummen Jungen, der zu Hause rausgeschmissen worden war. Die Situation war ihm sichtlich unangenehm, er versteckte sich in seinem Mantel wie ein Vogel unter seinen Flügeln.

»Das ist der Scherenmann! Er hat meine Schwester umgebracht!«

Der Ruf kommt von einer der Dirnen. Sie mag einmal eine schöne Bauerstochter gewesen sein, mit dicken, roten Locken, jetzt ist sie nur noch eine gewöhnliche Dirne mit einer geschmacklosen Vorliebe fürs Liederliche. Ihr Kleid steht offen, eine Einladung. Auch diese Frau kennt sie. Es ist Annas Schwester. Sie hatte die beiden gemeinsam beobachtet. Hand in Hand, zwei Dirnen, die sich fest aneinandergeklammert durchs Leben vögelten. Die Frau zeigt auf den Mann im Wagen. Sie muss ihn genau wie Madame Krieger gesehen haben, als er das Hurenhaus verlassen hatte.

Madame Krieger sieht zu dem Wagen hinüber, der sich endlich in Bewegung setzt, und versucht, ihr Glück zu begreifen. Ihr Glück im Unglück.

Es ist Pech, dass die Leiche der Dirne in die falsche Richtung getrieben wurde, in den Kanal hinein. Dabei hatte Madame Krieger die Strömungsrichtung mehrfach getestet. Mit Tonnen, die dasselbe Gewicht wie eine Frau hatten. Säcken mit Zweigen. Sogar einen toten Hund hatte sie ins Wasser geworfen. Es war alles nach Norden getrieben, aus dem Hafen hinaus aufs offene Meer. Vielleicht hatte die Tote sich genau in der Fahrrinne befunden, als der lange, flache Kahn, der jeden Tag mit Müll und Geröll beladen hin- und herfuhr und jetzt im Kanal lag, kam. Vielleicht war sie im Kielwasser des Schiffes in den Kanal gesogen worden. Wie Kinder, die einem Straßenmusikanten folgen.

Muss sie sich Sorgen machen?

Versucht da jemand, ihren Plan zu durchkreuzen?

Man könnte es glauben, wäre das Glück nicht soeben in Gestalt dieses merkwürdigen Mannes zu ihr zurückgekommen.

Sie will sich zurückziehen, in der Menge verschwinden, als die Leiche schließlich auf die Kaimauer gehievt und auf den Karren gelegt wird. Der Körper ist nun von bläulicher Farbe und nicht mehr schön anzusehen. Vielleicht ist es gut, dass der Versuch missglückt ist. So hat sie jetzt die Gelegenheit, es noch einmal zu versuchen. Besser vorbereitet. Schlauer. Aber zuerst muss sie alle Spuren beseitigen. Das Tuch. Jetzt zählt nur das Tuch. Sie muss es finden, es aus der Kammer der Dirne entfernen.

Wenn es denn noch da ist.

X

Mehr und mehr Menschen werden von dem Drama angezogen, das sich am Holmens Kanal abspielt, Madame Krieger geht jetzt aber fort, diesmal in die andere Richtung, durch die Østergade, die sauberer und mit den neuen Pariser Stiefeln besser zu gehen ist. Sie bleibt stehen und betrachtet einen dreieckigen Hut, ehe sie den Blick auf ihr Spiegelbild im Schaufenster des Hutmachers richtet. Und wieder denkt sie an Schneiders Worte: Wir können die Welt nach unseren Wünschen gestalten. Es verlangt nur ein bisschen Mut. Und dass man das Primitive im Menschen für eine Weile ausklammert, unsere kindischen Gefühle, unser lähmendes Mitgefühl, das alles andere blockiert. Genau das waren die Worte, die sie in der Wissenschaftlichen Gesellschaft gehört hatte.

Sie schlendert über die Halmstræde und die Lille Kongensgade. Auf der Treppe des windschiefen Hauses in der Ulkegade sitzt ein älterer Mann und brabbelt vor sich hin. Irgendwas von Fleischsuppe. Er bemerkt Madame Krieger nicht einmal, als sie ins Haus schlüpft.

Aus einer der Kammern sind laute Stimmen zu hören, die sich um Geld streiten. Sie geht in den ersten Stock und bis zum Ende des Flurs mit den vielen kleinen Zimmern. Der Gestank der Tiere im Stockwerk darüber sickert durch die Deckendielen, sie hört die schweren Schritte, die Unruhe. Eine Tür ist nur angelehnt, im Halbdunkel dahinter hockt eine Dirne auf den Knien, den Schwanz eines Soldaten im Mund. Der verbotene Anblick lässt sie einen Moment stehen bleiben. Sie spürt es. Es ist nicht die Lust, die den Soldaten oder die Dirne antreibt. Es ist das Verbotene. Die unwiderstehliche Kraft des Unerlaubten.

Madame Krieger reißt sich von dem Anblick los.

An den Türrahmen von Annas Zimmer hat die Polizei ein Schild genagelt: *Königliche Ermittlung. Kein Zutritt.* Madame Krieger lauscht einen Augenblick, ehe sie die Tür aufdrückt, in die Kammer der Dirne schlüpft und sie wieder schließt.

Das Zimmer sieht aus wie am gestrigen Abend, als sie die Bewusstlose über den Boden zur Treppe geschleift hatte. Bei Tageslicht sieht der Raum kleiner und noch etwas trister aus. Staub wirbelt auf. Madame Krieger durchwühlt rasch die Bettdecke und hebt dann den raschelnden Strohsack an. Sie sieht hinter dem Bett nach, wo die Dirne einen Beutel mit privaten Dingen versteckt hat, vielleicht Sachen, die sie ihren Freiern gestohlen hat. Dort sind auch fünf große Schachteln mit Schwefelhölzchen, aber das Tuch ist nirgends zu sehen.

Geräusche draußen auf dem Flur. Schritte und Stimmen.

Madame Krieger steht auf und erstarrt.

Die Geräusche verstummen wieder.

Sie öffnet die Tür des notdürftig zusammengezimmerten Schranks. Vielleicht hat jemand das Tuch dort hineingelegt. An einer Schnur hängen ein paar Kleider von schlechter Qualität. Die Mode des vergangenen Jahres. Am Boden Stiefel, daneben ein paar Hüte.

Das Tuch ist nirgends zu sehen.

Wieder sind Schritte zu hören. Sie nähern sich von der Treppe.

Jemand ruft: »Mach auf, Salomine! Ich bin's, Molly!«

Madame Krieger erkennt die Stimme, es ist die Schwester der Toten.

Madame Kriegers Blick geht zum Fenster. Kein Entkommen.

Vielleicht kann sie sich hinter der Tür verstecken? In dem schmalen Bereich, wenn die Tür nicht ganz geöffnet wird. Allerdings wäre sie deutlich zu sehen, wenn Molly das Zimmer betritt. Sie sieht zu Boden. Und da, in der hinteren Ecke, schräg gegenüber von ihr, liegt das Halstuch.

Es ist grau von Staub und Schmutz, aber es ist ihr Halstuch, da ist sie sich ganz sicher.

Die Schritte kommen näher.

Sie kann das Tuch nicht mehr holen. Sie muss sich verstecken, weiß nicht, was sie sagen soll, wenn sie entdeckt wird. Molly wird sich über den ungebetenen Gast wundern und um Hilfe rufen, die Polizei holen. Madame Krieger wäre gezwungen, mit Molly in gleicher Weise zu verfahren wie mit Anna. Nur dass sie dieses Mal keinen Engelsatem hat, um sie zu betäuben. Es würde ein unfeiner Kampf in der kleinen Kammer werden, sie müsste Molly erwürgen, damit die andere Dirne und ihr Soldat nichts hören. Aber würde ihr das gelingen?

In aller Eile klettert Madame Krieger in den Schrank. Schiebt sich hinter die Kleider. Staub wirbelt auf, und es riecht muffig. Motten flattern auf, erschrocken über den Überraschungsgast. Sie zieht die Schranktür zu und schiebt die Kleider und Jacken etwas auseinander, damit sie sie verdecken.

Durch einen schmalen Spalt sieht sie das Halstuch am Boden auf der anderen Seite des Zimmers.

Molly betritt den Raum. Sie ist anders gebaut als ihre Schwester. Hat nicht die einladende Brustpartie, dafür sind ihre Bewegungen geschmeidiger und ihr Blick wacher. Molly tritt ans Bett und bleibt stehen.

Der Staub im Schrank ist quälend und kitzelt in der Nase. Madame Krieger zwingt sich, vollkommen stillzustehen, sich nicht in den Haaren oder an der Nase zu kratzen.

Wieder sind Schritte zu hören. Vor dem Schrank. Die Tür öffnet sich. Molly steht direkt vor dem Spalt zwischen den Kleidern, sodass Madame Krieger ihren schmutzigen Rock sieht. Molly schiebt etwas zur Seite und nimmt ein Kleid heraus. Staub wirbelt auf, und Madame Krieger kneift die Nasenlöcher zusammen, um nicht zu niesen. Der Spalt wird breiter, es dringt mehr Licht zu ihr herein. Madame Krieger schiebt sich etwas nach links, vorsichtig, damit Molly sie nicht hört. Sie macht sich bereit, nach draußen zu stürzen und ihre Hände um den Hals der Dirne zu legen. Kein kindisches Mitgefühl, Schneider hat recht, denk an den Apfelbaum und den Weißdorn, wir gestalten alles neu, da darf uns eine nutzlose Dirne nicht im Weg stehen.

Kapitel 6

»Warum immer ich«, murmelt Molly leise vor sich hin, während sie überlegt, wie viel sie für Annas Kleid noch verlangen kann, damit wenigstens Mariechen satt wird. Aber nein, es ist zu abgetragen und mottenzerfressen. Motte müsste man sein, die finden in jedem Schrank etwas zu essen. Sie setzt sich auf die Bettkante, das Kleid über den Knien.

Die Schaulustigen gehen ihr nicht aus dem Kopf. Ihre glühenden, sensationslüsternen Gesichter. Wie sie am Kanalufer gestanden und darauf gehofft haben, mehr zu sehen zu bekommen, um etwas zu erzählen zu haben. Mehr Tod, mehr Tragödie. Obwohl Molly ja aus eigener Erfahrung weiß, wie wunderbar einen das Elend anderer vom eigenen ablenkt. Zumindest für eine kurze Zeit. Das kann überlebenswichtig sein in dieser Stadt voller Elend und Hunger und Gerüchten von der Lungenseuche, die hinter jeder Ecke lauerte. Wie oft hat Molly sich schon am Elend anderer durch den eigenen Tag gehangelt. Im letzten Jahr hat sie gesehen, wie ein Bauernbursche unter einem schweren Pferdekarren zerquetscht wurde. Seine verzweifelten Schreie hatten ihre Gedanken von den Freiern abgelenkt, die mit ungewaschenen Geschlechtsteilen bei ihr lagen, mindestens zwölf an jedem Abend, selbst am Sonntag. Heute gibt es nichts, das Molly ihr Elend vergessen lässt. Nichts, das ihren Zorn bändigen könnte.

Wer auch immer ihrer Schwester das angetan hat, darf nicht ungeschoren davonkommen. Sie sieht ihn vor sich, den Dichter, diesen niederträchtigen Schurken mit dem langen Zinken. Molly wird bei seiner Hinrichtung in der ersten Reihe stehen, sie wird ihn anspucken, ihn anschreien, bis sie keine Luft mehr in den Lungen hat.

Da, ein Geräusch. Ein leiser, kaum hörbarer Laut.

»Ist da jemand?«, fragt Molly, greift nach ihrem Hurensäbel, der Haarnadel, und sieht sich um.

Keine Antwort. Dort ist nichts als der im letzten Nachmittagslicht tanzende Staub. Und doch hat sie das ungute Gefühl, nicht allein zu sein. Ist Annas Seele noch im Zimmer? Molly hängt das Kleid zurück und öffnet das Fenster, um Staub und Seele ins Freie zu entlassen. Sie glaubt eigentlich nicht an solche Dinge. Wenn Anna tatsächlich eine Seele hat, die außerhalb ihres Körpers weiterexistiert, wäre sie wohl kaum in diesem Raum geblieben, sondern bei Mariechen, um ihr tröstende Worte ins Ohr zu flüstern. Oder auf dem Weg heim nach Onsevig, um am Grab des Vaters ihren Frieden zu finden.

Aber was weiß denn sie schon von solchen Dingen? Sie hat keine Ahnung vom Leben nach dem Tod. Genauso wenig wie vom Leben vor dem Tod. Sie weiß nur, dass Anna und die kleine Marie ihr leidtun.

Und sie selbst sich auch, wagt sie für einen ganz kurzen Augenblick zu denken.

Drei lange Tage hat sie versucht, die Polizei davon zu überzeugen, nach Anna zu suchen. Sie hat vorm Gerichtsgebäude in der Schlange gestanden und mehreren Wachmännern ihr Anliegen vorgetragen, von denen der eine oder andere wusste, dass sie eine Dirne ist. Die anderen haben es spätestens erfahren, als sie ihre Meldepapiere vorzeigen musste. Keiner von denen hat sie ernst genommen. Nur ein älterer, pflichtbewusster Beamter hat sich Zeit für sie genommen. Er hat sich sogar Notizen gemacht, als Molly ihm von Annas Verschwinden erzählt hat und seit wann sie vermisst wird. Und alles, was sie über Andersen wusste, diesen perversen Papierschnippler, den Molly als letzten Freier des Tages zu Anna hineingehen sehen hatte.

Vor dem Fenster von Annas Kammer erzählen ein paar Leute von einer ertrunkenen Frau. Die Neuigkeiten verbreiten sich wie ein Lauffeuer. Bald werden es alle wissen, tagelang wird Anna das Gesprächsthema im Viertel sein, denn nur eins lieben die Kopenhagener noch mehr als saftigen Tratsch, und das sind grauenvolle Tragödien, die einem das Blut in den Adern gefrieren lassen. Wieder spürt Molly die Wut in sich aufsteigen. Sie will nicht, dass die Leute über Anna tratschen, schon gar nicht über einem schäumenden Bier.

Das Gefühl, beobachtet zu werden, lässt sie nicht los, und wieder muss sie an den großen, blassen Mann mit den Scherenschnitten denken. Er hatte sehr erschrocken und völlig entgeistert ausgesehen, als der Mob sich auf ihn stürzte.

Molly schaut sich im Raum um. Auf dem Bord über dem Bett steht eine kleine Schatulle mit ein paar wertlosen Ringen und einem flachen weißen Stein.

Unter dem Bett findet sie einen Beutel mit ein paar Habseligkeiten, für die sie im Glücksfall einen Viertelschilling bekommt. Molly findet es furchtbar, hier zu stehen und zu überlegen, was die Sachen ihrer Schwester auf dem Markt einbringen könnten. Als wäre das ihr einziger Wert. Die Kammer kommt ihr mit einem Mal fremd und bedrohlich vor. Aber vielleicht liegt das auch an der Wärme und dem heute besonders schlimmen Gestank von der Straße.

Sie fährt suchend mit der Hand durchs Bett, findet aber nichts anderes als zerknüllte Laken und das eine oder andere Schamhaar. Andenken an die vielen Freier, die zum Abzahlen der Judashöhle beigetragen haben, all die Burschen, Knechte, Kerle, Männer, die sie gestreichelt und geschlagen hat, geblasen und geleckt, gekratzt, gebissen und gevögelt. Und nun ist Anna tot – und alles war umsonst. Molly wirft die Haare aus dem Fenster und versucht, nicht an ihr Leben zu denken. Das alles taugt nichts, sie muss nach vorne schauen, sich etwas einfallen lassen, wie sie überleben kann. Für die kleine Marie.

Neben dem Bett steht eine Kiste mit Schwefel und Hölzern und eine Flasche, deren Inhalt wie Schlamm aussieht und nach Scheiße stinkt. Die Kiste steht dort seit dem letzten Winter, als Anna glaubte, sie könnten ihrem Elend durch den Verkauf selbst gemachter Schwefelhölzer entkommen. Das schwarze Elixier hatten sie einem englischen Händler abgekauft, der behauptete, daraus ließen sich die besten Streichhölzer machen, viel besser als die alten, und dass sie ein Vermögen damit verdienen könnten. Aber die Herstellung der Streichhölzer war viel zu umständlich und der Winter zu mild. Trotzdem war die Idee gut gewesen. In einer klammen, kalten Februarnacht hat niemand Geduld für alte Feueranzünder und feuchtes Brennholz, Zähneklappern und Kälte sind gnadenlose Feinde, schlimmer als Einsamkeit, das hat Molly am eigenen Leib erfahren. Die Furcht vor der Einsamkeit treibt den Menschen an, seltsame Dinge zu tun, wie dafür zu zahlen, zu Frauen ins Bett zu steigen, die einen hassen. Aber die Kälte übertrifft alles. Eine mondblasse Winternacht lässt Menschen wie kranke Wölfe heulen oder sich erfrorene Gliedmaßen abschneiden. Selbst Großmütter würden für einen kurzen Augenblick an einem wärmenden Ofen töten. Solche Nächte wären der richtige Rahmen, um Schwefelhölzer und sommertrockenes Brennholz zu überhöhten Preisen zu verkaufen. Leider hat es im letzten Winter keine solche Nacht gegeben, weshalb sie nun auf einem Pfund Schwefel, Hölzern, dem magischen Elixier und Sägespänen sitzen, die im Sommer völlig wertlos sind, weil kein Mensch weiter als einen Tag nach vorne schauen kann. Molly beschließt, Annas Schwefelholzkiste zu behalten. Vielleicht kann sie im nächsten Winter mit der Not anderer Geld machen.

»Tante? Bist du das?«, ist Mariechens Stimme zu hören.

Molly antwortet nicht, sie will nicht, dass die Kleine in die Kammer kommt.

Sie hört Salomine etwas Beruhigendes sagen. Die Alte hat einen Narren an dem Mädchen gefressen und passt gerne auf sie auf. Anna war immer dagegen, weil Salomine oft krank ist und Marie sich leicht ansteckt. Außerdem flucht Salomine wie ein Bierkutscher, und obwohl das hässlich und nur ganz selten komisch ist, saugt Marie alles wie ein trockener Schwamm auf und erinnert sich an jedes einzelne Wort. Sie konnte schon Arschloch, Pimmelrotz und Mösenjucken sagen, bevor sie ihren eigenen Namen aussprechen konnte. Darum wollten sie ja hier weg und das Gasthaus übernehmen. Mariechen sollte Lesen und Rechnen lernen, die Hühner im Hinterhof versorgen und die Einnahmen zusammenrechnen, wenn der letzte Gast sich verabschiedet hatte. Sie sollte das schreckliche Leben in der Ulkegade hinter sich lassen und vergessen. Aber was wird jetzt aus Mariechen werden? Und aus Molly? Und wie soll Molly der Kleinen beibringen, dass ihre Mutter nicht zurückkommen wird? Molly hat ihr erzählt, dass Anna heim nach Onsevig gefahren ist und bald zurückkommen wird. Sie bringt es nicht übers Herz, die grausamen Worte auszusprechen: *Deine Mutter ist tot.* Aber es wird nicht lange dauern, bis die Huren im Haus die Gerüchte von Annas Tod gehört haben, so auch Salomine, und spätestens dann wird Mariechen es erfahren. So ist das.

Molly nimmt ein anderes Kleid aus dem Schrank, das sich hoffentlich verkaufen lässt, schließt die Schranktür und rafft die anderen Habseligkeiten zusammen.

Da sieht sie vor der Wand ein Tuch auf dem Boden liegen. Hat Anna das dort fallen lassen? Als Molly es aufhebt, erkennt sie, dass es ein Schal ist, den sie noch nie gesehen hat. Sie klopft den Staub von dem Stoff. Der hübsche Schal ist dicht gewebt, mit einem Muster, das an Fische oder Tropfen erinnert. Solche Tücher kriegt man nicht beim Krämer, eher in der vornehmen Boutique in der Østergade, wo Molly so gerne vor dem großen Schaufenster stehen bleibt. In eine Ecke des Tuchs sind drei Buchstaben gestickt. Sie erkennt ein A, weil das der erste Buchstabe vom Alphabet und Annas Namen ist, bei den anderen beiden ist sie sich unsicher. Sie schnuppert an dem Tuch, es duftet fremd und merkwürdig. Das ist bestimmt wertvoll, denkt sie. Allein schon die Seide. Das reicht für eine Woche Abendessen für sie und die kleine Marie. Seltsam, Anna hätte doch sicher davon erzählt, wenn sie von einem Freier so ein kostbares Geschenk bekommen hätte. Und sie hätte es niemals achtlos fallen lassen. Dem Scherenschneider gehört der Schal auf jeden Fall nicht. Er ist ein Kauz mit abartigen Gelüsten, aber so vornehm ist er nicht. Molly sieht sich noch einmal die drei Buchstaben an, ohne schlau daraus zu werden, und bindet sich schließlich das Tuch um den Hals. Sie öffnet die Tür, duckt sich unter dem Sperrschild der Polizei hindurch und schließt die Tür hinter sich. Auf dem Gang ist es still, die Sonne spiegelt sich auf den Fensterscheiben des Nachbarhauses, als die Frau gegenüber sich aus dem Fenster lehnt, um Wäsche an die Leine zu hängen.

Molly versteckt den Sack mit Annas Habseligkeiten in ihrer Kammer. Vielleicht kann sie die Sachen morgen für ein paar Schillinge verkaufen, wenn sie die passenden Kunden findet, einen Bauern vom Land oder einen einfältigen Stallburschen, der ein Geschenk für seine Verlobte sucht. Beim Krämer fällt sicher weniger für sie ab, der will ja selbst damit Gewinn machen. Ihr schlechtes Gewissen meldet sich. Anna ist kaum tot, gerade eben erst aus dem Wasser gezogen worden, und schon rechnet Molly sich ein Geschäft mit ihren Sachen aus. Aber sie tut das für die Kleine. Außer etwas Trockenfisch haben sie seit vorgestern nichts mehr gegessen. Wenn sie die Sachen verkaufen kann, reicht es vielleicht für etwas Brot und Fleisch.

Sie tritt in Salomines Kammer und sieht Mariechen auf der Bettkante sitzen. Salomine selbst liegt auf dem Stroh.

»Erzähl nicht zu wilde Geschichten, Salomine, wenn ich dich nicht ins Zuchthaus schicken soll.«

Molly nimmt die kleine Marie auf den Arm, als ihr ein Gedanke kommt.

»Salomine, du kannst doch lesen, oder?«

»Selbstverständlich kann ich lesen, ich komm ja nicht von Lolland!«, sagt die Alte.

Molly zeigt ihr den Seidenschal.

»Die drei Buchstaben … der erste ist ein A, nicht wahr?«

Die alte Dirne kneift die Augen zusammen und hält den Schal am ausgestreckten Arm gegen die Sonne.

»A V K.«

»AVK? Was bedeutet das?«, fragt Molly.

»Das sind Initialen.«

»Ini-was?«

»Initialen. Von dem, dem der Schal gehört. Du weißt schon. Alberte Viggo Knudsen zum Beispiel.«

Molly steht mit Mariechen auf dem Arm da und denkt über

Salomines Worte nach. Sie kennt keine Alberte Viggo Knudsen. Salomine reicht Molly das Tuch, die mit Marie in ihre eigene Kammer geht. Am Ende des Flures sieht sie eine Gestalt, wahrscheinlich einen Freier, über die Treppe nach unten verschwinden. In der Luft hängt ein ganz schwacher, ungewöhnlicher Duft. Derselbe Duft wie in dem Schal. Sie will nicht weiter grübeln, der Scherenschneider ist, wo er hingehört, für ihn ist nur das Schlimmste gut genug. Später sitzt Molly neben der Kleinen auf der Bettkante und denkt über die Buchstaben nach, während sie sich das neu gelernte Wort auf der Zunge zergehen lässt. *Initialen.* A und V und K.

AVK.

Kapitel 7

Hans Christian kann seinen Tränen freien Lauf lassen, ohne dass irgendjemand Notiz davon nimmt. Das große Gerichtsgebäude verschluckt alle Geräusche. Die harte Bank unter seinen Sitzknochen, die rostfleckigen Handschellen um seine Handgelenke, mit denen er an dem Stuhl arretiert ist. Die Wachleute, die die Leute herumschubsen wie Schafe. Frauen, die etwas von einem Dieb schreien, der ihre Papiere gestohlen hat. Ein Trunkenbold, der sich dem Tumult zu entziehen versucht, indem er sich schlafend stellt. In einer Ecke stehen ein paar Schreiber, und an der Treppe zu den Arrestzellen warten mehrere übermüdete Wachen auf Arbeit. Hans Christian schließt die Augen, und sogleich ist Annas fürchterlicher Anblick zurück, die hübsche Anna, geschändet, verstümmelt, ermordet.

Da schießt es ihm durch den Kopf: Ist das Ganze vielleicht nur eine Wahnvorstellung? Sein Großvater väterlicherseits hatte ständig Wahnvorstellungen, völlig verrückt war er gewesen. Hans Christian fürchtet sich schon sein ganzes Leben davor, krank im Kopf zu werden wie sein Großvater, der sonderbare Höllentiere aus Holz geschnitzt hatte und über Land gezogen war, um sie für eine Schüssel Grütze einzutauschen. Wenn er abends nach Hause kam, war er fest davon überzeugt, den ganzen Tag daheim verbracht zu haben.

»Gütiger«, flüstert Hans Christian, ein Zittern durchläuft seinen Körper. Ist es jetzt so weit? Ist jetzt auch er verrückt geworden? Bildet er sich wie sein Großvater ein, ganz woanders gewesen zu sein, während er in Wirklichkeit Anna umgebracht hat? Ist es so, wahnsinnig zu werden?

Ein tonnenförmiger Mann mit einer Nase, die Hans Christians eigener Konkurrenz macht, nähert sich vorsichtig.

»Dürfte ich vielleicht Ihr Porträt zeichnen?«, fragt er unsicher.

Hans Christian richtet sich auf. Ganz unbekannt scheint er also doch nicht zu sein.

»Wenn es sein muss«, antwortet er und dreht dem Zeichner seine Schokoladenseite zu.

Der Mann dürfte Jude sein. Die haben es auch nicht leicht. Am Tag seiner Ankunft in Kopenhagen, Hans Christian war damals vierzehn Jahre alt und eingeschüchtert von all den fremden Geräuschen und Eindrücken, hatten alle Händler der Stadt sich in einer Revolte gegen die Juden und ihren Wohlstand verbündet. Hans Christian erinnert sich noch heute an die zerschlagenen Scheiben des Tuchladens der Gebrüder Raphael und wie die Juden durch die Gassen gejagt und mit Stricken und Knüppeln verprügelt wurden. Vielleicht war es ein Omen gewesen, dass er just an diesem Tag in Kopenhagen eintraf? Einem Tag, an dem das Böse aus den Menschen herausbrach, anständige Bürger sich gegen ihre Nachbarn wendeten, an dem öffentliche Frauenzimmer in den Hinterhöfen vergewaltigt und misshandelt wurden, wo aufgestaute Wut und Frust über das beengte und harte Leben in der Großstadt sich von der Leine losrissen wie ein tollwütiger Hund.

Zum zweiten Mal an diesem Tag wandern Hans Christians Gedanken zu seiner Mutter. Sie hatte sich gewünscht, dass er bei einem Schneider in die Lehre ging und nicht in so jungen Jahren schon nach Kopenhagen zog. Mit nichts als den Kleidern, die er am Leib trug und ein paar Schillingen in der Tasche. Hans Christian schloss die Augen und stellte sich ein Dasein als Lehrling vor. Er hatte die Lehrburschen von Schneidermeister Stegmann im Laden sitzen sehen, mit wassergekämmten Haaren, über ihre Arbeiten mit Nadel und Faden gebeugt. Hans Christian hatte nähen gelernt, nachdem sein Vater ihm ein Puppentheater vermacht hatte. Er hatte keine andere Wahl gehabt, die Puppen entstanden nicht von allein. Aber das war ein Spiel, ein schöpferischer Akt. Kleider für andere Menschen zu nähen, dazu hatte er keine Lust. Er wollte keinen Schneidermeister hinter sich haben, keine Hand im Nacken, freundlich vielleicht, vielleicht auch mehr, wofür es keine Worte gab. Nein, das war nichts für ihn. Da war er lieber als blinder Passagier mit dem Postwagen nach Kopenhagen gefahren. Ein schlaksiger Junge aus Odense, der noch grün hinter den Ohren war und große Augen machte, als die Großstadt vor ihm auftauchte. Glücklicherweise bekommen seine verstorbenen Eltern nichts mehr von seinem Unglück mit, seinem Hineinstolpern in die Schatten des Todes. Er kennt die Strafe für Mord, vor vielen Jahren hat er einmal einer Hinrichtung beigewohnt und Köpfe rollen sehen. Damals hat er die Kälte des großen Nichts gespürt. Und nun spürt er sie wieder.

Der Polizeidirektor nimmt auf einem Stuhl mit hoher Rückenlehne vor Hans Christian Platz.

»Ach ja«, sagt er kopfschüttelnd. »Ich kenne Ihren Mäzen, Jonas Collin. Darum bereitet es mir äußerstes Unbehagen, Ihnen in diesem Prozess gegen Sie hier gegenüberzusitzen.«

»Was für ein Prozess, Herr Bræstrup? Ich weiß nicht, was der Frau zugestoßen ist«, sagt Hans Christian, das Gesicht weiter im Profil dem Zeichner zugewandt.

»Lassen Sie sich nicht von unserem Hauskünstler stören«, sagt Cosmus Bræstrup und nickt dem Porträtmaler zu. »Diese Neuerung habe ich eingeführt. Ich lasse Zeichnungen von allen Verbrechern der Stadt anfertigen, damit wir euch besser kontrollieren können.«

»Ich bin kein Verbrecher«, protestiert Hans Christian, der schlagartig das Interesse am Modellsitzen verloren hat.

»Nicht? Sie sagten aber doch, dass Sie die Frau kannten?«

»Das ist wahr. Ich kannte sie. Gewissermaßen. Aber ich habe sie nicht umgebracht«, sagt Hans Christian mit der unterschwelligen Befürchtung, dass er es vielleicht doch war. Dass er Anna nächtens abgeschlachtet hat, ein Irrer, der sich hinterher einbildet, er hätte die ganze Zeit zu Hause gesessen und geschrieben.

»Ich gehe davon aus, dass Sie …«, der Polizeidirektor senkt die Stimme, »… Kunde waren.«

Es vergeht ein Augenblick, ehe Hans Christian begreift, was der Polizeidirektor meint.

»Nein«, antwortet er. »Nicht in der Weise. Ganz und gar nicht.«

»Inwiefern sind Sie dann mit ihr bekannt?«

Hans Christian denkt nach. Den ganzen Weg zum Gerichtsgebäude hat er nach der besten Antwort auf diese Frage gesucht. Die Wahrheit ist unmöglich in Worte zu fassen. Dass es die Formen der Frauen sind, die ihn interessieren und faszinieren, alles, was ihre natürliche Schönheit ausmacht. Wie bei dem Schneidermeister aus Odense, der den Frauen Kleider schneidert, um sie schöner zu machen, als sie sind. Ohne sie deshalb als Frau zu begehren, in ihr etwas anderes zu sehen als eine Form, einen Gegenstand. All das lässt sich nicht in Worte fassen, so viel hat Hans Christian bei seinen Abendessen im Haus der Familie Collin gelernt, wenn er sich in derlei Erklärungen verstiegen hat. In den Augen des Polizeidirektors würde er sich nur zu einem noch größeren Idioten machen.

»Die Tochter ... meiner Mutter, also meine Halbschwester, wenn Sie so wollen ...«, setzt Hans Christian an. Es ist das erste Mal in seiner Zeit in Kopenhagen, dass er sie erwähnt, aber nun muss sie ihm weiterhelfen. »Ich habe nach ihr gesucht. Sie ist auf die schiefe Bahn geraten. Eine der Straßendirnen hat mir erzählt, dass sie in einem Haus in der Ulkegade zu finden ist. Also bin ich dort hingegangen und habe bei dem Mädchen angeklopft, das war alles«, sagt Hans Christian und sucht den Blick des Porträtzeichners.

Cosmus nimmt die Antwort zur Kenntnis, sieht aber noch nicht ganz zufrieden aus.

»Wenn unsere Zeugin behauptet, mitbekommen zu haben, dass Sie die Verstorbene in ihrer Kammer besucht haben, sagt sie also die Unwahrheit?«

»Es ist möglich, dass die Zeugin mich mit der Dame sprechen hören hat, aber das dürfte bei meinem unschuldigen Anliegen ja wohl kaum strafbar sein?«

Es ist schwierig, sich mit den ins Fleisch schneidenden Handschellen unschuldig zu fühlen.

Ein Wachmann reicht Cosmus eine Pfeife, die dieser mit einem langen Schwefelholz ansteckt. Die Flamme lodert munter auf und taucht das zerfurchte Gesicht und den buschigen Oberlippenbart in leuchtendes Gelb und Rot.

»Unschuld haben wir hier bei uns nicht mehr erlebt seit …« Cosmus stockt. Hans Christian blickt nervös von ihm zum Zeichner. »… Dezember 1822«, sagt Cosmus. »Da hatten wir einen unschuldigen Zigeuner, aus einem Zirkus, irgendwas mit Bären und Murmeltieren. Bedauerlicherweise wurde die Unschuld des Mannes erst nach seiner Hinrichtung festgestellt. Aber das war vor meiner Zeit. Und dieses Mal liegt eine Zeugenaussage gegen einen Täter vor«, sagt Cosmus Bræstrup und zeigt mit der langen Pfeife aus Ebenholz und Elfenbein auf Hans Christian. »Nämlich Sie.«

»Sie müssen mir glauben, Herr Polizeidirektor. Ich bin wahrlich nicht stolz auf die Arbeit meiner Halbschwester«, sagt Hans Christian. »Darum habe ich diesen unpassend späten Zeitpunkt gewählt, sie aufzusuchen. Ich habe in meiner Kammer gesessen und gerade an einem neuen Stück über einen verletzten, heimgekehrten Soldaten geschrieben, als mir meine Halbschwester nicht aus dem Kopf gehen wollte. Ich fühlte mich schuldig an ihrem Elend, hatte Mitleid mit ihr. Es tut mir leid, Herr Bræstrup. Das war dumm von mir.«

Das Geständnis und die Höflichkeit scheinen den Polizeidirektor zu verwirren. Er legt die Hand mit der Pfeife auf der Armlehne ab, und ein dünner Rauchfaden ringelt sich an seinem Hals empor.

»Und wann sind Sie in Ihr Zimmer zurückgekehrt?«

»Ich habe den Nachtwächter neun Uhr ausrufen hören und dürfte so gegen halb zehn wieder zu Hause gewesen sein.«

»Das ist spät. Hat Sie jemand gesehen? Auf dem Heimweg oder als Sie in Ihrem Zimmer angekommen sind?«

»Nein. Im Haus war alles ganz ruhig. Der Spielmann aus dem ersten Stock ist abends nicht zu Hause, und im dritten Stock waren die Kinder längst im Bett.«

Cosmus betrachtet Hans Christian mit einem tiefen Seufzer,

wie ein Mann, der ahnt, dass er hintergangen wird, aber nicht sagen kann, in welcher Weise. Hans Christian war schon immer ein Meister darin gewesen, sich aus allen möglichen unangenehmen Lagen herauszureden. Als Kind hat er die Waschfrauen mit seinen Lehrvorträgen zur Anatomie des menschlichen Körpers unterhalten, er hatte Därme und Nieren und Herz in den Sand gemalt, ohne einen Schimmer zu haben, wovon er eigentlich redete. Aber es war sehr unterhaltsam, und meist blieb es ihm so erspart, ins kalte Flusswasser zu waten, um wie alle anderen Burschen bei der Wäsche zu helfen. Die Frage ist nur, ob ihm das auch diesmal gelingt.

Cosmus betrachtet Hans Christian ausgiebig, ehe er einen Wachmann zu sich winkt.

»Nehmen Sie ihm erst einmal die Handschellen ab.«

Hans Christian fühlt unmittelbare Erleichterung. Ein Schweißtropfen rinnt den Rücken hinunter. Ein jüngerer Wachmann mit roten Wangen schiebt sich an ihm vorbei und legt dem Polizeidirektor eine Mappe vor. Er keucht, als wäre er durch die halbe Stadt zum Gerichtsgebäude gelaufen.

»Ich hoffe, Sie verstehen, dass ich die Zeugenaussage nicht einfach ignorieren kann«, sagt Cosmus. »Viel zu viele Verbrechen bleiben unaufgeklärt, weil ich nicht genügend Leute habe – in einer Stadt, die unaufhaltsam wächst. Bald ist sie über die Stadtwälle hinausgewachsen …«

Cosmus stockt und starrt auf die Papiere, die der Wachmann ihm vorgelegt hat. Als hätte er etwas ganz Neues entdeckt. Er greift nach der Pfeife, zeigt mit dem Mundstück auf Hans Christian.

»War das Ihr erster Besuch im Dirnenhaus in der Ulkegade, Andersen?«

Das war es mit der freundlichen Anrede. Verschwunden der entwaffnende, sanfte Ton. Jetzt ist er autoritär, angespannt.

»Und hören Sie auf zu lügen, das macht Ihren Fall nur noch schlimmer.«

Da war es wieder. Ihr Fall. Hans Christian würde sich gerne

aufrichten, was von den Handschellen erschwert wird, die ihm nun doch nicht abgenommen werden.

»Ich kenne das Haus nicht und auch keine der anderen Dirnen. Ich habe nur das Pech, eine Halbschwester zu haben, die im Leben vom rechten Weg abgekommen ist. Warum sollte ich lügen, Herr Bræstrup?«

»Um nicht den perversen Drang eingestehen zu müssen, den Sie ganz offensichtlich haben.«

Der Polizeidirektor saugt an seiner Pfeife, die Glut leuchtet rot auf.

Die Angst meldet sich wieder. Sie schleicht sich an, er kann sie riechen, auf der Zunge schmecken.

»Was für einen perversen Drang meinen Sie?«, fragt Hans Christian und sieht wieder seinen irren Großvater vor sich, das manische Gesicht im Schein der Feuerstelle, an der er saß und seine inneren Dämonen in Holz schnitzte.

»Den Drang, an Frauen herumzuschneiden.«

Cosmus reicht Hans Christian ein Blatt Papier. Ein ovales Blatt Papier mit der Silhouette der Toten. Auch wenn es nicht seine beste Arbeit ist, sind das charakteristische Profil, die großen Brüste, die Nase, das hochgesteckte Haar, der schlanke Hals zu erkennen. Die Ähnlichkeit mit Anna ist beeindruckend, lobt Hans Christian sich in Gedanken selbst.

»Waren Sie in meiner Kammer?«, fragt Hans Christian bemüht empört. Erzürnt, als wäre eigentlich er das Opfer eines Verbrechens, versucht er, Zeit zu gewinnen.

»Das waren wir, ja. Meine Männer, über die ich allen Widrigkeiten zum Trotz verfüge, haben die Zeit genutzt, als Sie am Kanal waren, um Ihre Kammer zu durchsuchen. Und sie haben die hier gefunden.«

Cosmus zeigt einen anderen Scherenschnitt, den Hans Christian im letzten Sommer von Anna gemacht hat. Ein hübsches Doppelbild mit zwei Annahälften, beide mit in die Luft geschwungenem Bein wie bei einer Ballerina.

»Das ist die Studie einer Ballerina«, sagt Hans Christian.

»Eine nackte Ballerina«, ruft Cosmus empört. »Mit für alle Welt entblößtem Geschlecht? Und demselben …« Cosmus sucht nach dem passenden Wort. »Mit demselben Körperbau wie die Ermordete?«

Hans Christian hat es geahnt, hatte es bereits zu dem Zeitpunkt vor einem Jahr geahnt, als er den Scherenschnitt angefertigt hat. Er hatte sich für den ovalen Ausschnitt in rotem Papier entschieden, genau an dem Punkt, an dem Annas Körper sich in zwei Beine teilte, wie genial und verrückt das war, wie dreist und verboten zugleich. Er hatte den Scherenschnitt angefertigt, aber keine Lust auf die Dirne gehabt, nicht auf diese Weise. Ganz und gar nicht auf diese Weise, und genau das kann er nicht in Worte fassen, niemandem sonst erklären, außer Edvard. Deshalb machte er die Scherenschnitte: weil ihm für manches die Worte fehlen.

Hans Christian sieht den Polizeidirektor an, und in diesem Augenblick geht ihm auf, in welch entsetzlicher Bredouille er sich befindet.

»Sie sind es, Sie sind der Papiermörder«, sagt Cosmus und steht auf. Er gibt dem Wachmann ein Zeichen, der abwartend mit dem Schlüssel für die Handschellen dagestanden hat. »Bringen Sie ihn in den Keller und lassen Sie ihn seine Geschichte weiterschreiben – ohne Wasser und Brot.«

Der Wachmann führt Hans Christian über eine schmale Treppe hinunter in die Dunkelheit, die nach schimmeligem Stroh und altem Erbrochenen stinkt. Es geht alles so schnell.

Hans Christian will Cosmus etwas zurufen, Widerstand leisten, rebellieren, aber manche Ströme sind zu reißend, manche Geschichten zu ernst, um sich ihnen zu widersetzen. Manchmal muss man sich mitreißen und herumschleudern lassen, um auf der anderen Seite wieder herauszukommen.

Im Keller fegt ein kühler Lufthauch über den Boden, überall sind hungrig jammernde Männerstimmen zu vernehmen. Die Tranfunzeln, aus denen ein flackerndes Licht leckt, verströmen einen klebrigen Gestank. Hans Christian stolpert durch den Keller hinter dem Wachmann her, der den unebenen Untergrund gewohnt zu sein scheint und ohne Vorwarnung um Ecken und ein paar Stufen hinuntergeht. Hans Christian schlägt sich die Stirn an einem Balken an. Ehe er nachfühlen kann, ob es blutet, zieht der Wachmann ihn energisch an den Handschellen weiter.

Er schließt eine Zelle auf und schubst Hans Christian hinein. Die Tür wird hinter ihm verriegelt, die Schritte des Wachmanns entfernen sich.

Vor ihm wabert die Dunkelheit, sie lebt, er ist nicht allein. Hans Christian hat gehört, was Gefangene miteinander machen. Und sofort ist die Erinnerung an die Tuchfabrik wieder da, an die Arbeiter, die ihn geschnappt und ihm die Hosen runtergezogen haben. Einer von ihnen, ein großer Kerl mit schmutzig rotem Schnäuzer, der die nach einem Messerkampf schief zusammengewachsene Oberlippe noch betonte, war eigentlich ein gutmütiger Idiot, der keiner Fliege was zuleide tat. Aber an jenem Tag hatte ausgerechnet er sich nicht mehr beherrschen können. Hans Christian erinnert sich an die aufgeregte Zungenspitze des Mannes, die unter der verstümmelten Lippe zum Vorschein gekommen war wie ein Wesen, das nur selten an die Luft kommt, während er sich mit einer Hand unter der Schürze abrackerte und die andere um Hans Christians Hinterteil gekrallt hatte. Bei der Erinnerung dreht sich ihm der Magen um.

Er schlägt gegen die Tür.

»Ich war das nicht«, ruft er dem Wachmann hinterher. »Ich war es nicht. Ich kann es gar nicht gewesen sein.«

Zuerst ist es ganz still, dann werden Dutzende von Stimmen laut. Stimmen aus den anderen Zellen, unter denen er sich krümmt, noch verlassener fühlt. Es werden immer mehr:

»Ich war's nicht.«

»Ich war es nicht. Ich hab sie nicht angefasst, das Gespenst hat sie geholt, nicht ich.«

»Ich war es auch nicht.«

»Ich auch nicht. Ich auch nicht!«

Kapitel 8

Hinter Gittern. Gemeinsam mit Männern, die ihm Böses wollen. Aus einer Ecke hört er Schnarchen und Prusten, er ahnt nackte Gliedmaßen und eine verdreckte Hand. Es geht nicht, er hält das nicht aus, muss hier raus. Wenn er nur mit jemandem reden könnte, der ihn versteht, oder Collin eine Nachricht schicken. Ist das Urteil über ihn erst gesprochen, kann niemand ihm mehr helfen.

Hans Christian tritt vorsichtig an das Fenster, das hoch oben an der Wand angebracht ist. Er stößt die Fensterläden auf, sie knallen außen gegen die Mauer. Licht fällt durch die massiven Gitterstäbe. Jetzt erkennt er die einzelnen Ziegel, die wie dicke Bücher aus der Wand ragen. Eine tiefe Rinne führt über den Zellenboden und unter der Tür hindurch, darin strömt eine merkwürdige Suppe von unbestimmbarer Farbe. Hans Christian will gar nicht wissen, was das ist. Dahinter in der Ecke kauert ein Mann auf einem dreckigen Strohsack, die Kleider hängen in Fetzen an dem muskulösen, sehnigen Körper herab.

»Pass bloß auf«, sagt der Mann und zeigt zum Licht, als wäre es ansteckend.

Hans Christian wendet rasch den Blick ab, man darf einem Stier nicht in die Augen schauen, das wissen alle.

Die Luft, die von draußen hereinzieht, ist besser als der abgestandene Dunst der Zelle, auch wenn sie nach Pferdepisse riecht. Er muss eine Botschaft schicken, dass er Hilfe braucht.

»He, Junge!«, ruft er einem vorbeilaufenden Burschen zu, der ängstlich Reißaus nimmt vor der Stimme aus dem Kerkerloch. Alle Passanten machen einen großen Bogen um die auf Straßenniveau liegenden Zellenfenster. Früher hat Hans Christian selbst auch mit Verachtung auf die dunklen Gitter und die für immer gezeichneten Gesichter dahinter gestarrt. Jetzt ist er eines von ihnen.

Da dringt von irgendwo aus dem Zellentrakt ein Murmeln zu ihm. Ein Geräusch, das er aus dem Petersdom in Rom kennt, nicht lokalisierbare, klagende Stimmen, stöhnende Mauern.

»… von des Königs Urin …«

Des Königs Urin? Wer sagt denn so etwas geradezu Blasphemisches. Hans Christian weicht vom Fenster zurück und geht zur Gittertür, um das Gesagte besser zu hören. Es scheint aus der Nachbarzelle zu kommen. Die Stimme klingt verloren, tief. »Ach, ich treuer Diener von des Königs Urin.«

Treuer Diener von des Königs Urin?

Hans Christian schüttelt den Kopf und geht zurück zum Fenster. Hier drinnen verliert man garantiert den Verstand. Er muss raus hier. Schnellstmöglich.

Er starrt durch die Gitter auf den Nytorv. Auf der Mitte des Platzes stehen ein paar Buden. Ein Bauer verkauft frisch geschlachtete Hühner und Schweinsköpfe. Oben am Springbrunnen flanieren ein paar Frauen vorbei.

»Entschuldigen Sie, verehrte Fräulein«, ruft er ihnen zu, als sie sich nähern.

Seine Stimme überschlägt sich bei dem Versuch, freundlich zu klingen, und sie beschleunigen ihre Schritte. Ein Karren mit Töpfen und Pfannen holpert vorbei. Gefolgt von einem Dienstmädchen mit Waren in einem Korb. Die junge Frau wirft verstohlen einen Blick zum Fenster.

»Das habe ich anfangs auch gemacht«, sagt der Mann hinter ihm. »Hab am Fenster gestanden und nach draußen gestarrt, den Passanten zugerufen. Irgendwann hatte ich nicht mehr die Kraft, nach draußen in das Leben zu schauen und um Hilfe zu bitten.«

»Wie lange sind Sie schon hier?«, fragt Hans Christian.

»Beim letzten Besuch meiner Frau waren es vier Wochen. Sie sind der Fünfte, mit dem ich die Zelle teile. Jetzt warte ich darauf, ins Stockhaus zu kommen.«

»Ins Stockhaus«, sagt Hans Christian entsetzt. »Was haben Sie denn getan?«

»Ich habe nur laut ausgesprochen, was alle denken.«

Hans Christian will nicht weiter fragen, bestimmt handelt es sich um etwas Finsteres, das er gar nicht hören will. Er muss seine lüsternen Fantasien im Zaum halten. Die Gedanken an Frauen und Männer zusammen, an Körper, Glieder, Brüste, Knie und Ärsche, wie Aale ineinander verschlungen.

»Ich habe es einfach gesagt. Und sage es gerne wieder. Der König ist ein Idiot. Er will meinem Sohn kein Stimmrecht geben, weil ich Bauer bin. Für ihn in den Krieg ziehen darf er aber! Das ist doch Absolutismus, die Alleinherrschaft eines Idioten. Dabei sind es wir Bauern, die den König und seinen Hofstaat liederlicher Prinzen durchfüttern und dafür sorgen, dass der fette Fritz sich durch die Stadt vögeln kann.«

Hans Christian wendet sich ab, so darf man nicht reden, auch wenn es die Wahrheit ist. Die Geschichten über den beständig feiernden Prinzen waren in aller Munde, und von einigen wurde er inzwischen nur noch der fette Fritz genannt. Es heißt, der Prinz liebe es, mit dem Pöbel zu trinken, solange der Pöbel bezahlt und ihm seine Töchter feilbietet. Hans Christian wirft noch einmal einen Blick auf den mageren Bauern mit dem großen Mundwerk. Für einen Moment empfindet er so etwas wie Neid. Die wenigen Worte des Mannes haben mehr bewegt als Tausende Worte, die Hans Christian zu Papier gebracht und vorgetragen hat. Dafür zahlt der Bauer jetzt allerdings auch einen hohen Preis, auf ihn wartet das schlimmste Gefängnis der Stadt.

»Nein«, flüstert Hans Christian vor sich hin und schüttelt den Kopf. Es muss einen Ausweg geben, er muss irgendwie mit Collin reden. Vielleicht könnte ihm eine der Wachen eine Nachricht überbringen, die haben doch sicher nichts gegen einen Extra-Schilling einzuwenden.

»Wache!«, ruft er. »Will sich einer von euch einen Taler verdienen? Ich kenne wichtige Menschen.«

»Ich auch!«, ruft einer der anderen Gefangenen. »Und wichtige Pferde. Und Vögel.«

Grölendes Gelächter erschallt und demütigt ihn mehr als der

dreckige Boden, der Gestank oder die groben Hände der Wachen. Er fühlt sich einsamer als jemals zuvor.

Als das Lachen endlich verstummt, hört er wieder das Murmeln aus der Nachbarzelle.

»*Ach, ich treuer Diener von des Königs Urin*
Muss ich sterben, wenngleich ich der Täter nicht bin?«

»Was soll das? Wer dichtet da so seltsame Verse?«, fragt Hans Christian.

»Ein Verrückter, der sich wie eine Spieldose immer und immer wiederholt«, sagt der Bauer. »Er ist seit ein paar Tagen hier und wartet darauf, zur Schanze gebracht zu werden.«

Zur Schanze. Bei dem Wort wird Hans Christian schwindelig. Die Schanze ist die Richtstätte in Amager, wo die schlimmsten Verbrecher hingerichtet werden. Er denkt zurück an die Hinrichtung, die er selbst einmal miterlebt hat. Drei junge Menschen, zwei Männer und eine hübsche Frau, die am frühen Morgen geköpft worden waren. Einer rief ein Abschiedswort, und die junge Frau sang so schön, dass ihm die Melodie noch durch den Kopf geisterte, als ihr Kopf bereits am Boden lag.

»Was hat er getan?«

»Er hat eine der königlichen Wachen vor dem Schloss überfallen. Der ist ganz offensichtlich verrückt. Niemand weiß, auf welche Ideen er noch kommt.«

Hans Christian lauscht der Stimme, die ihre Verse fast singend vorträgt.

Eine Frau im Fass, im Bottich die Kanaill'
Wahrhaftig, der Teufel lauert im Detail

»Kanaill' … und Detail, nicht schlecht«, murmelt Hans Christian und denkt, dass Gott sich über ihn lustig macht und es überall, wohin er auch kommt, bessere Dichter gibt als ihn.

Der Alte stemmt sich auf die Ellbogen hoch.

»Der Verrückte war Latrinenmann, hat die Pisspötte der Stadt geleert und offensichtlich auch aus ihnen getrunken.«

Hans Christian hat schon Latrinenmänner bei der Arbeit gesehen wie alle, die nachts lange genug unterwegs sind. Latrinenmänner sind wie Fledermäuse. Sie kommen zum Vorschein, wenn alle anderen schlafen. Leeren die Latrinen und Abtritte der Stadt und fahren alles nach Amager. Man sagt, die meisten Latrinenmänner könnten weder lesen noch schreiben, ja, kaum denken. Nur geistlose Idioten sollen in der Lage sein, eine solche Arbeit zu verrichten. Trotzdem scheint der Verrückte in der Nachbarzelle nicht schlechter zu dichten als die meisten Dichter der Stadt.

Hans Christian geht zurück ans Fenster und sieht einen Jungen über den Platz laufen.

»He, Schuhmacherjunge, wohin des Wegs?«, ruft Hans Christian.

Der Junge fällt fast hin, als er sich zu ihm umdreht.

»Ja, du, komm her. Schuhmacherjunge.«

»Ich bin kein Junge, man sieht doch wohl, dass ich ein Mädchen bin«, sagt sie und kommt näher. Sie ist nicht wie ein Mädchen frisiert, hat kurze Haare und trägt einen Hut, was sie wie einen Lehrling aussehen lässt. Sie mag zehn Jahre alt sein, ihr Gesicht hat aber bereits markante Züge. Auf dem Rücken trägt sie einen kleinen Ranzen.

»Willst du dir einen Reichstaler verdienen?«

»Womit?«

»Kannst du einen Botengang für mich machen?«

»Ich muss nach Hause. Ich habe Mutter versprochen, nicht mit Fremden zu sprechen. Und ganz sicher nicht mit Gefangenen. Und in der Adelgade und in der Borgergade darf ich nicht stehen bleiben.«

»Tu mir einen Gefallen, lauf zur Bredgade und finde Herrn Edvard Collin. Nicht den Vater, Jonas, sondern Edvard«, erklärt Hans Christian ihr.

Edvard weiß nicht, dass Hans Christian inhaftiert worden ist. Vielleicht kann er ihm helfen, wenn er von der rüden Behandlung hört. Ob der ältere Collin auch bereit wäre zu helfen, ist fraglich.

»Und was soll ich sagen?«, fragt das Mädchen.

»Richte ihm Grüße von mir aus, von Hans Christian Andersen, und sage ihm, dass ich seine Hilfe brauche, schnell.«

Das Mädchen sagt nichts. Sie sieht ihn nur an und versucht, sich eine Meinung zu bilden. Er weiß, dass Kinder ihn oft unheimlich finden und Angst vor ihm haben. Er hofft, dass das schlechte Licht ihm zum Vorteil gereicht.

Da streckt das Mädchen die Hand aus.

»Bekomme ich das Geld vorab?«

Er tastet in seiner Jacke nach der Geldbörse und findet einen schweren Reichstaler.

»Warte«, sagt er. »Woher weiß ich, dass du tust, worum ich dich bitte, und nicht einfach mit meinem Geld verschwindest, ohne meinen Freund zu holen?«

»Ich verspreche es«, sagt das Mädchen.

»Gib mir einen Holzschuh, dann weiß ich, dass du das Versprechen hältst.«

»Wenn ich auf die andere Seite von Kongens Nytorv laufen soll, brauche ich meine Schuhe.«

»Zieh den anderen auch aus und lauf barfuß«, sagt Hans Christian. »Für einen Reichstaler ist das immer noch ein gutes Geschäft.«

Das Mädchen zieht den linken Holzschuh aus und hält ihn am gestreckten Arm, während sie mit der freien Hand die Münze einfordert. Hans Christian kriegt den Holzschuh gerade so zu fassen und gibt seine letzte Münze her.

»Beeil dich«, sagt er, während das Mädchen begeistert auf den Taler starrt. »Du bist meine einzige Hoffnung. Edvard Collin. Den Sohn sollst du holen, denk dran, nicht den Vater. Bredgade.«

»Jaja«, sagt sie und hinkt los. Dann bleibt sie stehen, zieht auch den rechten Holzschuh aus und rennt barfuß weiter.

Er sackt an der Wand zu Boden und bleibt sitzen. Die Handschellen schneiden ihm in die Gelenke. Etwas huscht an den Wänden entlang, und weiter hinten murmelt der Latrinenmann weiter seine seltsamen Verse.

Ihm wird bewusst, dass er sein ganzes Leben lang allein war.

Allein in seinen Gedanken. Allein im Klassenzimmer, wenn Rektor Meisling ihn mal wieder verhöhnte, allein in seiner Kammer, wenn der Federkiel sich knirschend über das Papier schob, und allein in der Postkutsche, die durch die im Morgennebel versinkende, preußische Landschaft polterte. Auch in Neapels warmen Gassen war er allein gewesen, wenn auch von so vielen Menschen umgeben. Trotz allem ist er sich niemals einsamer vorgekommen als jetzt, da er das Gefühl hat, an mehreren Orten gleichzeitig zu sein. In der Vergangenheit, der Gegenwart, der Zukunft. Zu Hause in seinem Zimmer, auf dem Schafott, in der Zelle.

Aber wenn er zur selben Zeit an verschiedenen Orten sein kann wie sein Großvater, ist er dann womöglich der Mörder der schönen Anna?

Hans Christian schließt die Augen und spürt förmlich das Beil des Scharfrichters auf sich herabrauschen.

Kapitel 9

Madame Krieger lässt den Blick durch die morgendlich belebte Straße schweifen. Männer sitzen von ihren Pferden ab und gehen zur Chirurgischen Akademie. Sie ist jetzt zum dritten Mal an diesem Ort. Sie mag den Unterricht des Arztes, hasst es aber, dass nur Männer Zugang zur Akademie haben und sie sich in einer Uniform verstecken muss, um in den Saal zu gelangen. Hose, Hemd und Jacke und ein mit Wachs angeklebter Schnurrbart, den sie aus ihren eigenen Haaren angefertigt hat.

Langsam geht sie auf die schmale Tür zu, an der einer der Mitarbeiter der Akademie steht. Ein schrecklicher Barbar, der die Haare trägt wie ein preußischer Adeliger, bis über die Ohren. In seiner Hand hält er eine Liste mit Namen, auf der er die Eintretenden abhakt. Sie muss achtgeben, keinen Fehler zu machen. Die Sache mit dem Tuch geht ihr nicht aus dem Kopf.

»Und Sie sind?«, fragt der Mann und blockiert den Eingang.

Madame Krieger hebt den Blick.

»Krieger«, sagt sie und blickt so selbstsicher wie möglich in den Saal.

»Sie waren schon einmal hier«, sagt der Mann. »Warum interessieren Sie sich für Chirurgie?«

»Ich bin Flottenoffizier«, sagt sie. »Auf dem Meer müssen wir ja alles selbst bewerkstelligen. Beinbrüche und abgerissene Gliedmaßen. Ich bin mit Prinz Frederik zur See gefahren.«

Letzteres sagt sie, um Eindruck zu schinden. Und weil niemand sich in eine solche Lüge versteigen würde.

»Mit Prinz Fritz, soso«, sagt der Mann. Sein Blick klebt an ihrem dünnen Oberlippenbart.

Er verlagert das Gewicht auf das andere Bein und lässt sie passieren.

Sie hält die Luft an, bis sie an ihm vorbei und im Saal ist. Die Ränge sind bereits gut gefüllt. Sie sucht sich einen Platz ganz hinten. In den vorderen Reihen sitzen die erfahrenen Ärzte mit gerunzelter Stirn, die Brillen auf den Nasenspitzen, flankiert von jungen Medizinstudenten, die mit eigenen Augen sehen wollen, wie das alles wirklich vor sich geht. Es kursieren Gerüchte, dass der Professor sich an diesem Tag selbst übertreffen wird.

Auf dem Tisch unten auf dem Podium liegt ein weißes Laken. Ruhe senkt sich über den Saal, als der Professor, der unangefochtene Meister seines Fachs, in schwarzer Jacke und weißem Hemd auftritt.

»Vier Stunden«, der Arzt streckt vier Finger hoch. »Vier Stunden haben unsere Welt von Grund auf verändert. Vier Stunden haben das Aufgabenfeld von Ärzten und Chirurgen auf den Kopf gestellt. Die Seeschlacht von Kopenhagen am 2. April 1801 bedeutete nicht nur den Anfang vom Ende des Dänischen Reichs, sie war auch der Beginn einer neuen Form von Kriegsführung. Das einzig Gute an den zweitausend Toten durch Lord Nelsons Bomben ist die Einsicht, zu der wir in der Chirurgie gelangt sind. In den Stunden während und nach der Schlacht habe ich als junger Arzt mehr über Wunden, Verletzungen und die Fähigkeiten des menschlichen Körpers gelernt, als es mir als Kompaniechirurg oder an der militärischen Hochschule jemals vergönnt gewesen ist. Ich bin Benyamin Horowitz, Arzt und Professor für Anatomie und Chirurgie, und heute werden Sie miterleben, wie man nicht nur Leben retten, sondern es mithilfe der Wissenschaft sogar verbessern kann.«

Ein Raunen geht durch das Publikum.

Exakt in diesem Moment stellt ein Helfer einen in ein dunkles Tuch gehüllten Kasten auf den Tisch und verschwindet wieder. Horowitz schraubt ein zusätzliches Glas vor eins seiner Brillengläser.

Madame Krieger lehnt sich vor, sie will nichts verpassen.

»Heute werden Sie miterleben, wie mein Patient sein eines Bein amputiert und danach wieder angesetzt bekommt. Jaja, ich weiß«, antwortet der Arzt auf die Unruhe und das Tuscheln im Saal. »Das hört sich überwältigend an, aber noch überwältigender wird es für Sie sein, wenn Sie in einigen Wochen, vielleicht bereits nächste Woche, sehen werden, dass die Methode funktioniert und der Patient wieder gesundet. Und zwar vollständig.«

Der Arzt geht zu dem Kasten, der auf dem Tisch steht.

»Und bevor Sie fürchten, ich sei jetzt auf der Suche nach einem Freiwilligen, will ich Sie mit dem heutigen Patienten bekannt machen.«

Er nimmt das Tuch von dem Kasten und enthüllt eine kleine, schwarze Katze. Sie sieht müde und friedlich aus und scheint nicht zu verstehen, dass sie in Kürze zum Versuchsobjekt einer chirurgischen Grundlektion werden soll. Aus den Reihen ertönt erleichtertes Gelächter.

Der Arzt nimmt die Katze aus dem Käfig und streichelt sie, während sie sich an seinen Arm schmiegt.

Alsdann rollt der Helfer ein seltsames Gerät in den Raum. Auf den ersten Blick sieht es aus wie ein Musikinstrument: eine runde Platte mit Spangen, Drähten und Schrauben. Der Arzt platziert die Beine der Katze unter den Spangen, bei der letzten leistet das jetzt verzweifelt fauchende Tier Widerstand. Selbst ein seelenloses Geschöpf scheint zu spüren, wann seine letzte Stunde geschlagen hat. Madame Krieger erkennt die Wut in den Augen des Tieres, die Verzweiflung, dass die Liebe zu seinem Herrchen derart ausgenutzt wurde. Zuneigung ist gefährlich, davon kann Madame Krieger ein Lied singen. Die Katze kämpft, sodass es am Ende drei Leute erfordert, um das letzte Bein des Tieres festzuspannen. Aller Widerstand und das wilde Schlagen mit dem Schwanz sind letztendlich nutzlos und steigern nur die Erregung des Publikums. Ein Mann erträgt das Schauspiel offensichtlich nicht und verlässt unter dem Gelächter der anderen hastig den Saal. Madame Krieger ist unschlüssig, was sie fühlen soll. Auch die anderen Vorlesungen waren nichts für schwache Nerven, beim letzten Mal wurde die Brustwunde eines Mannes mit einem glühenden Instrument ausgebrannt.

Der Arzt nimmt ein großes Messer aus seiner Tasche und krempelt die Ärmel hoch.

»Bis jetzt haben wir die gewöhnliche Wundheilung untersucht. Deutlich anspruchsvoller und lehrreicher ist aber die Behandlung einer Avulsio, also die Abtrennung eines oder mehrerer Gliedmaßen vom Körper.«

Noch ehe der Arzt seinen Satz beendet oder jemand im Saal die Situation richtig erfasst hat, schlägt er mit der Klinge ein Bein der Katze durch.

Zuerst erstarrt das Tier wie in Trance. Dann ertönt ein Schrei wie von einem Säugling, der mit kochendem Wasser übergossen wird. Das Tier beißt in die Luft, während das Bein, jetzt ohne Pfote, wild zu zittern beginnt und der Schwanz kreisend auf den Tisch und gegen die Jacke des Arztes schlägt. Ein Strahl Blut spritzt aus dem Stumpf.

»Die größte Gefahr liegt nicht im Abtrennen der Gliedmaßen, sondern in der Blutung«, sagt der Arzt und bindet das Bein der Katze ab. Die stoßweisen Spritzer versiegen. Er nimmt die abgetrennte Pfote, tritt an die erste Reihe und reicht sie herum. »Bei Menschen wie auch bei primitiven Geschöpfen können alle Glieder mittels Operation wieder angefügt werden. Unter der Voraussetzung – und ich betone die Wichtigkeit gerade dieses Sachverhalts –, dass der abgetrennte Körperteil schnell und ohne allzu großen Blutverlust wieder angenäht wird.«

Die Schreie der Katze sind in ein Wimmern übergegangen, das Tier liegt jetzt schlaff in dem Gestell.

Niemand spricht laut aus, was er denkt. Das Flüstern der Anwesenden ist jedoch nicht zu überhören. Jemand atmet schwer und fächelt sich mit einem Papier Luft zu. Einer der jungen Männer starrt Madame Krieger an. Ist sie entlarvt? Glücklicherweise wird der inquisitorische Blick des Mannes von dem Arzt abgelenkt, der die Pfote am Ende der ersten Reihe zurückerhält.

»Ich habe Ihnen noch etwas anderes zu verkündigen, die letzte Neuigkeit der medizinischen Fakultät in Padua.« Der Arzt tritt an den Tisch, nimmt Nadel und Faden und sticht die Nadel durch die Pfote. »Es hat sich gezeigt, dass Schmerzen eine Reaktion des Körpers auf einen Temperaturabfall im Blut sind. Deshalb kommt es darauf an, die Wunde so schnell wie nur möglich zu schließen, damit das Blut nicht kalt wird.«

Madame Krieger hält die Luft an.

Der Arzt beugt sich über die Katze und näht die Pfote wieder an. Noch einmal wandert der Blick des jungen Mannes zu Madame Krieger. Dieses Mal lächelt er. Höhnisch? Oder will er etwas von ihr?

Mit jedem Stich der Nadel durch das Fell der Katze schreit das Tier lauter und verzweifelter auf.

»Lassen Sie sich nicht von dem Unbehagen des Patienten verunsichern, nähen Sie schnell und zielgerichtet, damit die beiden Schnittflächen sich zu einer Wunde vereinen und die Temperatur bei 100 Grad Fahrenheit bleibt. Dies gilt sowohl für Menschen wie auch für Tiere.«

Die Zuhörer rutschen unruhig auf den harten Bänken herum. Einigen machen die Leiden der Katze sichtlich zu schaffen.

»So«, sagt der Arzt und tritt zur Seite.

Er wäscht seine Hände in einem Bottich und streicht die Hemdärmel herunter. Zeitgleich löst ein Helfer die Spangen. Madame Krieger erwartet, ja hofft, dass das Tier aus dem Schraubstock springt, aber stattdessen gleitet die Katze nur wimmernd von dem Instrument und versucht, sich in die blutige Naht zu beißen.

»Beim nächsten Mal werden Sie das Tier wieder frisch und munter auf den Beinen erleben. Und ich werde Ihnen dann erklären, wie die Temperatur eines Patienten mit Fieber oder Wahnvorstellungen reguliert werden kann.«

Einige der Gasthörer in den ersten Reihen klopfen anerkennend auf die Tische. Die anderen fallen ein, und schließlich bebt der ganze Saal. Auch Madame Krieger klopft mit der Hand auf den Tisch, obwohl sie den Lärm kaum ertragen kann.

Sie ist begeistert und glücklich über das erlebte Wunder und spürt, dass sie soeben Zeuge einer bahnbrechenden wissenschaftlichen Sensation geworden ist, in der ungeahnte Möglichkeiten schlummern.

Der Professor wirbelt herum und verlässt den Saal.

Langsam, viel zu langsam folgt das Publikum.

Sie spürt den Schweiß unter ihren Achseln, senkt den Kopf und drängt sich aus dem Saal und durch den Vorraum auf die Straße. Nach ein paar Minuten sieht sie den Professor durch den östlichen Ausgang der Akademie treten. Er winkt ab, als ihm ein Kutscher seine Dienste anbietet, zieht seine Galoschen an und überquert die Straße.

Madame Krieger folgt ihm über die Norgesgade. Unterwegs grüßt sie ein Soldat. Sie hatte fast vergessen, dass sie die Uniform eines Offiziers trägt.

Sie muss den Professor ansprechen, ist so voller Fragen und Dankbarkeit für das Genie. Außerdem will sie ihm von dem Apfel am Weißdorn berichten.

Der Professor überquert die Gothersgade, an der ein paar Gerber rauchend auf dem Rand eines Spülsteins sitzen. Sie starren ihm hinterher, und einer der Männer spuckt aus, während ein anderer ihm »*Judenpack*« nachschreit.

Der Arzt geht schneller. Er ist für sein Alter überraschend flink. Bald sind sie in einer schmaleren Gasse, und weil Madame Krieger fürchtet, der Professor könne plötzlich in einem der Hauseingänge verschwinden, spricht sie ihn an.

»Herr Professor? Herr Professor?«

Erst hört er sie nicht, dann blickt er sich unruhig um.

»Warum verfolgen Sie mich, junger Mann?«, fragt er.

»Professor Horowitz, ich habe eine delikate Frage.«

»Kommen Sie aus meiner Vorlesung?« Der Professor bleibt stehen. »Können Sie die Frage nicht beim nächsten Mal stellen?«

Madame Krieger sieht sich um. Sie sind allein am Hauser Plads. Niemand kann sie hören. Etwas entfernt ersetzt ein Glaser eine kaputte Scheibe. Jetzt muss sie vorbringen, was sie vorbereitet hat, die richtigen Worte finden.

»Ich frage nicht nur aus fachlichem, wissenschaftlichem Interesse. Ich frage auch, weil es um Leben und Tod geht. Das Leben und Glück einer armen, leidenden Seele. Ich frage, weil ich durch Sie bereits viel lernen durfte und doch Ihre Hilfe brauche.«

»Kommen Sie zum Punkt, ich habe noch einen Termin.«

Der Arzt ist ungeduldiger und weniger Samariter, als sie geglaubt hatte.

»Meine geliebte Schwester ist nach den brutalen Übergriffen eines Mannes geschändet. Sie muss wieder eine ganze Frau werden, damit sie die Gunst des richtigen Mannes gewinnen und eine Familie gründen kann.«

»Was wollen Sie? Ich kann nur antworten, wenn Sie konkrete Fragen stellen.«

»Wie kann man, wie kann ich, mit Ihrer Methode, einen Eingriff durchführen, damit meine Schwester neue Brüste und einen neuen Schoß bekommt?«

Der Arzt sieht Madame Krieger lange an. Sie versucht, seinem durchdringenden Blick standzuhalten, damit er erkennt, zu was sie imstande ist. Schließlich wendet der Arzt seinen Blick ab.

»Lassen Sie mich Ihnen auf den Weg helfen, mein junger Mann«, sagt er. »Ich bewundere die Liebe, die Sie für Ihre Schwester empfinden, und Ihr Einfallsreichtum imponiert mir. Eine solche Operation ließe sich möglicherweise durch einen an Wahnsinn grenzenden chirurgischen Eingriff durchführen. Aber ich muss Sie aufs Schärfste warnen. Ihre Idee ist zutiefst verwerflich. Ihre Schwester würde zu einem Monster werden, vielleicht nicht aus menschlicher, aber aus Gottes Sicht«, sagt Horowitz und setzt sich in Bewegung.

»Aber Sie sind ein Mann der Wissenschaft«, sagt Madame Krieger und folgt ihm. »Und Gott hat die Wissenschaften erschaffen und wünscht, dass wir diesem Pfad folgen, wohin er auch führen mag.«

»Das ist gottlos«, sagt Horowitz. »Als Mensch können wir nur die Dinge vereinen, die durch die Natur oder ein Unglück voneinander getrennt wurden. Wie bei der Katze in meiner Vorlesung. Sie hat ihre eigene Pfote zurückerhalten. Nicht die einer anderen Katze oder eines Hundes.«

»Meine Schwester hatte einen schönen Busen, jetzt ist er zerstört, nur eine neue Brust kann sie wieder glücklich machen.«

Horowitz bleibt kurz am Fuß einer Treppe stehen, geht dann ein paar Schritte hoch.

»Verstehen Sie mich bitte nicht falsch. Ich achte Ihren Wunsch zu helfen. Aber Sie sollten Ihrer Schwester lieber Trost anbieten, als ihr Hoffnung auf eine neue Brust zu machen. Vergessen Sie diese gottlose Idee, bevor Sie den Verstand verlieren.« Der Arzt geht die restlichen Stufen hoch zu einer Tür, die von einem Dienstmädchen geöffnet wird. »Außerdem«, sagt er, »wären Sie niemals imstande, eine solche Operation durchzuführen. Dazu erfordert es die Erfahrung und Kunstfertigkeit, die nur ein Mann in dieser Stadt hat. Und diese Person – bei aller Bescheidenheit – bin ich. Und selbstredend stehe ich auf Gottes Seite. Guten Tag. Sprechen Sie Ihrer Schwester bitte mein tief empfundenes Mitgefühl aus.«

Die Tür fällt hinter dem Arzt ins Schloss.

Mitgefühl. Sie will sein Mitgefühl nicht. Mitgefühl ist das Gift, das die Menschen daran hindert, wirklich frei zu sein. Versteht dieser einfältige Arzt denn nicht, dass es keinen Verhandlungsspielraum gibt, dass ihr Anliegen eine Forderung ist? Am liebsten würde sie die Tür einschlagen und dem Arzt die Seele aus dem Leib reißen.

»Isak, Isak«, hallt die Stimme des Dienstmädchens durch das Haus.

Madame Krieger sieht sich das Gebäude an. Es ist schmal mit geteerten Balken, die Gefache frisch gekalkt. Links neben dem Haus ist ein schmaler Gang, der vermutlich auf einen Innenhof führt. Ein paar Laufburschen liefern dem Professor Gemüse und Wein ans Hoftor. Madame Krieger sieht an ihrer Uniform hinunter und denkt, welch großen Respekt die Menschen vor Uniformen haben. Sie schlüpft an den Burschen vorbei in den kleinen Innenhof und hört die Stimmen jetzt deutlicher. Ein Fenster steht offen.

»Isak, du sollst zu deinem Vater ins Arbeitszimmer kommen.«

Durch einen Gardinenspalt sieht Madame Krieger den Rücken des Arztes und seine junge Frau. Es liegen mindestens dreißig

Jahre zwischen ihnen. Madame Kriegers Zorn ist geweckt. Ein schmuckes Haus, ein gutes Leben. Warum kriegen die, die schon alles haben, immer nur noch mehr?

»Isak! Komm auf der Stelle runter zu deinem Vater!«, schallt es durch das Haus.

Will sie mehr sehen, muss sie auf die Leiter steigen, die an der Hauswand lehnt. Madame Krieger erklimmt ein paar Sprossen, während in ihrem Kopf ein Plan Gestalt annimmt. Wenn der Arzt ihr nicht freiwillig helfen will, muss er eben überredet werden.

Er sitzt an einem großen Schreibtisch. Sein Sohn drückt vorsichtig die Tür auf. Er ist pummelig und hat runde Ohrmuscheln. Der Arzt erkundigt sich, ob der Sohn die jüdischen Schriften studiert hat, während er sich ein paar Notizen auf einem Blatt Papier macht. Der Junge ist höchstens fünf oder sechs Jahre alt. Dem Kleinen ist sichtlich unwohl in seiner Haut.

»Sonst müssen wir den Ausflug absagen«, droht der Arzt. »Man kann nicht in den Vergnügungspark gehen, wenn man nicht fleißig und bereit ist, seinen Tanach zu lernen.«

Der Junge sieht seinen Vater zutiefst unglücklich an.

»Ich verspreche zu lernen, ich verspreche es.«

»Gut, gut, mein Isak«, sagt der Arzt und streicht dem Sohn flüchtig über die Haare.

Der Junge will auf seinen Schoß klettern, aber der Arzt weist ihn ab.

»Raus mit dir«, sagt er und schiebt ihn zur Tür.

Der Junge protestiert leise, verschwindet dann aber wortlos, als er den erhobenen Finger seines Vaters sieht.

Madame Krieger zweifelt keine Sekunde daran, dass der Arzt seinen Sohn liebt und alles für ihn tun würde. Er zeigt nur Härte, damit der Junge gut durch die Schule kommt.

Um seinen Isak zu retten, würde er die Operation sicher durchführen, gottlos hin oder her.

Kapitel 10

Hat er sich infiziert? Leidet auch er an der Dichterseuche, dem überbordenden Drang, sich mitzuteilen? War sein Bedürfnis, alle mit seinen Schreibereien zu verführen, so übermächtig geworden, dass er wie sein Großvater Wahrheit und Fantasie nicht mehr auseinanderhalten kann?

»Nein«, flüstert Hans Christian entschieden, als er die klebrigen Spinnweben seines unruhigen Schlafes abzustreifen versucht.

Er muss nachdenken, sich zu entsinnen versuchen. Sich jene Nacht ins Gedächtnis zurückrufen.

Er erinnert sich an den Rausch, nachdem er Annas Scherenschnitt fertiggestellt und ihre Gesten und Bewegungen in das Papier gebannt hatte. Er ist durch die verdreckte Gasse gestolpert und quer über den Kongens Nytorv gelaufen. Ist gesenkten Hauptes am Königlichen Theater vorbeigekommen, das seine Stücke abgelehnt hat. Dann ist er über die Treppe nach oben in seine Kammer geschlichen, hat sich im Dunkeln auf das Bett gelegt und eine alte Scheibe Brot gegessen, die er seiner Vermieterin, der Witwe Larsen, ein paar Tage zuvor beim Abendessen heimlich abgezweigt hatte. Er erinnert sich, wie er, über sich selbst amüsiert, die Krümel davon zu überzeugen versucht hat, doch im Brot zu bleiben, statt sich in seinen Laken zu verteilen. Und schließlich hat er den Scherenschnitt von Anna gegen das Licht der Straßenlaterne gehalten und sie für sich tanzen lassen, bis ihm ganz schwindelig geworden war.

Aber er hat ihr kein Leid angetan.

Hans Christian erhebt sich.

Die Sonne ist auch schon aufgegangen.

Er schaut zwischen den Gitterstäben nach draußen. Alles deutet auf einen weiteren milden Herbsttag hin. Ein für die Uhrzeit munterer Mann zieht einen Karren über den Platz und preist seine Waren an, Räucherspeck in dampfenden Kohlblättern. Hans

Christian überlegt kurz, ihn zu sich zu rufen. So ein Stück Schweinefleisch würde ihm neue Kraft und klare Gedanken geben. Aber seine Taschen sind leer, das Mädchen hat seine letzte Münze bekommen.

»Haben Sie ein Mädchen mit nur einem Holzschuh gesehen?«, ruft er dem Händler zu, der so tut, als würde er ihn nicht hören.

Er hatte alles auf eine fremde Göre gesetzt und noch immer keine Nachricht.

»Ich hab's ja gesagt«, brummt der auf dem Boden kauernde Bauer.

Wieder einer dieser Sätze, den so viele Menschen ach zu gerne denken oder aussprechen. Sie glauben, die Zukunft vorhersehen zu können, am besten natürlich die unglückliche Zukunft der anderen, das ist der Seelentrost des kleinen Mannes.

Fliegen schwirren zwischen den Gitterstäben ein und aus.

Der Latrinenmann hat ein paar Stunden geschwiegen, jetzt gibt er wieder seine Verse zum Besten, wobei er immer wieder von vorne anfängt. Hans Christian zieht eine gewisse Form von Inspiration aus den Worten, ihm tun aber die Menschen leid, die die Zelle mit dem Latrinenmann teilen und mit jeder Wiederholung des Verses näher an die Grenze des Wahnsinns getrieben werden.

Eine Frau im Fass, im Bottich die Kanaill'

Wahrhaftig, der Teufel lauert im Detail. Hans Christian kann das Gedicht inzwischen vorwärts und rückwärts auswendig.

»Hans Andersen«, hört er eine laute Stimme sagen. Ein Auge im Guckloch, ein Schlüssel im Schloss. »Hans Andersen.« Die Tür wird aufgestoßen, der Wachmann sieht Hans Christian an. »Sie da. Folgen Sie mir.«

»Wohin?«, fragt Hans Christian erschrocken. Machen sie jetzt kurzen Prozess mit ihm?

Der Wachmann bleibt die Antwort schuldig und wartet mit dem Schlagstock in der Hand vor der Tür.

»Ich kann das alles erklären. Warum ich das Mädchen besucht habe«, sagt Hans Christian mit Verzweiflung in der Stimme.

Der Wachmann beachtet ihn gar nicht weiter, schubst ihn nur stumm vor sich her durch den Gang. Gesichter pressen sich in den Zellen an die Gitter, um zu sehen, was dort vor sich geht, Arme strecken sich aus, um nach ihm zu greifen.

Aus der Nachbarzelle tönt unablässig der Vers. Hans Christian bleibt kurz stehen und wirft einen Blick zu dem Mann hinein. Vor der Wand auf dem Boden sitzt eine nackte Gestalt, Geschlecht und Gesicht dreckverschmiert. An der Wand hinter ihm stehen Worte aus seinem Vers: Wonne, Tonne, Pisse, darüber eine Sonne mit langen, welligen Strahlen, wie ein Seestern. Unvermittelt springt der Latrinenmann auf, ist mit einem Satz am Gitter, streckt den Arm raus und packt Hans Christian am Handgelenk.

»Wird im finsteren Tunnel aus Weiß erst Rot …«

Der Wachmann ist blitzschnell zur Stelle und verpasst dem Latrinenmann einen harten Schlag auf die knochige Hand, die Hans Christian nicht loslässt.

»Wird im finsteren Tunnel aus Weiß erst Rot …«

»Lass ihn los, du Irrer«, ruft der Wachmann und schlägt noch einmal zu.

Der Latrinenmann zieht die Hand zurück, und Hans Christian stolpert weiter. Er hört den Latrinenmann hinter sich.

»… finden wir im Ewigkeitsduell mit Schneider den Tod!«

»Weiter, hoch da.«

Der Wachmann knufft Hans Christian ungeduldig die Treppe hoch und in den großen Raum, in dem alles so aussieht wie am Tag zuvor. Dieselben Geräusche, dieselbe Geschäftigkeit, dieselben verzweifelten Klagen im Hintergrund. Einzig Cosmus auf seinem Stuhl fehlt. Das Ganze wiederholt sich. Vielleicht haben sie neue Beweise. Weitere Zeugen, die ihn in der dunklen Gasse hinter dem Haus der Dirnen gesehen haben, seine lange Gestalt über die hübsche Anna gebeugt, eine Schere in der Hand.

Eine Person stellt sich ihm in den Weg, als Hans Christian sich auf die harte Bank setzen will. Ein vertrautes Augenpaar unter buschigen Augenbrauen.

»Andersen?«

Jonas Collin. Mit schiefem Kragen, als wäre er direkt aus dem Bett zum Gerichtsgebäude geeilt.

»Ich …«, presst Hans Christian noch hervor, ehe Collin ihm mit erhobener Hand Schweigen gebietet.

»Still, Junge, sagen Sie jetzt nichts.«

Collin nickt dem Wachmann zu, der die Handschellen aufschließt. Dann fasst er Hans Christian am Arm und führt ihn aus dem Gebäude, die Treppe hinunter. Die elegante Kutsche der Collins mit den glänzenden Beschlägen hält in der Nähe, ein Stück die Straße hinunter, als schäme sich Collin der Ältere, seinen Ziehsohn aus Odense auf diese Weise aus dem Gerichtsgebäude abholen zu müssen.

Das Mädchen mit den Holzschuhen sitzt auf einer Treppenstufe. Jetzt springt sie auf und humpelt auf Hans Christian zu. Bei Tageslicht sieht sie etwas älter aus.

»Ich hab getan, was Sie mir aufgetragen haben, und bin zu Herrn Collin gegangen«, sagt sie. »Ich kann nichts dafür, dass der Sohn nicht zu Hause war. Hab mir aber gedacht, dass ein alter Collin für den Reichstaler besser ist als gar kein Collin.«

Hans Christian schaut Collin hinterher, der gerade in den Wagen steigt.

»Mein Holzschuh«, sagt sie.

Den hat er in der Arrestzelle vergessen. Und da steht sie vor ihm. Auf einem Bein.

»Tut mir leid«, sagt er und sieht sie bedauernd an, ehe er Collin in den Wagen folgt. Was soll er machen? Nicht alle Geschichten können glücklich enden.

Er lässt sich Collin gegenüber auf den Sitz fallen und entdeckt erst da, dass der Polizeidirektor ebenfalls anwesend ist.

»Hören Sie jetzt gut zu, Andersen«, sagt Collin. »Ich habe mit Herrn Bræstrup gesprochen …«

Hans Christian sieht den Polizeidirektor an, der seinen Blick mit einem begleitenden Kopfschütteln erwidert.

»Ich bin unschuldig. Ich habe der armen Frau nichts getan, glauben Sie meinen Worten …«

»Ihren Worten? Nein, ich glaube Ihren Worten nicht. Das Maß ist voll«, sagt Collin mit geröteten, müden Augen. »Ich dachte, es könnte ein ordentlicher Mensch aus Ihnen werden, Andersen. Ich habe geglaubt, das alles wäre nur eine Frage von Bildung, Erziehung und Vernunft. Aber bei Ihnen scheinen alle Schulstunden einfach abzuprallen, nicht einmal Meislings Worte haben Eindruck hinterlassen. Man könnte meinen, dass Sie sich weigern, etwas zu lernen. Dass Sie uns verachten«, sagt Collin und senkt den Blick. »Ja, der Abstand ist wohl doch zu groß.«

Abstand. Hans Christian ist klar, worauf der alte Collin damit anspielt. Der Abstand zwischen der Welt, aus der er kommt, und der, die er anstrebt. Zwischen der Gosse Odenses und dem schönen Hauptstadtleben. Fasanenbraten und Rotwein bei den Collins. Süßer Tee aus schmucken Tassen bei Frau Rahbek. Mit eleganten Herren in den Logen des Königlichen Theaters.

Hans Christian krümmt sich. Er fühlt sich gedemütigt. Eine Enttäuschung für alle. Alles, was Collin für ihn getan hat, die Zeit auf dem Internat, Kost und Logis, hat er nur genutzt, um jämmerliche Tragödien und geistlose Geschichten zu schreiben.

»Herr Collin, ich verspreche, mich zu bessern, ich werde …«

»Nein.« Collin hebt die Hand. »Sie werden jetzt nichts sagen, sondern Herrn Bræstrup zuhören.«

Cosmus sagt erst einmal nichts, sondern starrt aus dem Wagenfenster. Sie fahren am Alten Strand vorbei, wo ein paar Fischersfrauen aus Skovshoved ihre Waren feilbieten. Ein Soldat schubst einen Bettler vom Anleger. Die Sonne lugt über die Frauenkirche. Hier scheint die Welt noch in Ordnung zu sein.

Endlich ergreift Cosmus das Wort.

»Herr Collin hat mir von Ihnen, Ihrem Hintergrund und Ihrer Familie erzählt. Ich klage Sie nicht an, Andersen. So wie man keinen Hund für seine scharfen Zähne anklagt. Das schlechte Gedächtnis und die Lügerei liegen wohl in Ihrer Natur. So wie es vermutlich auch in Ihrer Natur liegt, unschuldige Menschen zu quälen.«

Sie fahren durch die Vingårdsstræde. Ein Wagen mit gegerbten

Häuten wird gerade abgeladen, der Gestank und der Rauch aus der Lederwerkstatt verpesten das ganze Viertel. An einer durchhängenden Wäscheleine flattern Kleider und Unterwäsche.

»Zu Ihrem großen Glück«, fährt Cosmus fort, »ist Herr Collin einer der großmütigsten Männer dieser Stadt, der mich dringlich gebeten hat, die Sache noch ein paar Tage ruhen zu lassen. In dieser Zeit können Sie noch einmal gründlich in sich gehen. Ich persönlich hege keine Zweifel dran, dass Sie sich dieses grausamen Verbrechens schuldig gemacht haben. Und jeder Mensch, der gegen das Gesetz verstößt, muss mit der vollen Macht des Gesetzes bestraft werden. Ich sähe Sie gerne geköpft, aufs Rad gebunden und gepfählt, wenn Sie verurteilt werden. Haben Sie mich verstanden, Herr Andersen?«

»Herr Bræstrup, ich kann Ihnen versichern, dass ich …«

»Drei Tage, Herr Andersen. Ich bin bereit, meinen Verdacht drei Tage lang zurückzustellen. Auf Herrn Collins Aufforderung hin werden wir uns in dieser Zeit, wenn möglich, nach anderen Tätern umsehen, Personen, die unserer Gesellschaft zur Last fallen. Es gibt nicht wenige, von deren Verschwinden unsere Stadt profitieren würde. Aber wenn keine Alternative auftaucht und alle Beweise weiter Ihre Beteiligung nahelegen, werde ich Sie nach Ablauf der drei Tage verhaften.«

Cosmus schiebt eine Hand unter die Jacke und zieht ein paar Papiere heraus, mit denen er ihm vor der Nase herumwedelt.

»Ich war so frei, Ihre Papiere an mich zu nehmen, und behalte diese, bis der Fall aufgeklärt ist. Sie können somit die Stadt nicht verlassen.«

Hans Christian sieht zu Jonas Collin, dessen Blick auf ein paar dunklen Flecken an Hans Christians Mantel kleben, vielleicht Spritzer aus dem Rinnstein oder Dreck aus der Arrestzelle.

Die Tür geht auf. Hans Christian steigt aus. Zupft seinen Mantel zurecht.

Er befindet sich in Nyhavn. Mitten im brodelnden Leben. Männer rufen durcheinander, Tonnen und Kisten werden an Land gehievt, Möwen kreisen kreischend über einem Fischkutter, der gerade am Kai anlegt. Hans Christian dreht sich um und schaut zu den leeren Fenstern seiner Wohnung hinauf. Fühlt sich plötzlich wie ein Fremder. Als wäre er Hunderte von Meilen weg gewesen.

Collin sieht ihn aus dem dunklen Wageninnern an.

»Der Polizeidirektor hat Ihnen eine Chance gegeben«, sagt er. »Ich fordere Sie hiermit auf, Sie zu ergreifen.« Er schiebt den Kopf weiter vor und senkt die Stimme, damit der Polizeidirektor ihn nicht hören kann. »Beweisen Sie Ihre Unschuld, mein Junge.«

Cosmus klopft gegen die Wagendecke, worauf die Kutsche sich in Bewegung setzt. Bald hat der Wagen den Hafen passiert und fädelt sich in den Verkehr auf dem Kongens Nytorv ein.

Hans Christian überquert die Straße und sucht in seiner Tasche nach dem Schlüssel.

Im Hauseingang sitzt ein verschlafen aussehender kleiner Junge, einer der Söhne der Witwe. Er setzt zu einer Frage an. Hans Christian beeilt sich, seinen Schlüssel zu finden.

»Bist du ein Ungeheuer?«, fragt der Junge.

Diese Frage ist in gewisser Weise noch furchtbarer als die Anklage des Polizeidirektors. Dabei ist der Junge sich gar nicht bewusst, was er da fragt. Das Kind weiß nichts von der Bösartigkeit der von ihm gestellten Frage.

»Nein«, antwortet Hans Christian mit dem Rücken zum Jungen. Der Gedanke, sich umzudrehen und ihm in die Augen sehen zu müssen, ist ihm unerträglich. »Hat deine Mutter dir nicht gesagt, was ich mache? Ich schreibe Theaterstücke. Ich bin Dichter.«

Darauf erwidert der Junge nichts.

Hans Christian dreht sich um, will es genauer erklären. *Ich bin ein berühmter Schriftsteller,* so hatte er es in Rom immer vorgegeben, wenn man sich in den Salons begegnete. *Sono un famoso scrittore danese.* Ich bin berühmt.

Der Junge ist nicht mehr da.

Hans Christian läuft eilig die Treppe hinauf, die ihm länger als sonst vorkommt, und schließt die Zimmertür hinter sich.

Lauscht. Er hört alles, was im Haus vor sich geht: die Albträume der Witwe von ihrem Mann. Wenn der Geiger im dritten Stock seinen Nachttopf benutzt. Die Ratten in den mit Stroh gepolsterten Wänden.

Erschöpft lässt er sich auf seinem Reisekoffer nieder und überlegt kurz, ob er Tagebuch schreiben soll wie jeden Tag. Aber was soll er schreiben? Dass er in drei Tagen sterben muss? Nein, die Ereignisse des letzten Tages können nicht zu Papier gebracht werden, das Tagebuch muss auf bessere Geschichten warten.

Vielleicht liegt es an der Aussicht auf sein Todesurteil, dass er seine Umgebung mit ganz anderen Augen betrachtet. Das Schreibpult, den Stuhl, das Bett, den Reisekoffer, auf dem er sitzt. Sein gesamter Besitz. Er hat sich nie richtig eingerichtet. Es gibt bei ihm kein feines Porzellan, keine Kunst an den Wänden, keine in einer Ecke tickende Standuhr wie bei den Collins. Nur Kleinkram, den er von der Straße aufgesammelt hat, zwischen die Pflastersteine getretene oder im Rinnstein vergessene Dinge. Ein Kreisel, ein Zinnsoldat, eine weiße Feder.

Aber diese Dinge sprechen zu ihm.

Sein Vater hat ihn ihre Sprache gelehrt. Wenn er des Abends am Tisch saß und einen Schuh reparierte, sprach er mit ihm.

»Wohlan, Fräulein Seidenschuh«, flüsterte er und sah Hans Christian, der im Bett am Ofen lag und seinen Vater beobachtete, über den Rand des Vergrößerungsglases hinweg an. »Da wollen wir doch mal schauen, ob wir Sie nicht wieder in Form bringen können, damit Sie zurück zur Kaufmannsfrau laufen können.« An dieser Stelle senkte sein Vater die Stimme und versicherte sich, dass die Mutter im Hof war, um Wasser zu holen, ehe er den Part des violetten Seidenschuhs übernahm. »Oh nein, stecht mich nicht, lieber Schuhmacher, die Kaufmannsfrau ist eine fette Kröte, die wegen jeder Kleinigkeit die Mägde im Haus straft. Jeden lieben Tag tritt sie mich gegen die breiten Hinterteile der armen Mädchen, dass sie laut um Gnade schreien.«

Hans Christian lachte schockiert und glücklich über das Schauspiel seines Vaters, bis die Mutter zur Tür hereinkam.

Am nächsten Tag verdiente Hans Christian sich einen Schilling, indem er für den Vater die Seidenschuhe zur Kaufmannsfrau brachte und die Bezahlung abholte. Unterwegs redete er beruhigend auf die Seidenschuhe ein, und als eine der Mägde an der Tür die Schuhe entgegennahm, schenkte er ihnen zum Abschied ein aufmunterndes Lächeln.

So hatte er die Sprache der Dinge gelernt: zu verstehen, was die Dinge sagten, wenn man nur aufmerksam hinhörte. Na, fantastisch, mit Dingen kann er sprechen und sitzt jetzt trotzdem mit einem Todesurteil auf seinem Reisekoffer. Was hatte ihm das also genützt? Es war weit und breit keine Hilfe in Sicht, und die Einzige, die etwas tun könnte …

Er springt auf.

»Die Schwester der Toten«, flüstert er aufgeregt.

Die Frau, die ihm ins Gesicht gespuckt und ihn als Mörder bezeichnet hat. Sie kann ihm helfen. Nur sie.

Kapitel 11

Das ist doch nicht möglich. Der Scherenschneider!

Molly ist unterwegs, um Annas Kleider zu verkaufen, gerade ist sie in den Madsens Gang eingebogen, in den kein Strahl Sonne hineinreicht. Dort hält man sich nur auf, wenn man arm oder besoffen ist oder aus anderen Gründen das Tageslicht scheut. Die Gasse ist so eng, dass man mit seitlich ausgestreckten Armen die Mauern auf beiden Seiten berühren kann. Kinder, Alte, Katzen, Hunde und Kühe stecken neugierig die Köpfe oder andere Körperteile aus den Fenstern, während der Verkehr in der Gasse zum Erliegen kommt und sich Schlangen bilden, weil ein Gaukler oder ein Karren mit saftigen Apfelsinen den Weg versperrt. Überall wird Schnaps gebrannt, der süße Duft des Weizenkorns hängt schwer in der Gasse. Molly hat versucht, eins der Kleider an eine schwedische Hure zu verkaufen, die für ihre blonden Locken bekannt ist.

Sie hat das trubelige Wirtshaus in der Lille Kongensgade hinter sich gelassen und befindet sich mitten auf der Ulkegade, als sie den Scherenschneider entdeckt. Lang und schwarz wie eine Krähe auf Reiherbeinen. Das kann doch nicht wahr sein. Er ist ein Mörder, ein abartiger Schnippler, der aufs Schafott gehört. Unter den unbändigen Zorn, der schon seit Tagen in Molly brodelt, mischt sich ein anderes Gefühl. Angst. Ist er gekommen, um mit ihr zu machen, was er mit Anna getan hat – will er auch sie aufschlitzen wie eine Gans?

Er scheint sie nicht gesehen zu haben, geht langsam weiter die Gasse hinunter und schaut zu den Fenstern hoch, in denen die Huren sitzen.

Molly verringert den Abstand. Was macht er hier? Ist er aus dem Gefängnis ausgebrochen? Sie hat doch mit eigenen Augen gesehen, wie er abgeführt wurde, flankiert von Wachmännern und dem Polizeidirektor zu Pferde. Und sie hat den alten Beamten zu einem Ehepaar sagen hören, dass der Mann verhört, eingesperrt und vermutlich noch vor Ende der Woche hingerichtet werden würde.

Er geht weiter die Ulkegade hinunter, in einem Bogen am Sandhändler vorbei.

Trotz ihrer Angst folgt sie ihm. Sie will wissen, wohin er geht und was er vorhat. Sie kann Annas Mörder doch nicht einfach so entkommen lassen. Was, wenn er auf der Suche nach einem neuen Opfer ist? Sie ist etwa vier Meter hinter ihm, versteckt hinter dem Stand des Besenmachers. Der Mann ist stehen geblieben und schaut hoch in die zweite Etage des Hauses, in dem Molly wohnt und wo Anna gewohnt hat. Als wollte er sein Verbrechen gestehen.

Eine Hand legt sich auf ihre Schulter.

»Sechs Schilling.«

Es ist der junge Schneider, dem sie vorhin das Kleid mit der Krinoline angeboten hat. Der blasse Italiener sieht sie aus tief eingesunkenen Augen an. Er ist ihr gefolgt und greift nach dem Kleid, als wäre der Handel bereits abgeschlossen.

»Nein«, sagt sie mit leiser Stimme, die sechs Schilling hatte sie bereits zuvor abgelehnt. »Das ist mehr wert.«

In diesem Augenblick dreht der Mann vor ihr sich um, und jetzt ist sie ganz sicher, dass er es ist. Die blauen Augen, der schmale Oberlippenbart, wie es bei den vornehmen jungen Männern gerade Mode ist. Die schmalen Schultern und dürren Arme, mit denen er in dem staubigen Mantel wie eine Vogelscheuche aussieht.

Er sieht in ihre Richtung, und sein Blick verändert sich, als er sie erkennt. Er geht die Treppe hinunter, die er gerade betreten hat, und kommt auf sie zu. Warten Sie, scheint seine erhobene Hand zu sagen.

»Nein«, sagt sie. »Nein, nein.«

Sie macht ein paar zögernde Schritte zurück, schiebt sich hinter einem Karren mit Heringstonnen vorbei und läuft los. Ihre Füße rutschen auf Kohlblättern und faulen Äpfeln aus, und um ein Haar wäre sie mit einem Mann zusammengestoßen, der einen Sack über der Schulter trägt. Sie drängt sich an ihm vorbei, springt über einen Rinnstein, vorbei an einem Stand, an dem eine ältere Frau Zucker verkauft.

»Weg da, aus dem Weg«, schreit sie und verscheucht mit wild wedelnden Armen ein paar kleine Burschen.

Bei einem Blick über die Schulter sieht sie den Scherenschneider mit ausladenden Schritten durch die Menge pflügen und fast einen Käfig voller Hühner umwerfen, die laut gackern und hektisch mit den Flügeln gegen die Gitterstäbe schlagen. Die Hühnerfrau erschrickt und schimpft hinter ihm her. Die Stadt erscheint jedem, der vom Land kommt, um seine Waren zu verkaufen, wild und hektisch.

Molly erreicht Sankt Nikolaj und den Marktplatz, wo die Schlachter und Krämer ihre kleinen Stände, ein paar Zelte und Wagen aufgebaut haben, um ihre Fleisch- und Rauchwaren zu verkaufen. Der ganze Platz riecht verräuchert, salzig und ranzig, und überall schwirren Schmeißfliegen herum. Trotzdem zieht Mollys Magen sich hungrig zusammen. Sie drängt sich in die Menschenmenge. Dienstmädchen mit vollen Körben und dicke Hausfrauen mit ihren Töchtern und Söhnen, die sie an kurzen Bändern festhalten. Dann läuft sie an den Überresten der Kirche vorbei, die seit dem Brand vor vielen Jahren eine Ruine ist.

Sie muss nur die nächste Gasse erreichen, die auf den Højbro-Platz führt, dort gibt es viele Möglichkeiten, unterzutauchen. In diesem Moment rutscht sie auf den fett- und blutverschmierten Pflastersteinen aus. Sie versucht noch, das Kleid hochzuhalten, damit es nicht dreckig wird, schlägt dabei aber mit Knie und Handgelenk auf. Trotzdem ist sie schnell wieder auf den Beinen und humpelt weiter.

»Bleiben Sie doch stehen, warten Sie.«

Die Stimme ist dicht hinter ihr.

Sie läuft weiter.

Aber es ist noch weit bis zum Højbro-Platz, und ihr Knie schmerzt. Sie schlüpft durch ein kleines Tor in einen schmalen

Durchgang zwischen zwei Häusern, die sich über ihrem Kopf aneinanderzulehnen scheinen.

Ein schwarzgrauer, magerer Straßenköter mit einem roten Auge springt sie an und schnappt nach ihrem Unterarm. Sie stürzt. Es gelingt ihr, den Arm wegzuziehen, bevor der Hund sie beißen kann, aber der Stoff reißt trotzdem. Verzweifelt tastet sie nach der Haarnadel, von der Anna immer behauptet hat, dass sie Leben retten kann. Ist es jetzt so weit?

»Weg, weg, weg!«, ruft eine Männerstimme hinter ihr.

Der Hund kriegt noch einen Tritt an die Hinterbeine verpasst und ergreift die Flucht.

Molly hebt den Blick. Er steht über sie gebeugt und reicht ihr eine Hand. Sein Gesicht ist nicht länger verzweifelt und bedrückt, sondern auf eine Weise besorgt, von der sie nicht weiß, was sie davon halten soll. Sie hätte Lust, ihn wieder anzuspucken, ihn zu schelten, laut zu schreien, aber sie muss sich auch eingestehen: Wenn er ihr etwas Böses wollte, hätte er sie einfach dem wilden Köter überlassen können. Trotzdem ist ihr nicht danach, seine Hand zu nehmen, und so zieht sie sich am Bretterzaun erst auf die Knie und schließlich auf die Füße. Annas Kleid ist zerrissen, ihr eigenes nicht weniger schlimm zugerichtet. Risse, Blut und Dreck überall. Die Wäsche und Reparatur werden viel mehr Zeit und Geld kosten, als sie hat. Wenn sie nicht gar ein neues Kleid kaufen muss. Die Wut lodert wieder auf, vor allem aber spürt sie die Erschöpfung.

»Hau ab«, sagt sie und bekommt endlich die Nadel zu fassen. »Ich steche zu, wenn du mir zu nahe kommst.«

Der Scherenschneider weicht einen Schritt zurück und sieht sie erschrocken an. Das überrascht sie.

»Du wurdest doch verhaftet und solltest im Gefängnis sein.«

»Ich war es nicht, ich könnte niemals … Ich habe sie nicht angefasst, das ist ein …«

»Ich bin doch nicht dumm. Ich habe dich gesehen. Auf dem Gang«, behauptet sie.

»Das stimmt. Ich habe sie besucht. Aber ich bin nicht so einer.

Sie müssen mir glauben«, sagt der Scherenschneider mit leiser, bebender Stimme.

»Ich muss überhaupt nichts glauben. Du hast meine Schwester umgebracht«, sagt Molly und weigert sich, sich der feinen Anrede des Scherenschneiders mit »Sie« und »Ihr« anzuschließen. Als Dirne ist man mit der Welt auf Du. »Und jetzt verfolgst du mich, um auch mich umzubringen. Um mich aufzuschlitzen«, ruft sie und hofft, dass jemand sie hört und zu Hilfe eilt.

Der Mann reißt die Augen auf.

»Um Himmels willen, nein. Ich, ich …«

Molly schaut auf das Kleid, das auf dem dreckigen Boden liegt, und verstummt. Sie hat nicht die Kraft, anzugreifen, sich zu wehren, zu kämpfen. In nicht einmal einer Woche hat sich ihr Dasein von hart zu aussichtslos gewandelt. Anna ist tot, und obendrein hat sie nun nicht einmal mehr genug für die Miete oder um sich selber und die kleine Marie satt zu bekommen. Geschweige denn genug Geld für ein neues Kleid. Seit Annas Verschwinden hat sie keine Freier mehr gehabt.

»Ich muss mit Ihnen reden.«

»Reden? Ich will aber nicht mit dir reden. Ich will nicht hören, wie du deine Sünden bekennst oder um Gnade winselst.«

Molly ist wütend. Wütend auf sich selbst, auf ihn, sie will ihn schelten, aber sein seltsames Benehmen hält sie davon ab. Er sieht zwar sehr sonderbar aus, scheint aber harmlos zu sein. Sein Hemd ist zerknittert, die Krawatte voller Flecken, der Mantel zu groß. Er sieht aus wie eine Vogelscheuche. Anna hat ihn einen Dichter genannt. Davon versteht Molly nichts. Für sie sind Worte wie Schneeflocken, hübsch und kalt, und schneller verschwunden, als man sie greifen kann.

»Sie haben der Polizei eingeredet, ich sei der Mörder.«

»Ich weiß, was Anna mir über dich erzählt hat. Und ich habe dich an dem Abend gesehen.«

»Ich gebe Ihnen mein Ehrenwort, Fräulein. Es muss eine andere Erklärung geben als die, die Sie der Polizei gegeben haben. Wenn Sie mir helfen …«

»Es gibt keine andere Erklärung. Es gibt niemanden, der Ähnlichkeit mit dir hätte. Wie du dich kleidest, deine Locken, die Nase«, sagt sie.

»Vielleicht fällt Ihnen ja noch etwas ein, das die Polizei auf eine neue Spur …«

»Die Polizei wird nicht auf mich hören, so viel ist sicher. Such dir einen anderen Idioten, dem du deine Unschuld vorgaukeln kannst, ich glaube dir jedenfalls nicht«, sagt Molly und schiebt sich an ihm vorbei, während sie überlegt, ihm die Haarnadel in die Brust zu stoßen. Aber sie besinnt sich und steckt sie zurück ins Haar.

Er folgt ihr, hinaus aus dem schmalen Durchgang, die Mantelschöße flattern hinter ihm her.

»So hören Sie doch. Die Polizei hat meine Papiere beschlagnahmt, ich kann die Stadt nicht verlassen. Ich werde verdächtigt, und meine einzige Chance ist, dass sie einen anderen Täter finden. Darum flehe ich Sie an, denen die Wahrheit zu sagen. Erzählen Sie der Polizei, dass ich es nicht war. Ich war zu Besuch, das stimmt, aber ich habe ihr nichts getan. Und als ich gegangen bin, war Ihre Schwester noch am Leben.«

Molly betrachtet ihn von der Seite, als sie sich dem Nikolaj-Platz nähern. Er wirkt, wenn auch nicht unbedingt glaubwürdig, so doch irgendwie rührend. Unschuldig fast. Sie schiebt den Gedanken beiseite.

»Ich habe Anna angesehen, das ist wahr. Und ich habe Scherenschnitte von Anna gemacht, auch das ist wahr. Und nicht verboten. Ich habe sie dafür bezahlt. Einen halben Reichstaler.«

»Wer macht denn solche Scherenschnitte? Das ist unnatürlich, das ist krank«, sagt sie.

Der Scherenschneider bleibt stehen, einen Augenblick glaubt sie, dass er ohnmächtig wird, aber dann begibt er sich mühsam auf die Knie und faltet die Hände.

»Begleiten Sie mich zum Polizeidirektor. Ich flehe Sie an. Sagen Sie ihm, dass ich es nicht gewesen bin.«

Sie spürt Wut in sich aufsteigen. Was soll sie machen? Was soll sie glauben? Annas Mörder muss gefunden und bestraft werden. Wenn es der Scherenschneider nicht war, muss es ein anderer gewesen sein. Vielleicht kann sie jemanden dazu überreden, nach Annas Mörder zu suchen, einen der Wachmänner bezahlen, dass er dem Ganzen nachgeht?

»Fünfzig Reichstaler«, sagt sie, unsicher, ob der Mann vor ihr sich das leisten kann. Anfangs hat sie ihn für reich gehalten, hat gehofft, dass er reich ist. Jetzt kommen ihr Zweifel. Seine Kleider sind abgetragen, aber seine Gesten und seine Sprache sind besonders. Wie ein Fremder, der alles zum ersten Mal ausprobiert.

»Sie verlangen Geld dafür, dass Sie die Wahrheit sagen?«, fragt er.

»Was ist verwerflich daran? Als Dichter verdienst du dein Geld doch auch damit, Lügen zu erzählen.«

»Aber so viel Geld verdienen Dichter nicht«, sagt er und stemmt sich angestrengt aus dem Kniefall hoch. Sie sieht ihm an, dass er nachdenkt. »Also gut. Fünfzig Reichstaler. Für die Wahrheit.«

»Sofort zu begleichen«, sagt Molly und streckt die Hand aus.

»Ich habe das Geld jetzt nicht.« Er bürstet sich den Staub vom Mantel. »Aber ich stehe zu meinem Wort.«

»Du willst bei einer Hure anschreiben?« Molly schüttelt den Kopf.

Der Scherenschneider seufzt. »Ich wünschte, Sie würden sich selbst anders nennen.«

»Anders? Aber das bin ich nun mal. Eine Hure.«

»Aber nicht nur. Sie sind jemandes Tochter, vermutlich auch jemandes Freundin, jemandes Verlobte oder Vertraute. Menschen sind so viel. Und in diesem Moment sind Sie meine einzige Rettung. Ihnen gebührt mein Dank. In meinen Augen macht Sie das wertvoller als irgendeinen anderen Menschen in dieser Stadt.«

Molly weiß nicht, was sie dazu sagen soll. Er ist wirklich ein besonderer Mensch, so hat noch nie jemand mit ihr gesprochen.

»Sag nicht solche Sachen«, brummelt sie. »Fünfzig Reichstaler so bald wie möglich. Das ist die Bedingung.«

Sie setzt sich in Bewegung. Will nach Hause zu Mariechen.

»Gehen wir jetzt gleich zum Polizeidirektor«, ruft er hinter ihr her.

»Nicht jetzt, Scherenschneider. Ich muss erst noch was Wichtiges erledigen.«

»Das muss warten. Kann das nicht warten?«

»Kann es nicht. In zwei Stunden können wir uns treffen.«

Sie sieht ihn an. Er nickt.

»In Ordnung«, sagt er und reicht ihr unvermittelt die Hand. »Und nennen Sie mich nicht Scherenschneider«, fügt er hinzu. »Mein Name ist Hans Christian.«

Sie nimmt vorsichtig seine Hand, die warm und weich ist. Nicht schwielig von harter Arbeit wie die meisten Hände. Dann dreht sie sich um und läuft los, den Blick der anderen Männer im Rücken.

»Fräulein Molly, ich warte vor dem Gerichtsgebäude«, ruft er. »In zwei Stunden.«

Die Luft ist lau, der Himmel wolkenverhangen. Der Wind fährt durch den zerrissenen Stoff ihres Kleides. Sie ist froh gestimmt. Von dem Geld kann sie ihre Miete bezahlen und sich um Mariechen kümmern. Aber was ist mit Annas Mörder? Wenn es der Scherenschn… Wenn Hans Christian es nicht war, wer war es dann? Vielleicht kann er ihr ja im Gegenzug bei der Suche nach Annas Mörder helfen. Das ist das Mindeste, was er tun kann, wenn er es selber nicht ist.

Kapitel 12

Eins, zwei, eins, zwei. Hans Christian läuft ungeduldig vor der Treppe des Gerichtsgebäudes auf und ab, bis es schließlich Viertel nach fünf ist. Er hat es geahnt, hat gewusst, dass Molly nicht kommt.

Ein einziges Mal hat er es gewagt, einen Blick in die Zelle zu werfen, in der er noch am Morgen gehockt hat. Der Mann lag noch immer am selben Platz. Aus dem Dunkel hörte er das Murmeln des Latrinenmannes:

Eine Frau im Fass, im Bottich die Kanaill'
Wahrhaftig, der Teufel lauert im Detail

Er spürt so etwas wie Neid, wie Dichter oft bei Versen anderer empfinden. Dann wirft er erneut einen Blick über den Platz, um sicherzugehen, ob das Mädchen nicht doch noch kommt. Aber sie ist nirgends zu sehen.

Er muss allein hineingehen. Hat die Wartezeit genutzt, um sich Gedanken über seine Verteidigung zu machen und die richtigen Worte zu wählen. Das Wichtigste hat er sich notiert, damit das Argument, dass er gar nicht die Kraft hätte, eine Frau durch die Stadt zu tragen, und dass auch die zeitlichen Abläufe nicht stimmen können, an der richtigen Stelle kommen. Er geht zum Empfang und hält nach Cosmus Bræstrups buschigem Schnurrbart Ausschau.

»Ach, sind Sie gekommen, um ein Geständnis abzulegen?«, ruft der aufgeblasene Wachmann, als er Hans Christian erkennt.

»Ich möchte mit dem Polizeidirektor sprechen.«

»Versuchen Sie es morgen wieder.«

»Das geht nicht. Lassen Sie es mich Ihnen erklären«, beginnt Hans Christian und weiß doch, dass der Wachmann ihn nicht verstehen wird.

»Der Polizeidirektor ist zum Essen gegangen und kommt heute nicht mehr zurück.«

Zum Essen? Bestimmt ins Marstrand, denkt Hans Christian. Er hat ihn dort schon öfter gemeinsam mit Ørsted und anderen Spießbürgern gesehen.

Hans Christian verlässt das Gerichtsgebäude und hastet über den Nytorv in Richtung Marstrand. Ein Gaukler und seine Helfer jonglieren mit brennenden Bällen und Flammenstäben.

»Andersen«, ruft eine Stimme hinter ihm.

Es ist Molly. Sie trägt ein anderes Kleid und hat die roten Haare hochgesteckt, sodass man ihren schlanken Hals sieht. »Ich bin so schnell gekommen, wie es nur ging!«, sagt sie.

»Ich musste erst noch etwas erledigen, etwas Wichtiges. Hast du mein Geld?«

Er blickt auf ihre ausgestreckte Hand. Ratlos. Er kann nicht einfach zu Collin senior gehen und ihn um Geld bitten, fünfzig Reichstaler sind nicht leicht zu beschaffen. Doch wenn er ihr das sagt, wird sie ihm nicht mehr helfen. Andererseits kriegt sie auch kein Geld, wenn er hingerichtet wird.

»Noch nicht, aber bald«, sagt Hans Christian und denkt an Edvard. Vielleicht bezahlt er ihn ja doch noch für die Lesung aus seinen Italientagebüchern, auch wenn diese unterbrochen wurde. Einen Versuch ist es wert. Mit Edvard kann man immer reden.

Sie gehen über den Alten Markt und die angrenzenden Gassen. Das Marstrand ist nicht weit entfernt.

»Wohin gehen wir?«, fragt Molly.

»Der Polizeidirektor war nicht im Gericht. Er ist beim Essen.«

Molly hält ihn am Arm fest.

»Wo sind denn deine Manieren? Du kannst ihn doch nicht außerhalb der Arbeitszeit aufsuchen. Männer wie er schätzen es ganz und gar nicht, gestört zu werden, wenn sie im Salon sitzen, Zigarre rauchen und über Politik debattieren. Er wird dir das übel nehmen. Besser findest du den Schuldigen und bringst ihn hinter Gitter.«

Hans Christian hat den Klang seines eigenen Lachens fast vergessen, der spitze Ton, den er jetzt hört, scheint nicht aus seinem Hals zu kommen.

»Ich?«, fragt er, als er gewahr wird, wie ernst Molly ihn ansieht.

»Du willst deine Unschuld beweisen. Und ich will das Schwein kriegen, das Anna auf dem Gewissen hat.«

»Das kann ich nicht. Wie … wie sollte ich denn wohl …«, er senkt seine Stimme, »… einen Mörder finden?«

»Du bist nicht wie die anderen«, sagt sie. »Du kannst mit Worten umgehen. Und du gibst nicht auf.«

Hans Christian sieht sie voller Ernst an. Es ist lange her, dass jemand etwas Freundliches über ihn gesagt hat.

»Meine Schwester hat auch immer gesagt, dass der Scherenschneider …«

»Ich mag diese Bezeichnung nicht«, unterbricht Hans Christian sie.

»Entschuldige. Dieser Andersen, hat sie gesagt, der feine Dichter, der sieht Dinge, die andere Leute nicht sehen.«

»Hören Sie auf«, sagt er.

»Doch, wirklich, so hat sie es gesagt, so ähnlich jedenfalls.«

Molly lügt, da ist er sich sicher. Aber ihre Worte tun ihm gut.

Sie laufen über die Straße zu dem Gasthaus.

»Sie müssen Herrn Bræstrup jetzt erzählen, was Sie wirklich gesehen und gehört haben und was nicht. Damit er versteht, dass nicht ich nach neun Uhr bei ihr gewesen sein kann. Außerdem bin ich viel zu schwach, um wen auch immer aus seiner Kammer zu tragen«, sagt er, als sie die sieben Stufen zum Gasthaus hochsteigen.

»Nur, wenn du mir hilfst. Nur, wenn du den Mörder findest«, sagt sie und bleibt entschlossen und mit ernster Miene stehen.

»Es geht hier um meinen viel zu frühen Tod«, sagt er.

»Und um den meiner Schwester«, erwidert sie. »Ihr Tod muss gerächt werden. Wer so etwas getan hat, darf nicht ungeschoren davonkommen. Nicht in dieser Welt. In keiner Welt.«

Sie hat recht.

»Ich kann nur … so gut helfen, wie ich kann.«

»So gut du kannst. Mehr verlange ich nicht.«

»Sie dürfen aber nicht zornig werden, wenn es nicht gelingt«, sagt er und denkt an die letzten Kritiken seiner Werke. Was immer er bisher angefasst hat, Erfolg ist ihm nie vergönnt gewesen. Egal ob Theater, Bücher, Ballett. Warum sollte es mit der Suche nach einem Mörder besser laufen?

»Es wird schon gelingen«, sagt sie und drückt seine Hand.

Ihm bricht der Schweiß aus, und er wischt sich die Stirn mit einem schmutzigen Tuch ab.

»Und jetzt gehen Sie mit rein und erzählen dem Polizeidirektor, dass Sie sich geirrt haben.«

Sie nickt.

Hans Christian kennt das vornehme Restaurant bislang nur von außen. Jetzt geht er durch die mit schwarzen Vorhängen voneinander getrennten, eleganten Salons. Ein Diener will ihn aufhalten, doch Hans Christian und seine Begleiterin sind bereits zwischen den Vorhängen hindurchgeschlüpft und zu den Tischen gegangen. An einem sitzt ein älteres Paar vor einem Gänsebraten. Weiter hinten eine Gruppe ernsthafter Männer, die kleine Weingläser in den Händen halten.

Cosmus ist in ein Gespräch mit einem kleinen, eleganten Mann mit schlohweißem Bart, schwarzem Halstuch und leuchtend blauen Augen vertieft.

Hinter den Männern steht ein Diener, der sich kaum von der schwarzen Gardine abhebt. Hans Christian sieht nicht zum ersten Mal einen Schwarzen. Er hat sie schon an anderen Orten in Kopenhagen zu Gesicht bekommen, wie auch in Italien und Frankreich. Molly offensichtlich nicht, sie tritt beim Anblick des Mannes automatisch einen Schritt zurück.

»Direktor Bræstrup, ich bin in Begleitung Ihrer Zeugin gekommen«, sagt Hans Christian und holt den Zettel mit seiner Ansprache aus der Manteltasche.

Der Polizeidirektor hebt seinen Blick von einem dunkelroten Pudding und sieht ihn verärgert an.

»Was bilden Sie sich ein, Andersen?«

Er steht auf und tupft sich mit der Serviette den Mund ab.

»Hier.«

Hans Christian schiebt Molly zum Tisch, aber die Autorität der Männer schüchtert sie beide ein.

»Sie sagt, dass ich es nicht gewesen sein kann.«

Cosmus' Blick geht zu der jungen Frau. Er mustert sie vom Kopf bis zu den Füßen, was seine Verärgerung aber nicht mindert, im Gegenteil. Erst jetzt wird Hans Christian bewusst, wie abgetragen und verblichen Mollys Kleid ist.

»Wenn Sie mich entschuldigen würden, Herr Schneider. Es tut mir leid«, sagt Cosmus zu dem Mann am Tisch und steht auf.

Schneider? Hans Christian hat den Namen schon einmal gehört, kann sich aber nicht erinnern, in welchem Zusammenhang. Außerdem scheint dieser Schneider sich weder für Hans Christian noch für Molly zu interessieren. Seine ganze Aufmerksamkeit gilt dem Fisch, der mit offenem Maul auf seinem Teller liegt.

Der Polizeidirektor schiebt Hans Christian und seine Begleiterin an dem schwarzen Diener vorbei und durch die Vorhänge in die Küche. Ein beleibter Koch wirft gerade Krebse in einen Topf. Einige Kellner huschen vorbei, aber niemand sagt etwas. Durch eine Doppeltür gelangen sie in den Hinterhof, wo drei Schweine aus einer Pfütze trinken. Ein Schlachter zerlegt gerade eine Ente, Blut an den Händen.

Cosmus' Gesicht ist rot angelaufen. Hans Christian fingert an seinen Notizen herum.

»Das ist absolut unmöglich von Ihnen«, faucht Cosmus. »Ich bin in Gesellschaft, und Sie platzen einfach mit dieser Zeugin herein, die wahrlich nichts in einem Etablissement wie diesem verloren hat.«

»Und warum nicht?«, fragt Hans Christian.

»Weil sie … weil sie ist, was sie ist. Eine Frau, die ihr Geld mit der Sünde verdient.«

»Wenn ihre Worte ausreichen, um mich einsperren zu lassen, sollten sie doch wohl auch ausreichen, um mich freizusprechen.«

»Ich bin dieses Geschwafel leid. Was wollen Sie?«

Hans Christian wirft einen Blick auf seine Verteidigungsrede. Wie sollte er die Argumentation beginnen?

»Diese werte Dame ist inzwischen der Überzeugung, dass ihre Schwester noch lebte, als ich gegangen bin. Ein anderer muss nach mir zu Anna gekommen sein oder sie später auf der Straße getroffen haben.«

Er blickt noch einmal auf sein Papier, aber Cosmus schlägt es ihm aus der Hand und tritt es in den Schlamm des Hinterhofs.

»Lassen Sie dieses Ablesen!«, schimpft Cosmus. »Sie stören mich beim Essen, damit ich mir diesen Schwachsinn anhöre?«

Hans Christian versucht, sich zu erinnern, was er aufgeschrieben hat.

»Ich bin bereits um neun Uhr gegangen. Der Mord ist später passiert, da bin ich mir sicher, und das glaubt auch die Schwester der Toten«, sagt Hans Christian und versucht, Molly dichter an den Polizeidirektor zu schieben.

Cosmus schüttelt den Kopf.

»Lassen Sie mich raten, Andersen«, sagt Cosmus. »Sie haben sie bezahlt, damit sie mit Ihnen kommt und ihre Aussage ändert.«

»Natürlich«, sagt Hans Christian und wird zu spät gewahr, dass dies nicht die richtige Antwort ist.

»Danke, ich habe genug gehört. Ich gehe jetzt wieder rein. Und wagen Sie es nicht, mich noch einmal auf diese Weise zu stören!«

Cosmus steigt über die Pfütze und geht die Treppe zur Küche hoch.

Hans Christian lässt sich hinreißen:

»Herr Bræstrup, ich bitte Sie, ich ertrage kein Gefängnis. Denken Sie an all das Gute, das ich an meinem Schreibtisch ausrichten kann. Ich kann in meinem nächsten Stück über Sie schreiben. Als einen Helden, den größten von allen.«

Cosmus dreht sich auf der obersten Stufe um.

»Passen Sie bloß auf, Andersen. Sonst breche ich noch die mit Jonas Collin getroffene Vereinbarung. Verschwinden Sie mit Ihrer Dirne. In drei Tagen sehen wir uns wieder, Andersen. Das heißt, nein, einer davon ist ja schon verstrichen. In zwei Tagen also. Und ich glaube nicht, dass die Zeit für Sie arbeiten wird, Andersen.«

Der schwarze Diener steht an der Tür bereit und lässt Cosmus in die Küche treten.

Hans Christian kann sein Unglück kaum fassen. Als er sich zu Molly umdreht, um ihr vorzuwerfen, dass sie ihm nicht geholfen hat, bekommt er eine schallende Ohrfeige.

»Warum hast du das gemacht?«, fragt er jammernd und bemerkt plötzlich, dass er Molly geduzt hat.

Tränen stehen in ihren Augen.

»Ich bin für dich nicht mehr als eine Dirne, die dir aus der Klemme helfen soll. Du hast nichts verstanden«, sagt Molly, dreht sich um und geht.

»Nein, warte«, ruft Hans Christian ihr nach und wäre fast mit einem Mann zusammengestoßen, der mit zwei Eimern voller Aale in den Hof tritt. »Was habe ich nicht verstanden?«

»Es ist falsch, was ich gesagt habe. Du bist kein Meister der Worte, du kannst nicht mit Menschen reden, du machst nur alles kaputt«, schimpft Molly.

»Tue ich das?«, fragt er und sieht sein kurzes Leben Revue passieren. All die Gespräche, die er geführt hat. Mit dem Rektor der Schule, den anderen Autoren, den Fabrikarbeitern. Nein, das gesprochene Wort war noch nie seine Stärke, er ist ein Mann der Schrift. Vielleicht des Tanzes. »Es ist nur, weil … Es ist nur, weil mich niemand versteht«, sagt er mehr zu sich selbst.

»Was du redest, kann man auch nicht verstehen. Der Polizeidirektor hat seinen Mörder, dich, und er ist damit zufrieden. Er hat es nicht eilig«, sagt Molly, und in ihrem Gesicht spiegeln sich sowohl Wut als auch Verblüffung. »Es ist ihm egal, ob du der Richtige oder Falsche bist«, sagt sie und geht mit schnellen Schritten aus dem Hof und auf die belebte Straße, wo sie einem Pferdewagen folgt.

Hans Christian kann auf dem unebenen Pflaster kaum Schritt halten. Erst unten auf der Købmagergade holt er sie ein.

»Wir zwei können doch keinen Mörder finden. Sieh uns doch mal an«, sagt Hans Christian mit sich überschlagender Stimme. Seine Augen suchen nach etwas, worin er sich spiegeln kann.

Dann sieht er das Schaufenster des Trödlers mit der scharlachroten Chaiselongue und fasst Molly am Arm. Sie reißt sich los, hält beim Anblick ihrer Spiegelbilder dann aber doch inne. Sie stehen da, dicht beieinander, ein magerer Dichter, halb Krähe, halb Mensch, in einem abgewetzten, schwarzen Rock und ein wenig zu kurzen Hosen. Mollys Kleid ist unten am Saum vom Schlamm der Wege verdreckt, aber das macht nichts, da die meisten Blicke niemals so weit nach unten wandern, sondern an den wilden roten Locken oder der straffen Schnur ihrer goldenen Corsage hängen bleiben.

»Sieht doch gar nicht so schlecht aus«, sagt Molly.

»Vielleicht hast du recht«, erwidert Hans Christian und denkt, dass Molly ihm etwas gibt, was er zuvor nicht hatte. Er fühlt sich aufgewertet, wie ein altes Pferd mit einem neuen Sattel und einer Schmuckfeder am Zaumzeug. Ihre Sommersprossen und das Licht, das ihr Gesicht verströmt, erinnern ihn an Anna. Dieses Licht haben die italienischen Signoras und französischen Madames nicht. Er liebt das Reisen, aber Mollys Sommersprossen erinnern ihn an Dänemark, an die Frühjahrssonne und dunkle Winter, den Regentropfen auf den Zweigen und die Sonnenstrahlen in den Pfützen.

»Der Leichnam«, flüstert er und sieht Anna vor sich, wie sie aus dem Kanal gezogen wurde.

Molly reißt sich von ihrem Spiegelbild los.

»Was ist mit dem Leichnam?«

»Gestern am Kanal, ist dir da an deiner Schwester nichts aufgefallen?«, fragt er und weiß, wie dumm seine Frage klingt.

»Ich konnte sie kaum ansehen«, flüstert Molly und wendet den Blick ab.

Da war etwas. Hans Christian ist sich sicher, dass er neben all dem Tragischen, Schrecklichen, Brutalen etwas Ungewöhnliches an der Leiche gesehen hat.

»Irgendetwas an deiner Schwester war anders«, sagt er.

»Was?«, fragt Molly.

»Es ging alles so schnell, du hast mich angespuckt, und die

Leute haben brüllend meine Hinrichtung gefordert. Aber da war etwas, sie war irgendwie verändert, anders als sonst.«

Er weiß genau, dass er sich umständlich ausdrückt, ja geradezu unverständlich, findet aber keine anderen Worte.

Molly legt ihm eine Hand auf den Arm.

»Ich habe vor einigen Jahren als Hilfsschwester im Krankenhaus gearbeitet. Eine der älteren Schwestern pflegte immer zu sagen, dass die Toten sprechen, wenn man nur zuhört.«

Hans Christian spürt, wie alles in ihm wegwill, zurück nach Rom, nach Odense, nur nicht zurück zu Annas Leichnam. Und doch hört er sich sagen: »Gut, dann lass uns hören, was Anna zu erzählen hat.«

Kapitel 13

Der Ort ist mit Sorgfalt ausgewählt, der kleine Karren mit der länglichen Truhe unter den tief herunterhängenden Zweigen der Bäume versteckt. Niemand wird ihn bemerken oder sich fragen, wer ihn dort abgestellt hat. Und sollte sich doch jemand wundern, könnte sich niemand vorstellen, zu welchem Zweck er dort steht oder dass darin bald ein kleiner Junge versteckt und von seinen nichts ahnenden Eltern durch das Gewimmel der Stadt fortgebracht werden soll. Der Kleine würde einfach spurlos verschwinden, wie vom Erdboden verschluckt, ohne dass der Arzt auch nur ahnte, was geschehen ist.

Madame Krieger wartet am Anleger Bellevue, wo gerade das Dampfschiff festmacht.

Sie hält auf der Landungsbrücke Ausschau, ihr Blick huscht von einer Person zur nächsten, ohne jemanden zu erkennen. Die Hälfte der angesehenen Bürger scheint dem Lärm und Staub der Stadt entflohen zu sein, um Zuflucht im Vergnügungspark zu suchen. Frauen mit gelben Sonnenschirmen und Hunden, Männer mit hohen Hüten, sogar ein kleines Streichorchester. Nur der Arzt kommt nicht. Haben sie ihre Pläne geändert? Hat der Junge seine Aufgaben nicht gemacht?

Da endlich entdeckt sie ihn auf der Landungsbrücke, Arm in Arm mit seiner Frau, die ihren Hut festhalten muss. Zwei Matrosen helfen ihnen bei den letzten Schritten. Hinter ihnen kommt ein Dienstmädchen mit dem Jungen. Das Mädchen wirkt etwas durcheinander, vielleicht ist ihr die Überfahrt nicht bekommen.

Vater und Sohn tragen beide Kippa und sehen einander auch sonst ähnlich.

Madame Krieger spürt ihr Herz schlagen. Sie liebt dieses Gefühl, diesen Zustand körperlicher Erregung.

Ihr Blick ruht auf dem Jungen. Klein, wohlgenährt, mit runden, fleischigen Ohren. Er wirkt altklug und anstrengend wie die meisten Kinder, denen Madame Krieger begegnet ist. Trotzdem ist er für sie im Augenblick die wichtigste Person auf der ganzen Welt. Nur er kann ihr weiterhelfen, kann ihrem verzweifelten Hilferuf Gehör verschaffen, nur er kann seinem Vater zu der Einsicht verhelfen, sie nicht weiter abzuweisen.

Madame Krieger folgt ihnen, sie mischt sich unter die anderen Spaziergänger, die den Staub auf dem Waldweg aufwirbeln. Vorfreude liegt in der Luft, alle freuen sich auf den Ausflug in den Vergnügungspark. Die Kinder reden von Zuckerstangen und Lakritzen, und die Erwachsenen sind froh, wenigstens für einen Tag der Hektik und dem Gestank der Stadt zu entfliehen. Madame Krieger achtet darauf, den Hut der Frau Professor und den runden Rücken ihres Mannes in dem bunten Wirrwarr nicht aus den Augen zu verlieren. Das Dienstmädchen hält die Hand des Jungen fest umklammert. Madame Krieger wirft einen Blick in den dunklen Teil des Waldes, wo sie den Karren abgestellt und das Pferd angebunden hat. Die Truhe ist wichtig, wie sonst soll sie den Jungen vorbei an den Wachen am Østerport zurück in die Stadt bringen?

Auf dem ersten Wegstück ist der Wald hell und schön. Madame Krieger nimmt all ihren Mut zusammen und schließt zu dem Arzt und seiner Frau auf. Es wäre sicher keine schlechte Idee, mit ihnen ins Gespräch zu kommen und sich bei dem Jungen einzuschmeicheln. Damit sie keine Fremde mehr ist, sondern eine Freundin, die nette Dame aus dem Wald, wenn sie ihn später an der Hand nimmt und ihm Himbeersaft und Süßigkeiten verspricht.

»Wollen Sie auch den Pierrot sehen?«, fragt Madame Krieger das Dienstmädchen, das von den Erwachsenen am aufgeschlossensten zu sein scheint. Der Arzt wendet sich kurz um und mustert sie, erkennt sie aber nicht. Wie auch? Schließlich war sie bei ihrer ersten Begegnung wie ein Mann gekleidet.

»Und die Affen, nicht wahr, Isak?«, sagt das Dienstmädchen. »Richtige Affen. Auf die bist du am meisten gespannt.«

Erneut wendet der Arzt sich um. Hat er sie mit seinem professionellen Blick für die anatomischen Eigenheiten menschlicher Körper etwa doch wiedererkannt oder einen Verdacht geschöpft?

»Isak! Was für ein schöner Name! Wie alt bist du?«, fragt Madame Krieger und legt eine Hand auf den warmen Nacken des Jungen. Die erste Berührung wäre geschafft. Danach wird es einfacher.

»Fünf«, sagt Isak und sieht etwas beschämt zu ihr auf. Sein Blick flackert und sucht Hilfe bei seiner Mutter. Madame Krieger lächelt und lässt sich etwas zurückfallen. Es ist gut. Sie darf nicht zu forsch vorgehen.

Am Wegrand stehen Händler und Jongleure. Andere versuchen, die Passanten mit Taschenspielertricks oder Karten um ihr Geld zu erleichtern. Der Anblick der vielen Menschen beruhigt Madame Krieger. In dem Gedränge wird es dem Arzt und seiner Frau schwerfallen, den Jungen zu finden, wenn sie ihn erst einmal in den Händen hat. Er wird in der Menge verschwinden, versteckt hinter bunten Gauklern, geschmückten Eseln und Musikanten.

Die Menschenmenge wird mit jedem Schritt dichter. Madame Krieger muss sich Mühe geben, um in der Nähe des Jungen zu bleiben. Gleichzeitig hält sie nach einem Ort Ausschau, an dem sie ihn packen und wegziehen kann. Es kommt einzig und allein auf den richtigen Moment an und darauf, keinen Fehler zu machen. Sie kommen an einer Bude vorbei, an der man mit bunten Bällen auf farbige Bauklötze werfen kann. Isak bleibt stehen und schaut begeistert zu. Ist das der richtige Moment? Madame Krieger sieht sich um. Würde es jemand bemerken, wenn sie ihn fest am Oberarm packt, hinter die großen Wagen und von dort weiter in den Wald zieht? Es ist laut, neben ihr kreischen drei kleine Mädchen vor Freude. Doch dann ist die Chance vertan, der Junge geht weiter und ergreift erneut die Hand des Dienstmädchens.

»Kommt ihr?« Die Frau des Arztes treibt das Dienstmädchen und Isak an. Sie scheint sich nicht zu amüsieren. Die beiden beschleunigen ihre Schritte und gehorchen.

Es geht jetzt leicht einen Hügel hinab. Weiter vorne sieht

Madame Krieger ein großes Zelt, vor dem einige Kinder zusammengelaufen sind. *Hadrians geheimnisvoller Garten* steht auf einem alten Schild, flankiert von Zeichnungen vieräugiger Löwen und Bären mit langen Zähnen. Auch das Dienstmädchen hat das Zelt erblickt und fragt den Jungen, ob sie hineingehen sollen. Der jüdische Arzt zündet seine Pfeife an, es freut ihn, zu sehen, wie mutig sein Sohn ausschreitet.

Madame Krieger spürt, dass dies die Chance ist, auf die sie gewartet hat.

Sie schlüpft an ihnen vorbei in das rote Dunkel des Zelts und kommt in ein Labyrinth, in dem man sich schnell verlaufen kann. Die Wände sind mit hohen Hecken bemalt, die um Ecken herumführen und immer wieder unvermittelt enden. Plötzlich ragen Hände aus kleinen Löchern, große, rollende Augen starren sie aus grotesken Gesichtern an. Jemand trommelt, und das ganze Zelt ist von einer düsteren, fremdartigen Atmosphäre erfüllt, die die Kinder aufschreien und die Frauen erschaudern lässt. Auf der hinteren Seite ist ein Ausgang, der zu einer großen Bühne führt, vor der viele Menschen zusammengelaufen sind und ein lärmendes Spektakel verfolgen.

Das ist die perfekte Gelegenheit.

Madame Krieger schlüpft in einen verborgenen Winkel, von dem aus sie den Jungen sehen kann, wenn er kommt. Sobald er vor ihr ist, kann sie ihn zu sich ziehen und auf der anderen Seite aus dem Zelt schlüpfen. Noch bevor er ahnt, was vor sich geht, wären sie im Wald und auf dem Weg zum Karren.

Ein paar Kinder huschen vorbei. Sie bläst die über ihr brennende Laterne aus und duckt sich wie ein Troll. Wartet geduldig. Kurz darauf sieht sie den Jungen am Eingang. Direkt hinter ihm kommt das Dienstmädchen zum Vorschein. Sie schiebt ihn vor sich her. Der Junge macht ein paar vorsichtige Schritte und reißt die Augen auf. Sein Blick sucht die geschwungenen Gänge ab und bleibt an dem Gemälde einer Statue mit Horn und langer Zunge hängen. Dann verlässt ihn der Mut, und er dreht sich zum Dienstmädchen um.

»Los, Isak, sei kein Hasenfuß«, sagt die junge Frau und gibt ihm einen sanften Stoß.

Der Junge reißt sich zusammen, schlüpft schnell an dem Bild vorbei und geht weiter ins Labyrinth hinein. Gleich darauf ist er außer Sichtweite des Dienstmädchens und sich selbst und den anderen Kindern überlassen, die kreischend durch das Labyrinth irren.

Den anderen Kindern – und Madame Krieger.

Ein Schritt noch, komm schon, denkt sie.

Der Junge hat die Arme vor sich ausgestreckt und tastet sich vorsichtig voran. Seine Augen haben sich noch nicht an die Dunkelheit gewöhnt. Er will gerade an ihr vorbei und um die erste Ecke biegen, als etwas seine Aufmerksamkeit erregt und er stehen bleibt. Mit Angst im Blick. Sind es die Trommeln oder der Gestank des warmen Grases und des Urins, der durch den Boden des Zeltes nach oben steigt?

Madame Krieger streckt den Arm nach ihm aus, kann seine kleine Hand fast schon spüren. Da dreht der Junge sich plötzlich um und stürmt zurück. Sie sieht, wie er die Beine des Dienstmädchens umklammert und das Gesicht in ihr Kleid drückt. Das Dienstmädchen klopft ihm sanft auf die Kippa und zieht ihn aus dem Zelt.

Kleiner Mistkerl, denkt Madame Krieger. Kleiner, dummer, feiger Mistkerl.

Sie war so nah dran.

Madame Krieger schiebt sich rasch durch den anderen Ausgang und erblickt sogleich den Arzt und seine Frau. Ihr Sohn scheint sich nun für gar nichts mehr begeistern zu können, nicht einmal für die Seiltänzerin oder den starken Mann, der seine dicke, auf einem Kissen sitzende Assistentin hochhebt. Der Arzt kauft dem Jungen an einer der Buden eine Zuckerstange, während er ständig Leute grüßt, die er kennt.

Madame Krieger ärgert sich noch immer. *Hadrians geheimnisvoller Garten* wäre der perfekte Ort gewesen, jetzt muss sie eine neue Möglichkeit finden.

An der nächsten Ecke kommt die Menschenmenge ins Stocken. Ein Raunen ist zu hören.

In einem Affenkäfig springen zwei hässliche Geschöpfe von einer Seite des Käfigs zur anderen, begleitet von erschrockenen Ausrufen des Publikums. Beide Affen tragen kleine Westen, Hüte und Armbanduhren.

»Kommt und seht euch die wildesten aller Bestien an«, schreit der Affendompteur mit italienischem Akzent. Vor allem Kinder und einfache Leute bleiben stehen. Die Vorstellung ist gratis, man soll aber einen Schilling in die herumgehende Dose werfen.

Madame Krieger hat eine Idee.

Sie hebt ihren Rock an und hastet an den Zelten vorbei zur Rückseite des Affenkäfigs. Der Dompteur hat gerade auf einem Hocker Platz genommen und trinkt mit einem Kameraden ein Bier. Madame Krieger stellt sich an den Käfig und heuchelt Interesse. Der Käfig ist mit einem einfachen Riegel-Mechanismus verschlossen. Das Einzige, was Madame Krieger tun muss, ist, den Hebel nach oben zu klappen und den Riegel zu öffnen. Eine simple, schnelle Bewegung. Die kleine Klappe öffnet sich wie von selbst. Ein kleines Mädchen vor dem Käfig bemerkt es zuerst, sagt aber nichts. Madame Krieger tritt zur Seite und versteckt sich hinter einer Gruppe Kinder, die juchzend Stöcke zwischen die Gitterstäbe des Käfigs schieben.

Wieder beobachtet sie den Jungen, der vom Dienstmädchen weitergezogen wird wie ein Lamm, das zur Schlachtbank geführt wird. Obwohl der Junge nun auch den Affenkäfig entdeckt hat, wirkt er noch immer recht teilnahmslos. Es dauert noch eine Weile, bis die Affen die offene Klappe und die lockende Freiheit bemerken. Da ruft eines der Kinder begeistert: »Die Affen laufen weg, die Affen laufen weg!«

Madame Krieger sieht den Dompteur aufspringen, das Bier noch immer in der Hand. Die Verblüffung ist ihm ins Gesicht geschrieben. Das ist ihm in seinen dreißig Jahren als Affenhalter noch nie passiert. In nur zwei Sekunden haben die beiden Affen sich aus dem Käfig geschwungen, das Dach erklommen und sind von dort in Richtung einer Feuerstelle gesprungen, wo eine dicke Frau Waffeln backt. Die Panik breitet sich wie ein Lauffeuer in der Menge aus. Frauen und Kinder stürzen in alle Richtungen davon, die meisten Männer bleiben verwirrt stehen. Aus Richtung der Schaukeln nähert sich ein Polizist.

Madame Krieger hat ihre Augen fest auf den Jungen gerichtet. Bis auf Weiteres läuft ihr Plan besser als erhofft. Jetzt muss nur noch der richtige Augenblick kommen. Die Finger des Kleinen umklammern die Hand des Dienstmädchens, die Familie wird offensichtlich von der Stimmung mitgerissen und bewegt sich in Richtung des offenen Platzes vor der Bühne. Madame Krieger folgt dicht hinter ihnen. Sie schiebt sich zwischen eine Gruppe Betrunkener und eine Gauklerfamilie.

Einer der Affen balanciert mühelos auf dem Seil der Seiltänzerin, während der andere über den Platz und durch die Menschenmenge springt. Die Leute flüchten erschrocken vor dem kleinen Tier. Mütter bringen ihre Kinder in Sicherheit.

Als der Junge den Affen erblickt, weicht er zwei Schritte zurück. Seine Hände zittern. Das Dienstmädchen ist nirgends mehr zu sehen, der Arzt und seine Frau haben genug damit zu tun, sich durch die Menge zu manövrieren.

Madame Krieger ist direkt hinter dem Jungen. Jetzt oder nie. Jetzt oder nie.

Sie nimmt seine Hand. Hält sie fest. Und er lässt sich einfach wegführen, fort von dem Schreien und Rufen. Er scheint nichts Böses zu ahnen, hebt nicht einmal den Blick. Seine Kippa rutscht herunter, und Madame Krieger sieht, dass er ihr hinterherschaut, aber sie hält nicht an, sondern bringt ihn so weit weg wie nur möglich, ehe jemand sie bemerkt und der Junge gewahr wird, dass er eine fremde Hand hält.

Die Sonne steht jetzt tief hinter den Bäumen, die kalte Schatten werfen.

Madame Krieger verliert für einen Moment die Orientierung und läuft mit dem Jungen durch eine schmale Gasse hinter den vielen Pferdewagen und Zelten. Die Richtung müsste stimmen, runter zum Meer und in den Wald. Der Junge schweigt weiter, wohl im Glauben, noch immer die Hand des Dienstmädchens zu halten.

Jetzt sieht er zu ihr auf, weder alarmiert noch überrascht. »Was machen wir jetzt?«

Seine Stimme ist voller Vertrauen, dass die Erwachsene es gut mit ihm meint.

»Wollen wir Kuchen essen?«, sagt sie. »Gleich da vorne?«

Hoffentlich hält das seine Gedanken für einen Moment beschäftigt, bis sie im Wald sind.

»Darf ich denn?«, fragt der Junge. »Ich habe mein Frühstück doch nicht gegessen.«

Die schmale Gasse ist durch einen quer stehenden Pferdewagen blockiert. Ruhig, denkt Madame Krieger und versucht, einen klaren Kopf zu behalten. Immer mit der Ruhe, du musst einen Weg finden, den Jungen hier wegzubringen.

»Wo ist Vater? Und Mutter?«, fragt der Kleine. Nicht ängstlich, nur verwundert.

»Sie haben mich gebeten, eine Runde mit dir spazieren zu gehen. Weil du so ein lieber Junge bist«, sagt Madame Krieger. Der Junge akzeptiert ihre Lüge. Madame Krieger überlegt ihren nächsten Schachzug. Sie könnten unter dem Wagen hindurchkrabbeln, der Junge voraus. Es wäre wie ein Spiel. Aber dieser Weg ist durch Koffer, Kisten und schwere Decken versperrt.

»Verdammt!« Madame Krieger flucht laut.

Sie können nur zurück in die Richtung, aus der sie gekommen sind. Als sie sich dem Anfang der Gasse nähern, sieht Madame Krieger, dass sich die Panik durch die ausgebrochenen Affen mittlerweile gelegt hat. Mitten auf dem Platz steht der Arzt und redet aufgeregt und wild gestikulierend auf einen Polizisten ein. Seine Frau und das Dienstmädchen laufen zwischen den Buden hin und her und fragen, ob jemand den Kleinen gesehen hat.

»Krieg ich trotzdem noch einen Kuchen?«, fragt der Junge.

Madame Krieger öffnet ihre Tasche, hantiert mit der kleinen Flasche mit Engelsatem herum und lässt ein paar Tropfen in ein weißes Tuch fallen. Ob zu wenig oder zu viel, weiß sie nicht, es muss einfach wirken.

»Gleich«, sagt sie, »gleich bekommst du deinen Kuchen.«

Sie drückt das Tuch fest auf Nase und Mund des Jungen, die andere Hand hat sie in seinen Nacken gelegt. Für einen Moment leistet er Widerstand, seine Arme rudern wild. Dann geben seine Beine nach, und er sackt vor ihren Füßen zusammen. Madame Krieger zieht ihn schnell zurück in die Passage und zu dem Wagen, unter dem sich die Kisten stapeln. Sie wuchtet eine davon unter dem Wagen hervor. Sie ist schwer, aber wie erhofft leer. Sie legt die Arme des Jungen zusammen, fesselt seine Handgelenke mit einem Strick, der am Wagen hängt, und steckt ihm einen Knebel fest in den Mund.

Schnell und effektiv zieht sie die Knie des Jungen an seine Brust, hebt ihn unter Aufbietung all ihrer Kräfte in die Kiste und schließt den Deckel mit den alten, rostigen Spangen. Eine der Spangen ist lose, sodass sie die Kiste nicht richtig verriegeln kann, aber sie hat nicht die Zeit, eine andere auszuwählen. Madame Krieger keucht vor Erregung, sie schwitzt, schiebt die Kiste zurück unter den Wagen und zieht ein paar andere Kisten und Koffer davor. Zu guter Letzt, wie beim Ende eines Theaterstücks, deckt sie alles mit einer dicken, schwarzen Decke ab.

Sie hat nicht die Zeit, darüber nachzudenken, ob ihr Plan gut oder schlecht ist. Es ist der einzige, der ihr in den Sinn gekommen ist, und sie hat nur diese eine Chance. Sie muss später zurückkommen, um den Jungen aus der Kiste zu holen oder mitsamt Kiste in den Wald zu schleppen. Jetzt, da alle nach dem Jungen suchen, wäre das viel zu riskant. Sie darf nicht in seiner Nähe bleiben.

Wie recht sie hat, bemerkt Madame Krieger, als sie zurück auf den Platz kommt. Das Dienstmädchen erklärt gerade einer älteren Frau, wie der Junge aussieht.

»Isak! Isak!«

Die Mutter des Kleinen steht ganz in der Nähe und ruft verzweifelt seinen Namen. Die anderen Besucher kümmern sich nicht oder ignorieren sie. Für sie waren die Affen Aufregung genug. Jetzt wollen sie es sich mit Zuckerzeug gut gehen lassen.

Plötzlich steht der Arzt vor Madame Krieger und nimmt ihren Arm.

»Haben Sie einen kleinen Jungen gesehen? Mein Sohn, mein Sohn ist verschwunden.«

Er erkennt sie noch immer nicht. Ist viel zu gefangen in seinem Unglück, um sich an diese Frau in Männerkleidern zu erinnern oder zu erkennen, dass Mund und Augen dieselben sind.

»Ich habe einen Jungen in diese Richtung laufen sehen«, sagt Madame Krieger und streckt die Hand aus. Aber statt ihr zuzuhören, bückt der Arzt sich und hebt etwas vom Boden auf. Es ist die Kippa des Jungen, platt getrampelt von unzähligen Füßen.

»Minna, Minna, oh, Minna«, ruft er und streckt seiner Frau die Kippa hin. Sie kommt zu ihm gelaufen und kann ihre Tränen nicht mehr zurückhalten.

Madame Krieger eilt davon und verschwindet in der Menge, die in Richtung der Bühne strebt, auf der Pierrot gerade in ein Horn bläst. Ihr Herz klopft wild. Bald, denkt sie. Bald kann ich den Jungen holen und wegbringen. Und dann muss der Arzt mir zuhören.

Kapitel 14

Ich weiß nicht, ob ich das kann«, sagt Molly zum wiederholten Mal auf dem Weg zum Bürgerspital. Allein die Erinnerung an Anna am Haken des Krans macht Molly krank. Das Gesicht ihrer Schwester, weiß und ohne jedes Leben, die Lippen wie bleiche Regenwürmer.

Hans Christian hört nicht zu. Er ist wie ein Kind, glaubt, dass tote Dinge reden können. Und ständig bleibt er stehen, um sich irgendetwas Belangloses anzuschauen, eine Wolke oder das gelbe, dampfende Rinnsal, das aus einem Abfluss des Krankenhauses strömt. Wie will dieser verschrobene Mann Annas Mörder finden? Molly kommen ernsthafte Zweifel.

Die Sonne hängt tief hinter dem Gebäude, sie werfen lange Schatten. Zwei Aufseher lehnen an der Krankenhausmauer und unterhalten sich mit einer jungen Frau. Wie sollen sie an denen vorbeikommen?

»Das ist unsere einzige Möglichkeit«, sagt Hans Christian. »Vielleicht hat der Mörder Spuren hinterlassen. Ich schaffe das nicht alleine.«

Molly bleibt vor dem Krankenhaus stehen. Hier hat sie einmal gearbeitet. Eine ordentliche Arbeit. Gefühlt ist das noch gar nicht so lange her. Aber es geht ihr wie allen anderen Frauen, die ihren Körper verkaufen. Jeder neue Freier lässt eine Hure um zwölf oder vierzehn Wochen altern. An Huren zehrt die Zeit gnadenloser als anderen Menschen. Anna und sie hätten in Onsevig bleiben sollen, aber für diese Einsicht ist es viel zu spät. Die Hütten in der kleinen Bucht auf Lolland hatten vor hundert Jahren Piraten als Versteck gedient, inzwischen war der Weiler bloß eines von vielen gottverlassenen Fischerdörfern. Ein gutes Jahr in Onsevig war ein Jahr, in dem nicht zu viele Unglücke geschahen, keine Hand oder kein Bein amputiert werden musste, die Ernte nicht fehlschlug und das Boot nicht kenterte. Aber das Glück fand man in der Hauptstadt. Davon waren Molly und Anna bei ihrem Aufbruch fest überzeugt gewesen. Sie hätten als Weberinnen in der Heide oder als Heringsfrauen im Hafen arbeiten können, zwölf Stunden am Tag mit den Händen in Salzlake. Aber diese Aussicht hatte ihnen nicht gereicht. Sie waren so hungrig auf das Leben, so voller Zuversicht gewesen, als sie nach Fejø übersetzten. Der Tag ihres Aufbruchs war vollkommen windstill, sodass sie sich nach Kragenæs begaben auf der Suche nach einem Ortsansässigen, der sie gegen Bezahlung das erste Stück ihrer Reise rudern würde. Der Mann schlug ihnen vor, mit den Händen und ihrem Mund zu bezahlen statt mit einem Reichstaler. Das hätte ihnen zur Warnung gereichen sollen. Bereits zu diesem frühen Zeitpunkt ihrer Reise hätten sie verstehen müssen, welchen Wert Frauen in den Augen der Männer besaßen. In dieser Nacht auf Fejø schliefen sie unter freiem Himmel. Am nächsten Tag schlug das Wetter um, und sie fanden ein größeres Schiff, das nach Vordingborg fuhr. Nach einer Woche erreichten sie die Hauptstadt, und als sie endlich vor dem Stadttor standen, war von ihren Träumen nicht mehr viel übrig. Das Einzige, woran sie denken konnten, war etwas zu essen und ein Platz zum Schlafen.

Das ist jetzt zehn Jahre her. Hundert Hurenjahre.

Es ist ein gewöhnlicher, geschäftiger Nachmittag im Spital. Wie immer herrscht ein großes Durcheinander in der Tordurchfahrt und im Innenhof zwischen den Gebäuden. Armenhäusler in zerlumpten, dreckigen Kleidern, schreiende Kinder mit leeren Mägen, Keuchhusten und dunklen Flecken am Körper.

»Wo ist das Leichenhaus?«, fragt Hans Christian.

Molly streckt den Arm aus und zeigt auf eine im Schatten verborgene Tür am Ende einer kurzen Treppe, die sechs, sieben Stufen nach unten führt.

»Wenn du Glück hast, ist die Tür offen. Das ist sie meistens.«

»Und wenn nicht?«, fragt Hans Christian und schaut mit einem Schaudern zu der Tür.

»Dann haben wir ein Problem. Der Schlüssel hängt bei den

Krankenschwestern im ersten Stock. Und da kommt man nicht ohne Weiteres rein. Folge mir«, sagt Molly.

Sie schieben sich in den Schatten an dem Gewimmel vorbei, passieren einen Zimmermann mit ausgerenktem Arm und einen jungen Mann, vielleicht ein Schmiedelehrling, mit einer Brandwunde im Gesicht. Andere haben keine sichtbaren Blessuren, laufen aber verängstigt wie verletzte Tiere herum, außerstande zu sagen, was ihnen fehlt. In der letzten Zeit kursieren wieder Gerüchte über Cholera, Blutkrankheiten, ansteckende Seuchen und Gottesstrafen.

Vor der Tür des Leichenhauses hält sich niemand auf. Als hielten alle Abstand von dem Gestank, dem Odem des Todes.

»Geh du vor«, sagt Molly und stößt Hans Christian an.

Er steigt die Stufen hinunter und legt eine Hand auf den Türknauf. Verschlossen.

»Hier«, sagt Molly und reicht ihm ihre Haarnadel.

Er sieht sie verständnislos an.

»Vielleicht kannst du damit die Tür öffnen«, sagt sie, gibt aber schnell auf, es näher zu erklären, und schiebt sich an ihm vorbei. Sie bewegt die Nadel im Schloss hin und her, dreht sie herum, aber vergebens.

»So kommen wir nicht weiter«, sagt Molly und schaut hoch zu den Fenstern im ersten Stock. Dann zieht sie das Tuch aus seiner Brusttasche und drückt es ihm auf die Nase. »Wir müssen irgendwie den Schlüssel in die Finger kriegen«, sagt sie. »Wenn jemand fragt, was du hier machst, sag, dir wäre schwindelig, und du hättest Nasenbluten. Sag, dass du auf eine Schwester wartest, die dich hier abholen will. Streng dich an, krank auszusehen, damit die Leute freiwillig Abstand halten.«

»Was hast du vor? Lass mich nicht allein. Ich kann das nicht. Hier stinkt es, und ich bin nicht krank oder …«

Molly läuft los. Hans Christian schielt misstrauisch zur Leichenhaustür, als befürchte er, dass der Tod persönlich oder etwas noch Schlimmeres herauskommen und ihn holen könne.

Molly schiebt sich an der Schlange vorbei, die Treppe hoch

und in den Korridor. Überall stehen und liegen Menschen herum. Ein paar sind betrunken, andere haben einen rötlichen, schuppigen Hautausschlag, der sich über den ganzen Körper ausbreitet, die meisten aber sind einfach nur erschöpft, entkräftet und abgemagert. Molly macht einen großen Bogen um die, die am kränksten aussehen, besonders jene, die husten und röcheln. Erst vor wenigen Monaten ist eins der Mädchen in der Ulkegade an der Lungenkrankheit gestorben. Molly hatte mehrere Wochen danach Albträume. Immer wieder war ihr die zwanzigjährige Berta erschienen, die sich im Zimmer gegenüber die Seele aus dem Leib gehustet hatte. Ein Arzt war nie gekommen, obwohl sie alles versucht hatten.

Molly wirft einen wachsamen Blick in den Raum zu ihrer Rechten, die Wirtschaftsküche. Über einer großen Feuerstelle hängen Kessel mit kochendem Wasser. Fünf Schwestern laufen umher. In dem kleinen Schränkchen über dem Pult hängen die Schlüssel für alle Räume des Krankenhauses. Mollys Herz setzt einen Schlag aus. Vor dem Pult steht die Vorsteherin, Madame Knudsen, eine echte Matrone mit weißer Schürze. Sie schreibt etwas auf eine Papierrolle.

Madame Knudsen ist der letzte Mensch auf Erden, dem Molly jetzt begegnen möchte. Sie regierte schon zu Mollys Zeiten im Spital und war von Anfang an überzeugt davon, dass Molly dem Arbeitsdruck nicht standhalten und in Sünde enden würde. Immer wieder hatte die Vorsteherin von oben herab mit Molly gesprochen und sie vor den anderen Mädchen bloßgestellt, ohne dass Molly auch nur ahnte, was sie falsch gemacht hatte. Widerworte waren zwecklos. Die Vorsteherin duldete keinen Widerspruch, man tat schlicht und ergreifend, was sie sagte. In gewisser Weise war dieses Leben erniedrigender gewesen als das Dasein als Dirne. Und nun stand ausgerechnet Madame Knudsen zwischen ihr und dem Schlüsselbund.

Mollys Blick fällt auf die alte Messingglocke in der Ecke, die immer läutet, wenn im Westflügel Hilfe benötigt wird. Dort werden die Verrückten, die gepeinigtsten aller Seelen, gepflegt. Es hat sich nicht viel verändert, seit Molly hier gearbeitet hat, nur dass es noch mehr Kranke und Arme gibt. Wie oft hat Molly schon gedacht, dass Kopenhagen wie eine Fabrik ist, die Krankheit und Tod produziert.

Sie weicht zurück in den Hinterhof.

»Bist du ein guter Schauspieler?«, flüstert sie Hans Christian zu, der sich noch immer das Taschentuch vor die Nase presst und elend aussieht.

»Ob ich ein guter Schauspieler bin?«, wiederholt er und richtet sich auf. »Ich habe schon als Vierzehnjähriger beim Ballett angefangen, im Königlichen Theater auf der Bühne gestanden. Die Schauspielkunst gehört zweifelsohne zu den größten meiner vielen Talente.«

»Ist das ein Ja?«, fragt Molly.

»Verstehst du nicht, was ich sage?«

»Nicht, wenn deine Antworten so lang sind. Man verirrt sich ja in deinen Reden«, sagt sie und zupft seinen Kragen zurecht. Dann erklärt sie ihm ihren Plan, den Schlüssel über ein Ablenkungsmanöver an sich zu bringen. Nachdem sie die Alarmglocke geläutet hat, soll Hans Christian losrennen und sagen, dass in der Irrenabteilung Unruhe ausgebrochen ist.

»Aber zuerst muss ich noch etwas besorgen«, sagt sie und richtet ihren Blick auf einen alten Mann, der an die Mauer gelehnt auf dem Boden sitzt und schläft. Der neben ihm lehnende Stock ist sicher der einzige, den er besitzt. Molly hat ein schlechtes Gewissen, als sie ihn nimmt, zurück zu Hans Christian geht und ihn auffordert, ihr in die Toreinfahrt zu folgen. Unter der Deckenwölbung verläuft eine Schnur, die durch ein Loch in der Mauer führt. Molly streckt den Stock über den Kopf, hakt den Griff über der Schnur ein und zieht ihn rasch nach unten.

Sofort beginnt in der Küche eine Glocke zu läuten.

»Jetzt«, sagt Molly und schubst Hans Christian in Richtung Treppe.

Gleich darauf hört sie ihn einen spitzen, theatralischen Schrei ausstoßen, mit dem er den ganzen Kongens Nytorv in Aufruhr versetzen könnte.

»Aufstand in der Irrenabteilung, es kommt zu Zank und Handgreiflichkeiten«, ruft er. »Kommen Sie rasch! Die schlagen sich gegenseitig die Köpfe ein, reißen sich Arme und Beine aus. Überall ist Blut, das Blut der Sünde, es sprudelt wie das Wasser des Trevi-Brunnens in Rom.«

Molly ist sicher, dass Hans Christians übertriebener, peinlicher Auftritt sie verrät. Doch gleich darauf sieht sie vier Schwestern mit Madame Knudsen an der Spitze die Treppe hinunterrennen, sie walzen durch die Tordurchfahrt und verschwinden im anderen Gebäudeflügel.

»Was schreiben die Kritiker?«, fragt Hans Christian stolz, als sie an ihm vorbei in die Wirtschaftsküche läuft, um die Schlüssel zu holen.

Kapitel 15

Im Leichenhaus ist es heiß wie in einer Töpferwerkstatt. Der Gestank Hunderter Todesarten lässt Hans Christian erstarren. Es stinkt nach verbranntem Fleisch, nach Pest und Pisse, und sie beide legen instinktiv die Hand über Mund und Nase, um den süßlichen Verwesungsdunst nicht einatmen zu müssen. Alles in ihm schreit danach, wegzulaufen, nur die Angst vor seinem eigenen, kurz bevorstehenden Tod treibt ihn weiter. Er geht dicht hinter Molly, das arme Ding, ein wenig ist er wohl auch ihretwegen hier. Und auch wegen Anna. Wegen dem, was er gesehen hat, als sie aus dem dunklen Wasser des Kanals gezogen wurde. Wenn die Bilder in seiner Erinnerung nur klarer wären. Es war Anna, und zugleich war sie es nicht.

Der Boden des großen Raums ist mit Stroh ausgelegt. Es gibt weder Gaslampen noch Fackeln, nur das spärliche Licht, das durch die hoch angebrachten Fensterschlitze fällt.

Vor den Wänden stehen vier breite dreigeschossige Regale mit Bretterböden, auf denen die Toten unter grauen Laken liegen. Er hält die Luft an, hebt vorsichtig das erste Laken an und starrt auf das Gesicht eines Mannes mit halb zertrümmertem Schädel. Der Tritt eines wild gewordenen Pferdes? Hans Christian deckt ihn eilig wieder zu.

»Nimm du die drei da drüben, dann nehme ich die drei dort«, flüstert Molly hinter ihm. Ihre Stimme versagt bei dem Gedanken daran, Anna unter einem der Laken zu finden, verstümmelt und tot.

Unter dem nächsten Tuch liegt eine Frau um die vierzig mit Brandmalen an Brust und Hals.

Molly stöhnt leise. Hans Christian ahnt ihre Seelenqualen und überlegt kurz, ob er sie rausschicken soll.

Unter dem nächsten Laken liegt sie.

»Molly«, flüstert er und spürt sie hinter sich. Sie kann sich nicht überwinden, hinzuschauen, und greift nach seiner Hand. Ein ungewohntes Gefühl, eine Frauenhand zu halten.

Mit Mollys Hand in der seinen tritt er an das Regal heran und nimmt Anna in Augenschein. Das Gesicht ist bereits das einer Fremden, im Wandel begriffen. Aber sie ist es, die arme Anna. Sie hat große rote Flecken an Stirn und Wangen, der Körper ist aufgedunsen. Die roten Flecken sind über den ganzen Körper verteilt, am Bauch, unter den Schamhaaren, an den Oberschenkeln. Sie sieht furchtbar aus. Molly wendet sich am ganzen Körper zitternd ab.

»Nein, ich kann da nicht hingucken. Du musst das allein machen. Erzähl mir, was du siehst. Du hast schließlich gesagt, dass irgendwas anders war.«

Hans Christian atmet tief ein, sieht sich die Wunde an Annas Brust genauer an.

»Sie ist auf alle Fälle übel zugerichtet«, sagt er mit gedämpfter Stimme.

»Ja?«, sagt Molly in ängstlicher Erwartung weiterer, grauenvoller Details.

Hans Christian geht näher ran, das schummrige Licht lässt nur wenig erkennen. Und das Wasser hat die Haut nahezu aufgelöst.

»Es ist etwas mit den Füßen«, flüstert er und schwebt mit einem Finger über den unnatürlichen Veränderungen am Fuß. »Da sind seltsame Male.«

»Male?«

»Vielleicht von den Stricken. Die Haut ist aufgeschürft.«

Molly wirft einen hastigen Blick über die Schulter, erst zu ihm, dann ganz kurz auf Annas Beine und Füße, ehe sie sich schnell wieder abwendet.

»Und da sind Splitter. Möglicherweise ist sie irgendwo langgeschleift worden?«, flüstert Hans Christian Molly zu. »Oder an etwas entlang? Vielleicht, als sie aus dem Wasser gezogen wurde? Vielleicht hat sie das Bollwerk gestreift.«

»Oder als er sie über den Stallboden geschleppt hat?«, sagt Molly.

Hans Christian stellt sich vor, wie Anna weggezerrt wird, sich wehrt. Oder nicht? War sie bewusstlos? Vermutlich nicht, an ihrem Kopf sind keine Spuren von einem Schlag zu erkennen. Vielleicht unter den Haaren?

»Wonach suchst du?«, fragt Molly.

»Ich bin mir nicht sicher.«

Hans Christian hört Mollys ungeduldige Bewegungen, das Rascheln ihres Mantels. Weit entfernt weint ein Kind. Da sieht er es. Um die Brüste herum, die er so gut kennt, zieht sich eine Wunde.

»Es hat jemand an ihr herumgeschnitten«, sagt er.

»Herumgeschnitten? Wie meinst du das?«, fragt Molly.

»Ich weiß es nicht«, antwortet Hans Christian und erkennt, dass er gezwungen ist, eine furchtbare Grenze zu überschreiten. Er muss sie berühren, sie abtasten, weitere Sinne zurate ziehen, um zu verstehen, da das Licht so schwach ist. Um die Brust herum ertastet er eine Unebenheit, die nicht nur von einer Wunde stammt. Das ist etwas anderes.

»Ein Faden, um die …«

»Was für ein Faden?«, fragt Molly entsetzt.

»In der Haut, kurze Fäden.«

Hans Christians Finger tasten sich unter Annas Brust entlang, der Zeigefinger folgt der Kontur der Wunde, verharrt an einem Fadenende, der unter der Brust herausragt.

»Du hast recht. Du hast recht. Sie ist genäht worden«, sagt Molly nach einem raschen Blick auf den Busen ihrer Schwester.

»Diese Fäden laufen um die ganze Brust herum«, sagt er.

»Um beide?«, fragt sie.

»Ja. Wie es aussieht, zieht sich die Naht um beide Brüste herum. Nachdem er ihr Schnitte zugefügt hat, tiefe Schnitte. Hier, die roten Linien.«

Molly schaut zögernd an seiner Schulter vorbei.

»Der Kreis sieht aus wie mit einem Zirkel gezeichnet«, sagt er und überlegt, ob Molly überhaupt weiß, was ein Zirkel ist. »Oder mithilfe einer Teetasse oder so was in der Art.«

Molly zieht den Kopf zurück und geht ein paar Schritte beiseite.

»Das Schwein hat an ihren Brüsten herumgeschnippelt und versucht, die Wunden wieder zuzunähen.«

Hans Christian ist unsicher. Warum sollte jemand so etwas tun? Für gewöhnlich schneidet man in Fleisch, um ein größeres Stück in kleinere zu zerlegen.

»Es sieht aus, als hätte er ihre Brüste abgeschnitten und sie dann wieder angenäht«, sagt er.

Seine Worte hinterlassen eine flirrende Stille im Raum. Weit weg sind Stimmen zu hören, das Kind schreit jetzt schrill. In einer anderen Welt.

»Ich halte es hier nicht länger aus«, sagt Molly. »Ich will raus.«

Hans Christian schenkt ihr keine Beachtung.

»Warum sollte jemand ihr die Brüste abschneiden und danach wieder annähen?«, denkt er laut. »Das ergibt keinen Sinn. Zu welchem Zweck?«

Hans Christian sieht Molly an. Seine Frage veranlasst sie, noch einmal Anna anzuschauen. Und plötzlich sieht er, wie ihre Augen sich verändern.

»Das sind nicht ihre«, flüstert sie.

»Nicht ihre?«, wiederholt Hans Christian.

Mollys Behauptung weckt seine Fantasie für eine neue Geschichte oder ein Theaterstück.

»Es ist Anna und doch auch nicht«, sagt er.

Genau dieses Gefühl hatte er, als sie aus dem Wasser gezogen wurde. Molly weicht nicht zurück, sie hat ihr Gesicht ganz nah an die Brüste herangeschoben.

»Ja«, flüstert sie. »Ja.«

»Ja?«, fragt Hans Christian.

»Die Brüste haben eine andere Farbe und eine andere Haut als der Brustkasten und der Bauch und der ganze Rest des Körpers.«

Warum ist ihm das nicht aufgefallen? Die Brüste sind auch kleiner, anders geformt.

»Und da, an der linken Brust ist ein Muttermal.«

Auch Hans Christian ist sich jetzt sicher, dass das nicht Annas Brüste sind. Auch wenn er nicht weiß, wie das möglich ist. Es ist so wahnsinnig, so verrückt, dass er sich mit einer Hand an der Wand abstützen muss, um nicht zu taumeln.

Hans Christian steht wie gelähmt da. Die neue Erkenntnis macht ihn sprachlos, bis ihm ein neuer Gedanke kommt.

»Wenn dieser ... dieses Ungeheuer ... dieser Teufel ...«, beginnt Hans Christian. »Wenn er Annas Brüste abgeschnitten hat. Und ihr die Brüste einer anderen Frau angenäht hat. Wer ist dann die andere? Wo sind die Reste der anderen Frau?«

»Da kommt jemand«, flüstert Molly. Hans Christian spürt, wie sich ihre Hand erneut in seine schiebt, etwas, wonach er süchtig werden könnte wie nach Schokolade oder Likör.

Vor dem Fenster sind Schritte zu hören. Mehrere Personen rufen in den Gang hinein.

»Ist da jemand?« Es klingt nach einem Wachmann.

»Schnell«, flüstert Molly. »Raus hier.«

Ein letzter Blick auf Anna, ehe er sie mit dem Tuch abdeckt.

»Los, wir müssen weg hier«, zischt Molly.

»Ich glaube, ich bekomme eine Ahnung ...«, flüstert er ihr zu. Er beginnt nämlich zu begreifen, warum jemand so etwas tut. Wenn er nur ein bisschen mehr Zeit hätte, Annas Leiche zu studieren, wie die Skulptur des Schlafenden Hermaphroditen im Louvre, vielleicht würde er das Ganze dann verstehen. Das Unbegreifliche. Wie damals in Paris.

»Komm«, sagt Molly und zieht ihn hinter sich her zur Tür, vor der die Geräusche zu hören sind.

Sie laufen direkt in die Arme eines Aufsehers. Der Mann will gerade etwas zu Molly sagen, als Hans Christian Molly mit autoritärem Gesichtsausdruck unterhakt. Er kennt diese jämmerlichen Duckmäuser auf der unteren Stufe der Gesellschaft, sie brauchen nur eine strenge Order, dann buckeln sie.

»Guter Mann«, sagt er und sieht den Aufseher streng an. »Sorgen Sie dafür, dass dieser Raum ordentlich abgeschlossen ist. Hier kann ja jeder ein und aus spazieren, wie es ihm beliebt. Und unsere liebe Mutter liegt da drinnen, wie Gott sie erschaffen hat.«

Der Blick des Aufsehers wandert zwischen Hans Christian und Molly hin und her und scheint zu überlegen, was er sagen soll. Als er einen Blick auf sein Schlüsselbund wirft, zieht Molly Hans Christian durch den Gang zur Treppe.

Draußen ist es kühler geworden, es dämmert. Sie gehen schweigend nebeneinanderher nach Nyhavn, wo die letzten Kutter des Tages angelegt haben. Es wimmelt von Fischern und Leuten, die einkaufen, Reisenden mit Koffern und Kartenspielern.

Molly ist bleicher als zuvor.

»Weißt du, was das zu bedeuten hat?«, fragt er.

»Dass Anna einen furchtbaren, grauenvollen Tod gestorben ist.«

Hans Christian wartet einen Augenblick, ehe er weiterredet. Molly sieht ihn mit tränenfeuchten Augen an.

»Das bedeutet, dass eine Frau fehlt«, sagt er und betrachtet Mollys Gesicht, während die Nachricht langsam zu ihr durchdringt.

»Er hat zwei Frauen umgebracht, Anna und noch eine andere. Dann hat er Annas Brüste abgeschnitten und danach die der anderen Frau. Und sie Anna wieder angenäht. Und dann hat er beide Frauen ins Meer geworfen. Oder – nein!«

Hans Christian packt Molly am Arm, aufgewühlt. Mit einem Mal ergibt das Ganze Sinn.

»Eine Frau im Fass, im Bottich die Kanaill«, sagt er. »Eine Frau im Fass, im Bottich die Kanaill.«

»Was faselst du da?«

Hans Christian erzählt ihr von dem Verrückten in der Kellerzelle im Gerichtsgebäude und seinem Endlos-Vers. Er hatte von Anfang an das Gefühl, dass der Latrinenmann damit etwas Wichtiges sagen wollte, weil er die Zeilen endlos oft und die ganze Nacht wiederholt hat. Aber niemand hat ihm zugehört. Bis jetzt.

»Ein Verrückter? In einer Gefängniszelle?«, sagt Molly und sieht Hans Christian an, als hätte er den lieben Herrgott bespuckt. Sie weicht einen Schritt zurück, und nun ist es an ihm, nach ihrer Hand zu fassen.

»Wenn der Bottich … der Kanal ist«, sagt er. »Oder vielleicht das Meer. Wo Anna gefunden wurde. Dann müssen wir die andere suchen. Die Frau im Fass.«

Kapitel 16

Ein Schrei.

Madame Krieger wird wach. Der nasse Stoff klebt an ihrer Haut. Der weiche Waldboden unter dem Karren ist von Morgentau bedeckt. Im ersten Augenblick glaubt sie, der Schrei käme von dem Jungen in der Kiste. Oder war es der Nachhall ihres wirren Traums von zahnlosen Jongleuren in einer grotesken Pantomime? Da, ein neuer Schrei. Sie richtet den Blick nach oben, in die Baumkronen über sich. Ein Vogel, eine Krähe.

Sie erhebt sich mit steifen Gliedern von der kalten Erde. Sie muss zurück zum Vergnügungspark, ehe der Junge wach wird und um Hilfe ruft. Bei den Frauen hat die Wirkung des westindischen Öls ungefähr fünf Stunden angehalten, aber der Junge ist kleiner und sicher empfänglicher. Sie läuft durch das Unterholz.

Es ist menschenleer im Park, das Stimmengewirr und die Musik sind verstummt. Die Zelte stehen verlassen da, der Morgennebel umgibt die verschlossenen Wagen und verriegelten Buden. Ein paar Männer schleichen auf der Suche nach etwas Genießbarem um die Abfallhaufen. Einer bewacht ein knisterndes Feuer, der Duft von geröstetem Fleisch und Brot bläst mit dem Wind herüber.

Die Passage hinter den Wagen und Zelten ist ebenfalls bis auf ein paar herumstreunende Katzen ausgestorben und verlassen. Von den Affen gibt es weit und breit kein Lebenszeichen.

Madame Krieger beobachtet den Wagen, unter dem die Kiste mit dem Jungen steht. Der Wagen wackelt, und es dringen Geräusche nach draußen, irgendjemand rumort da drinnen herum. Sie zögert. Es ist riskant, die Kiste jetzt hervorzuziehen, sie zu öffnen und den Jungen herauszuholen. Wenn jemand aus dem Wagen kommt und sie mit dem bewusstlosen Jungen auf dem Arm dort stehen sieht, ist alles vorbei. Sollte sie also lieber abwarten? Nein, sie muss trotz allem die Gelegenheit ergreifen, kann nicht weiter hier herumschleichen. Bald wird es hier erneut von Menschen wimmeln. Vorsichtig zieht Madame Krieger die Decke weg und zieht die Kiste aufs Gras. Sie fühlt sich leicht an, zu leicht. Die Verschlusshaken sind offen …

Wie ist das möglich? Es war doch nur ein Haken locker. Hatte auch der zweite nicht standgehalten, als der Junge von drinnen gegen den Deckel gedrückt hat? Jedenfalls ist er weg. Die Kiste leer.

Warum ist der kleine Idiot so schnell wach geworden? Sie hätte mehr Engelsatem nehmen, den Lappen fester auf Mund und Nase drücken müssen. So etwas passiert, wenn man Mitgefühl zeigt. Zornig tritt sie gegen die Kiste, die scheppernd gegen die Wagenwand knallt.

»Ruhe da draußen«, meldet sich eine tiefe Stimme aus dem Wagen. Ein Schwede. Oder Norweger.

Madame Krieger läuft wortlos davon und überlegt, wo der Junge abgeblieben sein könnte. Was tat ein kleines verwöhntes Balg in so einer Situation? Hat der Junge nach einem frisch gebackenen Brot gefragt? Nein, er wird verängstigt gewesen sein, wenn nicht gar panisch. Das Klügste wäre es sicher gewesen, an ein paar Wagentüren zu klopfen und um Hilfe zu bitten. Aber ein Junge in dem Alter, noch dazu einer, der nur selten das Haus seines Vaters verlässt, denkt nicht so logisch. Wahrscheinlich hat er nur an Flucht gedacht, an ein Versteck.

Sie lässt den Blick schweifen und geht auf das Wäldchen zu, vorbei an ein paar Zelten und einem an einen Baum gebundenen Esel.

Ein schmaler Pfad verschwindet zwischen den Bäumen.

Ein verängstigter Junge würde diesen Weg wählen, da ist sie sich ganz sicher.

Sie wirft einen Blick über die Schulter, überquert einen offenen Platz und biegt auf den Pfad ab.

Sie sieht keine Spuren, keine Reste von dem Strick, mit dem sie den Jungen gefesselt hat. Der Pfad führt in einem Bogen um einen Baumstumpf herum.

Kurz dahinter gelangt sie auf eine kleine Lichtung mit hohem Gras, in dem Spinnenweben glitzern. Sie will weitergehen, als sie sieht, dass das Gras vor den Bäumen platt getreten ist. Sie geht in die Hocke und untersucht die abgeknickten Halme wie ein Jäger, der eine Tierfährte verfolgt.

Ist die kleine Mulde in der weichen Erde ein Fußabdruck?

Weiter vorne ist ein weiterer, ähnlich großer Abdruck. Und da noch einer.

Die Spuren scheinen zum Wasser zu führen, das Madame Krieger zwischen den Bäumen durchschimmern sieht. Sie stellt sich den Jungen vor, noch ganz benommen von dem westindischen Öl. Hat er nach seiner Mutter gerufen? Oder ist er einfach nur panisch und weinend davongelaufen? Die Böschung hinunter? Durchs dichte Unterholz?

Hauptsache, er ist nicht ins Wasser gefallen. Madame Krieger läuft eilig zum Ufer. Die Ruderboote sind an Land gezogen, auf dem Wasser treiben ein paar Schwäne mit unter die Flügel gesteckten Köpfen. Sie greift nach einem dicken Stock, mit dem sie Seerosen und Zweige zur Seite schiebt, um in das grüne Wasser schauen zu können.

Da entdeckt sie etwas zwischen den Schilfrohren, etwas Dunkles und etwas Weißes.

Der Junge in seiner Sonntagsjacke und dem Hemd. Hat er die Orientierung verloren, sich den Kopf an einem Stein angeschlagen und ist nach kurzem Kampf ertrunken? Madame Krieger macht einen Schritt in das flache Wasser zwischen den Schilfrohren. Sie lüpft den Rocksaum, damit er nicht nass wird. So ein Tollpatsch. Wie kann man nur so dumm sein? Sie greift nach dem Arm des Jungen und zieht daran.

Aber es geht viel zu leicht. Sie sieht auf ihre Hände und ins Wasser, stellt fest, dass sie nur eine dünne Jacke in der Hand hält. Eine Jacke, die wahrscheinlich irgendein Trunkenbold hier verloren hat.

»Und, was gefangen?«, ruft ein Mann von der anderen Seeseite.

Sie ärgert sich über die vergeudete Zeit. Mit jeder Minute, die verstreicht, wird es schwieriger werden, den Jungen zu finden, sein Vorsprung wird immer größer. Und womöglich trifft er unterwegs Menschen und erzählt ihnen, was ihm passiert ist. Der Gedanke macht sie nervös. Sie kann sich nicht noch mehr Fehler erlauben. Sie geht weiter am Wasser entlang und hält Ausschau nach ihm, nach Spuren. Am Uferstreifen und am unteren Teil der Böschung ist die Erde aufgeweicht, dort sind aber keine Spuren zu erkennen.

Sie kehrt zurück in das Wäldchen, wo sie die letzten Spuren gesehen hat.

Bei den Zelten und Pferdewagen ist jetzt mehr Leben. Ein paar junge Männer laufen herum und hängen überall Zettel auf.

Sie geht zu einem der Wagen und liest die Überschrift: *Fünfjähriger Junge vermisst.* Darunter folgt eine kurze Beschreibung des Jungen und was er getragen hat. Der Zettel ist unterschrieben von Professor und Oberarzt Benyamin Horowitz, Hauser Plads 13, Kopenhagen.

Wenn die Männer Zettel aufhängen, kann der Junge noch nicht gefunden worden sein. Was weiter heißt, dass sie ganz offen nach ihm suchen kann, ohne Verdacht zu erregen.

Madame Krieger macht einen Bogen um zwei Polizisten, die sich mit einem Italiener auf Stelzen unterhalten, und begibt sich zurück zum Wald. Systematisch beginnt sie, die Umgebung abzusuchen. In dem verwilderten Bereich hinter dem alten Wirtshaus an der Quelle entdeckt sie schließlich eine gut sichtbare Schneise im taunassen Gras. Sie führt vorbei an ein paar Bäumen und einem verlassenen Ameisenhaufen. Und weiter, immer weiter – bis an den Rand einer Erdspalte.

Hier ist der Waldboden jäh ein paar Ellen in eine Senke abgerutscht, die von unwirtlichem Gestrüpp und hochgewachsenem Bärenklau überwuchert ist. Die Wurzelballen der Bäume und Büsche ragen in die Luft, ein Fuchsbau ist aufgerissen. Und inmitten der Brennnesseln liegt der Junge.

Ehe sie sich an den Abstieg macht, blickt sie sich nach allen Seiten um. Steht ganz still da und lauscht.

Die nächsten Wagen stehen hinter den Bäumen, weit genug entfernt, dass niemand sie sehen kann. Sie hangelt sich an den bloßgelegten Wurzeln nach unten und schlägt mit einem Zweig die Brennnesseln zur Seite, um zu dem Jungen zu gelangen, ohne sich zu verbrennen.

Er liegt mit angewinkelten Armen und Beinen am Boden, ohne sich zu rühren.

Soll sie ihn einfach liegen lassen? Die Tiere im Wald und die Pflanzen werden schnell alle Spuren verwischen.

Da stößt der Junge einen langen Seufzer aus und öffnet die Augen. Die Angst und der Schmerz in seinem Blick sind so spürbar, dass er ihr fast leidtut.

»Keinen Ton«, sagt sie. »Du tust genau, was ich sage.«

Er nickt. Erst langsam, dann schneller.

»Da lang«, sagt sie und zeigt nach Süden, wo ihr Karren steht. »Beeil dich.«

Der Junge richtet sich auf und schwankt. Starrt wie paralysiert auf die Brennnesseln vor sich und zögert. Am Ende bleibt ihr nichts anderes übrig, als ihn vor sich herzuschubsen.

Sie folgen der Senke und bleiben im Schutz der zueinander geneigten Weidenbäume. Als sie am anderen Ende den Steinwall erklimmen, spürt Madame Krieger zum ersten Mal einen Hauch Erleichterung. Sie erreichen einen Weg, den sie anhand eines umgestürzten Baums zu erkennen glaubt, als sie eine Pferdekutsche heranpreschen hört. Sie schubst den Jungen gerade noch rechtzeitig ins Unterholz und hält ihn mit dem Fuß am Boden fest, während der Wagen vor ihr hält.

Eine Frau schaut aus dem Seitenfenster.

»Guten Morgen, Fräulein«, sagt die Frau des Arztes, die einen schwarzen Hut trägt. Hinter ihr sitzt das Dienstmädchen. »Haben Sie einen kleinen Jungen gesehen?«

»Ich habe gehört, dass ein Junge vermisst wird, gnädige Frau«, antwortet Madame Krieger schlagfertig. »Mein Bruder hat mich in diese Richtung geschickt, um nach Spuren von dem armen Kerlchen zu suchen.«

»Der Junge, den Sie suchen, ist mein Sohn. Haben Sie Kinder?«

»Nein, noch nicht«, sagt Madame Krieger und hasst die Frau für die taktlose Frage. Sie drückt den Jungen noch fester mit dem Fuß ins Gestrüpp. »Dieses Glück steht mir hoffentlich noch bevor.«

»Mein Mann ist ein hoch angesehener Arzt in Kopenhagen. Sagen Sie Ihrem Bruder, dass wir Sie in unsere Gebete einschließen werden.«

»Und ich bete dafür …«, sagt Madame Krieger mit einem Blick auf den Jungen am Boden, der sie mit schreckgeweiteten Augen ansieht, »… dass Sie und Ihr Mann ganz bald Ihren geliebten Jungen wiedersehen werden. Gott belohnt die Demütigen.«

Das ist genau solches Geschwafel, das Schneider hasst. Aberglaube, der die Menschen versklavt, an ihr primitives Mitgefühl fesselt. Aber in diesem Fall wirkt es entwaffnend.

»Danke«, sagt die Frau mit einem besorgten Lächeln und zieht sich in das Dunkel des Wagens zurück, der wieder losrollt.

Madame Krieger schaut einen Augenblick hinter dem Wagen her, den Fuß noch immer auf dem Brustkorb des Jungen. Es wäre so leicht, ihn zu zermalmen.

Kapitel 17

Hans Christian betrachtet sein Antlitz im Spiegel und spritzt sich noch einmal Wasser ins Gesicht. Aber weder seine hässlichen Züge noch die Erinnerungen an den vergangenen Tag lassen sich wegwaschen.

Anna, verstümmelt, geschändet, die Brüste abgeschnitten, zerlegt wie ein Huhn. Seine Gedanken kreisen wieder und wieder um die grausame Tat, die weiblichsten aller Attribute einfach so auszutauschen. Wie kommt man auf eine solche Idee? Und zu welchem Zweck? Es ist der blanke Wahnsinn.

Er legt die Klinge ans Kinn und rasiert die schwarzen Stoppeln ab. Die Ernte ist mager. Er hatte schon lange von einem Schnurrbart geträumt, aber erst in Rom den Mut gefunden, einen stehen zu lassen. Er hatte sich auch die Haare wachsen lassen, bis sie die Ohren bedeckten, wie er es bei den österreichischen Bauern gesehen hatte, aber welche Frisuren er auch probierte, alle betonten nur das hässliche Gesicht, an dem er nichts ändern konnte.

Thorvaldsen hatte ihm seinerzeit den Rat gegeben, sich einen Oberlippenbart wachsen zu lassen. Mach etwas mit deinem Äußeren, in hundert Jahren werden die Bildhauer es dir danken, hatte er in einer Wolke aus Kalk- und Marmorstaub gesagt. Nur mit einem markanten Profil könne man berühmt werden, einem Profil, das leicht in Zeichnungen oder in Stein wiederzugeben sei. Ein kräftiger Schnurrbart, buschige Augenbrauen, eine Brille. Seine Nase reiche da nicht aus, sagte Thorvaldsen, die sei eher komisch als männlich.

Hans Christian hatte erwogen, einen dieser sehr hohen Hüte zu tragen, wie er sie bei den Männern der feinen Bürgerschaft gesehen hatte.

Blanker Wahn, in diesem Fall sein persönlicher Wahnsinn, immer und ewig mit dem Gedanken der eigenen Berühmtheit zu liebäugeln.

Er sollte jetzt nicht an sich selbst, sondern an Anna denken, und an den bizarren Reim des Latrinenmannes.

Eine Frau im Fass, im Bottich die Kanaill'.

Der Verrückte in der Zelle wusste etwas. Er muss etwas gehört haben oder auf etwas gestoßen sein, vielleicht hat er beim Leeren der Latrinen in einem Gasthaus oder an einer Straßenecke den Mörder mit seinen Taten prahlen hören. Wie sollte er sonst darüber Bescheid wissen?

Er hat mit Molly darüber gesprochen, bevor sie sich getrennt haben. Dass sie mit den Wachleuten reden, in den Zellentrakt gelangen und herausfinden müssen, was dieser Mann mit seinen Versen meint. Molly hielt die Idee für reine Zeitverschwendung, wie im Herbst einem losen Blatt hinterherzulaufen. Stattdessen wollte sie nach weiteren vermissten Frauen suchen, obgleich sie wusste, dass auch dies kaum möglich sein würde. In den drei Tagen, die sie nach Anna gesucht hatten, war sie auf unzählige Geschichten über vermisste Frauen gestoßen. Sie waren verreist, verschwunden, hatten ein Schiff nach Schweden genommen oder bei einem Kaufmann oder Schmied den Dienst angetreten, ohne jemandem davon zu erzählen. Es würde Tage, wenn nicht Wochen dauern, allen Fällen nachzugehen. Diese Zeit hatten sie aber nicht. Schließlich hatte Molly nachgegeben und sich auf Hans Christians Plan eingelassen. Um neun Uhr wollen sie sich vor dem Gerichtsgebäude treffen.

Hans Christian läuft über die Straße. Im Kanal schnattern die Enten. Die Stadt wacht langsam auf. Das Wetter ist klar, der Himmel strahlend blau. Er hat schlecht geschlafen, die ganze Nacht hindurch ist ihm der Vers des Verrückten nicht aus dem Kopf gegangen.

Ach, ich treuer Diener von des Königs Urin
Muss ich sterben, wenngleich ich der Täter nicht bin?

Die Worte haben ihn wach gehalten. Der Gedanke an die Axt des Scharfrichters, die allem ein Ende macht und Gesicht, Nase, Kopf abtrennt.

Hinter ihm ertönt Lärm. Eine Kutsche aus dem Königshaus

rumpelt vorbei. Zwei Kutscher sitzen hoch oben auf dem Kutschbock, und hinter dem Wagen ist ein Ersatzpferd angebunden. Hinter den Fenstern der Kutsche erkennt er Prinzessin Wilhelmine, eine gepuderte Frau mit rundem, mürrischem Gesicht. Die Gerüchte über die Untreue ihres Ehemannes sind aber auch wirklich ein Grund zum Ärgernis. Es heißt, sie leben getrennt und dass Prinz Frederik bald des Landes verwiesen werde, aber es wird so viel über das Königshaus geredet, dass man sich nie sicher sein kann. Die Menschen lieben es, sich das Maul über andere zu zerreißen.

Als er am Gammeltorv um die Ecke biegt, erblickt er Molly bereits vor dem Gerichtsgebäude. Sie sieht ungeduldig aus, ihre Haare wie ein verknotetes Wollknäuel. An der Hand hält sie ein Kind, ein kleines Mädchen in schmutzigen Kleidern und viel zu großen Schuhen.

»Das ist Annas Tochter«, sagte Molly und wirft ihm einen entschuldigenden Blick zu. »Ich habe niemanden gefunden, der auf sie aufpassen kann.« Die Kleine drückt sich mit ängstlichem Gesicht an Molly. »Sie vermisst ihre Mutter.«

Hans Christian mustert das Mädchen.

»Ich vermisse meine Mutter auch. Jeden Tag.«

»Ist sie auch gestorben?«, fragt Mariechen.

Hans Christian ist keine Kinder gewohnt, die wie Erwachsene sprechen. Die wenigen, die er kennt, stammen aus gutem Hause und reden nur, wenn die Erwachsenen ihnen das Wort erteilen. Aber Maries Forschheit gefällt ihm. Es ist so natürlich. Genau so sollten Kinder sich verhalten. Sie brauchen die Freiheit zu fragen, zu denken. Er wirft Molly einen Blick zu.

»Ich dachte, sie wüsste nicht …«

»Salomine war betrunken und hat sich gestern verplappert.«

»Oh«, antwortet Hans Christian. Was sagt man zu einem Kind, das den wichtigsten Menschen verloren hat? Er sieht die Kleine an. Sie ähnelt sowohl ihrer Mutter als auch ihrer Tante.

»Ja, meine Mutter ist auch tot«, sagt er und hat plötzlich keine Worte mehr.

»Draußen vor der Stadt geht irgendetwas vor«, sagt Molly, wie um die beklommene Stimmung zu brechen.

Erst jetzt bemerkt auch Hans Christian die seltsame Aufbruchstimmung auf dem Platz vor dem Gerichtsgebäude. Menschen laufen durcheinander. Eine Frau singt ein Lied über den großen Tag auf der Allmende. Ein paar kräftige Knechte ziehen einen Wagen mit frisch gebackenem Brot. Hans Christian sieht zu dem Gitterfenster im Zellentrakt, hinter dem er selbst noch vor ein paar Tagen gesessen hat.

»Warte hier«, sagt er, läuft an den Kellerfenstern entlang und lauscht auf das Murmeln.

Er kann nichts hören.

Ein Gefangener streckt eine schmutzige Hand durch das Gitter und packt Hans Christians Stiefel. Doch es gelingt ihm, sich aus dem Griff zu befreien.

»Der Latrinenmann, wo ist der Latrinenmann?«, fragt er ins Dunkel hinein und hofft darauf, von irgendwem eine Antwort zu erhalten.

Es vergeht ein Augenblick, bis ein Mann ans Fenster tritt. Hans Christian erkennt ihn, es ist der Bauer, der den König beleidigt hat.

»Beruhig dich, er hat ausgedichtet«, sagt er und mustert Hans Christian. »Du hast nicht vielleicht etwas Brot? Oder Trockenfisch?«

»Ausgedichtet?«, fragt Hans Christian. »Wie meinst du das? Wo ist er?«

»Dafür musst du mir schon was geben. Meine Frau besucht mich nicht mehr.«

Hans Christian sieht zu Molly und dem Mädchen.

»Wir haben weder Brot noch Fisch.«

Verärgert denkt der Bauer nach und sagt schließlich: »Die königliche Wache ist gestern Abend gestorben. Dadurch ist der Verrückte zum Mörder geworden. Sie haben ihn gerade zur Schanze gefahren.«

Er hebt die Hand, lässt sie wie eine Axt fallen.

»Was sagt er?«, fragt Molly, die neben Hans Christian aufgetaucht ist.

»Der Latrinenmann wird hingerichtet«, antwortet Hans Christian.

»Wer frei ist, sollte seine Zeit nicht vergeuden«, sagt der Bauer und wirft Molly einen langen Blick zu, bevor er sich in das Dunkel der Zelle zurückzieht.

Hans Christian sieht zu den Scharen von Menschen, die in Richtung Stadttor strömen.

»Ich muss zur Schanze. Der Latrinenmann weiß etwas. Ich muss versuchen, mit ihm zu reden, bevor sie …«

Hans Christian hält inne und sieht zu Mariechen.

»Wir gehen mit«, sagt Molly und nimmt die Hand des Kindes.

»Du kannst sie nicht mitnehmen, das ist nichts für Kinder, erst recht nicht jetzt, da …«

»Es tut Kindern nur gut, das wahre Gesicht des Lebens zu sehen«, erwidert Molly. »Irgendwann kriegen sie das so oder so mit.«

»Das stimmt nicht. Ich habe als Kind so etwas miterleben müssen«, sagt er und erinnert sich, wie sie aus der Schule aufgebrochen waren wie zu einem Waldausflug.

Molly wirft einen Blick auf das Mädchen.

»Wir kommen klar, wir kommen immer klar.«

Das Mädchen nickt wortlos.

Molly geht mit der Kleinen an der Hand los, bleibt stehen, dreht sich zu Hans Christian um.

»Was ist, kommst du?«

X

Aus allen Häusern strömen die Bürger der Stadt, auch die Kaserne am Kanal leert sich. Die Knippelsbrücke ist schließlich so voll, dass kaum noch ein Hinüberkommen ist. Losverkäufer, Schreiber und Mädchen, die Bonbons verkaufen. Dazu Horden von jungen Männern und Frauen, Familien, Großmütter mit

Kleinkindern. Alt und Jung sind mit Picknickkörben und brennenden Pfeifen unterwegs. Sogar eine Gruppe portugiesischer Musikanten in bunten Jacken ist dabei. Einer spielt lustig auf seiner Flöte.

Die Menschen gehen an der Stadtmauer entlang und stauen sich vor dem Tor in Richtung Amager. Nur ein schmaler Durchlass ist geöffnet. Die Wachen stehen dicht und schieben die Leute weiter, nachdem sie einen kurzen Blick auf deren Papiere geworfen haben. Molly packt Hans Christians Arm und versucht, ihn anzuhalten, doch der Strom der Menschen schiebt sie langsam weiter.

»Du kannst nicht durch das Tor gehen«, flüstert Molly. »Du hast keine Papiere mehr.«

Wie konnte er das vergessen? Schlagartig ist die Angst, eingesperrt zu werden, wieder da. Er sieht zum Stadttor hinüber, dessen weit aufgerissenes Maul alle Reisenden verschlingt.

»Vielleicht kann ich mich irgendwie vorbeimogeln. Aber sie haben nach meiner Verhaftung ein Porträt von mir anfertigen lassen und könnten mich erkennen.«

»Nimm Mariechen auf die Schultern«, flüstert Molly ihm ins Ohr. »Das sollte Verkleidung genug sein.«

Vielleicht hat sie recht. Er dreht ihr den Rücken zu, und Molly setzt ihm das Kind auf die Schultern. Das ist ein ganz ungewohntes Gefühl. Die Kleine verlagert ihr Gewicht überraschend nach hinten, dann nach vorn.

»Du musst ihre Beine festhalten«, flüstert Molly.

Hans Christian gehorcht, legt die Finger um die schmalen, mageren Knöchel. Die Kleine wiegt kaum so viel wie ein Stapel Bücher. Bekommt sie genug zu essen?

Sie lassen sich mit dem Strom in Richtung Stadttor treiben. Die Wachen schreien herum, rufen Frauen mit offenen Haaren zu, einem Mann, der Branntwein auf einem Karren transportiert. Dazwischen kontrollieren sie irgendwelche Papiere. Werfen Blicke auf Zeichnungen von Verbrechern, von Schuldnern und anderem menschlichen Abschaum, der zurückgehalten werden muss. Die anderen dürfen nach gründlicher Musterung passieren.

Aber ihn sehen sie gar nicht an.

Mit einem Kind auf den Schultern ist man ein gutmütiges, zweiköpfiges Wesen. Er spürt die kleinen Hände in seinen Haaren, die kalten Finger an seinen großen Ohren. Von hinten schieben die Menschen, doch als sie dicht vor den Wachleuten stehen, interessiert sich plötzlich einer von ihnen für Hans Christian und studiert sein Gesicht.

»Nimm meine Hand«, flüstert Molly.

Hans Christian denkt nicht nach, lässt ein Bein los und nimmt Mollys warme, trockene, angenehm weiche Hand.

»Jetzt sind wir eine Familie«, sagt Molly dicht an seinem Ohr, und er hört das Lächeln in ihrer Stimme. Für einen Augenblick glaubt er wirklich daran, dass man vergessen kann, wer man ist, und ein anderer werden kann. Vielleicht ist das Leben tatsächlich nur eine Bühne, auf der man eine Rolle spielt? Balletttänzer. Dichter. Ehemann. Vater? Wer kann das schon sagen?

»Halt!«, ruft eine der Wachen. »Halt!«

Molly schiebt ihn weiter.

»Nicht stehen bleiben. Geh einfach weiter.«

Auf der anderen Seite des Stadttors quellen die Leute heraus wie Most aus einem Flaschenhals. Alle wollen nur raus, die Luft ist erfüllt von einer Kakofonie aus Stimmen, Hundegebell und Pferdewiehern. Hans Christian, Molly und Marie werden von der Menge weitergeschoben, bis der Wachmann sein Vorhaben schließlich aufgibt. Wagen und Karren bleiben weiterhin auf dem Weg, alle anderen strömen über die Felder oder lassen sich im Gras nieder, um sich von den Strapazen zu erholen.

Hans Christian setzt Marie auf der Wiese ab.

Weit entfernt sieht er den Rauch der Leimfabrik und auf der anderen Seite die kleine Anhöhe mit der Richtstatt, wo sich alle versammeln. Einige Schaulustige sind auf die Bäume geklettert, und jedes Fleckchen Wiese ist besetzt. Sogar ein paar Zelte sind aufgebaut worden. Dutzende von Pferdewagen dienen den Zuschauern als Tribünen. Das Schafott selbst steht in der Mitte. Eine grobe Holzkonstruktion, eine kleine Bühne, auf der Henker und Opfer sich zum ersten und letzten Mal begegnen.

»Da fahren sie«, sagt Molly und streckt den Arm aus.

Hans Christian erblickt den einfachen Karren mit den zwei Wachleuten, der durch ein Wirrwarr aus Reitern und wild schreienden Menschen rollt, die neben dem Wagen herlaufen und den in der Mitte angeketteten Verurteilten zu berühren versuchen.

»Wir müssen mit ihm sprechen«, sagt Hans Christian und schiebt sich durch die immer dichter gedrängten Menschen. Ein Mann singt ein Lied. Molly folgt Hans Christian, Marie an der Hand. Hans Christian ist jetzt nah genug, um das Gemurmel des Latrinenmanns zu hören, das leise und monoton durch die aufgeregten Stimmen der Schaulustigen und das Klappern der Wagenräder dringt.

Wird im finsteren Tunnel aus Weiß erst Rot.

Cosmus Bræstrups Stiefel glänzen. Er wartet auf der Treppe des Schafotts wie ein Dirigent, der den Blick über sein Orchester schweifen lässt. Hans Christian hat er zum Glück nicht entdeckt, seine Aufmerksamkeit gilt einzig und allein der königlichen Kutsche mit den vier vorgespannten Pferden. Die Prinzessin sitzt verborgen hinter der Gardine und wartet auf die Vorführung des Tages.

Der Karren mit dem Latrinenmann ist jetzt weniger als hundert Schritte vom Schafott entfernt. Hans Christian schiebt sich auf die andere Seite des Wagens, damit Cosmus ihn nicht sieht. Er hat keine Zeit zu verlieren. Er drückt sich an einer wild kreischenden Frau vorbei und schlüpft neben den Karren. Der Latrinenmann sitzt auf der Ladefläche, schlaff wie eine Marionette.

»Guter Mann, ich weiß, dass Sie einen wichtigen Termin haben«, ruft Hans Christian. »Aber würden Sie mir bitte erklären, wie Ihr Gedicht zu verstehen ist?«

Der Latrinenmann sieht apathisch zu Hans Christian. Seine Augen sind so leer wie die einer Katze.

»Es heißt, die Wahrheit liegt im Detail, was können Sie dazu sagen?«, versucht Hans Christian, sieht aber, wie die Worte an seinem Gegenüber abprallen. Genau wie der Dreck und die Steine, die auf die Ladefläche und den in Lumpen gehüllten Mann herabregnen.

Der Latrinenmann murmelt weiter. *Eine Frau im Fass, im Bottich die Kanaill'*

Wahrhaftig, der Teufel lauert im Detail.

»Latrinenmann, ich flehe Sie an, erzählen Sie mir, was Sie über die tote Dirne wissen!«, ruft Hans Christian. »Sonst ergeht es mir wie Ihnen.«

Seine Worte scheinen keinen Eindruck zu machen. Der Latrinenmann ist in seiner eigenen Welt versunken wie unter einer Glasglocke, die von Worten nicht zu durchdringen ist. Hans Christian muss an den Mann denken, mit dem er sich auf dem Weg nach Italien die Postkutsche geteilt hatte. Er hatte immer wieder die einzelnen Teile einer Uhr aufgesagt, in alphabetischer Reihenfolge, und sich in Gedanken ausgemalt, wie es sein würde, in jedem der Orte, die sie passierten, Uhren einzusammeln. Und in Odense war Hans Christian einmal einem Mann begegnet, der die Namen auf allen Grabsteinen des Friedhofs kannte und überdies so gut in Mathematik war, dass der Krämer ihn einspannte. Niemand sonst rechnete so schnell wie dieser Mann, ansonsten konnte er aber nichts, weshalb er in einer Tonne saß, damit er nicht auf den Boden pinkelte. Waren das Absonderlichkeiten oder Talente? Schwer zu sagen, und wie soll Hans Christian dem Mann auf dem Karren eine Antwort entlocken? Die Zeit ist zu knapp. Es scheint fast so, als verstehe der Mann nur Reime und Verse.

Der Karren fährt dicht an einer dünnen Buche vorbei, und der Latrinenmann muss sich ducken, um die Zweige nicht ins Gesicht zu bekommen. Hans Christian verheddert sich in einem Dornenstrauch und kommt ins Straucheln.

Vielleicht gibt es nur einen Weg. Vielleicht muss auch er reimen. Einen Versuch ist es wert.

»Mein guter, werter Diener der Nacht, das Schicksal uns zu

Genossen macht«, ruft Hans Christian und denkt nach. »In diesem Land werden wir beide gejagt.« Er blickt zurück und begegnet Mollys Blick, die ihm mit Marie auf dem Arm folgt.

Der Reim ist holperig, aber in der Eile fällt ihm nichts Besseres ein. Zuerst reagiert der Latrinenmann nicht. Doch dann unterbricht er sein Murmeln und sieht Hans Christian an.

Hans Christian fährt fort.

»Groß ist die Trauer, die Qual in Ihren Augen. Müssen Sie doch als Sündenbock für einen anderen taugen.«

Jetzt sieht der Latrinenmann ihn direkt an.

Hans Christian hält sich am Karren fest.

»Ihr Gedicht zeugt von einer grausigen Tat. Wisst Ihr, wer sie begangen hat?«

»Ach, ich treuer Diener von des Königs Urin

Muss ich sterben, wenngleich ich der Täter nicht bin?«

Oh nein, denkt Hans Christian und fürchtet, dass der Verrückte nun wieder seinen altbekannten Reim anstimmt. »Könnt Ihr mehr mir anvertrauen? Ich suche nach einer, vielleicht mehreren Frauen?«

Sie sind fast am Schafott angelangt, das Geschrei der Menge wird immer lauter. Eine der Wachen muss einen Mann wegstoßen, der auf den Karren klettern will.

»Eine im Fass ...«

Hans Christian.

»Ja, das war die Schwester von meinem Weib, doch von wem sind die Brüste ... an ihrem Leib?«

Der Latrinenmann sieht Hans Christian noch immer direkt in die Augen.

»Die andre war versteckt im Latrinendreck, durch das Tor der Stadt bracht ich sie weg.«

Hans Christian kommt vor Begeisterung erneut ins Straucheln. Der zum Tode Verurteilte war also doch nicht vollkommen verrückt. Er wusste etwas.

»Äh ... Welches der zwei Tore der Stadt? Ost oder West, ob ihr mir das sagt?«

Der Latrinenmann sieht die Wachen entsetzt an, die ihn vom Karren ziehen wollen. Hans Christian hört den Ärmsten murmeln. »Was wird mit des Latrinenmanns Seele geschehen, wenn das Gras der Richtstatt mein Blut gesehen?«

Hans Christian folgt ihm und geht hinten um das Schafott herum, damit Cosmus ihn nicht sieht. Er versteckt sich in der Menge, die sich um den Latrinenmann und die Wachen drängt, als diese sich der Treppe nähern.

Die Kopenhagener gebaren sich wie ein aufgeregter Schwarm Krähen über einem toten Pferd im Graben. Hans Christian ist angewidert, eine so aufgeputschte Stimmung hat er nicht mehr erlebt, seit er im September vor fünfzehn Jahren in die Stadt kam und sehen musste, wie Juden, Männer, Frauen und Kinder durch die Straßen gejagt und abgeschlachtet wurden. Vielleicht denkt der Latrinenmann dasselbe, auf jeden Fall ist er wie gelähmt vor Schreck über die hasserfüllten Zurufe, die auf ihn einprasseln. Die Menge fordert seinen Kopf. Hans Christian muss noch näher an ihn heran, um den Lärm zu übertönen.

»Ihre Seele wird leben, lieber Bürger. Sie lebt weiter, auch wenn das Leben vorüber. Sagt mir, was Ihr wisst, guter Mann, dass für Gerechtigkeit gesorgt werden kann.«

»Im Mondlicht trug er eine Leiche auf dem Arm und machte danach eine aus dem Gendarm.«

Welcher Gendarm? Meinte er den Wachmann, der seinen Verletzungen erlegen war? Wegen des Angriffs auf diesen Mann war der Latrinenmann verhaftet worden.

Auf dem Schafott nehmen Cosmus und der Henker den Verurteilten in Empfang, der mit zusammengeketteten Beinen die Stufen hochhumpelt. Der Henker klopft ihm auf die Schulter, damit dieser sich hinkniet.

Cosmus breitet die Arme aus.

»Verehrte, rechtschaffene Bürger. Wir sind hier zusammengekommen, um der Gerechtigkeit Genüge zu tun und einen Mann zu richten, einen Verbrecher.« Er wendet sich zu der Kutsche, an deren Fenster die Hand von Prinzessin Wilhelmine zu erahnen ist. »Eure Königliche Hoheit, ist dies der Mann, den Ihr in jener Nacht gesehen habt? Ist dies der Mann, der die königliche Wache brutal und in voller Absicht erschlagen hat?«

Die Schaulustigen lauschen, klatschen, ein Einzelner ruft: »Schlagt ihm den Kopf ab!«

Die Prinzessin beugt sich vor, Hans Christian kann ihr blasses Profil im Dunkel der Kutsche nur erahnen.

Ein leichtes Nicken. Er ist es.

Nur wer ganz in der Nähe steht, bekommt die Geste mit, aber die Menschen haben genug verstanden. Mit einem Mal kommt Leben in die Versammlung, höhnische Kommentare hageln auf den Verurteilten ein.

»Kopf ab!«, skandiert die Masse.

Cosmus macht Platz für den Henker. Der weist den Latrinenmann an, sich vorzubeugen und den Kopf auf den Block zu legen. Hans Christian kriecht unter das Schafott. Durch die Dielenspalten blickt er direkt in die müden, verschleierten Augen des Mannes. Hans Christian flüstert, weil der Polizeidirektor ihn nicht hören soll.

»Sagt mir noch, guter Mann, wo die Vermisste ich finden kann.«

»Am Darmausgang unserer Stadt …«

Der Mund des Latrinenmannes steht offen, die Worte stocken.

»Am Darmausgang unserer Stadt? Wie weiter, mein Freund?« Hans Christian schiebt vorsichtig seine Finger durch den Spalt, der Latrinenmann streckt die Hand nach ihm aus, und für einen Moment berühren sich ihre Fingerspitzen. Zwei dem Tod Geweihte, zwei Männer, die die Welt nicht haben will.

Dann packt der Henker die Hände des Latrinenmannes und bindet sie ihm auf den Rücken.

»Am Darmausgang unserer Stadt, einem Ort, den niemand je gesehen hat …«

Der Henker drückt den Kopf erneut auf den Block.

Bald werde auch ich hier sein, denkt Hans Christian. In wenigen Tagen bin ich an der Reihe.

Stille senkt sich über den Richtplatz. Mit einem Mal sind alle Zurufe verstummt. Das Summen der Insekten ist zu hören, das Spiel des Windes mit den Locken der Mädchen, das Kauen eines Knechts. Hans Christian hört das Pfeifen der herabschießenden Schwalben. Und das Stöhnen des Henkers, als er die Axt hebt.

Hans Christian will dem Latrinenmann einen letzten Abschiedsgruß mit auf den Weg geben, wird aber vom ersten Hieb des Scharfrichters überrascht. Offensichtlich ist der Henker etwas überstürzt zur Tat geschritten, die Klinge beißt sich in die Schulter des Verurteilten. Bis auf den heiseren Schrei des Latrinenmannes ist es vollkommen still. Der Henker muss den Fuß auf den Rücken des Opfers stemmen, um die Axt aus Knochen und Sehnen zu ziehen. Der Latrinenmann hat die Augen wieder geöffnet und sieht Hans Christian Hilfe suchend an. Dann kommt der zweite Schlag, der diesmal den Hals trifft, den Kopf aber nicht abtrennt. Hans Christian hört, wie das Publikum die Luft anhält, aber nicht vor Entsetzen, sondern vor Begeisterung. Der Latrinenmann holt ein letztes Mal Luft. Blut pumpt aus der offenen Wunde am Hals. In diesem Moment hebt der Henker erneut die Axt. Hans Christian möchte den Latrinenmann so gern mit einem hübschen Reim verabschieden, doch ihm versagen die Worte, und so schließt er die Augen und öffnet sie erst wieder, als alles vorbei ist, Jubel ausbricht und er warmes Blut über seine Wange rinnen spürt.

Kapitel 18

Hans Christian erbricht sich hinter einem Baum.

Molly überrascht das nicht, so leichenblass, wie er aussah, als die Männer die Leiche des Latrinenmannes weggetragen haben, den Kopf in einem Korb.

»Wir müssen in diese Richtung, glaube ich, zum Wasser«, sagt Hans Christian und tupft sich den Mund mit einem schmutzigen Lappen ab. »Wenn wir der Landstraße folgen, kommen wir an die Stelle, wo die Latrinentonnen geleert werden.«

Die Menschenmenge zerstreut sich, Pferde und Pferdekarren, Männer und Frauen kehren zurück in die Sicherheit hinter der Stadtmauer und hinterlassen von Wagenrädern und Füßen platt gewalzte Sträucher und Wiesen. Mit einem Mal sind auch wieder die Geräusche der Natur zu hören. Das Klopfen eines Spechtes an einem Baumstamm.

»Warte. Wir vergeuden hier unnötig Zeit«, sagt Molly. »Hier draußen werden wir den Mörder nicht finden. Hier ist nichts. Nur Kühe und Bäume und … Tümpel.«

Molly sieht besorgt zu Mariechen, die wie angewurzelt dasitzt und auf den Tümpel starrt. Molly konnte ihr gerade noch rechtzeitig die Augen zuhalten, als die Axt des Henkers herabsauste, aber vor den Geräuschen und der aufgeputschten Stimmung hatte sie das Mädchen nicht schützen können. Sie hätte auf Hans Christian hören sollen, eine Hinrichtung war keine Veranstaltung für Kinder.

»Hast du denn nicht gehört, was er gesagt hat?«, erwidert Hans Christian und sieht sie aus tief liegenden Augen an. »Er hat mir verraten, wo wir die andere Frau finden können. Dort, wo die Nachttöpfe ausgeleert werden.«

»Ach, hör doch auf. Du bist der Einzige, der einen Sinn in den Worten dieses Verrückten erkennt. Ich habe direkt neben euch gestanden, aber nur einen lächerlichen Dichtwettstreit von zwei

Idioten mitbekommen. Ich hätte nicht mitkommen sollen. Und schon gar nicht mit …«

Hans Christian schaut rüber zu Mariechen.

»Sie wird damit fertigwerden«, sagt er. »Wahrscheinlich wäre es schwieriger für sie, wenn du versuchen würdest, sie vor allem, was geschehen ist, zu schützen. Oh, seht nur, ein Reiher.«

Ein Vogel stakst auf langen Beinen mit einem fetten Frosch im Schnabel aus dem Schilf des kleinen Tümpels.

Mariechen beobachtet mit großen Augen, wie der Reiher mühsam seine Beute hinunterwürgt.

»Oh nein, nicht noch mehr Tod und Verwüstung«, sagt Molly leise lächelnd. Und wieder muss sie Hans Christian recht geben. Vielleicht hat das Ganze auch sein Gutes. Erst zum zweiten Mal in ihrem Leben hat Mariechen das Hurenhaus verlassen. Anna hatte immer zu viel Angst um ihre Tochter, hat sie zu sehr behütet.

Der Reiher schlägt zweimal mit den Flügeln und fliegt über die Wiese davon.

»Wir müssen das wenigstens überprüfen«, sagt Hans Christian. »Lass uns die Landstraße nehmen. Wenn wir die andere Frau bis zum Einbruch der Dämmerung nicht gefunden haben, gehen wir zurück in die Stadt.«

Molly streichelt Mariechen über den Kopf.

»Die Kleine hat Hunger.«

»Wir kehren in einem Gasthaus ein«, sagt Hans Christian.

Molly nimmt kopfschüttelnd Mariechens Hand, und dann laufen sie gemeinsam auf die Landstraße zu, die durch die flache Landschaft in Richtung Meer führt. Sie kommen an Bauernhöfen vorbei, wo Schweine sich zwischen den Birken suhlen, dann an einem Moor und einem Torfstich, wo Vater und Sohn gerade eine Schubkarre mit Torfsoden beladen.

Die Landschaft und die Geräusche rufen in Molly die Erinnerungen an Onsevig wach, es stören nur die Betrunkenen, die am Wegesrand liegen, und die Mist- und Abfallhaufen, die immer größer werden, je weiter sie kommen.

Vor ihnen breitet sich eine Landschaft aus Müllbergen und dreckigen Tümpeln aus, über denen kreischende Möwen kreisen. Es stinkt erbärmlich.

»Hier muss es sein«, sagt Hans Christian aufgeregt und hält sich angeekelt das Tuch vor den Mund. »Nun müssen wir nur noch den Scheißhaufen der Stadt finden.«

Jetzt begreift sie, wonach er sucht und was der Latrinenmann mit dem Darmausgang der Stadt gemeint hat. Auf der Fäkalieninsel Amager leert dieser Darm sich aus.

Sie gehen an einem braunen und staubigen Haufen vorbei. Das ist die Halde der Straßenkehrer der Stadt. Ein paar Männer sitzen verschwitzt im Schatten eines Baumes, während ein paar Armenhäusler die Abfallhaufen nach Dingen durchwühlen, die sie vielleicht für einen Schilling verkaufen können.

Molly fordert Hans Christian auf, die Männer nach dem Weg zu fragen, aber der Dichter lehnt an einem Baum und kämpft schon wieder mit der Übelkeit.

»Wo werden die Latrinentonnen und Nachttöpfe geleert?«, ruft Molly den Männern zu.

»Der Latrinenplatz ist weiter den Weg runter«, antwortet einer der Männer und mustert sie lüstern von Kopf bis Fuß. Einer der älteren Männer winkt Mariechen zu. Auf Hans Christian achtet niemand.

Kurz darauf öffnet der Himmel seine Schleusen. Dicke Regentropfen fallen auf die Erde und überdecken alle Gerüche und Geräusche mit ihrem Prasseln, unterbrochen von ein paar Blitzen.

»Komm, wir müssen Schutz suchen«, sagt Molly und zeigt zu einer Schenke unter ein paar hohen Bäumen, vor der ein ausgehungertes Pferd angebunden ist. Drinnen sitzt die Wirtin und wäscht Erde von schrumpeligem Gemüse. Molly und Mariechen setzen sich in eine Ecke. Hans Christian zieht seinen nassen Mantel aus und sackt auf einen Stuhl.

»Sorg dafür, dass die Kleine etwas zu essen bekommt«, sagt Molly. »Du bist zu angeschlagen, um mitzukommen.«

»Wo willst du hin?«, fragt Hans Christian kraftlos.

Vermutlich macht ihm nicht nur der Gestank der Müllberge zu schaffen, sondern auch das Drama auf der Allmende. Im Gegensatz zu Mariechen verkraftet er solche Dinge offenbar gar nicht gut. Was ihn in Mollys Augen eigentlich ganz liebenswert macht.

»Ich suche jetzt die Latrinengrube und bin so schnell wie möglich zurück«, sagt sie.

Hans Christian setzt zum Protest an, gibt dann aber nach und nickt ihr dankbar zu.

Mariechen will nicht, dass ihre Tante weggeht. Es braucht einiges an Überredungskunst, bis das Mädchen begreift, dass Molly bald zurück sein wird. Der Regen ist stärker geworden, der Weg ist matschig und glatt. Nach einer Weile erreicht Molly ein verfallenes Haus mit einer schief hängenden Holztür.

»Wird hier die Scheiße aus der Stadt abgeliefert?«, ruft sie durch die Tür einem Mann zu, der sich mit seiner schmauchenden Pfeife ins einigermaßen Trockene zurückgezogen hat. Irgendwo in der Nähe heult ein Hund.

Da der Mann nicht antwortet, ändert Molly die Taktik.

»Ich suche einen Mann, der vor ein paar Tagen hier draußen eine Latrinentonne abgeliefert hat.«

»Hier kommen viele Menschen mit ihrem Abfall vorbei, gute Frau. Aber noch mehr, um Dünger zu holen«, sagt er.

»Es könnte am Mittwoch gewesen sein. Er hat eine volle Tonne ausgeleert.«

Der Mann antwortet mit einem gleichgültigen Schulterzucken. Diese mundfaule Art kennt sie nur allzu gut aus ihrer Heimat. Die wortkargen Landbewohner antworten nur das Nötigste und nur, wenn es ihnen in den Kram passt.

Sie steht unter dem Vordach und wartet, dass der Regen nachlässt. Ihr Kleid ist nass und klamm, der Regen tropft aus ihren Haaren. In ihr steigt eine Wut hoch, die sie gern an dem sturen Kerl abreagieren würde, der ihr nicht weiterhelfen will. An Hans Christian, weil er so verschroben ist. An sich selbst, weil sie Mariechen mit vor die Stadt genommen und jetzt alleine bei einem Mann zurückgelassen hat, der schon bei ein bisschen Blut und Scheiße den Schwanz einzieht.

Die Luft steht still, Sonnenstrahlen brechen durch die Wolkendecke und fallen auf die schlammige Erde. Ein nahezu unerträglicher Gestank steigt aus dem dunkelbraunen Brei empor. Durch den Mund atmen, denkt sie und lässt sich von dem Gestank den Weg weisen. Er wird immer beißender, dringt unter ihre Haut, in die Augen, ihre Kehle.

Sie lässt den Blick über das Schlachtfeld der Hinterlassenschaften der Stadtbewohner schweifen. Der Reichen und Armen, Bettler und Könige, hier draußen sind alle gleich. Hunderte braune Holztonnen gären stinkend vor sich hin. Dahinter ist der braune Güllestrom zu einem regelrechten See zusammengelaufen, einem modrigen Tümpel menschlicher Exkremente. Eine Art Hölle auf Erden, denkt Molly. Friedlicher und ruhiger, aber sehr viel stinkender, als der Pfarrer in Onsevig sie in seinen Predigten vorgewarnt hatte. Sie beobachtet zwei Männer mit Lederschürzen, die ein Fäkalienfass in eine der großen Tonnen kippen und mit einer Schaufel darin rühren.

»Wie wird der Dreck hier abgeliefert?«, fragt die näher tretende Molly.

Der eine Mann sieht kurz auf und zuckt nur mit den Schultern.

Der andere Latrinenmann, bucklig wie ein Totengräber, antwortet ausführlicher.

»Hier ist die Endstation«, sagt er. »Die Fässer werden vorne angeliefert, wir leeren sie in die Tonnen aus und rühren um.«

Molly geht zwischen den Tonnen hin und her. Mit einem Tuch vor der Nase wagt sie hier und da einen Blick in die braune Brühe. Dann geht sie zu dem Tümpel. Am Rand ist ein verrottetes, auf der Seite liegendes Boot an einem Baum vertäut.

»Was ist in dem See?«

Die Männer tauschen einen kurzen Blick. Der Bucklige erweist sich wieder als der Auskunftsfreudigere.

»Pisse und Kot, vermischt mit Regenwasser und Blättern von

den Bäumen. Da kippen die Latrinenmänner ihre Fässer aus, wenn wir nicht mehr da sind.«

Die Oberfläche des Tümpels ist nicht nur braun, sondern zäh wie Lack.

»Kann ich das Boot benutzen?«, fragt Molly.

»Wozu das denn?«, fragt der Ältere und offenbart ein paar schwarze Zahnstummel.

Sie weiß nicht, was sie antworten soll. Warum will man auf einen Fäkaliensee hinausrudern?

In dem Moment entdeckt sie die äußere Spitze eines Schuhs aus dem zähen Brei ragen. Die rote Farbe ist kaum noch zu erkennen.

Ein Schuh.

»Was ist jetzt«, sagt sie. »Darf ich das Boot benutzen?«

Der Mann schüttelt den Kopf, was Molly als ein Ja nimmt.

Sie schlittert den schlammigen Pfad zum Tümpel hinunter, muss sich an Zweigen festhalten, um nicht zu fallen. In dem Boot liegt ein morscher Holzstecken, mit dem das Boot vorwärtsgeschoben werden kann. Molly knotet sich das Tuch vor Nase und Mund und stößt sich mit dem Stecken ab. Gleich darauf gleitet das Boot durch den braunen Brei.

Die Sonne spiegelt sich in der stinkenden Oberfläche. Aus dem Boot erkennt sie Gärblasen und eigentümliche Schlierenmuster, einen Rattenkadaver und ein zerrissenes Korsett. Nicht nur der Abfall der Stadt und die Exkremente der Menschen starren ihr entgegen, sondern alle Verderbtheit, Armut, Hoffnungslosigkeit und Ungerechtigkeit dieser ihr so vertrauten Welt, die ihre Schwester auf dem Gewissen hat, eine Welt, die mehr nimmt, als sie gibt.

Molly stochert mit dem Stecken auf dem schlammigen Grunde der Kloake herum.

Wonach sucht sie eigentlich?

Nach einer Leiche.

Der Gestank raubt ihr fast die Sinne. Nein, denkt sie, das schaffe ich nicht alleine. Das will ich nicht alleine durchstehen.

Er muss ihr helfen.

Kapitel 19

Eine kleine Hand schiebt sich in seine.

Er schreckt aus dem Schlaf hoch.

Das Mädchen mustert ihn mit ihren großen Augen. Den Schmerz dieses Kindes kennt er gut, er hat seinen eigenen nie überwunden. Das Einzige, was ihm geholfen hat, waren die Geschichten, das Eintauchen in andere Welten. Dabei spielte es keine Rolle, ob die Geschichte unheimlich oder märchenhaft war. Wenn sie gruselig war, fiel es leichter, in die Wirklichkeit zurückzukehren. War sie schön und anrührend, konnte man sie weiterspinnen, sich von dem Schmerz wegdichten.

»Marie?«, sagt Hans Christian.

Das Mädchen sieht ihn misstrauisch an, scheint ihm noch nicht ganz zu trauen.

»Willst du die Geschichte von der Kerze hören?«

Er zieht den Kerzenständer mit dem Talglicht zu sich.

Keine Reaktion.

Es ist das erste Mal, dass er einem Kind eine Geschichte erzählt. Kinder sind so einfältig, können die vielen Nuancen und Bedeutungen der Worte nicht erfassen, den Facettenreichtum der Liebe. Aber jetzt nickt Marie schüchtern. Na, wer hört schon nicht gerne eine gute Geschichte?

»Die hübsche Kerze ist verliebt«, beginnt er und erzählt Marie etwas über den Vater und die Mutter der Kerze. Der Vater der Talgkerze meint, sie passe am besten zu dem Kerzenhalter, sagt er, nimmt die Kerze aus dem Halter und steckt sie wieder hinein. »Der Vater der Talgkerze ist überzeugt, dass Kerze und Kerzenständer füreinander geschaffen sind. So wie Mann und Frau füreinander geschaffen sind«, sagt Hans Christian und denkt flüchtig an Edvard. Seinen besten Freund, fast ein Bruder, und doch mehr als das, wenn es ein Mehr gäbe. Marie rutscht ungeduldig auf ihrem Platz hin und her.

»Aber die Kerze liebt einen anderen.«

Hans Christian senkt die Stimme, ein billiger Erzählerkniff, wenn man seine Zuhörer nicht mit der Geschichte allein zu fesseln vermag. Mit einem Flüstern holt man ihre Aufmerksamkeit garantiert zurück.

»Kerzen können nicht lieben«, sagt die Wirtin von ihrem Platz im hinteren Winkel des Lokals. Ihre zwei Söhne sind gerade von draußen hereingekommen und betrachten Hans Christian.

»Doch, doch, gewiss«, sagt Hans Christian. »Jedes Ding hat eine Seele. Die Bodendielen spüren jeden Tritt auf sich. Und in kalten Nächten rücken die Mauersteine dichter zusammen, darum rieselt immer Putz herunter. Und diese Kerze, wie gesagt, ist verliebt …« Hans Christian sieht Marie an. »In dich. Die Kerze ist verliebt in dich.« Er nimmt ein Zündholz vom Tisch und streicht es an. »Aber die Kerze kann ihre Geliebte nur sehen, wenn sie brennt.«

Während die Flamme ihren Weg sucht, rutscht Marie von der Bank und stellt sich ganz dicht vor die Kerze.

»Jetzt kann die Kerze ihre wahre Flamme sehen.«

»So ein Geschwätz«, sagt einer der Söhne und schüttelt den Kopf.

Die Brüder verschwinden mit klappernden Holzschuhen in der Küche.

Hans Christian kümmert sich nicht um sie. Er sieht Marie an. Sie scheint zu verstehen, dass die Dinge ein Leben haben, dass alles sprechen kann, wenn man nur zuhört, dass Kerzen, Lampen und Laternen sich danach sehnen, eine andere Gestalt anzunehmen und sich in etwas anderes zu verwandeln.

»Die Kerze brennt herunter«, sagt Marie und fühlt die Wärme der Flamme in den Handflächen.

»Wenn ihre Flamme verlöscht, ist sie blind wie ein Maulwurf, nur wenn die Flamme brennt, kann sie sehen. Aber die Kerze will lieber sehen und lieben und sterben, als blind zu sein und für ewig ohne Wärme und Liebe zu leben.«

Die Tür geht auf, und der Windzug bläst die Flamme aus. Molly tritt in einer Wolke aus Gestank herein.

»Ich brauche deine Hilfe«, sagt sie kurz.

X

Hans Christian lässt seinen Blick über den Fäkaliensee schweifen.

Molly hat ihm von dem Schuh erzählt. Sie ist sicher, dass er an einem Fuß sitzt, einem Bein, vielleicht dem Körper jener Frau, die verschwunden ist.

Das Problem ist nur, dass an die Dinge, die auf dem schlammigen Grund des Sees liegen, vom Boot aus nur schwer heranzukommen ist. Dazu muss man schon selbst in den See steigen. Und Hans Christian ist größer als Molly. Viel größer.

»Lieber sterbe ich«, sagt er.

»Um genau das zu verhindern, sind wir doch hier«, erwidert Molly hinter ihm.

»Was ist mit den beiden Kerlen? Können wir die nicht bezahlen, das zu übernehmen?«, fragt er mit einem Nicken zu den zwei Männern, die etwas entfernt in einem Fass rühren.

»Womit?«, fragt Molly.

Er klopft seine Taschen ab, wohl wissend, dass dort nichts zu holen ist.

Sie haben keine andere Wahl, als selbst in der stinkenden Grube nach der Frau zu suchen. Nur eine zweite Leiche kann den Polizeidirektor davon überzeugen, dass ein Wahnsinniger und nicht Hans Christian die beiden Frauen getötet hat.

Er knöpft sein Hemd auf und zieht es aus, wobei er Mollys Blick auf sich spürt. Er hat sich noch nie vor einer Frau ausgezogen, einmal abgesehen von seiner Mutter. Aber er musste auch noch nie in einer Kloake mit den Hinterlassenschaften einer ganzen Stadt herumwaten und war noch nie wegen Mordes angeklagt. Offenbar war dies die Zeit für widerwärtige erste Erlebnisse. Hans Christian sieht an sich hinunter, um sich ein

Bild von dem Anblick zu machen, der sich Molly bietet. Seine Knochen ragen an den merkwürdigsten Stellen hervor, das Brustbein ist nach innen gewölbt. Gott hatte einen launischen Tag, als er Hans Christian aus einem Klumpen zähen Lehms geformt hat. Molly sagt nichts, lächelt nur. Er zieht den letzten Strumpf aus und sucht nach Halt an dem schlammigen Uferstreifen.

»Da drüben«, sagt Molly und zeigt ungeduldig zur Mitte des Sees.

Die weißen Unterkleider sind Hans Christians letzter Schutz vor der vollkommenen Nacktheit. Als er die Zehen in den braunschwarzen Brei steckt, ist ein Schluchzen zu hören. Einen Augenblick glaubt er, es käme von Marie, aber dann fällt ihm ein, dass die Kleine im Wirtshaus geblieben ist. Die Wirtin hat sich des Mädchens erbarmt und ihr einen alten Kanten Brot und einen Klacks Schmalz aus der Speisekammer gegeben. Als sie gegangen sind, saß Marie auf dem Boden und spielte mit dem Talglicht und dem Kerzenständer.

Dann stellt Hans Christian fest, dass das Schluchzen aus seiner eigenen Kehle kommt.

»Mach schon«, sagt Molly und reicht ihm den Holzstecken. »Mit dem kannst du im Schlamm stochern.«

Molly selbst bleibt im am Ufer vertäuten Boot sitzen und versucht, die Stelle in dem braunen Einerlei zu finden, an der sie den Schuh gesehen hat.

Kleine Schritte und ja keine hektischen Bewegungen, sonst spritzt ihm die stinkende Brühe womöglich noch ins Gesicht. Sein leerer Magen zieht sich zusammen. Die Kloake reicht ihm jetzt bis an die Hüfte. Ihm ist nach Schreien zumute. Flehend sieht er zu Molly, die den Kopf schüttelt, als hätte sie seine Gedanken gelesen. Es gibt keinen Ausweg, hier hilft ihm kein Schrei, nicht wie damals in der Fabrik, wo er so laut geschrien hatte, dass die Arbeiter ihn losließen und er die Hose hochziehen und nach Hause laufen konnte. Jetzt hat er kein Zuhause mehr, und auch kein Talent … wenn er den Kritikern glauben will. Seine einzige Hoffnung ist die rothaarige Dirne in dem Boot auf dem schwappenden See aus Scheiße.

»Nicht aufgeben«, feuert sie ihn an.

Er hält sich mit Daumen und Zeigefinger die Nase zu und bewegt mit der anderen Hand den Stecken über den Grund. Seine Füße und die Stange stoßen gegen alle möglichen kleineren Gegenstände, hoffentlich nur Steine und Zweige, versucht er sich zu beruhigen, kann es aber nicht lassen, sich all die anderen furchtbaren Dinge vorzustellen, die dort wahrscheinlich lauern, Töpfe und Pfannen, verweste Fische und Kohlköpfe oder groteske Wesen mit langen Zähnen.

»Ist da irgendwas?«, fragt Molly.

Er nickt. »Ja, aber nicht … das.«

»Mach weiter«, sagt Molly.

Er bewegt sich langsam vorwärts, dann zur Seite. Der See wird mit jedem Schritt größer. Etwas streicht an seinem Knie entlang, er strauchelt.

»Nein«, sagt er, als er die Balance wiedergewonnen hat. »Das ist nutzlos.«

»Noch ein bisschen weiter, in die Richtung«, sagt Molly.

Die stinkende, braune Brühe reicht ihm jetzt bis zum Nabel, als er plötzlich einen Widerstand spürt. Er bleibt stehen.

»Was ist los?«, fragt Molly und richtet sich im Boot auf.

Widerwillig versenkt er den Arm in der Brühe und rührt hin und her. Lange. Tiefer. Bis nur noch sein Kopf über der Oberfläche ist.

»Hast du was gefunden?«, fragt Molly aufgeregt.

Als Hans Christian den Arm aus der Brühe hebt, umfassen seine Finger eine schmale Hand. Er ist nicht weniger überrascht als Molly. In einem ersten Schreckimpuls lässt er sie fast wieder los. Aber dann zieht er daran.

Hinter der Hand taucht ein blasser Arm auf, danach eine Schulter.

»Bring … das hierher. Ans Ufer«, sagt Molly und springt aus dem Boot an Land.

Hans Christian schreitet rückwärts und zieht seine Last in Richtung Ufer. Im Tieferen ist das noch einigermaßen leicht, aber je flacher es wird, desto schwerer wird es. Am Ufer sackt er ermattet auf die aufgeweichte Erde.

Es ist tatsächlich eine Leiche. Die sterblichen Überreste einer Frau. Einer nackten Frau.

Molly stößt einen spitzen Schrei aus.

Die Fäkalienbrühe hat die Haut der Frau braun gefärbt. Sie ist kleiner als Molly und noch zierlicher. Ihr langes Haar war vielleicht einmal blond. Und sie hat feine Gesichtszüge.

Aber seine Aufmerksamkeit ist auf etwas anderes gelenkt.

Genau wie bei Anna hat jemand an ihr herumgeschnitten und genäht. Die zwei Klumpen an ihrem schmalen Brustkorb sind ganz offensichtlich nicht ihre eigenen Brüste.

Molly setzt sich neben ihn.

Er kann nichts sagen, zeigt stumm auf die Nähte.

Molly nickt und wischt sich mit dem Ärmel über die Augen.

»Ob sie noch am Leben war, als er das gemacht hat?«, fragt Molly.

Ein unmenschlicher Gedanke. Das Werk eines Ungeheuers.

»Oder«, sagt Hans Christian, »vielleicht hat er mit ihr angefangen und war schon geübter, als er … deine Schwester operiert hat.«

Es fällt ihm schwer, die richtigen Worte zu finden. Alles klingt schrecklich.

»Es ist jedenfalls derselbe Täter«, sagt Molly mit blanken Augen. »Da hast du deinen Beweis. Jetzt kannst du zu Cosmus Bræstrup gehen.«

»Ja«, sagt er und hofft, dass sie recht hat.

Er steht auf und geht zu den zwei Männern. Als er über die Schulter zu Molly zurückschaut, hält sie die Hand der Toten und redet mit ihr. Obgleich er die Worte nicht hören kann, spürt er selbst aus der Entfernung ihre tiefe Trauer.

Hans Christian vereinbart mit den Männern, die Leiche in die Stadt und zur Polizei zu bringen. Der Ältere verspricht, die Frau am nächsten Morgen mit dem in der Nähe abfahrenden Lastenkahn zum Leichenhaus zu bringen.

»Ich habe nachgedacht«, sagt Molly, als er wieder bei ihr ist. »Es ist nicht sicher, dass du von deiner Anklage freigesprochen wirst, weil wir sie gefunden haben.«

»Wie meinst du das denn?«, fragt er.

»Wenn du Pech hast, wirst du noch für einen weiteren Mord angeklagt. Wie willst du dem Polizeidirektor beweisen, dass du nur Anna und nicht auch noch die zweite Frau gekannt hast?«

Er senkt den Blick und fragt sich, warum immer alles so kompliziert sein muss.

»Verstehst du?«, sagt Molly. »Du musst ihn finden. Wir müssen ihn finden. Vielleicht ist er noch nicht fertig und bringt noch mehr Frauen um. Schnippelt an ihnen herum.«

Hans Christian zuckt mit den Schultern, aber sie hat recht. Die ganze Sache ist unergründlich wie der See aus Scheiße, durch den er eben gewatet ist. Und er steckt bis zum Hals darin.

Er schüttelt sein Taschentuch aus und legt es vor den Mund, ehe er in die Hocke geht und die Leiche betrachtet. Trotz ihrer Zierlichkeit sieht sie stark aus, ihre Arme und Beine sind muskulöser als seine eigenen. Es ist schwer zu sagen, wie alt sie ist. Er wischt ihr behutsam mit dem Tuch übers Gesicht, was den Dreck nur noch mehr verteilt.

»Ich hole Wasser«, sagt Molly und füllt den Holzbottich an der Pumpe vor der Hütte der Latrinenmänner, und schüttet es über der Leiche aus.

»Sie ist hübsch«, sagt Molly. »Aber keine Hure. Ich habe sie noch nie gesehen.«

»Hm«, sagt Hans Christian und sieht sich die Hände der Frau genauer an. »Ihre Arme und Beine sehen nach körperlich schwerer Arbeit aus. Vielleicht war sie ja Bäckerin.«

»Oder Tänzerin«, sagt Molly.

»Das glaube ich nicht«, sagt Hans Christian mit einem Blick auf die Beine der Toten. Um ihren linken Fuß ist noch ein ausgefranstes Strickende gebunden, und beide Knöchel sind von Stricken ganz wund gescheuert. Auch die Handgelenke. Sie war stramm gefesselt.

»Sie hat nicht die gleichen Wunden oder Holzsplitter an den Fersen wie Anna«, sagt Molly und kippt mehr Wasser über die Frau, damit auch ihre Haut zu sehen ist. Hans Christian wäscht sein Taschentuch aus und wischt sich den gröbsten Dreck von den Armen.

Plötzlich hält er inne und starrt auf die Hände der Toten.

»Ich kenne diese Hände«, sagt Hans Christian. »Die bleiche Haut. Die weißen Flecken unter den Nägeln.«

»Vielleicht von der Scheiße?«, schlägt Molly vor.

»Nein, schau genauer hin. Hände und Unterarme sind bleich, die Oberarme und das Gesicht haben mehr Farbe.«

Molly sieht ihn fragend an.

»Was hat das zu bedeuten?«

»So hat auch meine Mutter ausgesehen. Das kommt von den vielen Stunden harter Arbeit im kalten Wasser, um die Wäsche der Reichen zu waschen.« Hans Christian schaut auf. »Wir müssen zur Bleiche, das Mädchen war Waschfrau.«

Kapitel 20

Es muss eine Absicht hinter alldem stecken. Dass er verdächtigt wird. Dass der Mörder an seinen Opfern herumschneidet. Dass eine der Frauen eine Hure ist – wie seine Halbschwester – und die andere eine Waschfrau wie seine Mutter. Oder ist das alles ein Zufall? Eine Laune des Schicksals? Des Teufels? Weil Waschfrauen und Dirnen auf der untersten Stufe der Gesellschaft stehen? Einfach zu kriegen, einfach zu entsorgen. Gelingt es ihm, herauszufinden, wer die Waschfrau war, stößt er vielleicht auch auf eine mögliche Verbindung zwischen Anna und ihr. Vielleicht sogar auf einen gemeinsamen Bekannten.

Das kleine Dampfschiff pflügt durch die Wellen. Hans Christian stellt sich an den Steven und hofft, dass die frische Meeresluft den Gestank von Tod und Fäkalien vertreibt, der ihm noch immer in der Nase sitzt, obgleich er sich mit frischem Tang und Meerwasser abgeschrubbt hat. Hans Christian fährt erst zum dritten Mal in seinem Leben mit so einem Schiff und schaut wie die Male vorher mit Staunen vom Wasser auf die Hauptstadt mit ihren vielen Kirchtürmen und glänzenden Zinnen. Hier draußen zwischen den Wellen sind nur das heisere Kreischen der Möwen am Himmel und das glucksende Stampfen der Maschine zu hören. Es ist die reinste Magie, dass Feuer und Dampf einen Haufen totes Metall zum Leben erwecken können. Seine erste Dampfschifffahrt war nach Aarhus gegangen. Damals hatte er einen Blick auf die Maschine werfen dürfen, auf die faszinierenden Gliedmaßen, die das riesige Rad antrieben. Es wird alles immer schneller. Bald wird es keinen Grund mehr geben, sich zu Fuß fortzubewegen, weil die Häuser dann auf großen, dampfangetriebenen Rädern herumtransportiert werden können.

Das Schiff nimmt Kurs auf einen kleinen Hafen namens Søvang, nördlich von Kopenhagen. Mit der Schifffahrt um die Stadt herum hat er Zeit gespart, aber vor allen Dingen ist es ihm so erspart geblieben, ohne Papiere durch das Amager-Tor zu müssen, durch das Molly mit Marie zurück in die Stadt gegangen ist.

Er springt an Land und nickt dem Kapitän dankend zu. Auf der Landstraße patrouilliert ein Wachmann und redet auf einen Mann ein, der einen Karren mit Fellen zieht. Hans Christian macht einen großen Bogen um die beiden und kommt durch ein Dorf und an einer Mühle mit zerfetzten Flügeln vorbei. Ein Knecht steht auf einer wackeligen Leiter, die von einer drallen Frau gehalten wird, und repariert die Flügel.

»Die Bleiche?«, ruft Hans Christian ihnen zu.

»An der neuen Tabakplantage vorbei, gleich hinter den Sträuchern bei der Baumwollfabrik«, ruft die Frau. »Das Geschnatter ist bis auf die Landstraße zu hören«, fügt sie hinzu. Der Mann auf der Leiter grinst.

Hans Christian erkennt die breite Ostbrücke und den Bleicheweg wieder, dort ist er einmal mit Edvard in der Kutsche vorbeigefahren. Er geht an Steinwällen und niedrigen Zäunen entlang. Kleine Häuschen ducken sich hinter verblühten Rosensträuchern, dann kommt er an der offenen Werkstatt eines Stellmachers vorbei. Die Stadt breitet sich immer weiter aus, die Hektik und Geschäftigkeit schwappt über die Wälle. Er läuft an einem Feld mit kniehohen Pflanzen vorbei, vermutlich die Tabakplantage.

Hans Christian lauscht auf Stimmengewirr in der Luft. Und hört gleich darauf die vertrauten Laute von Klöppeln, Rufe und aufgeregtes Getratsche.

Er läuft den Pfad hinab, unter ein paar hohen Bäumen hindurch auf eine offene Fläche. Auf den ersten Blick sieht es so aus, als lägen dort Menschen im Gras, doch es sind Kleidungsstücke. Kleider, Hemden, Hosen, Unterröcke und Tücher in allen Farben. In einem flachen Becken stehen dreißig Waschfrauen oder mehr. Die meisten klopfen über Steine gebeugt mit Bleueln die Wäsche weich. Einige stehen am Rand, wo das Wasser ins Becken läuft, und spülen die Kleider aus, bevor sie ausgewrungen und zum Trocknen in die Sonne gelegt werden.

Es wird schlagartig still, als er unter den Bäumen hervortritt und auf das Becken zugeht. Eine der Frauen, wohl die Vorsteherin, schaut ihm entgegen.

»Da haben Sie sich wohl verirrt«, sagt sie. »Den Schneider finden Sie ein Stück die Landstraße runter.«

Spielt sie damit auf seine abgetragenen Kleider an? Das Loch im Mantelärmel? Jetzt sehen ihn alle Frauen an. Das macht ihn verlegen.

»Nein«, sagt er. Aber wie soll er sein Anliegen erklären. »Ich suche nach einer jungen Frau.«

»Das tun alle Männer.«

Auf ihren Kommentar hin erschallt aus allen Richtungen lautes Lachen. Die Bleicherin wirft ein Wäschestück auf den Beckenrand, das andere auf dem Gras ausbreiten.

»Sie muss eine von euch sein«, macht er einen neuen Anlauf. »Vermutlich kennt ihr sie, sie ist vielleicht zwischen sechzehn oder achtzehn Jahre alt. Und recht hübsch, glaube ich.«

»Na, dann kann es keine von uns sein«, sagt die Bleicherin und erntet wieder Lacher. Hans Christian fällt keine schlagfertige Antwort ein.

»Sie ist Waschfrau«, sagt er.

»Dann weiß sie, dass wir keine Zeit haben, mit ihrem vornehmen Bekannten oder Onkel zu plaudern, oder wer immer Ihr seid.«

Er zögert. Und probiert es noch einmal.

»Meine Mutter war Waschfrau in Odense. Eine gute. Sie hat mich mit an den Fluss genommen. Und ich habe die Frauen von Sonnenaufgang bis mittags die Wäsche schlagen und wringen und mangeln sehen.«

Alle Augenpaare sind jetzt auf ihn gerichtet, Wasser tropft aus den nassen Kleidern.

»Sie war eine gute Mutter«, sagt er und lässt seinen Worten Zeit, sich zu setzen. »Eine gute Mutter und eine starke Waschfrau. Bis zu dem Tag im letzten Jahr, an dem sie sie gefunden haben.«

Die Frauen sind ganz still.

»Viele von uns sterben zu früh«, sagt die Bleicherin und steigt aus dem Becken. »Wer sind Sie und wen suchen Sie?«, fragt sie.

»Das Mädchen ist tot«, sagt Hans Christian und hört ein erschrockenes Raunen von den Frauen. »Ich suche jemanden, der mir sagen kann, wer sie war. Haben Sie eine Ihrer Kolleginnen schon länger nicht mehr gesehen, eine Woche ungefähr?«

»Einige«, sagt die Bleicherin. »Waschfrauen kommen und gehen wie das Wasser, in dem wir unsere Wäsche waschen.«

Die anderen Frauen stimmen ihr zu. Es gibt viele Geschichten von Waschfrauen, die krank wurden, ertrunken oder in den Wallgraben gefallen sind, die von einem Sklavenhändler gekauft wurden oder der Pest zum Opfer fielen. Fantastische Geschichten von Frauen, die von einem jungen Soldaten erobert wurden oder mit einem reichen Preußen Kinder bekommen haben, ins Ausland gegangen sind oder Arbeit an einem Theater gefunden haben. Während die Wahrheit eine andere ist, viele Waschfrauen verlieren nämlich die Lust an einem Leben in der Hauptstadt und kehren wieder zurück nach Nybølle, Veksø und Vallensbæk in der Hoffnung auf eine Anstellung auf irgendeinem Hof.

Andere werden schlicht und ergreifend krank, kriegen von der verdreckten Brühe die Wasserseuche, wie sie es nennen, einen roten Hautausschlag mit Jucken, Husten und Fieber, der meist im September kommt.

Die Frauen sehen einander an.

»Was ist mit Petra?«, sagt eine Waschfrau. »Die habe ich lange nicht gesehen.«

»Sie hat vor einem Monat eine Anstellung gefunden«, sagt eine andere. »Aber Signe war schon lange nicht mehr hier. Und Astrids Tochter.«

»Astrid hat Skorbut, ihre Tochter ist zu Hause und pflegt sie«, sagt die Bleicherin.

»Signe hilft in der Gerberei aus. Ich habe sie gestern gesehen«, sagt eine Dritte.

Er lässt die Frauen weiterreden, ohne einen Plan, wie er weiter vorgehen will. Das Ganze kommt ihm plötzlich so vage vor. Vielleicht war die Tote ja gar keine Waschfrau. Vielleicht waren seine Schlussfolgerungen viel zu vorschnell.

»Was ist mit Maren?«, fragt schließlich eine Frau. Die anderen sehen sich um. Keine Maren unter ihnen. Maren Jensen aus der Borgergade war seit einer Woche nicht mehr da. Sie ist siebzehn, achtzehn Jahre alt, ein hübsches Mädchen, das immer pünktlich und zuverlässig zur Arbeit an der Bleiche erschienen ist.

»Maren Jensen aus der Borgergade«, wiederholt Hans Christian.

Zwei Waschfrauen beladen einen Karren mit trockener Wäsche und schieben ihn hoch zum Weg. Hans Christian folgt ihnen.

»Gehen Sie zurück in die Stadt?«, fragt er und stellt sich vor, unter der Wäsche versteckt in die Stadt zu fahren, den Gestank der Waschlauge in der Nase, kaum Luft zum Atmen. Aber vielleicht seine einzige Chance, an den Wachposten am Stadttor vorbeizukommen. Sollten die ihn erwischen, muss er zurück in den Kerker unter dem Gerichtsgebäude. Bleibt nur die Frage, wie er die Waschfrauen überreden kann, ihn in die Stadt zu schmuggeln. Die Geschichte von seiner verstorbenen Mutter hat sie gerührt, vielleicht sollte er noch ein wenig dicker auftragen?

Die eine Frau zuckt mit den Schultern. Warum fragen Sie?, sagt ihr Blick.

»Meine Mutter wurde in eine bettelarme Familie geboren«, beginnt Hans Christian unvermittelt zu erzählen und geht zu dem Karren, eine Hand bereits auf dem modrigen Holz. »Ihre eigene Mutter lebte im Zuchthaus. Sie hat nie Lesen und Schreiben gelernt«, fährt er fort und sieht, dass seine Worte ihre Wirkung auf das ungewohnte Publikum nicht verfehlen. »Aber obgleich sie als Zuchthaustochter aufgewachsen und oft hungrig schlafen gegangen ist, war sie der liebenswerteste Mensch, den man sich vorstellen kann.«

Ein paar Frauen wischen sich eine Träne aus den Augen. Er hat nie ein mitfühlenderes Publikum gehabt.

»Und wie steht es um diesen Karren? Hält der ein paar Pfund aus?«

Kapitel 21

Verehrter Professor der Anatomie,
ich schreibe Ihnen …

Madame Krieger ist mit ihrer Handschrift nicht zufrieden. Sie fürchtet, dass sie ihre innersten Geheimnisse verrät. Vielleicht liegt es aber auch an dem schlechten Licht im Lagerraum, an ihrer Müdigkeit, an der klumpigen Tinte.

Sie taucht die Feder erneut ein.

… weil ich Ihren Sohn habe.

Vielleicht lenkt sie aber auch der Junge ab.

Er hat weder geschrien noch um Hilfe gerufen, wie sie es von einem Fünfjährigen erwartet hatte. Stattdessen hatte er still geweint. Nur ein einziges Mal war ein Wort über seine Lippen gekommen. *Baba.* Der Kosename des Dienstmädchens. Sie hat den Jungen entführt, gefesselt und in einen Käfig gesteckt, aber die Einzige, die er vermisst, ist das Dienstmädchen. Wie grausam doch die Liebe ist. Sogar zwischen Kindern und ihren Eltern.

Er hat den Zwieback nicht angerührt, das Bier aber gierig getrunken. Jetzt schläft er zusammengekauert in einer Ecke des Käfigs, umgeben von weißen und schwarzen Federn. Sie stammen von dem fremdartigen Vogel, der im Käfig eingesperrt nach Dänemark gebracht wurde. Vielleicht ein großer Papagei oder ein Pinguin. Madame Krieger hat auf ihren Reisen viel gesehen. Wunderliche Tiefseefische, seltsame Wesen am Himmel, rätselhafte Tiere an den Stränden und Klippen. Die schier unbegrenzte Genialität der Natur und ihrer Geschöpfe fasziniert und erschreckt sie gleichermaßen. Man kann alles erschaffen, wenn man nur den Mut hat. Gott war mutig, als er den Menschen erschuf, und jetzt verlangt er denselben Mut von uns. Genau das waren Schneiders Worte bei seinem Vortrag vor der Wissenschaftlichen Gesellschaft.

Sie fährt mit ihrem Brief fort. *Ich biete Ihnen ein Treffen an. Allein. Und damit meine ich: allein.*

So. Das wäre erledigt. Jetzt fehlte nur noch etwas, das den jüdischen Arzt zum Gehorsam zwingt. Vorsichtig zieht sie die Hand des Jungen durch die Gitterstäbe. Er wacht nicht auf, zuckt nur ein wenig. Sie muss dem Arzt klarmachen, dass sie es ernst meint. Und bereit zu tun ist, was getan werden muss. Würde sie sein Wissen nicht wirklich benötigen, läge der Junge noch in der Schlucht zwischen den Brennnesseln. Das muss er begreifen. Sie legt die Hand des Jungen flach auf den Holzboden.

Der Junge öffnet die Augen, sieht sie an und versteht, was geschehen wird.

»Nein«, sagt der Junge leise, noch immer betäubt von Bier und Schlaf.

»Das ist für deinen Vater«, sagt sie und lässt das Beil fallen.

Die Klinge schneidet sich in den Finger, bleibt aber auf halber Strecke stecken. Der Junge zieht unwillkürlich die Hand zurück. Schreit.

Der Schrei ist lauter, als sie es erwartet hat. Als konkurrierten Angst und Schmerz miteinander, wer stärker ist. Das Schlimmste ist aber der zu Tode verängstigte Blick des Jungen, die dunklen, großen Augen, wie bei einem Hasen kurz vorm Ausweiden. Wie kannst du mir das antun? Sein Schreien wird immer lauter, je mehr Blut aus der Wunde am Ringfinger pumpt.

»Nein, nicht«, fleht der Junge und ballt seine Hand im Käfig zusammen.

»Gib mir deine Hand«, sagt sie. »So viel Aufregung um einen lächerlichen Finger. Tu, was ich dir sage, sonst schlage ich dich tot.«

Das Weinen wird stärker, der Körper des Jungen bebt vor Angst.

»Streck deine Hand raus! Sonst öffne ich den Käfig und spalte dir den Schädel.«

Der Junge richtet sich auf und drückt sich die verletzte Hand an die Brust. Tränen rinnen über die Wangen auf seinen Hals.

»Zum letzten Mal!«, sagt Madame Krieger und hebt das Beil an, damit der Junge das Blut sieht, das von der Klinge tropft. »Gib mir deine Hand, rasch, du wirst nichts spüren.«

Die letzten Worte sind blanker Unsinn, aber vielleicht helfen sie ja trotzdem.

Endlich schiebt er zögernd die Hand durch die Gitterstäbe. Sie ist fast blutleer, wie eine Puppenhand, mit kleinen, steifen Fingern.

Dieses Mal ist Madame Krieger schneller. Resolut packt sie das Handgelenk des Jungen mit der linken Hand und trennt mit drei raschen Schlägen den Finger ab. Die Schreie des Jungen sind jetzt so laut, dass Madame Krieger ernsthaft in Erwägung zieht, ihn zu töten. Sollte eine der Wachen, die bei den Lagerhäusern patrouillieren, die Schreie hören, wäre alles vergebens. Dann versucht sie, sich zu beruhigen. Niemand wird etwas hören. Diese Lagerhäuser sind verschlossen und warten auf die Ankunft der nächsten Schiffsladung Zucker aus Westindien.

Zitternd vor Schmerz, rollt der Junge sich in der hinteren Ecke des Käfigs zusammen. Die Schreie sind in hicksendes Schluchzen übergegangen, was nicht weniger nervenaufreibend ist.

Tun Sie genau, was ich verlange …

Der Finger liegt auf dem Boden. Sie spürt die Erregung in ihrem Körper. Ihr Herz hämmert. In einer Mischung aus Angst und freudiger Erregung. Was sie getan hat, war notwendig. Unvermeidbar. Denk an Schneiders Worte! Wir dürfen uns nicht vom Mitleid verweichlichen lassen. Das Mitleid ist eine ansteckende Krankheit. Erst leidet einer, doch wenn man Mitleid empfindet, sind es plötzlich schon zwei und so weiter und weiter. Zu guter Letzt leidet die ganze Welt. Und das ist nutzlos. Der Arzt muss jetzt einfach ihre Anweisungen befolgen. Er darf nicht zur Polizei gehen. Und seine Frau darf nichts erfahren. Frauen sind unberechenbar, bei denen sind immer zu viele Gefühle im Spiel. Der Arzt muss seine Frau beruhigen und davon überzeugen, dass der Junge schon wieder auftauchen wird.

… wenn Sie ihn wiedersehen wollen.

Madame Krieger denkt an die Absage, die er ihr erteilt hat. Ich bin auf Gottes Seite, hat dieser selbstgerechte Idiot gesagt. Jetzt wird er spüren, dass Gott nicht auf seiner Seite ist. Gott ist auf niemandes Seite. Gott schaut einfach nur zu. Während die Menschen leiden. Und sterben. Und Gottes Werk vollenden. So ist es seit Hunderten von Jahren, vielleicht seit Tausenden. Nur wer dies erkennt, erlebt die ultimative Freiheit der Gefühle.

Lange sitzt sie da und starrt auf das Geschriebene. Den Wortlaut, die Schrift, den Inhalt: *17 Uhr, im Rosenborg Garten. Hinter dem Pavillon.* Sie entschließt sich, nichts zu ändern, ist zufrieden. Schließlich steht sie auf und beginnt mit ihrer Verwandlung in einen Mann. Die Kleider liegen in einer alten Kiste, die Perücke ist weiß wie Engelshaar.

Das Schluchzen des Jungen ist verstummt, als sie das Lagerhaus verlässt. Nur ein schwaches Wimmern begleitet sie nach draußen zum Hafen, wo ihre Gedanken sich schnell auf den nächsten Schritt konzentrieren.

Der Arzt muss den Brief erhalten.

Er muss ihn lesen und den Ernst der Lage erkennen. Soll sein Sohn überleben, muss er gehorchen.

Sie umkreist den Hauser Plads, bis sie durch ein Fenster sieht, dass der Arzt zu Hause ist. Als eine lärmende Pferdekutsche mit vier vorgespannten Pferden über die Straße klappert, läuft sie zur Tür, lehnt den Umschlag an das Holz und klopft einmal kräftig mit dem Türklopfer an. Danach sucht sie Schutz hinter der Kutsche, die langsam über den Platz rumpelt. Als sie sich kurz umdreht, sieht sie den Arzt mit dem Umschlag in der Hand auf der Türschwelle stehen.

PS: *Ich habe Ihre Anleitung befolgt, was die Abtrennung von Körperteilen angeht. Die Frage ist nur, wie lange Sie es wagen, von Ihrem Sohn getrennt zu sein.*

Kapitel 22

Maren Jensens gibt es viele, aber nur eine hat als Wäscherin in der Bleiche gearbeitet. Der Name auf dem Schild ist kaum noch zu lesen. So ist Kopenhagen. Mehr als einen oder zwei Tage Abwesenheit, und man ist vergessen. Wehmut überkommt Hans Christian.

»He, ihr da?«

Die zwei Kinder blicken von ihrem Spiel mit den rostigen Fassringen auf.

»Maren Jensen? Wohnt die hier?«

Die Jungen sehen sich an. »Bleiche-Maren?«, fragt der eine. Sein Oberkörper ist nackt.

Maren wohnt im vierten Hinterhof oben unter dem Dach. Die Jungen bringen ihn bis zu ihrer Kammer und bleiben stehen, als er an die Tür klopft.

»Kriegen wir was?«, fragt der eine.

»Was?«, erwidert Hans Christian und zählt die Rippen des mageren Kleinen.

»Weil wir dir geholfen haben.«

»Tut mir leid, ich habe nichts. Aber seid euch meines Dankes gewiss.«

Dankbarkeit macht nicht satt. Die Enttäuschung ist den Jungen deutlich anzusehen, als sie mürrisch über die Treppe verschwinden.

Er klopft noch einmal an, dieses Mal lauter.

»Fräulein Jensen?«, fragt er vorsichtig.

Die schief im Rahmen hängende Tür ist verschlossen.

Er lehnt sich dagegen, bis das Schloss nachgibt und die Tür aufspringt. Staub wirbelt auf, und eine Ratte springt vom Bett und verschwindet über die Bodendielen.

Er bleibt auf der Schwelle stehen. Es ist warm. Durch ein Dachfenster fallen Sonnenstrahlen auf das Bett. Auf einer Kommode liegen Unterröcke und ein Kleid, und auf dem Tisch auf der anderen Seite der Kammer stehen eine leere Waschschüssel und ein Spiegel. Daneben eine Bürste und ein Glas mit festem Bienenwachs. Eine Kerze ist umgefallen. Marens Stiefel liegen auf dem Boden, einer unter dem Bett, wie achtlos hingeworfen. Sie scheint es eilig gehabt zu haben. Hans Christians suchender Blick macht an seinen eigenen Füßen halt. Auf der Türschwelle liegt ein Blatt Papier. Er hebt es auf. Jemand hat eine Nachricht geschrieben, das Papier zusammengefaltet und es unter dem Türspalt durchgeschoben. *Hatten wir nicht eine Verabredung?*

Eine Verabredung? Hat ihr Mörder diese Nachricht hinterlassen? Hans Christian stellt sich vor, wie der Mann sich mit ihr verabredet hat, Maren dann aber Skrupel bekam und ihrem Schicksal zu entgehen versuchte, bis er sie zum Schluss doch aufspürte.

Das sind alles nur nutzlose Hirngespinste, würde Molly sagen, wäre sie jetzt in seiner Nähe.

Hans Christian tritt ans Bett und sieht sich um. Hier hat Maren Jensen gesessen, gelegen, sich die Haare gekämmt, geschlafen, geträumt. Es fühlt sich falsch an, in der Kammer einer Fremden zu stehen und sich ihr Leben, ihr Schicksal auszumalen. Ist sie wirklich die Tote, die sie in Amager gefunden haben? Wie ist sie in die Gewalt des Mannes geraten, der auch Anna getötet hat? War das ein Zufall? Oder hat Maren im Geheimen auch als leichtes Mädchen gearbeitet?

Die Kammer wirkt nicht wie die einer Dirne. Es gibt nichts Rotes, weder Kleider noch Gardinen. Und ihre Sachen sind zu schlicht, zu wenig aufreizend.

Er fährt mit dem Finger über den Boden der Waschschüssel. Er fühlt sich rau an. Als wäre das Wasser, das sich darin befunden hat, verdunstet. Er zieht die Schubladen der Kommode auf. Wenige weitere Kleider. Sie war arm. Die Kleider waren geflickt, die Sohlen der Stiefel löchrig. Bienenwachs ist die Schminke der Armen, sie reiben es sich auf die Wimpern und Wangen, er weiß das noch von seiner ersten Wirtin, einer geizigen Frau. In der

Kammer gibt es weder Bücher noch Briefe. Vermutlich konnte sie sich weder Feder noch Papier leisten, geschweige denn Lesestoff. Aber lesen konnte sie offenbar, wozu sonst die Nachricht? *Hatten wir nicht eine Verabredung?* Eine Verabredung mit dem Tod?

Er setzt sich vor dem kleinen Tisch auf den Schemel. Hier hat sie sich zurechtgemacht. Der kleine, ovale Spiegel ist alt, das Glas gesprungen. Er teilt das Gesicht in zwei Hälften, fast wie eine Warnung. Hans Christian schließt die Augen, aber in der Dunkelheit sieht er nur wieder die Bilder des Tages. Maren in dem See aus menschlichen Exkrementen und die Augen des Latrinenmannes, kurz bevor das Beil ihn trifft.

Er läuft gebückt durch die Kammer, um sich nicht den Kopf zu stoßen.

Hat das Gefühl, dass irgendetwas … irgendetwas nicht stimmt.

Dann fällt sein Blick auf die Bürste. Sie ist aus einem Stück Holz geschnitten. Die Borsten sind fein, vielleicht Wildschwein. Auf der Rückseite sind Muscheln und Austern ins Holz geschnitzt worden, Perlen in goldener Farbe. So eine Bürste kauft man nicht bei einem Trödler oder auf dem Markt, die stammt von einem Bürstenbinder. Bürsten wie diese hat er bislang nur in den Händen von Ingeborg Collin gesehen.

Er dreht sie hin und her.

Er hat schon Kerzen sprechen hören, die Schmerzen eines Zinnsoldaten und brennenden Papiers nachempfunden. Die Dinge haben eine Seele, vielleicht kann er dann auch mit der Bürste reden?

»Kleine Bürste«, flüstert Hans Christian und sieht sie an wie ein Gesicht. Gut, dass Molly nicht hier ist, sie würde ihn auslachen. »Kleine Bürste, wer hat dein Fräulein geholt?«

Die Bürste antwortet nicht. Er zieht ein blondes Haar aus den Borsten und hält es in die trägen Sonnenstrahlen, die durch das Fenster in die Kammer fallen. Das Haar ist lang und glatt und könnte zu dem Mädchen passen, das sie aus dem Exkrementensee gezogen hatten.

»Was hast du gesehen? Wer hat Maren geholt?«

Kein Wort. Sollte er es mit dem Spiegel an der Wand versuchen? Wem kann er die Wahrheit am leichtesten entlocken, der Bürste oder dem Spiegel? Hans Christian nimmt ein einfaches Schwefelhölzchen, reißt es an und zündet die Kerze an. Dann wendet er sich an den Spiegel.

»Mein guter Spiegel«, sagt er. Es ist der Fluch eines Spiegels, alles zu sehen, aber nichts tun zu können. Ein Spiegel kann niemanden hübscher machen und trocknet keine Tränen, und doch versucht er es jeden Tag, so gut er kann. Der Kaiser von China hat Tausende von Spiegeln und ist mit keinem einzigen zufrieden. Hans Christian betrachtet sein eigenes Spiegelbild. Die Nase, die hohen Schläfen, die Locken. Könnte der Spiegel doch nur sein Äußeres ändern. Ihm eine kleinere Nase machen, die Müdigkeit unter den Augen hinwegfegen und aus den spärlichen Härchen einen richtigen Bart sprießen lassen. Aber das geht nicht, ein Spiegel gibt nur wieder, was er sieht.

Und was hast du gesehen? Hans Christian hält den Spiegel hoch. Dreht ihn langsam herum, damit er Marens Kammer in der beginnenden Dunkelheit im flackernden Licht der Kerze betrachten kann.

»Mit wem war Maren verabredet?«, flüstert er dem Spiegel zu. Man muss den Dingen die Sprache entlocken. Bei Branntweinverkäufern und Krämern ist es anders, die erzählen einem alles ganz von allein. Aber ein Sofa oder ein Bett muss langsam überredet werden, zu berichten, wer auf ihm gesessen und was es gehört hat.

Plötzlich sieht er im Spiegel eine ganz in Weiß gekleidete Frau im Türrahmen stehen. Das ist Maren, die Tote aus Amager. Ihr Geist. Hans Christian springt auf.

»Maren!«, ruft er und dreht sich um. Er erwartet nicht, sie leibhaftig zu sehen, ist überzeugt davon, dass der Spiegel sie ihm gezeigt, zu ihm gesprochen hat. Aber sie steht wirklich da, jetzt mit einem Hut auf dem Kopf.

»Sie sind zurückgekommen.«

»Zurück?«, stammelt sie und tritt einen Schritt nach hinten ins dunkle Treppenhaus. »Wo ist …?« Sie kommt ins Stocken.

»Bleiche-Maren?«, fragt er, ist sich aber sicher, dass er genau dieses Gesicht in Amager gesehen hat.

»Kommen Sie nicht näher«, sagt sie. »Ich bin bewaffnet.«

Sie streckt ihm im Dunkel etwas entgegen, ob es aber wirklich ein Messer ist, kann er nicht erkennen.

»Keinen Schritt näher«, sagt sie.

»Sind Sie Maren Jensen?«, fragt er.

»Wer will das wissen?«

»Jemand auf der Suche nach der Wahrheit.«

»Welcher Wahrheit?«, fragt sie leise und wendet ihr Gesicht ab.

Gibt es denn mehr als eine, will er fragen, schafft es aber nicht, bevor sie über die Treppe nach unten verschwindet.

Für einen Moment steht Hans Christian reglos da, als klebten seine großen Schuhe am Boden fest. Er weiß ganz genau, was Molly jetzt sagen würde. *Los jetzt, du langer Tollpatsch! Die Frau weiß etwas, das dich zum Mörder meiner Schwester führen kann.*

X

Er stürmt die Treppe hinunter, drei oder vier Stufen auf einmal nehmend. Vor sich sieht er blondes Haar, das unter dem Hut hervorgerutscht ist. Sie verschwindet hinter ein paar Leuten, die eine Kommode tragen.

»Achtung, Achtung!«, ruft er und stürmt an einer Gruppe Männer vorbei, die mit einem Vogelhändler streiten. Er umrundet die nächste Ecke und läuft ein ganzes Stück weiter, bis er wieder den Hut und die blonden Haare sieht. Er ist das viele Rennen nicht gewohnt. Erst Molly hinterher, dann dem Latrinenmann und jetzt dieser Frau hier. Die Knochen tun ihm weh.

Die Frau hebt ihren Rock an, damit er sie nicht beim Laufen behindert.

Weiter über die Straße, vorbei am Rosenborg Garten.

»Stehen bleiben!«, ruft er, als er fast zu ihr aufgeschlossen hat.

Er ist ihr jetzt so nah, dass er das Blumenmuster ihres Hutes erkennen kann, und den bestickten Schal über ihrer Schulter. Aber sie bleibt nicht stehen, läuft nur noch schneller, springt direkt vor einer Postkutsche über die Straße, sodass sowohl Pferd als auch Kutscher erschrocken zusammenzucken.

Sie ähnelt Bleiche-Maren, ist aber weder Dirne noch Waschfrau oder irgendwie schlecht gestellt. Dafür wirken ihre Kleider zu gut, ebenso die Stiefel, die sie trägt. Außerdem scheint sie sich in dem Viertel nicht auszukennen, sie wirkt ängstlich und verwirrt, wie ein gejagter Fuchs. Ich will nur mit Ihnen reden, will er ihr zurufen, aber die Luft reicht nicht.

Er muss anhalten, um einen Vierspänner mit schweren Stämmen vorbeizulassen, und verliert sie erneut aus den Augen. Als der Wagen vorbei ist, stürmt er weiter auf zwei kleine Gassen zu. Der staubige Rinnstein stinkt nach Hühnerdreck und Fischabfällen. Er stößt fast mit einem Wachmann zusammen, der wissen will, was da los ist, aber Hans Christian rennt einfach weiter.

Vor sich erkennt er jetzt wieder den Umriss des Hutes. Die Frau ist in einer schmalen Gasse, von der rechts und links Türen abzweigen. Er rennt zwischen Kisten und Tonnen hindurch, vorbei an dem Schild eines Trödlers.

Die Frau bleibt vor einer Tür stehen und schaut sich rasch über die Schulter. Ihre Blicke begegnen sich kurz, dann drückt sie die Tür auf und schlüpft ins Haus.

»Halt, bleiben Sie stehen«, ruft er mit erstickter Stimme und wäre fast über einen Betrunkenen gestürzt, der an der Mauer liegt.

Er erreicht die Tür.

»Hallo, Sie da!«, ertönt die Stimme des Wachmanns hinter ihm. Er steht am Ende der Gasse. »Treten Sie ins Licht, damit ich Sie sehen kann!«

Der Wachmann kommt auf ihn zu. Hans Christian will die Jagd nicht aufgeben, darf aber nicht das Risiko eingehen, erneut verhaftet zu werden. Dummerweise stehen keine Hausnummern an den Türen, und eine sieht wie die andere aus.

»Ich habe gesagt, Sie sollen ins Licht treten«, brüllt der Wachmann mit kräftigem Bass. Er ist es gewohnt, seinen Willen zu bekommen und Rippen oder eine lange Nase zu brechen, wenn jemand nicht pariert.

Was soll er tun? Hans Christian sieht sich um. Da! Ein weißer Stein, sicher etwas, womit die Kinder der Armen gespielt haben. Er nimmt ihn, während der Wachmann immer näher kommt, und ritzt ein solides Kreuz in das morsche Holz der Tür. Er muss morgen mit Molly zurückkommen und versuchen, die Frau zum Sprechen zu bringen. Als das Kreuz deutlich genug ist, hastet er weiter und lässt den laut protestierenden Wachmann stehen. Er umkurvt ein paar Männer, die vor einem vollen Wirtshaus stehen und auf irgendetwas wetten, und taucht in der Menge unter, die gerade aus einer Vorstellung des kleinen Tanztheaters in der Store Kongensgade kommt.

Erst als er die andere Seite der Gothersgade erreicht und mit gemächlicheren Schritten an der Hauptwache vorbeigeht, spürt er, wie sein Herzschlag sich langsam beruhigt.

Das war sie.

Das war die Tote aus der Fäkaliengrube. Er ist sich sicher. Auch wenn das natürlich nicht stimmen kann. Man kann nicht an zwei Orten gleichzeitig sein, lebendig und tot, Waschfrau und feine Dame mit Hut und langem Kleid in einem. Aber trotzdem.

Irgendwas ist hier ganz faul, denkt er. Ein seltsames Gefühl, wie er es nie zuvor gehabt hat. Diese Sache ist zu groß für ihn. Zwei ermordete Frauen, denen die Weiblichkeit genommen, ausgetauscht und wieder angenäht wurde. Und eine davon ist jetzt auch noch wieder auferstanden.

Entweder das.

Oder Bleiche-Maren hat eine Doppelgängerin, eine Zwillingsschwester, die eine Schlüsselrolle in dem Ganzen spielen muss.

Kapitel 23

Es sieht aus wie ein Schmuckkästchen aus dem Orient, nur der Inhalt passt nicht dazu. Das Kästchen liegt in Madame Kriegers Händen, sie ist vollkommen ruhig, überzeugt davon, dass der Finger des Jungen den Vater beeindrucken wird. Erst wollte sie ihn in den Briefumschlag stecken, war dann aber zu dem Schluss gekommen, dass es so besser ist.

Erst der Brief und die Vereinbarung des Treffens.

Dann der Finger, um den Arzt vollends davon zu überzeugen, wie ernst sie es meint. Gerade in der Konfrontation kommt es darauf an, sein Gegenüber davon zu überzeugen, dass man den Willen zum Sieg hat. So viel hat sie gelernt. Der Ausgang eines Kampfes entscheidet sich, bevor die Schlacht beginnt.

»Mein Herr«, sagt der Wachmann am Tor, legt den Finger an den Hut und lässt sie auf die Straße treten, wo sie dem Zaun, der sich um den Rosenborg Garten zieht, folgt. Ihre Verkleidung wirkt. Das ist gut. Der Ort ist mit Sorgfalt gewählt. Das solide Gitter zwischen Straße und Garten gibt ihr Sicherheit, und von dem Ort, an dem sie steht, sieht sie jederzeit, ob sich jemand nähert.

In diesem Moment taucht der Arzt unter den dicht belaubten Bäumen auf und wirft einen Blick auf seine Taschenuhr. Es ist kurz vor fünf, er ist unruhig. Um fünf Uhr beginnt er, auf und ab zu gehen. Kurz nach fünf nimmt er den Hut ab und tupft sich mit einem Tuch die verschwitzte Stirn ab. Er flucht.

Madame Krieger wartet, um sicherzugehen, dass er allein ist und sich an ihre Forderung hält. Die Frau des Arztes ist nicht dabei, ebenso wenig die Polizei. Er scheint auch niemanden angeheuert zu haben, sich in den Büschen zu verstecken.

»Benyamin«, sagt sie und tritt an das sie trennende Gitter. Zuerst reagiert er nicht. Vermutlich ist er es nicht gewohnt, beim Vornamen genannt zu werden.

Sie ruft den Namen noch einmal lauter: »Benyamin!«

Er dreht sich um und erblickt sie, sichtlich überrascht, dass das Treffen auf diese Art stattfinden soll – getrennt durch ein Gitter –, und kommt zögernd näher.

»Sie sind das!«, sagt er und legt die Finger um die Gitterstangen, als wollte er sie auseinanderbiegen.

»Ich war in all Ihren Vorlesungen, trotzdem bemerken Sie mich erst jetzt.«

»Wo ist er?«

»Halten Sie den Mund«, sagt sie und freut sich, dass es ihr so leicht gelingt, den so wortgewandten Mann zum Schweigen zu bringen. Sie reicht ihm das Kästchen.

Er sieht es lange an. Als spürte er bereits, dass der Inhalt ihn beunruhigen wird. Dann öffnet er es.

Ein Schrei kommt über seine Lippen. Ähnlich dem seines Sohnes. Er faucht und beginnt schließlich zu schluchzen.

Ein Mann kommt angelaufen. Er gehört zu einer Gruppe, die in der Nähe Hufeisen werfen.

»Ist alles in Ordnung?«, fragt er.

»Jaja«, sagt der Arzt verbissen und wischt sich den Mund ab. »Alles in Ordnung.«

»Brauchen Sie Hilfe?«

»Nein. Lassen Sie uns in Ruhe«, sagt der Arzt.

Der Mann ist erst überrascht, dann spuckt er auf den Kies, dreht sich um und geht erzürnt zu den anderen zurück und berichtet ihnen, dass er nur helfen wollte und als Dank von diesem Juden auch noch beleidigt wurde.

»Das ist … widerwärtig. Sie sind ein Unmensch«, faucht der Arzt. »Mein Sohn hat Ihnen nichts getan. Lassen Sie ihn gehen. Dann können wir reden.«

»Ich habe Sie um Hilfe gebeten. Um Ihre Barmherzigkeit«, flüstert Madame Krieger. »Aber Sie wollten nicht hören.«

»Er stirbt, wenn ich ihm nicht helfe«, sagt der Arzt.

»Nein, er stirbt, wenn Sie *mir* nicht helfen.«

»Mein Isak, mein kleiner Prinz!« Der Arzt verbirgt sein Gesicht in seinem Taschentuch.

Das Schluchzen verrät Madame Krieger, dass der Widerstand des Arztes endgültig gebrochen ist. Er hat aufgegeben, seine Niederlage eingesehen. Er kann an nichts anderes mehr denken, als seinen Sohn zurückzubekommen. Lebendig.

Er nimmt das Tuch weg und sieht sie an.

»Was soll ich tun? Wollen Sie Geld? Ich kann Ihnen Geld beschaffen, Gold, sagen Sie mir, was Sie wollen.«

»Ich will weder Gold noch Geld.«

»Tun Sie das, weil wir Juden sind?«

»Nein«, sagt sie. »Damit hat das nun wirklich nichts zu tun. Bis auf Weiteres sollen Sie einfach nur das tun, was Sie immer tun.«

»Das kann ich nicht. In meinem Haus steht alles kopf. Meine Frau hatte gestern einen Zusammenbruch. Ich kann nicht arbeiten. Wir haben überall Suchmeldungen aufgehängt.«

»Sagen Sie Ihrer Frau, dass Ihr Sohn in Sicherheit ist. Bei mir. Alles ist gut. Er wird in einer Woche zurückkommen. Wenn Sie tun, was ich sage.«

»Und das wäre?«

Madame Krieger sieht am Gitter entlang. Zwei Männer kommen auf sie zu. Sie sehen kräftig aus, tragen Mützen. Polizei?

»Haben Sie jemandem von unserem Treffen erzählt?«, fragt Madame Krieger.

»Nein! Niemandem«, antwortet der Arzt ängstlich.

Trotzdem stimmt mit diesen Männern etwas nicht. Die Art, wie sie gehen, als versuchten sie, etwas zu verbergen, als wollten sie bewusst entspannt wirken. Sie beginnt, in die andere Richtung zu gehen.

»Wollen Sie jetzt etwa gehen?« Der Arzt folgt ihr auf der anderen Seite des Gitters. »Lassen Sie mich meinen Jungen sehen. Ich bitte Sie. Lassen Sie mich seinen Finger verbinden. Dann tue ich alles, was Sie von mir wollen.«

»Nehmen Sie den Finger mit nach Hause. Und warten Sie auf eine Nachricht. Ich werde Sie holen lassen.«

Der Arzt sieht Madame Krieger entgeistert an.

»Wie können Sie so etwas tun? Was habe ich verbrochen?«

»Nichts«, sagt Madame Krieger und bleibt kurz stehen. »Ich würde sogar sagen, dass ich Sie bewundere. Sie haben mir gezeigt, was möglich ist. Und jetzt ist die Zeit gekommen, da Sie es der ganzen Welt zeigen können. Bleiben Sie hier. Folgen Sie mir nicht. Sollte mir etwas zustoßen, stirbt Ihr Sohn.«

»Mein Sohn.«

Der Arzt bricht erneut in Tränen aus und sackt auf die Knie.

»Nutzen Sie die Wartezeit, um zu üben.«

»Was üben?«

»Das, worüber wir gesprochen haben«, sagt Madame Krieger verärgert. Manche Menschen denken wirklich nur an sich selbst.

»Was … worüber haben wir gesprochen?«

»Über meine Schwester. Darüber, ihr ihre Weiblichkeit zurückzugeben und sie wieder zu der zu machen, die sie in Wahrheit ist.«

Madame Krieger geht über die Straße. Sie folgt der Dronningens Tværgade und sieht sich an der Ecke noch einmal kurz um, bis sie sicher ist, dass weder der Arzt noch jemand anderes ihr folgt.

Die Dämmerung bricht herein. Die Wächter zünden die Lampen an, und die Händler am Nytorv packen ihre Waren zusammen und gehen nach Hause. Die Kastanien vor der Hauptwache beugen sich unter dem Gewicht der im Dämmerlicht grün leuchtenden Früchte.

Ein Gefühl des Glücks übermannt sie, ihr Plan scheint aufzugehen. Sie hat den Arzt in der Hand und den Jungen als Absicherung. Jetzt fehlt ihr nur noch die Frau. Die Ankleiderin der Prinzessin. Die sie von Anfang an hatte haben wollen.

Kapitel 24

Die Judashöhle liegt etwas abseits der Landstraße, umgeben von dichtem Gestrüpp unzähmbarer Heckenrosen. Es gibt immer den einen oder anderen Reisenden, der zu spät und damit nicht mehr durch das Tor in die Stadt kommt, ehe es zur Nacht verriegelt wird. Denen bietet das Gasthaus dann einen Platz zum Schlafen, wo sie auch ein Bier oder eine sämige Suppe bekommen und in Gesellschaft anderer gestrandeter Reisender einen Vers singen können. So hatten Molly und Anna sich das ausgemalt, als sie das erste Mal darüber sprachen, den Krug im Namen ihres verstorbenen Vaters zu kaufen. Am Anfang war es nur ein kindischer Traum, eine schwärmerische Fantasie, die ein wenig Licht in ihr finsteres Dasein brachte. Aber der Gedanke wuchs weiter und wurde ein Plan, verrückt, unmöglich, tolldreist, aber nichtsdestotrotz ein Plan. Es musste doch möglich sein, sich aus dem Sumpf herauszukämpfen, in den sie hineingeraten waren. Auf irgendeine Weise. Und sei es nur Mariechen zuliebe.

Vielleicht war ich ja einfach zu blauäugig, denkt Molly und zieht den Kragen zusammen. Der Traum ist geplatzt, alle Pläne mit Anna gestorben. Allein kann sie unmöglich das restliche Geld verdienen, das sie bräuchte, um das Gasthaus zu kaufen.

Der Morgen ist kalt und nebelig. Molly ist das Aufstehen schwergefallen, und sie hat ein schlechtes Gewissen, weil sie die Kleine allein im Hurenhaus gelassen hat. Aber es führt kein Weg daran vorbei, das weiß sie. Ihr Gasthaus kann sie vergessen, aber sie will zumindest versuchen, ihr Geld zurückzubekommen, die hundert Reichstaler, die sie dem Wirt, Krug-Carl, bereits angezahlt haben.

Alles hatte so gut angefangen. Carls Frau stammte aus der Gegend um Onsevig – darum hat Carl sich ihrer erbarmt und ihnen angeboten, die Kaufsumme nach und nach abzuzahlen, in kleinen Raten, aber mit Zinsen. Dreihundert Reichstaler sind ein

Vermögen, für zwei Huren eigentlich kaum ranzuschaffen, aber mit der doppelten Anzahl an Freiern und in abwechselnden Schichten von neun Uhr morgens bis zwei Uhr nachts vielleicht machbar. Zehn bis zwölf Freier pro Tag, Freitag und Samstag mehr. Der Sonntag war gewinnbringender als jeder andere Tag, weil der Kater vom Vorabend die Freier ungezügelt und geil machte. Hin und wieder leider aber auch gewalttätig.

Anna und Molly hatten von früh bis spät geschuftet und ihr Geld nur für bescheidene Mahlzeiten, Talglichter und die Reparatur der Korsettstrapsen ausgegeben, wenn wieder einmal etwas zerrissen war oder ihre Stiefelsohlen durchgelaufen waren.

Aber jetzt ist alles anders. Anna ist weg, und Molly muss für alle Kosten allein aufkommen, auch für Mariechen. Und ausgerechnet jetzt ist ihr zu Ohren gekommen, dass Krug-Carl Pläne hat, die Judashöhle an einen andern zu verkaufen. Sie bleibt einen Augenblick vor der Tür des Gasthauses stehen. Der rostige Handgriff sitzt locker. Sie legt sich noch einmal zurecht, was sie sagen will. Dann öffnet sie die Tür und schaut in die verräucherte Wirtshausstube. An der Feuerstelle sitzt ein Jäger.

»Schau an, wen hat die Landstraße denn da zu uns geführt?«, sagt Krug-Carl und kommt hinter seinem Tresen hervor. Der glatzköpfige Mann muss den Kopf einziehen, um sich nicht an den breiten Dachbalken zu stoßen. »Molly Hansen. Was für eine Überraschung.«

Der Jäger schaut kurz auf, wendet sich dann aber schnell wieder dem Feuer zu.

»Ich bin gekommen, um die hundert Reichstaler zurückzuholen«, sagt sie und sieht sofort das Misstrauen in Carls Gesicht. »Anna ist tot, ich brauche das Geld.«

»Soso«, sagt er und bekreuzigt sich. »Mein Beileid.«

Sie sieht ihn lange an.

»Ich kann nicht arbeiten und brauche das Geld für Essen und Miete.«

Sie überlegt, ob sie ihm von Mariechen erzählen soll. Anna und sie haben Krug-Carl und seiner Frau, beide fromme Kirchgänger, das Mädchen verschwiegen. Carl war anfangs strikt dagegen gewesen, das Wirtshaus an zwei Huren zu verkaufen, aber die Versicherung, dass sie ihr Gewerbe für das Gasthaus aufgeben wollten, hatte Eindruck auf ihn gemacht. Sie fürchtet Carls Reaktion, wenn sie ihm sagt, dass Anna ein uneheliches Kind hat, das noch nicht einmal getauft wurde.

»Wie ich höre, willst du den Krug an jemand anderen verkaufen, da wäre es ja wohl anständig, mir das Geld zurückzugeben.«

»Oha«, sagt Krug-Carl und schaut durchs Fenster einer auf der Landstraße vorbeirumpelnden Postkutsche hinterher. Er schüttelt langsam den Kopf und lehnt sich an den Tresen. »Hör gut zu, mein Mädchen, jetzt will ich dir mal erklären, was Anstand ist. Anstand ist, wenn man sich an eine Vereinbarung hält. Ein Wort ist ein Wort.«

»Aber Anna ist tot«, sagt Molly und hasst sich selber, dass sie so daherreden muss.

»Und Gott möge ihrer Seele gnädig sein«, sagt Carl. »Aber denk an all die Enttäuschten, denen ich eine Absage erteilt habe, um zwei Frauenzimmern den Weg aus der Sünde zu ermöglichen.«

Molly will sich verteidigen, sich erklären, aber er bedeutet ihr mit erhobener Hand zu schweigen.

»Meine Ella hat ein gutes Wort für euch eingelegt. Sie hat gesagt, dass aus Onsevig nur ehrliche Seelen kämen. Und jetzt steh ich hier ohne das vereinbarte Geld, und das schmeckt mir gar nicht.«

Mir auch nicht, denkt Molly. Der Blick in den Schankraum, der irgendwann ihnen hätte gehören sollen, schmerzt sie. Das Gasthaus sollte das erste richtige Zuhause für Mariechen werden. Nie wieder Ulkegade, nie mehr Krätze und Lungenseuche im Hurenhaus, nie mehr sich verkaufen müssen.

»Und wie soll ich einen neuen Käufer finden? Hast du daran mal gedacht?« Carl sieht den Jäger an. »Willst du meinen Krug kaufen, Villy?«, fragt er. Der Jäger schaut verwirrt auf, ohne etwas zu sagen. Carl geht wieder hinter den Tresen. »Ich habe für euch das Angebot eines Kaufmanns aus Jütland ausgeschlagen und das von Svenningsen aus Slagelse. Du junges Ding hast noch eine Menge zu lernen über das Leben unter anständigen Menschen. Das Geld ist meins, so ist das.«

Damit verschwindet er in die Küche und schlägt die Tür hinter sich zu.

Draußen, im Schatten der Bäume, kommen ihr die Tränen. Molly wünscht Carl dahin, wo der Pfeffer wächst, verflucht seine fromme, fette Frau, die bestimmt aus der Küche das ganze Gespräch mit angehört hat. Sie haben ihren Traum zerstört, Mariechens Zukunft. Es ist kaum auszuhalten. Sie klaubt einen faulen Apfel aus dem Graben auf und wirft ihn scheppernd gegen das Gasthausschild, das an der Kette hin und her schaukelt.

X

Auf dem Weg durch das Getümmel der Stadt sieht sie die ganze Zeit Annas Gesicht vor sich, ihre erloschenen Augen, die entweihten Brüste. Und wieder schießen ihr Tränen in die Augen, aber diesmal sind es Tränen der Wut. Wenn sie den Schuldigen findet, wird sie ihn eigenhändig umbringen. Sie hat den Gedanken noch nicht zu Ende gedacht, als sie Hans Christian entdeckt, den kauzigen Mann, mit dem das Schicksal sie zusammengeführt hat.

Er lehnt in der Ulkegade an einer Hauswand und hebt die Hand zum Gruß, als er sie entdeckt. Ob er ihr Geld borgen kann? Er schuldet ihr ohnehin schon einen Batzen, den Rest muss sie irgendwie zusammenkratzen, um Krug-Carl vielleicht doch noch davon überzeugen zu können, ihr das Wirtshaus zu verkaufen. Das ist ihre einzige Möglichkeit. Nur sieht Hans Christian leider nicht wie ein reicher Mann aus. Sein Mantel ist zerlumpt, das Hemd verdreckt, die Sohlen lösen sich von seinen Stiefeln. Aber er hat reiche Freunde, wenn sie das richtig verstanden hat.

»Ich muss dich etwas fragen«, sagt Molly zögerlich. Sie verspürt einen inneren Widerstand, ihn um Geld zu bitten. Der Wunsch, allein zurechtzukommen, ist tief in ihr verankert.

»Nein, erst hörst du mir bitte zu«, sagt Hans Christian.

Und dann erzählt er, ausladend und detailliert und aufgeregt mit den Armen fuchtelnd. Molly will ihm ins Wort fallen und ihn bitten, ihr Geld zu leihen, als ein Schlachterknecht das Tor hinter ihnen öffnet und einen Eimer mit Blut und Tierdärmen in den Rinnstein kippt. Sie macht einen Sprung zur Seite, und Hans Christian beendet seine Ausführungen. »Und darum müssen wir noch einmal dorthin zurück und die Tür finden.«

»Ich versteh wirklich nicht, was du mir sagen willst«, erwidert Molly und sieht ein, dass der Zeitpunkt ungünstig ist, um über Geld zu sprechen. »Du bist der toten Frau gefolgt? Warte einen Augenblick. Ich muss was mit Salomine bereden.«

Molly dreht sich um und läuft die Treppe zum Hurenhaus hoch. In ihrem Kopf herrscht Wirrwarr. Die alte Salomine liegt auf dem Bett und singt Moritaten, Mariechen sitzt auf dem Boden und spielt mit einem Käfer. Das Mädchen ist so eigenwillig, so viel stärker, als Molly es in dem Alter war. Salomine verspricht, sich noch ein paar Stunden nüchtern zu halten und auf Mariechen aufzupassen, aber länger nicht.

Hans Christian hat sich nicht vom Fleck gerührt, als Molly wieder aus dem Haus kommt.

»Aber«, sagt Molly, als sie losgehen, »die Frau ist tot. Tot wie …« Sie sucht nach einem passenden Vergleich. Tot wie Anna. Tot wie Berta und all die anderen Huren, die von diesem Husten heimgesucht werden. Tot wie der Vater auf dem Friedhof an der Bucht.

Hans Christian kommt ihr zuvor.

»Tot wie der gestrige Tag, der niemals wiederkehrt. Ich weiß, dass sich das verrückt anhört, aber ich weiß auch, was ich gesehen habe. Einen Geist.«

Sie bleibt stehen, fängt seinen Blick ein.

»Ich glaube nicht an Geister«, sagt Molly.

»Dann wenigstens jemand, der ihr sehr ähnlich sieht«, beharrt Hans Christian. »Eine Doppelgängerin.«

»Eine Doppelgängerin? Was ist das?«, fragt Molly.

»Zwei Menschen, die sich zum Verwechseln ähneln«, erklärt Hans Christian. »Gleiches Gesicht, gleiche Größe, gleiche Figur.«

»Davon hab ich noch nie was gehört, das klingt merkwürdig. Kann es eine Schwester gewesen sein? Vielleicht ein Zwilling?«, schlägt Molly vor.

»Sie hat keine Geschwister, ich habe mich umgehört.«

»Und wohin ist sie geflüchtet?«

»Wir sind gleich dort«, sagt Hans Christian und biegt in eine schmale Gasse ein. Sie gehen ein Stück, während er sich umsieht. »Es sieht anders aus als gestern, aber ich habe die Tür mit einem Kreuz markiert. Da ist es.« Er zeigt voll kindlichem Stolz auf das Kreuz an der Tür vor ihnen.

»Klopf an«, sagt sie. »Mach schon.«

»Und was soll ich sagen?«, fragt Hans Christian.

Sie steht so dicht neben ihm, dass sie ihn riechen kann, ein vager Duft von Schweiß in alten Kleidern und etwas, das ganz und gar er ist und das sie gut leiden kann. Umgekehrt muss er sie also auch riechen können. Und sie hat sich nicht mehr gewaschen, weder oben noch untenrum, seit … seit der Nacht, in der Anna verschwunden ist.

»Dann mach ich es eben«, sagt Molly und klopft mit den Fingerknöcheln gegen die Tür.

Ein Mann mit löchriger Schlafmütze schaut ängstlich und schlaftrunken durch den Türspalt.

»Brennt es??«

»Können wir mit der Hausdame sprechen?«, fragt Hans Christian, der hinter Molly steht.

»Hier gibt es keine Hausdame«, sagt der Mann. »Wir sind arm.«

»Gestern Abend ist eine Frau mit langen blonden Haaren hinter dieser Tür verschwunden«, erklärt Hans Christian, der nun hinter Molly steht.

»Hören Sie auf«, sagt der Mann. »Hinter meiner Tür verschwindet niemand. Und jetzt scheren Sie sich fort.«

Der Mann schlägt ihnen die Tür vor der Nase zu. Molly sieht sich seufzend um.

»Vielleicht irrst du dich und sie ist doch in einem anderen Haus verschwunden?«

»Nein«, sagt Hans Christian und zeigt auf das weiße Kreuz an der Tür. »Es war hier.«

Molly zieht ihn mit sich zur nächsten Tür.

»Oder vielleicht hier?«

Auch auf dieser Tür ist ein Kreuz.

Hans Christian steht mit offenem Mund und großen Augen da.

»Und hier!«, Molly zeigt auf die nächste Tür. »Und an der nächsten.«

Alle Türen sind mit einem weißen Kreuz markiert.

Hans Christian muss sich an der Mauer abstützen, ihm ist schwindelig. Molly überlegt, sich bei ihm unterzuhaken wie bei den Trunkenbolden in der Ulkegade, die zur Sperrstunde aus der Blauen Anemone auf die glatten Pflastersteine torkeln. Als er ihr von dem Kreuz erzählt, das er an die Tür gemalt hat, überlegt Molly, ob der Dichter wirklich verrückt ist oder einfach nur Dinge wahrnimmt, die niemand sonst bemerkt. Irrsinn und Verrücktheit ist sie gewohnt von betrunkenen Männern, die nicht mehr bis drei zählen oder ein verständliches Wort über die Lippen bringen können. Männer, die unzurechnungsfähiger sind als hungrige Ratten. Sie hört nicht zu, als er von seinen Gedächtnislücken erzählt und dass seine Sinne ihn immer häufiger trügen.

»Soll ich an alle Türen Kreuze gemacht und es hinterher vergessen haben?«, denkt er laut. »Aber warum? Und wenn ich verrückter bin als ein Huhn nach dem Verzehr vergorener Beeren, kann ich da ausschließen, womöglich doch … Annas Mörder zu sein?«

»Was?«, fragt Molly.

»Ich bin wahnsinnig. Ich erinnere mich an das, was mir passt, werde von verrückten Fantasien heimgesucht wie mein Großvater. Halte dich von mir fern«, sagt er und wedelt mit einem Brett vor sich herum. »Ich bin gefährlich.«

»Hör auf«, sagt Molly und hält seinen Arm fest. »Könntest du bitte versuchen – und ich weiß durchaus, wie schwer das sein kann –, dich zusammenzureißen und ein kleines bisschen weniger um dich selbst zu kreisen?«

Hans Christian sieht sie schockiert an.

Molly wedelt mit einer Hand vor seinen leeren Augen herum.

»Kann doch sein, dass du gar nicht die Kreuze gemalt hast, sondern sie«, sagt Molly. »Die Frau. Vielleicht hat sie mitbekommen, wie du das Kreuz auf ihre Tür gemalt hast. Und anstatt es zu entfernen, hat sie an alle anderen Türen Kreuze gemalt, um dich zu verwirren.«

Hans Christian nickt und erzählt Molly von der Bürste, die nicht mit ihm sprechen wollte, dem Spiegel, der ihm die Frau gezeigt hat, und von der Jagd durch die Gassen und dem Wachmann, der ihn an einen großen Hund erinnert hatte.

»Halt«, sagt Molly. »Halt doch endlich mal den Mund. Und denk nach.«

»Ich weiß, dass ich hier war. Genau an dieser Stelle. Da standen ein paar Kisten vor der Mauer, und ein Mann lag auf der Erde«, sagt Hans Christian und zeigt vor sich. Da ist nichts zu sehen.

Er klopft an die nächste Tür. Es vergeht eine Zeit.

Eine Frau öffnet die Tür. Nicht die, die er sucht. Sie ist klein und hässlich, mit Zähnen wie morsche Baumwurzeln.

»Ja«, sagt sie.

»Ich suche nach einer Frau, ungefähr so groß, blond.«

»Hier wohnen nur ich und mein Mann«, sagt die Frau und knallt die Tür zu.

Das Ganze ist hoffnungslos. Wenn alle Türen mit Kreuzen markiert sind, wie soll er da die richtige finden? Hier sind viel zu viele davon, die ganze Stadt besteht nur aus Türen. Da werden sie bis zum Sonnenuntergang oder bis in die nächste Woche hinein nicht mit dem Anklopfen fertig.

»Wer ist sie?«, fragt Hans Christian. »Ein Geist, eine Doppelgängerin, ein Zwilling? Alles spiegelt sich, ist gedoppelt und trügerisch wie die Zerrbilder in einem Spiegelkabinett.«

»Du hast recht. Wir müssen uns schlaumachen. Wir wissen noch nicht genug«, sagt Molly.

Hans Christian nickt. Und scheint sich etwas zu beruhigen.

»Irgendjemand muss sie kennen«, sagt Molly. »Wenn sie kein Geist ist, wohnt sie vielleicht in einer dieser Gassen.«

»Aber warum sieht sie aus wie die Frau aus der Fäkaliengrube?«, fragt Hans Christian.

»Wie sah sie aus? Erzähl mir mehr«, sagt Molly.

»Ihre Oberlippe«, sagt Hans Christian und denkt nach, »ist leicht aufwärtsgeschwungen wie eine Muschel, die sich gerade öffnet. Die Stirn ist rund und von der Sorte, die nur einmal unter dem Sonnenschirm hervorlugen muss, um braun zu werden. Ihre Augen erinnern an die einer Katze.«

»Kennst du jemanden, der eine Zeichnung von ihr anfertigen könnte, die wir dann herumzeigen und fragen können, ob jemand sie kennt?«, fragt Molly.

»So einen Zeichner habe ich im Gerichtsgebäude getroffen«, sagt Hans Christian. »Aber ich denke, ich könnte sie auch selber zeichnen. Allerdings nicht ohne Vorlage.«

Sie stehen schweigend da, während eine Horde Kinder an ihnen vorbei durch die Gasse läuft.

»Was ist mit der Frau aus der Fäkaliengrube?«, sagt Molly aufgeregt. »Du sagst, dass sie sich ähneln.«

»Das tun sie. Wie zwei Wassertropfen. Woran denkst du?«

»Ich habe eine geniale Idee«, sagt Molly. »Wenn du wirklich zeichnen kannst? Kannst du das?«

»Das will ich meinen«, sagt Hans Christian und erklärt ihr, dass er besser mit einem Stift als mit Kohle zeichnen kann, und dass er während seiner Europareise das Leben auf Roms Plätzen gezeichnet hat, einen Jungen auf der Straße, die Aussicht aus seinem Fenster.

»Dann hast du etwas, worauf du zeichnen kannst, und einen Pinsel, oder was immer du brauchst?«

»Ja, in meinem Zimmer habe ich Papier und ein paar Stücke Kohle.«

»Lass uns die Sachen holen und ins Leichenhaus mitnehmen«, sagt Molly und geht los. »Da wollten sie doch heute Morgen die Leiche hinschaffen?«

»Ja«, sagt Hans Christian dicht hinter ihr. »Davon gehe ich aus. Aber, was hast du vor? Was wollen wir mit der Toten?«

»Du hast gesagt, dass du eine Vorlage brauchst«, sagt Molly.

X

Am späten Vormittag taucht endlich der Kahn auf. Das lange Flachboot gleitet unter der Langebrücke hindurch auf das Leichenhaus zu. Über dem Kanal geht kein Wind, das kleine Segel hängt wie ein verwelktes Blatt schlaff am Mast herunter. Die zwei Männer, die sich an die Ruder gesetzt haben, scheinen es nicht eilig zu haben.

Molly wirft Hans Christian einen besorgten Blick zu.

Ist ihr Plan wirklich gut? Eben noch hat sie ihn für genial gehalten, doch jetzt, nur wenige Stunden später, kommt er ihr wenig durchdacht und ziemlich verrückt vor. Kann Hans Christian wirklich so gut zeichnen, dass die Frau, nach der sie suchen, auf dem Bild wiederzuerkennen sein wird?

»Endlich kommen sie. Hoffentlich haben sie die Leiche dabei«, sagt Hans Christian und erhebt sich vom Bordstein. Sein schlaksiger Körper wirkt steif, als er mit schwingenden Armen dasteht.

»Hoffentlich«, sagt Molly und geht zur Kaimauer.

»Kommen Sie von der Fäkaliengrube?«, ruft Hans Christian den Männern zu, als sie die Ruder einziehen und die Achterleine auf die Kaimauer werfen. Hans Christian fängt sie auf und will sie um den Pfahl binden, als einer der Männer an Land springt und ihm die Leine abnimmt.

»Da ist doch bestimmt die Frau aus der Fäkaliengrube drin, oder?«, versucht Molly, das Ganze zu beschleunigen. Auf dem Boden des Kahns liegt ein grauer Sack.

Der größere der beiden Männer mustert sie und nickt. Der

kleinere wischt sich den Schweiß von der Stirn. Die Fahrt scheint anstrengend gewesen zu sein.

»Wir haben sie gefunden«, sagt Molly in der Hoffnung, dass ihnen damit das Recht zugestanden wird, sie noch einmal zu sehen, ehe sie ins Leichenhaus kommt.

»Wir sollen sie ins Bürgerspital bringen«, sagt der Kleinere und packt den Sack, als wären Rüben darin, der Größere packt das andere Ende, und gemeinsam bugsieren sie sie auf die Kaimauer.

Hans Christian sieht Molly an, als wolle er vorschlagen, sich den Sack zu schnappen und zu flüchten.

»Wir würden sie gerne noch einmal sehen«, sagt Molly und tastet den Leinensack ab, sie fühlt das Heu, in das die Tote eingepackt ist, hört es rascheln.

»16 Schilling«, sagt der Kleinere und klettert aus dem Boot, »wenn wir sie noch einmal auspacken sollen. Sie stinkt ziemlich.«

»Ähm«, sagt Hans Christian, was anderes fällt ihm nicht ein.

Während ihrer Wartezeit hatten sie noch nicht einmal eine Münze für einen Trockenfisch vom Krämer. Molly denkt zum wiederholten Mal, dass es vermutlich nicht einfach, wenn nicht gar unmöglich sein wird, Geld von Hans Christian zu leihen. Hinter dem selbstgefälligen Gesicht mit der großen Nase verbirgt sich vermutlich nichts anderes als ein erfolgloser Künstler.

Molly schreitet ein.

»Guter Mann«, sagt sie, die Tränen in ihren Augen sind fast echt. »Die Frau in dem Leichensack ist … meine Schwester. Verwehren Sie mir nicht diese letzte Gelegenheit, mich von ihr zu verabschieden. Ich bin eine arme, Not leidende Frau und bitte Sie inständig, mir diesen Gefallen zu tun. Ich brauche auch nicht lange.«

Die Männer tauschen Blicke. Und Hans Christian betrachtet Molly, als könne er nicht entscheiden, was Schauspiel und was echt ist.

Schließlich nickt der größere der beiden Männer.

»Also gut, aber nur für eine kurze Weile. Wir müssen ohnehin erst noch eine Karre aus dem Hospital holen. Aber packt sie bitte nicht ganz aus.«

Molly bedankt sich und nickt den Männern zu, als sie sich auf den Weg machen. Mit geschickten Fingern knotet sie die Verschnürung des Leichensackes auf. Hans Christian ist ihr behilflich, den Sackstoff bis zu Bleiche-Marens Schultern herunterzuziehen und das Heu vom Gesicht zu entfernen. Sie sieht noch toter aus als am Vortag.

»Beeil dich«, treibt Molly ihn an.

Hans Christian legt Papier, Bleistift und Kohlestücke zurecht, zupft ein paar letzte Halme aus ihrem Haar. Dann beginnt er zu zeichnen, schnell und zielstrebig.

Molly beobachtet ihn bei der Arbeit.

»Du bist gut«, kann sie sich nicht verkneifen zu sagen.

Der Bleistift tanzt förmlich über das Blatt, es sieht so leicht aus. Ein Paar geht vorbei, schaut schockiert zu dem Mädchen und sucht das Weite.

»Die Frau, der ich gefolgt bin, war blass, blasser als sie hier«, sagt Hans Christian, während er Stirn, Ohren und Haare zeichnet. »Was bedeuten könnte, dass sie drinnen arbeitet.«

Langsam, ganz langsam nimmt die Zeichnung von Bleiche-Maren Ähnlichkeit mit der mystischen Frau an. Aber es ist nicht einfach. Alle Details und Abweichungen wollen erkannt und auf dem Papier eingefangen werden. »Das Haar der anderen ist länger«, erklärt er. »Die Wangen etwas runder und die Nase anders.« Der Bleistift will ihm nicht immer gehorchen. Das Schwierigste aber ist es, das Leblose lebendig darzustellen, der Illusion Leben einzuhauchen. Die Seele eines Menschen, seine Essenz, in der Zeichnung zu spiegeln, ist eine fast unmögliche Aufgabe.

»Wenn wir sie ein bisschen anders hinlegen könnten«, schlägt er vor. »Damit das Licht etwas vorteilhafter auf ihr Gesicht fällt.«

Er zupft ein wenig an ihr herum und arbeitet weiter.

Dann hören sie das Geräusch von Rädern auf Kopfsteinpflaster. Die Männer sind zurück und wollen nicht länger warten.

Ein letzter Strich. Ist er zufrieden? Hat es Ähnlichkeit? Hans Christian wirft einen weiteren Blick auf die Zeichnung. Molly sieht eine Regung in seinem Gesicht, die sie bisher noch nicht an ihm gesehen hat. Ein Ausdruck in seinen zu schmalen Schlitzen zusammengekniffenen Augen.

»So, das war's«, sagt der kleinere Mann und schnürt den Sack wieder zu. Das Gesicht der Waschfrau verschwindet hinter dem groben Sackleinen.

Hoffentlich ist die Zeichnung gelungen, denkt Molly. Damit jemand aus dem Viertel die Frau wiedererkennt und ihnen weiterhelfen kann.

Kapitel 25

Haben Sie diese Frau schon einmal gesehen?«

Hans Christian hält die Zeichnung vor sich. Jetzt werden sie erfahren, ob die Zeichnung ihren Zweck erfüllt und sie die geheimnisvolle Frau finden können.

»Ich bin mir nicht sicher«, sagt der Mann, der Uhrmacher oder Tabakhändler sein könnte. Sein Backenbart ist grau, hinter seinem Gürtel steckt eine lange Pfeife. »Sieht ein bisschen aus wie meine Frau in jungen Jahren, aber das wird kaum diejenige sein, nach der ihr sucht. Tut mir leid.«

Der Mann geht weiter.

Hans Christian und Molly wechseln sich mit dem Fragen ab. Männer und Frauen, Junge und Alte, alle, deren Weg durch die enge Gasse führt. Und jedes Mal bekommen sie in leichten Abwandlungen die gleiche Antwort: Kopfschütteln, ein unfreundliches Nein, ein Schulterzucken.

Molly ist vor einem Laternenpfahl stehen geblieben und sieht sich ein Plakat an. Hans Christian liest über ihre Schulter mit. Gesucht wird nach einem kleinen Jungen, der im Vergnügungspark verschwunden ist. Der Sohn eines Arztes. Es ist eine Belohnung ausgelobt für den, der ihn findet. Gefolgt von der abschließenden Aufforderung, den Jungen in die abendlichen Gebete einzubeziehen.

Und wer betet für Hans Christian? Einen unschuldigen Mann, der eines schweren Verbrechens beschuldigt wird? In der Gasse kommen sie nicht weiter. Der Plan mit der Zeichnung ist erfolglos.

»Das führt zu nichts«, sagt Molly und setzt sich auf eine Steinstufe.

Hans Christian sieht sie an. Für einen Lidschlag sieht er die Erschöpfung seiner Mutter in Mollys Zügen.

»Bist du sicher, dass sie Ähnlichkeit mit der Waschfrau hatte?«, fragt Molly.

»Ganz sicher«, sagt er. »Lass uns zurück zu ihrer Kammer gehen, vielleicht kommt sie noch einmal dorthin zurück. Oder wir fragen die Nachbarn, ob jemand die Frau auf der Zeichnung kennt.«

Molly schüttelt den Kopf.

»Wenn die beiden Frauen sich so ähnlich sehen, wie du sagst, werden die Bewohner der Borgergade natürlich die tote Waschfrau wiedererkennen, wenn du ihnen deine Zeichnung zeigst. Wenn wir sie finden wollen, müssen wir hier bleiben, wo du sie aus den Augen verloren hast.«

Die Schatten werden länger, bald wird es ganz dunkel sein. Mit der Dämmerung liegt plötzlich ein Hauch von Herbst in der Luft, Wolken senken sich auf die Stadt herab.

Molly hat recht. Sie ist praktischer veranlagt als Hans Christian. Und im Moment haben sie keinen anderen Anhaltspunkt. Sie suchen die Umgebung nach Bewohnern ab, die sie fragen können. Die Zeichnung beginnt zu verwischen, nachdem sie durch so viele Hände gegangen ist und immer wieder auf- und zusammengefaltet wurde. Und jetzt fallen auch noch ein paar schwere Regentropfen darauf und drohen sie ganz zu zerstören.

Eine kleine Frau läuft gebückt an der Mauer entlang. Sie meidet routiniert die Stellen, an denen der Regen in kräftigen Strahlen von den Dächern spritzt.

»Frag sie«, sagt Molly und stößt Hans Christian einen Ellbogen in die Seite. »Alte Frauen sehen und erinnern sich an alles.«

»Entschuldigen Sie, gnädige Frau. Haben Sie diese Frau schon einmal gesehen?«, fragt Hans Christian und muss sich bücken, um ihr die Zeichnung zu zeigen. »Es ist sehr wichtig, dass ich sie treffe.«

Die Frau sieht die Zeichnung an, dann Hans Christian und schließlich Molly.

»Die habe ich noch nie gesehen«, sagt sie und geht kopfschüttelnd davon.

»Sie lügt, so wahr ich hier stehe«, flüstert Molly ihm ins Ohr. Ihr warmer Atem streicht über seine Wange, sie ist ihm näher, als ihm seit sehr langer Zeit eine Frau war. Ein Kribbeln läuft ihm den Rücken hinunter.

»Ja, das Gefühl habe ich auch«, sagt er und sieht der Frau hinterher.

»Komm«, sagt Molly. »Wir folgen ihr.«

Hans Christian spürt, dass sie sich etwas nähern. Am liebsten würde er losrennen. Molly hält ihn mit einem beherzten Griff zurück.

»Nicht Hals über Kopf losstürzen, sonst geht es wie beim letzten Mal.«

Hans Christian bleibt stehen, wohl wissend, dass Molly wieder einmal recht hat. Er fällt auf wie ein Reiher in einer Wasserpfütze.

»Lauf du hinter ihr her, ich folge euch mit ein wenig Abstand«, schlägt er vor.

Molly stimmt ihm zu und läuft allein voraus. Ein Paar ist in der Menschenmenge schneller wiederzuerkennen als eine einzelne Frau. Molly schlüpft leichtfüßig zwischen den vornehmen Herren und Damen mit ihren aufgespannten Schirmen hindurch, vertraut mit dem Rhythmus der Straße. Überhaupt ist sie viel lebendiger, viel interessanter als irgendeine der Frauen, die er kennt. Ihr Gesicht lebt, wenn sie spricht oder nachdenkt, man sieht es ihr an, die wachen Augen, die Pupillen, die sich wie bei einer Katze zusammenziehen, wenn sie ihn ansieht …

Der Regen fällt jetzt dichter. Ein paar Fischer laufen los und suchen Schutz in einem Wirtshaus.

»Alles in Ordnung?« Molly ist zurück und zieht an seinem Ärmel. »Ich habe gesehen, wo sie reingegangen ist.«

Er folgt ihr durch die Gasse, in der Bleiche-Marens Doppelgängerin verschwunden ist. Etwa in der Mitte bleibt sie vor ein paar aufeinandergestapelten Kisten und Fässern stehen. Molly schiebt sie ein Stück zur Seite und zeigt auf die Tür, die kaum als Tür bezeichnet werden kann, es ist eher eine Luke, durch die Waren ein- und ausgeladen werden.

Hans Christian fährt mit der Hand über das Holz, ertastet mit den Fingern das Kreuz, das er am Abend zuvor dort eingeritzt hat.

»Molly, hier ist es«, sagt er und hofft, dass die Luke sie einer Aufklärung und Antwort näherbringt. Damit er von dem Verdacht freigesprochen wird, sie Annas Mörder zu fassen bekommen und Molly ihren inneren Frieden findet.

»Sollen wir?«, fragt Molly.

»Nach dir«, sagt Hans Christian.

Sie stemmt sich gegen die Luke, die nur langsam nachgibt. An den Seiten des dahinter liegenden Absatzes sind ein Paar Kufen angebracht, um Handkarren leichter über die Schwelle schieben zu können. Hinter der Tür ist kein Haus, sondern ein sechskantiger, von den Rückseiten der Häuser geformter Innenhof. Der Boden ist mit großen Steinen gepflastert, das Muster erinnert an Muscheln. Es ist dunkel, nur ein paar Fenster weiter oben sind erleuchtet.

Außer ihnen ist kein Mensch zu sehen. Es gibt keine Türen, keine Winkel zum Verstecken, nichts.

Und keine alte Frau.

»Wo ist sie abgeblieben?«, fragt Molly. »Sie kann sich doch nicht einfach in Luft auflösen.«

Hans Christian hält den Atem an. Zuerst die Tote in der Fäkaliengrube, die eine Doppelgängerin hat. Und nun eine alte Frau, die sich wie ein Geist in Luft auflöst. Er geht an den Mauern entlang auf der Suche nach einer verborgenen Tür oder einem Griff, der den Weg zu einem geheimen Gang öffnet. So wie in den Abenteuergeschichten, die er gelesen hat. In Victor Hugos neuestem Roman findet der Krüppel ständig neue Geheimtüren in der Kirche von Paris.

Aber in diesem Innenhof in Kopenhagen gibt es nichts.

»Bist du sicher, dass es hier war?«, fragt er.

»Ganz sicher«, antwortet Molly. »Sie ist hier reingegangen.«

»Sei kurz still«, sagt Hans Christian und lauscht.

»Sei selbst still, du redest doch.«

»Schhh«, sagt er. Vielleicht hören sie die Frau in ihrem Versteck jammern oder husten. Weit weg ist Musik zu hören, das Brüllen eines störrischen Esels und der Regen, der in dicken Rinnsalen von den Dächern plätschert. Er folgt dem Lauf des Wassers, das in sechs abgesenkten Rinnsteinen in die hintere Ecke des Hofs geleitet wird, wo es durch ein Loch verschwindet. Er bückt sich und erkennt schemenhaft den Handgriff an einer Bodenklappe. Ohne zu zögern, umfasst er den Griff, zieht die Klappe hoch und starrt in ein tiefes schwarzes Loch. Das Wasser rauscht an den Seiten herunter. Der moderige Geruch von Katakomben und Grabkapelle strömt ihm entgegen.

»Da wird sie doch wohl nicht runtergegangen sein?«, sagt Molly und schaut wie Hans Christian in das dunkle Loch. »Was ist das überhaupt? Ein Brunnenschacht oder Keller?«

»Das ist ein Tunnel«, sagt Hans Christian aufgeregt. »Wie in dem Vers vom Latrinenmann. Wir sind auf der richtigen Spur.«

Plötzlich blitzt unten im Tunnel ein Licht auf.

»Was war das?«, flüstert Molly. »Eine Kerze? Eine Fackel?«

Er nickt. Auch er hat das Licht aufscheinen sehen. Jetzt ist es nicht mehr da. Jeder Zweifel ausgeschlossen, die Frau ist auf diesem Weg durch den unterirdischen Tunnel verschwunden. Er kniet sich vor den Einstieg, schiebt den Kopf und einen Arm in die Dunkelheit, tastet den Rand ab.

»Was machst du da?«, fragt Molly ängstlich. »Was hast du vor?«

»Sie hat diesen Weg genommen.« Seine Finger tasten über die Schachtwände und finden einen Metallbügel, dann noch einen, wie die Sprossen einer Leiter. »Und wir werden ihr folgen«, sagt er und schiebt seine langen Beine in den Schacht.

»Warte«, sagt Molly und läuft zurück zu der Eingangsluke. »Ich besorge uns eine Kerze oder Lampe, damit wir nicht im Dunkeln herumtappen. Ich bin gleich zurück.«

Er bleibt auf dem Rand des Einstiegs sitzen und hofft im Stillen, dass die alte Frau jeden Moment an einem der Fenster zum Hinterhof auftaucht und sich als ganz gewöhnliche Krämerfrau erweist, die nichts von Waschfrauen und Huren mit abgeschnittenen Brüsten weiß. Rotes Blut auf blasser Haut. Wenn Weiß sich in Rot verwandelt. Es wurmt ihn, dass er noch immer keinen Sinn in die wirren Reime des Latrinenmannes bringen kann. Vielleicht hat er sie ja ganz falsch gedeutet. Vielleicht erwartet sie dort unten das Grauen. Er mag gar nicht daran denken.

Kurz darauf ist Molly zurück mit einem Talglichtstummel und einem Schwefelholz.

»Das zünden wir unten an.«

Hans Christian atmet tief ein, sein Herz pocht.

»Was bedeutet Ewigkeitsduell?«, fragt er.

»Ist das jetzt wichtig?«, fragt Molly.

»Das ist die letzte Zeile aus dem Vers des Latrinenmannes«, erklärt er. »Wird im finsteren Tunnel aus Weiß erst Rot, finden wir im Ewigkeitsduell – ich weiß nicht mehr, gegen wen – den Tod. Ich verstehe einfach nicht, was das heißen soll.«

»Wir haben den Tunnel gefunden. Wir sind auf der richtigen Spur. Ich bin direkt hinter dir.«

Hans Christian setzt den Fuß auf die erste Eisensprosse, sie gibt leicht nach.

Ein Duell zwischen Gut und Böse, zwischen Mut und Furcht, denkt er. Ein niemals endender Kampf zwischen den Toten und den Lebenden. Über ihm verschwindet das Licht aus Mollys Gesicht. Gleich darauf hat die Dunkelheit ihn verschluckt.

Kapitel 26

Madame Krieger folgt der Ankleiderin jetzt schon den ganzen Tag.

Sie ist gut gekleidet, sticht aus der Gruppe heraus, aber Ankleiderinnen kennen sich ja auch mit Kleidern aus. Vielleicht hat der Prinz deshalb ein Auge auf sie geworfen. Sie ist besser gekleidet als die Prinzessin, die mit ihrem roten Kleid wie eine Kirchenglocke aussieht, und die beiden langweiligen Hofdamen, denen jeder Sinn für Farbe und Form fehlt.

Johanne hingegen ist so elegant und leichtfüßig, dass es Madame Krieger nicht leichtfällt, sie aus ganzem Herzen zu hassen. Ihr Haar ist so seidig, der Hals schlank und weiß wie bei einer Marmorstatue. Und die Brust wohlgeformt und straff gebunden und vorn am Dekolleté mit einer Schleife verziert. Wie ein Geschenk, das danach verlangt, geöffnet zu werden. Madame Krieger kann die Augen nicht von ihr wenden. Johanne unterhält sich angeregt, und wenn sie mit den anderen lacht, bebt und wippt ihr Busen unter dem Korsett, sodass Madame Krieger vor erregter Wut und Vorfreude kocht. Das letzte, noch fehlende Detail, dann hat sie alles. Beim vorigen Mal ist ihr die Ankleiderin auf unerklärliche Weise entwischt, aber heute, heute wird es klappen.

Am Nachmittag hat sie nach dem Jungen gesehen. Er lag wie ein krankes Tier am Boden des Käfigs. Eigentlich hätte er etwas essen müssen, aber sie konnte sich nicht aufraffen, ihn zu füttern. Bevor sie gegangen ist, hat sie die Fesseln und den Knebel nachgezogen. Sicherheit ist wichtiger als Mitgefühl.

Jetzt darf nichts mehr schiefgehen. Der Arzt ist bereit. Die Experimente durchgeführt.

Die Prinzessin und ihr Gefolge verschwinden immer wieder in den Läden auf der Silke- und Sværtegade. Madame Krieger bleibt in der Nähe und tut so, als interessiere sie sich für die Schaufensterauslagen oder die auf der Straße ausgestellten Waren der Händler. Sie sieht zu, wie die Prinzessin eine Unzahl von Hüten anprobiert, Handschuhe, Stiefeletten, ja sogar Korsetts. Ihre Ankleiderin bleibt geduldig und lächelt, sogar als die Prinzessin in einem Kleid stecken bleibt und der Textilhändler sie schließlich mit einer Schere aus dem Stoff befreien muss.

Jetzt verlassen sie die Konditorei, wo sie Sahnetorte gegessen haben, und flanieren über die Lille Kongensgade. Die Prinzessin voraus, gefolgt von den Hofdamen. Johanne bildet das Schlusslicht.

Es beginnt zu regnen. Madame Krieger grüßt einen Kadetten, der wegen ihrer Uniform salutiert hat, verhält sich ansonsten aber so unauffällig wie möglich.

Die Damen der kleinen königlichen Gesellschaft öffnen ihre Regenschirme, dann hört sie eine der Hofdamen Johanne zurufen: »Wir müssen uns beeilen. In einer Viertelstunde läuten die Glocken.« Sie laufen über die Straße in Richtung Kongens Nytorv, wo es von Menschen nur so wimmelt. Spaziergänger fliehen vor dem Regen, während die Händler hastig ihre Waren verpacken. Madame Krieger sieht das rote Kleid der Prinzessin aufblitzen, als das Gefolge im Königlichen Theater verschwindet.

Natürlich, das Theater. Deshalb sind sie in den letzten Stunden mehr oder weniger um den Platz gekreist.

Madame Kriegers erster Impuls ist, ihnen zu folgen, doch dann hält sie inne.

Wie will sie im Theater jemanden entführen? Der Ort ist zu belebt, zu viele Augen. Und die Hauptwache liegt gleich nebenan. Andererseits könnten das Dunkel des Theaters, die Unterhaltung und die ablenkenden Geräusche es ihr auch erleichtern, Johanne in die Finger zu bekommen – im Vergnügungspark hat ihr schließlich auch der Aufruhr um die entflohenen Affen geholfen, den Jungen zu entführen. Mit etwas Glück und Dreistigkeit lässt es sich vielleicht anstellen. Sie muss Johanne im Theater betäuben und dann nach draußen tragen. Sollte sie dabei von einem Ordner aufgehalten werden, könnte sie vorgeben, die Frau sei ohnmächtig geworden und müsse zu einem Arzt oder an die frische Luft gebracht werden. Es würde niemanden verwundern, dass ein junger Offizier sich einer jungen Dame annimmt und sie nach draußen trägt.

»Eintrittskarten für die Abendvorstellung? Acht für eine, vierzehn für zwei.«

Madame Krieger dreht sich um. Die schneidende Stimme gehört einer Frau, die unter einem Dachvorsprung am Theatergebäude lehnt. Sie hat ein hässliches Kind auf dem Arm, ein anderes hockt neben ihr auf dem Boden. »Kaufen Sie bei mir, bei mir sind die Karten günstiger.«

»Was kostet ein Logenplatz?«, fragt Madame Krieger.

»Die sind teurer. Zwölf Schilling für eine Karte«, sagt die Verkäuferin und spuckt aus.

Madame Krieger vergeudet keine Zeit mit Handeln. Sie drückt der Frau die Münzen in die Hand und nimmt die Karte entgegen. Dann hastet sie zum Vestibül und hält nach der Prinzessin und ihrer Ankleiderin Ausschau, aber die Frauen sind längst in Richtung ihrer Plätze verschwunden. Die Glocke hat bereits mehrmals geläutet. Bei den billigsten Plätzen in den hintersten Reihen und am oberen Rand der Galerie herrscht noch Gedränge, während die mit Veloursteppich bespannten Treppen hinauf zu den Logenplätzen fast menschenleer sind. Madame Krieger zeigt ihre Karte vor, läuft die Treppe hoch und schlüpft in die kleine Loge rechts von der Bühne, gerade als das Orchester mit dem Stimmen der Instrumente fertig wird.

Im Theatersaal ist es heiß wie in einer Schmiede.

In den Galerien über Madame Krieger und auch unten im Parkett sitzen die einfachen Leute. Kinder, Frauen und Männer. Es wird geweint, gelacht, gegessen, und hier und da sieht sie Hände unter Röcken verschwinden. Flaschen klirren, und einige Leute rufen quer durch den Saal, um ihre Plätze zu finden. Einer der Gäste stürzt fast über die Brüstung der Galerie auf die darunter stehenden Zuschauer, doch dann hebt sich der Vorhang, und alles ist vergessen.

Auf der Bühne steht ein Narr mit einem viel zu großen Hut. Die Gitarre passt nicht zu seinen kurzen Armen.

»Hört die Geschichte über Ivanhoe, den tüchtigsten aller Ritter, der jemals im Krieg zwischen der roten und weißen Rose gekämpft hat«, ruft er. »Dies ist sein Abenteuer, dies ist sein Kampf um das Herz der Angebeteten.«

Die Zuschauer pfeifen und johlen und fordern rhythmisch Ivanhoes Auftritt. Einige wenige lachen, während andere altes Brot oder intime Kleidungsstücke in Richtung Bühne werfen.

Madame Krieger ist erst zweimal zuvor im Theater gewesen, für das Singstück hat sie kein Interesse. Ihr Blick wandert zu den Logen. Grüne Öllampen werfen ihr Licht in das Theater, und der Gestank des brennenden Trans erfüllt den ganzen Saal. Madame Krieger erkennt die Prinzessin in der Ehrenloge in der Mitte, halb verborgen hinter einem rosafarbenen Fächer. Die Hofdamen sitzen rechts von ihr – und in der angrenzenden Loge entdeckt Madame Krieger die Ankleiderin. Aber Johanne ist nicht allein. Sie teilt sich die Loge mit einer älteren, recht derb aussehenden Frau, die direkt hinter ihr sitzt und den Hut aufbehalten hat. Möglicherweise eine reiche Kaufmannsgattin, der die Spielregeln des Theaters nicht bekannt sind.

Madame Krieger spürt das Blut in den Schläfen pochen. Wie soll sie zu Johanne gelangen, wenn diese Frau dort sitzt? Warum muss sie ein solches Pech haben? Doch Madame Krieger hat noch nie an Prophezeiungen oder Flüche geglaubt. Sie vertraut auf Schneiders Worte. Glaube und Aberglaube, Mitleid und Mitgefühl sind widernatürliche Eigenschaften, die der Fortentwicklung des Menschen im Wege stehen.

Ein Ritter betritt, begleitet von einem Trommelwirbel, die Bühne. Das Publikum jubelt. Auch Johanne.

Kann sie Johanne irgendwie auf den Flur locken? Aber was, wenn ein Kontrolleur die Billetts sehen will? Oder die Prinzessin etwas mitbekommt?

Der Gesang des Ritters lenkt Madame Krieger ab. Das Publikum trampelt rhythmisch.

Sie wirft erneut einen Blick zur Loge der Ankleiderin. Das Bild hat sich verändert. Die Kaufmannsfrau hat die Augen geschlossen. Sie scheint zu schlafen. Sollte das Glück ihr doch gewogen sein?

Madame Krieger springt aufgeregt von ihrem Sitz auf und läuft auf den Flur. Weit und breit ist kein Mensch zu sehen, an einer Wand liegen Essensreste. Madame Krieger zählt die Türen bis zur Mittelloge, in der die Prinzessin sitzt. Gleich darauf ist sie bei der Loge der Ankleiderin. Sie tritt ein und bleibt hinter dem dicken, weinroten Vorhang stehen, der die Loge von der Tür trennt. Durch den Spalt sieht sie Johanne auf ihrem Stuhl wippen und jedes Mal auflachen, wenn der Narr die Bühne betritt. Die Kaufmannsfrau sitzt links hinter Johanne. Sie bewegt sich nicht, wirkt aber nicht mehr so zusammengesunken wie zuvor. Hat sie sich im Schlaf bewegt, oder ist sie kurz davor, aufzuwachen? Vorsichtig tippt Madame Krieger der Frau auf die Schulter. Sie grunzt leise, aber das Kinn auf ihrer Brust bewegt sich nicht.

Plötzlich bricht das Publikum in Jubel aus. Beifallsstürme, ein Mann ruft: *Es lebe der König!* Bis zur Pause kann es nicht mehr lang dauern. Madame Krieger muss handeln, jetzt.

Vorsichtig tröpfelt sie etwas von dem Engelsatem in ihr Tuch. Nicht zu wenig, aber auch nicht zu viel, sonst wacht Johanne nie mehr auf. Ihr Tod würde alles kaputt machen. Das Blut muss durch den Körper zirkulieren, sonst geht es nicht. Madame Krieger schiebt das Fläschchen zurück in die Tasche und holt vorsichtig Luft. Im gleichen Moment geht die Tür der Loge auf. Eine kleine Frau schlüpft durch den Vorhang. Sie ist so erregt, dass sie Madame Krieger nicht bemerkt, obwohl sie fast über ihre Füße stolpert.

»Ich habe überall nach dir gesucht, Johanne. Überall«, sagt sie.

»Tante? Was machst du denn hier? Du bist ja ganz durchnässt.«

»Komm mit nach draußen«, sagt die Tante mit einem Seitenblick auf die schlafende Frau. »Wir müssen reden!«

»Mach dir um die keine Gedanken. Sag mir, was los ist.« Johanne klingt ungeduldig, verärgert, dass jemand sie mitten im Theaterstück stört.

Die Tante flüstert: »Ich habe es dir gesagt. Ich habe dir gesagt, dass du aufpassen musst. Jemand hat etwas herausgefunden, du bist entdeckt worden.«

Madame Krieger bleibt regungslos stehen und spitzt die Ohren, aber die Stimmen der beiden ertrinken in der Musik und dem Säbelgeklirr, das von der Bühne heraufschallt. Sie beugt sich vor und sieht die Silhouetten der beiden Frauen. Sie sehen nervös aus, die kleine Frau hat Johanne die Hände auf die Schultern gelegt.

»Du bist entdeckt worden, er sucht nach dir«, sagt die Tante. »Sie haben eine Zeichnung von dir.«

»Wer? Was für eine Zeichnung? Du redest wirr.«

»Er hat sie mir gezeigt. Auf der Straße. Danach habe ich mich gleich auf die Suche nach dir gemacht.«

»Aber woher hat er diese Zeichnung?«

»Keine Ahnung«, sagt die Tante. »Aber der Kerl war Furcht einflößend, groß und dünn, mit Locken und einem Riesenzinken. Wenn du mich fragst, sah der aus wie der Tod persönlich.«

Madame Krieger zieht sich etwas zurück. Unten auf der Bühne ist es still geworden. Nur der Narr tanzt herum und zieht ein paar Kinder auf.

Von wem reden die beiden? Könnte das der … Scherenmann sein? Die Beschreibung würde passen. Aber haben sie den nicht ins Gefängnis geworfen?

»Hast du mit anderen gesprochen?«, fragt die Ankleiderin. »Weiß sonst noch jemand davon?«

»Nein, niemand. Ich bin sofort gekommen, als ich gehört habe, dass du hier bist. Johanne, das muss aufhören. Hörst du? Deine Mutter würde mir niemals verzeihen, wenn sie wüsste … was du tust.«

»Hör auf! Mutter war keinen Deut besser, das weißt du ganz genau. Außerdem ist jetzt bald der Maskenball. Danach reist er ab, und dann sehe ich ihn nie wieder.«

»Ich flehe dich an. Vergiss diesen Maskenball«, sagt die Tante.

»Ich muss jetzt gehen«, sagt Johanne und ist mit drei schnellen Schritten beim Vorhang und durch die Tür der Loge verschwunden, ohne Madame Krieger zu bemerken.

»Johanne! Halt!«, ruft die Alte und folgt ihrer Nichte.

Madame Krieger bleibt stehen. Allein mit der schlafenden Frau. Soll sie den beiden folgen? Nein, es ist zu still, denkt sie. Sie braucht den Lärm, das Spektakel, das die Aufmerksamkeit der Menschen gefangen nimmt. Erst als die Glocke erneut läutet und das Stück weitergeht, tritt sie auf den Flur.

An der Treppe liegen Betrunkene, auf den Stufen türmt sich der Abfall. Gedankenverloren verlässt Madame Krieger das Theater und tritt auf den Kongens Nytorv.

Was ist hier gerade geschehen?

Ist sie erneut gescheitert, oder tut sich hier eine neue, unerwartete Möglichkeit auf?

Ein Maskenball? Ein Fest, auf dem jeder, versteckt hinter einer Maske, zeigen kann, wer er wirklich ist. Das ist fast schon komisch, eine bessere Gelegenheit wird sich wohl nicht mehr bieten. Ihre letzte Aktion im Schloss war gründlich schiefgegangen. Sie hatte sich in Johannes Kammer geschlichen, aber erst als das Mädchen sie zitternd anflehte, hatte sie erkannt, dass es nicht Johanne war. Die Gesichtszüge waren ähnlich, aber die Brust des Mädchens war bei Weitem nicht so üppig, und auch an Ausstrahlung mangelte es ihr. Anschließend war sie dann noch in ein Handgemenge mit der Wache und dem Latrinenmann verwickelt worden, der ihre Pläne um ein Haar für immer zunichtegemacht hätte. Aber sie hatte ihre Lehre daraus gezogen.

Dies ist die Gelegenheit, endlich alles perfekt durchzuziehen und wieder in Ordnung zu bringen.

Ihr wahres Ich zu zeigen.

Zuvor aber muss sie diesen Scherenmann loswerden. Er darf ihren Plan nicht durchkreuzen. Er ist ihr zu dicht auf den Fersen. Ist das nur ein Zufall, oder weiß er etwas? Immerhin hat er nach Johanne gesucht. Aber wie ist das möglich? Madame Krieger hatte erfahren, dass der Wachmann im Krankenhaus gestorben war, bevor er etwas hatte sagen können. Aber stimmte das? Oder hat er doch eine Aussage gemacht, die dem Scherenmann irgendwie zu Ohren gekommen ist?

Wie auch immer es sich zugetragen hat, Madame Krieger darf kein Risiko eingehen. Sie muss zu Ende bringen, was sie angefangen hat.

Bei dem großen Maskenball im Schloss muss sie Johanne nehmen, was schon immer ihr gehört hat. Bevor es zu spät ist.

Kapitel 27

Die Eisensprossen sind direkt zwischen die Steine geschlagen worden und geben etwas nach, als er darauf nach unten steigt. Regen klatscht durch die Öffnung des Schachts. Alles ist glitschig und nass. Hans Christian fühlt sich in der Enge gefangen, seine Schultern schaben an den Schachtwänden entlang, Putz und Mörtel rieseln zu Boden. Er hat keine Ahnung, wie tief es nach unten ist, über wie viele Bügel er hinuntersteigen muss.

Aber er muss wissen, wohin die Frau verschwunden ist, und was es so tief unter der Erde mit dem flackernden Licht auf sich hatte. Er denkt an das Märchen von Aladin, der in die Tiefe hinabstieg und die Wunderlampe fand. Vielleicht erwartet sie dort unten eine verzauberte Höhle voller Reichtum und Magie. Oder Annas Mörder? War es die alte Frau? Oder hat sie dem Mörder geholfen?

»Siehst du noch immer nichts?«, fragt Molly über ihm.

»Nein«, antwortet er. »Nichts.«

Seine Stimme hallt wider, Putz rieselt auf seinen Kopf, und etwas Schwarzes fliegt dicht an seinem Ohr vorbei. Schon morgen könnte er ein freier Mann sein und wieder schreiben. Denk an den Ruhm, er wird kommen, er wird kommen, sagt die vertraute Stimme in ihm, der er schon seit seiner Kindheit lauscht, als er zum ersten Mal den süßen Beifall der Erwachsenen empfangen hatte. Mittlerweile klingt diese Stimme hohl. Es wäre ihm schon Glück genug, wenn er die Woche überlebt und weder Kopf noch Verstand verliert.

Er setzt den Fuß auf den nächsten Bügel, und einen weiteren. Hört Wasser fließen und riecht den süßlichen Gestank von Pferdeäpfeln. Ein kalter Luftzug fährt ihm durch die Haare. Schließlich landet sein Fuß im Schlamm, der Stiefel mit den kaputten Sohlen versinkt darin bis zum Knöchel. Unten ist es stockfinster, keine Lampe oder Fackel weit und breit. Die Luft ist kalt und riecht metallisch. Der Schacht verläuft leicht nach unten geneigt weiter. Wasser fließt. Er ist sich fast sicher, dass ihn dort unten die Hölle erwartet.

Er tastet sich an der Wand entlang, tritt einen Schritt vor, bis die Dunkelheit sich so dicht um ihn legt, dass er kaum noch atmen kann. Im Wasser treiben undefinierbare Dinge an seinen Beinen vorbei. Sie fühlen sich wie Hände an, die nach ihm greifen. Plötzlich spürt er Finger auf seiner Schulter. Schockiert schnellt er herum und erwartet, die Fratze des Todes zu sehen.

Stattdessen begegnet er Mollys Blick.

»Licht, wir brauchen Licht«, flüstert sie, reißt ein Schwefelhölzchen an und entzündet die Kerze.

Der Docht will erst nicht Feuer fangen, als hätte auch das Licht Angst vor der Dunkelheit. Dann huscht ein Lichtschein über die schwarzen, nassen Steine. Ein paar Holzbalken stützen die Decke ab.

»Faszinierend«, flüstert Hans Christian.

Ein Tunnel unter Kopenhagens Straßen. Wo er wohl hinführt? Endet er in einer Räuberhöhle? In Schweden? In einem fremden Land, wo man rückwärts spricht, auf den Händen läuft und die Pferdekutschen zwischen den Wolken herumfliegen?

Sein Blick fällt auf ein paar Fackeln in einem rostigen Gestell an der Wand.

Hans Christian nimmt eine heraus und tastet sie mit den Fingern ab.

»Zünde sie an. Nimm gleich zwei«, flüstert Molly.

Langsam waten sie durch das braungrüne Wasser, das tiefer wird, je weiter sie kommen. Eine Zeitung, eine Teekanne und eine Matrosenmütze schwappen um ihre Knie.

»Oh, nein«, flüstert Molly und zeigt auf die Reste eines ausgeweideten Schwans, von dem nur noch die Federn und der Schnabel erkennbar sind. »Wer macht denn so etwas?«

Noch bevor Hans Christian etwas sagen kann, hören sie ein Fauchen und Fiepen um sich herum. Augenpaare verschwinden im Dunkeln, Schwänze peitschen durch das dunkle Wasser. Ratten, Dutzende, vielleicht Hunderte. Oben in der Stadt teilen sie sich den Platz mit den Menschen, Kühen, Schweinen, Hühnern und Pferden. Doch hier unten ist ihr Reich, hier unten bestimmen sie. Nur das Licht der Fackeln hält sie davon ab, näher zu kommen.

Der Tunnel mündet in einem Raum mit hoher Decke. Der Schacht, aus dem sie kommen, läuft hier mit fünf anderen Schächten zusammen. Aus vielen Richtungen rinnt ihnen schwarzes Wasser entgegen. Von der Decke hoch über ihnen kommt ein bleicher Lichtschein, dort scheint eine Luke zu sein, wie die, durch die sie nach unten geklettert sind.

»Was sollen wir machen?«, fragt Molly.

»Du nimmst die drei da und ich die beiden anderen. Und dann treffen wir uns wieder hier.«

Molly antwortet mit einem Nicken und verschwindet im ersten Schacht. Hans Christian sieht den Lichtschein ihrer Fackel dunkler werden und geht in den zweiten Tunnel. Nach wenigen Minuten ist der Weg durch Steine und Balken versperrt. Er versucht, außen herum zu kriechen, doch er kommt nicht weiter. Diesen Weg kann die Alte nicht genommen haben, und auch nicht die geheimnisvolle Frau, die womöglich die Mörderin ist.

Hans Christian geht zurück in den großen Raum, bleibt einen Augenblick lauschend stehen und nimmt den nächsten Tunnel, der schmaler und niedriger ist als der letzte. Dieser endet an einem viereckigen Loch unter der Decke, das mit einer Luke abgedeckt ist. Sie ist leicht geöffnet, verdreckte Strohhalme ragen durch die Öffnung. Einige rieseln auf Hans Christians Schulter, als er die Luke zu öffnen versucht. Sie klemmt. Dann nimmt er plötzlich eine Bewegung wahr und hört ein Klappern. Pferde. Ein Stall.

Es riecht nach Pferdeäpfeln. Unter sich sieht er nur seine Fußspuren, Stroh und Pferdemist. Auch als er mit der Fackel den Boden ableuchtet, kann er nur seine eigenen Spuren ausmachen. Diesen Weg scheint auch niemand genommen zu haben.

Die Flammen der Fackel lecken an ein paar Strohhalmen, die

lustig zu brennen beginnen. Sie verlöschen schnell, aber der Rauch versetzt die Pferde in Unruhe. Sie wiehern laut und trampeln hin und her, bis ein Stallbursche offenbar hellhörig wird. Hans Christian hört eine beruhigende Stimme und weicht zurück.

»Hallo? Ist da jemand?«, ruft jemand in die Luke hinein. Er muss das Licht bemerkt haben.

Hans Christian läuft zurück in den großen Raum und wartet nach Atem ringend auf Molly. Das Wasser ist stark gestiegen. Mittlerweile reicht es ihm bis zum Bauch.

Molly kommt aus einem der Schächte.

»Zwei von denen hören einfach auf«, sagt sie.

»Und der dritte?«, fragt Hans Christian.

»Der endet in einer Art Becken. Überall ist Wasser, und da treiben seltsame Dinge herum. Ich habe mit einem Stock, der länger war als ich, die Tiefe gemessen und konnte den Boden nicht erreichen. Ich glaube nicht, dass sie diesen Weg genommen hat. Und bei dir?«

»Der erste Schacht ist eine Sackgasse«, sagt Hans Christian leise und spürt Verzweiflung in sich aufsteigen. »Der andere endete unter einem Stall. Es gab aber wie bei dir kein Anzeichen, dass da jemand langgelaufen ist. Es kann sein, dass ein Stallbursche mich gesehen hat, weshalb ich schnell wegmusste. Wir müssen irgendetwas übersehen haben«, sagt Hans Christian.

Er schiebt sich langsam durch das Wasser zurück in Richtung des Schachts, aus dem sie gekommen sind. Es ist wie immer in seinem Leben ein Kampf um jeden Meter. Und jeder Weg endet in einer Sackgasse.

In dem großen Raum steht das Wasser jetzt so hoch, dass Hans Christian die Fackel über den Kopf halten muss. Im Feuerschein sieht er plötzlich eine Reihe von Eisenbügeln, die nach oben führen.

»Warte«, flüstert er und stellt die Fackel in eine Halterung an der Wand. Er legt die Finger um einen Bügel und steigt hoch.

Molly ruft ihm etwas zu, aber er geht einfach weiter.

Als er den obersten Bügel erreicht hat, steht er auf einem schmalen Absatz. Ein Seil führt wie ein Geländer an der Wand entlang. Hans Christian nimmt es und geht weiter. Der Boden ist glatt. Er bleibt dicht an der Wand, biegt um eine Ecke und ist fast am Ende des Ganges, als ihm eine Luke unter der Decke auffällt, durch die Regenwasser sickert. Er legt die Hand um die offene Seite der Luke und drückt sie etwas auf, sodass Licht hereinfällt und er durch den Spalt nach draußen sehen kann. Er befindet sich in einem großen, geschlossenen Hof. Es riecht frisch nach Regen auf warmen Pflastersteinen, etwas entfernt sind erleuchtete Fenster zu sehen.

Molly ruft von unten: »Ist da was? Hat sie den Weg genommen?«

Eine Pferdekutsche hält direkt über ihm. Er sieht Füße, Schuhe und Stiefel, einen Soldaten, der die Tür der Kutsche aufhält. Ist das eine Kaserne?

»Was siehst du?«, fragt Molly.

»Psst«, macht er.

Dann erblickt er die feinen goldenen Damenschuhe unter dem Schutz der Galoschen.

Kräftige Beine in glänzenden Stiefeln kommen auf die Kutsche zu. Eine Tür wird geöffnet. Eine Stimme erklingt: »Willkommen zu Hause, Eure königliche Hoheit.«

Die Türen werden geschlossen, und die Kutsche rollt davon. Hans Christian sieht sie durch das Tor auf einen offenen Platz rollen, auf dem Soldaten in blauen Uniformhosen vor Schilderhäuschen stehen. Weiter hinten ist ein majestätisches Gebäude mit sechs Säulen, einem Wappenschild und Balkonen zu erkennen. Dort hat der König sich bei seinem zwanzigjährigen Thronjubiläum feiern lassen.

Hans Christian weiß, wo er sich befindet und wohin die Alte und die geheimnisvolle Frau verschwunden sind.

Molly fasst ihn am Arm, als er wieder unten ist.

»Wie sieht es da oben aus?«, fragt sie wütend. »Warum sagst du mir denn nichts?«

»Die Sache ist zu groß für uns«, sagt Hans Christian. »Vergiss Maren, vergiss deine Schwester«, flüstert er. »Vergiss das alles.«

»Wie meinst du das? Und wie, bitte, soll ich Anna vergessen, das kann ich nicht …«

»Da oben ist das königliche Schloss, Molly«, sagt er und schüttelt sie sanft. »Wir werden den Mörder nie finden. Und wenn doch … würde es die Sache für uns vermutlich nur noch schlimmer machen. Das ist zu groß, viel zu groß für uns.«

Er dreht sich um, setzt einen Fuß vor den anderen. Flieht zurück durch den Schacht, aus dem sie gekommen sind, und klettert über die Bügel nach oben auf die Straße. Er hat Dreck in den Taschen, Stroh in den Haaren und will einfach nur weg, nach Hause. Mit schnellen Schritten hastet er über die Store Kongensgade und die Treppe hoch zu seiner Kammer, in der er sich müde auf seinen Strohsack fallen lässt. Er hatte Hoffnung gehabt. Und für einen Moment wirklich geglaubt, dass sie etwas Großes ausrichten könnten. Diese Hoffnung ist ihm genommen. Niemand begehrt gegen ein Haus auf, das Dänemark, ja den gesamten Norden seit tausend Jahren regiert. Und ganz sicher nicht er, ein Niemand aus Odense.

TEIL II

X

19.–26. September 1834

Kapitel 1

Er hört Stimmen.

Im Halbschlaf dringen die Worte seiner Mutter an sein Ohr, sie murmelt: Fahr nicht, mein Sohn, bleib bei uns, mach die Schneiderlehre bei Herrn Christoffer. Aber es ist nicht seine Mutter. Vielleicht Geräusche aus der Kammer der Witwe? Ein nächtlicher Besucher oder eins der Kinder, das Albträume hat? Oder kommt es von der Straße, wo gerade Männer in Uniformen von einem Pferdewagen springen?

Aber nein, das ist es auch nicht.

Er setzt sich auf.

Der Federhalter lacht. Das Tintenfass klappert. Das Talglicht ist im Ständer heruntergebrannt, er hat es zu löschen versäumt, als er ins Bett gegangen ist. Er zieht ein Hemd über und setzt sich an das Schreibpult, wie sein Vater sich morgens an seinen Arbeitstisch gesetzt und den ersten Schuh des Tages zurechtgelegt hat.

Draußen ist es noch dunkel. Er wechselt das Talglicht gegen ein neues aus und schaut zu seinem Tagebuch auf der Fensterbank. Er hat immer Tagebuch geschrieben, nur die letzten Wochen nicht mehr. Ihm fehlen die innere Ruhe und die passenden Worte für all das, was geschehen ist. Frauen, die ermordet und in ihrer Weiblichkeit geschändet wurden. Spiegelungen hübscher Frauen, die aus dem Nichts auftauchen und wieder verschwinden. Und plötzlich führen alle Spuren zum Schloss Amalienborg. Zur königlichen Familie, die an ihn geglaubt und ihn finanziell unterstützt hat, sodass er die Lateinschule in Slagelse besuchen konnte. Er kann es nicht glauben, ist wie gelähmt.

Nicht einmal ein Gedicht kann er schreiben. Sein Blick fällt auf ein leeres Blatt Papier.

Jetzt hört er tatsächlich Stimmen. Schritte auf der Außentreppe. Klopfen an der Haustür.

Wer kann das sein? Er schaut zu seiner Uhr auf dem Regalbrett. Es ist gerade mal halb drei.

Es klopft erneut. Energischer.

»Was ist denn hier los?«, ruft Witwe Larsen.

»Im Namen des Königs, öffnen Sie die Tür.«

Hans Christian wirft das Papier weg. Natürlich: Sie sind seinetwegen hier. Der Polizeidirektor hat Hans Christian drei Tage gegeben, bis er verurteilt oder freigesprochen wird. Zweieinhalb sind bereits verstrichen. Und wie die Dinge liegen, ist er einer Verurteilung näher als einem Freispruch.

Die Tür wird geöffnet, und er hört die Witwe erklären, in welcher Etage sie Andersen finden.

»Die Treppe hoch, linke Tür«, sagt sie mit dünner Stimme.

Er steht auf und dreht sich im Kreis. Bläst das Talglicht aus. Öffnet den Schrank und zerrt allen möglichen Kram heraus, Handschuhe, Fernglas, einen Holzschuh, einen Beutel mit Steinbröckchen aus dem Kolosseum in Rom.

Wo ist der Strick?

Jetzt klopft es an seiner Tür.

»Im Namen des Königs, Hans Christian Andersen«, ruft jemand.

Endlich findet er auf dem Schrank den Koffer.

Darin liegt der Strick. Aufgerollt wie eine schlafende Kreuzotter.

»Im Namen des Königs«, ertönt es ein zweites Mal, lauter und fordernder als zuvor.

»Augenblick«, antwortet er. »Es ist mitten in der Nacht, der Mond scheint.«

Dabei ahnt er bei einem Blick aus dem Fenster, dass kein Mond zu sehen ist, wahrscheinlich ist er hinter den Regenwolken versteckt.

Jetzt wird sich zeigen, was der Strick taugt. Er hat ihn überall dabei, um sich für den Fall, dass ein Feuer ausbricht, aus seiner Kammer abseilen zu können. Und jetzt brennt der Boden unter seinen Füßen.

Er knotet das eine Strickende um das Kachelofenrohr.

Dann stößt er das Fenster auf, das zum Botanischen Garten hinausgeht, und rollt den Strick aus. Er endet ein paar Ellen über wild wucherndem Gestrüpp. Der Sprung aus dem Fenster seiner Studierkammer in den Neuen Hafen runter wäre sicher einfacher gewesen, aber dort wäre das Risiko größer, von der Polizei oder den ersten Fischern entdeckt zu werden, die im Morgengrauen ihre Kutter auftakeln.

Er hört, wie die Tür aufgetreten wird.

Dies ist sein einziger Ausweg.

Er klettert ungelenk über das Fensterbrett, die Hände um den Strick geklammert. Dahinter fällt er ein Stück ins Nichts, prallt schmerzhaft gegen die Wand und das Fenster in der Etage unter ihm, wo der Spielmann wohnt. Er scheuert sich die Handflächen an dem groben Strick auf, ein stechender Schmerz, glühend heiß, wenn es nicht noch so weit bis zum Boden wäre, würde er loslassen. Stattdessen lockert er den Griff, rutscht in die Tiefe, ins Gestrüpp.

Über ihm schiebt sich ein Kopf aus dem Fenster.

»Stehen bleiben, Andersen!«

Aber er bleibt nicht stehen. Seine Beine bewegen sich wie Trommelstöcke. Er rennt durch den Regen, der auf Bäume und Büsche niederprasselt. Nasse Äste, Zweige und Blätter peitschen von allen Seiten auf ihn ein. Kleine Frösche verschwinden glucksend in Wasserlachen, ein Fuchs würgt die letzten Reste einer Maus hinunter, als er, gleich einem Phantom in der schönen Wildnis, vorbeisaust.

Bei den kleinen Gärtnerhäuschen schlüpft er durch eine enge Pforte und tritt auf den Kongens Nytorv. In der Hauptwache brennt Licht, er rechnet fast damit, Kanonen auf sich gerichtet zu sehen, aber alles bleibt still. Kurz darauf erreicht er die schmalen Gassen hinter dem Hotel du Nord. Wie gerne würde er sich in dem vornehmen Haus einmal mit großem Pomp und einem Koffer voller Bewundererpost einmieten, aber ach, all das ist weiter entfernt denn je.

Er bleibt stehen, um zu Atem zu kommen. Muss runter von der Straße, wo er viel zu viel Aufmerksamkeit auf sich zieht.

Es gibt nur eine einzige Tür, die ihm noch offensteht. Wenn die Frau dahinter denn noch mit ihm reden will.

X

»Du kannst mich mal«, sagt Molly und knallt ihm die Tür vor der Nase zu.

Eine andere Dirne, sie hat ein blaues Auge, schiebt den Kopf durch den Türspalt, zieht sich aber schnell wieder zurück, als sie Hans Christian sieht, der sich kleiner zu machen versucht, als er ist.

»Molly, bitte, mach auf«, sagt er und schaut durchs Schlüsselloch. Er sieht Molly im Raum herumlaufen, im Hemd und mit zerwühlten Haaren.

»Zuerst will ich eine Entschuldigung hören, irgendeine Erklärung«, sagt sie. »Du hast mich einfach stehen lassen.«

Er richtet sich auf, fühlt sich mit einem Mal sicher. Er ist ein Meister der Entschuldigungen. In seiner Schulzeit musste er sich immer für Dinge entschuldigen, die er gar nicht getan oder gesagt hatte. Oder für die Dinge, die er gesagt hatte, die aber niemand verstand.

»Hans Christian?«

Sie steht direkt auf der anderen Seite der Tür.

»Es tut mir leid«, sagt er. »Mich hat die Angst gepackt, mein Mut ist mir abhandengekommen, schließlich geht es um meinen Kopf.«

Drinnen ist nichts zu hören.

»Ich stehe im Nachthemd vor deiner Tür«, sagt er.

Sie öffnet die Tür und zieht ihn herein.

»Hat die Polizei dich hierherkommen sehen?«

»Nein«, sagt er und setzt sich am Fußende aufs Bett. Am Kopfende liegt Marie und sieht ihn mit schlafschweren Augenlidern an, zusammengerollt wie ein Hundewelpe.

»Sollte sie nicht schlafen?«

Marie schüttelt den Kopf.

»Seit ihre Mutter umgebracht wurde, kann sie nicht mehr schlafen«, sagt Molly.

»Musst du so darüber reden?«, sagt Hans Christian und nimmt die Hand des Mädchens. »In ihrer Anwesenheit?«

»Diese Rücksicht kommt wohl etwas zu spät«, sagt Molly und spielt mit einer Strähne von Mariechens Haaren. Das Mädchen sieht zu ihr hoch. »Die zarten Seelen sind mit Annas Tod ausgezogen.«

Molly breitet eine Decke auf dem Boden aus.

»Hier kannst du schlafen. Es ist noch eine Weile bis zum Sonnenaufgang. Lass uns morgen weiterreden.«

Sie bläst das Talglicht aus.

Hans Christian streckt sich auf dem Boden aus und denkt an den Strick, der aus dem Fenster seiner Wohnung hängt, und an die Beamten, die jetzt in seinen Unterlagen herumwühlen und sein Tagebuch durchblättern. Zum zweiten Mal innerhalb einer Woche.

»Was macht man, wenn hier ein Feuer ausbricht?«, fragt er.

»Dann springt man aus dem Fenster«, sagt Molly. »Oder rennt zum Nachbarn, ehe die Flammen auf die gleiche Idee kommen.«

Der Gedanke gefällt ihm nicht, er ist genug herumgerannt.

»Tante«, sagt das Mädchen. »Darf er mir eine Geschichte erzählen?«

»Aber nur eine kurze«, sagt Molly.

Er will sagen, dass er zu müde ist und nicht als Erzähler für Kinder taugt. Aber da ist Mariechen schon aus ihrem Bett geklettert und auf flinken Spinnenbeinen zu seiner Decke gelaufen.

»Es war einmal«, beginnt er und denkt im Stillen, dass dies ein guter Anfang ist. Aber was möchte Mariechen jetzt hören? Das Kind hat den wichtigsten Anker in ihrem Leben verloren. Können Geschichten da trösten? Oder vielleicht gar noch mehr?

»Komm schon«, sagt Molly und stupst ihn vorsichtig am Arm. Hans Christian räuspert sich.

»Es war einmal eine Mutter, die gestorben ist.«

»Meine Mutter?«, fragt Marie.

»Es könnte deine gewesen sein, aber auch eine ganz andere«, flüstert Hans Christian und erzählt von einer Mutter, die nach ihrem Tod in den Himmel kommt. Lauter Fäden hängen vom Himmel herab, für die Lebenden sind sie unsichtbar, die Verstorbenen aber können daran ziehen und den Lebenden helfen. Hans Christian denkt an die Marionetten, die er in Paris gesehen hat, als er den Rest der Geschichte über die Mutter weiterspinnt, die ihre Kinder aus dem Himmel vor allem irdischen Bösen beschützt. Irgendwann bemerkt er, dass Marie eingeschlafen ist.

»War es so langweilig?«, fragt er Molly.

»Ein bisschen. Und sehr sonderbar«, sagt Molly und deckt Mariechen zu, lässt sie aber neben Hans Christian liegen. In dem erwachenden Licht betrachtet sie ihn.

»Ich habe über etwas nachgedacht«, flüstert sie. »Was, wenn ich es irgendwie fertigbringe, ins Schloss zu gelangen und herauszufinden, wer die rätselhafte Frau ist?«

»Aber wie?«, flüstert er zurück.

»Ich habe gehört, dass sie Küchenhilfen suchen, Köchinnen, Dienstmädchen. Wenn ich erst mal drin bin, kann ich mich vielleicht umhören, was so geredet wird.«

»Wenn das rauskommt …«, sagt Hans Christian und will Molly erklären, was einem blüht, der sich gegen den König auflehnt. Und was dann aus Mariechen werden soll? Weiter kommt er nicht, weil Molly seine Gedanken unterbricht.

»Ich kann damit nicht leben, Hans Christian. Diese Ungerechtigkeit, das geht nicht. Ich will nicht damit leben. Es muss doch irgendwie einen Weg ins Schloss geben. Schließlich ist das auch nur ein Gebäude wie jedes andere.«

»Du kriegst nicht einfach so eine Anstellung im Schloss. Man muss … dazu braucht man ein Leumundszeugnis«, sagt er.

»Ein was?«

»Ein kleines Heft mit Empfehlungen und Auskünften über die Häuser, in denen man gearbeitet hat, und über andere vornehme Herrschaften, in deren Diensten man gestanden hat.«

»Kannst du das nicht für mich ausstellen?«, fragt Molly, streckt den Arm aus und legt Hans Christian eine Hand auf die Schulter. Einen Augenblick darauf liegt auch sie auf dem Boden, so dicht neben ihm, dass er die Wärme ihres Körpers fühlt.

»Du meinst fälschen?«

»Erdichten«, sagt sie dicht neben seinem Ohr. »Ist das nicht das, was du tust?«

Er denkt nach. Er hat schon eine Menge Leumundszeugnisse gesehen, Empfehlungsschreiben, hat selbst welche ausgestellt bekommen. Die Welt gründet sich auf Empfehlungen, auch Freundschaften werden so geknüpft. Bei seiner Reise durch Europa hat er sich von einer Empfehlung zur nächsten gehangelt.

Es ist still im Hurenhaus.

»Als du die Scherenschnitte von meiner Schwester gemacht hast …«, beginnt Molly. Hans Christian erträgt den Gedanken kaum, er ist so beschämend. »Hast du da nie Lust auf mehr gehabt?«, fragt sie.

Er weiß, was sie meint, glaubt es zu wissen. Weiß aber nicht, wie er es erklären soll. Er liebt Frauen, ist fasziniert von ihren Formen, ihrem Haar, ihrer Schönheit, der Art und Weise, wie sie sich kleiden und sich mit der Zunge den Bierschaum von den Lippen lecken, aber … In ihm schlummert eine ganz andere Sehnsucht, etwas, für das ihm die Worte fehlen.

Molly dreht sich auf die Seite und legt ihren Kopf auf seinen knochigen Brustkorb.

»Warst du noch nie mit einer Frau zusammen?«, flüstert sie.

»Molly«, sagt er verlegen und zugleich erregt. Unsicher, aber gespannt. All das, was er keinem Menschen je gesagt hat, niemals jemandem sagen will, drängt sich plötzlich auf seiner Zunge, will über die Lippen, aufs Papier, in die Welt hinaus.

»Ich kann ein Geheimnis bewahren. Wenn du mir deins verrätst, verrate ich dir meins.«

Er sieht ihre Augen im Dunkeln, die wieder die eines Kindes sind.

»Nein«, sagt er.

»Nein? Heißt das: Nein, du bist nie mit einer Frau zusammen gewesen? Oder nein, du willst nicht darüber reden?«

»Such es dir aus.«

»Bist du nicht«, sagt sie und streckt die Hand aus, streicht ihm über die Wange.

»Was ist deins?«, fragt er. »Dein Geheimnis?«

»Ich habe keins. Das war nur ein Trick«, sagt sie und lacht. »Wärest du lieber mit einem Mann zusammen?«

»Frag nicht weiter, Molly. Das ist nicht lustig«, sagt er, kann sich ein Lächeln aber nicht verkneifen. Ihre Unverblümtheit hat durchaus etwas Komisches. Er hat so etwas noch nie erlebt, schon gar nicht bei einer Frau. Wie kann man so offen über die intimsten Dinge sprechen? Oder bringt das ihr Gewerbe so mit sich – der Schlachter gewöhnt sich ja auch irgendwann an den Anblick von Blut, der Bäcker verbrennt sich mit der Zeit weniger am Ofen, und Molly errötet nicht mehr, wenn sie von der biblischen Sünde spricht.

»Ich könnte meine langen Haare unter einer Kappe verstecken, von hinten sähe ich dann aus wie ein Kerl. Falls du dich nach etwas anderem sehnst. Es gibt viele Möglichkeiten. Mit ein wenig Fantasie.«

Hans Christian setzt sich auf.

»Er sehnt sich nach etwas anderem«, sagt er ganz leise.

»Also dann. Schlüpf in die Rolle«, sagt Molly.

»Nein«, sagt er. »Der Mörder. Das, was er mit den Frauen macht. Dabei geht es nicht um Hass oder Bösartigkeit. Es geht um Sehnsucht. Nach etwas anderem. Wir suchen nach einem Mörder, den die Sehnsucht antreibt.«

Kapitel 2

Auf dem Weg zum Schloss spürt Molly eine kribbelnde Unruhe in ihrem Körper. Sie hat noch nie für eine derart feine Stellung vorgesprochen. In ihrem Gewerbe muss man nur die Augen schließen und an etwas anderes denken können, um es so schnell wie möglich hinter sich zu bringen. Und immer daran denken, sich vorher das Geld geben zu lassen.

Sie hat das Schloss noch nie von innen gesehen, natürlich nicht. Es ist aber nicht nur das bevorstehende Gespräch, das sie nervös macht, sondern auch Hans Christians Worte über den sehnsuchtsvollen Mörder. Sie hat nicht recht verstanden, was er damit meint. Wer bringt denn einen anderen Menschen aus Sehnsucht um?

Trotzdem glaubt sie ihm. Hans Christian sieht Dinge, die andere nicht sehen. Und wenn es einen Mörder gibt, der wegen irgendeiner Sehnsucht andere Menschen umbringt, dann wird er nicht damit aufhören, bis diese Sehnsucht gestillt ist. Und Sehnsucht hört nie auf, das weiß Molly aus eigener Erfahrung. Sie hat sich ihr ganzes Leben lang nach irgendwas gesehnt. Zuerst nach Glück und Liebe, dann nach einem besseren Leben, und jetzt nach Gerechtigkeit.

Die Sonne spiegelt sich auf dem vornehm lackierten Parkettboden der Halle. Eine Kommode mit chinesisch anmutenden Intarsien, vielleicht ja ein Geschenk des Kaisers. An der tiefroten Wandtapete hängen golden gerahmte Gemälde von Ruinen und antiken Säulen. Was manche Leute als Motiv interessant finden, denkt Molly, wo es doch so schöne, noch nicht verfallene Häuser gibt. Sie bleibt vor einem ovalen Spiegel stehen und wundert sich, wie klein sie in der eleganten Umgebung wirkt.

Ihre Finger klammern sich um das Heft, das Hans Christian für sie angefertigt hat. Wenn sie wenigstens lesen könnte, was er darin geschrieben hat. Eine lange Liste vornehmer Häuser, in denen sie gearbeitet haben soll. Auf Gut Hanherred, im Haus Corselitze auf Falster und an anderen feinen Orten, von denen Molly noch nie etwas gehört hat. Das Ganze ist von Anfang bis Ende erdichtet, aber seine geschwungene Handschrift ist hübsch anzusehen.

»Wo kommen Sie her?«, fragt die Hauswirtschafterin, eine alte Frau mit einer blau schimmernden Puderschicht im Gesicht und kalten, leblosen Augen.

»Aus Køge«, antwortet Molly. »Nicht weit von hier.«

»Danke, ich weiß, wo Køge liegt«, antwortet die Mamsell eingeschnappt. »Unter mir haben schon Mädchen aus jedem gottverlassenen Kaff im ganzen Land gearbeitet. Und diese naiven Dinger glauben allesamt, ein Leben in Kopenhagen würde sie ihrem Glück näherbringen«, sagt die Mamsell und streckt die Hand aus, ohne Molly anzusehen. Molly reicht ihr das Leumundszeugnis.

So, jetzt fliege ich auf, denkt sie. Jetzt geht der schöne Plan den Bach hinunter. Wie konnte ich nur glauben, dass eine einfache Dirne wie ich eine Anstellung am Hofe des Königs findet?

»Hm«, sagt die Vorsteherin und überfliegt die Seite mit Mollys angeblichen Dienststellen. Die Hauswirtschafterin hat Molly noch kein einziges Mal angesehen, und ihre Körpersprache signalisiert, dass Molly Luft für sie ist. Sie lässt sich viel Zeit, sieht das Heft gründlich durch und genießt es sichtlich, Molly auf die Folter zu spannen.

Molly hatte bereits eineinhalb Stunden mit einem Dutzend anderer junger Frauen in sehr viel ordentlicheren Kleidern und spitzeren Ellbogen in der großen Halle des Palastes gewartet. Bereits dort hatte sie den Eindruck gewonnen, dass das Schloss ein Ort ist, an dem alle viel Zeit haben. Niemand schien ein bestimmtes Ziel zu haben, jedenfalls keine der feinen Damen in Chemisekleidern, die an Molly und den anderen Mädchen vorbeischlenderten, ohne sie auch nur eines Blickes zu würdigen. Ganz anders als in der Ulkegade: In Mollys Welt herrschte von früh bis spät in die Nacht Trubel. Freier wollten bedient werden, und den betrunkenen Soldaten musste man das Geld aus der Tasche ziehen, ehe sie es sich anders überlegten.

Die Mamsell legt das Buch auf den Tisch, noch immer, ohne Molly anzusehen. Jetzt kommt es, denkt Molly. Jetzt kommt der Betrug ans Licht.

»Kein Zweifel, Sie haben wahrhaft Erfahrung, davon bin ich überzeugt«, sagt die Mamsell und zupft an den Fransen ihres Kleides.

Die Sonne scheint durch die hohen Fenster herein. Staub wirbelt in der drückenden Luft herum, die Luft ist unangenehm stickig.

»Offensichtlich waren Sie in ausschließlich guten Häusern. Gut Hanherred ist mir nicht bekannt, aber ohne Zweifel besser als Bregentved, wo sie, weiß Gott, warum, nicht in der Lage sind, ordentliche Dienstmädchen heranzuziehen. Und wie ich sehe, habe Sie eine positive Empfehlung von Herrn Collin. Ein sehr umsichtiger Mensch. Das scheint mir doch alles ganz ausgezeichnet.«

»Danke, Mamsell«, sagt Molly. Ihr ist gar nicht wohl in ihrer Haut. Bedrückende Erinnerungen an ihre Krankenhausjahre werden wach. Nicht die harte Arbeit, der Gestank oder der Anblick menschlichen Leidens hatte sie dort tagein, tagaus belastet, sondern es ist die Unterwürfigkeit, die vorgeschobene, verlogene Freundlichkeit, die Molly nicht erträgt. Und das ist durch ihre Arbeit noch verstärkt worden. Sie weiß besser als irgendein anderer Mensch, dass die Leute unter ihren Kleidern, egal ob elegant oder zerlumpt, am Ende gar nicht so verschieden sind.

»Also, was soll ich sagen?«, sagt die Vorsteherin und gibt Molly das Heft zurück. »Zuerst einmal gratuliere ich Ihnen zu den vorzüglichen Empfehlungen, so etwas können die wenigsten vorweisen …«

»Danke, Mamsell«, sagt Molly. »Ich werde mein Bestes tun.«

»… aber obgleich uns immer noch ein Mädchen fehlt, kann ich Sie nicht brauchen. Ich notiere hiermit, dass die Bewerberin Nummer 23 abgelehnt wurde. Der Ausgang ist dort drüben.«

Molly steht wie versteinert da und versteht die Welt nicht mehr. Warum wird sie abgelehnt? Hat die Mamsell herausgefunden, dass Molly weder schreiben noch lesen kann? Dass es sich bei dem Heft um eine in aller Hast produzierte Fälschung handelt?

»Jetzt fragen Sie sich doch sicherlich, was Sie falsch gemacht haben«, sagt die Mamsell. »Wie es sich alle jungen Mädchen fragen, die eine Absage von mir bekommen. Aber schauen Sie, nach siebzehn Jahren in diesem Haus weiß ich eins: Seeländer mögen aufgeweckte Menschen sein, aber häufig sind sie auch faul und träge. Sie sind nicht aus dem Stoff, der einen dienenden Geist nicht nur gut, sondern exzellent macht. Menschen von Fünen sind nobel, aber querulant bis ins Unerträgliche. Bornholmer sind stark, aber stur und nicht sonderlich schlau. Ein Nordjütländer kann unter Umständen brauchbar sein, aber nur der Südjütländer hat den rechten Geist, die Aufmerksamkeit und den Eifer zu dienen, wie es dieses Haus verlangt. Darum bedanke ich mich bei Ihnen und wünsche Ihnen alles Gute.«

In Molly steigt Zorn hoch. Am liebsten würde sie der Mamsell ins Gesicht spucken, und nicht nur ihr, sondern der ganzen aufgeblasenen Vornehmheit dieses Ortes und aller Leute, die hier herumlaufen. Nicht einer der vornehmen Männer und Frauen, die sich hier tummeln, wissen auch nur annähernd, was es heißt, ums Überleben zu kämpfen, um satt zu werden oder ein Dach über dem Kopf zu haben. Die Mamsell hat Molly nicht ein einziges Mal in die Augen gesehen. Nicht ein Blick, keine Bestätigung, dass ihre Anwesenheit überhaupt wahrgenommen wurde. Trotzdem verneigt Molly sich und geht.

Es geht nicht um mich, denkt sie. Es geht weder um das, was ich denke, noch um meine Belange. Es geht um Anna. Darum, ihren Mörder zu finden. Das Böse zu entlarven, egal, in welchem Haus es wohnt und wie sehnsuchtsvoll der Mörder auch sein mag.

Molly tritt hinaus in den Hof und schaut in den Saal, in dem die noch verbliebenen sieben Bewerberinnen schweigend und nervös auf das Klingeln der Glocke warten, die die Nächste hereinruft.

Ein Mädchen mit breiten Hüften erhebt sich, sucht ihre Unterlagen zusammen und trippelt nervös auf der Stelle. Sie sieht aus wie eine Kopenhagenerin, denkt Molly, vermutlich hat sie in den feinen Häusern der Stadt gedient. Ihr Gesicht strahlt angelernte Wichtigkeit aus. Die blonden Locken sitzen perfekt, die Stiefel glänzen. Sie strebt zweifellos die Stellung am Hof an, um auf andere herabsehen zu können und sich in bizarrer, aufgeblasener Selbstbeweihräucherung zu suhlen, Teil dieser Gesellschaft zu sein. Da spielt es keine Rolle, dass ihre Aufgabe doch nur darin besteht, die Kotze des Königs vom Boden aufzuwischen. Molly überlegt kurz, ob sie sie warnen, ihr von dem absurden und vorurteilsbelasteten Schubladendenken der Mamsell erzählen soll, nach dem sie die Bewerberinnen beurteilt.

Da kommt ihr eine Idee. Warum versucht sie es nicht einfach ein zweites Mal, schließlich hat die Vorsteherin sie ja nicht einmal mit dem Hinterteil angesehen? Beim zweiten Versuch wüsste sie genau, was sie sagen musste. Das einzige Problem ist das Leumundszeugnis. Das kann sie kein zweites Mal vorlegen, ohne bei ihrem Betrug ertappt zu werden. Molly muss sich etwas einfallen lassen.

Sie geht zurück in den Saal und erntet wie erwartet fragende Blicke der anderen Mädchen.

»Sie will mich noch einmal sehen«, erklärt Molly und spürt die Missgunst, die ihr entgegenschwappt. Kein Lächeln, keine Glückwünsche, nur ein verächtlicher Kommentar: »Dann hat die Mamsell offenbar nichts gegen dreckige Nägel und zu große Schuhe«, sagt ein mageres Mädchen, das Molly gegenübersitzt, und wirft ihr einen finsteren Blick zu.

Die Glocke klingelt. Die nächste Kandidatin ist dran.

»Sag unbedingt, dass du von Seeland kommst«, sagt Molly. »Darum bin ich in die zweite Runde gekommen. Wie viele von euch sind von Seeland?«, fragt sie die anderen Mädchen.

Bis auf zwei melden sich alle.

»Wenn ich euch sage, dass die Mamsell selber von Seeland kommt und die übrigen Landesteile nicht sonderlich mag, verrate ich wohl nicht zu viel«, sagt Molly. »Und es ist sicher kein Nachteil, jemanden aus Bregentved zu kennen.«

Das Mädchen mit den Locken geht hinein, die anderen bleiben schweigend zurück.

Die Halle ist wirklich beeindruckend. Doch je länger Molly sich umschaut, desto mehr unschöne Details entdeckt sie: etwa, dass der Parkettboden ganz abgetreten ist von zu vielen Schuhabsätzen und die Blumen in den riesigen Vasen die Köpfe hängen lassen. Die Ecken der roten Kissen auf den Sitzbänken sind verschlissen, überall drücken Daunenkiele durch den Bezug.

Kurz darauf wird die Stille durch ein lautes Schluchzen zerrissen. Das Mädchen mit den breiten Hüften kommt heraus, ihre blonden Locken scheinen nun leicht aus der Fasson geraten. Sie läuft über den Innenhof und wird von zwei Wachen durch das große Tor gelassen.

Mollys hinterhältiger Rat scheint geholfen zu haben.

Die Glocke läutet. Das nächste Mädchen geht auf die Tür zu. Die Unruhe unter den übrigen Bewerberinnen wächst spürbar. Zwar haben sie jetzt eine Konkurrentin weniger, das Schluchzen der Lockigen weckt aber die schlimmsten Befürchtungen.

So geht es weiter, ein Mädchen nach dem anderen geht zur Mamsell hinein, und selten dauert es länger als ein paar Minuten, bis die Bewerberinnen mit gesenktem Haupt das Weite suchen und die Mamsell erneut die Glocke betätigt.

»Oh mein Gott, was soll ich denn bloß tun?«, sagt das letzte Mädchen verzweifelt. Die junge Frau ist kräftig, hat ein breites Froschgesicht und trägt eine eng anliegende Haube. Sie sieht genau richtig aus, denkt Molly. Nicht wie die anderen mageren, steifen Mädchen, sondern wie eine, die schwere Möbel verrücken und den ganzen Tag Wäschekörbe tragen kann, ohne eine Miene zu verziehen. Doch jetzt zeichnen sich vor Aufregung rote Flecken auf ihrem Gesicht ab, und unter den Achseln hat sie zu schwitzen begonnen.

»Darf ich einen Blick in dein Heft werfen?«, fragt Molly.

Das Mädchen hält es ihr hin. Das leichte Zittern verrät ihre Anspannung.

»Ein guter Leumund«, sagt Molly, ohne ein Wort lesen zu können.

Das Mädchen verfügt garantiert über die gesuchten Fähigkeiten, das sieht man an ihren Armen und Händen. Sie kann kehren und ackern, waschen und backen, schrubben und melken, ernten und waschen und einen Knicks machen, seit sie Laufen gelernt hat. Den vollgeschriebenen Seiten nach zu urteilen, war sie bei vielen vornehmen Familien, die ihr gute Zeugnisse ausgestellt haben. Das Mädchen ist in jeder Hinsicht perfekt, echte Ware. Unter der Fuchtel der Mamsell wird sie sich wahrscheinlich zu Tode schuften und trotzdem mit schlechtem Gewissen ins Grab gehen.

»Beeindruckend«, sagt Molly.

»Ja?«, fragt das Mädchen unsicher und steht auf. Ihre Knie zittern.

»Ich habe einen Vorschlag«, sagt Molly. »Warte vor dem Schloss auf mich, dann werde ich unterdessen bei der Mamsell ein gutes Wort für dich einlegen. Du möchtest nicht wissen, was dich dort drinnen erwartet.«

»Meinst du?«, fragt das Mädchen. Molly sieht die Versuchung und ein ganz klein wenig Argwohn in ihren Augen.

»Und ob«, sagt Molly. »Ich habe einen kleinen Vogel singen hören, dass möglicherweise sogar noch zwei Stellen frei sind. Das Beste wird sein, dass ich für dich spreche. Und dann komme ich raus zu dir und berichte.«

Das Mädchen strahlt Molly an.

»Würdest du das wirklich für mich tun? Tausend Dank, das ist sehr freundlich.«

Molly nickt und lächelt.

»Wie heißt du?«, fragt sie.

Das Mädchen sieht Molly verwundert an.

»Cathrine Pedersen«, sagt sie und zeigt auf das Heft. »Das steht doch da.«

»Ach, natürlich, Cathrine«, sagt Molly lächelnd und verabschiedet sich mit einer kurzen, freundschaftlichen Umarmung.

Mit einem Anflug von schlechtem Gewissen sieht sie das Mädchen aus dem Saal gehen. Nein, denkt sie, solche Gefühle dürfen nicht der Suche nach Annas Mörder im Weg stehen. Ganz davon abgesehen, erweist sie dem Mädchen vermutlich einen Dienst damit, ihr die Stelle an diesem furchtbaren Ort abzuluchsen.

Sie atmet tief ein.

Sie ist jetzt Cathrine Pedersen.

Die Glocke läutet.

Molly hält die Luft an. Die letzte Chance, denkt sie und erhebt sich.

Kapitel 3

Das königliche Schloss. Ein Tunnel unter der Stadt. Ein sehnsüchtiger Mörder.

Hans Christian versucht, sich zu konzentrieren. Er sitzt im hinteren Teil von Bielkes Salon und hat den anderen Gästen den Rücken zugewandt. Seine Gedanken sind bei den Frauen, dem Tunnel, dem Duell, all den Dingen, die der Latrinenmann beschrieben hat.

Wenn im Tunnel Weiß zu Rot wird, finden wir in irgendeinem Duell den Tod. Gegen wen, weiß er nicht mehr. Und wieso Duell? Ist damit der Kampf Gut gegen Böse gemeint, Reich gegen Arm?

Wenn er doch nur mehr wüsste.

Er versucht, nicht weiter daran zu denken. Molly ist zum Vorsprechen im Schloss. Wenn sie wirklich eingestellt wird, haben sie vielleicht eine Chance. Ihre einzige Spur ist die junge Frau auf der Zeichnung. Die müssen sie finden und mit ihr reden. Vielleicht gelingt es ihnen aber auch, mit der Prinzessin zu reden und sie zu fragen, was genau sie in der Nacht gesehen hat, als der Latrinenmann die Wache überfiel. Selbst mit einer gehörigen Portion Glück stehen ihre Chancen schlecht, denkt Hans Christian, die Mütze tief ins Gesicht gezogen, die ein junger Freier von Molly bei ihr liegen lassen hat.

Die ganze Zeit über fürchtet Hans Christian, entdeckt und erkannt zu werden. Und das, wo er schon sein ganzes Leben danach strebt, so berühmt zu werden, dass man ihn auf der Straße erkennt. Jetzt wünscht er sich das blanke Gegenteil. Vielleicht fühlt er sich deshalb so leer, so einsam. Wie gerne würde er sich einen Tee leisten, eine Tasse, in der er rühren kann. Als er sich etwas zur Seite dreht, bekommt er Augenkontakt mit der Frau schräg hinter ihm. Sie ist recht hübsch und elegant, hat aber einen kühlen Blick, wie er bei so vielen Stadtbewohnern üblich ist. Vermutlich ist sie eine Tochter aus gutem Hause, wenn auch offenbar nicht zu fein dafür, ohne Begleitung ein Café zu besuchen. Die wenigsten Frauen in ihrem Alter würden es wagen, ohne ihren Verlobten oder Mann oder Vater einen Tee zu trinken. Als Mann hat man da glücklicherweise mehr Freiheiten. Man kann allein an einem Tisch sitzen, Zeitung lesen oder den Menschen zuschauen, die über die Straße flanieren. Trotzdem wäre Hans Christian jetzt Gesellschaft lieber. Am liebsten die von Edvard oder Ørsted. Oder Molly. Ja, eine Tasse Tee wäre jetzt gerade richtig. Mund und Hals sind ganz trocken. Außer einem alten Stück Brot, das Salomine früh am Morgen irgendwo aus ihren Taschen ausgegraben hat, hat er den ganzen Tag noch nichts gegessen.

Die Tür geht auf, und Molly stürmt wie ein Wirbelwind in den Raum.

»Ich hab's geschafft! Sieh dir das an!«, sagt sie und setzt sich.

Sie legt ein Papier vor ihm auf den Tisch. Ein Dienstpapier. Molly sieht ihn aufmerksam an, als er es sich durchliest. Sie platzt beinahe vor Stolz.

»Was steht da?«, will Molly wissen.

Er hat vollkommen vergessen, dass sie nicht lesen kann. Was auch seine Vorteile hat, weil so aus einem ziemlich langweiligen Dienstausweis etwas ganz Besonderes werden kann. Er räuspert sich und blickt auf die wenigen Zeilen. Ein Name, der nicht der ihre ist, und die Ermahnung, dass sie körperlich gezüchtigt, ja auf Befehl des Königs sogar hingerichtet werden kann, sollte sie Fehler machen.

»Was ist los mit dir? Hast du jetzt auch das Lesen verlernt?«, fragt Molly.

»Ich weiß nicht, ob ich dir das wirklich vorlesen soll, sonst wirst du noch hochmütig«, antwortet er.

Erwartung ist etwas Gutes, die Menschen müssen darum betteln, eine Geschichte zu hören. Er hat bis jetzt immer nur das Gegenteil getan, gebettelt, eine Geschichte erzählen zu dürfen.

»Selber hochmütig, jetzt lies schon, sonst bereust du das noch«, flüstert Molly und ballt die Faust, halb verdeckt von den Fransen ihres Wolltuches.

»Na gut, also, die Hofdame schreibt über dich … dass du all die gewünschten Qualitäten hast, die der König von Gottes Gnaden schätzt. Ein gewinnendes Wesen, natürliche Schönheit, die zu jener der Prinzessinnen passt, und ganze sechs Ellen Talent.«

»Sechs Ellen?«

»Das steht da«, sagt er.

»Wie viel kann man denn haben?«, fragt Molly und knibbelt nervös an ihren Nägeln.

»Sieben.«

»Und wie viel hast du?«

»Nur drei. Leider.«

»Sechs Ellen Talent. Wo steht das Wort Talent?«, fragt sie.

Hans Christian schiebt das feine Porzellan etwas zur Seite und zeigt auf die Worte *gezüchtigt* auf der Mitte der Seite.

»Wann fängst du an?«, fragt er und zieht das Papier weg, ehe Molly plötzlich doch noch zu lesen lernt.

»Sofort«, sagt sie. »Also noch heute. Sie bereiten irgendein Fest vor. Einen Maskenball.«

»Hast du die Frau gesehen, nach der wir suchen?«

Molly schüttelt den Kopf.

»Noch nicht.«

»Und was ist mit der Prinzessin? War sie da?«, fragt Hans Christian.

»Nein, aber ich sehe sie heute bestimmt noch.«

Molly erzählt ihm vom Schloss und der alten Mamsell und von allem, was sie gehört hat, als sie in den Küchen herumgeführt wurde. Hans Christian kann es kaum fassen, dass sie einen Weg ins Schloss gefunden hat und den Mut aufbringt, auf der Suche nach dem Mörder unter den vornehmsten und reichsten Familien des Landes herumzuschnüffeln. Und ihn so möglicherweise vor dem Beil des Henkers zu retten.

»Wenn wir schon mal hier sind, will ich auch einen Tee«, sagt Molly.

Hans Christian will etwas sagen, ihr erklären, wie schlecht es um seine Finanzen steht.

»Sag nichts, ich lade dich ein«, sagt sie und winkt die Bedienung zu sich. »Ich habe mir etwas von Salomine geliehen. Und fang jetzt bloß nicht davon an, dass sich das für eine Frau nicht schickt.«

Der Kellner schenkt ihnen kurz darauf formvollendet Tee ein, und feiner Dampf steigt kräuselnd aus den bemalten Porzellantassen auf. Molly wartet, bis der Mann gegangen ist. Dann löffelt sie den Tee wie eine dünne Suppe und verzieht das Gesicht.

»Igitt, wie bitter! Was finden die Leute nur daran?«

»Rühr ein wenig Zucker hinein«, schlägt Hans Christian vor. »Der ist im Preis enthalten.«

Er sieht zu einigen ernst dreinblickenden Männern hinüber, die in den Salon gekommen sind und in der hinteren Ecke Platz genommen haben.

Molly erzählt weiter. Über die Angst, entlarvt zu werden, und die anderen Dienstmädchen, die nur vom Fest und dem Prinzen reden.

Hans Christian rührt in seinem Tee. Die kleinen Blättchen, die es durch das Sieb in der Kannentülle geschafft haben, sinken langsam auf den Boden der Tasse. Er nimmt einen halben Löffel Zucker. Die kleinen Kristalle durchbrechen die Oberfläche und sinken zu Boden. Nach wenigen Umdrehungen mit dem Löffel haben sie sich in dem heißen Tee aufgelöst. Eines leuchtet kurz rot auf, ehe es verschwindet.

»Da stimmt was nicht«, flüstert er. »Irgendwas ist mit dem Zucker.«

Hans Christian steckt den Löffel in die Zuckerschale und rührt langsam um.

Da. Der seltsam rote Kristall verschwindet gleich wieder in der weißen Landschaft.

Er rührt weiter, bis wieder einer auftaucht, schiebt ihn auf die Spitze des Löffels und hält ihn ins Licht.

Ein roter Zuckerkristall.

Molly hört mit dem Teeschlürfen auf und beugt sich vor. Dann lacht sie. Ein überraschtes Lachen, leicht und ansteckend.

»Ich habe noch nie roten Zucker gesehen«, sagt sie.

Was hat das zu bedeuten?, denkt Hans Christian. Rot und weiß? Er würde vermutlich glauben, sich das alles nur einzubilden, wenn Molly den roten Kristall nicht auch gesehen hätte. Sein Blick fällt wieder auf seine Tasse. Er hat einen Schluck von dem Tee getrunken. Plötzlich wird ihm schlecht.

»Stimmt was nicht? Bist du vergiftet worden?«, fragt Molly.

»Was? Nein, ich muss nur …«

Er steht auf und geht durch den Salon.

»Gibt es ein Problem?«, fragt der Kellner. »Kann ich Ihnen helfen?«

Hans Christian geht um ihn herum zur Treppe, die nach unten führt. Am Fuß der Treppe liegt eine kleine Küche. Die Tür zum Hof steht auf, und im Ofen in der Ecke knistert das Brennholz. Ein Mann mit Bäckermütze verziert gerade einen Kranzkuchen.

Der Kellner ist ihm nachgegangen.

»Sie dürfen nicht hier runter, mein Herr, ich muss Sie bitten …«

Hans Christian mustert die Regale mit Töpfen, Fässern und allerlei Kräutern. Eine ganze Wand hängt voller seltsamer Werkzeuge, Spatel, Zangen, Stangen … Daneben stehen große Säcke in unterschiedlichen Grautönen.

»Zeigen Sie mir Ihren Zucker«, sagt Hans Christian zum Bäcker.

Der Bäcker klopft sich die Hände ab und steht inmitten einer Mehlwolke.

»Oben gibt es reichlich Zucker. Gehen Sie bitte zurück in den Salon«, sagt der Kellner.

»Ich will Ihren Zucker sehen«, wiederholt Hans Christian und fixiert nur den Bäcker. »Ist das Zucker? Würden Sie den Sack für mich bitte öffnen?«

Ein misstrauischer Blick vom Bäcker. Dann schüttelt er langsam den Kopf.

»Sie haben hier nichts verloren, verschwinden Sie.«

Hans Christian greift nach dem Sack. Ein purer Reflex. Was soll er sonst tun?

»Was machen Sie denn?«, ruft der Kellner und krallt seine Hände in den Sack, aber Hans Christian hält fest, bis der Sack reißt.

Millionen von Zuckerkristallen rieseln auf den Boden der Backstube. Hans Christian wirft sich auf die Knie und wühlt im Zucker herum. Dann nimmt er eine Handvoll und sieht sich die Kristalle genauer an, wirft sie weg und schaufelt neuen Zucker in die Hand. Nein, nein, nein. Unter dem Tisch entdeckt er den ersten roten Kristall, dann einen weiteren, und tupft sie mit einem befeuchteten Finger auf. Er streckt dem Bäcker den Finger hin, aber noch bevor der Bäcker etwas sehen kann, sind die Kristalle zu einem hellroten Tropfen geschmolzen. Er sammelt neue Kristalle ein, da, eine kleine Handvoll, alle rot gefärbt, und hält sie dem Bäcker hin.

»Aus Weiß ist Rot geworden. Ich wusste es.«

Es ist ganz still in der Küche. Nur das Knistern des Ofens ist zu hören.

»Jetzt reicht es aber«, sagt der Kellner. »Ich hole einen Wachmann. Dafür werden Sie bezahlen.«

Hans Christians Gedanken schwirren in seinem Kopf herum wie die Zuckerkristalle auf dem Boden, und es dauert, bis er den Fetzen des Zuckersacks bemerkt, den er noch in den Händen hält.

»Folgen Sie mir nach oben«, sagt der Kellner.

Er packt Hans Christian und zieht ihn hoch, während er wütend noch ein paar Worte an den Bäcker richtet.

Dänische Asien-Kompanie steht auf dem Zuckersack.

Diese Kompanie importiert und verkauft Zucker und viele andere Waren, die überall in der Stadt gehandelt werden. Kaffee, Tee, Zimt und Pfeffer. Und eben Zucker. Dänische Asien-Kompanie.

Über dem Namen der Kompanie prangt das bekannte Symbol: eine strahlende Sonne. Mit einem Mal erkennt Hans Christian, dass es diese Sonne ist, die der Latrinenmann in seiner Zelle zigfach an die Wand gezeichnet hat.

Wird im finsteren Tunnel aus Weiß erst Rot.

Er dreht sich um und stürmt aus der Küche.

»Wo wollen Sie hin?«, ruft der Kellner. »Warten Sie! Sie müssen dafür … bezahlen …«

Hans Christian kümmert sich nicht um den Mann. Er hastet die Treppe hoch und setzt sich an den Tisch.

Molly sieht ihn streng an.

»Du verhältst dich wirklich merkwürdig«, sagt sie. »Die Leute beobachten uns.«

»Wenn aus Weiß Rot wird«, sagt er aufgeregt und reicht Molly den Fetzen vom Zuckersack. »Der Latrinenmann hat die Wände seiner Zelle mit dieser Sonne vollgezeichnet. Ich dachte, es ginge um die Hinrichtung bei Sonnenaufgang, aber es geht um den roten Zucker. Und diese Kompanie hier. Es muss irgendeine Verbindung zu den Morden geben. Ich weiß nur nicht, welche. Noch nicht.«

Molly sieht über seine Schulter hinweg.

»Der Kellner starrt dich an. Was hast du gemacht?«

»Hör zu, Molly. Es passt alles zusammen. Der Zucker, das Schloss, der Latrinenmann – es geht bei allem um die Morde. Die Antwort liegt hier. Das alles hat etwas mit der Asien-Kompanie zu tun.«

Molly antwortet nicht. Sie schiebt den Tee weg und sieht ihn fragend an.

»Aber warum roter Zucker?«, fragt Hans Christian. »Warum färbt man Zucker rot? Und was hat das mit Anna zu tun?«

Sie blicken einander schweigend an.

»Blut«, sagt Molly da und steht auf. »Wir sollten gehen, bevor wir rausgeschmissen werden.«

Sie nimmt ihr Dienstpapier und ihr Tuch und steht auf.

Hans Christian folgt ihr zwischen den Tischen hindurch. »Keine schlechte Vermutung. Wirklich nicht.« Sie schieben sich durch die Tür und treten auf die Straße. »Aber wie soll Blut in den Zucker kommen?«, fragt Hans Christian und ignoriert den Kellner, der ihnen etwas hinterherruft.

»Nicht absichtlich«, sagt Molly und dreht sich an der Ecke um. »Ein Versehen?«

»Du hast recht«, sagt Hans Christian. »Ein Schlachter könnte ein Schwein zu nah an einem Zuckersack zerlegt haben. Oder einer der Arbeiter am Hafen hat sich einen Finger abgeschnitten. Oder … der Mörder hat sein Versteck in der Nähe der Asien-Kompanie.«

»Was meinst du damit?«, fragt Molly und bleibt vor dem Laden eines Schuhmachers stehen. Sie tippt mit dem Zeigefinger auf Hans Christians Brust. »Glaubst du, das ist das Blut meiner Schwester?« Sie zeigt auf den Fetzen des Zuckersacks. »In dem Zucker, den wir gerade in unseren Tee gerührt haben?«

Hans Christian sieht sie an. Sein Herz hat drei Schläge ausgesetzt.

»Ich weiß es nicht«, sagt er. »Vielleicht.«

Mollys Augen werden matt, dann strahlt Wut aus ihnen.

»Ich muss gehen«, sagt sie. »Ich muss zurück zum Schloss.«

Hans Christian kommt nicht mehr dazu, etwas zu erwidern, bevor sie weg ist. Er überquert die Straße und geht in Richtung Hafen. Dorthin, wo die Lagerhäuser und die großen Depots der Handelskompanien liegen.

Dorthin, wo der Zucker lagert.

Kapitel 4

Madame Krieger sieht, wie sie sich verabschieden. Der Dichter geht in Richtung Hafen, die Dirne schlägt einen anderen Weg ein.

Sie folgt Andersen.

Er muss der Mann gewesen sein, über den die Tante der Ankleiderin im Theater gesprochen hat. Aber warum ist er mit einer Zeichnung in ihrem Viertel herumgelaufen und hat nach der Frau gefragt? Madame Krieger kann sich nicht erklären, wie er Johanne auf die Spur gekommen ist. Wie viel weiß er? Sie ist ihm in Bielkes Salon gefolgt und hat sich an den Tisch hinter ihm gesetzt, bis er schließlich aufgesprungen und in die Küche im Untergeschoss gerannt ist. Madame Krieger konnte ihm nicht dorthin folgen, hat aber herausgefunden, was der Grund für seine Aufregung war. Allem Anschein nach ging es um Zucker. Sie hat ihn und die Dirne belauscht, die in den Salon gekommen war und ihm einen Tee spendiert hatte. Kurz darauf war es dann zu der seltsamen Szene in der Küche gekommen. Irgendetwas muss dieser Andersen herausgefunden haben. Die Sache war ebenso rätselhaft wie beunruhigend.

Die Dirne war blass am Tisch sitzen geblieben und hatte auf ein Papier gestarrt, das vor ihr lag.

Als Andersen zurückgekommen war, hatte er noch aufgeregter gewirkt als zuvor, und kurz darauf waren sie unter den protestierenden Rufen des Kellners aus dem Lokal gestürzt.

»Sie können nicht einfach so gehen! Sie müssen bezahlen!«

»Ich übernehme das«, hatte Madame Krieger gesagt, als die beiden außer Sichtweite waren. »Wenn Sie mir zeigen, was er getan hat.«

Es war ihr daraufhin erlaubt worden, einen Blick in die Küche und auf den zerrissenen Zuckersack zu werfen. Da war ihr schlagartig aufgegangen, was Andersens sonderbares Verhalten ausgelöst hatte. Offenbar war im Zuckersack etwas Rotes gewesen. Roter Zucker. Aus Westindien. Madame Krieger kam der schreckliche Verdacht, dass der rote Zucker etwas mit ihr zu tun haben könnte. War das Blut der Dirne oder der anderen Frau durch die Dielenritzen in den Lagerraum gelaufen und von dort in den Zucker getropft? Wollte sie irgendjemand auf die Probe stellen? Der Gott des Arztes? Oder Schneiders Doktrin?

Andersen hatte eine Spur. Wie verrückt und seltsam er auch wirken mochte, er hatte sich in etwas festgebissen. Daran gab es keinen Zweifel. Warum und wie er auf diese Spur gekommen war, wusste sie nicht. Die Sache konnte gefährlich werden. Gefährlich für sie und ihren Plan. Zum Glück hatte sie es rechtzeitig bemerkt und Andersen schnell gefunden, nachdem sie sich rund um das Gerichtsgebäude umgehört hatte. Einer der Männer in den Zellen hatte ihr für ein Stück Brot und eine Wurst bereitwillig Auskunft gegeben. Der Mann hatte ihr berichtet, dass Andersen wegen des Mordes an der Dirne festgenommen worden war, dass ihm dann aber ein wichtiger Herr mit Namen Collin geholfen habe. Und ein Wachmann hat ihr erzählt, Andersen sei ein Dichter, der von den Almosen der Reichen lebe und in Nyhavn 20 zur Miete wohne.

Von da an hatte sie Andersens Wohnung nicht mehr aus den Augen gelassen. Erst hatte sie eine Stunde im Regen auf der anderen Straßenseite gewartet, dann war sie um das Haus herum in den Botanischen Garten gegangen. Gegen elf Uhr war er nach Hause gekommen. Müde, vielleicht etwas angetrunken, hatte er eine Kerze angezündet und war eine Weile in seiner Wohnung auf und ab gelaufen. Sie hatte gehofft, dass er bald die Kerze ausblasen und ins Bett gehen würde, und hatte bereits in Erwägung gezogen, in seine Wohnung einzusteigen und ihn zu betäuben. Vielleicht konnte sie ihn in der Waschschüssel ertränken oder seine Wohnung in Brand stecken und es wie einen Unfall aussehen lassen. Aber er hatte das Licht nicht gelöscht. Als sie gerade nach Hause gehen wollte, um am nächsten Morgen zurückzukehren, kam die Polizei, angeführt vom Polizeidirektor persönlich. Sie hörte die Männer die Treppe hinaufpoltern und sah Andersen vom Bett aufstehen und mit wedelnden Armen durchs Zimmer rennen, bevor er ans Fenster trat und panisch ins Dunkel starrte. Dann hatte er das Fenster geöffnet, war an einem Seil nach draußen geklettert und durch den Botanischen Garten geflohen, als die Polizei seine Wohnung stürmte und die Flucht bemerkte. Unsicher, was sie als Nächstes tun sollte, war Madame Krieger ihm bis zu dem Hurenhaus in der Ulkegade gefolgt. Danach war sie nach Hause gegangen, um zu schlafen. Tatsächlich hatte sie aber die ganze Nacht wach gelegen und versucht, eine Verbindung zwischen dem Dichter und der Dirne zu finden. Die Dirne hatte ihn angespuckt, als Annas Leiche aus dem Kanal gezogen wurde, doch jetzt traten diese beiden erbärmlichen Gestalten plötzlich als Paar auf, das sich gegen sie verschworen hatte. So fühlte es sich jedenfalls an.

Am Morgen hatte sie dann wieder vor dem Hurenhaus gestanden. Erst war die Dirne herausgekommen, dann Andersen, der wie zufällig herumspaziert und schließlich in Bielkes Salon verschwunden war. Sie hatte den seltsamen Drang verspürt, ihn anzusprechen, und war ihm in das Lokal gefolgt. Er hatte am Nachbartisch gesessen, doch dann hatte die Sache mit dem Zucker alles kaputt gemacht.

Er ist auf dem Weg zu den Lagerhäusern. Madame Krieger ist dicht hinter ihm. Es gibt ihr ein Gefühl von Macht, von Unüberwindlichkeit, alles für einen ganz konkreten Plan zu tun. Alles zu opfern. So vieles im Leben vertändelt man aus Eitelkeit, Höflichkeit und falscher Bescheidenheit. Sie erweist Schneider die Ehre, indem sie seine Worte umsetzt und handelt. Würden doch nur mehr Menschen auf ihn hören. Versuchen, zu verstehen, dass dem Fortschritt nichts im Wege stehen darf.

Madame Krieger betrachtet Andersens seltsamen Gang. Bei jedem Schritt wippt er kurz auf die Zehenspitzen. Er wirkt so unschuldig, so harmlos, trotzdem kann er ihr gefährlich werden und all ihre Pläne durchkreuzen. Schneider würde ihr sicher zustimmen. Schneiders Lehre basiert auf den griechischen Philosophen Sokrates und Platon, ergänzt durch die Entwicklungen in der modernen Welt und die Kolonisation fremder Gebiete. Es geht ihm um den idealen Staat, in dem Wissenschaft und Logik die treibenden Kräfte sind. Um die Erschaffung eines Gebildes, in dem der gewöhnliche Bürger, der Handwerker und Bauer die inneren Organe sind, das Militär und die Polizei das loyale Herz und die Wissenschaftler und Denker das Gehirn, das die Wahrheit wie eine Fackel voranträgt. Ganz unten, am liebsten außerhalb des Systems, rangiert die Kunst, das nutzlose Spiel mit dem Nichts, das sinnlose Fabulieren, das Narren zu Königen macht und die Wahrheit zu einer Frage des Geschmacks verkommen lässt. Diese Dinge dürfen nie Macht und Einfluss bekommen, man muss nur nach Frankreich und England schauen und sich bewusst machen, was dort passiert ist. Madame Krieger hat Schneider nie persönlich kennengelernt, aber seinen Werdegang vom einfachen Soldaten zum Kapitän und vom Seefahrer zum Kaufmann verfolgt, bis er schließlich der moderne Staatsmann wurde, der er jetzt ist. Sie hat einige seiner Schriften gelesen und ihn ein paarmal in Sophienholm reden hören, wo Schneider sein Publikum mit starken Worten und klugen Zitaten bekannter Philosophen begeistert hat. Schneider ist ein Visionär, ein Mann, der weit in die Zukunft schauen kann. Verglichen mit ihm, ist ein Künstler nicht mehr als ein Maulwurf, ein blindes Wesen ohne Ziel.

Ist dieser Andersen auch blind, oder hat er wirklich etwas entdeckt? Seine Neugier verunsichert Madame Krieger, andererseits kommt es ihr entgegen, dass er nun auf dem Weg zu den Lagerhäusern ist, die einsam am Rand der Stadt liegen. In dieser Jahreszeit ist dort nur wenig los, nur wenige Male am Tag kommen Händler und holen Waren aus einer der unteren Etagen. Üblicherweise am Vormittag. In den oberen Etagen hat die Handelskompanie eine Zuckerraffinerie nach englischem Modell errichtet. In der Zuckersaison laufen pro Monat zwei oder drei Schiffe mit Rohzucker aus Dänisch Westindien ein. Danach brodeln dann die Kochapparate, und das ganze Gebäude riecht wie eine Konditorei. Ist diese Arbeit getan, verschwinden die Arbeiter wieder. Madame Krieger kennt das Lager mittlerweile sehr gut. Sie weiß, welche Bodendielen knirschen und welche Tür sie nehmen muss, um dort unbemerkt ein und aus zu gehen.

Und vor allem weiß sie, dass sie diesen Ort für sich hat und dort gleich mit Andersen allein sein wird.

Kapitel 5

Auf dem Weg zum Dienstboteneingang des Schlosses fallen Molly die anerkennenden Blicke der Kinder und Frauen auf, die auf der Straße an ihr vorbeigehen. So etwas hat sie noch nie erlebt. Sie kennt lüsterne Blicke oder das herablassende Getue von Männern wie Frauen. Aber so etwas nicht. In dem kurzen wohlmeinenden Nicken liegt fast so etwas wie Respekt. Molly freut und erzürnt das gleichermaßen. Warum müssen Frauen wie Anna und sie ein Leben im Schatten fristen mit einem allenthalben Abscheu weckenden Gewerbe, während andere sich in der Anerkennung einer Arbeit sonnen können, die weniger fordernd und mindestens genauso unterwürfig ist? Manchmal sind die Dinge wirklich auf den Kopf gestellt und jeder Menschenverstand ausgeschaltet.

Als sie die neue Dienstkleidung anzieht, denkt sie darüber nach, was wohl die Strafe dafür ist, sich unter falschem Namen und mit gefälschten Papieren in das königliche Schloss zu mogeln. Ist das schon Hochverrat? Spionage? Sie wagt es nicht, den Gedanken zu Ende zu spinnen, sich der Wahrheit zu stellen, dass sie gerade ihr Leben aufs Spiel setzt.

Das ist gar nicht gut, Cathrine Pedersen.

Aber es ist ihre einzige Chance, um die Frau von Hans Christians Zeichnung zu finden. Sie ruft sich das Gesicht ins Gedächtnis. Die Oberlippe mit dem leichten Aufwärtsschwung, wie es Männer, besonders die älteren, so mögen. Sie mustert jede Frau aufmerksam, die ihr in den langen Fluren, auf den engen Korridoren und in den trubeligen Sälen begegnet, versucht, Mund, Nase und Haar von der Zeichnung in ihre Züge zu übertragen.

Bis jetzt hat sie noch keine Person entdeckt, die Ähnlichkeit aufweist.

Auch hat sie noch nie so viel Reichtum auf einen Haufen gesehen, solch vulgären Überfluss. Kandierte Früchte in tiefen Porzellanschalen aus China und Amerika. Wein in vornehmen Karaffen, überbordende Gebäckplatten auf den Tischen und Fensterbänken, Kronleuchter und orientalische Seidenteppiche, Goldknäufe an Schränken, Türen und sogar Staubwedeln. Die königlichen Herrschaften würden nicht einen Tag ohne die guten Geister überleben, die für sie putzen, kochen, Wein einschenken, Tücher plätten, Besteck putzen, Betten machen und hinter ihnen herwischen, wenn sie sich den Magen verrenkt und zu viel getrunken haben.

»Komm mit«, sagt eine kräftig gebaute Vorsteherin mit Monokel, die mit zackiger Stimme die Arbeit organisiert und verteilt.

»Sehr wohl«, sagt Molly, wie es ihr eingetrichtert wurde, und folgt ihr und den anderen Mädchen. Sie haben Eimer und Lappen, kleine Flacons mit Duftwasser zum Besprühen der Vorhänge und Puder gegen den Schimmelgeruch bei sich. Molly ist erst seit wenigen Stunden hier, trotzdem hat sich bei ihr bereits der Eindruck gefestigt, dass die Mitglieder der Königsfamilie seltsame Wesen sein müssen, die mehr Nahrung zu sich nehmen, mehr Platz brauchen, mehr herumsauen, mehr scheißen, mehr Unordnung machen und mehr feiern als irgendwer sonst, ohne dass dies irgendwelche Konsequenzen für sie hätte. All ihre Wünsche werden augenblicklich erfüllt. Außerdem scheint es unendlich viele Familienmitglieder zu geben. Prinzen und Prinzessinnen, Ehefrauen und Geliebte, kleine und große Kinder, ehelich und unehelich, Comtessen, Grafen und Gräfinnen sowie vornehme, weiß gepuderte Damen mit Titeln, von denen Molly noch nie etwas gehört hat.

Dennoch nimmt sie die Mühen auf sich, nickt und knickst und scharrt mit den Füßen und füllt ihre Rolle so gut wie möglich aus. Obgleich sie nur eins unter Dutzenden anderer Mädchen ist, fühlt sie sich wichtig. Sie hat eine Aufgabe, und sei es, einer Gräfin einen Tropfen von der Nase zu wischen.

Der Vormittag vergeht mit Putzen und Bettenmachen und dem Entstauben eines Rittersaals, in dem die Spinnen zwischen den Kronleuchtern regieren.

Bis auf ein paar Dienstmädchen und die Vorsteherin hat noch niemand mit ihr gesprochen, sieht man von einem älteren, blasierten Grafen ab, der sie mit einer kurzen Handgeste aufgefordert hat, sich umzudrehen, damit er genüsslich ihre Figur in Augenschein nehmen konnte. Manche Dinge sind überall gleich.

»Beeil dich, Cathrine Pedersen«, ermahnt die Vorsteherin Molly. »Hier ist keine Zeit für Trödeleien.«

Molly muss sich beherrschen, nicht zu widersprechen.

Der Palastflügel des Schlosses verwirrt sie mit seinen über- und unterirdischen labyrinthischen Gängen. Sie durchqueren einen Rittersaal nach dem anderen, vorbei an Bibliotheken, Balkonen und Goldspiegeln, laufen auf Dienstbotentreppen auf und ab, reserviert für die Köche und Küchenmädchen, Dienstmädchen und Hofdamen, Hofmarschalls, Stallmeister und Knechte, die herbeigeeilt kommen, sobald eine Glocke schellt oder jemand laut genug ruft. Bei jedem neuen Gesicht achtet Molly ganz genau auf jede noch so kleine Ähnlichkeit mit Hans Christians Skizze. Hätte sie diese doch nur dabei, um sie den anderen Mädchen zu zeigen, das würde die Suche sicher vereinfachen. Oder aber Misstrauen schüren und die Gerüchteküche anheizen, und das heißt es zu vermeiden.

»Wird's bald«, sagt die Vorsteherin und beordert die Mädchen auf die Knie.

Durch die Fensterritzen ist beim letzten starken Regen Wasser eingedrungen. Die dicken Teppiche haben sich ordentlich damit vollgesogen. Die Mädchen wringen die Wischlappen aus und leeren die vollen Eimer aus den Fenstern aus.

»Mach hin, Cathrine Pedersen.« Die Vorsteherin mustert Molly mit ihrem durch das Monokel vergrößerten Auge, als wolle sie feststellen, aus welchem Holz Molly geschnitzt ist. »Hier wird nicht bei jedem Eimerleeren aus dem Fenster gestarrt. Ich weiß, dass du neu bist, aber wenn wir hier fertig sind, muss die Tafel im Gildesaal abgeräumt und in der Küche das Porzellan gespült werden. Streng dich an, wenn du die Woche bis zum Ende überstehen willst, was sag ich, den Tag. Hast du verstanden, Cathrine Pedersen? Die Prinzessin duldet keine Tagträumereien.«

Molly nickt eilig, während sie durch die Tür in den nächsten, lichtdurchfluteten Raum schielt, wo sie hohe Spiegel und goldene Kommoden an den Wänden erblickt. Als die Inspekteurin mit den anderen beiden Dienstmädchen beschäftigt ist, die gerade ihre Eimer ausleeren, stößt Molly vorsichtig die Tür ein wenig weiter auf und sieht die Prinzessin – splitternackt. Sie steht am Fenster, weiße Speckwülste hängen vom Bauch und von den Hüften herab. Ein paar Zofen, die der Prinzessin Kleider und Strümpfe vorführen, ernten nur höhnisches Kopfschütteln. Plötzlich entdeckt sie Molly.

»Was rutschst du da auf den Knien herum?«, fragt die Prinzessin mit gekünsteltem Lachen.

Ein kalter Schauder durchrieselt Molly. Sie hat das Gefühl, ganz dicht an etwas dran zu sein. Diese Prinzessin hat den Überfall des Latrinenmannes bezeugt. Ihr Wort hat ihn in den Tod geschickt. Molly kämpft gegen das unbändige Bedürfnis an, wegzulaufen. Die wenigen Worte aus dem Mund der Prinzessin reichen, um unsägliche Abscheu zu empfinden.

»Auf dem Boden steht Wasser, Eure Königliche Hoheit, vom Regen«, sagt Molly und rutscht auf den Knien in den Raum.

Die Zofen kichern hinter vorgehaltener Hand, aber Molly schert sich nicht darum. Sie macht sich daran, die Teppiche unter den Fenstern zu trocknen, als hätte sie nie etwas anderes getan. Die Prinzessin und ihre Zofen sagen nichts mehr und widmen sich wieder der Kleiderschau für die Prinzessin, die nun die Arme zur Seite ausgestreckt hat, um sich Dekolleté, Hals und Gesicht mit einer großen Quaste pudern zu lassen.

»Wo bleibt sie nur?«, fragt die Prinzessin ungehalten.

»Sie wird bald hier sein, Königliche Hoheit«, sagt eine der Zofen und neigt den Kopf. Molly starrt sie an. Die Oberlippe ist wie auf der Zeichnung, aber der Mund passt nicht. Sie ist es nicht.

»Ja, sie wird bald eintreffen«, sagt die andere Zofe, die das Haar der Prinzessin frisiert. Molly kriecht hinter einen Standspiegel und beobachtet sie. Die kleine, dunkelhaarige Zofe hat nichts mit der Frau von Hans Christians Zeichnung gemein. Gerade flicht sie der Prinzessin weitere Strähnen ins Haar, das danach schulterlang ist. Die Stimmung ist nervös, beide Zofen sind angespannt. Sie schwitzen und schnaufen, obgleich es im Raum eher kühl ist. Mit vereinten Kräften ziehen sie der Prinzessin ein dünnes Unterkleid über den Kopf, das sich aber an einer Haarnadel verfängt. Als schließlich alles am richtigen Platz sitzt, glüht das Gesicht der Prinzessin rot unter dem weißen Puder.

Die Ohrfeige kommt ohne Vorwarnung. Ein kurzes, lautes Klatschen.

Danach Stille.

»Sieh mich an«, flüstert die Prinzessin der Dunkelhaarigen zu, die gehorsam aufschaut.

Da schlägt die Prinzessin ein zweites Mal zu, fester, als hätte das erste Mal nur ihren Appetit geweckt.

»Gut«, sagt die Prinzessin erleichtert.

Die Zofen arbeiten schweigend weiter.

Molly wringt ihren Lappen mit aller Kraft aus, um wenigstens ein paar Tropfen Wasser in den Eimer zu bekommen, da sie sonst keine Entschuldigung für ihre Anwesenheit hat und hinausgeschmissen werden kann. Wenn nicht noch Schlimmeres.

»Ah, Fräulein Poulsen«, sagt die Prinzessin. »Haben Sie doch noch Zeit für mich gefunden.«

Die Tür ist aufgegangen. Eine junge Frau in einem leuchtend gelben Kleid steht im Türrahmen, den Blick gesenkt wie alle erfahrenen Mädchen. Trotzdem wirkt sie einen Hauch selbstbewusster.

»Warum um alles in der Welt kommen Sie nicht, wenn ich nach Ihnen rufe, Kind?«

»Das tue ich doch, Eure Königliche Hoheit, ich bin ja hier. Ich komme gerade von Eurer geliebten Schwester, die meine Hilfe erbeten hatte.«

»Sie sind *meine* Ankleiderin und nicht die meiner Schwester, wie oft habe ich das schon gesagt. Sie können nicht einfach verschwinden, solange ich noch nicht angekleidet bin.«

Molly versucht, unauffällig die Richtung zu wechseln und ans andere Ende des Raumes zu gelangen, um einen Blick auf die Ankleiderin zu erhaschen, die ihr bis jetzt den Rücken zudreht.

»Ihr habt natürlich recht, Eure Königliche Hoheit«, sagt die Frau. »Es wird nie wieder vorkommen.«

»Und meine Schwester soll sehen, wie sie alleine klarkommt. Ihr Ferdinand hat ja ohnehin keinen Blick für sie übrig.«

»Ja, Eure Königliche Hoheit«, sagt die Ankleiderin und führt vorsichtig einen Arm der Prinzessin durch ein aufgeschnürtes Korsett, danach den anderen. Mit großer Sorgfalt fädelt sie die Schnur durch die Ösen, bindet das Korsett und geht einmal um die Prinzessin herum, sodass Molly ihr Gesicht nun im Spiegel sehen kann.

Molly hält die Luft an.

Das ist die Frau von der Zeichnung. Hans Christian hat sie mit fast unheimlicher Präzision wiedergegeben. Nur ihre einzigartige Schönheit hat er nicht eingefangen. Den natürlichen Liebreiz ihres Mundes. Und auch den beeindruckenden Busen hat er ausgelassen.

»Fräulein Poulsen«, sagt die Prinzessin, als die Ankleiderin das Korsett noch ein wenig straffer schnürt. »Ich war einigermaßen empört, dass Sie uns im Theater einfach verlassen haben. Ohne meine Zustimmung.«

»Verzeiht mir, Eure Königliche Hoheit. Meine Tante kam mit traurigen Neuigkeiten«, sagt die Ankleiderin.

»Inwiefern traurig, Fräulein Poulsen?«

Ein neuer Unterton hat sich in die Stimme der Prinzessin geschlichen. Als würde sie eine Schwäche wittern, einen Riss in der perfekten Fassade der hübschen, jungen Frau.

»Mein Vater ist krank, er liegt im Sterben«, sagt die Ankleiderin. »Die Lungenseuche.«

Die Prinzessin wedelt mit einer Hand vor der Nase herum, als wäre schon das Wort an sich ansteckend.

»Ist er nicht schon länger krank? Ich meine mich zu erinnern. So dringend wird es schon nicht gewesen sein, dass Sie so Hals über Kopf eine Vorstellung verlassen mussten?«

Die Ankleiderin drückt den Rücken der Prinzessin nach vorne und schnürt das Korsett fester. Die Prinzessin gibt ein Stöhnen von sich, als ihr die Luft aus den Lungen gepresst wird.

»Es wird nicht wieder vorkommen«, sagt die Ankleiderin.

Molly kann keinen einzigen Tropfen mehr aus dem Lappen wringen und befürchtet, das Misstrauen der Zofen zu wecken. Da entdeckt sie auf einem Ecktisch eine schlanke Vase. Keine der Anwesenden bekommt mit, wie sie den Inhalt auf den Teppich kippt. Unterdessen bindet die Ankleiderin ein Kissen auf das Hinterteil der Prinzessin und eine Krinoline um ihre Hüfte. Das abstehende Unterteil ist sperriger als alles, was Molly je an Kleidungsstücken gesehen hat. Wie ein um die Taille geschnallter Käfig. Molly ist dankbar, dass nicht sie solche Kleider tragen muss. Und doch muss sie eingestehen, dass das grüne Kleid sehr hübsch und elegant ist.

Eins der anderen Dienstmädchen gibt Molly von der Tür aus Zeichen, aber Molly zeigt auf den Boden. Ich bin hier noch nicht fertig, versucht sie zu sagen. Das Dienstmädchen zuckt gleichgültig mit den Schultern und geht wieder. Wenn sie nur nicht die Vorsteherin holt.

»Und Ihr geht also mit zu der Maskerade«, sagt die Prinzessin. »Gibt es dort vielleicht einen jungen Mann, der Euch im Sinn hat?«

Die Zofen senken die Blicke.

»Wer sollte das sein, Eure Königliche Hoheit?«, sagt die Ankleiderin, während sie Schleifen ins Haar der Prinzessin bindet.

Molly ist beim letzten Fenster angelangt, aber dort muss nichts mehr aufgewischt werden. Es ist auch keine Vase in greifbarer Nähe.

Ein Mädchen tritt über die Schwelle und reicht der Ankleiderin ein zusammengefaltetes Papier. Sie liest die Nachricht, steckt es in eine verborgene Tasche ihres Kleides und widmet sich weiter den Schleifen, ehe sie ein paar Schritte beiseitetritt und die Frisur der Prinzessin begutachtet.

»Ihr müsst mich entschuldigen, Eure Königliche Hoheit, aber ich soll in die Weberei kommen, wenn Ihr gestattet.«

»Und was ist mit meinen Handschuhen?«, sagt die Prinzessin.

»Es ist zu warm für Handschuhe. Eure Königliche Hoheit, außerdem seid Ihr nie reizender gewesen als in diesem Moment.«

Der sarkastische Unterton ist kaum zu überhören.

Es entsteht eine Pause. Der Prinzessin gefällt die Selbstständigkeit der Ankleiderin gar nicht. Andererseits liebt sie die Schmeicheleien. So nickt sie schließlich und mustert die Ankleiderin, die sich rückwärts Richtung Tür schiebt und den Raum verlässt. Molly verneigt sich tief vor der Prinzessin und verlässt mit ihr das Zimmer.

Auf der anderen Seite der Tür atmet sie tief durch. In der angespannten Stimmung ist ihr fast die Luft weggeblieben. Im letzten Sommer kursierte das Gerücht, dass die Prinzessin einen jungen Mann wegen ein paar ungezügelter Blicke hinter Schloss und Riegel gebracht hat, als sie eines Nachmittags an Madsens Gang vorbeigefahren war. Die Prinzessin ist eine schwelende Kraft, hinterhältig wie eine Kreuzotter, die geduldig auf ihre Beute lauert, ehe sie zuschlägt.

Statt den direkten Weg zur Vorsteherin zu nehmen, folgt Molly der Ankleiderin, die mit gerafftem Rock durch die Räume und dann über die Dienstbotentreppe nach unten in den Keller läuft, wo die Küchen sind.

Zur Weberei geht es hier nicht, so viel weiß Molly.

Warum hat die Ankleiderin gelogen? Was will sie im Küchentrakt?

Molly hastet mit gesenktem Blick an den anderen Bediensteten vorbei und versucht, geschäftig auszusehen, während sie nach einer guten Erklärung sucht, warum sie der Ankleiderin der Prinzessin auf den Fersen ist. Aber niemand spricht sie an, der unfreundliche Blick einer fetten Zofe ist das einzige ihr begegnende Hindernis.

Molly läuft durch Räume mit Tischleinen, Platten und Kerzenständern in hohen Regalen. Einige Dienstmädchen putzen Besteck, ein Diener füllt Wein in Flaschen. Am anderen Ende der Küche erhascht sie einen kurzen Blick auf das gelbe Kleid der Ankleiderin. Ein Koch steckt gerade einen riesigen Vogel in einen Kochtopf, ein Bäcker klopft auf einen Teigklumpen ein und verschwindet in einer Mehlwolke. Molly schnappt sich eine Schale mit Äpfeln und Birnen und eigentümlichen roten Früchten, die sie noch nie gesehen hat. Dies soll ihr als Alibi dienen. Ein Stück abseits schimpft ein Koch einen Küchenjungen lauthals aus, während die anderen Köche lachend auf ihre Töpfe schlagen.

Molly schiebt eine schmale Tür mit dem Ellbogen auf und steigt eine Treppe hoch, die in einen großen Rittersaal führt. Der Saal ist leer, aber sie hört ein Knarren. In letzter Sekunde sieht sie die Ankleiderin, eher einen gelben Hauch von ihr, durch eine hinter einer großen Malerei verborgene Tür verschwinden, ehe diese zuschlägt. Von dieser Tür hat sie bereits von den anderen Dirnen gehört. *Das heimliche Trepplein.* Sie stellt die Schale ab und zieht an dem Türknauf. Dahinter verliert sich eine steile, schmale Treppe im Dunkel. Sie lauscht. Auf ein Türknarren, Stimmen, Schritte.

»Du solltest nicht hier sein«, sagt die Ankleiderin.

Molly fährt erschrocken zusammen, glaubt, entdeckt worden zu sein, als eine Männerstimme antwortet: »Ich tue, was mir passt. Leg dich hin.«

»Ums Verrecken leg ich mich nicht auf dein unappetitliches Essen«, sagt die Ankleiderin.

Auf leisen Sohlen schleicht Molly die Treppe hoch, bis sie das flackernde Licht eines Talglichtes unter der Decke sieht. Wer könnte der Mann sein? Ein Soldat oder ein Bediensteter?

»Ich bin nicht hier, um Löcher in die Luft zu starren und auf dich zu warten, wenn sie mich schon für ein paar Tage in die Stadt geschmuggelt haben. Und jetzt komm her, du dummer kleiner Fasan«, sagt der Mann.

Etwas Schweres poltert zu Boden und rollt über die Dielen.

»Du unvorsichtiger Dummkopf. Es ist uns jemand auf die Schliche gekommen. Sie weiß etwas, da bin ich mir sicher«, sagt die Ankleiderin.

Molly geht vorsichtig ein paar Stufen weiter, sie wagt kaum zu atmen.

»Wilhelmine?«, erwidert er. »Ach, die hat doch nur Augen für ihr gepudertes Hinterteil.«

Noch eine Stufe. Zwei. Jetzt kann sie in den Bodenraum hineinsehen.

»Nein, hör auf, lass mich los«, kichert die Ankleiderin. »Ich meine das ernst. Ich bin verfolgt worden. Durch die Gassen.«

Etwas kippt um, ein Glas oder Porzellan.

»So sind sie, die Männer. Lüstern, verrückt nach dir. Wie ich.« Er saugt an etwas. »Probier das hier, komm schon.«

Das Geräusch einer Ohrfeige. Und noch einer. Molly erstarrt.

Es setzt hier im Schloss ja mehr Backpfeifen als in der Ulkegade.

»Hör auf. Das war nicht irgendein Kerl, der verrückt nach mir ist, sondern ein ganz eigenartiger Kauz. Groß und klapperdürr. Wie eine Vogelscheuche. Er hat nach mir gesucht, rumgefragt.«

»Du hast doch nichts gesagt, oder?« Der Mann klingt ungehalten. »Zu deinen kleinen Freundinnen? Oder zu deiner Tante? Ich bring dich verdammt noch mal aufs Schafott.«

»Bist du so dumm? Oder hältst du mich für so dumm? Niemand weiß etwas.«

Molly versucht, den Tonfall zu deuten. Ist das ein Spiel oder Ernst? Sie reden wie Kinder. Den Unterton in der Stimme des Mannes kennt sie von den Freiern im Hurenhaus. Wachsende Geilheit kurz vor dem Ausbruch. Ungezügelte Lust. Ein steifer Schwanz unter dünnem Hosenstoff.

»Und halt bloß deinen Bleistift fort von dem kleinen Büchlein«, warnt der Mann sie.

»Was weißt du darüber? Warst du etwa in meiner Kammer? Hast du darin gelesen?«

In der Stimme der Ankleiderin schwingt echter Zorn mit.

»Du kannst schreiben, was du willst, Johanne. Über alles. Über deine lächerlichen Freundinnen und deine Theaterausflüge. Was kümmert's mich? Solange du nur nicht über das hier schreibst. Keine süßen Bekenntnisse oder romantischen Gefühlsduseleien.«

Die Ankleiderin schnaubt wütend.

Molly steigt vorsichtig auf die zweitletzte Stufe.

»Ich bin ein Jäger, und du bist mein Fasan«, sagt er.

Das Geräusch zerreißenden Stoffes.

»Au, verdammt«, zischt die Ankleiderin.

Noch eine Stufe.

Jetzt kann Molly über den Boden schauen. Entenschlegel und Bratäpfel liegen darauf verstreut. Die Ankleiderin liegt mit dem Bauch auf einem Tisch, das nackte Hinterteil nach hinten gestreckt. Der Mann steht mit einer Serviette im Hemdkragen und Messer und Gabel in der einen Hand über sie gebeugt, während er mit der freien Hand versucht, die Hose aufzuknöpfen.

Da steigt die Ankleiderin auf den Tisch und wirft mit Entenflügeln, Rosenkohl und Obst nach ihm, ein Klecks rote Konfitüre trifft ihn im Gesicht und tropft wie Blut auf sein weißes Hemd. Er ist ein großer, beleibter Mann. Dicke Finger mit protzigen Ringen. Er grinst selig.

»Mein Fasan«, sagt er lachend, zieht sie an einem Bein an die Tischkante und beißt ihr in den Po. Sie kreischt und strampelt mit beiden Beinen.

»Jetzt lieg schon still«, sagt er, nimmt die Sauciere und gießt warme Soße über ihre Pobacken, worauf sie sich heulend herumwirft und ihn mit einer Entenbrust bewirft. Er kann sich rechtzeitig ducken, während sie ans andere Tischende rutscht und das weiße Tischtuch herunterreißt. Wein, rote Grütze und Kohl, Braten und Backpflaumen fliegen in alle Richtungen.

Molly duckt sich in den Treppenschacht, um nicht von der Ankleiderin entdeckt zu werden, die jetzt von dem Mann um den Tisch gejagt wird. Die Hose hängt ihm noch immer an den Kniekehlen. Die Bodendielen wackeln und geben unter seinem Gewicht nach. Er drängt sie gegen die Wand, zerrt an ihren Kleidern, bis die eine Brust schwer aus dem Korsett springt, die Brustwarze dunkel und hart. Sie umschließt seinen Schwanz mit den Fingern.

»Ich will endlich Taten sehen, verstehst du?«, sagt sie.

Er sieht sie an, ihr ungebändigtes blondes Haar, genau wie Hans Christian sie gezeichnet hat, und schubst sie weg.

»Weib, du treibst mich in den Wahnsinn.«

»Du hast versprochen, es zu sagen, Fritz. Damit es einfacher wird. Aber für dich ist es weiter nur ein spannendes Spiel.«

Fritz? Ist das etwa Prinz Frederik, der Gemahl von Prinzessin Wilhelmine, der Schwiegersohn des Königs? Molly hat reichlich Gerüchte über ihn und seine Gier nach immer neuen, jüngeren, üppigeren, hübscheren Frauen gehört. Obgleich sie mehr als die meisten über die unstillbaren Triebe der Männer weiß, hat sie den wilden Geschichten nie ganz geglaubt. Jetzt sieht sie es mit eigenen Augen und empfindet fast ein bisschen Mitleid mit der biestigen Prinzessin.

»Du verstehst das nicht. Es ist nicht so einfach, wie du glaubst. Ich habe hier nicht das Sagen. Noch nicht. Sie haben mich verbannt, der Stadt verwiesen, ich bin ein Mann ohne Land, verstehst du? Was, glaubst du, wird passieren, wenn ich es jetzt sage? Es heißt, sie überlegen, mich nach Island zu schicken. Das wird kein glückliches Ende nehmen, so viel kann ich dir versprechen.«

»Dann ist es aus, Fritz«, sagt die Ankleiderin und rückt ihr Korsett zurecht. »Aus und vorbei.«

Wenn die Ankleiderin jetzt geht, wird sie die ungebetene Zeugin entdecken. Molly bewegt sich also langsam rückwärts die Treppe hinunter und zur Tür hinaus, die viel zu laut knarrt.

»Still, was ist das?«, fragt der Mann.

Molly durchquert den Rittersaal mit klopfendem Herzen und so schnell ihre Füße sie tragen. Hinter sich hört sie die geheime Tür aufgehen und den Prinzen durch den Saal rufen: »Wer da? Stehen bleiben!«

Aber Molly ist bereits auf der nächsten Treppe nach unten zur

Küche, als ihr die Obstschale einfällt. Hoffentlich bringt die niemand mit ihr in Verbindung.

Dienstmädchen laufen an ihr vorbei. Der Kellermeister verkostet Wein mit zwei Köchen und dem Zeremonienmeister, der an seiner schwarzen Perücke zu erkennen ist. Sie biegt nach links ab und findet sich in einem Lager voller Körbe mit Kohlköpfen, Kaninchen und Walnüssen wieder. In der Ecke steht ein Schemel, auf den lässt sie sich erst einmal fallen und atmet tief durch.

Sie kann kaum fassen, was sie gerade gesehen hat. Und bringt es nicht zusammen mit Anna und der toten Waschfrau. Aber die Ankleiderin ist wichtig, so viel ist gewiss.

Vor allem aber scheint ihr Tagebuch von Bedeutung zu sein.

Molly ist sich so gut wie sicher, dass darin die Lösung zu finden ist. Die Antworten, nach denen sie suchen. Wenn sie doch nur lesen könnte.

Kapitel 6

W*ird im finsteren Tunnel aus Weiß erst Rot.*

Das kann doch kein Zufall sein. Hans Christian geht am Hafen entlang, die Mütze tief in die Stirn gezogen. Die ganze Zeit über hat er das Gefühl, dass er beobachtet wird. Er rechnet jeden Augenblick damit, angehalten, wieder in die Arrestzelle gesteckt und direkt zum Schafott gebracht zu werden. Aber in den Gassen herrscht nur die übliche Geschäftigkeit, ein Stellmacher repariert eine Schubkarre, ein paar junge Burschen mit unter den Arm geklemmten Büchern kommen gut gelaunt aus einer Schenke getorkelt.

Wie alle Handelskompanien, die Waren über die Weltmeere verschiffen, liegt die Dänische Asien-Kompanie im Hafen. Hans Christian will nicht nach dem Weg fragen, um keine unnötige Aufmerksamkeit auf sich zu ziehen und zu vermeiden, dass er nach seinem Anliegen gefragt wird. Möglicherweise will sonst noch jemand Papiere von ihm sehen, die er nicht hat. Also verlegt er sich darauf, die Arbeiter zu beobachten, die die Kräne bedienen, und die kräftigen Kerle, die die Schiffe be- und entladen. Mannshohe Kisten werden über die Reling gehievt, vielleicht ja mit chinesischen Vasen, eingepackt in Seide und altes, feuchtes Stroh. Oder mit Stoßzähnen Indischer Elefanten. Karren mit Pflanzen für die Orangerien der Reichen rollen über den Kai. Hans Christian erhascht kurze Blicke in kühle Speicher mit Heringstonnen und Rumfässern und Kaufleuten, die ihre langen Pfeifen nach abgeschlossenem Geschäft aneinanderschlagen.

Aber nirgendwo ist auch nur eine Spur von Zucker zu finden.

Dunkelheit senkt sich über den Hafen, Nebelschwaden ziehen übers Wasser.

»Hallo? Was machen Sie hier?«

Die rostige Stimme kommt von irgendwo hinter Hans Christian. Er dreht sich um.

»Unbefugten ist der Zutritt verboten. Wen suchen Sie?«

Hans Christian merkt, wie ihm das Blut bis in die Zehenspitzen absackt, die barsche Stimme raubt ihm die Fähigkeit, klar zu denken. Noch ist der Mann mit dem runden Rücken ein gutes Stück entfernt, Hans Christian bräuchte nur loszurennen, aber seine Füße haben zwischen den Pflastersteinen Wurzeln geschlagen.

»Ich bringe einen Notifikations-Apparatus«, ruft Hans Christian dem Wachmann zu und beeilt sich, hinter dem ersten Speicher abzubiegen. Notifikations-Apparatus? Wie, bitte, ist er denn darauf gekommen? Seine Hoffnung, den Mann mit dieser Nonsens-Antwort aus dem Konzept bringen zu können und mundtot zu machen, geht nicht auf. Hans Christian hört Schritte hinter sich.

»Kommen Sie raus, ich weiß, dass Sie hier irgendwo stecken.«

Einen Teufel tut Hans Christian, er beeilt sich, weiter von dem Wachmann wegzukommen.

Folgt ihm der Mann? Wird er weitere Wachen alarmieren, dass im Hafen ein Unbefugter umherschleicht? Hans Christian hat gehört, dass sich im Hafen Diebe und Schmuggler herumtreiben. Eine Kiste mit exotischen Gewürzen ist eine Menge Geld wert. Erst vor Kurzem wurde ein Wachmann erschlagen und ins Meer geworfen, als er versucht hat, eine Diebesbande aufzuhalten.

Aber Hans Christian ist kein Dieb. Und schon gar kein Mörder. Wenn die Welt das nur endlich begreifen wollte. Er will niemandem etwas wegnehmen oder Böses tun. Er ist das Opfer. Das Opfer eines Verbrechens, das er nicht begangen hat. Nur darum schleicht er hier im Dunkeln herum.

Die aufblitzende Sonne lässt ihn innehalten und seinen Blick zum oberen Giebel des Speichers vor ihm lenken.

Da steht es. *Dänische Asien-Kompanie*. Er umrundet das Gebäude dicht an der Mauer auf der Suche nach einem Eingang. Auf der Rückseite entdeckt er eine Tür, neben der verrottete Holzkisten und gestrandetes Treibholz liegen. Er rüttelt an der Klinke, aber die Tür ist verschlossen. Hans Christian stemmt sich mit einer Schulter und seinem ganzen Körpergewicht dagegen, aber sie rührt sich keinen Millimeter. Als er ein paar Schritte zurücktritt, entdeckt er ein ziemlich hoch sitzendes, auf Kipp stehendes Fenster. Alles in ihm strebt danach, das Weite zu suchen und sich zu Hause zu verstecken. Er hat so gar kein Bedürfnis, die Mauer hochzuklettern und sich durch das Fenster zu zwängen. Aber es ärgert ihn, dass er so wenig Schneid hat. Warum ist er nicht neugierig und furchtlos wie ein Aladin? Dann würde er sich in den Speicher begeben und dem Polizeidirektor und allen anderen, die ihm nicht glauben, seine Unschuld beweisen.

Von Angst und Zweifeln fast gelähmt, greift er sich eine der Holzkisten und rammt sich prompt einen Splitter unter den Nagel.

Zwei Kisten müssten reichen. Er stapelt sie unter dem Fenster übereinander und hört Stimmen auf der anderen Seite des Speichers. Hastig steigt er auf den wackeligen Kistenturm und wird von einer unangenehmen Erinnerung an die Ballettschule übermannt, als er noch von einer Karriere als Tänzer geträumt hat. Welche Mühen und Demütigungen hatte er durchlebt, bis den Lehrern und allen anderen am Theater und zuletzt auch ihm selbst klar geworden war, dass er zu ungeschickt und täppisch und einfach nicht fürs Ballett geschaffen war. Bis dahin war er vollkommen von seiner Grandiosität überzeugt gewesen. Nur so hatte er es bis an das Königliche Theater und in die Truppe des berühmten Dahlén geschafft und einmal sogar eine Rolle in dem Ballett Armida bekommen. Zu mehr hatte es nicht gereicht, seine Füße und Gliedmaßen waren ihm immer wieder im Weg gewesen. Auch die Kritiken waren niederschmetternd gewesen, ein Vorgeschmack auf das Leben, das vor ihm lag.

Mit einem kräftigen Ruck öffnet er das Fenster. Dann zieht er ein Knie an die Brust und windet sich mit dem Fuß voran wie ein Schlangenmensch durch die Fensteröffnung.

Drinnen angekommen, hört er das Fenster hinter sich zuschlagen.

Nach einem Moment totaler Blindheit erkennt er im silbrigen Mondlicht ein riesiges Lager mit übervollen Regalen, die neue Zwischenwände bilden. Eine Wendeltreppe führt nach oben. Die trockene Luft kratzt im Hals, als er die langen Warengänge durchschreitet. Manche Säcke sind offen, andere sorgfältig verschnürt. Er sieht Trockenfrüchte, fremdartige Samenkapseln und dünne Zweige mit Blättern, die er noch nie gesehen hat. In einem Schrank stehen ein paar Zuckersäcke gleich dem, den er in dem Teesalon gesehen hat. Hans Christian schnürt sie auf und schaut hinein. Er steckt eine Hand hinein und rührt in dem Zucker herum, der aber braun und grobkörnig ist.

Wieder hört er Stimmen. Sie scheinen die Suche nach ihm noch nicht aufgegeben zu haben. Wenn sie ihn hier drinnen entdecken, werden sie die Polizei rufen. Dann ist er erledigt. Dann ist er nicht nur ein Mörder, sondern auch noch ein Dieb. Jetzt gilt es, sich ganz ruhig zu verhalten.

Da entdeckt er vor sich im schummrigen Licht eine angelehnte Tür. Die rostigen Angeln jammern widerstrebend, als er nach der Klinke greift und in ein angrenzendes Lager mit weiteren Regalen und Waren tritt. Unter seinen Füßen knirscht es.

Er tupft ein paar Körner mit der feuchten Fingerspitze auf und schiebt sie in den Mund.

»Zucker«, flüstert er.

Dieser Speicher ist mit sechs Etagen höher als die übrigen Gebäude im Hafengebiet. Einen Augenblick wundert Hans Christian sich, dass außer ihm kein Mensch im Gebäude zu sein scheint. In einigen der anderen Lagerhäuser war viel los. Ist das schon die Ruhe des hereinbrechenden Abends, oder hat Zucker gerade keine Saison?

Der ganze Boden ist mit Zucker bedeckt, bei jedem Schritt knirscht es unter seinen Sohlen.

Am Ende des Raumes ragt ein Rohr schräg aus der Wand. Hans Christian sieht sich die Konstruktion genauer an. An der Mündung des Rohres sind Kisten mit leeren Säcken aufgereiht. Vermutlich werden die Säcke an der Rohrmündung eingehängt und der Sack dann mit Zucker befüllt, der aus einem höher gelegenen Lager kommt. Er schiebt einen Arm in die Rohröffnung und reibt mit der Hand über die Innenwände, ehe er sie wieder herauszieht. An seinen Fingerspitzen und Handflächen kleben kleine, weiße Kristalle.

Doch dann sieht er ein paar rote Punkte wie Drachenaugen in der Dunkelheit schimmern. Dort, dort, dort. *Wird im finsteren Tunnel aus Weiß erst Rot*. Die Worte des Latrinenmannes.

War mit dem Tunnel doch nicht der unterirdische Gang zum Schloss und den Stallungen gemeint, wie er und Molly es geglaubt haben?

Hans Christian schiebt seinen Kopf in das Rohr, dann den Rest des Körpers. Oben, am anderen Ende des Rohres ist ein Lichtfleck zu sehen. Für einen Augenblick überkommt ihn die Angst, in dem engen Rohr stecken zu bleiben, während von oben der Zucker auf ihn herabrieselt und unter sich begräbt.

Will er mehr wissen, muss er da hoch.

Er geht zurück zu der Wendeltreppe.

Draußen sind mindestens zwei Männer unterwegs, eine der Stimmen erkennt er wieder.

Er schleicht über die schmale Treppe nach oben.

»… hier drinnen.«

Die Stimme des Wachmanns ist mit einem Mal lauter. Hans Christian sieht Lichter unter sich. Haben sie die Polizei alarmiert?

Der Gedanke verleiht ihm neue Kräfte. Entweder klärt er die Sache jetzt ein für alle Mal auf, oder seine Träume enden draußen auf der Allmende, wenn sein fünischer Kopf durch den Schlamm rollt.

Die Treppe führt bis hinauf in einen großen Bodenraum. Unter den Dachbalken hängen Stricke und Haken, die in dem kalten Lufthauch klingend gegeneinanderschlagen wie Glocken. Die Giebelluke zum Wasser steht offen. Hier werden die Säcke mit Waren hochgezogen, wenn die Schiffe aus Westindien heimkehren. Er sieht die Masten der vertäuten Schiffe vor sich, riecht die geteerten Taue, das Meer.

Aber da ist noch etwas anderes. Ein exotisch würziger Duft.

Hans Christian dreht sich um und schaut auf das Durcheinander hinter sich. Ein leerer, auffallend großer Vogelkäfig und eine Kiste mit Schiffsinstrumenten. Auf einem Tisch liegt ein alter Bootsanker.

Er läuft über die laut knarrenden Bodendielen, zwängt sich an ein paar großen Holzkisten und einem Stapel Säcke vorbei. Ein Stück vor ihm steht die Marmorbüste eines jungen Mannes in Uniform, davor ein Tisch mit einem Schemel davor. Auf dem Tisch steht ein Talglicht. Die schlanke Rauchsäule über der Flamme wird vom Windzug verwirbelt. Es sieht aus, als hätte an dem Tisch gerade noch jemand gesessen und studiert.

Der Duft wird immer intensiver. Zitrone? Oder Bergamotte?

Er fühlt etwas unter sich nachgeben, schaut nach unten und geht in die Hocke. Vor ihm ist ein großer Gitterrost in den Boden eingelassen. Darunter ist die obere Rohröffnung zu sehen. Der gesamte Speicher ist mehr oder weniger wie ein großer Trichter konstruiert. Der Zucker wird durch den Rost in das Rohr geschüttet und rauscht blitzschnell in die Säcke ein paar Etagen tiefer. Hans Christian hebt das Gitter an und schiebt eine Hand in das Rohr. An der Innenwand kleben rundherum Zuckerkristalle.

Im schwachen Mondlicht sind auf der einen Rohrseite die Umrisse eines dunklen Musters zu erkennen. Er kratzt vorsichtig mit einem Fingernagel daran und hat plötzlich alles klar vor Augen.

Das ist keine Farbe und auch kein Rost. Das ist Blut.

»Er ist dort oben.«

Die Stimmen sind laut und energisch.

Hans Christian sieht sich nach einem anderen Fluchtweg als der Treppe um.

Wird im finsteren Tunnel aus Weiß erst Rot, finden wir im Ewigkeitsduell mit … wem auch immer den Tod, klingt die Stimme in seinem Kopf.

Das Tauwerk, der Rost, das Rohr, das Blut.

Die Wahrheit ist nur schwer zu erfassen. Trotzdem ist er sich sicher, dass hier das Furchtbare mit Anna passiert ist. Und mit Bleiche-Maren.

Stricke um ihre Fußgelenke, die Male an ihrer Haut.

Das Mondlicht fällt auf die knirschenden roten Zuckerkristalle.

Er sieht sie vor sich an den Tauen und Haken hängen, das Blut rinnt aus ihren Körpern, durch das Rohr bis in die Zuckersäcke, die auf Wagen geladen und an Kaufleute und in die Zuckerschalen der Tee- und Kaffeesalons in der Bredgade und Amaliegade geliefert werden.

Hans Christian schließt die Augen. Denkt an den Latrinenmann, diese bedauernswerte, gebeugte Kreatur, die einen schweren Karren hinter sich herzieht, schwerer, als er tragen kann, und trotzdem nicht aufgibt, sich über das unebene Pflaster kämpft. Es ist früh, nur Nachtwächter, betrunkene Bettler und kranke Seelen sind um diese Zeit noch unterwegs. Und die Knechte der Nacht, die die Latrinen der Bewohner leeren. Der Latrinenmann betritt den Schlossplatz, der vornehmste Halt seiner nächtlichen Runde. Er folgt der Mauer bis zu einer Kellertür, wo die Eimer aus dem Schloss abgestellt werden, und kippt sie in seinen Karren, als er plötzlich etwas sieht. Oder hört. Was kann das sein? Ein Verbrechen? Ja, ein furchtbares Verbrechen. Er mischt sich ein, vielleicht sieht er auch die Prinzessin, die in diesem Augenblick aus dem Fenster schaut und einen Wachposten des Königs auf dem Pflaster liegen sieht, niedergeschlagen. Der Latrinenmann begreift instinktiv, in welche Situation er sich gebracht hat, und flieht in die Morgendämmerung. Ein unschuldiger Mann auf der Flucht. *Ach, ich treuer Diener von des Königs Urin, muss ich sterben, wenngleich ich der Täter nicht bin.* Großes Durcheinander, Alarm, die ganze Stadt sucht nach dem Latrinenmann, dem Ungeheuer, der die königliche Wache auf den Kopf geschlagen hat. Dafür verdient er die strengste Strafe. Aber noch jemand versteckt sich dort in der Dunkelheit, und der Latrinenmann hat ihn gesehen, den wirklichen Mörder, er hat Alarm geschlagen, weil der andere Bleiche-Maren in seiner

Gewalt hat und sie entführt. Vom Schlosshof runter in den Hafen. Vielleicht mit einem Karren, vielleicht trägt er sie auch bewusstlos über der Schulter. Hans Christian sieht die Szenerie so deutlich vor sich, als wäre er selbst dabei gewesen: Er sieht, wie der Mörder Bleiche-Maren in den Zuckerspeicher trägt, die Wendeltreppe hinauf in die obere Etage. Und dort … Hans Christian versucht verzweifelt, sein Gehirn auszuschalten. Die wahnsinnige Fantasie. Oder besser gesagt, die wahnsinnige Wirklichkeit. Sie sind kaum zu ertragen, diese grauenvollen Bilder von Anna und Bleiche-Maren in seinem Kopf. *Eine Frau im Fass, im Bottich die Kanaill'.* An Stricken aufgehängt. Hier, wo Hans Christian jetzt steht, sieht er durch die Augen des Latrinenmannes alles, was der beobachtet hat. Die arme Anna, die arme Maren, sie hängen dort wie Schlachtvieh, ihre Weiblichkeit wird ihnen abgeschnitten. Anna wird Marens Busen angenäht, beide Frauen sind totenbleich wegen des Blutverlusts. Sie sterben einen grausamen, einen langsamen Tod. Vielleicht murmelt der Mörder den Namen des Teufels in Menschengestalt vor sich hin, gegen den wir das Ewigkeitsduell verlieren werden. Ein Kampf zwischen Gut und Böse. So muss es gewesen sein. Wenn Hans Christian sich nur an den Namen aus dem Vers des Latrinenmannes erinnern könnte. Aber das gelingt ihm nicht. Er kann sich nur vorstellen, was der Latrinenmann gesehen hat. Wie Anna ins Meer geworfen wird. *Im Bottich.* Von der Strömung in den Kanal gezogen. Bleiche-Maren endet in der Fäkaliengrube. *Im Fass.* Der Latrinenmann folgt ihnen, wird selbst verfolgt, er ist verzweifelt, kennt die Wahrheit, hat aber niemanden, an den er sich wenden kann, niemanden, der ihm glauben wird. Und so flüchtet er. Fort von der Angst, fort von all dem, was er nicht getan hat, was aber alle ihm zuschreiben.

Ein Spiegel im Spiegel. Der Latrinenmann und Hans Christian, die unschuldigen Opfer. Die Dirne und die Waschfrau mit dem vertauschten Busen. Bleiche-Maren und die Frau, die davongelaufen ist. Die Sonne, der Mond und der Hafen. Ein sehnsuchtsvoller Mörder im Menschengewimmel, der Ähnlichkeit mit Hans Christian hat. Die Haare an seinen langen Beinen stellen sich auf.

In diesem Moment hört er hinter sich ein Geräusch, eine Hand packt ihn an der Schulter und dreht ihn herum.

Er will sich verteidigen, das Missverständnis erklären, sich entschuldigen, dass er seine Nase in anderer Menschen Angelegenheiten gesteckt hat. Er versucht, seinen Verfolger zu erkennen, ihm in die Augen zu sehen.

Stattdessen sieht er eine Faust auf sein Gesicht zuschnellen. Weiß und bleich. Etwas daran blinkt und glitzert. Er schafft es nicht mehr, auszuweichen.

Die Faust trifft ihn mit einem dumpfen Klatscher über dem Auge. Ein schriller Schmerz schießt von der Nasenwurzel durch das Mark bis in seine Füße. Seine Knie geben nach, er stürzt.

Bevor er sehen kann, ob der Angreifer ein Polizist oder Hafenwächter ist, kommt schon der nächste Schlag. Dieser Mensch will mehr als einen Dieb aufhalten. Dieser Mensch will ihn töten. Schlagartig wird ihm klar, dass er mit dem Mörder allein auf dem Dachboden ist. Mutterseelenallein, zu seinem Unglück.

»Warten Sie«, flüstert er, versucht er zu flüstern. Er sieht seinen Angreifer nicht, weiß ihn aber hinter sich und krabbelt los, blind. Im nächsten Augenblick drückt sich ihm etwas auf Nase und Mund, ein Tuch, das modrig riecht, und seltsam metallisch. Hans Christian schlägt um sich, hysterisch, wie damals in der Fabrik in Odense, als die Arbeiter ihn zwischen den Beinen begrapscht haben. Er kann sich aus dem Griff des Mörders befreien, kämpft sich vorwärts über den Boden und denkt in diesen letzten Sekunden lieber an die kleine Marie als an sich selbst. Er hat sein ganzes Leben immer nur an sich gedacht, an all die Dinge, die er meinte tun zu müssen, um seine Existenz rechtfertigen zu können. Jetzt hat er nur Mariechen vor Augen, ihren hoffnungsvollen, wachen Blick.

Seine Finger ertasten etwas auf dem Boden, die obere Kante des Rohres, in dem Weiß zu Rot wurde. Und wieder ist der Mörder über ihm und drückt ihm ein Stück Stoff auf Mund und Nase.

Hans Christian stemmt sich auf ein Knie hoch und kippt mit dem Kopf voran in das Rohr hinein.

Sein Leben rauscht an ihm vorbei, Mutter, Vater, der Tag, an dem er als Vierzehnjähriger durch das Hauptstadttor geschritten ist, ein Vormittag im Trikot, ein Nachmittag mit dem Stift in der Hand in seiner Kammer, Edvards düstere Stirnfalten und die Dirne mit der roten Lockenmähne. Und das Kind, das nie aufhören darf zu hoffen.

Weil sonst alles zu Ende ist.

Kapitel 7

Das Tagebuch der Ankleiderin.

Molly muss es in die Finger bekommen. Nachdem sie Johannes Begegnung mit dem Prinzen belauscht hat, ist sie sicher, dass dieses Buch wichtige Geheimnisse enthält. Warum sonst sollte der Prinz so besorgt sein, was sie darin notiert hat?

Molly hat nie Tagebuch geschrieben, schließlich kann sie weder lesen noch schreiben. Sie wüsste auch gar nicht, was sie über die eintönigen Tage einer Dirne schreiben sollte.

Aber Salomine kann lesen und wartet nun wie vereinbart an der Ecke Blancogade und Amaliegade auf Molly. Ebenso zuverlässig hat sie alle paar Stunden nach Mariechen geschaut, ihr eine Scheibe Brot oder einen Krug Bier gegeben und sie beruhigt, dass Tante Molly bald wieder zurück ist.

Der Himmel über Amalienborg ist bereits hell, als Molly ihre Papiere vorzeigt und zu ihrem zweiten Arbeitstag ins Schloss geht. Macht sie ihre Arbeit gut, kann sie vielleicht aufsteigen und irgendwann gar den Rang der Frau bekleiden, die sie eingestellt hat. Mit etwas Glück findet sie dann auch eine Stelle für Marie, wenn die Kleine erst einmal zehn Jahre alt ist. In den Räumen hinter der Küche hat sie Kinder Kartoffeln schälen sehen, und hinter den Stallungen hüten Kinder die Hühner.

Molly schüttelt über sich selbst den Kopf. Sie ist wegen Anna hier und um der Gerechtigkeit willen. Sie bindet die Schürze um und setzt eine Haube auf, während ihr Blick über den Schlossplatz schweift. Ein großes Orchester ist eingetroffen und wird vom Zeremonienmeister zu einem der anderen Palais geleitet.

»Cathrine Pedersen«, ertönt eine Stimme hinter ihr. »Fürs Maulaffenfeilbieten wirst du nicht bezahlt.«

Molly dreht sich um. Es ist die Vorsteherin.

»Fang in der Küche mit dem Porzellan und dem Besteck an. Danach schrubbst du die Treppe und deckst den Esstisch.«

»Jawohl«, sagt Molly nur.

Auf dem Weg in die Küche gibt Molly vor, sich zu verlaufen. Auch Dienstmädchen, die schon länger als sie hier sind, finden sich nicht immer zurecht. Die zahllosen Festsäle mit den geölten Böden, Flure mit orientalischen Teppichen, fremdländischen Vasen und Krügen, beeindruckenden Tischen mit verschnörkelten Beinen und vielarmigen silbernen Leuchtern ähneln sich sehr.

Die Kammern der Dienstboten liegen hinter dem letzten Palais. Molly geht schnell, ohne aufzublicken. Kommt ihr jemand entgegen, nickt sie kurz, vermeidet aber den Augenkontakt. Die Zeit drängt. In weniger als zwei Stunden will sie Salomine das Buch geben. Dabei ist es nur eine Frage der Zeit, bis jemand sie anhält und fragt, was sie hier verloren hat.

Welche mag die Kammer der Ankleiderin sein?

Molly starrt auf die rot gestrichenen Türen. Es gibt keine Namensschilder, aber selbst wenn es welche gäbe, könnte sie diese nicht lesen. Sie bleibt stehen. Soll sie einfach anklopfen? Hoffen, dass Johanne öffnet? Aber was soll sie dann sagen? Sie will schon aufgeben, als sie die junge Frau plötzlich aus einer der Türen weiter hinten treten sieht. Sie scheint es eilig zu haben und hastet an Molly vorbei, ohne sie anzusehen. Als Ankleiderin steht sie weit über einem einfachen Dienstmädchen.

Sollte Johanne auf dem Weg zur Prinzessin sein, müsste sie zuerst die Treppen zur Kolonnade nehmen, der überdachten Brücke, durch welche die Gebäude des Palastes miteinander verbunden sind. Das würde Molly genug Zeit geben. Doch was, wenn sie ein anderes Ziel hat und gleich wieder zurückkommt?

Molly hört Schritte.

Dienstmädchen sind ein weitverzweigtes Netz von Spionen, denkt Molly. Überall im Schloss haben sie ihre Augen und Ohren und berichten dem Hofmarschall oder dem Zeremonienmeister bereitwillig über jede noch so kleine Unregelmäßigkeit. Sobald jemand einnickt, eine Pause macht, zu hungrig auf einen Apfel starrt oder von einem Schuh mit goldener Spange träumt, zerreißen sie sich ihre Mäuler. Fast jede Woche werden Leute entlassen. Im letzten Monat sollen den Gerüchten zufolge sieben Mädchen rausgeworfen worden sein. Mit Ohrfeigen und Demütigungen. Sie hatten nicht einmal die Gelegenheit, ihre Sachen zusammenzupacken, ehe sie mit glühenden Wangen auf der Straße vor dem Tor standen.

Molly nimmt all ihren Mut zusammen und geht zu der Tür.

»Hast du dich verlaufen?«, fragt da ein schwarzhaariges Dienstmädchen, das gerade um die Ecke kommt. Verflixt, denkt Molly. So eine gute Gelegenheit würde sich ihr so schnell nicht wieder bieten. »Hier bist du ganz falsch«, sagt das Dienstmädchen, als Molly nach dem Weg fragt. »Komm mit mir.«

In der nächsten Stunde ist immer jemand bei ihr. Die Vorsteherin kontrolliert lange, wie sie die Treppe wischt. Die Stufen zur Küche sind eine ganz besondere Herausforderung. Altes Fett und Bier sammeln sich in den Ritzen, und die Vorsteherin besteht darauf, dass das Geländer wie ein Spiegel glänzt. Oben aus den feinen Sälen schallt Lachen und aufgeregtes Geschrei zu ihr herunter, und unablässig werden Teller mit Butterkuchen, grünen Trauben und Salzhering nach oben getragen.

Die Zeit vergeht.

In einer halben Stunde will sie Salomine treffen. Ein weiteres Mal steckt Molly ihre Hände in den Eimer mit Seifenlauge. Ihre Haut ist schon ganz rot und schrumplig. Sie denkt an Hans Christian. Ob er am Hafen etwas erreicht oder vielleicht sogar etwas gefunden hat? Seit gestern hat sie nicht mit ihm gesprochen. Sie denkt an das nächtliche Gespräch, das sie in ihrer Kammer geführt haben. Über Sehnsucht. Aber wonach sehnt sie selbst sich eigentlich? Als Anna noch lebte, hatte der Traum von der eigenen Schenke sie am Leben erhalten. Immer wieder hat Anna gesagt, dass Träume wichtig sind, dass sie das nie vergessen dürfe. Du brauchst Nahrung und du brauchst Luft, aber auch deine Träume brauchst du. Etwas, das dich morgens aufstehen und das harte Leben einer Dirne vergessen lässt.

Molly wird in diesem Moment klar, dass sie keinen eigenen Traum hat. Wohl aber etwas, das sie morgens aufstehen lässt, etwas, das sie den ganzen Tag über beschäftigt und sie das Treppenschrubben und die fleckigen Kandelaber oder die strenge Aufseherin vergessen lässt. Es ist der Drang, Annas Mörder zu finden und zu bestrafen.

Während Molly auf den Stufen der Treppe kniet, sieht sie aus den Augenwinkeln die Ankleiderin zu den Gemächern der Prinzessin laufen.

Das ist ihre Chance. Sie muss sofort handeln.

»Ich bin gleich zurück«, sagt Molly zu einem der anderen Mädchen. Die bleibt stumm, wird aber sicher der Aufseherin Bericht erstatten, sobald sich dazu eine Gelegenheit bietet. Molly hebt den Rock an, läuft die feuchten Stufen hoch und verschwindet durch eine Tür – in der entgegengesetzten Richtung wie die Ankleiderin.

Bei jedem Schritt erwartet sie, zurückgerufen zu werden. Doch nichts geschieht. Sie läuft unbehelligt die königliche Treppe ins Erdgeschoss und über eine Wendeltreppe weiter in den Keller hinunter, wo ein paar Köche zusammensitzen und Bier trinken. Sie nickt ihnen zu, geht durch den Weinkeller und die Werkstatt, bis sie schließlich wieder auf dem Flur des Dienstmädchentrakts steht.

Vor der vorletzten Tür bleibt sie stehen und drückt die Klinke herunter. Die Tür der kleinen Kammer ist unverschlossen.

Sie schlüpft hinein und steht vor einem ungemachten Bett, weiter hinten sieht sie eine Kommode, aus deren Schubladen Kleider heraushängen. An der Stirnwand neben den schmalen Fenstern hängt ein Kreuz. Der Boden besteht aus unebenen, von Dienstmädchenfüßen glatt geschliffenen Steinen.

Molly hat es eilig. In zehn Minuten muss sie in der Blancogade sein. Sie öffnet die Tischschubladen. Papiere, eine Feder, ein Tintenfässchen und ein paar silberne Haarspangen in Blumenform. Kein Tagebuch. Dann widmet sie sich der Kommode. Es staubt, als sie ein farbloses Kleid und eine Flickendecke für die kalten Winterabende im Schloss herauszieht. Das einzige Buch im Fensterrahmen ist eine abgegriffene, ledergebundene Bibel.

Molly zuckt zusammen, als sie Schritte hört. Soll sie auf den Flur schlüpfen und wieder so tun, als hätte sie sich verlaufen? Sie muss zurück in die Küche, dort wundert sich bestimmt schon jemand, wo sie steckt.

Das Bett. Die letzte Möglichkeit. Molly kniet sich hin und tastet den Bettrahmen ab, fährt mit der Hand unter dem Strohsack entlang, bis ihre Finger über eine Holzplatte streichen. Sie schiebt die Platte zur Seite und zieht darunter ein Buch heraus. Sie schlägt es auf, blättert durch die Seiten und sieht eine schwungvolle, schwarze Schrift. An manchen Stellen stehen Zahlen, und ein paar Wörter sind unterstrichen. Daneben gibt es Skizzen von Kleidern, Röcken, Hüten, ja sogar von jungen Frauen, die von einem Mann mit Jägerhut von hinten genommen werden. Prinz Frederik?

Wieder einmal ärgert es sie, dass sie nicht lesen kann.

Sie legt ein Ohr an die Tür, lauscht. Dann öffnet sie und tritt auf den Flur.

Der Mann hat ihr die Seite zugedreht und ist nicht weniger überrascht als sie.

Hat er dort gewartet? An der Tür gelauscht?

»Wen haben wir denn hier?«, sagt er und packt sie am Arm.

Er ist groß, trägt braune Kleider, hat ein Seil über der Schulter und ein Messer unter dem Gürtel. Sein Blick verrät ihr, dass er ein Mann ist, der sich nimmt, was er will. Ohne zu fragen. Sein Atem stinkt nach Bier.

»Lassen Sie mich los!«, sagt Molly.

Das Buch rutscht ihr aus den Händen. In der Ulkegade weiß sie mit solchen Männern umzugehen, besonders spät am Abend, wenn die Gasthäuser schließen. Aber es ist nicht spät am Abend, es ist Vormittag, und sie hat nur noch wenige Minuten, um Salomine zu treffen. Jetzt fasst er ihr unter den Rock, sie versucht, seine Hand wegzuschieben.

»Was schleichst du hier herum? Du bist doch neu hier?«, fragt er und kämpft mit ihrem Kleid.

»Lassen Sie mich los«, faucht Molly und erkennt die Zahnstümpfe und die beinahe violette Zunge des Mannes. Das ist der Mann, den die Dirnen nur den Stallknecht nennen, weil er immer nach Pferdemist und Heu stinkt. Einmal hat er versucht, Molly mit sich in die Kammer einer anderen Dirne zu ziehen. Jetzt sind seine Hände auf ihren Brüsten. Er versucht, Molly zu Boden zu drücken. Sie wehrt sich, überlegt aber auch, ihm zu geben, was er haben will, damit es schnell überstanden ist.

In diesem Moment sieht sie etwas in seinen Augen. Er sucht den Widerstand. Es stachelt ihn an, wenn sie sich wehrt.

Ganz instinktiv knallt sie ihm eine, als Dirne entwickelt man ein Gefühl dafür, wann jemand Schläge will. Und sie trifft gut.

»Willst du dich jetzt wohl anständig aufführen, du böser Junge!«, sagt Molly. Sie dreht ihn um und schlägt ihm, so fest sie kann, auf das Hinterteil. Es fühlt sich beinahe gut an. »Und jetzt fort mit dir! Ich finde dich später schon noch, also benimm dich«, flüstert sie ihm ins Ohr und beißt ihm zum Abschied ins Ohrläppchen. Er quiekt wie ein Schwein auf und läuft mit vor Erregung feuerrotem Gesicht über den Flur davon.

Und Molly läuft ebenfalls, so schnell sie kann.

X

Salomine will gerade gehen, als sie Molly hört.

»Ich hab's, ich hab's!«, ruft Molly und streckt ihrer Freundin das Buch entgegen.

»Und was zum Henker soll ich davon lesen?«, fragt Salomine.

So weit hat Molly nicht gedacht. Das Tagebuch ist dick, viele Seiten voller Worte und Sätze, die sie nicht versteht.

»Fang einfach irgendwo an«, sagt Molly.

Salomine blättert durch das Buch.

»Steht da etwas von einem Prinzen?«

»Jetzt lass mir doch ein bisschen Zeit.«

Molly weiß nicht, wo Salomine Lesen gelernt hat. Die meisten Mädchen im Hurenhaus kommen aus einfachen Verhältnissen, Molly weiß aber von einigen wenigen, die Zahlen und Buchstaben lesen können und eigentlich für ein anderes Leben bestimmt waren, bis in ihren Leben etwas gründlich schiefgegangen ist. Vielleicht hat auch Salomine ein solches Schicksal erlitten. Molly wird bewusst, dass sie nie danach gefragt hat.

»Hier ist etwas«, sagt Salomine. »Jemand ist hinter ihr her. Irgendein Tölpel.«

»Was steht da?«, fragt Molly. »Lies es mir vor.«

Salomine hebt das Tagebuch etwas an.

»Sonntag, 17. September 1834. Endlich im Bett nach einem harten Tag, habe die ganze Zeit an Wilhelmines Kleid gearbeitet. Bin krank vor Sorge, jemand ist hinter mir her, hinter uns. Ich habe eine Nachricht von Fritz erhalten, er macht sich keine Sorgen. Ich fürchte das Schlimmste, fühle mich sündig, kann nicht mehr schlafen, seit Maren weg ist. Wo ist sie nur? Ist ihr etwas zugestoßen? Hat das mit der Wache zu tun, die überfallen wurde? Ich bin mir sicher, dass etwas Schreckliches geschehen ist – was eigentlich mir hätte geschehen sollen. Liebste Maren. Entschuldige, verzeih mir für alles, was ich getan habe.« Salomine macht eine kurze Pause. »Das ist … ganz schön spannend.«

»Komm«, sagt Molly und zieht Salomine in einen Hauseingang.

Sie haben etwas gefunden, da ist sie sich sicher. Maren ist die Waschfrau. Maren Jensen. Aber was hat Maren getan? Hat sie im Bett der Ankleiderin geschlafen? Molly versteht es nicht. Noch nicht.

»Lies weiter!«, fordert sie Salomine auf.

»Jesses«, sagt Salomine und liest weiter: »Ich habe solche Angst. Fritz ist weg, der König hat ihn nach Jægerspris geschickt. Ich muss mit Tante sprechen. Es ist so, als wäre das Böse ins Schloss eingezogen. Wohin ich mich auch wende, habe ich das Gefühl, beobachtet zu werden. Und bald ist der Maskenball. Wenn ich mich auf das große Fest doch nur freuen könnte. Nun aber fürchte ich, dass es mein letzter Abend wird.«

Die unheilschwangeren Worte lassen Salomine erneut innehalten.

Molly ist ungeduldig. Sie muss zurück ins Schloss, das Tagebuch wieder unter die Matratze legen und weiter die fettverschmierte Treppe schrubben.

»Lies das Letzte!«, bittet Molly. »Das Letzte, was sie geschrieben hat.«

»Was ich gelesen habe, war das Letzte«, sagt Salomine und blättert zurück. Wie Molly gefallen auch ihr die Zeichnungen der Kleider und des Liebesaktes.

Auf dem Rückweg hat Molly nur einen Satz im Kopf. Es ist fast, als stünde die junge Ankleiderin neben ihr und flüsterte ihr ins Ohr. *Nun aber fürchte ich, dass es mein letzter Abend wird.*

Kapitel 8

Andersen ist tot.

So einen Schlag und einen solch langen Sturz durch die Röhre kann niemand überleben. Sie hat ihren Augen nicht getraut, als Andersen über den Boden zu der Röhre kroch und sich mehrere Etagen in die Tiefe stürzte. Die Leiche des Dichters ist gefunden worden, und die Polizisten werden mit der Befragung der Hafenarbeiter beginnen: Habt ihr sonst noch jemanden gesehen? Ist euch etwas Ungewöhnliches aufgefallen?

Sie war gezwungen gewesen, den Jungen wegzuschaffen und zu Hause bei sich zu verstecken. Ein Risiko, aber was ist schon ohne Risiko? Das macht ihr aber auch klar, dass sie jetzt handeln muss, damit sich das Zeitfenster für die Verwandlung nicht für immer schließt. Sie hat den Arzt um ein Treffen gebeten, muss ihn instruieren, wie alles ablaufen soll, damit er sich vorbereiten und die richtigen Instrumente besorgen kann.

Madame Krieger trägt wieder die kratzigen Männerkleider. Sie sitzt auf einer Bank und hält nach dem Arzt Ausschau. Es sind nicht viele Menschen im Rosenborg Garten. Zwei Pfeife rauchende Männer scheinen über den dichten Verkehr auf der Sølvgade zu debattieren. Mehrere Schwangere spazieren an den Fliederbüschen entlang.

An einer Hecke beaufsichtigt ein Gärtner ein paar Männer mit auffällig blassen Armen bei der Arbeit, möglicherweise Strafgefangene.

Nun kommt der Arzt die Sølvgade herunter und bleibt dort stehen, wo sie sich zuletzt getroffen haben. Er geht auf und ab. Es sind noch ein paar Minuten bis zum vereinbarten Zeitpunkt. Madame Krieger steht auf und entfernt sich über die Kronprinsessegade, der sie ein Stück folgt. Sie kommt dabei an den beiden Pfeifenrauchern vorbei, die jäh verstummen.

Ihr Verhalten ist seltsam. Beunruhigend.

Ihr Blick wandert über die Straße zu einem Mann mit einem Besen, der schon lange dasselbe Stück Bürgersteig fegt. Viel zu lange.

Was geht hier vor? Hat der Arzt etwa doch die Polizei informiert? Hat seine junge Gattin ihn aus lauter Sorge und Verzweiflung gezwungen, Madame Krieger eine Falle zu stellen?

Im Garten sind der Gärtner und seine Gehilfen näher zu der Stelle gerückt, wo der Arzt wartet. Und an der Ecke der Sølvgade steht ein Krämer mit einer Karre voller Brennholz. Der Platz erscheint ihr vollkommen sinnlos. Als sie fast bei ihm ist, hebt er den Karren an und schiebt weiter.

Sie starrt dem Mann hinterher und fragt sich, was sie tun soll.

Es sind vielleicht fünfzig Schritte von der Ecke bis zu dem Arzt. Madame Krieger bleiben nur wenige Sekunden, um eine Entscheidung zu treffen. Soll sie das Treffen durchführen oder das Weite suchen, bevor bemerkt wird, dass sie die gesuchte Person ist? Auf der anderen Straßenseite liegt das Geschäft von Hutmacher Pfaff, in dem sie schon oft war. In der Spiegelung des Schaufensters erkennt sie, dass die beiden Pfeifenraucher aufgestanden sind und ihr folgen.

Eine Droschke kommt lärmend und in hohem Tempo über die Sølvgade auf sie zu. Aus der anderen Richtung nähert sich ein voll bepackter Pferdewagen. Drei Burschen hocken auf der Ladung und rufen und pfeifen allen nach, die sie sehen.

Der Arzt ist an den Zaun getreten und erwartet sie.

Unmittelbar, bevor die Droschke vorbeifährt, huscht sie über die Straße und schlüpft durch eine schmale Tür neben dem Hutgeschäft auf einen dunklen Hinterhof. Sie hört den Pferdewagen über die Straße poltern, bis der Lärm langsam abnimmt.

In dem dunklen Hinterhof gibt es mehrere Türen. Eine davon führt in das Geschäft des Hutmachers. Sie öffnet sie und betritt die Werkstatt, in der Pfaff gerade dabei ist, ein Maulwurffell auf einen Hut zu nähen. Sie betritt den Verkaufsraum. Ein Lehrling bedient einen schlanken Mann in beiger Jacke.

Madame Krieger nickt den beiden zu und sieht durch das Schaufenster zum Park hinüber.

Der Arzt steht noch immer allein da. Sein Blick schweift über die Straße, dann blickt er auf seine Taschenuhr.

Vielleicht irrt sie sich. Ist sie wirklich so ängstlich, so sehr Opfer der Umstände geworden, dass sie Verfolger und Hinterhalte sieht, wo nur Gärtner und Krämer sind?

»Kann ich Ihnen helfen?«, fragt der Lehrling, ein großer Junge mit Seitenscheitel, während der andere Kunde vor einem Spiegel eine englische Jagdmütze anprobiert.

Der Arzt sieht aus, als wollte er gehen, als die beiden Pfeife rauchenden Männer zu ihm gehen und durch den Zaun mit ihm sprechen. Die beiden Männer, die dem Gärtner geholfen haben, gesellen sich dazu. Sie sehen in alle Richtungen und scheinen zu diskutieren, was passiert sein kann und warum der Geiselnehmer nicht aufgetaucht ist. Madame Krieger spürt wieder das rastlose, böse Zittern. Dieser Idiot. Hat er wirklich nichts verstanden? Sie bereut es, ihm nicht alle Finger des Jungen wie Zuckerstangen in einer Tüte mitgebracht zu haben.

»Kann ich Ihnen helfen?«, wiederholt der Lehrling hinter ihr.

Madame Krieger nimmt den Blick nicht von den miteinander redenden Männern. Bis der Arzt sich verabschiedet und in Richtung Parkausgang geht. Die Männer verschwinden in der anderen Richtung über die Sølvgade.

»Ich komme ein anderes Mal wieder«, sagt Madame Krieger und tritt auf die Straße. Sie sieht die vier Männer verschwinden und geht selbst mit ruhigen Schritten am Park entlang. Sie folgt dem Arzt, der gedankenverloren den Knauf seines Gehstocks knetet.

Er überquert die Gothersgade, auf der dichter Verkehr in Richtung Nørreport pulsiert. Staub liegt in der Luft, Hühner flattern herum, und eine Karawane von Töpfern zieht ihre übervollen Karren über die Straße. Entgegen ihrer Erwartung biegt der Arzt nicht in Richtung Hauser Plads ab, um nach Hause zu gehen, sondern geht weiter geradeaus.

Vor der neuen Synagoge kommt er ins Gespräch mit einem Ehepaar mit zwei Söhnen, dann geht er die Stufen hinauf und betritt das Gebäude.

X

Madame Krieger beobachtet die vielen Menschen, die in der Synagoge verschwinden. Nur wenige kommen heraus.

Eine Viertelstunde vergeht.

Sie denkt an ihre Schwester, glaubt aber nicht, dass Gefahr im Verzuge ist. Selbst wenn der Junge schreit, wird sie ihn vermutlich nicht hören oder begreifen, woher die Geräusche kommen. Außerdem läuft ihre Schwester nicht im Haus herum. Hauptsache, sie bekommt keinen Besuch von einer dieser grässlichen Frauen von der Vereinigung der Soldatenwitwen, die sie manchmal nötigen, mit ihnen einen Spaziergang zu machen.

Nach einer halben Stunde ist Madame Krieger das Warten leid. Sie geht über die Straße, drückt die schwere Tür auf und gelangt in einen kleinen Vorraum. Im Inneren der Synagoge herrscht flirrende Stille.

Ein älterer Herr mit Bart scheint etwas vorzulesen, seine Stimme ist ein endloser, unverständlicher Strom aus Worten. Auf der Empore zu ihrer Rechten sieht sie ein paar Frauen und Kinder, die mit großen Augen nach unten schauen. In der Mitte des Raumes sitzen die Männer, junge und alte. Einige reden leise miteinander, andere scheinen tief in Gedanken versunken, und wieder andere sprechen Gebete vor sich hin.

Der Arzt sitzt für sich allein drei Reihen vor ihr. Madame Krieger nimmt eine Kippa aus dem Korb am Eingang und setzt sie sich nach jüdischer Manier auf den Kopf. Dann geht sie zu der Reihe, in der der Arzt sitzt, und nimmt an seiner Seite Platz. Es dauert einen Augenblick, bis er die Augen öffnet und sie erkennt.

»Haben Sie denn keinen Glauben? Keine Seele?«, fragt der Arzt und starrt nach vorne. »Alle hier wissen, dass mein Sohn verschwunden ist, und Sie haben die Chuzpe, einfach hierherzukommen?«

»Oh, Sie irren sich«, sagt sie. »Ich habe mehr Seele und einen stärkeren Glauben als jeder andere hier im Raum.«

»Sie sind ein Monster«, faucht der Arzt und sieht sich um. »Ein gottloses Monster.«

»Was ist Ihr simpler Gott denn wert, wenn er mich walten lässt, wie ich will?«

»Ich kann laut schreien, ich kann Sie festnehmen lassen, ich kann …«

Madame Krieger wirft ihm einen Blick zu, der ihn verstummen lässt.

»Ich weiß, was Sie vor wenigen Minuten im Park versucht haben. Ich hatte Sie gebeten, allein zu kommen und der Polizei nichts zu sagen. Geschieht mir etwas, ist Ihr Sohn verloren.«

»Ich kann nicht. Verstehen Sie das denn nicht? Ich kann Ihrer Schwester nicht helfen.«

»Dann bleiben Sie hier sitzen und bereiten schon einmal die Beerdigung vor.«

Der Arzt will etwas sagen, doch über seine Lippen kommt kein Laut.

Der Mann in der Reihe vor ihnen erhebt sich und verlässt die Synagoge.

»Betrachten Sie es als eine Berufung«, flüstert Madame Krieger ihm ins Ohr. »Als die eine Sache, die Sie tun müssen. In wenigen Tagen wird alles überstanden sein.«

»Worum Sie mich bitten, ist unmöglich, ungeheuerlich. Das kann man nicht tun.«

»Geschicktes chirurgisches Handwerk, mehr braucht es nicht. Ihre eigenen Worte, Professor Horowitz.«

Er sieht zu dem älteren, bärtigen Mann hinüber, der nun nicht mehr aus der Schriftrolle liest.

»Was wird passieren, wenn ich es versuche, der Eingriff aber misslingt? Wenn Ihre Schwester nicht überlebt? Bringen Sie meinen Sohn dann auch um?«, flüstert der Arzt.

»Das entscheidet Ihr Gott«, sagt Madame Krieger und sieht zu der Empore hoch. Eine der Frauen sieht sie misstrauisch an. »Denken Sie darüber nach. Ich gebe Ihnen Zeit bis heute Abend. Und lassen Sie die Polizei aus dem Spiel. Stellen Sie eine brennende Kerze ins Fenster, wenn Sie bereit sind, zu tun, was ich von Ihnen verlange. Sehe ich keine Kerze im Fenster, wird Ihr kleiner Prinz sterben. Ein Finger, ein Zeh, ein Auge und so weiter.«

Der Arzt beginnt, still zu weinen.

Madame Krieger steht auf und verschwindet durch die Tür auf die Straße.

X

Nach Einbruch der Dunkelheit geht sie über den Hauser Plads und bleibt unter einem der niedrigen Bäume stehen.

Alle Fenster des Hauses sind dunkel. Der Teufel soll ihn holen.

Es quält sie, dass sie nun gezwungen ist, die Operation selbst durchzuführen. Sie hat schon zweimal versagt und ist sich nicht einmal sicher, ob sie die Pfote einer Katze wieder annähen könnte.

Ihr einziger Trost ist, dass ihr Zorn den Arzt hart treffen wird. Dass sie all ihren Unmut an dem Jungen auslassen und ganz in ihrer Rolle als Rachegöttin der Liebe aufgehen wird.

Gerade als sie ihren Platz verlassen will, bewegt sich in einem Fenster des Hauses eine Gardine. Sie glaubt, ein Gesicht zu erkennen, das ins Dunkel starrt. Sie hat keine Angst, entdeckt zu werden.

Eine Hand, eine Hand an der Gardine.

Dann flackert ein Licht auf.

Eine Kerze.

Kapitel 9

Das Leichenhaus. Der Gestank ist unverkennbar. Hans Christian braucht nicht einmal die Augen zu öffnen, um zu wissen, wo er sich befindet, und doch tut er genau das. Zuerst das eine … das andere lässt sich nicht öffnen. Wer weiß, vielleicht braucht man als Toter nur noch ein Auge, wie ein Zyklop. Aber wo sind die Engelstrompeten und die himmlische Musik, auf die er gehofft hatte? Er weint, das geschlossene Auge brennt schmerzlich. Er beweint seinen Tod, was ja wohl erlaubt ist. Wenn nicht einmal der eigene Tod beweint werden kann, was dann?

Hans Christian stemmt sich mühsam auf einen Ellbogen hoch. Lebendig oder tot, gibt es denn gar keinen Unterschied?

Nach wie vor spürt er seinen geplagten Leib wie den Nachhall eines fernen Schmerzes, nach wie vor verspürt er sein Streben, die Welt in Verzückung zu versetzen, erinnert sich an die Gesichter geliebter Menschen. Man könnte meinen, der Tod habe versäumt, seine Erinnerungen auszuwischen, als er ihn in das Rohr geschubst hat …

Dann fällt es ihm wie Schuppen von den Augen.

»Ich bin gar nicht tot«, flüstert er und sieht sich schaudernd um. Er liegt umgeben von Toten im spärlich beleuchteten Leichenhaus. In der Ecke das Kind mit der grünen Hand, neben ihm der Mann mit dem abgerissenen Arm. Aber man gewöhnt sich niemals an die Gesellschaft des Todes. So häufig man ihn auch sieht, wie alltäglich er auch sein mag, bedeutet er doch immer die Abwesenheit all dessen, was einem lieb und teuer ist.

Er ist gefallen. Und wurde gefunden.

Offenbar haben sie ihn für tot gehalten und hierhergebracht. Vielleicht ist er ja auch tatsächlich tot gewesen. Für ein paar Minuten oder sogar Stunden. Aber nun ist er zurückgekehrt, hat eine zweite Chance bekommen, seine Angelegenheiten zu klären. Daran, dass er tot ausgesehen haben muss, zweifelt er nicht. Zerschlagen, leichenblass. Und was hatte es mit dem Tuch auf sich, das der Mörder ihm auf Mund und Nase gepresst hat? Es roch merkwürdig, fremd und gefährlich, und dieser Geruch hat ihm wie durch Zauberhand schlagartig alle Kräfte genommen. Vermutlich haben die Männer, die ihn gefunden haben, nicht viel Zeit darauf verschwendet, ihn genauer zu untersuchen oder gar wiederzubeleben. Der ist hinüber, werden sie gesagt und dann zwei Hafenarbeiter aufgefordert haben, ihn zum Leichenhaus zu bringen. Sie werden ihn auf das erstbeste Brett gelegt und zurückgelassen haben. Ruhe in Frieden.

Er klettert von dem Brett herunter, schiebt sich tastend durch den dunklen Raum und findet die Tür.

Sie ist von außen verschlossen. Wie kann es auch anders sein.

Er dreht sich um und lässt seinen Blick über die Leichen schweifen. Ganz in der Nähe liegt ein Zwillingspärchen, Hand in Hand, daneben eine alte Frau mit schwarzen Fingernägeln. Ob auch sie von den Toten erwacht sind, sich aber ihrem Schicksal ergeben haben, nachdem sie gemerkt haben, dass sie im Leichenhaus eingesperrt sind?

Vor dem Kellerfenster sieht er Beine.

»Hallo, ich lebe!«

Die Beine bleiben zögernd stehen. Als überlegten sie, so schnell wie möglich das Weite zu suchen.

»Hier unten. Ich bin nicht tot!«, ruft Hans Christian und nimmt sich vor, in Zukunft nur noch mit einem Zettel in der Tasche das Haus zu verlassen, auf dem steht: *Ich bin nur scheintot*.

X

Molly ist nicht zu Hause. Hans Christian weiß nicht, wo er sonst hingehen soll, und sackt vor der Haustür auf den Boden.

Die Passanten kümmert es nicht, und als er die Beine ausstreckt, steigen sie einfach darüber hinweg. In dieser Stadt liegen an allen Ecken und Enden Menschen herum. Er ist gerade am Wegnicken, als er Schritte hört und Molly vor ihm steht.

Erst sieht sie ihn erschrocken an, dann wirft sie ihm ihren Hut an den Kopf.

»Wo warst du bloß? Wo hast du gesteckt?«

Er legt den Finger an die Lippen, versucht, auf die Beine zu kommen.

»Ich habe den Zucker gefunden, die roten Zuckerkristalle, den Tunnel, Molly. Ich bin mir sicher, dass er es dort getan hat, in dem Speicher!« Er spricht so aufgeregt und schnell, dass er sich wie ein Irrer anhört.

Molly beugt sich vor und mustert ihn argwöhnisch, ihr Gesichtsausdruck verrät ihm, wie er aussieht.

»Was ist passiert?«, fragt sie.

Was passiert ist? Er ist von den Toten zum Leben erwacht. So ist das. Ein Hans Christian Andersen hat mehr als nur ein Leben, das weiß er nun.

Oben in ihrer Kammer zündet Molly erst einmal das Talglicht an und deckt Mariechen zu, die mit verknoteten Armen und Beinen in ihrem Bettkasten schläft. Dann setzt Molly sich hin und sieht Hans Christian an.

»Und jetzt erzähl mir, was passiert ist«, sagt sie, feuchtet eine Ecke ihres Halstuches mit Spucke an und tupft ihm das Auge, die Lippen und die Wangen ab, eine warme Hand auf seiner Schulter.

Und so erzählt er die ganze Geschichte. Von dem Moment, als er im Hafen angekommen ist, bis zu seinem Erwachen im Leichenhaus.

Während er spricht, bemerkt er Mariechens leicht geöffnete Augen. Sie tut so, als würde sie schlafen, und lauscht doch aufmerksam der Geschichte. Er übertreibt ein wenig bei der Beschreibung der Leichen im Leichenhaus und sieht den sich aufgeregt auf und ab bewegenden Brustkorb des Mädchens.

»Wie sah der Mann aus? Hast du ihn gesehen?«, fragt Molly.

»Oh ja, ich habe ihn gesehen«, sagt Hans Christian. »Und auch wieder nicht. Er hat mir ins Gesicht geschlagen. Hart. Mit eiserner Faust.«

»Könnte das auch ein Stock oder Knüppel gewesen sein?«, schlägt Molly vor.

Hans Christian denkt nach.

»Ich habe eine Hand gesehen. Eine geballte Faust.«

Die Szene spielt sich noch einmal vor seinem inneren Auge ab. Und wieder. Es ist, als könnte er die Zeit anhalten. Er sieht die Hand in der Luft hängen, ehe sie ihn trifft.

»Wie dumm kann man sein«, sagt Molly und zieht an seinem Ohr. »Sich einfach so an einen Ort zu begeben, wo der Mörder sein könnte.«

Sie steht auf, um das Fenster zu schließen.

Mariechen nutzt die Gelegenheit, um aus ihrem Bettkasten zu klettern und zu Hans Christian zu laufen.

»Lausemädchen«, sagt Molly überrascht, als sie das Mädchen auf Hans Christians Schoß klettern sieht.

»Ist schon in Ordnung«, sagt Hans Christian.

»Nein«, widerspricht Molly. »Die Kleine soll schlafen.«

»Hat dir jemand aufs Auge gehauen?«, fragt Mariechen neugierig und betastet sein Gesicht.

Er nickt.

Molly dreht ihnen den Rücken zu, erledigt ein paar Dinge, packt einen in fettiges Papier gewickelten Trockenfisch aus.

»Und jetzt möchtest du natürlich wissen, wie es im Schloss gelaufen ist, nicht wahr?«

Hans Christian wendet seinen Blick von Mariechen ab und sieht Molly an.

»Wie ist es im Schloss gelaufen?«

»Ich habe für zweihundert Gäste Besteck geputzt und über dreißig Betten gemacht«, sagt sie und sieht ihn unschuldig an. »Und ich habe die geheimnisvolle Frau gefunden. Johanne heißt sie und ist die Ankleiderin der Prinzessin.«

Molly erzählt ihm von ihrer Entdeckung. Von der derben, bösartigen Prinzessin, von der Ankleiderin in ihrem gelben Kleid und dem heimlichen Treffen hinter der geheimen Treppe.

»Der Liebhaber kann nur Prinz Frederik sein, der doch eigentlich nach Jægerspris verbannt wurde, aber ganz sicher bin ich mir nicht. Wie passt das alles zusammen? Und was ist die Verbindung zwischen der Ankleiderin und der Waschfrau? Es gibt einen Hinweis, dass Bleiche-Maren im Bett der Ankleiderin gelegen hat und vielleicht aus diesem Grund umgebracht wurde. Nun fürchtet die Ankleiderin um ihr Leben und hat Angst, die Nächste zu sein, die sterben muss. Und sie glaubt, dass es morgen bei dem Maskenball passieren wird.«

»Das heißt, dass der Mörder zu dem Ball kommt?«, sagt Hans Christian und zuckt zusammen, als Mariechen ihren kleinen Finger auf die Wunde an der Stirn drückt.

»Da drinnen ist was«, sagt Mariechen. »Wie ein Gesicht.«

Molly schaut nach. Hält das Talglicht an Hans Christians Stirn.

»Sie hat recht. Da ist ein Abdruck. Wie von einer Stockspitze.«

»War der Mann böse auf dich?«, fragt Mariechen. »Weil du den finden willst, der Mama umgebracht hat?«

Molly verstummt. Hans Christian sieht Mariechen an und nickt.

Molly beugt sich vor und sieht sich die Wunde genauer an.

»Als hätte dir jemand einen Stempel auf die Stirn gedrückt. Erinnerst du dich an den Moment des Schlags? Hat er dich mit einem Stock oder Stab oder irgendwas in der Art geschlagen?«

Hans Christian schüttelt den Kopf. Er erinnert sich nur an eine Hand, etwas Glitzerndes.

»Die Hand ist wie ein wild gewordener Bock auf mich zugeschossen«, sagt er. »Und an der Spitze seiner Hörner hat er ein Zeichen getragen, das wie Blitz und Donner eingeschlagen ist.«

»Könnte es ein Ring gewesen sein?«, fragt Molly. »Hat er einen Ring getragen?«

»Möglich«, antwortet Hans Christian und streicht Mariechen über die Haare.

»So, Zausemaus, jetzt ab ins Bett mit dir.«

Molly hilft Mariechen wieder in das piksende Strohbett, wo die Kleine noch eine Weile herumwühlt, bis sie richtig liegt. Molly drückt ihr einen Kuss auf die Stirn und bläst das Talglicht aus. In der Kammer ist es jetzt fast dunkel, nur das schwache Licht von der Straße fällt herein, wo noch eine Laterne brennt.

Hans Christian hat sich an etwas festgebissen, das Molly gesagt hat.

»Du sagst, die Ankleiderin fürchtet um ihr Leben, weil sie glaubt, dass der Mörder es eigentlich auf sie abgesehen hat und gar nicht auf Bleiche-Maren?«

»Das schreibt sie in ihrem Tagebuch«, antwortet Molly.

»Das ergibt Sinn«, sagt Hans Christian und sieht ein buntes Theaterstück vor sich, das gut aus seiner Feder hätte stammen können. Der Vorhang öffnet sich, und ein Prinz betritt die Bühne, Fritz, und fasst sich an sein durchlöchertes Herz. Oh, Johanne. Er ist unglücklich verliebt in die Ankleiderin seiner Gemahlin. Seine Liebschaft wurde aber dummerweise vom König entdeckt, seinem mächtigen Schwiegervater, der den Prinzen nach Jægerspris verbannt, wo sich sein heißblütiges Gemüt beruhigen soll.

»Das ist Stoff für einen ordentlichen königlichen Skandal«, sagt Hans Christian. »Wenn den Bänkelsängerinnen zu Ohren kommt, dass der Prinz eine Affäre hat … und dann noch mit einer Nichtadligen, einer einfachen Ankleiderin.«

»Die Leute wären begeistert. Die Ankleiderin hat den Prinzen geohrfeigt, er war gar nicht zu bändigen.«

Molly erzählt Hans Christian, wie Fritz sich über Johanne hergemacht hat wie über sein Leibgericht.

»Das«, flüstert Hans Christian, »passt zu allem, was über den Prinzen gemunkelt wird. Er ist maßlos und gierig wie ein Bär auf dem Honigmarkt. Und jetzt ist Johanne sein Honigtopf. Damit er sie nicht mehr treffen kann, hat der König ihn in ein ödes Schloss außerhalb der Stadt verbannt, von wo er nur für äußerst seltene Visiten in die Stadt kommt. Oder eben heimlich. Unterdessen hat der König überall Spione, die ein scharfes Auge auf alle Bediensteten im Schloss haben, damit niemand nachts in der Gegend herumschleicht.«

»Aber, aber, aber«, mischt Molly sich ein. »Johanne hat eine

Frau gefunden, die ihr ähnlich sieht, vielleicht auf dem Markt oder an der Bleiche.«

»Genau. Maren sieht ihr ähnlich genug, um nachts in ihrem Dienstbotinnenbett als Johanne durchzugehen, während diese sich heimlich mit dem Prinzen trifft. Johanne schmuggelt Maren durch den Geheimgang, der bei den Stallungen endet, ins Schloss und in ihre Kammer. Vielleicht hat die Ankleiderin die arme Waschfrau sogar öfter für ihre Dienste bezahlt. Zum Exempel mit der hübschen Haarbürste. Aber einige Nächte bevor … deine Schwester ebenfalls ermordet wurde …«

»Anna«, flüstert Molly und sieht zu Marie, die endlich eingeschlafen ist.

»… ist Bleiche-Maren aus Johannes Kammer entführt worden. Der Mörder merkt nicht, dass er die falsche Frau mitgenommen hat. Aber eine der königlichen Wachen sieht ihn mit Maren über der Schulter aus dem Schloss kommen. Er hält ihn auf, worauf der Mörder den Soldaten niederschlägt und flüchtet.«

»Und das hat der Latrinenmann gesehen?«, sagt Molly.

»Ja. Der Latrinenmann kommt gerade mit dem königlichen Urin auf seinem Karren vom Schloss. Er sieht, wie der Mörder die Wache niederschlägt, und will dem Soldaten zu Hilfe eilen. Und die Prinzessin, die wegen des Lärms aufgewacht ist, sieht nur den über den Soldaten gebeugten Latrinenmann und schreit um Hilfe. Haltet den Mörder, ruft sie. Der Latrinenmann flieht, er hat keine andere Wahl. Wer glaubt schon einem Narren wie ihm, der nur in Reimen spricht. Er hängt sich an die Fersen des Mörders, in sicherem Abstand, und folgt ihm bis in den Speicher im Hafen. Er verschmilzt mit den nächtlichen Schatten und verschwindet in geheimen Räumen, bis er das obere Speicherstockwerk erreicht und das Blut im Zucker sieht, die jungen Mädchen, an denen herumgeschnippelt wird, und …«

Molly hebt eine Hand.

»Nicht weiter. Das ist …«

Hans Christian ist zu aufgeregt, er kann nicht aufhören.

»Er sieht, wie die Mädchen geschändet werden. Sieht den Mörder, der Anna ins Meer wirft und die Tonne mit der Waschfrau zu der Fäkaliengrube fährt. Es ist früh am Morgen, die Stadttore sind gerade erst offen, als der Mörder seine Karre aus dem Amager-Tor schiebt. Der Latrinenmann folgt ihm, sieht, wie der Mörder Bleiche-Maren im Exkrementensumpf versenkt. Kurz darauf sind alle Hofwachen und Polizeibeamte ihm auf den Fersen, die Prinzessin hat sein Schicksal besiegelt. Er beteuert die ganze Zeit über seine Unschuld, aber niemand hört ihm zu, niemand versteht seine seltsamen Reime. Und darum ahnt auch niemand, was er gesehen hat.«

»Niemand außer dir«, sagt Molly.

Das ist die größte Anerkennung, die ihm je zuteilgeworden ist.

»Aber wieso?«, fragt Molly. »Wieso ist der Mörder hinter Johanne her? Und was wollte er von Anna?«

Hans Christian denkt nach. Der Mörder sehnt sich nach etwas. Aber wonach?

»Ich weiß es nicht«, antwortet er schließlich.

»Aber nun hat er eine Spur hinterlassen. Eine sehr deutliche Spur«, sagt Molly und steht auf.

»Was meinst du?«, fragt Hans Christian.

»Auf deiner Stirn«, sagt Molly und hält ihm einen gesprungenen Spiegel vors Gesicht.

In dem spärlichen Licht erahnt Hans Christian die Schwellung um die Wunde mehr, als dass er sie sieht.

»Wenn wir herausfinden, was er dir da gegen die Stirn geschlagen hat, haben wir vielleicht auch Annas Mörder.«

Kapitel 10

Es ist Nachmittag, der Himmel bedeckt, die herbstmüde Sonne hinter den Wolken verborgen, als Hans Christian die Treppe hinunter und auf die Straße geht. Die alte Salomine war nirgends zu finden, weshalb Molly Hans Christian überredet hat, die Kleine mitzunehmen, bevor sie gegangen ist. Sie ist auch ganz brav, hat Molly ihm versichert und die Neugier des Mädchens offenbar völlig vergessen. Sie bleibt an jeder Ecke stehen, beobachtet eine Krähe auf dem Schild eines Hutmachers oder einen Krämer, der mit einem Paar billiger Holzschuhe winkt.

»Da ist einer, sieh doch«, ruft sie aufgeregt.

»Nein, du kleiner Papagei«, sagt er und stürmt weiter. »Wir suchen einen Goldschmied.«

Als Hans Christian in der Sværtegade zwei Wachmänner sieht, greift er nach der Hand der Kleinen und hält sie gut fest. Die Wärme, die von ihrer Hand in seine strömt, weckt die Erinnerung an seine Mutter, die sich so sehr gewünscht hätte, dass er eines Tages selbst eine kleine Familie gründet. In ihren klarsten Momenten, zwischen einem Schluck Schnaps und einem Mundvoll Branntwein, packte sie ihn manchmal im Nacken und ermahnte ihn, doch ja den Namen weiterzuführen, womit sie eine Familie meinte. Frau und Kinder, viele Kinder. Dabei wusste seine Mutter nur zu gut, dass es so nicht kommen würde. Dass in ihm eine andere Kraft wohnte, etwas Fremdes und Wildes in seiner Brust zerrte. Sie konnte es weder in Worte fassen noch verstehen, gespürt hat sie es aber trotzdem. Sosehr seine Blicke und Gedanken von den jungen, braun gebrannten Fischern aus Napoli angezogen wurden, so unwahrscheinlich sind Frau und Kinder, eine Familie. Aber man kann nicht einfach die Augen und Sinne davor verschließen und die Richtung wechseln. Trotzdem hat das Mädchen auf wundersame Weise seinen Blick verändert. Es ist jetzt schon ein paar Tage her, dass er an die zwei Fischer gedacht hat, an jenen Abend im Hafen.

Marie zieht an seiner Hand.

»Bist du mein Onkel?«, fragt sie.

»Nein«, antwortet er.

»Bist du dann mein Vater? Salomine sagt, alle haben einen Onkel, und alle haben einen Vater.«

»Ich bin nicht dein Vater, ich bin der Vater von niemandem«, sagt er und denkt, dass er im Grunde genommen selber noch ein Kind ist.

»Salomine sagt, alle Männer aus der Stadt könnten mein Vater sein, und ich soll mir einfach einen aussuchen.«

»So was«, sagt Hans Christian und sucht nach Worten. Irgendwelchen. Er findet keine.

Zum Glück erreichen sie in dem Moment die Gothersgade, in der drei Goldschmiedewerkstätten nebeneinanderliegen.

Über dem ersten Laden prangt ein geschnitztes Holzschild. Hans Christian klopft an die Tür, es macht aber niemand auf. Der nächste hat in dem Fenster zur Straße eine Auswahl seiner Gold- und Silberarbeiten ausgestellt. Hans Christian nimmt Marie auf den Arm, damit auch sie etwas sehen kann.

»Die ist hübsch«, sagt Hans Christian und zieht an einer Glocke neben der Tür.

Kurz darauf öffnet sich eine Luke in der Wand.

»Haben Sie einen Termin?«, fragt eine ältere Frau.

»Vielleicht können Sie mir weiterhelfen. Ich wurde niedergeschlagen«, sagt Hans Christian.

»Wir sind kein Hospital, sondern ein Juweliergeschäft, Kopenhagens vornehmster Goldschmied«, sagt sie, nachdem sie Hans Christian misstrauisch in Augenschein genommen hat, und knallt die Luke zu.

Marie und er gehen weiter zu dem dritten Laden. Er sieht bescheiden aus und liegt in einem zugewucherten Hinterhof. Auf eins der Fenster ist der Schriftzug *Hofgoldschmied Meyer* gemalt.

Durch die Scheibe sieht Hans Christian einen Mann mit einer zusätzlichen Vergrößerungslinse auf dem einen Brillenglas ein Schmuckstück untersuchen.

»Was wollen Sie?«, fragt der Goldschmied, noch ehe Hans Christian angeklopft hat.

»Mein Vater ist geschlagen worden«, antwortet Mariechen.

Die helle Mädchenstimme veranlasst den Goldschmied, von seiner Arbeit aufzuschauen.

»Das tut mir sehr leid, mein Mädchen.« Der Goldschmied mustert Hans Christian. »Ach du je, das sieht aber schlimm aus. Sind Sie überfallen worden?«

»Ja«, sagt Hans Christian und nimmt die Mütze ab.

»Vor der Stadt? Da passiert alle naselang was. Räuber haben es oft auf Leute abgesehen, die gerade von einem Juwelier, Goldschmied oder von der Bank kommen. Sobald sie aus dem Nordtor hinaus sind, schlagen sie zu. Aber wie kann ich Ihnen weiterhelfen? Wurde Ihnen ein Erbstück gestohlen, das Sie nachgemacht haben wollen?«

»Der Verbrecher hat mir ins Gesicht geschlagen und dabei einen Abdruck hinterlassen.«

»Oh ja, ich sehe es«, sagt der Goldschmied.

»Und nun möchte die Polizei gerne mehr über diesen Abdruck erfahren.«

»Das hört sich ungewöhnlich an. Äußerst ungewöhnlich«, sagt der Goldschmied kopfschüttelnd. »Und fällt wohl nicht ganz in mein Berufsfeld. Sie sollten besser einen Arzt konsultieren, oder einen dieser neumodischen Schädelforscher.«

»Mag sein, ja. Ich wollte Sie aber trotzdem fragen, ob Sie mit Ihrer langen Berufserfahrung einen Kennerblick auf den Schaden werfen könnten. Vielleicht erkennen Sie den Ring ja wieder, der diesen Abdruck hinterlassen hat?«

Hans Christian zeigt auf die Wunde über seinem Auge.

Der Goldschmied scheint ein paar Zentimeter zu wachsen.

»Ich habe im Laufe meines Lebens einen ganzen Berg Ringe geschmiedet.« Er wirft einen Blick auf die Wunde. »Aber woher wissen Sie, dass es ein Ring war und nicht ein Stock oder eine Keule, die diesen Abdruck an Ihrer Stirn hinterlassen hat?«

»Weil es eine Hand war, die mich geschlagen hat. Mit einem Ring am Finger«, sagt Hans Christian.

Der Goldschmied seufzt.

»Was soll's«, sagt er. »Kommen Sie herein. Setzen Sie sich. Und entschuldigen Sie die Unordnung, aber so ist das nun einmal, wenn man so viele Jahre wie ich allein im Geschäft ist. Der starrköpfige Sohn musste ja unbedingt eine Banklehre machen.« Seine letzten Worte sind von einem verbitterten Lächeln begleitet. »Für ihn bedeutet es das Glück auf Erden, in der Zentralkasse zu sitzen und das Geld ehrbarer Menschen zu verwalten. Das verstehe, wer will.«

Hans Christian lässt sich wortlos auf einem dreibeinigen Schemel nieder. Marie steht schräg hinter ihm und drückt sich an ihn. Es ist warm im Raum. Hans Christian sieht, dass der Goldschmied unter seinem braunen Lederschurz keine Hose trägt. Er hat kaum noch Haare auf dem Kopf und braune Zähne, stechend blaue Augen, und seine Hautfarbe erinnert an das Gold, von dessen Verkauf er lebt.

»Dann wollen wir mal schauen«, sagt der Goldschmied und richtet die Vergrößerungslinse auf die Wunde.

Aus dem Augenwinkel sieht Hans Christian Mariechens neugierige Blicke auf eine Reihe von Händen, die an der Wand angebracht sind. An den Fingern stecken und hängen Schmuckstücke, Ketten und Ringe, die in dem gedämpften Licht der Werkstatt schimmern. Im Kamin in der Ecke glimmt ein kleines Feuer, umgeben von verschiedenen Töpfen, Gefäßen und Kannen.

»Das ist vor allen Dingen eine blutige Wunde«, sagt der Goldschmied. »Wenn ich da irgendwas erkennen soll, muss ich sie erst einmal reinigen. Sind Sie damit einverstanden?«

Hans Christian sitzt reglos da und nickt unsicher.

»Sei so gut, Mädchen, lauf die Treppe hoch und bitte meine liebe Frau um eine Schale mit frischem Wasser und einen Lappen«, sagt der Goldschmied mit einem Blick auf Marie.

Marie stürmt los. Hans Christian hört ihre trippelnden Füße über sich. Kurz darauf kehrt das Mädchen mit der Frau des Goldschmieds zurück, die vom Fuß der Treppe beobachtet, wie der Goldschmied die Wunde mit Wasser ausspült und mit kleinen Zangen und einem spitzen Messer bearbeitet.

Es kribbelt, sticht und brennt, am liebsten würde Hans Christian laut schreien. Er hat physischen Schmerz schon immer stärker empfunden als andere Menschen. Er wächst in seinem Körper heran, drängt heraus und zerreißt ihn fast.

»So«, sagt der Goldschmied. »Jetzt kann ich ein wenig besser in die Wunde schauen. Da ist in der Tat ein deutlicher Abdruck, aber was das darstellen soll, wissen die Götter. Haben Sie irgendetwas sehen können, bevor der Schlag Sie getroffen hat?«

Hans Christian denkt nach. Blitz und Donner. Ein wildes Tier.

»Ich habe einen Blitz gesehen, ehe die Faust mich getroffen hat«, ohne zu wissen, was das zu bedeuten hat.

»Ich glaube gern, dass Sie bei dem Schlag einen Blitz gesehen haben, aber weiter kann ich Ihnen leider auch nicht helfen«, sagt der Goldschmied und kratzt sich die Glatze. »Sie sollten wirklich zu einem Arzt gehen.«

Hans Christian weiß nicht, was er erwartet hat. Er steht auf. Marie hält ihn an einer Jackentasche fest.

»Es sei denn«, sagt der Goldschmied und sieht seine Frau an. »Marthe, wenn du mir einen Becher kochendes Wasser bringen würdest. Ich habe eine Idee, aber ich kann nicht versprechen, dass es klappt. Na, das werden wir bald sehen.«

Die Frau geht zu der Feuerstelle. Hans Christian hört sie mit den kleinen Töpfen und Kesseln hantieren. Kurz darauf gießt der Goldschmied etwas kaltes Wasser in die kochende Flüssigkeit und gibt ein graues Pulver aus einem Beutel hinzu. Es entsteht ein blasser, zäher Teig, der nach faulen Eiern stinkt.

Jetzt drückt der Goldschmied ein kleines Metallrohr auf die Wunde. »Meine Kleine, würdest du wohl die Hand deines Vaters halten? Das wird gleich ordentlich wehtun«, sagt er.

Mariechen nimmt Hans Christians Hand und sieht ihn an.

»Sie müssen jetzt ganz still sitzen und dürfen sich nicht bewegen. Wenn dieser Stoff Ihnen in die Augen läuft, kann ich für nichts garantieren …«

Hans Christians erster Impuls ist, laut zu schreien. Aus Angst, sein Augenlicht zu verlieren. Die Augen, die ihm solche Freude bereitet, ihm so viel gegeben haben. Er will nicht durch die Stadt irren wie ein einäugiger Bettler. Was für ein unerträglicher Gedanke. Aber ehe er noch etwas sagen oder tun kann, hat der Goldschmied schon den grauen Brei in das Rohr gegossen. Als die zähe Masse auf die offene Wunde trifft, jagt der Schmerz einen Blitz durch seinen Körper. »Was machen Sie mit mir?«, wimmert er.

»Nicht reden, guter Mann, sitzen Sie still. Das muss jetzt trocknen. In der Wartezeit kann Ihre Tochter mit meiner Frau hoch in die Küche gehen und sich ein Plätzchen abholen.«

Hans Christian drückt Maries Hand. Sie sieht aufgeregt und etwas unsicher, aber zugleich fasziniert aus. Sie ist noch nie in einem fremden Haus gewesen und hat Plätzchen angeboten bekommen. Sie geht mit der Frau die Treppe hoch. Hans Christian hofft inständig, dass sie nichts verrät. Von Anna, dem Hurenhaus und dem Mörder.

Der Goldschmied dreht sich zu einem kleinen Tisch um und überlässt Hans Christian eine Weile sich selbst. Wie lange wird er warten müssen? Die Zeit rennt davon, bald geht der Maskenball los, und Molly erwartet ihn am Tunnelausgang bei den Stallungen. Und er hat noch keine Verkleidung.

»Der Gips dürfte jetzt trocken sein. Sehen wir es uns doch mal an«, sagt der Goldschmied und nimmt das Rohr von der Stirn. Es fühlt sich an, als würde er an der Wunde reißen. Dann setzt er wieder die Linse vor das Brillenglas und betrachtet ausgiebig sein Werk, ehe er endlich etwas sagt.

»Ich bin nicht sicher, was das darstellen soll. Sie sagten, dass Sie einen Blitz gesehen haben, aber das hier erinnert eher an ein Kreuz.«

Er reicht Hans Christian den Abguss, in dem die Ränder der

Wunde zu erkennen sind und der Abdruck, den der Schlag hinterlassen hat.

Der Goldschmied hat recht. Es könnte ein Kreuz sein. Oder eine Flagge. Es sieht ein bisschen aus, als würde die Flagge brennen, aber das ist schwer zu erkennen.

»Haben Sie als Hofgoldschmied jemals einen Ring hergestellt, der so aussieht? Oder repariert?«, fragt Hans Christian. »Es könnte sein, dass mein Angreifer aus dem Schloss kommt.«

»Nicht, soweit ich mich erinnere«, sagt der Goldschmied mit sorgenvoller Miene. »Sie sind doch nicht in etwas Ungesetzliches verwickelt?«

»Nein«, beeilt Hans Christian sich zu sagen. »In keinster Weise.«

Der Goldschmied sieht sich den Abguss noch einmal an.

»Augenblick mal, womöglich habe ich das Symbol tatsächlich schon einmal gesehen. Warten Sie kurz.«

Er verschwindet in einem kleinen Kabuff unter der Treppe und kommt mit einer schwarzen Ledermappe zurück, die er auf die Arbeitsplatte legt. Dann blättert er durch die darin enthaltenen Papierbögen mit hübschen Skizzen, Monogrammen und allen möglichen Symbolen. Kronen, Äxte und Zepter. Wölfe, Bären und Adler.

»Ich habe eine Reihe Siegel und einzigartige Schmuckstücke für den Adel und verschiedene Orden angefertigt. Auch für Richter und Bürgermeister«, sagt er.

Er holt eine neue Mappe. Blättert immer schneller.

»Da.« Er hält inne und zeigt auf ein Schild, ein Wappenzeichen.

Ein Anker mit einem Banner in der Mitte. Auf dem Banner eine Löwenpfote, die ein langes Goldmesser hält. Über dem Anker prangt eine Krone.

»Interessant, sehr interessant«, sagt der Goldschmied. »Sehen Sie das?«

Hans Christian hält den Abguss neben das Wappenzeichen. Es könnte das Gleiche sein. Unter dem Zeichen steht ein kurzer Text.

»Was steht dort? Wo kommt das her?«

Der Goldschmied ist fast so aufgeregt wie Hans Christian.

»Seekadetten-Akademie«, liest Hans Christian. »Das sagt mir nichts.«

»Die Offiziersschule der Marine«, erklärt der Goldschmied.

»Dann ist mein Angreifer Offizier?«

»Es sieht so aus. Vielleicht hat er aber auch nur den Ring eines Offiziers gestohlen.«

Ein Seemann, denkt Hans Christian erregt, während er versucht, das Ganze in einen logischen Zusammenhang zu bringen. Das würde zu dem Speicher im Hafen passen. Die Verbindung zum Königshaus, zu dem viele Mitglieder der Flotte gehören.

Er schüttelt dem Goldschmied die Hand.

»Ich danke Ihnen, tausend Dank«, sagt er und wischt sich mit dem Lappen über die noch immer schmerzende Wunde. Er ist schon durch die Tür, als der Goldschmied hinter ihm herruft:

»Vergessen Sie Ihre Tochter nicht.«

Hans Christian bleibt stehen.

»Ach ja, meine Tochter«, sagt er und wartet, bis das Mariechen aus der Tür kommt, in jeder Hand drei Plätzchen und dazu den Mund voll. Hans Christian nickt dem Goldschmied noch einmal zu, ehe er den Innenhof verlässt. Von einer Kirche hört er die Glocke sieben Mal schlagen.

Bald wird Molly an der verabredeten Stelle auf ihn warten.

Und ihm fehlen noch ein Kostüm und eine Maske.

Kapitel 11

Es ist, als wäre das Böse ins Schloss eingezogen.
Die Worte aus dem Tagebuch der Ankleiderin lassen Molly nicht los. Sie machen ihr Angst. Vielleicht sollte sie besser die Finger davon lassen, auch im Sinne von Mariechen. Könnte Anna aus dem Jenseits mit Molly reden, würde sie sicher sagen: Lass das, Molly, kümmere dich lieber um Marie, sie ist wichtiger als alles andere. Und doch ist Molly nun im Schloss, wo hinter jeder Ecke Gefahr lauert. Johanne, die Ankleiderin, ist davon überzeugt, dass der Mörder heute Abend zum Fest kommt.

Molly sieht auf die große Elfenbeinuhr auf dem Kaminsims. Viertel vor sieben. In einer Viertelstunde soll sie Hans Christian ins Schloss lassen. Auch das muss sie nicht tun. Sie könnte ihn sich selbst überlassen. Sie schuldet ihm nichts, im Gegenteil. Sie könnte als Cathrine Pedersen weiter ihre Arbeit im Schloss machen. Dafür sorgen, dass Marie irgendwann auch eine Anstellung bekommt, überlebt, vergisst.

Nein, denkt sie. Dieser Traum ist unerfüllbar. Sie könnte nicht damit leben, Annas Mörder ungestraft davonkommen zu lassen. Niemals. Ebenso wenig würde sie es ertragen, wenn Hans Christian zum Tode verurteilt würde. Sie mag ihn. Wie einen Bruder. Einen etwas merkwürdigen Bruder, der immer wieder an ihren Nerven zehrt. Auch das Mariechen mag ihn. Es darf ihm nichts geschehen.

Ein weiteres Mal geht sie in Gedanken ihren Plan durch. Zuerst muss sie sich eine Entschuldigung einfallen lassen, um zum Stall laufen zu können. Dann muss sie die Stallburschen weglocken und Hans Christian durch die Luke herauflassen und ihn irgendwie ins Schloss schleusen. Hoffentlich ist seine Verkleidung so gut, dass er unter den anderen Gästen nicht auffällt. Ihr graut davor, was er sich hat einfallen lassen. Hauptsache, er kommt nicht als Latrinenmann verkleidet ins Schloss.

Molly putzt mit geröteten, steifen Fingern das nächste Weinglas. Ihr Blick huscht über den Tisch, der mit silbernen Kerzenständern und goldenen Löwen mit weit geöffneten Rachen geschmückt ist. Mitten auf dem Tisch prangt eine riesige, kugelige Glasschale mit Goldfischen, die immer wieder die Wasseroberfläche durchbrechen, als wollten sie herausspringen. Am Boden der Schüssel liegt ein unheimliches Geschöpf, ein Hummer, hat der Koch gesagt. Ein dunkelrotes Ungeheuer mit vielen Beinen und starken Zangen, die mit einer goldenen Kordel zusammengebunden sind.

Der Zeremonienmeister klatscht dreimal in die Hände, das Zeichen, dass sie jetzt alle in den Keller müssen. Die Gäste kommen in weniger als einer Stunde. Sie müssen noch die Leuchter anzünden, den Saal ein letztes Mal fegen und die Teppiche auf der Treppe bürsten.

»Beeilt euch jetzt«, ruft die Vorsteherin über die kleine Gruppe schwitzender Dienstmädchen hinweg.

Molly lässt ein Glas fallen, kann es aber mit der Schürze auffangen. Sie muss laufen, um mit den anderen in den Keller zu kommen. Mehrmals stolpert sie fast im hektischen Pulk der anderen und gerät ins Straucheln. Aus der Küche wird ein nicht abreißender Strom beeindruckender Speisen herausgetragen, im Rittersaal wurden seltsame Holzkonstruktionen errichtet, und überall wimmelt es von Musikern, Wachleuten und Dienstmädchen. Sie putzen, wienern, polieren und waschen seit zwei Tagen, alle Mädchen sind erschöpft, und sowohl der Zeremonienmeister als auch die Vorsteherinnen platzen förmlich vor Nervosität. Bald, sehr bald wird das Fest beginnen, die Musik erklingen, werden die Türen sich öffnen, Wein wird ausgeschenkt werden, und alle Mädchen werden parat stehen, den Gästen alle nur erdenklichen Wünsche von den Augen abzulesen. Sonst kriegen sie es mit der Vorsteherin zu tun. Es wird ein Fest werden, wie Molly noch nie eins erlebt hat – aber sie wird es nicht auskosten können. Sie hat eine Aufgabe. Sie haben eine Aufgabe.

Die Gruppe der Dienstmädchen wird durch die Küche geführt,

in der es allenthalben brodelt und siedet. Mehr als fünfundzwanzig Schweine drehen sich über dem offenen Feuer. Ein Küchenmädchen hat erzählt, mindestens 300 Hühner seien gerupft und mit Dorschfleisch und Speck gefüllt worden. Nie zuvor in ihrem Leben hat Molly so viel Essen gesehen. Berge von Kartoffeln und Rosenkohl und riesige Gefäße, in denen flüssige Schokolade blubbert. Sie denkt an Mariechen. Ihren mageren Körper, die Wangenknochen unter der bleichen Haut.

»Aus dem Weg, meine Damen«, ruft ein kräftiger Kerl mit einer Schubkarre voller Holzscheite für den großen Ofen, gefolgt von zwei weiteren Männern, der Schweiß rinnt über ihre Gesichter.

Molly ist so hungrig, dass ihr schon ganz schwindelig ist. Trotzdem wagt sie es nicht, sich eine gezuckerte Erdbeere aus einer Schale zu stibitzen, zu groß ist die Angst, ihren Plan damit in Gefahr zu bringen.

»Jetzt ist es also so weit!«, ruft der Zeremonienmeister, räuspert sich und geht noch einmal das bis ins letzte Detail durchdachte Programm durch. Nichts ist dem Zufall überlassen. Den Plan hat die Prinzessin persönlich entworfen. In der Zwischenzeit teilt die Vorsteherin Kostüme aus. Die Hofnäherinnen haben für die Dienstboten weiße, mit Schwanenfedern verzierte Kleider geschneidert. Jedes Mädchen erhält zusätzlich noch eine mit Federn und Perlen verzierte Maske. Auch das war die Idee der Prinzessin. Da es die Kleider aber nur in einer Einheitsgröße gibt, kommt schnell Unruhe unter den Dicksten und Dünnsten auf.

Mollys letzter Auftrag ist es, die beiden Abtritte für die Gäste zu putzen, wenn sie mal austreten müssen. Die vornehmen Fäkalien laufen durch schmale Rohre in riesige Tonnen in der Unteretage. Diese Tonnen waren es, die der Latrinenmann in jener Nacht geleert hat, in der Nacht, in der …

Der Gedanke daran macht Molly nervös. Der arme Latrinenmann hat nur versucht, Bleiche-Maren zu retten, indem er Alarm geschlagen hat, um den Mörder zu stellen. Er war nicht nur unschuldig, sein Einsatz hat ihn sogar das Leben gekostet. Wird ihnen, Hans Christian und Molly, nun das gleiche Schicksal widerfahren?

Das Orchester beginnt zu spielen. Das bedeutet, dass die Ersten bereits eingetroffen sind. Molly sieht aus dem Fenster. Kutschen rollen vor dem Schloss vor, die jüngsten Offiziere und ihre Frauen schreiten zu Fuß durch das Tor. Einige wenige sind unverkleidet, tragen aber schmucke Uniformen und Augenmasken. Andere tragen aufwendige Kostüme. Farbenprächtige Federn und bunte Stoffe. Einer sieht aus wie ein persischer Fürst, seine Frau wie eine streng in Schwarz gekleidete Nonne. Andere tragen unheimliche, schwarze Kostüme mit großen Kapuzen, die Gesichter hinter weißen Masken mit gewaltigen Nasen verborgen.

Molly läuft ein Schauer über den Rücken.

Sobald sie mit den Latrinen fertig ist, hastet sie in den Keller, um sich umzuziehen. Die weiße Schwanentracht ist ihr etwas zu groß, selbst wenn sie sie ganz eng um die Taille bindet. Die Federn hängen traurig von ihren schmalen Schultern herab. Eins der anderen Mädchen hilft mit ein paar Stecknadeln nach, damit das Kleid etwas besser sitzt, und bindet ihre Maske im Nacken fest.

Es ist an der Zeit, Hans Christian zu holen. Dafür muss sie die Stallburschen weglocken oder so viel Unruhe stiften, dass sie ihn ungesehen ins Schloss schleusen kann. Molly hat einen Plan, aber wird er funktionieren?

Sie geht durch die Küche. Vor den Augen eines angestrengt arbeitenden Kochs nimmt sie zwei Kannen Bier und verlässt das Gebäude. Niemand sagt etwas. Molly läuft über den Hof zu dem großen Stall in der Ecke, in dem ebenfalls hektische Aktivität herrscht. Mehrere Kutschen sind eingetroffen, und einige der Stallburschen stehen zusammen und wischen den Pferden den Schweiß von den Rücken.

»Hier ist frisches Bier mit Grüßen aus der Küche«, ruft Molly laut und stellt die Kannen auf einen Karren in der Ecke des Hofes. »Trinkt, es gibt noch mehr, wenn ihr wollt.«

Ihr Plan scheint aufzugehen. Die Stallburschen, die solche Großzügigkeit nicht gewohnt sind, lassen für eine Weile die edlen Pferde stehen. Sie prosten sich zu und trinken auf den arbeitsreichen Tag. Molly hält nervös nach dem aufdringlichen Knecht Ausschau, den sie vor der Kammer der Ankleiderin getroffen hat. Er steht mit dem Rücken zu ihr und hat sie noch nicht bemerkt.

Sie schlüpft in das stinkende Dunkel des Stalls und läuft an der Reihe der Boxen vorbei. Die Pferde sehen ihr neugierig nach, schlagen mit den Schweifen und drehen die Ohren. Einer der weißen Kladruber, die die Kutsche des Königs ziehen, begrüßt sie mit trockenem Wiehern.

Bei der vorletzten Box öffnet sie das Tor, zieht das Pferd heraus und bindet es an der anderen Seite des Stalls an. Es ist ein Oldenburger Wallach, größer als sie selbst, mit starken Läufen und einer weißen Blesse auf der Stirn. Molly kennt sich mit Pferden gut aus. Sie hat alle möglichen Tiere geritten. Esel, Maultiere, Pferde, sogar Kühe. So etwas tut man, wenn man in Onsevig aufwächst, auch als Mädchen.

Von draußen ist Gebrüll zu hören. Molly blickt zum Stalltor und sieht, wie sich zwei der Burschen um die Bierkannen prügeln.

Sie weiß nicht, wie spät es ist, befürchtet aber, etwas verspätet zu sein. Sie schnappt sich einen Besen und fegt altes Stroh und Pferdeäpfel weg, bis die Steine und die Luke zum Vorschein kommen. Sie packt sie und zieht daran, bis diese plötzlich nachgibt und aufschwingt. Dreck und Pferdemist fliegen ihr ins Gesicht.

»Bist du da?«, flüstert sie ins Dunkel, kniet sich hin und blickt in den Schacht hinunter.

Es ist niemand da. Nichts zu hören.

»Hans Christian«, ruft sie und hört hinter sich das Stalltor knarren. Hufe klappern über den Mittelgang in ihre Richtung.

Wo steckt Hans Christian? Er hätte unter der Luke warten sollen.

Ist ihm etwas zugestoßen? Oder gar Mariechen? Molly will gerade noch einmal seinen Namen rufen, als das Gesicht eines Ungeheuers aus dem Schacht auf sie zuschießt. Eine Maske aus schwarzem Stoff, wie sie die Räuber auf den Landstraßen nutzen, um Nase und Mund zu verdecken.

Die Maske gleitet zur Seite.

Es ist Hans Christian. Er sieht Molly begeistert an.

»Du … tu das nie wieder!«, flüstert sie. »Du hast mich zu Tode erschreckt!«

»Das alte Kleid habe ich in deiner Kammer gefunden«, flüstert er. »Ich hatte nicht so viel Zeit, also …«

Molly gibt ihm zu verstehen, dass er schweigen soll. Sie nimmt seine Hand und hilft ihm vorsichtig hoch.

Hinter ihr bricht Lärm los. Ein Stallbursche zerrt ein Pferd herum, das ängstlich austritt und eine Boxentür trifft, woraufhin auch die anderen Pferde unruhig werden.

»Ich weiß, nach wem wir suchen«, flüstert Hans Christian Molly ins Ohr.

Sie wirft ihm einen Blick zu, während sie darauf warten, dass der Bursche den Stall verlässt.

»Komm«, sagt sie und schleicht durch den Mittelgang in Richtung Ausgang. »Die ersten Gäste sind schon da. Wir müssen dich durch die Hintertür reinschmuggeln, damit du nicht vorgestellt wirst. Setz die Maske wieder auf.«

Sie schlüpfen durch das Tor. Zwei der jüngeren Stallburschen schlagen mit Mützen aufeinander ein, um sich die letzten Tropfen aus den Bierkrügen zu sichern. Die Umstehenden johlen, während sich ein paar andere um einen Friesen mit feuerrotem Zaumzeug kümmern. Niemand bemerkt sie, als sie über den Hof zum Schloss laufen.

Sie gehen über die Dienstbotentreppe nach oben. Diener in Krähenkostümen kommen ihnen entgegen, die Köche mussten sich als Schweine verkleiden. Als sie einen Absatz erreichen, hält Molly Hans Christian zurück.

»Sag, was hast du herausgefunden?«, fragt sie.

»Ich weiß, nach wem wir suchen. Er ist Offizier.«

»Wie bist du darauf gekommen? Hat das was mit dem Abdruck auf deiner Stirn zu tun?«

»Er stammt von einem Ring«, erklärt Hans Christian und erzählt von seinem Besuch beim Goldschmied und dem Siegel mit Anker, Löwenpfote und Messer. »Der wird nur für die Offiziere der königlichen Flotte gemacht. Wir müssen nur den Ring finden, dann haben wir auch Annas Mörder.«

Molly stockt der Atem. Er ist also tatsächlich irgendwo da drinnen. Auf der anderen Seite der Tür. Annas Mörder. Unter den reichsten und mächtigsten Männern der Stadt. Wie soll sie ihm gegenübertreten? Und was soll sie tun, wenn sie ihn gefunden hat? Ihn angreifen? Laut schreien?

»Sind alle verkleidet?«, fragt Hans Christian.

Molly nickt und stellt sich vor, welche Maske der Mörder trägt. Ist er wie der Tod verkleidet? Wie der Teufel? Womöglich trägt er auch Weiß wie ein Engel, die beste Verkleidung für das Böse.

»Wir trennen uns und treffen uns in einer Stunde wieder«, sagt Hans Christian. »Ich suche nach dem Ring, du behältst die Ankleiderin im Auge. Wenn es sich so verhält, wie ich glaube, wird er sie umbringen wollen. Bleiche-Maren war die Falsche. Heute Abend will er die Richtige finden. Er wird auf der Suche nach ihr sein.«

Molly nickt. Sie weiß nicht, wie die Ankleiderin verkleidet ist, hofft aber, sie an ihren hellen Haaren oder an ihrer Figur zu erkennen.

»Bereit?«, fragt er und sucht ihren Blick.

Sie nickt wieder.

»Und los«, sagt sie und spürt die Nervosität wie ein Kribbeln unter der Haut.

»Hans Christian?«, ruft sie ihm hinterher.

Er dreht sich um. Graublaue Augen unter einer schwarzen Maske.

»Pass auf dich auf«, flüstert sie.

Er öffnet die Tür und ist verschwunden.

Sie selbst geht in den Keller, durch die Küche und zu den anderen Dienstmädchen, weiß gefiederte Schwäne. Bis um neun Uhr wird im Galasaal getanzt, dann wird im Rittersaal das Essen serviert.

Die Köche geben alles, um das Essen pünktlich fertig zu bekommen. Rufe und Kommandos schallen durch den Keller. Immer wieder werden Tabletts mit hohen Champagnergläsern oder etwas kleineren Weingläsern nach oben geschafft. Und große Bierkrüge für all jene, die sich für den französischen und deutschen Rebensaft nicht begeistern können. Molly ist erleichtert, dass sie Hans Christian ins Schloss schmuggeln und sich selbst wieder unbemerkt unter die Mädchen mischen konnte. Da ruft die Aufseherin sie zu sich.

»Was ist das da?«, fragt sie und deutet auf Mollys Kleid.

Erst jetzt bemerkt Molly die braunen Flecken auf ihrer Brust und ihrem Rock. Stalldreck.

»Der Zeremonienmeister hat mich gebeten, den Stallburschen ein paar Kannen Bier zu bringen«, sagt Molly und sieht untertänig zu der Aufseherin auf, die in ihrem Kostüm wie eine fette Taube aussieht.

»Du warst doch wohl mit keinem der Gäste im Heu?«, fragt sie und riecht an Mollys Hals.

»Nein, Frau Aufseherin.«

Die alte Frau nimmt Mollys Ohrläppchen und zieht daran. »Ich habe ein Auge auf dich, Cathrine Pedersen. Jetzt bring die Gläser hoch«, flüstert sie. »Und denk an deine Maske.«

Mollys erster Gedanke war, sich zu verteidigen, wie es sie das Leben gelehrt hat. Nicht zu dulden, dass man so mit ihr umspringt. Mehr als einmal hat sie die anderen Dirnen zu Boden geschubst und ihnen die Luft abgedrückt. Als sie noch neu in der Ulkegade war, ziemlich häufig. Aber Anna hat ihr beigebracht, sich zu zügeln und einfach ihres Weges zu gehen, statt sich provozieren zu lassen.

»Ja, Frau Aufseherin«, sagt sie und zieht sich die Maske vor die

Augen. Dann nimmt sie das Tablett und geht die Treppe hoch in Richtung Musik.

Gleich hinter einem anderen Dienstmädchen betritt sie den großen Saal und lässt vor Schreck fast das Tablett fallen. Die Musik und der Trubel sind einfach unglaublich. Durch die kleinen Gucklöcher der Federmaske kann sie nur wenig erkennen, aber was sich vor ihren Augen abspielt, überwältigt sie vollkommen. Es ist schön, verwirrend und abstoßend zugleich. Fremd und unwirklich.

Die Ankleiderin, denkt sie und versucht, sich zu beruhigen. Sie muss sie finden.

Der Galasaal ist schon ohne Gäste prachtvoll. Jetzt brodelt es darin hysterisch und berauscht. In den großen Spiegeln zwischen den hohen Säulen wirkt der Raum beinahe endlos.

Und dazu die bizarren Masken, die leblosen Gesichtsausdrücke in den hässlichen Fratzen und die bunten Kostüme. Und natürlich die unglaubliche Musik. Sie sieht Musiker mit großen und kleinen Violinen und anderen Instrumenten, die sie nicht kennt. Wieder andere halten Trompeten in der Hand oder lassen ihre Finger über Tasteninstrumente tanzen. Das klingt im einen Moment wie Glockenläuten, dann wieder wie das Tröpfeln des Regens. Für ihre Ohren ist das alles neu und atemberaubend. Sie kennt nur die einfache Fidelmusik aus dem Gasthaus und von der Wachparade. Dies hier fühlt sich an, als würde eine Hand sich um ihr Herz legen und es in den Wind schleudern.

Und dann der Tanz. Die Menschen wirbeln umeinander und drehen sich wild im Kreis. Körper und Hände sind in steter Bewegung, Finger streichen über Rücken und Hüften. Das ist so schön, so aufgeladen, dass Molly es körperlich spürt.

Ihr Blick wird von einem Mann mit schwarzem Umhang und einer Maske eingefangen, die beinahe sein ganzes Gesicht bedeckt. Die Augen sind groß und blau, die Lippen schwarz gemalt. Die dünne Gestalt bewegt sich schnell wie ein Insekt auf sie zu, gleitet zwischen den Tanzenden hindurch, ohne jemanden zu berühren. Molly sieht zu Boden, und als sie den Blick wieder hebt, ist er weg.

Verschwunden zwischen all den anderen Schwarzgekleideten.

Stattdessen sieht sie jemanden, der wie Hans Christian aussieht. Er steht mit den anderen, die nicht tanzen, an der Wand, doch als sie sich nähert, erkennt sie unter der Maske einen jungen Grafen, der reichlich Champagner getrunken hat und zur Musik wild in die Hände klatscht.

Sie fixiert auf der Suche nach dem Ring die Hände des Mannes.

Überall sind Hände. Klatschende Hände, Gläser haltende Hände, Hände auf Tabletts und in den tiefen Schüsseln.

Und da: eine Hand mit einem Ring. Darauf ein Anker – mit einer Löwenpfote und einem Messer.

Molly hebt den Blick. Der Ring steckt auf einem dicken Finger an einem fetten Mann, der sich wie Napoleon gekleidet hat. Offenbar ein Offizier, auch wenn seine Dienstjahre schon etwas zurückliegen müssen.

Ist das der Mann, den sie suchen? Wenn Hans Christian richtigliegt, hat dieser Mann Anna erschlagen. Molly sieht ihn sein Glas leeren, ein neues nehmen und zu einer jungen Hirtin gehen. Sie betreten die Tanzfläche und lassen sich mit dem Strom mitreißen.

Hände auf Hüften, Stöcken, Schößen. Hände, die in Taschen verschwinden, unter Röcke und Hosenbünde gleiten.

Molly spürt, wie das Blut ihren Kopf verlässt, als sie sich durch die Gesellschaft schiebt und das letzte Glas von ihrem Tablett verschwindet. Überall sind Ringe. Und viele davon, sehr viele zeigen einen Anker und die Löwenpfote.

Wo ist Johanne? Molly drückt sich an einer Frau mit einer seltsamen Vogelmaske vorbei und versucht, sich einen Überblick zu verschaffen. Da entdeckt sie Johanne für einen kurzen Moment. Sie hält etwas in den Händen. Einen Zettel? Sie lässt den Zettel fallen und verschwindet in der Menge. Dafür sieht Molly jetzt Hans Christian. Er spricht mit einem Chinesen. Molly drückt sich an dem Herrn vorbei und stellt sich direkt hinter Hans Christian, der sie noch nicht bemerkt hat.

»Das klappt so nicht«, flüstert sie ihm ins Ohr. »Da stimmt etwas nicht.«

Er dreht sich erschrocken zu ihr um. Dann erkennt er sie. Er sieht sich um.

»Ich habe ihn gesehen. Er ist hier.«

»Wo?« Ihr Blick schweift hastig über die Menge und mustert die Männer in ihrer Nähe. Ein Schornsteinfeger mit schwarzer Maske, ein Mann in einem roten Umhang mit roter Maske und ein Pierrot mit einer roten Träne unter dem Auge.

»Nein, nicht der Mörder. Ich meine Cosmus Bræstrup, den Polizeidirektor. Dort drüben. Ich glaube, er hat mich gesehen.«

»Der Pierrot?«, fragt sie.

»Nein, der Schornsteinfeger.«

Als der Mann mit den schwarzen Kleidern, dem Besen auf dem Rücken und dem rußig verschmierten Gesicht sich umdreht, wenden sie sich ab.

»Das ist nicht unser einziges Problem«, bemerkt Molly. »Es gibt auch viel zu viele Ringe. Genau solche, wie wir sie suchen.«

»Habe ich auch gesehen«, sagt Hans Christian. »Ich habe bestimmt schon sieben oder acht Mal geglaubt, den Richtigen gefunden zu haben. Aber wenn wir weitersuchen …«

»Komm mal her«, unterbricht Molly ihn.

»Was sollen wir tun?«

Sie zieht ihn zur Seite und in eine Ecke und hebt seine Maske an. Sie betrachtet die Wunde. »Du bist mit der linken Hand geschlagen worden«, sagt sie.

»Woher willst du das wissen?«

»Die Wunde ist über deinem rechten Auge. Dort trifft man, wenn man mit der linken Hand schlägt. Pass auf«, sagt Molly und deutet mit dem linken Arm einen Schlag an. »Er muss Linkshänder sein. Der Ring sitzt an seiner linken Hand.«

Die Musik wird noch lauter. Mit einem Mal trampeln alle Gäste auf den Boden, Hüte werden in die Luft geworfen. In dem

Durcheinander glaubt Molly, die Ankleiderin zu sehen, auf jeden Fall jemand mit blonden Haaren und einem eleganten Kostüm, ein purpurroter Schmetterling.

»Ich bin Linkshänder«, sagt Hans Christian. »Davon gibt es nicht viele. Meine Mutter hat immer gesagt, nur Könige und Künstler seien Linkshänder.«

Molly zieht ihn an sich und flüstert.

»Und Mörder.«

Kapitel 12

Sie sind auf der Suche nach der Hand eines Mörders.

Hans Christian fühlt die wachsende Unruhe in seinem Körper, als er sich von dem Fenster weg an den Tanzenden vorbeischiebt. Der Tod streift ihn mit einem Glas Champagner in der ringlosen Hand.

Hans Christian lässt seinen Blick über Hände und Finger wandern, dicke wie dünne, da ein Arm ohne Hand, eine Hand, der ein Finger fehlt. Es ist schier unglaublich, wie viele Männerhände damit beschäftigt sind, Frauen zu befummeln oder nach ihnen zu greifen. Finger in einem Dekolleté, Finger auf Streifzug über eine Hüfte, eine Hand, die unter einem verführerischen arabischen Kostüm mit glitzernd grünem Perlenbesatz verschwindet. Hände mit Fächern, die die verschwitzt schwüle Luft verwirbeln. So viel unverhohlene Geilheit auf einem Haufen hat er das letzte Mal in den dunklen Gassen Neapels gesehen. Dafür erblickt er umso weniger Ringe an linken Händen.

Ein älterer, aufgedunsener, Zigarre paffender Mann im Priestergewand trägt mehrere Ringe an beiden Händen, und obgleich Hans Christian niemanden ausschließen will, tut er genau das mit dem Priester. Da sieht er einen Seeräuber in grüner Jacke mit bunt verziertem Hut, der den Offiziersring an der linken Hand trägt, aber Christian kann sich nur schwer vorstellen, dass er der Gesuchte ist, der Mann erscheint ihm zu munter, zu fröhlich. Ein Mörder wäre allenfalls ironisch, aber niemals munter, denkt er.

Ihm ist heiß unter der Maske. Der seidige Stoff ist feucht von seinem Atem und klebt unangenehm an der Haut. Der süße Wein allerdings macht Lust auf mehr. Er greift nach einem gefüllten Glas mit Goldrand.

Und da. Eine andere Hand an dem Tablett, die das Glas neben seinem nimmt. Für einen kurzen Augenblick sind ihre Hände ganz nah beieinander. Er sieht keinen Ring, aber etwas anderes:

ein rotes Mal, eine leichte Vertiefung in der Haut. Als hätte an dem linken Ringfinger bis vor Kurzem noch ein Ring gesteckt. Der entfernt wurde.

»Irre ich mich, oder ist das der gute Andersen, den wir hier haben?«, fragt eine bekannte, nichts Gutes verheißende Stimme hinter ihm, die ihn zurück in die klammen Arrestzellen des Gerichtsgebäudes bringen will, ihn ausfragen, foltern, ein Geständnis erzwingen. Und die ihn nur zu gerne auf dem Schafott des Henkers sähe.

Polizeidirektor Cosmus Bræstrups Gesicht ist hinter einer Schornsteinfegermaske verborgen.

Als Hans Christian sich nach dem Mann mit dem Abdruck des entfernten Ringes umsieht, ist dieser im Gewimmel sich im Tanz umeinanderdrehender Körper, schillernder Kostüme und flackernder, wachstropfender Kronleuchter untergetaucht.

»Ich mache Sie darauf aufmerksam, dass Sie dem Polizeidirektor in höchsteigener Person gegenüberstehen, und fordere Sie auf, sich unverzüglich zu erkennen zu geben«, sagt Cosmus und nimmt seine Maske ab.

In diesem Augenblick setzt die Musik kurz aus, und die Herde der Tanzenden strebt erschöpft und erhitzt zu den Tischen, um etwas zu trinken und zu essen zu ergattern und an den offenen Fenstern etwas frische Luft zu schnappen.

Hans Christian duckt sich hinter einem großen Mann mit seiner Gemahlin in einem imposanten Aufzug als Sonnenkönig und Maria Theresia von Spanien und lässt sich von dem Strom forttragen, raus aus dem Saal, fort von Cosmus Bræstrup, der nach den Wachen ruft. Eine Gänsefeder bohrt sich in Hans Christians Auge, jemand tritt ihm auf die Zehen, aber irgendwie schafft er es auf einen der Korridore. In allen Richtungen wimmelt es von Menschen.

»Findet ihn und nehmt ihn fest«, hört er Cosmus rufen und wirft hektisch einen Blick über die Schulter.

Eine ganze Heerschar von Wachen ist ihm auf den Fersen, angeführt von Cosmus persönlich. Hans Christian nimmt Kurs auf die Tür zum Rittersaal, aber ein Entkommen scheint unmöglich. Und welchen Nutzen hätte dies auch? Cosmus hat ihn trotz seiner Verkleidung erkannt, es ist nur eine Frage der Zeit, wann sie ihn schnappen. Die Wachen sind überall.

Da entdeckt er auf einem orientalischen Sekretär eine herrenlose schwarz-weiße Maske mit weißem Schnabel.

Blitzschnell reißt Hans Christian seine Maske vom Gesicht und setzt die andere auf. Sie ist zu eng, er bekommt nur schwer Luft. Aber wird das reichen, damit Cosmus ihn nicht wiedererkennt? Unter einem Tisch liegt ein verwaister Matrosenhut mit einem weißen Band. Hans Christian greift ihn sich im Vorbeigehen, setzt ihn auf den Kopf und zieht die Krempe in die Stirn.

So getarnt, dreht er sich um und geht in die Richtung zurück, aus der er gekommen ist.

Cosmus kommt direkt auf ihn zu.

Hans Christian hält die Luft an. Sein Herz setzt aus, er senkt den Blick.

Der Polizeidirektor hastet mit Leiter und Besen bewaffnet und von ein paar Wachen eskortiert an ihm vorbei. Hans Christian sieht sie in den vielen Wandspiegeln an den Wänden verschwinden. Das Fest nimmt weiter seinen Lauf. Niemand scheint etwas von dem Zwischenfall bemerkt zu haben. Seine neue Verkleidung erfüllt ihren Zweck.

Aber wie lange noch?

Und wo ist der Mann mit dem Ringabdruck am linken Finger abgeblieben?

Ein als ägyptischer Pharao verkleideter Fettsack mit Goldmaske tritt vor das Orchester und schlägt mehrmals eine kleine Glocke, bis einigermaßen Ruhe eingekehrt ist.

»Die königliche Familie hat die große Ehre, alle Gäste zu Tisch zu bitten«, ruft der Mann durch seine Maske.

Als die Musik wieder einsetzt, öffnen sich die Türen zum Rittersaal, und die Menschenmenge strömt wie auf der Flucht vor wilden Stieren dorthin. Allenthalben sind begeisterte Ausrufe ob der überwältigenden Pracht der Festtafel zu hören.

Hans Christians Magen knurrt. Er hat den ganzen Tag noch nichts gegessen, und gestern eigentlich auch nicht. Ihm schießt durch den Kopf, dass Molly nichts von seinem Maskentausch weiß und ihn jetzt in der Menge nicht mehr wiedererkennen kann. Er hält Ausschau nach ihr und ihren roten Haaren, kann sie in dem Gewimmel von Dienstmädchen, die alle wie Schwäne verkleidet sind, aber nirgends entdecken. Er wird an die Tafel gedrängt und bekommt einen Stuhl untergeschoben.

An jedem Platz steht ein Teller dampfend heißer Suppe, die verlockend nach Zwiebel, Aal und Pfeffer duftet. Die Gäste schieben ihre Masken in die Stirn und greifen nach den Löffeln, während die Diener große Mengen an Rotwein und Weißwein, Champagner, Bier und Schnaps einschenken, die schneller die Kehlen hinunterlaufen, als nachgeschenkt werden kann. Die Dienstmädchen tragen Platten auf mit gebratenen und mit Pfauenfedern geschmückten Gänsen und mit Fasanen, die mit Pflaumen und Birnen gefüllt sind. Es folgen Schwertfische, Bratheringe in Zwiebellake und karamellisierte Kartoffeln, zu denen eine Soße mit Kapern und Rum gereicht wird. Im Rittersaal stolzieren lebende Fasane und Pfauen herum, die hysterisch aufflattern, sobald ein Gast sich ihnen zu nähern versucht.

Das Festmahl ist in vollem Gang. Es schockiert Hans Christian zutiefst, wie die Gäste nach und nach alle Hemmungen über Bord werfen. Bei den Collins hat er gelernt, dass bei Tisch nicht mit vollem Mund geredet wird, Messer und Gabel auch bei den beschwerlichsten Gerichten zu benutzen sind, die Serviette fleißig einzusetzen ist und man niemals, niemals die anderen Gäste über die Tafel jagt.

Offenbar herrschen hier ganz andere Tischsitten. Wenn es überhaupt welche gibt.

Es wird angestoßen, zugeprostet und getrunken, und bald fliegen die ersten Speisen durch die Luft. Kartoffeln und Knochen, gefolgt von Tellern, Perücken und Unterröcken. Einem der Dienstmädchen wird das Oberteil ihres Schwanenkostüms heruntergerissen, sodass die junge Frau zur großen Begeisterung vieler mit entblößtem Busen durch den Saal laufen muss. Auf der Tafel steht ein riesiges Kugelglas mit großen Goldfischen. Ein Mann steckt seinen Arm bis an die Schulter hinein, um der Gesellschaft gleich darauf einen gigantischen Hummer zu präsentieren. Er hält das zappelnde Tier vor sich hoch und schlägt seine Zähne in dessen Schwanz, während ein paar andere Männer ihn anfeuern.

Hans Christian wagt es nicht, seine Verkleidung aufzugeben, und schiebt den Löffel mit der warmen, köstlich würzigen Suppe umständlich unter die Maske, während er sich weiter umsieht. Wo ist der Mann mit dem fehlenden Ring am linken Finger? Wo ist Cosmus? Und wo ist Molly?

Ein jüngerer Mann auf der anderen Tischseite ruft Hans Christian zu, ob er schon mal Kronwild auf Falster gejagt habe. Hans Christian antwortet mit einem Kopfschütteln und entdeckt zu seiner Erleichterung, dass der Schornsteinfeger am entgegengesetzten Ende der langen Tafel sitzt. Die Erleichterung hält aber nur so lange an, bis Hans Christian links von sich einen zweiten Schornsteinfeger entdeckt, der ihm das Gesicht zugewandt hat. Da er keinen direkten Blick dorthin riskieren will, weiß er auch nicht mit Sicherheit zu sagen, ob das Cosmus ist oder nicht. Stattdessen wendet er sich seiner Tischdame zu. Sie trägt ein weißes Kleid, fast wie eine Braut, eine ebenso weiße Maske mit darauf gemalten geschlossenen Augen und heraushängender Zunge.

Für einen kurzen Augenblick ist es fast still im Saal.

Die Töne des Orchesters verebben, alle essen, ein Pfau fächert seinen Schwanz auf.

Schließlich erhebt sich ein als italienischer Kaufmann verkleideter Mann, stellt einen kleinen Jungen auf den Tisch und zieht ihm den Mantel aus. Der vielleicht sechs, sieben Jahre alte, pechschwarze Junge steht nackt da. Sein Unwohlsein und seine Scham sind ihm deutlich anzusehen. Aber den Gästen ist das gleichgültig. Sie finden den Anblick einfach nur betörend. Die meisten haben noch nie ein wildes Kind aus Afrika gesehen. Mit einem klatschenden Schlag auf den Hintern des Jungen bricht der Kaufmann die Stille. Gelächter brandet auf. Der Kleine rennt die lange Tafel entlang und springt über Bratenplatten und Fischbassins. Die Frauen schlagen dem vorbeilaufenden Jungen mit ihren zusammengefalteten Fächern aufs Hinterteil und stoßen spitze Schreie aus.

Der Beifall wird immer lauter, erregter und aggressiver.

Der Kaufmann sonnt sich in seinem Erfolg und breitet die Arme aus, wie Hans Christian es bei Trapezkünstlern nach ihrem Auftritt gesehen hat.

Der Junge hat nun ungefähr die Mitte der langen Tafel erreicht und balanciert zwischen Platten mit gefüllten Kaninchen und Datteln in gebackener Schweineleber herum. Auf seinen Reisen hat Hans Christian schon Kinder wie ihn gesehen. In den Armenvierteln der Städte, auf den Märkten und im Hafen von Neapel verrichteten sie Sklavenarbeiten. Wilde Afrikaner mit Schmuckringen an den Brustwarzen und langen Beinen wie Straußenvögel, ebenholzschwarz wie Schachfiguren, edel wie Marmorsäulen. Aber so etwas wie hier hat er noch nie erlebt, ein zu Tode beschämtes Kind als Ausstellungsstück für die berauschte Gesellschaft, die sich an dem Anblick dieses armen Jungen ergötzt, pfeift und johlt. Als der Junge vor Hans Christian ist, würde dieser am liebsten ein Loch in die sensationslüsterne Menschenmauer reißen, damit er vom Tisch steigen kann, aber damit würde er nur die Aufmerksamkeit auf sich ziehen und sich so dem Mörder und Cosmus offenbaren. Also senkt er den Blick auf seine Suppe, aus der ihn ein Fischauge anstarrt. Der Junge dreht um und läuft unter Schlägen, höhnischen Zurufen und mit Essensresten beworfen zurück ans andere Ende der Tafel.

»Mein kleines Negerlein«, brüllt der Kaufmann und wirft den Jungen in die Luft.

Die Gästeschar bricht in Jubel aus, die Leute können sich gar nicht mehr einkriegen.

Der Kaufmann nimmt den Applaus mit großer Zufriedenheit entgegen und setzt den Jungen wieder auf den Boden, der, so schnell ihn seine Beine tragen, aus dem Saal rennt.

»Ich habe ihn entdeckt, aber jetzt gehört er Eurer Königlichen Hoheit«, ruft der Kaufmann und verneigt sich in einem solchen Winkel, dass Hans Christian seinen schlohweißen Bart und die stechend blauen Augen erkennen kann. »Betrachtet ihn als Gabe von mir.«

Hans Christian ist sich ganz sicher, diese Augen schon einmal gesehen zu haben.

»Wer ist der Mann?«, fragt Hans Christian seine Tischdame zur Linken, eine ältere, als Katze verkleidete Frau.

»Das ist Herr Schneider«, sagt die Katzendame laut.

Schneider. Jetzt erinnert Hans Christian sich wieder. Das war der Mann, mit dem Cosmus im Marstrand zu Mittag gegessen hat. In dem ganzen Trubel weilt der Blick des Kaufmanns so lange auf Hans Christian, dass es sich anfühlt, als würde auch er ihn wiedererkennen. Schneider ist ein einflussreicher, mächtiger Mann, so viel weiß Hans Christian inzwischen. Aber er kommt ihm noch auf andere Weise bekannt vor, als hätte er schon einmal in diese blauen Augen geblickt.

»Und wer sind Sie?«, fragt die Katzendame, ohne eine Antwort zu bekommen. Hans Christian starrt den Mann auf der anderen Tischseite an. Am Ringfinger der linken Hand ist ein roter Abdruck. Das ist der Mann, der ihn angegriffen hat. Das ist der Mörder. Er trägt eine diskrete Uniform mit Goldknöpfen. Seine Maske ist weiß und bedeckt das ganze Gesicht bis auf die zwei Löcher für die Augen und eines für den Mund. Trägt er die Maske schon die ganze Zeit? Und hat er wie Hans Christian vermieden, sie während des Essens abzunehmen? Hans Christian kann sich nicht entsinnen, seine Aufmerksamkeit war ganz auf Cosmus, den Kaufmann und den armen kleinen Mohren gerichtet.

Das Orchester beginnt wieder zu spielen. Ein inniger Seufzer läuft durch die Gesellschaft. Die Leute erheben sich von ihren Plätzen und streben in Richtung Festsaal, auch der Mann mit der weißen Maske. Hans Christian kommt ebenfalls auf die Beine, er darf den Mann nicht wieder aus den Augen verlieren. Die weiße Maske und die Uniform mischen sich unter eine Gruppe anderer

Offiziere. Hans Christian lässt den Blick in die Runde schweifen. In einer Ecke spielen ein paar Leute Blindekuh, andere haben alle Hemmungen fallen gelassen und stehen in unverhohlener Leidenschaft übereinandergebeugt.

Und schon wieder ist der Mörder ihm entwischt. Hans Christian geht in die Richtung weiter, in die er verschwunden ist.

Die Musik, der Lärm, das Stimmengewirr schwirren in seinem Kopf herum, er fühlt sich elender als nach einem ganzen Tag in der Postkutsche.

Bevor der Tanz erneut eröffnet wird, werden die Kerzen der Kronleuchter angezündet und die Leuchter unter die Decke gezogen. Die Flammen flackern, und Wachs tropft auf den Boden und auf Hüte und Haare, aber niemand achtet weiter darauf.

Zwischen den Füßen und Rocksäumen läuft ein Pfau herum. Ein Gast tritt nach ihm und lacht meckernd über das aufgeschreckte Federvieh. Und da entdeckt Hans Christian den Gesuchten wieder. Wie er selbst steht der Offizier mit der weißen Maske da und scheint nach jemandem Ausschau zu halten, vielleicht nach der Ankleiderin, seinem nächsten Opfer. Hans Christian nähert sich von hinten, während ihm durch den Sinn geht, dass er keinerlei Erfahrung im Nahkampf hat. Er hat noch nie jemanden niedergeschlagen oder gefesselt, nicht einmal mit seinen Geschichten. Aber er kann doch nicht einfach Däumchen drehen.

Er stellt sich neben den Mann und sucht nach den passenden Worten. Was sagt man zu einem Mörder, für dessen Tat ein anderer büßen soll?

»Ich glaube, wir kennen uns«, ruft Hans Christian laut, um die Musik zu übertönen.

Der maskierte Mann dreht sich etwas zu rasch um, er scheint auf der Hut zu sein.

»Tun wir das?«, fragt er.

»Habe ich Sie nicht draußen im Hafenspeicher gesehen?«, fragt Hans Christian und bereut im gleichen Augenblick seine dummen, unvorsichtigen Worte. Andererseits vergeudet er so nicht unnötig Zeit, falls er sich irrt. Der maskierte Mann starrt Hans Christian durch die Augenlöcher an. Wer bist du? Was willst du?, scheinen die beiden Männer einander stumm zu fragen.

Eine Hand legt sich auf Hans Christians Arm. Cosmus, denkt er, jetzt ist er erledigt, bestimmt rollt sein Kopf freiwillig vom Hals, bevor der Henker überhaupt sein Beil erheben muss.

Aber es ist Molly. Sie sieht aufgebracht aus.

»Ich konnte dich nirgends finden. Warum hast du die Maske getauscht?«, fragt sie irritiert. »Ich habe überall nach dir gesucht.«

»Molly, er ist hier, gleich da drüben.« Hans Christian dreht sich zu dem Mann mit der weißen Maske um, der gerade wieder in der Menschenmenge verschwindet.

»Wie viel hast du getrunken?«, fragt Molly mit einem strengen Blick. »Ich habe die Ankleiderin gefunden. Sie ist die Dienstbotentreppe hochgegangen. Alleine.«

»Dann ist es so weit«, sagt Hans Christian und wird plötzlich von Schwindel ergriffen. Er hätte mehr Suppe essen und keinen Alkohol trinken sollen.

»Komm«, sagt Molly und zieht Hans Christian mit sich zu der Treppe.

Für einen Lidschlag erhascht er einen Blick auf eine komische Figur in einem der großen Spiegel, die vom Fußboden bis an die Decke reichen, eine steife Gestalt mit blassem Schnabel und keckem Seemannshut. Er sieht aus wie ein Kind, ein fremdartiger Vogel, ein komischer Kauz. Hans Christian kommen die vertrauten Zweifel. Spielt ihm seine überbordende Fantasie wieder einen Streich?

Wird er sich selbst begegnen, wenn er dem Mörder von Angesicht zu Angesicht gegenübersteht?

Kapitel 13

Madame Krieger ist erschüttert. Andersen lebt. Wie ein Phantom, ein Wiedergänger.

Sie ist überzeugt, dass er es ist. Er und seine Dirne. Die Hure hat sie wegen des Schwanenkostüms und der weißen Maske nicht gleich erkannt, aber die spröden Lippen und die großen Schneidezähne sind unverkennbar. Wie sie es fertiggebracht hat, die Anstellung im Schloss zu ergattern, und wie Andersen den Sturz im Zuckerspeicher überlebt hat, ist ihr ein unlösbares Rätsel. Klar ist ihr aber, dass die beiden ihretwegen hier sind. Sie wollen ihren Plan vereiteln.

Madame Krieger hastet durch den Korridor zu der Treppe im nördlichen Palastflügel, die zu den Kammern der Bediensteten führt. Es wimmelt von Dienern und Dienstmädchen, aber niemand hält sie auf oder fragt, was sie hier will. In den Augen der anderen ist sie ein maskierter Offizier, nichts weiter. Der Zeremonienmeister schaut kurz auf, als Madame Krieger mit einem Gruß an ihm vorbeiläuft.

Wie Andersen und seine Dirne darauf gekommen sind, dass sie es auf Johanne abgesehen hat, ist in diesem Moment nicht von Bedeutung. Sie muss ihre Aufmerksamkeit jetzt ausschließlich auf Johanne richten, sie darf die Gelegenheit, an sie heranzukommen, nicht verstreichen lassen.

Madame Krieger hat Johanne den ganzen Abend nicht einen Moment aus den Augen gelassen. Nicht einmal, als sie den Tanzsaal verlassen hat und in Richtung Dienstbotentreppe gelaufen ist. Aber jetzt ist sie plötzlich wie vom Erdboden verschluckt.

Sie kann nur diesen Weg genommen haben, denkt Madame Krieger und läuft die Treppe zwei Stufen auf einmal nehmend hinauf.

Im ersten Stockwerk geht es über einen großzügigen Treppenabsatz und durch eine offene Tür in einen langen Korridor. Am

Eingang der Kolonnade sieht sie eine weitere offene Tür am Ende des Säulenganges.

Johanne ist zum Palais Levetzau hinübergelaufen.

Madame Krieger schließt die Tür hinter sich und schiebt eine schwere Truhe davor, um Andersen und seiner Dirne den Weg zu versperren. Sie werden den Umweg über den Schlossplatz oder über eine Treppe in einem anderen Teil des Palais in Kauf nehmen müssen.

Beides wird sie Zeit kosten, wenn sie sich nicht schon in den Gängen mit den vielen Türen und Zimmerfluchten verirren. Vielleicht laufen sie ja auch den Wachen in die Arme, die überall nach Andersen suchen. Madame Krieger kann jede Hilfe gebrauchen.

Sie läuft durch den Geheimgang mit der niedrigen Holzdecke, der in aller Hast gebaut worden war, als es dem König wichtig war, sich unbemerkt zwischen den Palästen hin und her bewegen zu können. Dass es sich um eine inoffizielle Abkürzung handelt, ist schon an der spärlichen Beleuchtung zu erkennen. Nur wenige der weit verteilten Talglichter brennen.

Das andere Ende des Gangs mündet in einen Raum mit einem Schreibpult und drei um einen kleinen Tisch herum platzierten Stühlen.

Da die Bediensteten in diesem Teil des Schlosses nicht mit Gästen rechnen, brennt auf jedem Treppenabsatz nur eine Lampe. Da. Eine weitere offene Tür. Madame Krieger hört Geräusche aus der nächsten Etage. Sie hastet die Treppe hinauf und wäre um ein Haar mit einem Mann zusammengestoßen, der, geplagt von übermäßiger Völlerei, vornübergebeugt nach Luft schnappt. Als der Mann sich umdreht, um nachzuschauen, wer die Treppe hochgelaufen kommt, setzt Madame Kriegers Herz einen Schlag aus. Das ist er, ihre große Liebe, der Mann, um den sich alles dreht.

Der Prinz. Ihr Prinz.

»Wer da?«, fragt der Prinz, als er ihr Offizierskostüm sieht. »Was macht Ihr in diesem Palais?«

»Eure Königliche Hoheit«, begrüßt sie ihn und geht ein paar Schritte auf ihn zu, ehe sie die weiße Maske in die Haare schiebt. »Wir scheinen beide auf Abwege geraten zu sein.«

Im ersten Augenblick sieht der Prinz enttäuscht aus. Dann lacht er. Etwas angetrunken, aber mit einem warmen Lächeln.

»Ihr könnt nicht mit mir sprechen«, sagt der Prinz. »Ich bin nämlich gar nicht hier. Ihr habt mich also nicht gesehen.«

Er tut so, als würde er davonschleichen.

»Euer Geheimnis ist bei niemandem besser aufgehoben als bei mir«, sagt sie und wünscht sich, die Begegnung möge niemals enden.

»Wenn Ihr es sagt.« Der Prinz lacht. »Ich kenne Euch, kann das sein? Ich treffe so viele Menschen, aber mir ist, als würden wir uns kennen. Haben Sie in Jægerspris gedient?«

»Wir kennen uns besser, als Ihr ahnt, Eure Königliche Hoheit«, sagt sie. »Wie geht es der Schulter?«

Sie sehen sich in die Augen. Länger, als in solch einer Situation nötig wäre. Viel länger, als sie sich je von einem zufälligen Zusammentreffen erhofft hätte. Es enttäuscht sie ein wenig, dass er betrunken ist. Sein Blick ist verschleiert, sein Sinn verschwommen.

Da hellt sich seine Miene auf.

»Ja, ja, ja. Jetzt fällt es mir ein«, sagt er und macht einen Schritt auf sie zu. »Wir kennen uns von der *Abendstern*. Zum Teufel. Es freut mich, Euch wiederzusehen.«

Er nimmt den Jägershut ab und steht etwas täppisch mit dem Hut zwischen den Händen vor ihr.

Sie sieht ihm tief in die Augen, spürt eine heiße Welle der Begierde durch ihre Lenden strömen. »Die Freude ist ganz meinerseits, Eure Königliche Hoheit.«

»Ach, lasst den Titel, wir sind ebenbürtig, Ihr und ich. Habt Ihr nicht eine Medaille für Euren heldenhaften Einsatz bekommen? Ach, wie oft habe ich daran gedacht …«

Etwas weiter oben öffnet sich eine Tür. Johanne betritt die Treppe in einem betörenden roten Kleid, das ihren üppigen Busen betont und ihren Hals noch länger wirken lässt. Sie hat die Arme verschränkt und sieht zu ihnen herüber.

»Oh, mein Fasan«, ruft der Prinz entzückt. »Du bist schon da. Ich war darauf eingestellt, auf dich zu warten.«

»Ich bin es, die auf dich gewartet hat«, sagt Johanne ungehalten, als sie Madame Krieger in dem dunklen Treppengang bemerkt und kurz einen Blick auf sie wirft.

»Darf ich vorstellen …«, fährt der Prinz fort. »Ja, wie soll ich Euch nennen? Meinen Schutzengel? Es ist Euer Verdienst, dass ich hier stehe, dass ich überhaupt noch lebe.« Der Prinz dreht sich zu Johanne um. »Dieser junge Offizier war es, der mich aus dem Wasser gerettet hat. Ohne ihn würde ich nicht mehr unter den Lebenden weilen«, sagt der Prinz, und Madame Krieger hört ihn in Johannes Ohr flüstern: »Und ohne ihn würde ich dich heute Nacht nicht verschlingen können.«

Johanne befreit sich aus der Umarmung des Prinzen und wirft Madame Krieger einen herablassenden Blick zu. In diesem Augenblick freut Madame Krieger sich auf den Moment, dem Mädchen die Brüste abzuschneiden wie einer Martinsgans.

Der Prinz breitet einfältig die Arme aus.

»Ich werde verlangt«, sagt er und kämpft sich die Treppe hoch. »Schön, Euch zu sehen. Aber bitte, das hier bleibt unter uns, nicht wahr?«

Madame Krieger nickt, ringt mit den Worten. Soll sie den Prinzen an die Worte erinnern, die er zu ihr gesagt hat, nachdem sie hinter ihm her über die Reling der Fregatte gesprungen ist? Sie hat den Prinzen über Wasser gehalten und an Land gezogen. Hat ihm so lange auf die Brust geschlagen, bis er Wasser gespuckt hat. Sie hat ihm Leben eingehaucht, und als er wieder zu sich kam, hat er sie mit großen, ängstlichen Augen angesehen. Noch nie habe ich etwas so Gesegnetes gesehen, hatte er gesagt, eine Hand an ihrer Wange. Wäret Ihr doch eine Frau, wäret Ihr doch nur eine Frau. Und damit hatte er Madame Krieger schluchzend in seine Arme gezogen, seine Lippen an ihrem Ohr, die Wärme seiner Brust an ihrer.

Madame Krieger schaut dem Prinzen hinterher, der, gefolgt von Johanne, in dem Zimmer verschwindet.

Die Tür fällt ins Schloss.

Es gibt eine Gerechtigkeit in der Welt. Starke Kräfte, die Ordnung ins Chaos des Lebens bringen. Das ist Schneiders Doktrin und auch die ihre. Johanne wird für ihre Arroganz bezahlen. Sie wird Madame Krieger all das geben, was ihr zusteht.

In der Etage unter ihr wird an eine Tür gehämmert.

Das muss Andersen sein. Mit seiner Dirne.

Noch kann sie ihr Ziel erreichen. Die Zeit ist auf ihrer Seite.

Madame Krieger steigt nach oben, in die Dunkelheit. Sie bückt sich, zieht das Hosenbein hoch und schiebt eine Hand in den linken Stiefel, wo der Dolch mit der zweischneidigen Klinge steckt. Auf dass Ordnung ins Chaos komme.

Kapitel 14

Vor der Tür zu der Passage, die den einen Palast mit dem anderen verbindet, werden sie jäh ausgebremst. Sie ist verbarrikadiert und um nichts in der Welt aufzubringen. Auf der anderen Seite scheint etwas Schweres davorgeschoben worden zu sein.

Molly tritt wütend gegen die Tür und sieht Hans Christian an. Er schnappt nach Luft. Sie schiebt den Schnabel in die Stirn, damit sie ihn besser sehen kann.

»Das war er, er hat uns den Weg versperrt«, sagt Hans Christian. »Wir müssen außenrum.«

»Hier lang«, sagt Molly und steuert einen schmalen Gang an. Weiter geht es durch dunkle Kammern und eine Wendeltreppe hinunter, über die sie den hinteren Teil der Küche erreichen. Einer von Hans Christians Stiefeln knarrt. Überall stehen Platten mit Essensresten herum, verschmierte Teller und zerschlagene Weingläser. In der Bäckerei stehen ein paar Dienstmädchen zusammen, kauen Kautabak und trinken Bier. Und dazwischen torkeln betrunkene Gäste auf der Suche nach einem Happen zu essen herum, wenn sie es nicht in einem Winkel des Schlosses mit einem verkleideten Gast oder Dienstmädchen treiben wollen. Molly und Hans Christian laufen durch die endlose Reihe der Räume.

»Wir befinden uns jetzt unter dem anderen Palast«, sagt Molly und nimmt die nächste Treppe.

In der zweiten Etage sind alle Lichter gelöscht.

Keiner von ihnen sagt etwas.

Ein schwerer Vorhang bauscht sich im Wind. Molly würde Hans Christian am liebsten bitten, seinen knarrenden Stiefel auszuziehen, begibt sich aber stattdessen zu einer Tür zu ihrer Linken und presst ein Ohr daran.

»Hörst du was?«, flüstert er.

Zuerst hört sie nur ihr eigenes Herz, das unruhig in ihrer Brust hämmert.

Plötzlich wird es laut hinter der Tür.

Ein Schlag. Ein Schrei.

Etwas Schweres zerschellt auf dem Boden.

Noch ein Schrei. Ein hoher, spitzer Schrei.

»Wir müssen da rein«, sagt Hans Christian. »Er bringt sie um.«

Hans Christian stemmt sich mit seinem ganzen Gewicht gegen die Tür, bis sie tatsächlich aufspringt. Er stürmt in die Kammer, in deren Mitte ein Tisch mit einem achtarmigen Kandelaber steht.

Molly und Hans Christian sehen sich um.

Auf dem Boden zwischen einem Tisch und der hinteren Wand liegen Scherben, ein Hemd, braune Hosen, ein Paar Schuhe und ein rotes Kleid. Auf dem blauen Sofa davor liegt Johanne, die Beine in die Luft gestreckt. Zwischen ihren Schenkeln steht ein nackter Mann mit behaartem Rücken und Po und einem Jägerhut auf dem Kopf. Die verschwitzten Haare kleben ihm in der Stirn.

»Was zum Teufel?«, stößt der Prinz aus und sieht von Molly zu Hans Christian.

»Tu was«, sagt die Frau, in der Molly trotz Schmetterlingsmaske und hochgebundenem Haar die Ankleiderin erkennt.

Der Prinz löst sich von der Frau und präsentiert sich ihnen in voller Pracht mit entblößtem, emporragenden Geschlechtsteil. Kein Anblick, der Molly aus der Fassung bringt, aber Hans Christian tritt schockiert einen Schritt zurück.

»Was fällt Euch ein?«

Der Prinz tritt auf Hans Christian zu und schlägt mit der flachen Hand nach ihm. Die Maske verrutscht unter dem harten Schlag.

»Das ist der Mann, der mich verfolgt hat«, ruft die Ankleiderin, die nun zurückgelehnt auf dem Sofa sitzt und das Schauspiel zu genießen scheint. Ihre Brustwarzen glänzen von Speichel und Schweiß.

Der Prinz sieht Hans Christian und Molly abschätzend an.

»Lass uns gehen«, flüstert Molly Hans Christian zu.

Es gibt keinen Mörder, alles war umsonst.

»Du bleibst, Mädchen. Rühr dich nicht vom Fleck, oder ich lasse dich auspeitschen«, sagt der Prinz wie jemand, der es gewohnt ist, Befehle zu erteilen. Molly kennt einige Dirnen, die an den Pranger gebunden ausgepeitscht wurden. Ein Prinz kann jederzeit solche Strafen über ganz gewöhnliche Bürger verhängen.

»Frag ihn, was er mit Maren gemacht hat«, sagt die Ankleiderin.

»Du hältst jetzt auch den Mund, Johanne«, sagt der Prinz und baut sich vor Hans Christian auf. »Ich hab dich doch schon mal gesehen, Langnase. Aber wie bist du in dieses Zimmer gekommen?«

Er legt die Fingerspitzen wie einen Vogelschnabel aneinander und pickt Hans Christian damit fest gegen die Stirn.

»Ich hab schon unten im Festsaal gedacht, dass ich dich kenne, bin aber nicht drauf gekommen, woher. Jetzt weiß ich es.«

Molly ist zutiefst erbost darüber, wie demütigend der Prinz Hans Christian behandelt. Einen Augenblick sieht es so aus, als wollte er etwas erwidern, doch der Prinz drückt seine Kiefergelenke zwischen Daumen und Mittelfinger nun so fest zusammen, dass die Lippen einen Fischmund formen.

»Du warst dieser irritierende Speichellecker, der unbedingt studieren wollte, obwohl du nicht älter warst als ich. Ich war elf. Du hast einen solchen Eindruck auf meinen Vater und den König gemacht, dass ich daraufhin Nachhilfestunden in Latein und Griechisch bekommen habe. Du ahnst nicht, wie oft ich an dich gedacht habe. Beinahe jedes Mal, wenn ich an meinem Pult saß statt auf dem Rücken eines Pferdes, habe ich an dich gedacht und deine lange Nase verflucht. Aber dank dieser Nase erkenne ich dich überall wieder.«

Jedes Mal, wenn er das Wort Nase ausspricht, pickt er mit dem Fingerschnabel gegen Hans Christians Stirn.

»Das, das, das habe ich nicht gewusst«, stammelt Hans Christian. »Wir haben geglaubt, dass …«

Draußen auf der Treppe ist Getrampel zu hören, Stimmen. Jemand ist auf dem Weg nach oben.

Ein Windzug lässt die Kerzen in dem Kandelaber aufflackern, der nächste bläst sie aus. Nur das durch die Fenster hereinscheinende Mondlicht erhellt jetzt noch den dunklen Raum.

»Zum Teufel«, sagt die Ankleiderin. »Was wollen denn plötzlich alle hier?«

Sie springt vom Sofa, greift sich ihr Kleid vom Boden und läuft aus dem Raum. Nackte Füße auf dem Holzboden. Die Tür gleitet hinter ihr zu.

»Nicht doch, mein Fasan«, murmelt der Prinz.

»Ihr könnt sie nicht allein lassen«, sagt Molly eilig, ehe der Prinz wieder in Erregung gerät. »Sie wird von einem Mann verfolgt.«

Der Prinz zieht seine Hosen an und versucht, in die Stiefel zu steigen.

»Halt«, ruft Hans Christian und läuft der Ankleiderin hinterher. Molly kommt nicht weg, weil der Prinz sie an der Taille packt.

»Du läufst nirgendwohin«, sagt er. »Das wirst du sonst bereuen …«

Für eine Sekunde lockert er den Griff. Diesen Moment der Unachtsamkeit nutzt Molly, um ihn von sich zu stoßen und zur Tür zu rennen. Auf dem Treppenabsatz angekommen, hört sie von unten das Geräusch vieler Stiefel auf dem Weg nach oben.

Wo ist Hans Christian? Molly sieht eine angelehnte Tür auf der anderen Seite des Treppenabsatzes. Er muss dort langgelaufen sein.

Sie wählt den gleichen Weg und landet in einem großen, fensterlosen Raum, es ist stockfinster.

Sie tastet sich an ein paar Möbeln vorbei, einem Schreibtisch, einem Stuhl und ein paar runden Gegenständen, die sie nicht identifizieren kann. Hinter sich auf dem Treppenabsatz hört sie ein paar Männer im lauten Disput mit dem Prinzen, gefolgt von schweren Schritten, die ihr verraten, dass man ihr folgt.

Sie haben Laternen dabei.

Ein Lichtstreif fällt durch die offene Tür, die mit einem Tritt ganz aufgestoßen wird. Die Wände sind vom Boden bis unter die Decke mit Bücherschränken vollgestellt. Molly hat noch nie so viele Bücher gesehen. Die Männer wetteifern darum, wer als Erster den Raum betritt. Molly sieht keinen anderen Ausweg, als sich auf den Boden zu werfen und unter eine Chaiselongue zu rollen. Durch die Fransen des Bezuges sieht sie sechs oder sieben Wachen vorbeitrampeln, die wild durcheinanderrufen. Hinter ihnen folgt der Prinz und brüllt heiser hinter ihnen her:

»Zur Hölle, findet die beiden Teufel!«

Kapitel 15

Johanne flieht. Madame Krieger hat sie gesehen, hat sie wahrgenommen wie ein Jäger eine Beute im Schilf.

Krieger verfolgt Johanne durch die Bibliothek. Die Ankleiderin ist nackt, vollkommen außer sich. Die weißen Pobacken leuchten im Dunkeln, während sie zwischen zwei Globen und einer ausgestopften Raubkatze aus Afrika hindurchschlüpft. Sie bedeckt ihre Brüste mit beiden Händen und weint wie ein Kind.

Madame Krieger versteckt sich, beobachtet, wohin die junge Frau läuft, und überlegt, wo sie zuschlagen kann.

Johanne stolpert über eine Treppe nach unten, reißt eine Tür auf und kommt in einen anderen Saal. Madame Krieger ist dicht hinter ihr, das Messer noch immer in der Hand. Im Saal erahnt man einen langen Esstisch, geschmückt mit Skulpturen und Porzellan. Johanne erreicht das hintere Ende der Tafel und hastet panisch weiter. Sie reißt die nächste Tür auf und stürmt durch eine ganze Reihe dunkler Gemächer.

Schließlich gelangt sie auf einen langen Flur, von dem rechts und links weitere Räume abzweigen. Sie drückt eine Klinke nach der anderen herunter, aber alle Türen sind verschlossen. Madame Krieger folgt ihr in den Schatten, sie zieht die Schuhe aus und läuft lautlos auf Zehenspitzen weiter.

Sie riecht Johannes säuerlichen Angstschweiß, hört ihre hektischen Atemzüge. An der Dienstbotentreppe rennt Johanne nach unten. Am anderen Ende des langen Flures sind Schritte zu hören, ein seltsames Knarren. Sie dreht sich um und erahnt das Profil von Andersen. Das lange Elend stolpert vorwärts und stößt um ein Haar eine Vase von einem Tisch.

»Hallo, bleiben Sie stehen!«, ruft er.

Madame Krieger tritt auf die Treppe und schiebt einen schweren Sessel vor die Tür. »Fräulein Poulsen, Fräulein Poulsen«, flüstert sie.

Sie hört Johanne nach unten rennen.

Madame Krieger folgt ihr.

»Lassen Sie mich Ihnen helfen. Ich bin ein Freund des Prinzen.«

Die junge Frau bleibt stehen.

Madame Krieger geht langsam nach unten, während sie die kleine Flasche mit Engelsatem und ein Tuch aus ihrem Kostüm zieht.

»Ich passe auf Sie auf«, sagt Madame Krieger. »Bis die Gefahr vorüber ist.«

Madame Krieger sieht Johannes Hand auf dem Geländer. Sie ist nicht mehr weit von ihr entfernt.

»Haben Sie keine Angst. Wir gehen durch den Salon und das Arbeitszimmer«, sagt Madame Krieger und versucht, sich an die Raumaufteilung im Erdgeschoss zu erinnern. »Und über den Säulengang in den Palais Brockdorff. Ich begleite Sie bis zu Ihrer Kammer.«

Oben hören sie Andersen an der Tür.

»Schnell, wir müssen hier weg«, sagt Madame Krieger. Johanne sieht sie an.

»Woher wissen Sie, wo meine Kammer ist?«, fragt Johanne.

»Ich dachte einfach, dass Sie im Dienstmädchentrakt untergebracht sind.«

Johanne sieht zu ihr hoch.

»Kann ich … kann ich Ihnen wirklich trauen?«

Was für eine naive Frage, wie sie nur von einem Menschen kommen kann, der die Bosheit der Welt nicht kennt. Der sich nicht vorstellen kann, dass Madame Krieger, die sich Schritt für Schritt nähert, ein mit Gift getränktes Tuch in der Hand hält.

Johanne presst sich ein Kissen vor den Unterleib, den anderen Arm hat sie vor ihre üppigen Brüste gelegt. Selbst in der Dunkelheit erkennt Madame Krieger die Brustwarzen wie blasse Blüten auf heller Haut. Schon bald werden sie nicht mehr den Körper dieser Frau zieren.

»Aber ja, wertes Fräulein«, sagt Madame Krieger. »Legen Sie Ihr Herz ruhig in meine Hände.«

Kapitel 16

Die Ankleiderin hat eine Spur aus offenen Türen hinterlassen. Aufgerissen, zugeschlagen, aufgerissen.

Hans Christian folgt dieser Spur über Flure und durch Gemächer und stolpert im Dunkeln über unsichtbare Hindernisse. In der Bibliothek kollidiert er beinahe mit einem Löwen. Das nach seinem Tod einbalsamierte oder sonst wie konservierte, von einem Stativ aufrecht gehaltene Tier sieht aus, als schleiche es durch die Wildnis. Das ist die neueste Mode unter Adeligen und reichen Bürgern. Auf seiner Reise hat Hans Christian gesehen, wie Tierpräparatoren alle nur erdenklichen Posen einfangen, auf der Jagd, im Spiel, ja sogar bei der Paarung.

Jetzt ist er der Jäger, oder vielmehr Jäger und Beute zugleich.

Er jagt die Ankleiderin und wird selbst von Cosmus und den Wachen gejagt.

Bei jedem Schritt knarrt einer seiner Stiefel verräterisch, ebenso gut hätte er sich eine Glocke um den Hals hängen können. Die Wachen sind zum Glück weit hinter ihm, mehr Sorgen macht ihm, dass das Knarren die Ankleiderin warnt, weshalb er in Erwägung zieht, die Stiefel auszuziehen und barfuß weiterzulaufen.

Ein paar Mal ruft er ihren Namen und tut alles, um sie zu beruhigen, aber seine jämmerlichen Versuche werden nicht beantwortet. Schließlich sieht er sie am Ende des Flures durch die nächste Tür schlüpfen.

Hans Christian beschleunigt seine Schritte, aber seine Beine sind nach dem langen Tag kraftlos. Er packt die Klinke, doch die Tür leistet Widerstand, worauf er sich mit seinem ganzen Gewicht dagegen stemmt, bis sie mit einem Poltern nachgibt.

Der Sessel, den die Ankleiderin hinter die Tür geschoben hat, liegt auf der Seite am Boden. Er schiebt sich durch den Türspalt und findet sich auf der Dienstbotentreppe wieder. Es ist stockdunkel.

Er hält kurz inne, um zu lauschen, und nimmt entsetzt wahr, dass seine Verfolger aufgeholt haben.

Dann hört er unter sich etwas. Ein Wispern, Gurgeln. Er läuft ein paar Stufen hinunter und erhascht einen Blick durch eine Tür. Wieder sieht er Johannes blonde Haare und ihr Gesicht, ehe die Tür sich knarrend schließt und die junge Frau erneut verschwindet. Es sieht aus, als schwebe sie rückwärts vor ihm weg. Der Anblick ist so absurd und grotesk, dass er fürchtet, seine Augen könnten ihm einen Streich spielen.

Er läuft weiter. Durch die Zimmerfluchten.

Sie hat Stühle und Beistelltische umgeworfen, um ihm den Weg zu erschweren. Hans Christian trampelt durch einen niedrigen Korridor. Das muss der Säulengang zwischen den beiden Palais sein. Weit hinten brennt eine einzelne Kerze, in deren Lichtschein er sie erneut entschweben sieht.

Plötzlich fällt es ihm wie Schuppen von den Augen.

Die junge Frau läuft nicht. Jemand trägt sie über der Schulter. Ein Mann.

Mit einem Mal sackt ihm alles Blut aus dem Kopf. Die Art, wie der Mann sich bewegt, erinnert ihn an den Hafenspeicher. An den Moment, der ihn fast das Leben gekostet hätte. Das ist er. Hans Christian hat keine Zweifel mehr. Er hat Annas Mörder vor sich, Bleiche-Marens Mörder, der sich jetzt auch Johanne geholt hat.

Er schleicht langsam weiter, hinter sich den Lärm und das Gepolter der näher kommenden Wachen, bis zu einer offenen Tür, die in den Keller führt. Er geht hinunter und nimmt eine Bewegung wahr, kann eine blasse Hand erkennen.

Am Ende der Treppe liegt die Küche. Will der Mörder das Schloss durch die Küche verlassen? Das wäre ein dreister Schritt. Er könnte entdeckt und aufgehalten werden, immerhin trägt er eine nackte Frau aus dem Schloss. Außerdem könnte Johanne erkannt werden. Vielleicht aber wird er vorgeben, dass die Ankleiderin ohnmächtig geworden sei und er ihr nur helfen wolle.

Mit jedem Schritt abwärts wird es wärmer. In der Küche herrscht reges Leben. Wein wird in Karaffen umgefüllt, Töpfe und Schalen werden gespült, ein Diener kniet am Boden und hebt Scherben auf.

»Haben Sie einen Mann gesehen, mit einer Frau über der Schulter?«, fragt Hans Christian einen Dienstboten.

Keine Antwort, nur fragende Blicke. Hans Christian erhebt seine Stimme und tritt vor.

»Ein Mann mit einer weißen Maske«, sagt er, ehe ihm bewusst wird, dass der Mörder wie er die Maske gewechselt haben kann. »Er trägt eine nackte Frau über der Schulter.«

»Da drüben lag eben ein Paar unter der Treppe«, sagt einer der Diener und streckt den Arm aus.

Hans Christian sieht unter die Treppe. Tatsächlich liegt dort ein schlafender Offizier, die Hose an den Knien, den Mund geöffnet.

»Das ist er nicht«, sagt Hans Christian, aber der Dienstbote ist bereits wieder gegangen.

Hans Christian öffnet eine Tür, die in den Hof führt.

Durch diese Tür ist er mit Molly ins Schloss gekommen. Er tritt in die Abendluft. Es riecht nach Herbst. Die Pflastersteine und das Dach des Stalls glänzen dunkel von Regen. Er geht über den Hof und hält nach den Stallburschen Ausschau. Vielleicht sind sie mit ihrer Arbeit fertig.

Am Tor wacht nur ein einzelner Mann. Er sitzt entspannt an einem Pferdewagen, den Kopf in den Nacken gelegt, und schläft. Sein Gewehr lehnt an der Seite des Wagens.

»Wacht auf«, ruft Hans Christian. »Habt Ihr einen Mann gesehen? Einen Mann mit einer Frau auf dem Rücken.«

Die Wache antwortet nicht.

Da ertönt Grölen und Lachen im Stall. Hans Christian geht an ein paar umgestürzten Tonnen vorbei und steckt den Kopf in den Stall. Es ist warm und riecht süßlich nach Mist und Heu. In den hinteren Boxen erblickt er ein paar Pferde, die Geräusche kommen aber aus der ersten Box auf der rechten Seite. Durch die Planken sieht er eine Handvoll Burschen und einen Wachmann auf dem Boden sitzen und trinken. Ein Dienstmädchen, ein kleines, blasses Ding, sitzt auf den Knien des Wachmanns, das Schwanenkostüm über den Kopf gezogen, sodass ihre Brüste zur großen Freude der Männer entblößt sind.

Hans Christian will die Tür der Box öffnen und sie um Hilfe bitten, als er ein Rascheln hört. Er dreht sich um und tritt zwischen ein paar Tonnen und Kästen. Vielleicht hat der Mörder die arme Ankleiderin irgendwo abgelegt?

Hans Christian sieht ein Paar weiße Augen und weiße Zähne. Es ist der schwarze Junge.

Er kauert auf dem Boden, jemand hat ihn an der Wand angekettet. Er trägt einen Lappen um die Lenden, ansonsten ist er so nackt, wie Schneider ihn vorhin auf dem Tisch präsentiert hat. Jemand hat einen Krug Bier neben das Kind gestellt.

Der Junge zeigt über die Tonnen hinweg.

»Was meinst du?«, fragt Hans Christian. »Hast du was gesehen?«

Der Junge nickt und steht auf. Die Kette klirrt. Dann zeigt er zum Tor.

»Hat der Mann den Weg genommen?«

Der Junge nickt eifrig, die ängstlichen Augen weit aufgerissen.

Hans Christian tätschelt ihm den Kopf, für mehr reicht die Zeit nicht. Gleich darauf ist er bei dem offen stehenden Tor. Davor das verwaiste Trottoir der Amaliegade. Hat der Mörder wirklich diesen Weg genommen? Mit Johanne über der Schulter? Hans Christian wirft einen Blick auf den Wachmann. Er sitzt zurückgelehnt da, seine Augen scheinen ins Leere zu starren.

»He, Kamerad«, sagt Hans Christian und fasst den Mann an der Schulter.

Der Arm der Wache kippt zur Seite, und etwas Schweres fällt

zu Boden. Hans Christian hebt es auf. Es ist ein langes Messer, reich verziert und mit scharfer Spitze.

An Klinge und Schaft ist Blut.

Auch die Uniform des Wachmanns ist voller Blut, am Bauch erkennt Hans Christian die Einstichwunde.

Angewidert wirft er das Messer weg. Es muss gerade erst passiert sein.

Er dreht sich um und sieht zu dem Jungen hinüber, der zwischen den Tonnen steht und noch immer in Richtung Tor zeigt. Wie weit kann der Mörder inzwischen entkommen sein? Er muss auf der Amaliegade nach rechts gelaufen sein. Linker Hand geht es auf den Schlosshof und zu weiteren Wachen.

Mit einem Mal bricht über ihm Lärm los. Hans Christian wirft einen Blick an den Himmel und sieht Hunderte von Raketen aufsteigen, plötzlich ist es auf dem Schlosshof so hell, dass Hans Christian sich instinktiv nach einem Versteck umsieht. Dann schlüpft er aber doch durch das Tor und läuft los.

Schon nach wenigen Schritten stößt er mit einem Mann in schwarzer Uniform zusammen.

Gleich darauf ist er von weiteren Leuten umringt, darunter Cosmus, der sich über ihn beugt. Er hat die Maske abgelegt, stattdessen klemmt nun eine erloschene Pfeife zwischen seinen Zähnen.

Hans Christians Blick geht nach rechts über die Amaliegade.

Die Straße ist leer, in dem fahlen Licht der Tranlampen glänzen ein paar Pfützen. Doch da sieht er weit hinten, am Ende der Straße, einen Mann mit einem weißen Bündel auf dem Rücken verschwinden.

»Was haben wir denn da?«, fragt Cosmus und zieht Hans Christians Hände hoch, die im Licht der Raketen blutrot glänzen.

»Das ist nicht mein Blut, ich war es nicht«, sagt Hans Christian.

Lautes Knallen, der ganze Himmel scheint auf ihn einzustürzen.

Einer von Cosmus' Kommissaren tritt auf das Trottoir.

»Die Wache ist tot. Er hat den Wachmann umgebracht.«

»Wie bedauerlich, Andersen«, sagt Cosmus kopfschüttelnd, seine Stimme trieft vor falschem Mitleid. »Diese Geschichte hat kein gutes Ende.«

X

Unschuldig. Ein trügerisches Wort. Je öfter man es sagt, desto schuldiger klingt man.

Hans Christian hat es oft gerufen, er hat sich selbst gedemütigt, auf die Knie geworfen. Ich bin unschuldig, ich bin unschuldig. Sie müssen mir glauben! Ich habe niemanden umgebracht. Weder Anna noch den Wachmann oder sonst jemanden. Er hat versucht, den Polizeidirektor dazu zu bringen, mit dem schwarzen Jungen zu sprechen, aber ohne Erfolg. Nichts hat geholfen, und jetzt wird er zu einem geschlossenen Pferdewagen geführt und in den Käfig gesperrt. Sein Kopf schlägt auf dem Boden auf, die Wange kratzt über die rauen Bretter, und hinter ihm wird die Tür zugeschlagen.

»Hören Sie mich an!«, ruft er. »Hören Sie mich an, ich bin unschuldig!«

Der Polizeidirektor reagiert nicht. Er steht im Hof, umgeben von seinen Männern, den königlichen Wachen und ein paar angetrunkenen Gästen. Sogar ein paar Dienstmädchen sind, angelockt von den lauten Stimmen, auf den Hof gekommen. Cosmus schmatzt an seiner Pfeife und tritt nun doch zu dem Fenster des Käfigs, sodass Hans Christian für einen Augenblick Hoffnung schöpft.

»Ich höre Ihnen schon viel zu lange zu, Herr Andersen«, sagt er. »Das hat jetzt einen guten Mann das Leben gekostet, vielleicht mehrere, das wissen wir erst, wenn wir dieser tragischen Sache richtig auf den Grund gegangen sind.«

»Reden Sie mit Molly«, ruft Hans Christian. »Sie arbeitet im Schloss, sie weiß, was vor sich gegangen ist. Sie weiß alles über die Geliebte des Prinzen und Bleiche-Maren, die ein zufälliges Opfer war. Und sie weiß, dass ich kein Mörder bin. Ich habe niemanden umgebracht!«

»Und ich weiß, dass Sie verrückt sind, Andersen. Der Wahnsinn hat Ihnen nun vollends den Verstand geraubt. Los! Abfahrt!«

Ein Ruck geht durch den Wagen.

Hans Christian schweigt. Was soll er noch sagen? Er sieht ein, wie sinnlos das alles ist, und ergibt sich seinem Schicksal und den Gedanken, die ihn wie Peitschenhiebe treffen: Annas Leiche am Haken über dem Kanal, die erste Begegnung mit Molly, die Hinrichtung des Latrinenmannes, die Leiche im Fäkaliensee, das höhnische Lachen der Waschfrauen, die Zeichnung von der geheimnisvollen Frau, der rote Zucker, der Schlag ins Gesicht, die Maskerade und der ausgestopfte Löwe. Spiegelungen und Doppelungen. Wie wenn man einen Scherenschnitt auseinanderfaltet, vervielfältigen sich die Dinge, mehr Frauen, mehr Brüste, mehr rollende Köpfe, mehr Augen im Dunkeln.

Das Gedankenkarussell ist nicht mehr zu bremsen.

Sein eigener Kopf in der Gosse am Fuß des Schafotts. Mollys Brust, wenn sie rittlings auf einem Freier sitzt. Maries kleine Hand in seiner.

Das ist alles seine Schuld.

Es quält ihn, verzehrt ihn. Brennt wie Feuer in seinem Körper und zerreißt ihm das Herz. Als der Wagen endlich anhält, steht er auf und wartet auf das Geräusch des Schlüssels im Schloss. Da, die Wagentür geht auf. Er springt nach draußen, beseelt von etwas Unbekanntem. Einer rasenden Wut, dem unbändigen Wunsch, etwas zu zerstören, zu beißen, zu kämpfen, bis zum bitteren Ende.

Es nützt nichts. Zu viele Männer erwarten ihn dort draußen. Er spürt harte Schläge auf seinem Körper und auf seinem Gesicht, empfindet aber keinen Schmerz.

»Hängt ihn auf«, ruft einer.

»Steckt ihn in den Irrenkäfig«, fordert ein anderer.

Dann hört Hans Christian nichts mehr.

X

Ob Stunden oder Tage vergehen, kann er nicht sagen.

Er liegt in einer Kiste, kaum größer als ein Sarg. Er kann die Beine nicht ausstrecken, sich nicht aufsetzen, nur zusammengekauert liegen und mühsam die Seite wechseln, wenn die Schmerzen nach den zahllosen Schlägen zu groß werden. Es riecht nach Krankenhaus und hört sich auch danach an. Es stinkt nach Tod, Schreie hallen zwischen den Mauern des alten Gebäudes wider.

Cosmus besucht ihn, wacht über ihn, seine Stimme kriecht zu ihm in die Kiste.

Hans Christian befindet sich in einer Art Delirium, einem fiebrigen Zustand, in dem nichts Sinn ergibt. Der enge Raum schnürt seine Gedanken ein. Trotzdem versuchen sie, in alle Richtungen zu schwirren. Er ist überall und nirgends. Zur gleichen Zeit. Sieht sich als jungen und alten Mann, als Mann und Frau, als fahle Leiche in einem Bett und als einen properen Mann mit rosigen Wangen und einer bunten Weste. Er ist klein genug, um auf einem Kaminsims zu stehen – und groß genug, um ganz Kopenhagen auszufüllen. Er ist ein Kind unterm Stachelbeerbusch, das Kleider für seine Puppen näht. Er ist ein junger Mann in einer holpernden Postkutsche, der Odense und den beiden Kirchtürmen der Stadt einen letzten Blick zuwirft. Er saugt die Brüste seiner Mutter leer und jagt eine Person, die er nicht kennt, durch einen Park, in dem die Büsche zu Rehen und Meerjungfrauen geschnitten sind.

Seine Gedanken erfinden nicht nur glaubhafte Geschichten, sie lassen die Wirklichkeit wie eine Geschichte wirken. Als wären Hunderte von Federkielen direkt mit den Bildern seiner Seele verbunden und produzierten in jedem Augenblick neue Geschichten, die eine Bibliothek in der Größe von ganz Kopenhagen füllen und die Häuser der Stadt zu Buchregalen machen, jede Etage zu einem Brett mit Büchern voller Tragödien und Komödien.

Das alles macht ihm Angst.

Cosmus schreit ihn an, flüstert ihm ins Ohr, spricht wie ein Vater zu ihm, wie ein Priester, wie ein Freund, wie ein Teufel. Er steht draußen vor der Kiste, und seine Stimme ist überall, unter ihm, über ihm, sie bohrt sich wie Würmer durch seine Haut. Cosmus weiß alles, er kann Hans Christians Gedanken lesen, spricht für ihn.

Das Schlimmste ist, dass Hans Christian sich selbst mit dem Messer in der Hand sieht. Er sieht Annas Gesicht, als sie ihren letzten Atemzug tut. Er sieht die Brüste der Wäscherin bluten. Das letzte Zucken des Wachmanns, bevor eine blutige Blase auf seinen Lippen platzt.

Und, Andersen, hast du das alles getan, damit wir dich in Erinnerung behalten? Damit dein Name um nichts in der Welt in Vergessenheit gerät wie der deiner Mutter oder deines Vaters, ja der gesamten niedrigen Klasse, für die niemand mehr als Verachtung übrighat? Ist es wahr, dass du diese Frauen geschändet und getötet hast, um wenigstens in unseren Gerichtsprotokollen einen Eindruck zu hinterlassen und damit der Pöbel auf dem Richtplatz dich in Erinnerung behält, wenn dein Kopf für immer von deinem Körper getrennt wird?

So geht es endlos weiter, bis Hans Christian nicht mehr weiß, ob es Cosmus' Worte oder seine eigenen sind, nur Gedanken oder das Pfeifen des Windes.

Ein Schweißtropfen läuft aus seinen Haaren über seine Stirn.

Es wird niemals jemanden geben, der dir glaubt, Hans Christian. Nicht ein Ohr, das dir zuhört. Weder Richter noch Bürger, weder Freunde noch Feinde, Kinder oder Erwachsene, Menschen oder Tiere. Das Einzige, was du sagen kannst, das Einzige, was erhört werden wird, nicht wie ein Mensch, der spricht, sondern wie ein Schilfrohr, das dem Wind nachgibt, wird dein Ja sein. Ja, ja, ja, ich war es! Bei Gott, ich habe das alles getan.

Er ist müde, zermürbt, zerrieben von den Qualen, dem Theater, dem Abenteuer und dem Aufruhr, die zu nichts geführt und keine Bedeutung mehr haben.

Ich war es, ich war es, sagt er. Weinend, schluchzend. Oder hat er es nicht gesagt?

Es fühlt sich wie eine Wolke an, die ihre übergroße Last über die Landschaft ergießt, während das Korn sich jedem Tropfen entgegenstreckt und jeder Baum erlöst die Blätter entfaltet. Es ist leichter, Schuld einzugestehen, als für seine Unschuld zu kämpfen.

»Ich wusste es«, sagt Cosmus irgendwo auf der anderen Seite.

Hans Christian hört ihn von einem Stuhl aufstehen, vielleicht ein alter Schemel. Dann erklingen die Schritte seiner schweren Stiefel, er geht zur Tür.

»Bald ist das alles überstanden, Andersen. Bald.«

TEIL III

X

27. September–1. Oktober 1834

Kapitel 1

Der Augenblick ist gekommen.

Madame Krieger spürt es im ganzen Körper, die Vollendung naht. Sie tunkt die Feder in das Tintenfass und sieht Johanne an, die auf den Tisch im alten Auditorium gebunden ist.

»Alles wird gut werden«, flüstert sie.

Johanne ist hysterisch. Sie zittert am ganzen Leib und kämpft mit der Atmung, weil sie wegen des Knebels in ihrem Mund nur durch die Nase Luft bekommt. Es gehört nicht zum Plan, dass Johanne wach wird. Madame Krieger hatte gehofft, dass die Betäubung anhält, bis der Arzt seine Aufgabe erledigt hat.

Endlich besinnt sich Johanne und liegt still. Ihr Gesicht ist klebrig feucht von Rotz und Tränen. Die Angst hat sich in ihren verbissenen Kiefern festgesetzt, ihr ganzer Körper ist gespannt wie ein Bogen. Madame Krieger betrachtet sie und denkt, wie hässlich sie das macht, wie wenig es ihr steht, sich so zu winden und aufzuführen. So kann sie keine aufrichtige Liebe vom Prinzen erwarten. Denn wie soll man jemanden lieben, der um sich beißt und sich einscheißt, bevor er geschlachtet wird?

Madame Krieger hat fünf Tranlampen angezündet und um den Tisch platziert. An der Wand hinter ihr steht ein halbhohes Regal, das während der Vorlesungen in der Regel hinter einem braunen Vorhang verborgen ist. Darin stehen Behälter und Gläser mit Händen, Augäpfeln, halb entwickelten Embryos, siamesischen Zwillingen, aufgeschnittenen Küken. Auch ein paar gehäutete Muränen und Quallen mit langen Fangarmen sind dort zu finden. Ein groteskes, in Alkohol eingefangenes Spektakel.

Der verbleibende Teil des Unterrichtsraumes, die Sitzreihen, von denen aus sie die Vorlesungen des Arztes verfolgt hat, liegt im Dunkeln.

Irgendwo im Gebäude schlägt eine Tür. Danach nähern sich Schritte über die Steinfliesen im Flur bis vor den Hörsaal.

Madame Krieger malt mithilfe eines Suppentellers einen Kreis um eine Brust Johannes. Danach legt sie den Teller auf die andere Brust, taucht den Stift ein und malt einen zweiten Kreis. Perfekt.

»Sie kommen genau zur rechten Zeit, Doktor Horowitz«, sagt Madame Krieger. »Wir warten nur noch auf Sie.«

Johanne zerrt wimmernd und mit aller Kraft an den Riemen. Madame Krieger legt ihr eine Hand auf den Mund.

»Schhhh, ganz ruhig.«

Johanne antwortet mit einem erstickten Schluchzen. Es vergehen ein paar Sekunden, ehe der Arzt von den Treppenstufen ins Licht tritt. Er sieht erschöpft aus. Sein Mantel ist nachlässig geknöpft, der Schal hängt schlaff um seinen Kragen. Mit dem überlegenen Mann von Welt aus seinen Vorlesungen hat er keine Ähnlichkeit mehr.

Madame Krieger blickt ihn scharf an.

»Sie sind doch alleine gekommen?«

Horowitz nickt stumm. Stellt seine Arzttasche auf einem der Tische ab und wendet sich Madame Krieger zu.

»Ich kann das nicht. Ich kann Ihnen nicht helfen. Das ist viel zu riskant. Sie wird den Eingriff nicht überleben. Ich kann das nicht tun.«

»Ich habe Sie eine solche Operation ausführen sehen, Sie erinnern sich«, sagt Madame Krieger und nimmt ein Skalpell aus der Tasche des Arztes. Sie streicht mit dem Finger über die scharfe Schneide. »Ich weiß, dass Sie das können.«

Der Arzt sieht Johanne an, die sich auf dem Tisch windet.

»Das war ein Tier, ein dummes Tier, kein Mensch, das ist etwas ganz anderes. Der Mensch ist in jeder Hinsicht viel komplexer und komplizierter.«

»Denken Sie an die Seeschlacht von Kopenhagen«, sagt Madame Krieger. »Damals haben Sie sicherlich sehr viel kompliziertere Operationen an Männern mit zerschmetterten Knochen und zerfetzten und verstümmelten Gliedmaßen durchgeführt.«

»Ich will es nicht«, sagt der Arzt. »Ich weiß nicht, wie Sie …

Die arme Frau«, murmelt er und schlägt die Hände vors Gesicht. »Ich … ich … ich will nicht«, stammelt er. »Ich kann so ein Experiment nicht am lebenden Menschen durchführen. Das ist falsch.«

Madame Krieger stellt sich hinter Johanne. Zorn wallt in ihr auf. Dabei hatte sie so gehofft, Ruhe zu bewahren. Aber hier, vor diesem verweichlichten, handlungsunfähigen Arzt, der für all das steht, was Schneider ablehnt, empfindet sie nichts anderes als Verachtung.

»Reißen Sie sich zusammen, Doktor Horowitz. Sie werden sowohl wollen als auch können, dafür werde ich schon sorgen.«

Mit einer schnellen Bewegung führt sie das Skalpell von Johannes Ohr über den Hals. Blut pumpt aus dem feinen, tiefen Schnitt. Johanne will schreien, aber der Laut aus ihrer Kehle klingt wie das Gurgeln einer Ertrinkenden, als das Blut ihre Luftröhre und die Lungen füllt.

»Gleich ist sie tot, dann können Sie an ihr herumschneiden«, sagt Madame Krieger.

»Sie sind wahnsinnig, das ist doch krank«, sagt der Arzt entsetzt.

Madame Krieger reicht ihm das Skalpell.

»Sie haben gesagt, es sei nur eine Frage von Geschick und Erfahrung, alle abgetrennten Körperteile wieder anoperieren zu können.«

Der Arzt sieht Johanne an, die immer bleicher wird und um Atem ringt. Er stößt einen heiseren Schrei aus, hebt das Skalpell an und stürzt sich unvermittelt auf Madame Krieger. Aber er ist zu schwach, ist solche Situationen nicht gewohnt. Madame Krieger weicht nur ein wenig zur Seite aus, packt ihn am Hals und hält die mit dem Skalpell bewaffnete Hand fest.

»So dumm sind Sie nicht«, flüstert sie ihm ins Ohr und schubst ihn gegen das hinter dem Tisch stehende Regal, das bedrohlich wackelt. Die Kippa fällt zu Boden, seine grauschwarzen Haare stehen wild vom Kopf ab. Für einen kurzen Augenblick befürchtet Madame Krieger, dass er zu aufgeregt und aufgewühlt ist, seine Aufgabe auszuführen. Aber jetzt gibt es keinen Weg mehr zurück.

»Ich habe markiert, wo Sie schneiden sollen«, sagt Madame Krieger. »Und ich werde Ihnen dabei zusehen, damit ich weiß, dass Sie ordentlich arbeiten. Denken Sie an Ihren Sohn, Doktor Horowitz.«

Das wirkt. Der Arzt hustet, richtet sich auf.

Er nimmt die Speziallinse aus seiner Tasche und setzt sie vor die Brille, die er trägt. Dann stellt er sich neben Johanne, spricht ein kurzes Gebet und setzt das Skalpell an der schwarzen Linie unterhalb der linken Brust an, führt es weiter über das Brustbein. Blut und Fettgewebe quellen unter der Skalpellspitze heraus, die das hellrosa Fleisch wie zarte Seide durchschneidet. Johannes Körper weigert sich, vom Leben Abschied zu nehmen, und zuckt unkontrolliert. Der Arzt muss warten, bis es vorbei ist und das Herz nicht mehr schlägt. Erst dann macht er weiter. Durch die dünne Haut über der Brust, an der Achselhöhle vorbei bis an den Anfang unter der Brust.

»Schneiden Sie sie ganz ab und legen Sie sie hier hinein.«

Madame Krieger hält ihm eine Metallschale hin.

Der Arzt trennt die Brust vollständig ab und legt sie in die Schale.

Sie sieht wunderschön und rund aus, blasser, als Madame Krieger sie sich vorgestellt hat.

»Jetzt die andere«, sagt sie.

Der Arzt schiebt die Ärmel hoch. Seine Hände zittern leicht, an seinen Schläfen läuft Schweiß herunter. Johannes rechte Brust wirkt etwas größer aus als die linke.

Noch einmal die gleiche Prozedur. Der Arzt setzt zum Schnitt auf der Unterseite der Brust an und weiter am Brustbein entlang. Seine Hand zittert jetzt so stark, dass er immer wieder vom Tintenstrich abweicht. Blut fließt ihm über die Hand.

»Lassen Sie mich das machen«, sagt Madame Krieger und schubst den Arzt beiseite.

Sie nimmt das Skalpell und führt es präzise an der Kreislinie entlang. Nachdem sie die Brust vom Körper losgeschnitten hat, legt sie sie zu der anderen in der Schale. Danach schneidet sie die Stricke durch, greift Johanne unter die Arme und zieht ihren Körper von dem Tisch auf den Boden. Einen Augenblick ist es absolut still im Auditorium. Madame Krieger spürt eine tiefe Befriedigung darüber, den Rest selber gemacht zu haben.

Der Arzt schaut in die Schale, sichtlich bestürzt.

»Wo ist Ihre Schwester? Sie sollte jetzt hier sein. Der Eingriff muss ausgeführt werden, bevor die Körpertemperatur sinkt.«

Madame Krieger kann sich ein Lachen nicht verkneifen.

»Haben Sie es wirklich noch nicht begriffen?« Sie zieht ihr Hemd aus. »Sie sollen nicht meine Schwester operieren, sondern mich.«

Der Arzt starrt Madame Krieger an.

»Ja, aber … das geht nicht. Das kann ich nicht, unmöglich. Sie sind ein Mann. Sie sind Offizier.«

»Schweigen Sie. Ich habe Sie nicht um Ihren Segen gebeten«, sagt sie. »Ich bin mein eigenes Werk, nicht das Ihres tumben, abwesenden Gottes. Machen Sie sich für die Operation bereit.«

In dem Regal hinter dem Tisch hat Madame Krieger die Flasche mit dem Engelsatem versteckt. Sie schraubt den Verschluss ab und gibt drei Spritzer in ein Tuch, bis ein großer feuchter Fleck im Stoff zu sehen ist. Dann legt sie sich auf den Tisch und zeigt auf die zwei Kreise auf ihrem Brustkorb, die so groß sind wie bei Johanne, obwohl es dort nicht viel wegzuschneiden gibt.

»Ich lege mir gleich diesen Lappen auf Mund und Nase, verliere die Besinnung und kann nichts mehr spüren. Für den Rest sind Sie verantwortlich.«

Der Arzt beugt sich über Madame Krieger.

»Und warum sollte ich Sie nicht einfach liegen lassen und die Polizei alarmieren, ehe Sie wieder wach werden? Oder Ihnen das Herz herausschneiden, während Sie bewusstlos sind?«

»Für diesen Fall möchte ich Ihnen etwas ins Gedächtnis rufen, ehe Sie mich töten oder die Polizei alarmieren. Stellen Sie sich das Gesicht Ihres verängstigten kleinen Sohnes vor, wenn ihm aufgeht, dass er bald sterben wird, dass niemand ihn lebend finden wird, weil der einzige Mensch, der ihn hätte retten können, ihn verraten hat. Dass sein Vater ihn verraten hat.«

Der Arzt schüttelt den Kopf.

»Nein, nein«, murmelt er und gibt nach. »Aber versprechen Sie mir eins. Wenn das hier vorbei ist, werden Sie meinem Sohn oder meiner Familie nie wieder nahetreten.«

»Ich hege keinen Groll gegen Sie, Doktor Horowitz, ich respektiere und schätze Ihre Fertigkeiten sehr. Aber nun sollten Sie ein Gebet sprechen für ruhige Hände und einen klaren Geist und tun, was ich sage. Sonst wird es Isak schlecht ergehen. So wie Ihrer Frau und Ihnen selbst.«

Der Arzt nickt. Er bietet ein Bild der absoluten Kapitulation. Ein zerstörter Mensch.

»Dann soll es geschehen«, sagt Madame Krieger und legt den Lappen vor die Nase. Es duftet nach der sauberen Wäschekammer ihrer Mutter und nach den Orangenhainen vor Athen, sie erinnert sich, wie ihr Schiff damals zwei Wochen im Hafen von Piräus vor Anker lag. Nun greift sie im Geist nach den Früchten, die so schwer sind, dass sich die Zweige zur Erde biegen, hört den knirschenden Kies unter ihren Sohlen und sieht einen Schmetterling vorbeiflattern.

Ich wurde als Mann geboren, denkt sie. Habe als Offizier gedient, um Vaters Hohn und Mutters Scham zu überstehen. Aber tief in meinem Innern war ich nie ein Mann. Endlich hat das Warten ein Ende. Ich sterbe als Mann und erwache als Frau zu neuem Leben.

Vom Prinzen erwartet.

Kapitel 2

Es ist Nacht, die Stadttore sind geschlossen.

Molly rechnet sich die besten Chancen am Westtor aus, wo die geilsten Wachen Dienst tun. Die Dirnen der Stadt tauschen gerne Tratsch und Erfahrungen aus, an welchen Tagen und in welchen Monaten die Männer am hemmungslosesten sind und welche Vorlieben die Freier aus den verschiedenen Stadtvierteln und Gesellschaftsschichten haben. Dabei kam heraus, dass die Torwachen am Westtor die lüsternsten sind.

Molly versucht, den Gedanken aus dem Kopf zu bekommen. Zuerst einmal geht es darum, unbemerkt zum Stadttor und von dort irgendwie aus der Stadt zu gelangen. Sie hat sich dem Prinzen widersetzt. Wenn die Schlosswachen sie finden, droht ihr lebenslanges Zuchthaus oder die Todesstrafe.

Marie schläft auf dem Boden eines alten Karren. Das kleine Mädchen hat kaum mitbekommen, als Molly sie aus dem Strohbett gehoben, auf die Straße getragen und in den wackeligen Karren gelegt hat, den jemand unter einem Vordach in der Vingårdstræde abgestellt hatte. Molly hätte ohnehin keine Zeit gehabt, ihr etwas zu erklären, ganz davon abgesehen, hätte sie auch gar nicht gewusst, was sie der Kleinen hätte sagen sollen. Seit sie aus dem Schloss geflüchtet ist, hallen die Worte des Prinzen in ihren Ohren wider. *Zur Hölle, findet die beiden Teufel.* Die Worte machen ihr Angst, verfolgen sie. Sie ist aus einem Fenster gesprungen und durch die Stadt geflohen, ist durch regennasse Gassen heim in die Ulkegade gerannt, die ihr mit einem Mal freundlich und friedlich erschien, trotz des üblichen Gezänks und Lärms. Sie hat das Schwanenkostüm von sich geworfen, ihr eigenes Kleid angezogen und ein paar Habseligkeiten zusammengerafft. Als sie mit Mariechen auf dem Arm bei dem Karren angelangt war, ging im Schloss das Feuerwerk los.

In all dem Schlamassel hatte sie nur einen Gedanken … Hans

Christian. Seine große Nase unter der Maske. Sein schlaksiger Körper. Seine ängstliche Stimme, als er hinter der Ankleiderin hergelaufen ist.

Sie muss ihn vergessen. An sich und Mariechen denken. Aus der Stadt fortkommen, auf die Landstraße und heim nach Onsevig. In drei Tagen könnten sie und die Kleine es nach Vordingborg schaffen, vielleicht auch zwei, wenn sie einen Platz in einer Postkutsche oder auf dem Wagen eines freundlichen Bauern ergattern. Von dort reicht ihr Geld vielleicht für die Überfahrt nach Falster, sie kostet vier Schilling. Nach Lolland kann sie selber rudern, wenn sie irgendwo eine Jolle findet.

Der Karren holpert über das Kopfsteinpflaster. Mariechen wird wach und sieht sich benommen um. Molly hat jetzt nicht die Zeit, sie zu trösten. Nicht die Kraft. Der Karren ist schwer und ihre Gedanken ein einziges Durcheinander. Wie sollen sie an den Wachen vorbeikommen? Wie wollen sie es bis nach Onsevig schaffen, ohne von Tagelöhnern und Landstreichern bedrängt und mit dummen Fragen gelöchert zu werden? Was wird ihre Mutter sagen, wenn sie mit Annas Bastard und der Nachricht von Annas Tod nach Hause kommt?

Am Ende der Farvergade, die auf den Heumarkt mündet, bleiben sie in sicherem Abstand vom Stadttor stehen. Ein Pferd und ein paar ausgemergelte Kälber stehen an einem großen Trog und trinken. Auf einem Heuwagen liegen ein paar Männer und schlafen. Eine ältere Frau sitzt auf einem Stein und ruht sich aus. Rechts liegt das Wachhaus mit zwei kleinen Schilderhäusern neben dem Eingang. Im Kontor brennt Licht. Ein Torwächter sitzt mit einer Pfeife im Mund an einem Tisch. Der andere steht unter einem Baum rechts des Gebäudes, ihn hätte sie fast übersehen.

Molly nimmt Mariechen auf den Arm. Die Kleine ist ganz schlapp und kalt und wimmert leise.

»Hör zu, Mariechen, meine Kleine, wir müssen die Stadt verlassen. Das ist für uns so das Beste. Kann ich dich kurz hier warten lassen?«

»Wo willst du hin, Tante?«, fragt das Mädchen.

»Ich muss mit dem Wachposten reden. Ich komme gleich zurück«, sagt Molly und atmet tief ein.

Sie hat nur diese eine Chance. Gelingt es ihr nicht, durch das Tor zu kommen, wird man sie sehr bald finden und festnehmen. Es ist schwierig, in Kopenhagen unterzutauchen. Erst recht mit einem Kind im Schlepptau. Irgendjemand tratscht immer. Der Wachposten unter dem Baum richtet sich auf, als er Molly auf sich zukommen sieht, entspannt sich aber, als er sieht, dass es sich um eine Frau handelt.

»Das Tor ist zu«, sagt der Wachposten und winkt Molly mit der Hand weg.

»Ich muss aus der Stadt raus«, sagt Molly. »Wir werden verfolgt.«

»Ach ja?«, sagt der Wachposten und tritt einen Schritt nach vorn. »Wer ist ›wir‹?«

»Meine Nichte und ich«, sagt Molly und zeigt zu den Häusern, bei denen das Mariechen steht und friert. »Ihre Mutter ist gestorben. Ich gebe euch gern die zwölf Schilling dafür, die ich noch habe«, sagt sie in der Hoffnung, dass er sich auf den Handel einlässt. Wenn er nur verhandeln will, wird es schon klappen. Handeln kann sie. Wenn nicht, weiß sie nicht, wie es ausgeht.

Der Wachposten schüttelt den Kopf und mustert sie von Kopf bis Fuß. An ihrem Busen in dem viel zu dünnen Kleid bleibt sein Blick hängen. Er will gerade etwas sagen, ihr ein Angebot machen, eine Möglichkeit eröffnen, als eine schwarze Kutsche mit einem Vierergespann lärmend auf den Heumarkt geprescht kommt.

Dahinter folgt ein kleinerer Wagen.

Die eben noch schlafenden Männer springen von dem Heuhaufen, die Kälber brüllen aufgeregt.

Der Kutscher peitscht die Pferde voran und zieht gleichzeitig die Zügel an, damit sie in Schritt fallen. Ehe Molly noch einen klaren Gedanken fassen kann, ist der Wachposten schon auf dem Weg zum Wachhaus.

Mariechen schiebt ihre kalte Hand in Mollys.

»Was ist hier los, Tante?«

»Ich weiß es nicht«, flüstert Molly und zieht ihre Nichte mit sich in die Schatten unter den Baum.

Beide Wagen sind vor dem Tor zum Stehen gekommen, die schwarze Kutsche gehört zum Königshof, das Strahlen der Krone ist selbst in der Dunkelheit zu erkennen. Eine Gestalt mit schwarzer Kapuze über dem Kopf und einer Lampe in der Hand steigt aus dem kleineren Wagen und geht nach vorn zu der schwarzen Kutsche. Unter der Kapuze erahnt Molly ein Paar strahlend blaue Augen, die sie schon einmal gesehen hat. Im Schloss. Dort war der Mann als Kaufmann verkleidet. Und im Marstrand, bei dem schweigsamen, vornehmen Mann, der mit dem Polizeidirektor zu Mittag gegessen hat.

»Wer da?«, ruft der Wachposten unsicher.

»Mein Name ist Schneider. Das Tor wird erst geöffnet, wenn ich es sage.«

»Nein! Öffnen Sie auf der Stelle das Tor und lassen Sie mich durch«, ruft eine Stimme aus der Kutsche, die Molly mit Schrecken wiedererkennt. Es ist der Prinz.

Hastig zieht der Torwächter den Riegel heraus und legt die Hand an den Torgriff. Molly überlegt, ob sie und die Kleine die Gelegenheit beim Schopf packen und direkt rauslaufen sollen, oder ob es besser ist, sich später im Schutz der Kutsche hinauszuschleichen.

»Halt, Soldat«, sagt Schneider leise, aber bestimmt, als spräche er mit einem Kind. »Treten Sie weg von dem Tor und verhalten Sie sich ruhig. Und tun Sie erst etwas, wenn ich es Ihnen sage.«

Der Wachposten richtet sich kerzengerade auf und sieht sich um.

Schneider steigt in die große Kutsche, die Lampe vor sich. Die Tür steht offen, und Molly ist nah genug, um die goldenen Bezüge in dem schmucken Wagen und die Silhouette des Mannes, der darin sitzt, erkennen zu können. Es ist der Prinz, dieses Mal sehr viel bekleideter als bei ihrer letzten Begegnung.

Schneider setzt sich dem Prinzen gegenüber und schiebt die Kapuze in den Nacken.

»Ich weigere mich«, sagt der Prinz. »Ausgerechnet diese verfluchte Insel. Was um alles in der Welt soll ich dort tun? An diesem gottverlassenen Ort voller starrköpfiger Menschen – Tausende Meilen entfernt von allem.«

»Eure Hoheit, ich denke, genau das ist die Pointe«, sagt Schneider. »Der König duldet es nicht länger, dass Ihr Euch ins Schloss schleicht, um Eure Muse zu besuchen, Eure Gespielin, denkt doch auch einmal an Eure Gemahlin.«

»Das ist ungerecht. Er kann mich nicht einfach wegschicken. Niemand darf auf diese Weise über andere Menschen bestimmen. Ich werde an Langeweile sterben.«

»Es ist nur für eine begrenzte Zeit. Ein paar Monate. Ich werde versuchen, mit Eurem Schwiegervater zu reden«, sagt Schneider.

Seine Augen leuchten auf, als der Lichtschein der Lampe sein Gesicht streift.

»Der alte Hund lässt sich doch von niemandem etwas sagen«, schimpft der Prinz. »Für ihn ist es das Bequemste, mich fortzuschicken. Man könnte meinen, er hätte sich zum höchsten Ziel gesetzt, mich niemals auch nur in die Nähe des Throns gelangen zu lassen. Erst verbannt er mich nach Jægerspris, jetzt gar nach Island.«

Molly bedeutet Mariechen, leise zu sein, und schleicht ein Stück näher an die Kutsche heran. Schneider redet eindringlich auf den Prinzen ein.

»Tut, was der König von Euch verlangt. Begebt Euch nach Kvæsthusbroen, wo gerade die *Abendstern* aufgetakelt wird. Richtet Euch in Island ein und kehrt nach Hause zurück, wenn der König wieder besser gelaunt ist. Bald seid Ihr an der Macht. Bald schon bestimmt Ihr, wie das Land regiert wird. Wenn Ihr auf die richtigen Stimmen hört.«

»Dient Ihr mir oder dem König?«, fragt der Prinz verärgert.

»Ich diene der Vernunft. Dem Fortschritt. Möge der Klügste herrschen.«

»Nie um eine kluge Antwort verlegen«, erwidert der Prinz mit einem langen Blick auf Schneider. »Aber versprecht mir wenigstens zwei Dinge.«

»Die da wären?«, fragt Schneider.

»Findet Johanne.«

»Wir sind auf der Suche nach ihr und werden sie über kurz oder lang finden«, sagt Schneider. »Und das Zweite?«

»Sorgt dafür, dass die zwei Teufel ihre Strafe bekommen. Dieser Andersen ist schuld daran, dass ich auf eine von Bootsbauern und Walfängern bevölkerte Vulkaninsel verbannt werde. Und schnappt verdammt noch mal dieses hinterhältige Dienstmädchen und zieht ihr jeden Zahn einzeln. Sperrt sie ins Kastell, wo sie darben soll, bis ich wieder nach Hause komme, um persönlich ihrer Hinrichtung beizuwohnen.«

Molly durchrieselt es kalt. Sie weiß, dass sie in Gefahr ist, trotzdem trifft es sie, es so deutlich ausgesprochen zu hören. Hass und Zorn in der Stimme des Prinzen sind direkt auf sie gerichtet. Sie zieht sich mit Mariechen in den Schatten unter den Baum zurück.

Mariechen sieht sie besorgt an.

»Was ist los, Tante?«, flüstert sie. »Warum bist du so traurig? Was haben die Männer gesagt?«

Dann dringt wieder die Stimme Schneiders zu ihr: »Andersen sitzt bereits in einer Zelle der Irrenabteilung des Bürgerhospitals in Erwartung seiner Hinrichtung. Cosmus klopft ihn weich, bald wissen wir, wo das Dienstmädchen ist, das übrigens gar kein Dienstmädchen, sondern eine Hure ist, die Andersen bei seinen Verbrechen unterstützt hat.«

»Findet dieses Weibsstück«, sagt der Prinz.

»Nichts liegt mir mehr am Herzen«, entgegnet Schneider.

Aus ihrem Versteck sieht Molly, wie sich die beiden Männer mit einem Händedruck verabschieden, bevor Schneider aus der Kutsche steigt. Mit einem kurzen Handzeichen signalisiert er dem Wachposten, dass die Kutsche die Stadt nicht verlassen wird.

»Sie haben nichts gesehen«, schärft Schneider dem Mann ein.

Der Wachposten nickt, verneigt sich und läuft zu seinem Kollegen im Wachhaus.

»Und was machen wir jetzt?«, fragt Mariechen. »Verlassen wir die Stadt?«

Molly zögert. Sie sieht die beiden Wagen wenden und hört die Hufe der Pferde auf dem Pflaster.

»Ja«, antwortet sie und sieht Mariechen tief in die Augen. »Wir gehen nach Onsevig. Du und ich, mein Mariechen.«

Der Riegel des Westtors ist noch nicht wieder vorgeschoben, und die Wachen sind im Wachhaus.

Sie muss nur durch das Tor und über die Zugbrücke. Bis Sonnenaufgang könnten sie es auf der Landstraße bis nach Herstedøster schaffen.

Verzeih mir, Hans Christian, denkt Molly. Aber jetzt muss ich an mich denken. Und an Mariechen. Sie fasst die kleine Hand und tritt aus dem Schatten des Baumes heraus.

Kapitel 3

Er ist so allein. Kein aufmunterndes Wort, keine Hoffnung. Eine Schnake krabbelt mit nadelspitzen Beinen über sein Gesicht. Lebe wohl, flüstert sie. Warte auf mich, erwidert Hans Christian leise, aber da ist sie schon in einer Wandritze verschwunden.

Der Raum ist zu klein, zu eng, zu dunkel. Die Wände scheinen an ihm zu kleben wie feuchter Stoff. Er kriegt keine Luft, nur wenn er die kleine Essensluke mit dem Fuß aufdrückt und mit dem Lufthauch auch der Gestank von Erbrochenem, feuchtem Schimmel und Krankheit hereinströmt. Die Luke mit ihren quietschenden Angeln erinnert Hans Christian an den Tag, als er das Irrenhaus in Odense besucht hat. Seine Eltern waren mit der Pförtnerin bekannt. Hans Christian war damals vielleicht vier oder fünf Jahre alt. Er war unbeaufsichtigt herumspaziert und hatte durch so eine Luke geschaut. Dahinter hatte eine nackte Frau gehockt. Er konnte ihren offenen Schoß und ihre schweren Brüste sehen. Ein berührend schöner Anblick. Die Frau saß ganz ruhig da und flocht singend ihr verfilztes Haar. Und plötzlich, ohne Vorwarnung sprang sie auf, griff durch die Luke nach ihm und pikste ihm mit den Fingerspitzen wie mit einem Elsterschnabel gegen seine Brust. Die Aufseher mussten ihm zu Hilfe eilen, und seine Mutter hatte ihn wegen seiner Neugier gescholten, aber die Pförtnerin hatte nur gelacht. Sie verstand die Verrückten, wie sie auch Hans Christian verstand, denn sie wusste, dass die verrückten Fantasien und der losgelöste, wirre Geist in der Familie lagen und früher oder später alle wahnsinnig werden würden.

»Ich bin es«, flüstert er. »Ich bin es.«

Als Antwort hört er nur das Säuseln des Staubes.

Und etwas weiter weg: das heisere Plappern anderer bedauernswerter Kreaturen, die wie er selbst zusammengekrümmt in

Verschlägen eingesperrt sind. Von oben dringen die Laute der übrigen Irren zu ihm, die in dem großen Raum über den Zellen herumlaufen, mit dem Kopf gegen die Tür schlagen und sich gegenseitig die Haare ausreißen. Die Glücklichen.

»Sind Sie wach, Andersen?«, fragt eine Stimme durch die offene Luke.

Hans Christian riecht Pfeifenrauch. Dann ist es der Polizeidirektor.

»Erzählen Sie mir, wie Sie es gemacht haben, Andersen. Von Anfang bis Ende. Wie haben Sie die arme Anna Hansen ermordet und das Attentat auf den Prinzen geplant? Nehmen Sie sich Zeit.« Cosmus bläst Rauch durch die Öffnung. »Ich kann die ganze Nacht bleiben.«

Es fühlt sich an wie eine letzte Vorstellung.

Ein letztes blankes Blatt Papier.

Eine gespitzte Feder und frische Tinte.

Sein Publikum besteht aus einer einzigen Person, die er noch nicht einmal sehen kann.

Fort sind die Eile, die Flüchtigkeit. Jetzt kann er das bislang Unerschaffene formen. Wie ein Möbelschreiner, der den im Baumstumpf verborgenen Schaukelstuhl erkennt. Oder der Komponist, der in dem Gesang der Nachtigall eine Sonate hört. Er muss den Worten folgen, der Geschichte, die sie erzählen wollen – hinein in die Tiefe, in die Dunkelheit, von einer Spur zur nächsten, die wie Brotkrumen auf dem Waldboden liegen, ausgestreut von einem verirrten Kind.

Und so beginnt er seine Erzählung. Eine grausame Geschichte, so grausam, dass er sich beim Reden windet, als könne er selbst kaum begreifen, was er erlebt hat.

»Ich lebe ein heimliches Doppelleben«, sagt er und hört Cosmus auf der anderen Seite anerkennend brummen.

Wie sein Großvater, denkt Hans Christian. Der morgens verrückte Dinge tat, an die er sich abends nicht mehr erinnern konnte.

»Ich habe Furchtbares getan, verborgen vor der Öffentlichkeit, die immer ein scharfes Auge auf mich hatte. Alle verfolgen aufmerksam, was ich tue. Ich schleiche durch die Stadt, versteckt unter meinen Kleidern. Ich fühle mich in meinem Körper nicht heimisch, bin nicht ich selbst, bin außer mir. Innen und außen, ich und ein anderer zugleich. Wie ein Zwilling, der nicht weiß, welcher von beiden er ist«, sagt Hans Christian, und es fühlt sich an, als spräche er die Wahrheit. Er ist in diesen Tagen auf der Suche nach sich selbst gewesen, nach seinem persönlichen Wahnsinn. Und er ist fündig geworden. Empfindet Erleichterung und Verdammnis zugleich.

»Und weiter, Andersen?«, sagt Cosmus. »Raus damit.«

»Eines Abends sehe ich Anna auf der Treppe vor dem Haus in der Ulkegade. Sie ist eine Dirne, das weiß ich, trotzdem ist sie wie blühendes Unkraut zwischen den Pflastersteinen, so schön und bunt, dass ich sie pflücken möchte. Ich sehe sie mehrmals in den Gassen, laufe an ihr vorbei und werfe ihr Blicke zu, bis ich sie eines Tages an die Hand nehme und sie in ihre Kammer führe. Sie weiß nicht, wer ich bin. Sie steht mir Modell. Für meine Scherenschnitte, meine Schreibereien. Ich dichte ihre Hüften, ihre Brüste, ihre Schenkel, ihre Fußknöchel, ihre Zehen, ihre Augen, ihre Locken.«

»Und, was ist dann passiert?«, fragt Cosmus.

»Nachts liege ich wach und denke an die vielen kleinen Details im Oval ihrer Brustwarzen, die kleinen Noppen in der Haut, die leichte Neigung der Warze, die unerklärliche Kraft, die Männer in den Wahnsinn treibt, wie der Mond die Hunde unruhig heulen lässt. Ich besuche sie immer wieder, gleite wie ein Schatten durch Kopenhagens Gassen. Sie ist eine starke Mixtur, Medizin für meine Seele, mit der ich mich in meinem Körper wohler fühle, ich kann gar nicht genug von ihr kriegen. So ist es«, sagt Hans Christian und sieht es vor sich. Es kann nicht anders sein. »Ich bin krank«, schiebt er hinterher.

»So viel ist mal sicher«, antwortet Cosmus. Hans Christian meint, sein leises Lächeln hören zu können. »Erzählen Sie von Ihrem Verbrechen, Andersen.«

»Ich kann mit den Dingen sprechen. Und sie sprechen zu mir.«

»Wie soll das gehen? Mit Dingen sprechen?«

»Für mich sind Kerzenständer und Zinnsoldaten lebende Wesen, Bäume und Pflanzen denken und fühlen wie wir, alle Dinge sind in eine bestimmte Form eingesperrt und streben danach, herauszukommen.«

»So ein Unsinn, Andersen. Zurück zur Sache. Sie folgen also dem Frauenzimmer Anna in ihre Kammer. Und was ist dort geschehen?«

»Bald kommt der Punkt, da mir das nicht mehr genug ist, sie mir nicht mehr genug ist. Ich muss sie noch besser beschreiben, schneiden, muss mehr von ihr erforschen. Vielleicht ist es die Schere, die zu mir spricht, mich überredet. Sie will etwas anderes zu schneiden bekommen als immer nur Papier, und wer kann ihr das vorwerfen? An diesem Abend schlage ich Anna nieder und schleife sie aus der Kammer, dabei bohren sich Holzsplitter vom Bretterboden in ihre Fersen. Erinnern Sie sich an die Splitter in Annas Fersen, Herr Bræstrup? In der Gasse ist es dunkel, die Leute sind betrunken, der Nachtwächter ist gerade vorbeigekommen. Ich transportiere sie mit einer Schubkarre zum Hafen, zu einem geheimen Raum im Speicher, den ich von meinen Reisen kenne. Der Speicher ist verlassen, es ist niemand dort, der mich stören könnte. Dann kommt mir in den Sinn, dass eine Frau nicht genug ist. Wie ein Bildhauer, der Äußerlichkeiten verschiedener Menschen in einer Figur kombiniert, brauche ich eine weitere Frau, um mein Werk zu vollenden.«

»Wie? Was unternehmen Sie? Wo finden Sie sie?«

»In Amalienborg. Sie ist Ankleiderin. Die Schönheit in Person. Ihr Lachen sprengt Risse in die dicken Schlossmauern, lässt den Staub von alleine aufsteigen und die Pisse in den Ecken wie Blumen duften. Sie ist von großer Anmut, mit einem üppigen Busen und blonden Locken. Ich folge ihr mehrere Tage lang, observiere sie, wenn sie Kleider, Schmuck und Schuhe für die Prinzessin kauft, aber sie ist nie allein. Dann endlich, eines Tages, als sie das Schloss verlässt, ergreife ich die Gelegenheit. Ich überfalle sie und bringe sie zum Schweigen. Doch dann taucht eine Schlosswache auf.«

»Ach«, sagt Cosmus überrascht.

»Die Wache ist arglos. Ich überwältige sie und schlage den Kopf des Mannes auf die Pflastersteine. Als ich mit der Frau in der Karre flüchten will, entdeckt ein Latrinenmann mich und versucht, mich aufzuhalten. Weitere Wachen aus dem Schloss eilen herbei. Mit ein wenig Glück entkomme ich. Hinter mir höre ich, wie die Wachen den Latrinenmann festnehmen und ihn meines Verbrechens beschuldigen. Sie werfen ihn in den Arrestkeller des Gerichtsgebäudes.«

»Ich wusste es«, lässt Cosmus sich vernehmen.

»Im Speicher angekommen, stelle ich fest, dass ich die falsche Frau entführt habe. Die Ankleiderin hat eine Bekannte oder Freundin, die ihr sehr ähnlich sieht und ihr so zu Schäferstündchen mit dem Prinzen verhilft. Die Freundin ist eine arme Waschfrau, die alleine in einer tristen Kammer lebt, wenn sie nicht arbeitet. Wütend und enttäuscht schneide ich der Dirne und der Waschfrau die Brüste ab und nähe sie der jeweils anderen wieder an, aber das Ergebnis ist nicht zufriedenstellend. Ich verwische meine Spuren, schmeiße die eine Frau in den Kanal und die andere in die Fäkaliengrube.«

»Sie haben also zwei Frauen umgebracht, Andersen?«

»Ja. Zwei Frauen. Es entsetzt mich, dass Anna so schnell gefunden wird. Mir ist klar, dass man mir auf der Spur ist, aber ich bin von der Sehnsucht besessen, ein anderer zu sein. Ich will mich näher an die vollkommene Schönheit herandichten. Kann nicht mehr aufhören, muss die Ankleiderin zu fassen kriegen. Ich weiß, dass ich mich verraten kann, wenn ich sie im Schloss töte, darum ist der Maskenball die perfekte Gelegenheit, meine Identität zu verbergen und sie im Trubel des Festes mit mir zu locken. Ich warte auf einen günstigen Zeitpunkt und habe schon meine Hände um ihren Hals gelegt, als ich gestört werde. Bei dem Tumult gelingt ihr die Flucht, sie rennt durch das Palais, über lange Korridore und durch zahllose Gemächer. Ich hole sie gerade noch rechtzeitig ein, betäube sie und werfe sie mir über die Schulter. Dann laufe ich auf den Schlosshof. Der Wachmann wird wach, kommt aber nicht weit, weil ich sein eigenes Messer gegen ihn richte und so auf die Amaliegade entkomme, wo ich nach rechts laufe. Ich koche, ich brodele wie ein über dem Feuer vergessener Kessel, bin kurz vor dem Ziel meiner erfolgreichen Tat, spüre den Rausch der Begeisterung bis in die Fingerspitzen. Ich kann …«

»Nein, Andersen. Nein, nein, nein«, fällt Cosmus ihm ins Wort. »Sie haben die Straße nicht mehr erreicht, wir haben Sie vorher festgenommen. Und wo steckt eigentlich Ihre Mitverschworene, die Dirne, Molly, das ist doch ihr Name, oder? Haben Sie sie im Schloss versteckt?«

Hans Christian ist in seiner eigenen Welt. Er kann das Gesamtbild sehen.

»Ich flüchte zum Speicher, nein, dorthin kann ich nicht zurück. Ich flüchte nach Hause, das ist es, was ich tue. Es ist still in den Gassen, die ersten Herbstblätter lassen ihre Zweige los, eine Katze versteckt sich vor den Ratten der Stadt. Ich wohne alleine, lege sie auf den Küchentisch. Nehme ein Messer. Ein Rasiermesser, wie es Barbiere benutzen. Jetzt. Jetzt werde ich …«

Cosmus schlägt vehement mit seiner Pfeife gegen die Luke.

»Halt, Andersen, hören Sie um Gottes willen auf. Bis hierher lief es so gut. Erzählen Sie mir von der Dirne, die Ihnen geholfen hat. Wo ist die abgeblieben?«

»Ich hatte keine Helfer. Ich habe es ganz allein getan.«

»Unmöglich«, sagt Cosmus. »Sie haben mich mit der Dirne zusammen im Marstrand aufgesucht, Sie wurden mit ihr zusammen im Schloss gesehen, sie war als Dienstmädchen verkleidet.«

»Mich hat niemand gesehen. Ich habe mich in der Nähe versteckt. Als der Prinz die Ankleiderin aus dem grünen Zimmer jagte, bin ich ihr gefolgt.«

»Herr Andersen, Sie fantasieren. Auf dem Fest war kein Prinz. Ihre Königliche Hoheit Prinz Frederik Carl Christian wurde nach Jægerspris verbannt. Es ist ihm verboten, sich in Kopenhagen oder Amalienborg aufzuhalten, und schon gar nicht, solange der König verreist ist.«

»Ich habe den Prinzen ge…«

»Hören Sie gut zu, Andersen. Meine Geduld reicht nur so lange, wie Sie zur Zusammenarbeit bereit sind. Wenn Sie den Prinzen noch einmal erwähnen, werde ich Sie ohne Unterlass bis zum Morgengrauen auspeitschen lassen. Erzählen Sie mir noch eine letzte Sache, um Ihren guten Willen zu zeigen, dann werde ich Ihr Geständnis an Richter Schwarz weitergeben und für einen möglichst raschen Prozess plädieren, damit Sie endlich aus diesem Irrenkäfig herauskommen und sich auf eine Schale süße Grütze freuen können.«

Hans Christian hat seit dem Löffel Suppe bei dem Maskenball nichts mehr zu essen bekommen. Allein der Gedanke an etwas Essbares, und sei es klebrige süße Grütze, macht ihn gefügig.

»Was wollen Sie wissen?«

»Verraten Sie mir, warum? Woher das Bedürfnis, die armen Mädchen zu quälen?«

Erst will er Cosmus mit einer schnellen Antwort zufriedenstellen. Einer Antwort, die Cosmus' Verständnis des Bösen bestätigt. Das Böse in der inneren Leere: Ein Mörder, der nicht reflektiert, nichts spürt oder fühlt. Oder das Böse im Schwachsinn: ein Mörder, dessen Sprache der Schmerz ist. Oder das Böse im Genuss: ein Mörder, der Befriedigung daraus zieht, seinen Opfern Schmerz zuzufügen. Aber Hans Christian weiß, dass es so einfach nicht ist. Dass es niemals einfach ist. Dass kein Mörder und kein Mensch so ist.

Was, wenn Cosmus die falsche Frage stellt?

Wenn es ihm gar nicht darum ging, jemanden zu quälen oder gar umzubringen?

Es ist wie die Suche nach den Pfeilen des Jägers im Wald. Ein Pfeil im Busch, ein Pfeil in einem morschen Baum, ein Pfeil im Schilf am Fluss. Die Frage lautet nicht, warum der Jäger dem Busch, dem Baum oder dem Schilf Schmerzen zufügen wollte, sondern vielmehr, auf was der Jäger es eigentlich abgesehen hat.

Was, wenn das eigentliche Ziel etwas ganz anderes und Größeres war als Schmerz und Tod?

Die Brüste.

Geht es um die Brüste?

Hans Christian durchzuckt es, wie ein heller Lichtstrahl, ein Funkenregen, als wäre der Blitz in einen Baum eingeschlagen.

Bei dem Austausch der Brüste geht es dem Mörder nicht darum, seinen Opfern Schaden und Leid zuzufügen. Er hat an den beiden Frauen geübt. Hat experimentiert, den Busen eines Menschen an einen anderen Körper genäht. Es geht ihm nicht um Schmerz, sein Ziel ist die Verwandlung.

»Ich will wie eine Frau aussehen«, sagt Hans Christian. »Das ist der Grund. Ich brauche einen Busen, damit ich wie eine Frau aussehe.«

So einfach ist das. So naheliegend.

Es vergeht ein Augenblick.

»Das ist wirklich zutiefst krank«, sagt Cosmus. »Vergessen Sie die Grütze oder alles andere, was Ihnen Ihre Situation versüßen könnte. Ihre Aussage wird Richter Schwarz vorgelegt. Ich bin sicher, dass er mit Zustimmung des Königs Ihren Fall so schnell wie möglich abschließen und Sie einen Kopf kürzer sehen will. Ich werde mich persönlich um einen anonymen Grabplatz für Sie und die Dirne kümmern. Dann können Sie die ewige Finsternis teilen.«

»Ich …« Mehr kann Hans Christian nicht sagen, ehe Cosmus' Stiefelschritte auf dem Boden und die hinter ihm ins Schloss fallende Tür zu hören sind.

Die Stimmen der Irren kehren zurück. Wie eine Kakofonie aus der Hölle.

Der Hunger raubt ihm fast die Sinne.

Er ist gefangen. Gefangen in diesem Verschlag.

Gefangen in seinem engen Körper mit all seinen Bedürfnissen.

Gefangen in seinem Geist, gefangen von den Bildern von Annas Leiche am Haken über dem Kanal, den Bildern des bleichen Armes der Waschfrau im Morast der Fäkaliengrube, den Bildern vom Mörder, der mit der Ankleiderin über der Schulter vor ihm wegläuft. Gefangen in seiner Sehnsucht, auf dieser Erde erwünscht und geliebt zu werden, in diesem Leben.

Wir alle sind gefangen, denkt er. Jeder auf seine Weise. Seine Mutter war in der Armut gefangen, der Vater in seinem Stolz. Edvard ist in seiner Tugendhaftigkeit gefangen, Cosmus in seinem Ehrgeiz. Selbst Mariechen ist gefangen, in Hoffnungslosigkeit und Armut, in einem Dasein, das sich niemals ändern wird.

Fühlt der Mörder sich auch in seinem Körper gefangen? Akzeptiert er dieses Gefängnis nicht mehr und versucht, auszubrechen, will er mit dem wahnsinnigen Plan, eine andere und bessere Version seiner selbst zu werden, sein Schicksal in die eigene Hand nehmen? Hans Christian versteht ihn und bewundert ihn dafür. Wie oft hat er sich gewünscht, sein Dasein als Schusterjunge zu ändern und aus der ihm so vertrauten Einsamkeit auszubrechen. Nur ist der Mörder bereit, weiter zu gehen und sehr viel mehr zu opfern als Hans Christian. Er setzt alles aufs Spiel, sein Ansehen, seinen Körper und sein Leben, um der Mensch zu werden, als der er sich fühlt.

Oder sie sich fühlt.

Draußen sind Schreie zu hören, splitterndes Glas.

Hans Christian stößt die Luke mit dem Fuß auf.

»Jetzt weiß ich es!«, ruft er. »Ich weiß, wie es war, lasst mich raus, lasst mich hier raus!«

Seine Stimme prallt an den Wänden des engen Verschlags ab und verschwindet wieder in seinem Mund. Worte und Gedanken laufen im Kreis, seine Seele stakst auf dünnen Beinchen umher, draußen und drinnen, wie Rauchschwaden.

Rauchschwaden. Er ist sicher, Rauch zu riechen.

Vielleicht der Nachklang von Cosmus' Pfeifentabak.

Oder ist das schon die ewige Verdammnis in den Flammen der Hölle.

Sein Körper versteift sich vor Angst.

Geht seine Fantasie wieder mit ihm durch? Es riecht aber wirklich nach Rauch, nach feuchtem Holz und gebratenem Fleisch.

Jetzt sieht er auch weißen Qualm durch die Luke hereinschleichen und wie ein heimatloser Geist in dem Verschlag herumwirbeln.

Er gibt dem Hustenreiz nach.

Wieder hört er Stimmen, jemand ruft *Feuer, Feuer, Feuer,* lautes Hämmern an einer Tür.

In gewisser Weise ist Hans Christian erleichtert, weiß er doch nun, dass er nicht verrückt ist. Seine Sinne spielen ihm keinen Streich. Zugleich presst die Angst sich aus seinen Poren in die Anstaltskleidung, der Geruch seines Schweißes mischt sich mit dem Rauch.

Irgendjemand scheint alle Spuren verwischen und ihn so schnell wie möglich aus der Welt räumen zu wollen, ohne Prozess und Henkersbeil. Und dieser Jemand will offenbar nicht nur sein Leben beenden, sondern seine gesamte Existenz auslöschen.

Jetzt weiß er, was ihn am Feuer am stärksten erschreckt.

Es verzehrt, schmilzt und zersetzt.

Es hinterlässt nichts für die Nachwelt. Es kann eine ganze Bibliothek vernichten, in wenigen Stunden dem Erdboden gleichmachen. Als hätte es sie nie gegeben.

Er will gegen die Luke treten, um Hilfe rufen.

Aber die Rauchschwaden haben ihn bereits eingehüllt.

Kapitel 4

Annas Schwefelhölzchen, welche Hoffnungen hatten sie einmal damit verknüpft, denkt Molly, reißt eines davon an der Wand an und sieht Funken auf das lockere Stroh am Boden fallen. Eine erste, beinahe unsichtbare Flamme läuft am Boden entlang über Dreck, Kleiderfetzen und Exkremente, wächst zu einer orangeroten Feuerkugel heran, die sich gierig auf die eingetrockneten Brennnesseln und alten Säcke stürzt. Erst steigen nur kleine Rauchwolken zu dem geschlossenen Kellerfenster auf. Die stillgelegte Vorratskammer liegt abseits des Hauptgebäudes, das Feuer wird sich nicht auf den Rest des Hospitals ausbreiten, aber genug Aufregung verursachen.

Sobald es etwas stärker qualmt, will sie das Personal und die Verrückten im Keller alarmieren. In dem Durcheinander, das dann entsteht, ist hoffentlich genug Zeit, Hans Christian ausfindig zu machen und herauszuholen.

Einen Augenblick zögert sie noch. Hätte sie doch lieber fliehen sollen, nach Onsevig zurückkehren und noch einmal von vorn beginnen? Ein neues Leben, oder in gewisser Weise ein altes Leben, zusammen mit Mutter und Mariechen? Es war verlockend gewesen. Aber sie konnte sich einfach nicht dazu überwinden, konnte der Gerechtigkeit nicht den Rücken kehren. Und auch Hans Christian konnte sie nicht einfach im Stich lassen. Sie muss ihn aus diesem scheußlichen Hospital befreien.

Um gemeinsam mit ihm den wahren Mörder zu finden.

Auf dem Flur stößt sie mit einer Hilfsschwester zusammen. Die Frau hat dunkle Ringen unter den Augen. Sie mustert Molly, als würde sie sich fragen, ob sie eine der Patientinnen ist, doch dann fällt ihr Blick auf die Schwesternuniform, die Molly von einer Wäscheleine auf der Rückseite des Hospitals gestohlen hat.

»Was tun Sie hier, Fräulein?«

»Ich bin geschickt worden, um Brennnesseln zu holen«, sagt

Molly. Aus ihrer Zeit im Krankenhaus weiß sie, dass mit Brennnesseln die Verrückten gezüchtigt wurden. »Aber da unten riecht es nach Rauch.«

»Rauch?«, fragt die andere nach.

Im gleichen Moment ist ein lautes Knacken zu hören.

»Was ist da los?« Die Hilfsschwester läuft zur Tür und sieht in den Raum. Die ganze Wand steht bereits in Flammen, die Bodendielen glühen. Molly sieht, wie die Frau die Augenbrauen zusammenzieht. Ihre Wangen werden von der Hitze rot.

»Vorsicht!«, ruft Molly und zieht sie am Arm zurück, als die Flammen am Türrahmen nach oben schlagen. Das hat Molly nicht gewollt, aus dem Rauch, mit dem sie Verwirrung stiften wollte, sollte kein echtes Feuer werden.

Die Kopenhagener fürchten das Feuer. Alte Ängste und Geschichten kursieren in Kopenhagen im Überfluss. 1728 und 1795 sind große Teile der Stadt abgebrannt. An den letzten Brand erinnern sich noch viele. Knapp tausend Häuser waren dabei Opfer der Flammen geworden, unzählige Familien obdachlos geworden.

»Feuer«, sagt die Schwester zu sich selbst. Dann ruft sie es, schreit, wieder und wieder, und stürmt über die Treppe nach oben. Auch Molly ruft »Feuer«, und läuft in Richtung Irrenhaus.

Molly öffnet die rostige Gittertür und orientiert sich. Die Verschläge stehen hinten auf dem langen Flur. Sie nimmt eine Lampe von einem Haken, tritt über eine hohe Schwelle und klopft an die Holzverschläge.

»Hans Christian, bist du da?«

Sie lauscht. Hinter den Verschlägen rasselt und lärmt es. Einige brüllen. Ein Patient heult wie ein Wolf, ein anderer schluchzt und fleht den König um Gnade an.

Sie klopft weiter, ruft seinen Namen. Der Flur steigt etwas an, am Rand der Wand sickert ein Rinnsal Urin hinunter. Alle Verschläge sehen gleich aus.

»Erlöse mich«, fleht jemand.

»Hans Christian, bist du das?« Sie legt ihr Ohr an den Verschlag. »Sag etwas, Hans Christian.«

»Hier«, hört sie. »Das bin ich. Und Papst Pius VIII., wir sind viele, alle in einem Körper.« Die Stimme ist nicht die von Hans Christian.

Am anderen Ende des Flures organisiert ein Wachmann eine Menschenkette, um den Brand im Keller zu löschen, aber die Flammen breiten sich zu schnell aus, lecken durch alle Ritzen und Spalten.

Molly hastet weiter. Sie schlägt nur noch gegen die Verschläge und läuft weiter, ohne eine Antwort abzuwarten.

»Hans Christian, wo bist du?«

Der lange Gang endet mit einer feuchten Wand. Auch der Rauch kann hier nicht weiter, wirbelt herum und wird von Sekunde zu Sekunde dichter. Molly muss die Luft anhalten.

Auf dem letzten, dunklen Abschnitt liegen nur noch zwei Verschläge.

Sie klopft gegen beide, ohne Antworten zu bekommen.

Vor einer der Türen steht ein Schemel. Sie schiebt die kleine Essensluke zur Seite und sieht hinein. Drinnen ist Rauch.

»Bist du da?«

Es kommt keine Antwort. Sie bückt sich, hält das Licht an die Öffnung und erblickt eine schmächtige Brust in Krankenhauskluft und ein blutig zerschlagenes Gesicht. Der Mund steht offen, die Zunge ist weiß. Der Dichter ist kaum zu erkennen, er sieht verrückt aus, eine gebrochene Existenz.

Aber er ist es, da besteht kein Zweifel.

Sie schiebt den Riegel beiseite und öffnet den Verschlag. Es ist nicht das erste Mal, dass sie so eine Irrenkiste sieht. Trotzdem ist sie bestürzt. Der Verschlag ist nicht größer als der Sarg, in dem ihr Vater beerdigt wurde. Auf dem Boden Stroh und eingetrocknete Hinterlassenschaften. Hans Christian liegt in einer Lache aus Blut und Pisse.

Sie versucht, seine Hand zu nehmen, aber er leistet schreiend Widerstand. Vielleicht ist alle Hoffnung vergebens, vielleicht ist er wirklich verrückt geworden, wenn er es nicht schon die ganze Zeit war.

Kapitel 5

Der Geruch von Schwefel und Rauch in seiner Nase überzeugt ihn davon, auf dem Weg in die Hölle zu sein. Der Teufel heißt ihn mit offenen Armen willkommen. Er ist vermutlich der Einzige, der einen schlechten Sänger, einen elenden Autor und einen noch erbärmlicheren Mörder bei sich aufnimmt. Welch Ironie des Schicksals, ausgerechnet in Flammen zugrunde zu gehen, wo er vor nichts mehr Angst hat als vor dem alles verzehrenden Feuer.

»Hans Christian?«

Mollys Stimme. Weit entfernt. Ruft sie ihn auf seinem Totenbett an, um für immer Abschied zu nehmen?

»Hans Christian? Kannst du mich hören?« Wieder Mollys Stimme.

»Leb wohl, Molly, meine unmögliche Freundin«, ruft er zurück. Wären seine Gelüste nicht so verkehrt und sie keine Dirne, wäre der Gedanke, sich mit ihr zu vermählen, gar nicht so beängstigend.

»Grüß Mariechen von mir«, ruft er.

»Mach die Augen auf«, schreit Molly und zieht seine Lider hoch. Sie ist es, welch schöner Anblick, wütend, erregt, atemlos und doch so voller Leben.

»Bist du jetzt ganz verrückt geworden?«, ruft sie und zerrt an seinem Arm.

»Ich war die ganze Zeit verrückt. Ich habe deine Schwester umgebracht.«

Molly sucht nach Worten, aber sie kommen nicht. Stattdessen schlägt sie ihm hart auf die Wange und flüstert dann liebevoll: »Komm, wir müssen hier weg!«

»Müssen wir?«, fragt er.

Sie hilft ihm auf die Beine. Überall ist Rauch. Sie nimmt seine Hand, stemmt den Fuß gegen die Wand und zieht ihn aus dem Verschlag ins Licht. Alles tut ihm weh.

Der Rauch wird immer dichter. Überall sind Schreie und Hilferufe zu hören, einer der Verrückten spricht einen Psalm. *Unser Gott kommt und schweigt nicht. Fressend Feuer geht vor ihm her, und um ihn her ist ein großes Wetter.*

Molly hustet. Hans Christian will sich übergeben, doch sein Körper ist leer. Er ist jetzt wach, blinzelt, aber seine Augen sind noch zugeschwollen.

»Molly, bist das wirklich du?«

»Deine einzige Freundin«, flüstert sie und zieht ihn hoch. Sie kann ihn nicht tragen, aber auch ihn zu stützen, fällt ihr so schwer, dass sie nur langsam taumelnd vorankommen. Jeder Schritt ist eine Herausforderung.

»Ich wähnte mich schon in Dantes Hölle«, sagt er. »Hab geglaubt, die Flammen sind gekommen, um die Sünden aus meinem Körper zu tilgen.«

»Sei still«, flüstert Molly ihm ins Ohr.

Hans Christian versucht, etwas zu erkennen, aber seine Augen brennen nach den langen Stunden im finsteren Verschlag.

»Was ist?«

»Schwestern und Wachmänner«, sagt Molly. »Sie versuchen, das Feuer zu löschen. An denen kommen wir nicht unbemerkt vorbei.«

Er reißt die Augen auf und sieht eine Reihe von Menschen, die eimerweise Wasser in den Keller schütten, während der Rauch immer dichter wird.

»Es gibt nur einen Ausweg«, sagt Molly. »Die Treppe, vor der sie stehen, hoch auf den Hof und durch das Tor.«

Hinter sich hören sie Schreie und Hilferufe.

Hans Christian dreht sich zu der langen Reihe der Verschläge um, aus denen die Schreie kommen. »Warum hilft denen niemand? Die haben doch wohl nicht vor …«

»Hans Christian, nein«, sagt Molly. »Das darfst du nicht.«

Er tritt an eine der Türen. »Wir können sie doch nicht einfach hier verrecken lassen. Wir müssen ihnen helfen.«

»Du vergisst, dass die wirklich verrückt sind, einige von denen sind bestimmt Mörder. Wir dürfen die nicht rauslassen, die brauchen Behandlung, kalte Güsse, Brennnesseln.«

Hans Christian weiß um die Todesangst, die sie empfinden.

»Unsere Chance, rauszukommen, ist größer, wenn wir die Verschläge ...« Hans Christian wedelt den Rauch weg, »... öffnen. Das lenkt die Wachen ab.«

Molly sieht ihn lange an.

»Vielleicht hast du recht.«

Mehr als vierzig Verschläge liegen in dem Tollhaustrakt Seite an Seite. Kaum haben sie die Kisten entriegelt, kriechen wundersame Geschöpfe heraus, die mit deformierten Körpern und entstellten Gesichtern über den Flur wanken. Viele von ihnen tragen die gestreifte Kluft des Hospitals. Einige haben nur noch Fetzen am Körper, wieder andere sind vollkommen nackt und verklebt von Dreck und Fäkalien. Das Stimmengewirr übertönt fast das Dröhnen der Flammen. Manche Patienten geraten in kopflose Angst und stürzen in Richtung Treppe. Zwei beginnen, sich zu schlagen.

Hans Christian sieht zur Treppe hinüber. Vor der dichten Rauchwand zeichnen sich die Silhouetten der Angestellten ab, die die Verrückten aufzuhalten versuchen.

»Wir müssen raus«, sagt Molly und schiebt Hans Christian in Richtung Treppe. Nur noch wenige Meter trennen sie von der Tür zum Treppenhaus, als plötzlich Cosmus vor ihnen steht. Sein mächtiger Körper blockiert die Tür.

Molly bleibt stehen. Hans Christian will etwas sagen, eine Erklärung abgeben, aber Cosmus kommt ihm zuvor.

»Wo wollen Sie hin, Andersen?«, ruft er durch Feuer und Rauch.

»Wir müssen raus, es brennt«, sagt Hans Christian hustend.

Er geht auf die Tür zu, damit er den Polizeidirektor besser sieht, der sich ein Tuch vor die Nase hält.

»Hiergeblieben«, sagt Cosmus und schiebt Hans Christian zurück auf den Flur. »Soll die Gerechtigkeit Gottes euch richten.«

»Das können Sie nicht tun«, hustet Molly und baut sich vor

dem Polizeidirektor auf. »Er hat es nicht getan, er ist unschuldig. Ich habe, ich …«

»Es ist vorbei, Andersen«, ruft Cosmus und schubst Molly in einen der dunklen Verschläge. Hans Christian sieht, wie er sich zu den Schwestern umdreht. »Schlüssel!«, brüllt er und wirft die Tür zu. Mit dem Luftzug streichen Hitze und Qualm über sie.

Plötzlich ist es vollkommen dunkel. Nur der orange Lichtstreifen unter der Tür lässt sie erkennen, wo oben und unten ist. Dann klirren die Schlüssel im Schloss.

»Nein!«, ruft Hans Christian und hämmert mit den Fäusten gegen die glühend heiße Tür. »Nein!«

Es geschieht nichts. Das Geräusch von seinen Fäusten erstickt im Prasseln der Flammen.

Molly liegt noch dort, wo Cosmus sie hingeschubst hat. Hans Christian kriecht zum Türspalt und legt die Wange auf den Boden, wo weniger Rauch ist. Cosmus dirigiert die Schwestern und Wachmänner nach oben, die heftig mit den Entflohenen kämpfen und mit Knüppeln auf sie einschlagen. Einer der Irren stürmt lichterloh brennend und laut schreiend auf einen Wachmann zu und reißt ihn zu Boden. Der Wachmann versucht vergeblich, sich zu befreien, als er selber Feuer fängt. Cosmus sieht entsetzt zu, ohne einzugreifen. Dann schiebt er zwei der Schwestern beiseite und stürmt die Treppe hoch.

»Raus, raus mit euch! Alle!«, ruft er und ist verschwunden. Nur die beiden brennenden Gestalten am Fuß der Treppe bleiben zurück.

Hinter Hans Christian ringt Molly hörbar nach Luft. Auch er kann kaum noch atmen und will zu ihr krabbeln.

In diesem Moment sieht er die Schlüssel in der brennenden Hand des Aufsehers. Fünf verkohlte Finger umschließen das glänzende Metall.

»Molly!«, ruft er, ohne wegzusehen. »Molly! Halt durch!«

Er hört sie nicht weinen, glaubt aber zu spüren, dass ihre Tränen auf den glühend heißen Boden tropfen, wie Regen in ein heruntergebranntes Feuer.

»Ich glaube, ich …« Er starrt auf die Schlüssel.

Wenn er sie nur erreichen, mit ihnen sprechen könnte.

Jetzt ist auch Molly zur Tür gekrabbelt, sie schaut durch den Spalt und sieht dasselbe wie er.

»Hier!«, sagt sie und reicht ihm eine lange Haarnadel.

Er sieht sofort, dass es nicht gelingen kann, schiebt die Haarnadel aber trotzdem unter der Tür hindurch und versucht, die Schlüssel zu erreichen. Sie ist zu kurz.

»Ich … es klappt nicht«, sagt er und zieht die Hand zurück.

»Heißt das? Dass wir jetzt …?«, sagt Molly und hustet.

Hans Christian sieht noch einmal unter dem Spalt hindurch.

Die Schlüssel, wenn er sie doch nur überreden könnte, aufzustehen, wenn er sie mit einem Leckerbissen anlocken könnte. Aber wie soll er den Schlüsseln erklären, dass sie ihm etwas entgegenkommen müssen, wenn sie irgendeinen Nutzen haben wollen? Es muss doch möglich sein, ein Schlüsselbund zum Leben zu erwecken? Es ist ihm doch schon als Kind gelungen, ein Holzstöckchen dazu zu bringen, alles nur Erdenkliche zu tun.

»Hallo, ihr Schlüssel«, flüstert er.

Man darf die Dinge nicht anschreien, sie lauschen nur den leisesten Stimmen, nur den Kindern, den unschuldigen Seelen.

Er sieht zu Molly, ihr Blick ist benommen, sie bekommt kaum Luft. Dann richtet er seine Augen wieder auf die Schlüssel.

»So vieles habt ihr schon geöffnet, seid so oft gedreht und gewendet worden, habt auf- und zugeschlossen. Habt in den falschen Händen die Unschuld gefangen, die Gerechtigkeit hinter Schloss und Riegel gebracht. Doch das war nie euer freier Wille, ihr wolltet immer nur schützen und bewahren, habe ich recht?«

»Mit wem, zum Henker, redest du?«, ruft Molly hinter ihm.

»Ihr passt auf die einsame Frau auf, die allein zu Hause sitzt, schützt die Hütte im Wald, das sichere Heim der Familie. Ihr verschließt die Tür der Speisekammer, damit Diebe und Gesindel nicht die Gaumenfreuden rauben. Das ist euer wahres Ich, eure Arbeit und Bestimmung, nicht wahr?«

»Hans Christian! Hör auf.«

Molly hat wieder zu weinen begonnen. Sie murmelt Mariechens Namen und entschuldigt sich bei Anna für ihr Versagen.

»Liebe Schlüssel, wisst ihr was?«, flüstert Hans Christian.

»Nein, was soll das denn sein, Dichter?«

»Dies ist eure Gelegenheit, euch zu erheben und mehr zu tun, als nur Menschen herauszulassen und Dinge einzuschließen. Jetzt könnt ihr die Welt um eure eigene Achse drehen lassen, statt selber um die Finger anderer zu kreisen. Erhebt euch auf eure kleinen Eisenfüße, alle fünf. Es liegt an euch, ob ihr drei Beine und zwei Arme habt oder vier Beine und einen Stock, erhebt euch einfach und kommt zu mir.«

Molly weint hinter ihm, hustet und schluchzt. Verzweifelt flüstert sie Hans Christians Namen, kürzer und kürzer, bis er nur noch Hans hört, Ha, H. Worte in Auflösung wie ein Klecks Butter im warmen Brei.

Ein letzter Blick auf die Schlüssel, dann geschieht es. Er wusste es.

In allen Dingen steckt Leben, seien es nun Kreisel, Bäume, Puppen oder Zinnsoldaten. Es gibt einen Geist in Streichhölzern und eine Seele in Flammen. Die Welt ist in Bewegung, und Eisenschlüssel können laufen. Unsicher, zögernd wie ein kleines Kind, das auf die geöffneten Arme seiner Mutter zuläuft, aber nichtsdestotrotz. Sie laufen.

Kapitel 6

Molly schnappt nach Luft. Tränen laufen ihr über die Wangen.

Sie weint um sich selbst und den verrückten Dichter, der jetzt auch noch mit den Schlüsseln zu reden beginnt. Sie weint um Anna und die schmerzhafte Ungerechtigkeit des Lebens, die gute Menschen in die Knie zwingt, bis sie so tief im Morast stecken, dass sie nicht mehr atmen können. Am meisten aber weint sie um Mariechen. Was soll nur aus ihr werden? Die Kleine wartet draußen vor dem Hospital. Bald wird sie begreifen, dass Molly nicht mehr zurückkommen wird. In den ersten Tagen wird sie in den Straßen umherirren. Das ist die gefährlichste Zeit. Da kann sie von einem der Tabakfabrikanten von der Straße entführt und gezwungen werden, Zigarren zu rollen. Diese Leute gönnen den Kindern nur wenig Schlaf in verdreckten Baracken. Wird so Mariechens Schicksal aussehen, wenn weder Mutter noch Tante auf sie aufpassen können? Oder hat die Kleine genug über die Gesetze der Straße und die barschen Regeln der Stadt gelernt, dass sie den Weg zurück in die Ulkegade findet? Wird Salomine sich ihrer erbarmen oder sie an den Höchstbietenden verhökern? Oder wird Marie zurück nach Onsevig gehen und einen Bauern finden, bei dem sie wohnen und arbeiten kann? Anna hatte es nicht geschafft, Marie ein besseres Leben zu ermöglichen, als sie selbst es geführt hat. Und auch Molly ist an dieser Aufgabe gescheitert. Jetzt ist die Kleine auf sich allein gestellt.

»Molly, Molly …«

Sie hebt den Blick. Und sieht Hans Christian, der die Schlüssel in der Hand hält. Die Schlüssel für die Tür.

»Wie?«, fragt sie und stemmt sich hustend auf die Knie.

»Sie sind mir entgegengekommen«, antwortet er und sagt Dinge, die keinen Sinn ergeben. Dass alles nur davon träumt, etwas anderes zu sein. Die Armen wollen reich sein, die Reichen frei, die Bäume wollen aus dem Wald heraus, der Wald in die Stadt, und die Vögel blicken voller Neid auf die Fische in den glänzenden Wellen des Meeres. Und Eisenschlüssel sind empfänglich für schöne Worte und Poesie.

»Ach, hör auf«, sagt sie, schnappt ihm die Schlüssel aus der Hand und schließt auf.

Der Flur ist verwaist, Rauch und Flammen haben das gesamte Gebäude leer gefegt.

Sie nimmt Hans Christians Hand.

»Halt dich fest, ich kenne den Weg.«

X

Im Hof des Hospitals herrscht blankes Chaos. Schreiende Männer und Frauen, die splitternackt herumlaufen, einige erbrechen sich in eine Ecke, während andere um einen Platz am Wassertrog kämpfen, um einen Schluck zu trinken. Zwischen all den gewöhnlichen Patienten irren Verrückte umher, Schweine und Hühner rennen quiekend und gackernd durcheinander, und immer mehr Menschen drängen aus dem Hof auf die Straße, fort vom Hospital. Den wenigen Aufsehern gelingt es nicht, sie aufzuhalten. Hilfsschwestern versuchen, eine Löschkette zu organisieren, um mit Eimern eine Wasserspritze zu befüllen, die das Feuer im Keller löschen soll, aber weder die Schwestern noch der Brunnen können Schritt halten. Ein scheuendes Pferd reißt fast den Wagen mit den Waren um, den es zieht. Eine junge Krankenschwester wickelt ein feuchtes Tuch um die Stirn eines alten Mannes.

»Los, weg hier!«, schreit Molly Hans Christian ins Ohr. »Bevor uns jemand bemerkt.«

Sie laufen zum Tor und mischen sich unter eine auf die Straße stürmende Gruppe. Molly erblickt einen Wachposten, der am Tor steht. Er wird von zwei Verrückten überfallen, die ihm die Lanze aus der Hand und die Mütze vom Kopf reißen, ehe sie mit den anderen in Richtung Stadt verschwinden.

Molly fasst Hans Christian am Arm und zieht ihn nach links.

Es sind jetzt mehr Menschen vor dem Krankenhaus als tagsüber. Auf dem Weg begegnet ihnen ein weiterer Spritzenwagen mit acht Mann, die laut rufen und eine Glocke läuten. Irgendwo in der Nähe bläst ein Polizist in seine Pfeife.

Molly geht vor, überquert die Straße und führt Hans Christian zu einer Gruppe von Bäumen auf dem Wall. Er sieht sie verwundert an. Dann entdeckt er Marie, die sich hinter einem Busch versteckt und sie mit großen Augen anstarrt. Als sie näher kommen, läuft das Mädchen die Böschung hinunter und wirft sich in Mollys Arme.

»Ist ja gut, meine Kleine«, seufzt Molly und lehnt sich an einen Baum. Ihre Lunge fühlt sich an, als wäre sie voller Asche und glühender Holzspäne. »Ich habe es dir doch versprochen«, sagt sie zu Marie und ringt nach Atem.

»Tante Molly hat das Feuer gelegt«, flüstert Marie Hans Christian ins Ohr. »Um dich da rauszuholen.«

»Schhh«, sagt Molly. »Damit prahlt man nicht. Das war nicht gut. So etwas darf man nicht tun.«

Mit einem Mal ist ein Prasseln zu hören, erst auf dem Pflaster, dann von den Baumkronen.

Sie drehen sich um und sehen zurück. Dicke Regentropfen klatschen aus dunklen Wolken auf den Boden. Das Licht flackert über dem Hospital, der Strom flüchtender Patienten reißt nicht ab. Ein Wachmann versucht, ein paar junge Männer davon abzuhalten, mit einem Pferd abzuhauen.

Hans Christian steht vor Molly und sieht sie mit einem seltsamen Blick an. Die Kluft aus dem Tollhaus ist zerrissen und dampft vor Wärme, als ihm der Regen auf Schultern, Haare und das verrußte Gesicht fällt. Dann umarmt er sie. Sie spürt seinen knochigen Körper, seine Rippen und Finger.

»Ich verdanke dir alles«, sagt er. »Danke, danke.«

Einen Moment stehen sie da, das Geschrei und den Lärm der Stadt hinter sich. Sie spürt, wie er ihren Geruch einsaugt, ein paar Mal tief einatmet und seine Nase an ihren Hals legt. Dann befreit sie sich.

»Dein Geruch«, sagt er. »Der ist besonders.«

Sie schiebt ihn verlegen zur Seite. Sie hat sich im Schloss abgerackert, für Tausende Gäste den Tisch gedeckt, einen Mörder gejagt und ist vor der Polizei geflohen. Dann hat sie ihn aus dem Tollhaus und den Flammen befreit. Sie hat sich zwar umgezogen, als sie Marie geholt hat, aber wie eine feine Dame riecht sie sicher nicht. Eher nach Angst und Brandstiftung.

»Nein, ich meine etwas anderes«, sagt er und sieht sie an. »Wo hast du das her?«

»Was?«

Er legt die Hand auf ihr Halstuch und steckt die Nase in den Stoff. »Es ist derselbe besondere Geruch, mit dem ich betäubt wurde«, sagt er und erzählt Molly, dass der Mörder ihm im Speicher ein Tuch auf die Nase gedrückt und ihn damit außer Gefecht gesetzt hat.

»Was weiß ich?«, sagt Molly verärgert. »Das ist nicht mal mein Halstuch. Es gehört Anna.«

Mariechen schüttelt den Kopf.

»Aber ich habe es in ihrer Kammer gefunden. Es muss ihres sein«, sagt Molly.

»Wann hast du es gefunden?«, will Hans Christian wissen.

»An dem Tag«, sagt sie. An dem Tag, an dem sie Anna aus dem Kanal gezogen haben. »Ich war in ihrem Zimmer, um aufzuräumen. Das Tuch lag auf dem Boden.« Sie nimmt das Tuch ab und sieht es sich an. »Ich habe es Anna nie tragen sehen, sie hatte eigentlich keine so feinen Tücher.«

Molly riecht daran, nimmt aber außer dem Rauch allenfalls einen Hauch von Zitrone wahr.

»Darf ich mal sehen?«, fragt Hans Christian, entfaltet das Tuch und hält es vor den Himmel, der langsam wieder heller wird. »Woher stammst du?«, fragt er das Tuch.

»Das kann von überall stammen. Vielleicht von einem Freier? Oder von einem Markt? Einem Krämer?«

»Das ist edle Handarbeit«, sagt Hans Christian. »Mit Stickerei und Spitzen. Das ist nicht billig. Vielleicht hat es der Frau eines

Uhrmachers gehört, der Tochter eines Wagenbauers, oder es war das Geschenk eines Direktors an seine Mutter.«

So etwas kann Molly sich ebenfalls gut vorstellen. Sie muss plötzlich an die Buchstaben denken, die in den Stoff gestickt sind. »Da sind solche Inimilineale drin«, sagt sie.

Hans Christian sieht sie verdutzt an. »Was?«

»Du weißt schon, Inimilissialer. Also so eine Abkürzung des Namens.«

»Ach, du meinst Initialen?«

»Ja«, sagt Molly und spürt, dass sie rot wird. »Hab ich doch gesagt.«

Mariechen schüttelt den Kopf.

»AVK«, sagt Hans Christian und sieht sich das Tuch nachdenklich an.

Sie weiß nicht, was sie sagen soll. Das Tuch hat einfach dagelegen, hinter der Tür. Vielleicht hat es dem Mörder gehört. Der Gedanke, das Tuch um den Hals getragen zu haben, das sie wieder auf die Spur des Mörders bringen könnte, ist fast unheimlich. Warum ist ihr dieser Gedanke nicht schon eher gekommen?

»Eins wissen wir jedenfalls mit Sicherheit«, sagt Hans Christian, sieht sie an und streckt einen Finger in die Höhe. »Der Mörder ist Offizier. Marineoffizier.«

»Ja«, antwortet sie und sieht noch einmal auf die drei Buchstaben.

»Und wo wohnen dänische Marineoffiziere?«, fragt Hans Christian.

Diese Frage kann Molly beantworten.

»In Nyboder«, sagt sie.

Alle Dirnen haben hin und wieder Freier aus dem Viertel mit den seltsamen Straßennamen wie Einhorngasse oder Kamelgasse. Dort war alles nach irgendwelchen exotischen Dingen benannt, die die Seeleute von ihren Reisen mitgebracht haben.

Hans Christian nickt.

»Dann wissen wir vielleicht, wo er wohnt.«

Molly denkt noch einmal über die drei Buchstaben nach.

»Und wir wissen, dass sein Name irgendwas mit AVK zu tun hat.«

»Ja, wenn dieses Tuch denn wirklich einem Mann gehört«, sagt Hans Christian und sieht es sich noch einmal genauer an.

Im gleichen Moment nähert sich ein Pferdegespann und bleibt vor dem Hospital stehen. Die Türen springen auf, und ein paar Gestalten bauen sich am Tor auf. Gleich darauf tritt der Polizeidirektor auf das Trottoir und sieht sich wütend um, ehe er seinen Helm abnimmt und sich in die Kutsche setzt.

»Sperrt die ganze Stadt ab, durchsucht jeden Keller, jeden Winkel«, brüllt er seinen Männern zu, die die Hacken zusammenschlagen und auf dem Krankenhausgelände ausschwärmen.

Hans Christian sieht der Kutsche nach, die in rasendem Tempo davonfährt.

»Lass uns von hier verschwinden«, sagt er, schlüpft zwischen die Bäume und nimmt Kurs auf die Gasse, die hinter dem Krankenhaus entlangführt.

Molly folgt ihm. Marie nimmt ihre Hand. Vielleicht, um nicht zu fallen, vielleicht aber auch, weil sie spürt, dass es Molly nicht gut geht. Als sie die Gasse erreichen, gehen hinter den ersten Fenstern die Lichter an. Einige Bewohner laufen raus auf die Gasse, um zu sehen, was los ist. Das Prasseln der Flammen, die Schreie und Rufe sind mittlerweile bis hierhin zu hören. Molly hält Mariechens Hand fest und geht weiter.

Hans Christian sieht in der verrußten Tollhauskluft mit den breiten Streifen wie ein Schlafwandler aus. In einer halben Stunde geht die Sonne auf. In einer halben Stunde haben sie vielleicht ihren Mörder.

Kapitel 7

»Wo ist er?«

Die Stimme scheint aus der Ferne zu kommen. Aus einer anderen Welt. Oder aus ihrem Inneren?

»Wo ist er, sagen Sie mir endlich, wo Isak ist?«

Madame Krieger schlägt die Augen auf.

Morgenlicht fällt durch die Scheiben. Der Mann beugt sich über sie. Es ist der Arzt. Blutspritzer im Gesicht. Ein Augenlid ist rot, das andere weiß, wie bei einer Clownsmaske. Auch auf seiner Lippe, am Kinn und am Hals sind Blutspritzer. Auf dem weißen Hemd. Seine Hände haben sich um ihren Hals gelegt. Sie sieht den Hass in seinen Augen. Alles in ihm schreit danach, sie zu erwürgen, ihr endlich den Garaus zu machen. Aber er reißt sich zusammen, muss sich zusammenreißen.

Sie ist benommen, ihr Kopf ist schwer. Als hätte sie zu viel getrunken. Bruchstückhafte Bilder des Festes und der Nacht durchzucken sie, eine letzte Erinnerung an den Arzt, das in seinen Händen glänzende Skalpell, bevor die Klinge unter ihrer Haut verschwindet. Sie hatte gehofft, verändert aufzuwachen. Beseelt von einer Kraft, als wären ihr alle Sterne des Himmels in den Schoß gefallen, ja als läge ihr eine glänzende Welt zu Füßen, wo alles am richtigen Platz ist.

Aber alles fühlt sich an wie immer. Abgesehen von den stechenden Schmerzen in ihrer Brust. Sie liegt noch immer auf dem Tisch im Auditorium. Im Haus sind Geräusche zu hören, weit entfernte Schritte. Es ist noch früh am Morgen, bald treffen die ersten Ärzte und Assistenten in der Akademie ein. Sie muss schleunigst verschwinden, sich verstecken, einen neuen Plan machen, damit alles ins Lot kommt. Sie drückt sich auf die Ellbogen hoch und lässt ihren Blick durch den Raum schweifen.

»Wo ist mein Sohn? Sagen Sie mir endlich, wo mein Sohn ist, Sie …«

»Im Speicher«, sagt sie, damit er endlich Ruhe gibt. »Im Hafen.« Bei jedem Wort durchzucken sie Schmerzen, als stieße jemand wieder und wieder ein Bajonett in ihre Brust.

»Welcher Speicher? Sagen Sie schon, ich muss ihm helfen.«

Sie erzählt ihm von dem Zuckerspeicher. Was nicht klug ist, aber jetzt zählt nur, dass er geht. Außerdem ist der Junge schon lange nicht mehr im Speicher, sondern bei ihr zu Hause, aber das wird sie ihm nicht sagen. Er ist vermutlich längst tot, so lange, wie er weder Essen noch Trinken bekommen hat.

»Wenn er nicht da ist«, sagt der Arzt. »Wenn er … wenn ihm etwas zugestoßen ist … Ich schwöre beim Grabe Davids, dass ich Sie dann umbringe! Verstehen Sie, was ich sage, Sie Missgeburt?«

Sie hört seine Schritte, als er aus dem Saal stürmt. Spürt die Erleichterung, allein zu sein. Ihr Blick fällt auf Johannes Leiche, die auf dem Boden liegt wie der Kadaver eines toten Fuchses. Auf ihrem Gesicht ist Blut, ebenso auf Armen und Hals, wie auch auf dem Verband, den der Arzt ihr um die Brust gewickelt hat. Die Lippen sind schwarz, der Mund in einer Grimasse erstarrt, der ganze Körper so blass wie der eines Hühnchens, das seit einem Tag am Haken der Krämerbude hängt.

Der Tod ist nicht schön, er veredelt das Leben nicht, denkt Madame Krieger.

Überall ist Blut. Auf dem Tisch, dem Boden, ja sogar an den Wänden.

Stammt es von Johanne, oder hat sie selbst so stark geblutet? Wie viel Blut mag in einem Körper zirkulieren? Verliert man viel Blut, ist es nicht verwunderlich, dass man sich schwach und kraftlos fühlt. Dieser verfluchte Arzt, denkt sie. Vielleicht hat er sie absichtlich zur Ader gelassen, um sie ihrer Stärke zu berauben. Sie braucht einen Spiegel, muss sehen, was mit ihr passiert ist, aber im Auditorium gibt es keine Spiegel. Vielleicht auf dem Flur oder in einem der Zimmer der Professoren? Madame Krieger kommt auf die Beine und taumelt zur Tür. Schon nach wenigen Schritten muss sie sich am Tisch abstützen. Ihr ist schwindelig, sie fühlt sich krank und alt, würdelos. Wo ist die Kraft, die sie nach dem Eingriff in ihrem Körper vermutet hat?

Dann entdeckt sie einen kleinen Schrank, der einen Teil des Regals an der hinteren Wand des Auditoriums ausmacht. Er ist gefüllt mit Seren und Medikamenten in schlanken Behältern und Tiegeln. Sie nimmt einen der gläsernen Deckel ab, stellt ihn hochkant ins Regal und tritt einen Schritt zurück.

Endlich, denkt sie und spürt, wie die Erwartung sie berauscht.

Da ist ihr Gesicht. Der bandagierte Brustkorb. Die Wickel müssen ab, sie muss sich sehen. Langsam löst sie den Verband vom Schlüsselbein bis hinunter zum Bauch. Der Stoff klebt an der Wunde, es tut weh, als sie ihn löst. Der letzte Rest wehrt sich hartnäckig, bis auch er sich mit einem Schmatzen von der Haut löst. Ein stechender Schmerz durchfährt sie.

Sie lässt den Verband zu Boden fallen und betrachtet sich selbst.

Der Anblick ist schockierend, berauschend, atemberaubend. Fort ist der Mann, der gegen ihren Willen in all diesen Jahren ihren Körper eingenommen hat. Fort die flache Brust. Fort ist Severin.

An seiner Stelle steht da Madame Krieger. Nur Madame Krieger.

Blut schießt ihr in die Wangen, Tränen rinnen aus ihren Augenwinkeln. Sie ist der Apfel an dem Zweig des Weißdorns, sie spürt es in ihrem ganzen Körper. Sie ist eine Schönheit mit graziler Gestalt und den schönsten Brüsten, die eine Frau nur haben kann. Sie kann ihr Glück kaum fassen. Sobald sie die schreckliche Offiziersuniform gegen die Kleider aus der Garderobe ihrer Schwester ausgetauscht hat, wird sie durch die Stadt schweben, getragen von der Gunst des Prinzen. Die Menschen werden ihre Fenster aufreißen und sie grüßen, Frauen und Männer werden sich auf der Straße vor ihr verneigen, und die Sonne wird alle ihre Strahlen auf sie richten. Jetzt kann der Prinz sie nicht mehr abweisen, sie nicht mehr übersehen.

Inzwischen sind immer mehr Geräusche aus dem Gebäude zu vernehmen. Irgendwo von oben hört sie Stimmen.

Die Schmerzen kehren zurück, aber sosehr sie auch brennen und stechen, das alles ficht sie nicht an. Ihr Körper muss sich nur an seine neue Form gewöhnen. Sie muss nach Hause, um die Verwandlung zu vollenden. Sie ist die Garderobe ihrer Schwester gründlich durchgegangen und weiß genau, in welchem Kleid sie dem Prinzen entgegentreten will.

Madame Krieger legt vorsichtig den Verband wieder an und streift dann das Uniformhemd über, damit niemand sieht, welche magische Verwandlung ihr widerfahren ist. Es tut weh, so weh, dass ihr für einen Moment schwarz vor Augen wird. Doch schon nach einem Augenblick kehren ihre Kräfte zurück.

Sie knöpft den letzten Knopf zu und ist zufrieden. Die Schmerzen sind zu ertragen, sie werden vorübergehen. Auf ihren Seereisen hat sie Menschen deutlich schlimmere Qualen überstehen sehen. Sie denkt an den Kadetten, dessen Gesicht nach einem Angriff vollkommen verbrannt war. Nur die Zähne waren ihm geblieben. Er hatte geweint wie ein Kind, aber auch seine Schmerzen waren vorübergegangen. Schmerz ist dazu da, die Logik zu schärfen, sagt Schneider immer.

Madame Krieger schlüpft durch die Tür auf den Flur zum Haupteingang. Niemand achtet auf sie, als sie auf die Straße tritt. Jeder Schritt schmerzt, und sie bekommt kaum Luft. Draußen sieht sie entsetzt, wie belebt die Straße bereits ist. Menschen und Pferdekutschen drängen sich durch den Regen, dabei ist es noch nicht einmal richtig hell. Sie taumelt weiter, bevor jemand sie noch auf der Treppe der Akademie sieht. Erst in der Store Kongensgade wird ihr bewusst, dass irgendetwas Außergewöhnliches passiert sein muss. Der Verkehr ist außer Kontrolle, herrenlose Pferde galoppieren herum, Menschen rennen kreuz und quer über die Straße, und zwei Männer in gestreiften Kleidern trampeln auf einer am Boden liegenden Kuh herum. Eine Frau, auch sie in diesen seltsamen Kleidern, hat ihren Kopf tief in ein Branntweinfass gesteckt, während der Krämer fassungslos danebensteht und sich lauthals beschwert. Madame Krieger ist schon fast an der Pindsvinegade, als sie die beiden Wachtmeister bemerkt, die an der Seite im Regenschutz unter einem Dach stehen.

»Halt!«, ruft einer der Männer. »Wohin wollen Sie?«

Sie dreht sich um, bereit, wegzulaufen.

»Ich komme vom Offiziersfest in Amalienborg. Ich bin müde und will nach Hause«, sagt Madame Krieger und deutet nach vorn.

Schmerzen durchzucken sie, als säßen Haken in ihrer Brust, die in alle Richtungen gezogen werden. Sie ist mit ihrer Antwort zufrieden. Ein Fest im Schloss bedeutet, dass sie wichtig ist, vielleicht sogar ein Freund des Königshauses. Wer wird ihr da widersprechen oder sie ausfragen?

»Tut mir leid, mein Herr«, sagt einer der Männer und tritt auf sie zu. »Die Verrückten haben an der Kreuzung einen Wagen mit Aalen und Krebsen umgestoßen. Es wird eine Weile dauern, bis sie wieder passierbar ist.«

Madame Krieger sieht vor sich wild gestikulierende Menschen, über denen Möwen kreisen.

»Wo kommen all die Menschen her?«, fragt sie, ohne auf die Antwort warten zu wollen.

»Im Krankenhaus hat es gebrannt. Irgendjemand hat die Armenhäusler und Verrückten rausgelassen. Wir sind gerade erst von einem Mann angepöbelt worden, der davon überzeugt war, dass Kopenhagen von einer Armee von Hugenotten angegriffen wird. Frauen und Kinder werden überfallen, niemand ist sich seiner Haut sicher.«

»Dann gehe ich außen herum, danke für den Hinweis.«

»Kommen Sie gut nach Hause, Herr Offizier«, sagt einer der Polizisten, hält ihn dann aber doch am Arm fest. »Ist alles in Ordnung mit Ihnen?«

»Ja«, sagt sie. Ihre Lippen zittern vor Schmerzen.

»Sie bluten«, sagt der Polizist.

Sie sieht an sich selbst herunter, fürchtet, das Blut könne durch ihre Kleider gedrungen sein. Aber dort ist nichts zu sehen.

»Was ist geschehen?«

Der Polizist zeigt auf die Offizierstasche, die sie über der Schulter trägt. In der Mitte der Tasche ist ein großer Blutfleck.

»Ach, das ist nicht von mir«, sagt sie. »Auf dem Rückweg vom Schloss bin ich Zeuge einer Schlägerei geworden. Ein junger Matrose musste sich in Nyhavn mit einem Messer verteidigen. Ich habe zu helfen versucht, musste mich dann aber zurückziehen.«

»Überall dieses Lumpengesindel«, sagt der Polizist und schüttelt den Kopf. »Wir sind rumgegangen und haben alle gebeten, in den Häusern zu bleiben und keinem Fremden aufzumachen.«

»Ja, ein Unglück kommt selten allein«, sagt der andere Polizist und sieht zu den Wolken auf. Der Regen hat nachgelassen.

Sie legt die Hand zum Gruß an den Hut und geht weiter über die Borgergade. Dann hält sie inne und dreht sich noch einmal zu den Polizisten um.

»Was meinen Sie damit?«, fragt sie.

»Das sollten Sie eigentlich wissen, wenn Sie vom Schloss kommen«, antwortete einer der Polizisten. »Es heißt, der junge Prinz habe seiner Verbannung getrotzt und sich auf dem Offiziersfest gezeigt. Wir wollen natürlich keine Gerüchte verbreiten, aber wir hören ja nicht zum ersten Mal von den seltsamen Launen des Prinzen.«

»Davon habe ich nichts mitbekommen«, sagt Madame Krieger. Allein die Erwähnung des Prinzen facht die Schmerzen erneut an. Jetzt zieht es auch in ihrem Herzen. Ihr Prinz. Wenn er sie jetzt nur sehen könnte. Erkennen, was sie alles für ihn auf sich genommen hat.

»Seine Majestät war wohl schon vorher außer sich. Jetzt hat er seinen Schwiegersohn nach Island verbannt.«

Der Polizist schüttelt den Kopf. Madame Krieger weiß nicht, ob über den Prinzen oder die Entscheidung des Königs.

»Island?«, fragt Madame Krieger. »Was bedeutet das?«

Der andere Polizist meldet sich zu Wort.

»Mein Bruder steht bei der Hauptwache. Er sagt, die königliche Fregatte soll noch heute Vormittag auslaufen. Und dass der Prinz bereits an Bord ist.«

Madame Krieger spürt, wie das Blut aus ihrem Kopf weicht.

Das kann nicht wahr sein, denkt sie, das darf nicht geschehen.

»Am Toldboden?«, fragt sie und versucht, ihre Verzweiflung zu kaschieren.

»Die *Abendstern* liegt am Kvæsthuskai.«

Die *Abendstern,* denkt Madame Krieger, wenn das kein Zeichen ist. Schließlich ist dies das Schiff, auf dem sie dem Prinzen das erste Mal begegnet ist.

»Ich muss nach Hause, guten Tag«, sagt sie und geht, ohne die Polizisten noch eines Blickes zu würdigen.

Sie kommt kaum vorwärts. Bei jedem Schritt scheinen sich spitze Nadeln in ihr Fleisch zu bohren. Aber sie gibt nicht auf. Sobald der Prinz sieht, was sie ihm zuliebe durchgemacht hat, wird sich alles ändern. Sie werden zusammen auf dem Meer sein, dort, wo alles seinen Anfang nahm. Auf der *Abendstern,* auf dem Weg in eine neue Zukunft.

Kapitel 8

Bevor sie nach Nyboder gehen, liefern sie Marie bei Salomine ab, die betrunken in der Schenke in der Ulkegade hockt. Hans Christian wartet draußen, während Molly die alte Dirne bittet, sich um Marie zu kümmern und ihr vielleicht auch etwas zu essen zu geben. Hans Christian spürt, wie unwohl Molly dabei ist, aber die Vorstellung, mit Marie an der Hand einem Mörder entgegenzutreten, ist noch weniger verlockend. Die Frau des Wirtes leiht Hans Christian ein Hemd und eine etwas zu kurze Hose, sodass er endlich die verdreckte Tollhauskluft ablegen kann.

Die Stadt ist lauter und gefährlicher als sonst. Überall liegen die Reste kaputter Tonnen, Schubkarren und Karren herum. Die Kirchenglocken läuten, und aus den Türmen der Stadt dringen Schreie. Irrenhäusler überfallen Fischhändlerinnen auf dem Weg zum Markt und werfen Steine auf Erwachsene und Kinder. Ein nackter Mann sitzt auf einer Reiterstatue auf dem Kongens Nytorv und doziert über den unaufhaltsamen Triumph der Dampfmaschine.

Hans Christian und Molly hasten durch die Gothersgade.

»Nach allem, was wir wissen, ist der Mann Offizier«, sagt Hans Christian, nach Atem ringend. »Sein Nachname beginnt mit *K*, und er hat eine Delle im linken Ringfinger.«

»Es ist aber nicht sicher, dass er zu Hause ist, vielleicht ist er wie alle anderen auf der Flucht. Womöglich zusammen mit der Ankleiderin«, meint Molly und bleibt stehen.

Hans Christian zieht Molly in eine Toreinfahrt, als eine Gruppe entlaufener Verrückter vorbeistürmt und auf alles einschlägt, was ihren Weg kreuzt. Die Scheiben eines Krämerladens gehen zu Bruch. Hans Christian zieht Molly eng an sich, bis die Gruppe nicht mehr zu sehen ist.

»Du hast recht«, sagt Hans Christian. »Versuchen müssen wir es trotzdem.«

Sie überqueren die Straße und kommen in die Adelgade.

»Und was machen wir jetzt?«, fragt Molly, als sie am Anfang des Offiziersviertels angekommen sind.

Hans Christian hat die Straßennamen in diesem Viertel immer besonders gemocht. Die exotischen Dinge aus den Kolonien, die darin verewigt wurden, Löwen und Nelken, Tulpen und Pinguine. In einem großen Baum vor ihnen hängt Wäsche. Daneben steht ein Fahnenmast, aber die Flagge hängt schlaff herunter. In den Türen der kleinen Häuser stehen verängstigte Frauen und Kinder. Ein Schwein läuft quiekend um eine Ecke.

Hans Christian und Molly starren überwältigt nach vorn. So viele Häuser, so viele Türen.

»Wir können nicht überall anklopfen«, sagt Hans Christian.

»Warte«, erwidert Molly und zeigt auf einen Wirtshauskeller. Zum Fahnenmast, steht auf dem Schild über der Tür. Es riecht nach Branntwein und frisch gebackenem Brot. »Ich höre mich da mal um, ob jemand einen Offizier kennt, dessen Nachname mit K beginnt.«

Hans Christian wartet draußen. Es ist für Molly sicher leichter, mit betrunkenen Seeleuten ins Gespräch zu kommen, ohne Prügel einzustecken. Männer haben andere Stärken, denkt Hans Christian, wobei ihm selbst eigentlich gar nichts leichtfällt. Wie oft schon hat er seine Finger studiert und gedacht, dass sie gerade stark genug sind, einen Federkiel zu halten. Ihnen fehlt die Kraft, Leder zu gerben, Schuhe zu besohlen oder Pulver in ein schweres Gewehr zu füllen, wie sein Vater es getan hatte. Durch die Scheiben des Wirtshauses beobachtet er fast ein wenig neidisch, wie Molly die Leute mit spielerischer Leichtigkeit in ihren Bann zieht. Mag sein, dass er mit Verrückten oder mit Gegenständen sprechen kann, um wie viel leichter könnte sein Leben aber sein, wenn auch er mit anderen Menschen sprechen könnte.

»Ich habe drei Namen bekommen«, reißt Molly ihn aus seinen Gedanken.

»Es kann natürlich noch mehr geben. Ich habe mir diese drei

jedenfalls aufschreiben lassen.« Sie reicht Hans Christian einen Zettel.

»Krieger, Karlsen und Kronborg«, liest er. »Der Erste wohnt in der Rævegade 23. Da sind wir gerade vorbeigelaufen.«

Sie biegen um eine Ecke und haben eine schmale, von dünnen Birken gesäumte Gasse vor sich.

Das Haus liegt im Schatten. Ein paar tiefe Risse laufen über die gekalkte Wand. An der Tür steht der Name Krieger. Die Glocke gibt keinen Laut von sich, Hans Christian muss sie mehrmals ziehen, bis irgendwann die Tür aufgeht. Beim Anblick der Frau weicht er erschrocken einen Schritt zurück. Sie wirkt müde und krank. Die Haut ist aschfahl, und die Augen liegen tief in ihren Höhlen in dem ansonsten schönen Gesicht.

»Frau Krieger?«, fragt Molly.

»Ja«, antwortet die Frau mit angestrengter Stimme und sieht Hans Christian und Molly an. »Wer sind Sie?«

»Wir suchen nach Ihrem Mann«, sagt Molly.

»Ich bin nicht verheiratet, leider«, sagt die Frau und will die Tür schließen.

»Wir haben gehört, dass hier ein Offizier wohnt«, sagt Molly.

»Sie meinen vermutlich meinen Bruder Severin?«

»Ihren Bruder, ja. Ist er zu Hause?«, fragt Molly.

»Severin hat schon vor ein paar Wochen angemustert«, antwortet sie und dreht sich in die dunkle Wohnung um. Ein Schleier legt sich über ihr Gesicht, als hätte sie Schmerzen. Sie fasst sich an die Brust. »Er hat sein Leben dem Meer gewidmet, der Flotte des Königs. Jetzt müssen Sie mich entschuldigen. Ich habe etwas Wichtiges zu erledigen.«

»Natürlich. Erlauben Sie mir eine letzte Frage.« Molly reicht ihr das Tuch. »Erkennen Sie dieses Tuch wieder? Hat Ihr Bruder so eins besessen?«

»Lassen Sie mich sehen«, sagt die Frau, nimmt es entgegen und sieht es sich genau an. Dann reicht sie es Hans Christian. »Ich glaube nicht, ich habe es noch nie gesehen.«

Hans Christian steckt das Tuch in seine Jackentasche.

»Danke, Fräulein Krieger«, sagt er.

Der Nächste auf der Liste heißt Karlsen.

»Was steht da?«, fragt Molly und hält ihm die Liste hin.

»Er wohnt in der Delfingade«, antwortet Hans Christian, in Gedanken noch bei ihrer Begegnung mit Fräulein Krieger. Er hat Molly noch nichts gesagt von seinen Erkenntnissen in der engen Kiste im Tollhaus, dass es sich bei dem Mörder um einen Mann handeln muss, der um jeden Preis versucht, sich als Frau neu zu erschaffen. Aber Fräulein Krieger war zweifelsohne eine Frau, noch dazu krank. Trotzdem lässt ihn dieses Fräulein Krieger nicht los, ohne dass er genau benennen könnte, was an ihr so seltsam ist.

Molly kennt den Weg und geht voraus. Über die Adelgade und Elsdyrgade erreichen sie schließlich die etwas breitere Delfingade. Das Haus sieht den anderen zum Verwechseln ähnlich. Molly klopft an.

»Otto schläft«, kommt es von der kleinen Frau, die die Tür öffnet. »Um was geht es denn?«

»Dürften wir persönlich mit Ihrem Mann sprechen, gute Frau«, sagt Hans Christian und versucht, den Ton des Polizeidirektors nachzuahmen.

Es wirkt. Die Frau tritt zur Seite.

Sie gehen durch einen dunklen Flur ins Wohnzimmer. Hans Christian muss sich unter jedem Querbalken der Zimmerdecke ducken. Der Alkoven in der Ecke ist mit einem karierten Vorhang abgetrennt.

»Otto?«, sagt die Frau, zieht die Gardine zur Seite und kneift ihrem Mann in den dicken Zeh. »Otto, hier will dich jemand sprechen.«

Hans Christian sieht sich im Zimmer um. Erkennt man die Sünden eines Mannes in den Dingen, mit denen er sich umgibt? Nein, das ist dumm. Bosheit lässt sich nicht an Porzellan und Nippes ablesen. Sie wohnt nicht in Dingen und Gegenständen, sondern im Menschen selbst. Trotzdem wandert sein Blick über die Wände und Regale. Neben dem Kachelofen hängt ein Säbel.

Und auf der anderen Seite ein Gemälde von einer Seeschlacht, vielleicht die von 1801.

Es geht um Sehnsucht, erinnert Hans Christian sich selbst. Die Sehnsucht danach, jemand anderes als man selbst zu sein. Diese Sehnsucht steckt tief im Herzen des Mörders. Sie ist so stark, so übermächtig, dass sie ihn dazu gebracht hat, andere Menschen zu töten.

Er denkt an sein Elternhaus in der Munkemøllestræde. Jeden Tag von Sonnenaufgang bis Sonnenuntergang saß sein Vater auf einem Schemel vor seinem Schuhmachereisen und hat versucht, für ein paar Schillinge die Sohlen und Absätze der Schuhe zu retten, die die Armen ihm vorbeibrachten. Manchmal waren es Holzschuhe, andere Male rustikale Stiefel und Sandalen. Tief in seinem Herzen hatte er sich immer etwas anderes gewünscht. In seiner Jugend hatte er Advokat werden wollen, weil er sich so gut darauf verstand, seine Argumente vorzutragen. Später im Leben wollte er dann als Soldat dienen und Ehre und Ruhm in den Napoleonkriegen gewinnen. Die Karriere als Advokat war ihm versagt geblieben, und das Schlachtfeld hatte nicht mehr für ihn übriggehabt als die schnelle Begegnung mit dem Tod. Er war verletzt nach Hause gekommen und kurz darauf gestorben, noch immer beseelt von der Sehnsucht nach einem anderen Leben.

Die Sehnsucht ist wie ein quälender Geist, der von einem Besitz ergreift.

»Wer seid Ihr?«, fragt der Mann und klettert aus seinem Bett. Das dreckige Hemd hängt schlaff an seinem blassgrauen Körper. Er geht in einen anderen Raum. Stuhlbeine kratzen über den Boden, ein Schrank wird geöffnet. »Man wird ja wohl noch eine Hose anziehen dürfen«, sagt er.

Hans Christian vergleicht Ottos Stimme in Gedanken mit dem Flüstern hinter der weißen Maske, das er im Schloss gehört hat.

»Sind Sie Linkshänder?«, fragt Molly, während der Mann sich anzieht.

»Ich bin so rechtshändig, wie man es mit drei Fingern nur sein kann«, sagt Otto und zeigt seine rechte Hand, an der zwei Finger fehlen.

Molly wirft Hans Christian einen fragenden Blick zu. Ist er das?

Er weiß es nicht.

Im Fenster steht ein Buddelschiff mit einem Dreimaster auf einer blauen Fläche. Es muss sehr zeitaufwendig gewesen sein, es in der Flasche aufzurichten, man braucht dafür Pinzetten, Fingerfertigkeit und eine gute Konzentration.

»Seid ihr von der Veteranenvorsorge der Marine?«, fragt Otto und stopft sich das Hemd unter den Hosenbund, während Hans Christian ihm zusieht. Die Größe stimmt mit der des Mörders überein. Auch der Körperbau. Die Augen sitzen sehr dicht zusammen, und die Nase ist flach wie bei einem Boxer. Aber die Stimme? Er ist sich nicht sicher.

Hans Christian reicht Otto das Tuch.

»Ist das Ihres?«

Der Mann schüttelt den Kopf.

»Da steht AVK, das sagt mir nichts«, sagt er und lässt das Tuch auf den Boden fallen. Molly hebt es auf.

Otto redet weiter von der Unterstützung in Form von Brot und Brennholz, das ihm von der Veteranenvorsorge wegen seiner Verletzungen versprochen worden sei.

Mollys Blick ist auf das Tuch geheftet. Dann zeigt sie ohne ein Wort auf einen roten Fleck, eine Nuance im Stoff, die fast im Muster untergeht.

»War der schon die ganze Zeit da?«, flüstert Hans Christian.

Sie schüttelt den Kopf.

Das muss Blut sein.

Er starrt auf Ottos Finger, dann auf Mollys und zuletzt auf seine eigenen. Das Blut kann nur von der Person stammen, die das Tuch lange genug in Händen gehalten hat, damit ein Tropfen Blut ins Gewebe einziehen kann. Er zieht Molly zur Seite, die ihm aus dem Wohnzimmer zur Haustür folgt. Otto verstummt und sieht ihnen verdutzt nach.

Molly kann ihm zum Abschied gerade noch zuwinken, dann sind sie auch schon durch die Tür.

»Was ist denn?«, ruft sie Hans Christian hinterher, der mit langen Schritten davoneilt. »Warte auf mich!«

Sie laufen den Weg zurück, den sie gekommen sind. Hans Christian versucht, das Unbegreifliche zu begreifen. Kann ein Mann zu einer Frau werden? Der Gedanke ist so verrückt, so falsch und doch so logisch, dass er es nicht laut auszusprechen wagt. Er schüttelt den Kopf über sich selbst, bestimmt spielt seine Fantasie ihm wieder einen Streich. Wie schon so oft. Natürlich ist Fräulein Krieger kein Mann. Erst als sie das Haus von Severin Krieger sehen, werden sie langsamer. Hans Christian klopft an. Einmal, zweimal, dreimal.

»Fräulein Krieger«, ruft er. »Fräulein Krieger?«

Wenn Fräulein Krieger nicht gleich nach ihrem Besuch das Haus verlassen hat, muss sie noch da sein, denkt er. Hatte sie nicht gesagt, sie hätte etwas Wichtiges zu erledigen?

»Hörst du das?«, fragt Molly.

Hans Christian schüttelt den Kopf.

»Da ist etwas. Eine Stimme.«

»Und was sagt sie?«, fragt Hans Christian.

»Herein oder so etwas. Es ist schwer zu verstehen.«

Sie sehen sich an. Er ist sich nicht sicher, ob sie es wagen sollen. Was, wenn der Mörder auf der anderen Seite auf sie wartet? Aber ehe er etwas sagen oder einwenden kann, hat Molly schon die Klinke nach unten gedrückt und die Tür geöffnet.

Kapitel 9

Hans Christian geht voran. Im Haus ist es dunkel, nur die hartnäckigsten Sonnenstrahlen finden einen Weg durch die Schlitze der Fensterläden.

»Fräulein Krieger?«, ruft er.

Die Stimme ist jetzt deutlicher zu hören, aber immer noch schwach.

»Ich kann nicht runterkommen«, sagt sie in einem Tonfall, der ihm bekannt vorkommt.

Links von der Treppe, die in die obere Etage hinaufführt, liegt ein Arbeitszimmer. Hans Christian duckt sich unter dem niedrigen Türrahmen hindurch und sieht sich um. Eine alte Uhr tickt und surrt. Ist dies das Heim eines Mörders? An der Wand über dem grünen Sofa hängt das Gemälde eines Schoners mit windgefüllten Segeln. Auf dem Tisch liegen eine Schere und ein Federkiel. Er zieht sich zurück. Der frisch gefegte Boden ist mit Sand bestreut, bei jedem Schritt knirscht es unter den Sohlen. Die Tür zum Hinterhof steht offen und klappert leise im Wind. Hans Christian schiebt den Kopf hinaus. Der Hof ist gepflegt. In der Ecke steht ein Holzfass. Der Brennholzschuppen verschwindet fast hinter einem üppig wachsenden Rosenbusch. Ein paar Hühner flattern aufgeregt mit ihren gestutzten Flügeln.

Bis auf das Gegacker der Hühner und das Weinen eines Kindes irgendwo in der Nähe ist es still.

Hans Christian folgt Molly, die in der Küche verschwunden ist. Sie hebt Stofffetzen vom Boden auf, zwei von ihnen sind blutgetränkt. Sie zeigt sie ihm.

»Fräulein Krieger«, ruft Hans Christian erneut.

Keine Antwort. Er zeigt zur Treppe.

Sie nähern sich vorsichtig. Am Fuß der Treppe liegt eine Tasche, aus der ein Umschlag herausragt, daneben ein Kleid, ein

Sommerhut, als wäre jemand beim Packen gestört worden. Sie gehen nach oben.

»Ich bin hier«, ist die schwache Stimme zu vernehmen. »Wer ist da?«

Ist das eine Falle?, denkt Hans Christian und fürchtet, dass der Mörder sie mit einem Messer attackieren könnte.

Von der Treppe aus können sie in eine Kammer schauen, in der Uniformen und Kleider hängen, Jacken und Korsetts, blank polierte Stiefel und Frauenschuhe mit hohen Absätzen.

Hans Christian wirft einen Blick in den nächsten Raum, eine spartanisch eingerichtete Kammer mit einem akkurat gemachten Bett, wie man es von einem Offizier erwartet. Über dem Bett hängt ein eleganter Säbel. Auf einem Nachttisch daneben sieht man ein Buch und eine Öllampe sowie ein gerahmtes Medaillon: die Tapferkeitsmedaille der Königlich Dänischen Kriegsmarine. *Verliehen an Severin Krieger im Jahr 1828. Seinem heldenhaften Einsatz auf hoher See verdankt der Prinz von Schleswig-Holstein-Sonderburg-Glücksburg sein Leben. Sein ewiger Dank sei ihm gewiss.*

Hans Christian nimmt den Rahmen in die Hand und zeigt ihn Molly.

Auf dem Tisch liegt ein Pamphlet der Königlichen Akademie der Wissenschaften. W. H. Schneider als Gastredner. *Der ideelle Mensch und sein Wirken.*

Schon wieder dieser Schneider. Der Kaufmann mit dem angeketteten Jungen.

Hans Christian blättert in dem Pamphlet und liest, dass Schneider über seine Doktrinen von der Überlegenheit der Vernunft und dem Recht des Klügeren auf Herrschaft dozieren wird, anschließend werden Tee, Kaffee und Gebäck gereicht. Hans Christian stellt sich Severin Krieger bei dieser Veranstaltung vor, eifrig und aufmerksam. Bestimmt stammt die doppelt unterstrichene Randnotiz in sorgfältiger Handschrift von ihm: *Mitgefühl ist die Schwäche der Klugen.*

Sieht so das Böse aus?, denkt Hans Christian.

»Hier bin ich«, ist die schwache Stimme jetzt ganz aus der Nähe zu hören.

Aus der Kammer führt eine Tür in ein angrenzendes Zimmer. Es ist dunkel, die Vorhänge vor beiden Fenstern sind zugezogen. Die Luft ist stickig und verbraucht.

Die Frau in dem Bett ist nicht die, die ihnen die Tür geöffnet hat. Ihr langes blondes Haar lugt verfilzt unter dem Rand ihrer weißen Haube hervor. Als Hans Christian und Molly über die Türschwelle treten, rückt sie das Kissen in ihrem Rücken zurecht und setzt sich auf.

Der Raum ist weiß gekalkt und spartanisch wie eine Klosterzelle. Es gibt eine Waschschüssel in einem Gestell. Neben dem Bett steht ein kleiner Tisch mit einem leeren Teller und einem Glas.

»Wer sind Sie?«, fragt die Frau. »Haben Sie vorhin schon mal geklopft?«

Hans Christian tritt an das Bett. Die Augen der Frau sind offen, aber es ist, als würde sie durch ihre Besucher hindurchsehen. Ihre zarten, eleganten Gesichtszüge ähneln denen der Frau, die ihnen die Tür geöffnet hat, sind aber nicht so schön.

Diese Frau ist ein paar Jahre jünger – und blind.

»Wir sind von der Veteranenfürsorge der Marine«, sagt Molly schlagfertig und wedelt mit der Hand vor dem Gesicht der Frau herum, die nichts sagt, aber den Kopf ein wenig zurückzieht, als würde sie den Luftzug der wedelnden Hand spüren.

»Wir wollen zu Herrn Krieger.«

Die Hand der Frau wischt über die Bettdecke und greift nach Mollys Arm.

»Severin ist mein Bruder, mein großer Bruder«, sagt sie. »Er ist ein guter Mann, so freundlich. Er hat Ihnen doch die Tür aufgemacht, als Sie angeklopft haben.«

Molly sieht Hans Christian fragend an.

»Und wie ist Ihr Name?«, fragt Molly.

»Augusta Valentina Krieger«, antwortet die Frau und hebt den Kopf.

Hans Christian zeigt auf das Halstuch in Mollys Tasche. Sie

zieht es langsam heraus. Ihre Fingerkuppen streichen über die drei an die Kante gestickten Buchstaben. Hans Christian nickt.

Die Frau beugt sich vor, als würde sie den scharfen Zitronengeruch wahrnehmen.

»Wissen Sie, wo Ihr Bruder sich gerade aufhält?«, fragt Molly weiter.

»Oh, er wird eben das Haus verlassen haben. Die Uhr hat zweimal geschlagen. Worum geht es? Ich bin ziemlich hilflos ohne seine Unterstützung, aber vielleicht kann ich Ihnen ja trotzdem zu Dienste sein? Wollen Sie sich nicht setzen?«

»Danke, Fräulein Krieger«, sagt Molly. »Aber wir wollten tatsächlich nur fragen, wo wir Ihren Bruder finden können, und brechen auch gleich wieder auf.«

»Und was ist der Grund für Ihr Interesse, wenn ich fragen darf?«

Molly zögert und wirft Hans Christian einen Hilfe suchenden Blick zu.

»Ein Legat«, antwortet er an ihrer Stelle. »Eine erkleckliche Summe, mehrere Hundert Reichstaler für Ihren Bruder und seine blinde Schwester. Aber er muss das Schreiben persönlich quittieren.«

Die Frau streckt die Arme aus und fängt Hans Christians Hände ein. Ihre toten Augen sind tränenfeucht.

»Ist das wahr? Wendet sich das Glück doch noch für uns? Seit dem Tod unseres Vaters sind die Zeiten härter geworden.«

»Ihr Bruder geht aber doch sicher einer Arbeit nach?«, sagt Hans Christian. »Ist er nicht am Schloss?«

»Sie meinen vermutlich seine besonderen Aufgaben am Hof. Die haben ihn die letzten Wochen stark in Anspruch genommen, sind aber leider sehr schlecht honoriert. Den Dienst musste er quittieren, um mich zu Hause versorgen zu können. Er ist ein guter Bruder, der beste, den man sich wünschen kann«, sagt die Schwester und tupft mit dem Bettbezug ihre Augen trocken. »Sie wissen doch, dass er eine Ehrenauszeichnung für seine Heldentaten bekommen hat?«

»Wir würden gerne mit ihm sprechen«, sagt Molly ungeduldig.

Die Schwester schweigt einen Moment.

»Er hatte es mit einem Mal so schrecklich eilig, dass er mir nicht einmal mehr sagen konnte, wann er zurück sein wird. Und er schien mir ein wenig unpässlich, hat sich nur flüchtig von mir verabschiedet. Dann ist er gegangen. Zum Hafen.«

»Zum Hafen?«, platzt Hans Christian unangemessen laut für die stille Kammer heraus.

»Um sich von Prinz Frederik zu verabschieden, in dessen Diensten er viele Jahre gestanden hat. Sie sind sozusagen Blutsbrüder, hat Severin mir erzählt. Sie verstehen einander, wie nur Offiziere es können.«

»War Severin gestern Abend zu Hause?«, fragt Molly.

»Sagten Sie nicht, Sie seien von der Veteranenfürsorge? Dann müssten Sie doch wissen, dass gestern ein großes Offiziersfest im Schloss stattgefunden hat. Ein Maskenball, soweit ich weiß. Severin war als Ehrengast geladen. Er ist erst heute früh wieder nach Hause gekommen. Es sei ein wunderbares Fest gewesen, hat er gesagt.«

Molly will etwas erwidern, der Schwester ins Wort fallen. Ihre Illusionen zerschlagen. Aber Hans Christian schüttelt den Kopf. Lassen wir ihr diese Träume, denkt er. Sie lebt in ihrer eigenen Welt. Vielleicht der beste und sicherste Ort, wenn man die wahre Welt nicht sehen kann.

»Wir wollen Sie nicht weiter stören, Fräulein Krieger«, sagt Molly und zieht sich aus der Kammer zurück.

»Danke für Ihren Besuch«, sagt die Frau. »Ich hoffe, Sie finden Severin. Gott weiß, dass wir die Unterstützung des Königs gut gebrauchen können, um über die Runden zu kommen. Im letzten Monat wurde unser Nachbar vor die Tür gesetzt.«

Die Frau bekreuzigt sich.

Sie gehen schweigend die Treppe hinunter. Unzählige Gedanken wirbeln in Hans Christians Kopf herum, Gefühle in Brust und Bauch. Ein Offizier, der seine kranke Schwester pflegt und den Prinzen auf hoher See vor dem Ertrinken gerettet hat. Ein

Offizier, der sich in eine Frau verwandeln will. Aber warum? Woher diese Besessenheit? Vielleicht unterscheidet sie sich gar nicht so sehr von seiner eigenen Besessenheit, Stücke und Geschichten zu schreiben, von seiner eigenen Sehnsucht, der Welt zu beweisen, dass er dazugehört. Er kennt dieses Verlangen, hat es in Neapel, Rom und Paris gespürt, nach einem Moment, einer Stunde bloß in Edvards Gesellschaft.

Empfindet der Bruder der blinden Schwester dieselbe Sehnsucht gegenüber dem Prinzen, dem er auf dem Meer das Leben gerettet hat? Hat alles mit harmlosen Umarmungen und brüderlichen Gefühlen begonnen? Ist all dies der Versuch, diesen zügel- und maßlosen Mann zu beeindrucken? Warum ist die Welt so grausam konstruiert, dass man Zuneigung zu jemandem empfindet, mit dem man niemals vereint sein kann? Warum verliebt sich ein Esel in die Vogelscheuche eines Bauern?

Das Weinen eines Kindes reißt ihn aus seinen Gedanken. Es muss das Kind sein, das sie schon bei ihrer Ankunft gehört haben. Jetzt ist es deutlicher zu hören, verzweifelter. Sie lauschen beide und treten dann raus in den Hinterhof.

»Hallo?«, ruft Hans Christian.

Das Geräusch verstummt, aufgelöst in dem rauschenden Wind.

Der winzige Hinterhof ist von einem mannshohen Lattenzaun umgeben. Hans Christian schaut zu dem Brennholzschuppen. Ein gleichmäßiger Bogen auf dem staubigen Boden verrät, dass die Schuppentür vor Kurzem geöffnet wurde.

Vielleicht ist Severin gar nicht geflohen? Hat ihm die Zeit gefehlt? Steckt er im Schuppen?

Hans Christian legt die Hand auf den Türgriff und zieht daran. Er hätte gerne eine Waffe, etwas, womit er sich verteidigen kann, und denkt an den Säbel in Severins Kammer. Soll er ihn holen?

Die Tür gleitet auf, aber es dringt kaum Licht in den dunklen Raum. Hans Christian sieht einen Sattel, einen Steigriemen, eine Werkzeugkiste, Tauwerk, eine alte Decke, die über etwas liegt.

Und dann hört er ein Scharren und Kratzen. Ein Tier?

Unter der Decke kommt eine Reisekiste zum Vorschein, wie er sie bei seiner Europareise zigfach auf den Dächern der Postkutschen gesehen hat. Sie ist mit einem dicken Vorhängeschloss gesichert.

»Hans Christian?« Molly steht hinter ihm. Sie zieht an seinem Arm. »Wir müssen los. Zum Hafen.«

»Was haben die Löcher in der Reisekiste für eine Bewandtnis?«, fragt er.

Wortlos starren beide auf die Kiste.

»Johanne«, flüstert Hans Christian.

Er greift sich einen Vorschlaghammer aus der Werkzeugkiste, zielt auf das Vorhängeschloss und schlägt ein, zwei, drei Mal zu, bis das Schloss wegfliegt und der Riegel aufspringt. Er legt die Hände an die Ecken des Deckels und klappt ihn hoch.

Sieht eine Lade mit lauter kleinen Fächern voller Stoffflicken und Knöpfe, Nadeln und Garnrollen, sonst nichts.

»Da ist nichts. Jetzt komm schon«, drängt Molly. »Wenn Severin mit dem Prinzen davonsegelt, ist es zu spät.«

In diesem Moment hören sie wieder das leise Scharren. Hans Christian ist sich ganz sicher. Er legt einen Finger an die Lippen, beugt den Kopf dicht über die Kiste, hebt die Lade mit den Fächern heraus und wirft sie mitsamt Inhalt auf den Innenhof. Ein beißender Gestank schlägt ihm vom Boden der Kiste entgegen.

Ein Augenpaar starrt ihn angsterfüllt an.

In dem Reisekoffer liegt ein kleiner, an Händen und Füßen gefesselter Junge. In seinem Mund steckt ein Knebel. Vergeblich versucht er, ein Wort zu formen. Es kommt nur ein Wimmern.

»Was zum Teufel!«, entfährt es Molly.

Aus der oberen Etage ruft die Schwester nach unten: »Bist du das, mein lieber Severin? Bist du zurück?«

Nein, denkt Hans Christian. Der liebe Severin ist nicht zurück. Und er wird auch nicht mehr zurückkommen. Die Verzweiflung muss ungemein groß sein, wenn man seine blinde Schwester und einen hilflosen kleinen Jungen eingesperrt in einer Kiste zurücklässt. Nur wer bereit ist, alles zu opfern, ist dazu fähig.

Ein Mensch, der aus sich herausgetreten ist, nicht mehr er selbst ist.

Und dieser Mensch ist jetzt auf dem Weg zum Hafen. Um seinen Prinzen rechtzeitig zu erreichen.

Kapitel 10

Es sticht, prickelt und brennt in Madame Kriegers Brüsten. Die Haut ist empfindlich gespannt, als reiche sie nicht, das Fleisch darunter zu bedecken. Sie fühlt, wie das Blut in den Stoff ihres Kleides sickert, der auf der Wunde klebt. Sie wirft einen Blick über die Schulter, sicher, dass sie hinter ihr her sind. Es ist nur eine Frage der Zeit. Sie muss sich beeilen. Ist so kurz vor ihrem Ziel.

Madame Krieger hat es nicht mehr geschafft, die furchtbare Kapitänsfrau zu überreden, für ein oder zwei Schilling nach ihrer Schwester zu sehen. Wie viele Tage wird Augusta in ihrer Kammer verharren, ehe sie sich aus dem Bett wagt und hinunter ins Wohnzimmer geht? Madame Krieger sieht sie durchs Haus irren, tastend und stolpernd, verzweifelt um Hilfe rufend. Bis sie irgendwann begreift, dass sie verlassen wurde, dass der einzige Mensch, den sie noch hat, sie ohne eine Nachricht oder einen Abschiedsgruß verlassen hat. Wie lange wird es dauern, bis Augusta aus dem Haus ausziehen und den Rest ihres Lebens in einem Armenhaus für Krüppel fristen muss?

Madame Krieger schreitet über den Kot und Dreck der Rinnsteine hinweg, läuft an zwei jungen Männern vorbei, die sich um eine alte Pferdehaut prügeln, und an den Soldaten, die an der Ecke zum Toldbodvej Aufstellung genommen haben. Die braven Bürger in der Store Kongensgade stehen an ihren Fenstern und schauen ängstlich zu der berittenen Polizei und den Unruhestiftern auf die Straße hinunter.

In dem Tumult beachten nur wenige Männer und Frauen ihre reizende Figur, den üppigen Busen und die langen Beine in dem eleganten Kleid. Sie sehen eine hübsche Frau, eine flüchtende Unschuld. Niemand hält sie auf oder versucht es auch nur. Warum auch? Alle Frauen flüchten vor den entflohenen Verrückten, vor dem chaotischen Irrsinn auf den Straßen. Außerdem ist

Madame Krieger nicht einfach eine Frau. Darüber hat sie in den letzten Tagen sehr viel nachgedacht. Sie ist mehr als das, sie hat sich selber dafür entschieden, eine Frau zu sein. Sie ist mehr Frau als jede andere Frau, mehr als die Dirne, die Prinzessin oder Johanne zusammen.

Der Sankt-Annæ-Platz liegt beinahe leer vor ihr. Nur ein Fischpökler, ein Fleischkrämer und ein Gewürzhändler haben ihre Stände aufgestellt. Ein paar Wachen erklären einer dicken Frau und ihrer Haushaltshilfe, dass sie sich unbesorgt im Viertel bewegen können. Die meisten Irrenhäusler sind laut ihrer beruhigenden Auskunft inzwischen eingefangen und aus der Stadt gebracht worden. Madame Krieger geht etwas langsamer, fürchtet einen kurzen Augenblick, ohnmächtig zu werden.

Sie rückt ihren Hut zurecht und geht an den Wachen vorbei.

Als sie den Blick wieder hebt, ahnt sie bereits die Umrisse des Schiffes.

Die *Abendstern*.

Neben der imposanten Fregatte sehen die anderen im Hafen ankernden Schiffe wie Nussschalen aus. Die weißen Segel sind gerafft. An den Spitzen der drei Masten flattern die Flaggen im lauen Südostwind. Besser kann der Wind nicht stehen für den geplanten nördlichen Kurs. Möwen kreisen über dem Kai, der Hafen summt geschäftig. Träger löschen die mit Proviant beladenen Karren und Wagen und balancieren Fässer und schwere Säcke über die zwei Landgänge an Deck. Der Zahlmeister, ein grobschlächtiger Kerl, kommandiert sie herum und bläst auf einer schrillen Pfeife. Kohl, Stockfisch und frisches Heu in den Lastenraum. Cognac und Äpfel für den Prinzen. Nichts kommt ohne einen Kommentar des Zahlmeisters an Bord, ohne seinen prüfenden Blick, ob in den Kisten und Säcken auch das ist, was draufsteht.

Madame Krieger zögert. Ohne Papiere oder eine Einladung wird sie nicht einfach an Bord gehen können. Wüsste der Prinz, dass sie hier ist, würde er sie natürlich augenblicklich zu sich vorlassen. Aber sie will ihn überraschen. Ihr Wiedersehen soll genauso überwältigend sein wie ihre erste Begegnung. Ihre Gedanken wandern zurück in den Sturm und jene Nacht, in der er über Bord gegangen war und sie tauchen musste, um ihn in dem tiefen Wasser zu finden, seine eisigen Lippen, als sie ihm am Strand Leben einhauchte, seine aufspringenden Augen, ihre sich begegnenden Blicke.

Die Naht in der dünnen Haut über den Rippen kneift, die Wunde fühlt sich heiß an, das Fleisch darüber kalt. Ihre Sinne sind geschärft, sie nimmt alle Geräusche und Bewegungen stärker und intensiver wahr als sonst.

Wie soll sie an Bord gelangen?

Sobald ein Wagen oder Karren leer ist, rollt ein neuer auf knirschenden Rädern heran. Knapp zwanzig Gefährte sind hintereinander aufgereiht. Wenn sie Pech hat, lichten sie den Anker und segeln los, sobald der letzte Sack an Bord verstaut ist. Madame Krieger beobachtet, dass die Proviantfässer und schweren Kisten über die breiten Bohlen transportiert werden, während Gepäck, Kissen und Bücher über einen schmaleren Steg eingeladen werden. Als ein Koch, mit dem Madame Krieger schon häufiger gesegelt ist, Schwierigkeiten hat, einen fetten Eber über den breiten Steg auf das Schiff zu führen, eilen ihm von allen Seiten Männer zu Hilfe und lassen den schmalen Landgang für einen kurzen Moment unbeaufsichtigt. Johlend hieven sie das widerspenstige Schwein über die Reling und kehren zurück an ihre Plätze.

Sie muss die Aufmerksamkeit der Männer, die gerade ihre Pfeifen stopfen und angeregt diskutieren, für einen Moment ablenken. Der Zahlmeister steckt mit der Nase in irgendwelchen Papieren, während der Schmied den schmalen Steg bereits an Bord zieht.

Da kommt der Polizeidirektor mit einem Gefolge an Wachleuten angelaufen. Mit vor der Brust verschränkten Armen scheint er sich persönlich vergewissern zu wollen, dass der Prinz auch sicher auf den Weg gebracht wird.

In diesem Moment wird eine Kette von Ereignissen angestoßen.

Ein Seemann spuckt in einen Eimer mit Fischresten, aus dem

eine Ratte herausspringt und über das Kopfsteinpflaster davonschießt. Sie läuft zwischen den Beinen von Menschen und Tieren hindurch und lässt ein Pferd scheuen, das einen Karren mit Fässern zieht. Ein Fass löst sich vom Wagen und zerschellt mit lautem Scheppern auf dem Kopfsteinpflaster, was das Pferd noch mehr erschreckt. Eine Frau zieht keifend ihr Kind aus der Gefahrenzone. Auch die anderen Menschen lassen sich von der Unruhe anstecken, nur ein paar beherzte Männer eilen herbei, um das Pferd zu bändigen. Weitere Fässer gehen zu Boden, und Speck, Kartoffeln und Bier verteilen sich über das Pflaster. Die Polizisten heben die Köpfe, als witterten sie ein Verbrechen, während der Zahlmeister zu dem Karren läuft und den Männern hilft, das Pferd zu beruhigen.

Eine Aneinanderreihung von Zufällen, denkt Madame Krieger und nutzt den kurzen Augenblick der Unaufmerksamkeit. Sie schleicht an einem hoch mit Kisten beladenen Wagen vorbei und läuft über den Steg an Bord des Schiffes.

Hinter dem ersten Mast dreht sie sich um. Niemand scheint sie bemerkt zu haben. Eine Treppe führt hinunter ins Innere des Schiffes. Acht Stufen später steht sie in einem schmalen Gang, von dem eine Tür in ein Kontor führt, die andere in einen Salon. Ein schneller Blick in das Kontor offenbart große Seekarten und allerlei Instrumente auf einem Tisch unter einem Kronleuchter mit brennenden Talglichtern. Das Schiff schwankt, ein Knacken geht durch den Rumpf.

Oben geht die Beladung des Schiffes weiter.

Madame Krieger läuft zum Ende des Ganges und betritt den Salon. Durch die Scheiben in der Decke und ein hoch angesetztes Fenster fällt Licht herein. Um einen auf den Bodendielen festgeschraubten Tisch stehen eine rubinrote Chaiselongue und ein tiefer Ohrensessel. Ein Degen aus schwarzem Stahl, ein Leibgardesäbel und ein langer Dolch lehnen an einem Ständer. Über der Chaiselongue hängt an einer goldenen Kette ein Vogelbauer mit zwei leuchtend gelben Vögeln, die stumm und etwas lustlos auf der Stange hin und her schaukeln.

An der Wand steht ein riesiges Bett, gefüllt mit Decken, Kissen und Fellen. Madame Krieger setzt sich auf die Bettkante und lässt sich rücklings zwischen die weichen Daunenkissen fallen. Der Gedanke, hier zu sterben, kommt ihr mit einem Mal gar nicht schrecklich vor. Den letzten Atemzug in den starken Armen des Prinzen tun, seine Hände an ihrem Hals, seine Zunge an ihrer Brustwarze.

Ein Ruck geht durch den Schiffskörper, als er sich auf dem Wasser dreht. Madame Krieger erhebt sich von dem Bett und schaut aus dem kleinen Fenster. Ihr Brustkorb ist wie zugeschnürt. Die Nähte um die Brüste spannen, ihre Wirbelsäule brennt vor Schmerzen. Panik ergreift sie. Der Prinz ist noch nicht an Bord.

Dann besinnt sie sich. Natürlich wird der Prinz als Letzter an Bord gebracht werden. In aller Heimlichkeit.

Sie sieht sich nach einem geeigneten Versteck um und zieht den roten Samtvorhang an der hinteren Wand zur Seite. Dahinter offenbart sich ein schmaler Abtritt, vorgesehen für die Abendtoilette des Prinzen. Sie schlüpft hinein und zieht den Vorhang so weit vor, dass sie durch einen schmalen Spalt Ausblick auf das Bett hat.

Was wird geschehen, wenn der Prinz an Bord kommt?, fragt sie sich. Sie stellt sich vor, wie er eintritt und sich auf die Chaiselongue wirft. Vielleicht folgt ihm der Zahlmeister, um ihn über den Ablauf der Reise in Kenntnis zu setzen. Sie werden einen Zwischenhalt in Thorshavn einlegen müssen, ehe sie das Nordmeer überqueren, erklärt der Zahlmeister, Madame Krieger kann jedes Wort hören.

Aber endlich ist der Prinz allein. Glaubt er. Er setzt sich auf sein Bett und lehnt sich mit einem erschöpften Seufzer zurück. Das Hemd öffnet sich und offenbart seine behaarte Brust.

Aber du bist nicht allein, denkt Madame Krieger. Endlich sind wir vereint.

Jetzt wirst du mich sehen. Jetzt sollst du mich bekommen.

Kapitel 11

Hundert Schritte über das unebene Pflaster bis an den Kvæsthuskai liegen noch vor ihnen, als sie den Sankt-Annæ-Platz überqueren und zwischen Pferdeäpfeln und hinkenden Hunden hindurchrennen.

»Beeil dich«, ruft Molly. Sie läuft schneller als er, das muss sie auf den weiten Ebenen Lollands gelernt haben. In Odense kann man nicht schnell laufen, dort kommt einem ständig etwas in die Quere, eine scharfe Straßenecke, entlaufene Fasane, ein stinkender Stallknecht oder ein Vater, der mit dem Teppichklopfer um sich schlägt. Hans Christian hat sie bald aus den Augen verloren.

Endlich bleibt sie stehen und stützt sich an einer Mauer ab. Die *Abendstern* schaukelt im Hafenbecken. Matrosen klettern in der Takelage herum und setzen die Segel.

Und damit fällt für Andersen der letzte Vorhang, denkt Hans Christian erschöpft, der Mörder entkommt und wird niemals gefasst, während er selbst verurteilt und hingerichtet wird.

Es sind viele Menschen unterwegs, überall herrscht geschäftiges Treiben. Kutschen und Karren verlassen nach und nach den Hafenbereich. Der Rauch der Transiederei in Christianshavn steht in kleinen Wolken über der Hafeneinfahrt und treibt Fleischgeruch herüber.

»Worauf warten die noch?«, fragt Molly.

»Schau doch«, sagt Hans Christian und deutet auf eine schwarze Kutsche, die über den Kai gepoltert kommt. Die roten Samtbezüge der Sitzpolster fangen die Sonnenstrahlen ein. Als der Kutscher fest an den Zügeln zieht, dauert es noch einige Augenblicke, bis die zwei weißen Pferde zum Stehen kommen. Im Wagen sitzen zwei Passagiere. Hans Christian versucht, näher heranzukommen, aber es sind zu viele Menschen zwischen ihm und der Kutsche. Einem der zwei Passagiere wird von einer ausgestreckten Hand aus der Kutsche geholfen, daraufhin tritt er an die Kaimauer, wechselt ein paar Worte mit einem elegant gekleideten Herrn und steigt in eine kleine bereitstehende Jolle.

»Das ist der Prinz«, sagt Hans Christian. »Sie bringen ihn jetzt aufs Schiff.«

»Cosmus Bræstrup ist auch hier«, sagt Molly und zieht sich etwas zurück.

Und richtig, unter den Männern, die hinter der Kutsche stehen, ist der Polizeidirektor, eingehüllt in eine Rauchschwade, die Pfeife im Mundwinkel.

»Komm«, sagt Hans Christian und bewegt sich in die entgegengesetzte Richtung, fort von der Ordnungsmacht. Am Ende der Kaimauer ducken sich die beiden hinter einem Schutzwall aus Kisten und Säcken. Es hat nicht den Anschein, als seien sie bemerkt worden, alle Aufmerksamkeit ist auf das Boot mit dem Prinzen gerichtet.

»Das war's«, sagt Molly verzweifelt. »Gleich ist er auf dem Schiff, und dann werden sie den Anker lichten.«

Darauf erwidert Hans Christian nichts. Die Sonne glitzert auf dem Wasser, als der Prinz sich in der Jolle umdreht und mit seinem großen Dreispitz jemandem auf der Kaimauer zuwinkt. Es ist aus und vorbei. Vielleicht war es das schon, als sie ihn im Tollhaus in die Einzelzelle gesperrt haben. Oder noch davor, als sie am Ende des geheimen Tunnels den Zugang zum Schloss Amalienborg entdeckt haben. Oder noch früher, als er Molly aufgesucht und sie um Hilfe gebeten hat, oder als vor einer halben Ewigkeit der letzte Papierschnipsel in Annas Kammer auf den Boden gefallen war? Krieger ist vermutlich schon an Bord, und nun auch bald der Prinz. Das große Schiff nimmt Kurs aufs Nordmeer – und Hans Christians Weg führt unters Henkersbeil.

Das Geräusch aneinanderschlagender Eimer lenkt seinen Blick zu einem schmalen Bootsanleger, an dem eine jämmerliche Jolle vertäut ist. Ein Fischer steht mit zwei Eimern glänzender Makrelen auf dem Steg, seinem nächtlichen Fang vermutlich.

Hans Christian greift nach Mollys Hand und zieht sie hinter sich her zu dem Steg.

»Was hast du vor?«, fragt sie.

X

Molly sieht ihn ängstlich an, als sie in die Jolle steigt.

»Haben wir eine Chance?«

Hans Christian schnappt sich die Ruder und versucht, sie in die Dollen zu setzen. Über ihren Köpfen kreischt eine Möwe.

»Hilf mir mit den Tauen«, ruft Hans Christian mit einem Seitenblick zum Kai, wo der Besitzer der Jolle gerade in einer Toreinfahrt verschwunden ist. »Schnell.«

Molly kniet sich hin und kämpft mit den feuchten Leinen, mit denen das Boot an dem Anleger vertäut ist.

»So. Jetzt stoß uns ab«, sagt er und rührt nutzlos mit den Ruderblättern im Wasser herum, nur mit dem Resultat, dass Molly nass wird. Sie setzt sich auf den Boden, als das Boot langsam von der Kaimauer aufs Wasser treibt.

Vor ihnen, mit Kurs auf den Achtersteven, nähert die Jolle des Prinzen sich der königlichen Fregatte. Hans Christian drückt die Ruder ins Wasser und zieht daran, ohne dass sich etwas Nennenswertes tut. Auch die Wellen bremsen ihr Vorankommen. Hans Christian begegnet Mollys argwöhnischem Blick.

»So wird das niemals was«, ruft Molly.

Das feuchte Holz der Griffe scheuert an Hans Christians knochigen Fingern. Jeder Ruderschlag erinnert ihn an die furchtbaren Stunden im Irrenhaus, die Schläge von den Wachmännern. Vor, runter, zurück, rauf. Es ist ein wenig wie die Übungen vor dem Ballettspiegel. Eine Wiederholung folgt der anderen, bis man nicht mehr über die Bewegung nachdenkt. Trotzdem kommen sie kaum voran.

Hinter dem Hafenbecken stecken sie zwischen den Wellen fest.

»Komm, ich helf dir«, sagt Molly und krabbelt auf allen vieren neben ihn.

Hans Christian dreht sich um und schaut zur *Abendstern* hinüber. Die Jolle des Prinzen hat die Fregatte erreicht, Seiner Königlichen Hoheit wird von starken Händen an Bord geholfen. Grußformeln und Stimmen werden übers Wasser getragen. Das große Schiff hat die Segel gesetzt und wartet nur noch auf günstigen Wind.

Die Segel füllen sich allmählich mit Luft. Wie die Backen eines Mannes, der ein gewaltiges Feuer ausblasen will.

»Schneller«, ruft Molly und stößt Hans Christian ihren Ellbogen in die Rippen. Sie sitzen Schulter an Schulter mit je einem Ruder, beide Hände um den nassen Ruderschaft, und kämpfen verbissen um jeden Meter. Eine Zeit lang ist nur das Geräusch der Ruderblätter im Wasser und ihr keuchender Atem zu hören, begleitet von den Möwen und dem Glucksen am Bootsrumpf.

Endlich. Mit jedem Ruderschlag kommen sie der Fregatte näher, und als sie an der Seite anlegen, kommt sie ihnen überrumpelnd riesig vor.

»Und was jetzt?«, sagt Molly und schaut mit schweißnassem Gesicht zur Reling hoch.

»Rauf, rauf!« Hans Christian ist aufgestanden und greift nach einem Tau, das an der Schiffseite herunterhängt. »Wir müssen da hoch. Wir müssen um Hilfe rufen …«

Er wird von einem Donnerschlag unterbrochen, der aus dem Nichts kommend die Luft zerschneidet, als der Wind die riesigen Segel bläht. Der ganze Schiffsrumpf ächzt und kracht, als wollte er vom Wasser abheben und davonfliegen.

Molly will gerade um Hilfe rufen, da dreht sich das Schiff und stößt gegen ihre Jolle. Hans Christian setzt sich hin und hält sich an den Bordwänden fest, während Molly einen Satz in Richtung Schiffswand macht und das Tau zu fassen versucht.

Und da passiert es. Die Jolle wird weggestoßen wie ein lästiger Welpe und kentert in den Wellen.

»Hans Chri…«, schreit Molly, der Rest geht mit Hans Christian im Wasser unter.

Für einen Moment ist alles dunkel, bis er unter Wasser die Augen öffnet. Über ihm treibt das umgestürzte Ruderboot, unter ihm glitzert der Meeresboden wie von Tausenden bunten Glasscherben übersät.

Das Schiff gleitet vorbei, ein gigantisches Meeresungeheuer, das sie mit einem Happs verschlingen und mit sich in die Tiefe ziehen wollte, jetzt aber unverrichteter Dinge weiterzieht.

Hans Christian hält die Luft an, schlägt Purzelbäume, dreht sich und wirbelt um die eigene Achse wie ein vom Gewicht seiner Gliedmaßen und dem Ernst des Daseins befreiter Tänzer. Er ruft sich ins Gedächtnis, dass er schwimmen kann, er ist als Kind immer im Fluss geschwommen, aber das hier ist etwas völlig anderes. Das Meer zwischen Dänemark und Schweden ist viel wilder, so feindlich wie die Gesinnung der beiden Königreiche. Hans Christians Lungen beginnen zu zittern und zu brennen, während er versucht, sich zu orientieren, wo oben und wo unten ist, wo Himmel und wo Meeresgrund.

Da sieht er mit einem Mal, wie auch Molly durchs Wasser trudelt wie ein Papierboot im Rinnstein. Sie fuchtelt verzweifelt mit den Armen, strampelt vergeblich mit den Beinen in alle Richtungen, das rote Haar aufgefächert wie die Tentakel einer Feuerqualle.

Hans Christian streckt die Hand aus und bekommt sie am Oberarm zu fassen, dann um die Taille. Aber wie soll er es mit ihr an die Oberfläche schaffen? Schon allein fühlt er sich so schwer wie eine Kirchenglocke, mit Molly zusammen wie ein ganzer Kirchturm. Sie sinken weiter. Hans Christian kann nichts tun, er spürt den Auftrieb nicht, der Mensch und Tier befähigen soll, auf dem großen Meer zu treiben. Es funktioniert nicht, vielleicht liegt es an ihren Kleidern oder an dem panischen Überlebenskampf, auf jeden Fall sinken sie immer tiefer. Da schießt plötzlich direkt neben ihnen etwas durchs Wasser. Zuerst denkt er an eine Seeschlange, ein Monster, das sie verschlingen will.

Dann erkennt er das Tau mit den Knoten, ein schweres, rötliches Stück Takelage.

Hans Christian greift instinktiv nach dem Knoten, und ein gewaltiger Ruck geht durch seinen Körper, als er und Molly durch das Wasser hochgerissen werden. Nicht loslassen, denkt er und würde Molly gerne zuschreien, dass sie sich festhalten soll. Um Himmels willen. Halt dich nur gut fest.

Endlich durchbrechen sie die Wasseroberfläche. Hans Christian schnappt nach Luft und füllt seine Lungen. Sie hängen hinter dem Schiffsrumpf, aber wie sollen sie an Bord kommen?

»Hilfe«, ruft er. Seine Kraft reicht nicht mehr lange, sich an dem Tau festzuhalten.

»Wer seid ihr?«, ertönt eine raue Stimme oben von Deck. »Dieses Schiff gehört zur Königlich Dänischen Flotte, Unbefugten ist der Zutritt untersagt.«

»Wir ertrinken, du Idiot!«, schreit Molly.

Ein neues, dickeres Tau wird heruntergelassen.

»Haltet euch fest!«, ruft jemand von oben.

Ein junger Matrose klettert an dem Seil zu ihnen herunter.

»Haltet euch an mir fest!«, ruft er.

Molly zuerst. Hans Christian stemmt sie hoch, so gut er kann.

Der Matrose hilft nach.

Molly klammert sich an den Matrosen und das dicke Tau. Hans Christian sieht, wie sie sich mit purer Willenskraft Stück für Stück hochzieht und schließlich über die Reling hievt. Hans Christian, der sich krampfhaft an das Tau klammert, wird gegen den Schiffsrumpf geschlagen.

»Halt dich fest«, ruft der Matrose und packt ihn mit starker Hand.

Nach der erschöpfenden Jagd der letzten Tage hat Hans Christian plötzlich nur noch das Bedürfnis, aufzugeben, sich zurückzulehnen und ins Wasser gleiten zu lassen, hinunter in das unbekannte Universum auf der Unterseite der Wellen, hinab zu dem wogenden Seetang und schimmernden Medusen, hinab zu Agnete, ihrem Wassermann und den tausend Erzählungen aus der kalten Tiefe.

Ein Ruck geht durch seinen Körper, als der Matrose ihn zornig auffordert, sich anzustrengen.

»Jetzt nicht aufgeben, verdammt noch mal!«

Und endlich findet er Halt, gestützt von dem jungen Matrosen, der einen Arm um seinen Leib gelegt hat.

Die wenigen Ellen, die noch fehlen, sind die längsten in Hans Christians Leben. Da, endlich, legt sich von oben eine Hand um sein Handgelenk und zieht ihn über die Reling.

»Wer seid ihr?«, ruft ein bärtiger Kommandant. »Was zum Teufel habt ihr hier draußen zu suchen? Das ist das Schiff des Königs!«

Hans Christian kann nichts sagen.

»Der Prinz«, sagt Molly und spuckt Salzwasser. »Wir müssen … mit dem Prinzen sprechen.«

Kapitel 12

Draußen sind Stimmen zu hören. Stiefelgetrampel.

Es ist so weit. Gleich wird der Prinz sie so sehen, wie sie wirklich ist.

Madame Krieger späht durch den Spalt des roten Vorhangs und spürt die sanften Bewegungen des Meeres. In den letzten Minuten hat sie auf dem Rand des Latrineneimers gesessen und gegen die Übelkeit und die Schmerzen angekämpft, die in ihrer Brust pochen. Jetzt erhebt sie sich.

Die Tür geht auf, und die hereinströmende Luft spielt mit dem Vorhang.

»Dafür werde ich natürlich sorgen, Eure Königliche Hoheit«, sagt eine Stimme. »Kann ich sonst noch etwas für Euch tun?«

Jemand betritt den Raum. »Nein, aber denken Sie daran, das heiße Bad einzulassen, wenn wir Helsingør passieren. Das wäre dann alles.«

Die Stimme jagt Hitzewellen durch Madame Kriegers Körper. Es ist der Prinz. Er ist ganz dicht vor ihr. So dicht, dass die Schmerzen mit dem Pochen ihres Herzens verschmelzen.

»Ach, übrigens«, fährt der Prinz fort.

»Ja, Eure Königliche Hoheit?«

»Halten Sie mir den Kapitän vom Leib. Der redet ja noch mehr als meine Frau. Ich will meine Ruhe«, sagt der Prinz.

»Ich werde dafür sorgen, dass Ihr nicht gestört werdet, Eure Königliche Hoheit.«

Die Stimmen haben die Vögel im Käfig aufgeschreckt. Sie hüpfen von Stange zu Stange, dann wird die Tür geschlossen.

Madame Krieger hält die Luft an. Ihre Brust brennt wie Feuer, in ihren Rippen sticht es. Ihrem Körper fehlt das Blut, das sie verloren hat. Ihr Leiden ist grausam, aber zugleich auch schön, nimmt sie doch all das nur für den Prinzen in Kauf, für die Liebe.

Er macht einen Schritt nach vorn, und jetzt kann sie ihn durch den Vorhangspalt sehen.

Er nimmt den Hut ab, legt ihn auf den Tisch und schaut aus dem Fenster. Er sieht so elegant aus, wie er in Gedanken versunken dasteht, vielleicht genauso sehnsuchtsvoll wie sie? Dann lässt er sich auf die Chaiselongue fallen, stellt die mit rotem Samt bezogene Fußbank vor sich und zieht sich die Stiefel von den Füßen. Er schiebt die Kissen zurecht. Seine Finger spielen mit den goldenen Fransen am Polster der Chaiselongue.

Gleich wird er sie sehen, gleich wird sie sich ihm zeigen.

Mit einem Mal überkommen sie Zweifel, Nervosität. Was wird er sehen, wenn sie vor ihn tritt?

Ihre Liebe? Oder ihre Wunden? Ihr altes oder ihr neues Ich?

Bevor Madame Krieger in aller Eile aus ihrem Heim geflohen war, hatte sie noch einen Blick in den Spiegel in Augustas Kammer geworfen. Der Anblick hatte sie mit Glück erfüllt. Mit Vorfreude und Spannung. Sie hatte sich gepudert und Mund und Augen geschminkt. Ihre Haut ist fein und blass, weißer noch als die von Johanne oder der Prinzessin. Sie hat Mutters alte Goldkette mit dem Medaillon angelegt, das eine glänzende Sonne zeigt. Das Kleid sitzt glatt und straff und rahmt ihre Brüste ein, wie sie es sich immer erträumt hat. Es ist Augustas Kleid, sie hat es angepasst, und nun sieht sie darin schöner und verführerischer aus, als Augusta es jemals in diesem Kleid gewesen ist.

Jetzt. Es soll ein Augenblick voller Reinheit sein, schön, wie das erste Mal.

Zwei Seelen, die sich begegnen und verbinden. Ohne Worte, ohne Grenzen.

Madame Krieger zieht den Vorhang zur Seite und tritt vor.

Der Prinz schlägt die Augen auf und hebt den Kopf. Er versucht zu begreifen, was er da sieht. Sie hatte gehofft, eine vorteilhafte Pose einnehmen zu können, bevor er die Augen öffnet, in der Mitte des Raumes, das Fenster im Rücken. Damit sie das Meer, das sie zusammengeführt hat, hinter sich hat, Vergangenheit und Gegenwart, die sich in der Umarmung der Liebe treffen.

»Wer seid Ihr?«, fragt der Prinz. Er klingt mehr überrascht als erbost, trotzdem irritiert sie die Frage. Sie möchte jetzt nichts sagen. Wie soll sie sich auch erklären? Ich bin Dein, ich gehöre zu dir, wir gehören zusammen. All das hatte damals am Strand in ihren Blicken gelegen, eine Verbundenheit, die alle Grenzen überwindet.

Der Prinz erhebt sich rasch, er wirkt bestürzt.

»Oh, seid Ihr ...?« Auch ihm fehlen die Worte. Er sieht sie forschend an, scheint sie wiederzuerkennen.

Wärme rieselt durch Madame Kriegers Körper. Der Prinz erkennt mich, denkt sie. Er sieht dasselbe wie ich.

»Was ...? Was tut Ihr hier?«

Einer der Vögel flattert im Käfig herum.

Der Prinz sieht sich in der Kabine um, als suchte er nach etwas.

Es sollte anders sein. Er sollte ihr helfen. Hinter ihr stehen, dicht, oder neben ihr vor dem großen Spiegel, damit sie gemeinsam ihre Verwandlung bestaunen können, wenn er seine Arme um sie legt und ihr das Kleid langsam und voller Erregung abstreift. Sie will seine Haut auf der ihren spüren, seinen Atem im Nacken, sein Glied, das sich wachsend gegen sie presst.

Stattdessen rollt und knarzt das Schiff, und der Prinz sieht aus, als gehe es ihm nicht gut.

»Antwortet mir, Mensch, oder ich rufe ...«

Sie hat keine Zeit zu verlieren. Es tut weh, die Arme zu heben, die Haut brennt, aber sie muss das Kleid loswerden. Eine schnelle Bewegung wird reichen, hofft sie. Er muss sie sehen. Madame Krieger zieht sich das Kleid über den Kopf.

»Bei Gott, was tut Ihr?«

Sie wirft das Kleid zu Boden und tritt einen Schritt vor. Offenbart sich ihm, und die Welt steht still.

Das Schiff verharrt auf einer Welle, der Schnabel des Vogels öffnet sich, auf der Augenbraue des Prinzen sammelt sich ein Tropfen Schweiß.

Madame Krieger sieht den Apfel am Weißdorn. Sieht sich in

einer Umarmung mit dem Geliebten verschmelzen, die ein Jahrhundert oder nur einen Augenblick dauert.

Da erblickt sie ihr wahres Spiegelbild in den aufgerissenen Augen des Prinzen.

Sie sieht ihren entstellten Körper, die angenähten Brüste wie kranke, bleiche Früchte an einem welken Baum. Das getrocknete Blut bedeckt ihren ganzen Bauch. Blutige Rinnsale quellen unter dem Wundrand hervor und laufen über ihr entblößtes Geschlecht und ihre Beine.

Der Prinz öffnet den Mund. Sein Schrei erfüllt die ganze Kabine. Die Vögel flattern wild im Käfig herum, und das Schiff krängt, als wäre es auf Grund gelaufen.

Nicht der Schrei entfacht den Zorn und die Schmerzen in ihr erneut, sondern die Furcht in seinen Augen. Die Furcht des kleinen Mannes. Als wäre der Prinz nicht mehr als ein einfältiger Müllersknecht vor einem mächtigen Herrscher, ein Kind in den Klauen des Drachens. Während sie, einstmals einfacher Sohn eines Seekadetten, sich selbst auf dem Altar der Verwandlung geopfert hat und als ein Wesen wiederauferstanden ist, das viel größer ist, als der Prinz es je zu fassen vermag.

Plötzlich ist er in ihren Augen nicht mehr als ein jämmerliches Tier am Boden eines Eimers.

»Wachen, Wachen«, jammert er und schielt zu dem Ständer, an dem die Waffen lehnen.

Sie will ihn zum Schweigen bringen, ihm die Worte von der Zunge schneiden. Er darf sie nicht zerstören, darf nicht kaputt machen, was sie erschaffen hat. Ohne zu zögern, greift sie nach dem glänzenden Dolch an dem Ständer. Der Schaft fühlt sich in ihrer Hand kalt und hart an. Mitgefühl ist die Schwäche der Klugen.

Kapitel 13

Sperrt sie in die Abstellkammer«, ruft der Kommandant, während das Schiff ins Rollen kommt und ein paar Eimer über das Deck rutschen. Einige der Männer geraten ins Straucheln.

Ein Matrose zieht Molly auf die Füße. Hans Christian klammert sich an einen Mast, Erbrochenes an seinen Lippen. Zwei Matrosen versuchen, ihn wegzuziehen.

Gerechtigkeit wird einem nicht von allein zuteil. Nie. Das hat Molly in ihrem Leben gelernt. Man muss sie einfordern, sie sich nehmen und festhalten, aus den Händen der Mächtigen reißen.

»Seid ihr wirklich so dumm? Versteht ihr denn nicht, dass er in Gefahr ist!«, ruft Molly. »Der Prinz ist in Gefahr!«

»Halt dein Maul, Frauenzimmer, sonst bringen wir dich zum Schweigen!«, ruft der Kommandant und schiebt sie einfach weg.

Molly versucht, ihre Gedanken zu sammeln. Sie fühlt sich hundselend. Die Taue knarzen, der Wind bläht die Segel, und der Boden unter ihren Füßen schwankt. Sie war nie zuvor an Bord eines Schiffes dieser Größe. Und so weit draußen auf dem Meer. Es fühlt sich unnatürlich an. Falsch. Die Menschen gehören nicht auf das Meer, sondern an Land, es ist wider die Natur, sich auf einem schwimmenden Holzkonstrukt so weit entfernt von der Küste aufzuhalten. Mollys Mutter hat immer gesagt, die Fischer, die an der Küste vor Onsevig ertranken, hätten die Natur herausgefordert und verloren.

Sie sind auf dem Weg zu der Treppe, die unter Deck führt, als sie laute Stimmen hören, gefolgt von einem dumpfen Laut von etwas Schwerem, das zu Boden geht. Danach ertönt ein markerschütternder Schrei. Die Matrosen lassen Molly los und stürmen nach unten, bleiben aber mit verängstigten Gesichtern vor der Kabine stehen, als stünden sie dem Teufel persönlich gegenüber.

»Ist das Severin?«, flüstert Hans Christian, der dicht hinter Molly steht.

Sie kann nichts erkennen. Es entsteht ein Tumult, jemand ruft etwas, schreit, Glas splittert.

»Weg mit euch! Zurück«, ertönt eine grelle, harte Stimme aus dem Dunkeln.

Die Männer weichen langsam zurück. Molly sieht den Kommandanten eine Hand um den Schlagstock an seinem Gürtel legen, als er hinter den Mast zurückweicht.

Der Prinz taucht am Fuß der Treppe auf und steigt langsam an Deck. Die Angst in seinen Augen ist nicht zu übersehen. Angst und Niederlage eines Menschen, gegen den sich nie jemand aufgelehnt hat und dem kaum je widersprochen wurde. Auf der letzten Stufe gerät er ins Straucheln, wird aber von einer starken Hand festgehalten.

Ein Raunen geht durch die Männer an Deck. Dann wird es vollkommen still trotz der unbarmherzig gegen den Schiffsrumpf schlagenden Wellen, der knatternden Segel und des knirschenden Tauwerks.

Molly erkennt das Gesicht von ihrem ersten Besuch bei den Kriegers wieder. Die nackte Frau ist über und über blutverschmiert. Die Brüste hängen wie braune Teigklumpen an Fäden vor dem Brustkorb, während Krieger zwischen den Beinen noch immer ein Mann ist, die Haare um das Glied herum rasiert. Was ist das für ein absonderliches menschliches Wesen, denkt Molly.

»Aus dem Weg!«, schreit das Wesen und hält dem Prinzen die Klinge eines Dolchs an die Kehle. Frederiks weiches Doppelkinn wölbt sich über das Metall.

Das Wesen schiebt den Prinzen am Mast vorbei in Richtung Reling vor sich her.

Weitere Männer, vermutlich Soldaten, die sich unter Deck aufgehalten haben, kommen, alarmiert von den Schreien des Prinzen, nach oben. Einige ziehen ihre Degen, ein anderer hält eine Pistole in der Hand und zielt auf das Wesen, das hinter dem massigen Körper des Prinzen in Deckung geht.

»Im Namen des Königs, lassen Sie den Prinzen gehen, sonst werden Sie erschossen«, ruft der Kommandant. Um sich herum hört Molly aufgeregtes Gemurmel: Ist das der Teufel? Ein Tier oder ein Mensch? Ein Meeresungeheuer? Geht jetzt die Welt unter?

Das Wesen reagiert darauf, indem es das Messer nur noch fester an den Hals des Prinzen drückt. Der wimmert wie ein Kind, und ein dunkler Fleck breitet sich zwischen seinen Beinen aus. Molly hält die Luft an, als die Haut am Hals aufreißt und ein Tropfen Blut auf den weißen Hemdkragen des Prinzen tropft.

»Dieser Wahnsinnige bringt mich um«, stöhnt der Prinz. »Senkt … die Waffen.«

Die Soldaten ziehen sich zurück, während Krieger weiter rückwärts den Prinzen hinter sich her über das Deck zieht, zwischen Tonnen und Tauwerk hindurch und über die hochgezogene Ankerkette. Der Anker selbst hängt über der Reling.

»Weg!«, schreit das Wesen einen Mann an, der sich zu nah heranwagt.

Die Matrosen und Soldaten bilden einen Halbkreis um Krieger und den Prinzen, die den Bugsteven erreicht haben und nicht weiterkommen.

Was hat das Wesen vor? Will es gemeinsam mit dem Prinzen von Bord springen?

Molly sieht Hans Christian dicht hinter sich. Mit offenem Mund folgt er wie benommen dem Schauspiel. Die Besatzung und der Kommandant haben die beiden blinden Passagiere längst vergessen, alle Aufmerksamkeit richtet sich auf den Prinzen und Krieger.

Molly geht langsam zurück und flüstert Hans Christian zu: »Er darf uns nicht entkommen.«

»Sieh doch«, sagt er nur.

»Was?«

»Er hat versucht, sich in jemand anderen zu verwandeln«, sagt er leise. »Das Unmenschliche will ein Gesicht, das Hässliche soll schön werden. Alles und jeder will etwas anderes sein.«

Den Rest hört Molly nicht, Krieger schreit wieder, vielleicht vor Schmerz.

Dann sieht Molly, was er meint.

Die Brüste. Fleischige Klumpen, angenäht an Kriegers Brustkorb. Die Brüste der Ankleiderin, denkt Molly. Plötzlich passt alles zusammen. Krieger hat Johanne entführt, weil sie, nein, *er*, glaubte, durch diese Brüste auch ihre Figur, ihre Anmut und Schönheit und damit auch das Begehren und die Liebe des Prinzen zu erlangen. Jetzt hängen sie kränklich grau an Kriegers Körper, als tote Masse aus Fett, Fleisch und Blut.

Und Anna und Bleiche-Maren waren nur vorangehende Fingerübungen für sein groteskes Verwandlungsexperiment.

Hass wallt in Molly empor. Dieses Wesen hat ihre Schwester getötet.

»Er darf nicht entkommen«, flüstert sie noch einmal Hans Christian zu.

Molly schaut zurück gen Küste, die nur noch als dunkler Streifen am Horizont zu erkennen ist. Krieger kann nicht weg, er ist auf dem Schiff gefangen, umgeben von Meer. Kein Mensch kann so weit schwimmen. Und selbst wenn, würde er nicht entkommen. Die Soldaten des Königs würden ihm nachsetzen und ihn jagen, bis sie ihn zur Strecke gebracht und gehängt haben. Und er weiß das.

»Zum letzten Mal, legt das Messer weg und lasst den Prinzen gehen!«, ruft der Kommandant.

»Ich … begnadige dich«, stöhnt der Prinz kaum hörbar. »Aber lass mich gehen … und sag, was du verlangst …«

Eine Welle schlägt seitlich gegen die Fregatte, Gischt klatscht über das Deck. Die Männer wenden sich ab, und der Kommandant klammert sich strauchelnd an den Mast.

Molly sieht, wie Krieger nach einem an der Ankerkette verknoteten Seil greift. Sie schlüpft unbemerkt hinter eine Tonne und ist Krieger mit einem Mal deutlich näher als die Soldaten. Krieger wirft ihr einen kurzen Blick zu, konzentriert sich dann aber wieder auf den Soldaten mit der Pistole und den Kommandanten, der seine Leute zurückhält.

Molly sucht Hans Christians Blick, um seine Aufmerksamkeit

auf Krieger und das Seil zu lenken, aber Hans Christian versteht ihre Signale nicht. Er starrt nur den Prinzen an, der einer Ohnmacht nahe ist. Der Kragen seines Hemdes hat sich mittlerweile mit Blut vollgesogen.

Plötzlich zwingt Krieger den Prinzen mit einem gewaltsamen Ruck in die Knie.

Die Männer des Königs rufen erschrocken durcheinander, und der Soldat mit der Pistole feuert einen Schuss ab. Der Knall ist so laut, dass Molly für einen Moment fast taub ist. Ein paar Matrosen bewegen sich auf Krieger zu, wagen sich dann aber nicht weiter.

Der Prinz schreit.

Der Kommandant herrscht den Soldaten mit der Pistole an.

»Verhaltet euch ruhig, bleibt auf euren Plätzen.« Er richtet sich an Krieger. »Tut jetzt nichts Unbedachtes, der Prinz ...«, sagt er und kommt ins Stocken.

Mit der freien Hand wickelt sich Krieger das Seil ums Bein. Jetzt ist er an die Ankerkette gebunden.

»Was hat er vor?«, flüstert Molly Hans Christian zu.

»Pistole laden!«, ruft ein Matrose.

»Nein, haltet ein«, befiehlt der Kommandant.

Krieger richtet sich wieder auf. Er hat das Hemd des Prinzen fest gepackt, die Klinge noch immer am Hals seiner Geisel. »Löst die Ankerkette. Jetzt«, faucht Krieger.

Niemand reagiert. Krieger zwingt den Prinzen, den Blick nach oben zum Himmel zu richten. Ein paar Möwen fliegen wie weiße Stofffetzen um den Mast herum.

»Los jetzt ...«, sagt der Prinz und versucht, seine Soldaten anzusehen. »Löst die Ankerkette.«

Der Kommandant nickt dem Matrosen zu, der an der Reling steht.

»Auf der Stelle!«, schreit Krieger.

Der Matrose kniet sich hin, ein weiterer hilft ihm, die Schrauben zu entfernen, mit denen die letzten Kettenglieder am Schiff befestigt sind. Fällt der Anker, wird die Kette mit ihm in der Tiefe verschwinden.

Dann macht Krieger einen Schritt in Richtung Anker.

Molly dämmert, was er vorhat.

Ein paar der Soldaten rücken weiter vor. Der Prinz heult verzweifelt. Dabei erinnert er Molly an die Männer, die nach einem Besuch in der Ulkegade auf der Treppe zusammensacken und um Vergebung für das bitten, was sie getan haben.

Krieger tritt gegen den kleinen Splint des Ankerschlosses, das die Kette arretiert, worauf der Anker klirrend am Bug herabrauscht und ins Wasser klatscht. Die Kette beginnt zu laufen, die Trommel dreht sich immer schneller.

Mit einem Mal ist Molly alles klar. Plötzlich versteht sie, was er vorhat.

Das Wasser soll sein Grab werden. Er ist an die Kette gefesselt, die Trommel dreht sich und gibt mehr und mehr Kette frei, während der Anker in Richtung Meeresgrund sinkt. Krieger wird den Prinzen festhalten und mit sich in die Tiefe reißen. Wenn er den Prinzen nicht haben kann, soll niemand ihn haben.

Die Soldaten und der Kommandant starren Krieger wie versteinert an. Allein der junge Soldat, der hektisch seine Waffe nachlädt, scheint den perfiden Plan durchschaut zu haben.

Die Trommel dreht sich schneller und schneller. Der Prinz starrt auf die Kette, die unter der Reling verschwindet. Krieger hält ihn fest. Das Seil ist straff um seinen Knöchel geschlungen, noch wenige Sekunden, und er wird in die Tiefe gerissen werden, ins Meer, und sich mitsamt dem Prinzen ertränken.

Der Wind heult, die Kette kreischt, der Prinz jammert, und die Möwen schreien.

Plötzlich geht ein Ruck durch Krieger und den Prinzen, und das letzte Stück Kette gleitet in Richtung Reling. Krieger stößt einen Schrei aus, hält den Prinzen aber weiter fest. Das Blut pumpt immer stärker aus dem Hals des Prinzen.

Er breitet die Arme aus, um sich an der Reling festzuhalten, doch seine Hände rutschen ab, er findet keinen Halt, der Anker ist zu schwer. Todesangst verzerrt sein Gesicht.

Molly greift sich in die Haare. Sie denkt nicht nach, folgt einem

Reflex. Es geht um Leben oder Tod. Sie hat das starke Gefühl, dass hier an diesem Ort alles endet.

In diesem Moment.

Sie bekommt die Haarnadel zu fassen, die Anna ihr geschenkt hat, den Hurensäbel.

Mit der langen Nadel in der Hand hechtet sie zu Krieger. Jemand schreit ihr zu, dass sie aufpassen soll. Vielleicht Hans Christian, vielleicht ein Matrose.

Krieger hebt den Blick.

Alles geht blitzschnell. Aber Molly ist sich ganz sicher, dass er sie erkennt, dass der Mörder die Schwester seines Opfers sieht, als die Nadel auf ihn zuschnellt.

Sie trifft ihn zwischen den toten Brüsten, findet einen Weg zwischen den Rippen hindurch und dringt tief in die Brust des Wesens ein, der Frau, des Mannes, der einmal Severin hieß. Molly spürt die Wärme und den Herzschlag des Mörders, der schockiert auf seine Brust starrt.

»Für Anna!«, sagt Molly.

Krieger lässt den Dolch fallen, und der Prinz sinkt zu Boden.

Ein letzter Ruck der Ankerkette. Kriegers Gesicht zeigt für einen Moment Entsetzen, Schmerz, so etwas wie Mitleid mit sich selbst. Dann reißt die Kette ihn über die Reling ins Wasser, und sein wilder Schrei verstummt.

Die Besatzung stürmt an die Reling, ein paar Matrosen versuchen, sich an Molly vorbeizudrängeln, die nach unten ins Wasser schaut. Für einen Moment liegt Krieger noch an der Wasseroberfläche, als wollte auch das Meer ihn nicht haben.

Dann schluckt es ihn mit Haut und Haaren.

Im klaren Wasser sehen sie, wie Krieger mit ungläubigem Blick in der Tiefe verschwindet, als wunderte er sich für einen Augenblick, dass die See nun tatsächlich sein Grab sein wird.

Hans Christian steht plötzlich neben Molly. Und der Prinz ist an die Reling gekrochen und starrt in die Wellen. Er sieht aus wie ein Bettler, der in den viel zu großen Kleidern eines reichen Bürgers durch die Gosse gezogen wurde.

Molly hört ihr Herz klopfen. Für die Gerechtigkeit. Für Anna. Es übertönt beinahe das Heulen des Windes und das Knattern der Segel. Ganz allmählich kehren die Geräusche des Schiffes wieder. Die Stimmen der Matrosen und Soldaten hinter ihr. Wer war das, was zum Henker ist da geschehen? Und der liebenswerte, dumme Hans Christian versucht, alle Fragen zu beantworten und die Matrosen mit seinen Theorien über Menschen zu belehren, die sich danach sehnen, jemand anderes zu sein. Dem Kommandanten erklärt er die besondere Verbindung Kriegers zum Prinzen. Ein Band der Sehnsucht. Doch der Kommandant will das alles nicht hören und verschwindet mit dem Prinzen, dem sie eine Decke über die Schultern gelegt haben, unter Deck.

Molly starrt nach unten und glaubt zu sehen, wie Krieger sich ein letztes Mal auf dem Weg hinab zum Meeresgrund windet.

Kapitel 14

Die Nachricht kam am frühen Morgen. Einer von Cosmus' Männern überbrachte die Notiz mit den wenigen Worten.

Um elf Uhr am Hotel Royal.

Kein freundlicher Gruß. Keine Erklärung.

Wenigstens will der Polizeidirektor ihn nicht im Gericht treffen.

Hans Christian putzt den Spiegel mit einem Taschentuch.

Er hat sich verändert. Ist alt geworden. Die Augen sind rot, die Haut grün wie bei einem alten Seemann, und durch die Wunde wirkt seine Nase noch größer, noch grotesker. Hätte er nur ein paar Schillinge für einen Besuch beim Barbier. Die Lippen sind rot und spröde. Vom Salzwasser. Von der Anstrengung. Vom Schlafmangel. Er hatte kaum ein Auge zugetan, als er endlich nach Hause kam. Hatte benommen dagelegen, außerstande, die Stille zu verstehen, den vertrauten Duft des Zimmers, das vorsichtige Flackern der Kerzen. Er versuchte zu sortieren, was passiert war, die vielen Handlungsstränge der schrecklichen Geschichte zusammenzuführen.

Er sieht auf die Uhr. Es ist an der Zeit.

Rücken und Beine tun ihm weh, trotzdem kämpft er sich über die Treppe nach unten. In der Tür bleibt er stehen. Nyhavn riecht nach Teer und Salz. Er geht an den Häusern vorbei und weicht den Blicken der Menschen aus. Wind und Regen haben über Nacht den Herbst in die Straßen Kopenhagens gepeitscht.

Das Kopfsteinpflaster ist nass, die Bäume fast kahl. Schmied und Schuhmacher arbeiten nicht mehr auf der Straße, sondern im Schutz des Hofes. Am Ende der Vingårdstræde sieht er den Højbo Plads und bald darauf auch die schwarz gekleidete Gestalt unter den Linden vor dem Hotel Royal.

Hans Christian tippt darauf, dass Cosmus sich hier mit ihm verabredet hat, um in den noblen Räumlichkeiten des Hotels zu speisen. So eine gute Portion Eierkuchen mit Lauch und Speck wird ihm guttun und ihn stärken. Oder ein heißes Kaninchenragout. Vielleicht etwas Wein zum Essen, mit dem man sich zuprosten kann. Das ist ja wohl kaum zu viel verlangt, nachdem er das Leben des Prinzen – und sein eigenes – gerettet hat?

Er will grüßen, als er sieht, dass Cosmus nicht allein ist. Molly steht neben ihm, flankiert von zwei Wachen. Warum sie da sind und was sie dort sollen, versteht er nicht. Als Molly und er an Land gebracht und mit einer Droschke in die Stadt gefahren wurden, hatte man ihm mehrfach versichert, dass nun alles überstanden sei. Dass er sich nun nicht mehr mit weiteren Fragen belasten solle. Aber natürlich hatten die Gedanken ihn trotzdem nicht in Ruhe gelassen. Alles in ihm verlangt danach, zu verstehen, ist es doch das, worin er am besten ist.

Eine der Wachen geht Hans Christian entgegen und führt ihn zum Polizeidirektor.

»Herr H. C. Andersen«, sagt Cosmus kühl. »Sie beide kennen sich ja.« Er wendet sich zur Seite und setzt sich in Bewegung. Hans Christian sieht Molly an, die mit den Schultern zuckt. Die Wachen stoßen sie von hinten an und geben ihnen zu verstehen, dass sie Cosmus folgen sollen. Sie gehen am Hotel Royal vorbei, das der Polizeidirektor allem Anschein nach nicht besuchen will. Das war es mit Ragout und Weißwein.

Cosmus blickt brummelnd auf seine Pfeife und bleibt stehen.

»Was für eine Geschichte«, sagt er vor sich hin in den Wind und schüttelt den Kopf. Dann wendet er sich an Molly. »Fräulein Hansen?«

»Ja«, antwortet Molly und schließt zum Polizeidirektor auf.

»Sie haben nie unter falschem Namen im Schloss gearbeitet«, sagt Cosmus.

Ehe Hans Christian auf ihren fragenden Blick reagieren kann, fährt Cosmus fort: »Das ist selbstverständlich undenkbar. Es würde lebenslanges Zuchthaus bedeuten. Und den Anschein erwecken, dass das Königshaus dumm und tölpelhaft ist«, sagt Cosmus. »Oder würden Sie etwa sagen, dass es so ist?«, fragt er Molly mit leiser Stimme.

»Nein«, stammelt sie, obwohl Hans Christian ihr deutlich ansieht, wie gerne sie ihm zustimmen würde.

»Ginge es nach mir, würden Sie auf der Stelle Ihre Strafe bekommen wie alle anderen auch. Aber Prinz Frederik will das nicht. Er ist dankbar und behauptet, Sie hätten ihm das Leben gerettet«, sagt Cosmus und sieht von Molly zu Hans Christian.

Hans Christian senkt den Blick. Er hat Angst, was als Nächstes kommt.

»Und jetzt frage ich Sie, Herr Andersen«, beginnt Cosmus aufs Neue und hält inne, um seine Pfeife anzuzünden. »Haben Sie in den letzten Tagen irgendetwas Ungewöhnliches erlebt?«

»Ungewöhnliches?«, fragt Hans Christian und sieht sich selbst in einem See aus Exkrementen. Er hört sich mit dem Latrinenmann sprechen und folgt einem unglücklichen Geschöpf mit dem Blick in die Tiefen des Meeres.

Er weiß natürlich ganz genau, was der Polizeidirektor meint, ist sich vollkommen im Klaren darüber, dass es hinter den Kulissen Männer gibt, die die Fäden ziehen und dafür sorgen, dass die Menschen nur die Vorstellung sehen, die dem König und seinen Vasallen genehm ist. Die Geschichte soll totgeschwiegen und für immer begraben werden.

Aus irgendeinem Grund will er das nicht. Nicht mehr. Er ist es leid, vor seinen Mäzenen im Dreck zu kriechen, vor Männern mit Geld, vor den Säulen der Macht, dem Polizeidirektor, vor irgendwelchen anderen. Mit einem Mal empfindet er nur noch Verachtung für all jene, die sich demütigen, kränken, entehren und züchtigen lassen, weil sie glauben, so davonkommen zu können.

»Sie glauben vielleicht, dass wir in einer verkorksten Welt leben, Andersen«, sagt Cosmus, als hätte er Hans Christians Gedanken gelesen, und deutet auf eine schwarze Kutsche, die gerade auf der anderen Seite des Kanals hält. »Aber wie Herr Schneider sagt: Nicht die Welt versagt, sondern der Mensch.«

Hans Christian starrt in den dunklen Innenraum der Kutsche. Für einen kurzen Augenblick kommt ein Gesicht zum Vorschein:

der Kaufmann vom Maskenball. Ein rundes Gesicht mit weißen Haaren. Hans Christian kommt die letzte Strophe des Gedichtes in den Sinn, der letzte Vers des Latrinenmanns. »Wird im finsteren Tunnel aus Weiß erst Rot, finden wir im Ewigkeitsduell mit Schneider den Tod«, sagt er und sieht Cosmus an. »Das ist der Schneider, den der Latrinenmann in seinem Gedicht meinte.«

Cosmus wedelt den Rauch wie auch Hans Christians Worte weg.

»Keine wirren Geschichten mehr, Andersen. Herr Schneider ist ein respektabler Mann. Der König hört auf ihn. Nach den Unruhen in Frankreich und dem Aufstand in Holstein sind immer mehr Menschen der Meinung, sie könnten das Land besser führen als der König. Aber das ist gefährlich. Es bedarf strengster Logik und stärkster Moral, ein Land zu regieren. Haben Sie das verstanden?«

Hans Christian sieht zu Molly, die auf ihre Hände starrt, als zählte sie ihre Finger ab.

»Aber Krieger war inspiriert von Schneider«, sagt Hans Christian und denkt an das Pamphlet, das er zu Hause bei Krieger gefunden hat.

Cosmus schüttelt den Kopf.

»Krieger war krank, er hat sich Dinge vorgestellt, die wider die Natur sind. Es ist unlogisch, eine Frau sein zu wollen, wenn man ein Mann ist. Unlogisch und gefährlich. Es ist wichtig, dass Sie das verstehen, Andersen«, sagt Cosmus und starrt in die Glut seiner Pfeife. »Kopenhagen und seine Bürger dulden das nicht. Sie wurden Opfer von Flammen und Bombardements, der Kriege unserer Nachbarn im Süden. Wir brauchen Ordnung im Chaos, wir brauchen Ruhe und Stabilität, eine starke Staatsmacht und einen klugen König. Keine Unruhen auf den Straßen. Kein Gerede. Keine Geschichten über …« Cosmus ringt nach Worten. »Über ein Monster, ein Geschöpf, geboren aus zerstörerischer Fantasie. Sie dürfen nicht darüber schreiben. Nicht ein Wort. Sonst landen Sie wieder in einer Zelle unter dem Gericht, wo ich Sie besser unter Aufsicht habe.«

Hans Christian versteht es und doch auch nicht. Cosmus und seine Gesinnungsgenossen haben Angst vor Geschichten, Angst vor allem, das denen, die ausbrechen wollen, neue Kraft geben könnte, all jenen, die etwas anderes als arm sein wollen, die nicht mehr Schuhmacher, Dirne, Mann oder Frau, Däne oder Preuße sein wollen. Was würde geschehen, wenn die Menschen selbst über ihr Leben bestimmen könnten? Wären sie dann nicht mehr zu halten, nicht mehr zu regieren? Hans Christian kann nicht nachvollziehen, wie man so denken kann. Das Unbezähmbare, das Wilde und Fantasievolle, das ist doch das eigentliche Leben. Das Ballett, das Meer, der Tanz der Worte, das Gewimmel der Städte.

Aber er sagt nichts, starrt nur auf das dunkle Wasser des Kanals.

»Professor Horowitz dankt Ihnen für Ihren Beitrag, seinen Sohn zu finden«, bemerkt Cosmus noch trocken, bevor er seine letzte Order gibt: »Aber Sie beide dürfen sich nicht mehr sehen. Das schickt sich nicht.«

Er legt die Hand an den Hut und geht.

Einer der Wachmänner stößt Hans Christian mit der Schulter an, als er sich an ihm vorbeidrängt.

Hans Christian folgt Cosmus mit dem Blick, bis er in Schneiders Kutsche verschwunden ist. Der Wagen setzt sich in Bewegung und fährt in Richtung Christiansborg davon. Aber obgleich mit der Kutsche Cosmus, Schneider und die unmittelbare Bedrohung seines eigenen Lebens entschwinden, fühlt er sich nicht frei. Ihm kommt es eher so vor, als wäre die Stadt ein noch düsterer, noch bedrohlicherer Ort geworden. Er fürchtet, dass die Bosheit, die mit Kriegers Mord an Anna und der Waschfrau ihren Ausgangspunkt genommen hat, noch lange nicht an ihrem Ende angekommen ist. Dass Schneiders Vorstellungen, dass die Fantasie jedweder Logik widerspricht, zu einem noch größeren Kampf führen werden, einem universellen Krieg, in dem die Seele des Menschen entweder befreit oder für immer in Ketten gelegt wird. Und er selbst, Hans Christian, wurde vom Schicksal als

Heerführer der Träume und Fantasie auserkoren, aller vergessenen Dinge, die sprechen können, und allem und jedem, die etwas anderes sein wollen als das, wozu die anderen sie nötigen wollen. Auserkoren als der General, der gegen Schneider und die widerwärtige Logik der Macht in den Kampf zieht.

Vielleicht hätte er in Odense bleiben sollen, wie seine Mutter es sich gewünscht hatte.

Molly schnaubt wie ein Pferd, sie will nur noch weg.

Er sieht sie an.

»Wie geht es Marie?«

Er vermisst das federleichte Wesen der Kleinen und ihre unverblümten Fragen. Ihre gemeinsame Liebe zu Geschichten. In diesem Moment wird ihm bewusst, dass nur Kinder die Dinge so sehen, wie sie sind, mit ihnen reden, auch wenn sie nicht antworten, und sich Welten vorstellen, die es nicht gibt.

Molly wendet sich ab und geht los.

»Du hast gehört, was er gesagt hat. Solche wie wir dürfen nicht zusammen gesehen werden.«

»Was? Warte!«

Er folgt ihr und will ihr sagen, dass sie nicht auf Cosmus' Worte hören soll. Will ihr erklären, dass Cosmus und Schneider sich irren, ist sich aber nicht sicher, ob seine Verteidigungsrede der Fantasie, der menschlichen Vorstellungskraft, der schöpferischen Kraft des Wahnsinns sie überhaupt interessiert.

»Du hast deine Freiheit zurück, gratuliere. Wir haben nichts mehr, haben alles verloren«, sagt Molly.

»Ich werde das Geld irgendwie beschaffen«, sagt er. »Wie versprochen.«

»Geld?«, fragt Molly mit tränenerstickter Stimme und bleibt stehen. Aus ihren Augen strahlt blanke Wut. Sie will ihm so vieles sagen, ihn mit Worten überschütten, kommt aber ins Stocken.

»Im Moment habe ich nichts, aber ich werde alles tun, um das Geld zu beschaffen«, verspricht Hans Christian und spürt gleich, dass er wieder das Falsche gesagt hat.

Molly schüttelt den Kopf.

»Ja, tu das. Beschaff das Geld. Frag deine Freunde.«

Mit diesen Worten macht sie auf dem Absatz kehrt und verschwindet über die Storestræde. Ihre roten Locken sind das Letzte, was er von ihr sieht.

Den Großteil des Tages läuft er ziellos in der Stadt herum. Er sieht ein paar Kindern zu, die auf Steckenpferden durch eine Pfütze reiten. Über die Schulter eines Mannes hinweg, der sich die Schuhe putzen lässt, liest er ein paar Zeilen in der Zeitung, findet aber kein Wort über Krieger und die ganze Affäre. Er macht einen Bogen um die Ulkegade, bleibt aber an der Ecke Nellikegade und Dybensgade stehen und hält Ausschau, ob er Molly oder Marie vor dem Dirnenhaus sehen kann. Noch vor dem Nachmittag verlassen ihn seine Kräfte. Es dämmert, und der kalte Herbstwind fegt alle in die Häuser. Auch Hans Christian eilt zurück in seine Wohnung. Bei seiner Vermieterin gibt es kalte Grütze mit Dörrpflaumen. Er hört sich die Gerüchte an, die in der Stadt kursieren. Über den Maskenball im Schloss und einen kleinen kohlschwarzen Jungen, der mit einem russischen Bären getanzt haben soll.

C. A. Reitzels Buchhandel hat eine Stelle ausgeschrieben. Es wird jemand gesucht, um Bücher ins Regal zu räumen. Hans Christian sitzt am Schreibtisch in seiner Kammer. Alles ist still. Was hat das Leben mit mir vor, fragt er sich.

Das Einzige, was er sehen kann, ist die Silhouette seines Federkiels vor dem gelblichen Licht Nyhavns.

So viele Eindrücke. Gerüche und Laute. Der Geschmack des Salzwassers und die Musik der tanzenden Füße auf dem Maskenball. Annas blaue Lippen und die blassen Finger der Waschfrau. Der abgetrennte Kopf des Latrinenmannes unter dem Schafott und der Sohn des Arztes unter dem doppelten Boden der Kiste im Schuppen. Kriegers hübsches Gesicht über dem entstellten Körper. Der Verschlag im Tollhaus und das stinkende Wasser im Tunnel.

Tausend Geschichten, tausend Abschlüsse, tausend Anfänge.

Wie soll er das alles jemals zusammenbringen? Wie die wahnsinnige Welt der Menschen verstehen – in all ihrem Glanz und ihrer grausamen, blutigen Bestialität? Wie schreiben über die allgegenwärtige Sehnsucht nach einem anderen Leben?

Es gibt nur eine Antwort.

Sie liegt vor ihm. Seine Antwort auf Schneider, seine Verachtung für Cosmus.

Er zündet die Kerze an und spitzt die Feder.

Vor ihm liegt ein leeres Blatt Papier. Er darf nicht erzählen, was er erlebt hat. Was Molly und er gesehen und getan haben. Er darf nicht schreiben, wie Krieger sich selbst umgestaltet und alles der Liebe geopfert hat. Wie absurd und hässlich es sein kann, wenn man alles zu tun bereit ist, um geliebt zu werden. Auch denjenigen zu töten, den man liebt.

Cosmus und Schneider begreifen nicht, dass jede Geschichte sich ihren Weg sucht. Wie das Unkraut zwischen den Pflastersteinen. Und immer dort sprießt, wo es am dringendsten gebraucht wird. Es gibt einen Weg, eine Geschichte zu erzählen, den kein König verbieten kann, eine Form, sie so leise zu verbreiten, dass auch Marie sie hören und niemand sie aufhalten kann.

Er taucht die Feder kurz ins Tintenfass, neue Federn tropfen mehr als alte.

Dann schreibt er, ohne nachzudenken. Die Geschichte ist bereits in seinem Kopf und muss nur noch zu Papier gebracht werden. Zum ersten Mal fällt ihm sogar der erste Satz leicht. Er denkt an Anna und Molly, noch mehr aber an Madame Kriegers blinden Glauben daran, dass man sich nur selbst verändern muss, um zu erlangen, was man begehrt.

Weit draußen im Meer ist das Wasser so blau wie die Blätter der schönsten Kornblume und so klar wie das reinste Glas. Aber es ist sehr tief, tiefer, als irgendein Ankertau reicht; viele Kirchtürme müssten aufeinandergestellt werden, um vom Meeresgrund bis über das Wasser zu reichen. Dort unten wohnt das Meervolk.

LETZTES KAPITEL

X

31. Dezember 1834

Den Dank gebe ich gern zurück. Dank Euch allen für alles. Für den Toddy wie für den Kuchen. Ich bin glücklich, danke, wirklich glücklich. Ein gutes neues Jahr Ihnen allen, danke.«

Die Glocke über der Tür läutet, als er nach draußen tritt. Die Kälte kneift ihm schon in die Lippen, der Schnee knirscht unter seinen Galoschen. Er war ohne seinen Schal aus seiner Kammer gegangen, doch der fehlt ihm jetzt nicht. Er spürt die Wärme des Alkohols in seinen Adern, das berauschende Schulterklopfen des Buchdruckers und das freundliche Lachen seiner Frau Sophie. Sich so willkommen zu fühlen, nur für einen Moment … und das noch, bevor das Jahr zu Ende geht …

Das Beste aber ist das Klimpern der achtundsechzig Reichstaler in seiner Geldbörse. Achtundsechzig Reichstaler hat der Drucker gezahlt, um ein Heft mit Märchen für Kinder herausgeben zu dürfen. Das erste richtige Vorschusshonorar, das er jemals erhalten hat.

»Gutes Gelingen, H. C.« Mit diesen Worten hat der Drucker ihm das Geld überreicht. »Vergeuden Sie nicht wieder alles für eine Reise. Kaufen Sie sich ein paar neue Kleider und frische Tinte.«

Er konnte dem Drucker nicht sagen, an was er dachte, als er die Münzen in seine Börse klimpern hörte. Jetzt kann er endlich zu Molly und Marie gehen und seine Schuld begleichen. Es ist viel zu lange her. Ob das Mariechen noch so klein und zart ist? Oder ist sie drall und groß geworden wie ihre Mutter? Er beschleunigt seine Schritte und denkt an die großen Augen der Kleinen, als er ihr die Geschichte der Kerze erzählt hatte, die sich in einen Menschen und nicht in einen Kerzenständer verliebt. Erwachsene können nicht mehr über etwas Neues oder Unwahrscheinliches staunen. Sie sind allem gegenüber misstrauisch, was nicht in Stein gemeißelt ist. Unsere Kinderseelen können noch spüren, verstehen und glauben, doch in den Jahren, die der Kindheit folgen, verwandeln wir uns mehr und mehr in die Ziegelsteine einer Festung, die immer größer wird, bis sie schließlich uneinnehmbar ist. Die grauen Tage und die unglücklichen Liebschaften sind der Mörtel, der die Steine zusammenhält und die Schönheit der Welt aussperrt.

Nur die kleine Marie nicht. Sie darf niemals hart wie Stein werden, verschlossen wie eine Festung.

Hans Christian bleibt am Bekleidungsladen der Gebrüder Raphael stehen, etwas hat seinen Blick wie ein Haken eingefangen, und er beißt an wie ein Fisch im Kanal. Ist es der schwere, kaninchenfellgefütterte Wintermantel? Nein, auch wenn er gerne etwas Warmes hätte, war es nicht dieser Mantel. Es war der glänzende schwarze Hut, hoch wie ein Schornstein über den Dächern der Stadt. Ein Insigne der Bürgerschaft, ein Zeichen, dazuzugehören.

»Verzeihen Sie?«

Er spricht den Verkäufer an, der den Laden gerade schließen will. Trotz einiger Proteste, dass doch Silvester ist und man gerne zurück zu Frau und Kindern will, gewährt er Hans Christian Zutritt und erlaubt ihm, den Hut aufzusetzen. Nun ja, das Klimpern der Münzen in seiner Börse ist sicher hilfreich.

Molly und Marie sollen gleich sehen, dass es gute Neuigkeiten gibt, wenn er mit Hut und Börse bei ihnen anklopft und nicht als die arme Seele, als die sie ihn kennen. Er freut sich darauf, die Kleine auf den Schoß zu nehmen und ihr etwas zu erzählen, das ein gutes Ende hat. Und er will Molly und die Kleine zum Essen einladen, zu Bratapfel und Schinkenspeck, Milchreis, Bier und Kuchen, bis Marie nicht mehr auf ihren kleinen Beinen stehen kann und er sie nach Hause tragen muss. Er will sie durch die Neujahrsnacht tragen, sich an dem Duft ihrer Kindheit laben, der noch in ihren Locken steckt. Vielleicht wird Molly sich bei ihm unterhaken, auf jeden Fall soll sie den Rest der Reichstaler bekommen. Sie können auch über das Gasthaus sprechen, das sie kaufen will, und wie Hans Christian ihr einen Kredit für die noch ausstehende Summe beschaffen kann.

Einige Reichstaler ärmer, aber mit dem Hut auf dem Kopf, schreitet er noch schneller aus. Er ist glücklich, wirklich glücklich, anders kann er es nicht sagen. Es ist fast wie ein Rausch, vielleicht ein klein wenig angeheizt durch den Toddy.

Schnee liegt an den Hauswänden in der Pilestræde, ein Krämer zieht seinen Karren durch die Windböen und rutscht mit seinen Holzschuhen immer wieder aus, während seine Frau von hinten schiebt. In der Lille Kongensgade bleibt er stehen und starrt auf die beschlagenen Scheiben eines Wirtshauses. Drinnen herrscht lustiges Treiben, aber da drinnen ist keine Molly. Auf den Straßen wimmelt es von Menschen mit Murmeltieren und zahmen Bären, Italiener mit bärtigen Frauen aus irgendeinem aufgegebenen Zirkus, die an diesem letzten Abend im Jahr extra nach Kopenhagen gekommen sind, die älteste und schönste Stadt der Welt, wenn man Hans Christian Andersen fragt, um ein paar Schillinge zu verdienen. Er spürt die märchenhafte Stimmung, die Abenteuergeschichten, die sich in ihm ansammeln und hinauswollen. Welche Erzählung soll er zuerst veröffentlichen? Oder ist es besser, erst einmal abzuwarten, wie *Die kleine Meerjungfrau* sich verkauft? Wenn Cosmus erkennt, wie viel Wahrheit darin steckt, wird er Hans Christian vielleicht wieder einbuchten. Ein kalter Schauer läuft ihm über den Rücken.

Vor der Treppe zu dem Dirnenhaus in der Ulkegade bleibt er stehen. Drinnen ist es dunkel, sie scheinen nicht bei der Arbeit zu sein. Er geht zur Tür. Sie ist verschlossen, aber auf der Treppe liegt jemand. Eine Betrunkene, die nicht mehr weiß, wo oben und unten ist. Sie trägt mindestens drei Lagen Kleider, zwei Mützen und Fäustlinge, friert aber trotzdem, das ist nicht zu übersehen.

»Ihr könnt mich alle mal am Arsch lecken!«, schreit sie unvermittelt.

Erst jetzt erkennt er sie. Es ist Salomine. Er fasst sie am Arm. Sie stößt ihn weg, faucht ihn an, während sie sich auf der glatten Treppe aufrappelt. Als sie seine Jacke, das feine Hemd und die Galoschen sieht, ändert ihr Blick sich.

»Guter Mann, darf ich Ihnen einen kleinen Dienst erweisen?«, fragt sie und sackt unter seinen Händen erneut zusammen.

»Madame Salomine, ich bin es, Mollys Freund, Andersen. Erinnern Sie sich?«

Die alte Dirne lächelt, und ihre wenigen verbliebenen Zähne kommen zum Vorschein. »Sie leben noch?«, fragt sie. »Oder sind Sie so ein Scheißgespenst?« Sie verdreht die Augen, nur noch das Weiße ist zu sehen. So betrunken hat er sie noch nie erlebt.

Zwei Männer kommen aus dem Wirtshaus auf der anderen Seite, einer singt, der andere knöpft seine Hose auf und pisst in den Schnee, dass es dampft.

Hans Christian richtet seinen Blick noch einmal auf die Alte. »Sie dürfen hier nicht sitzen bleiben, sonst erfrieren Sie! Sie müssen ins Haus«, sagt er und versucht, sie hochzuziehen. Dann fragt er nach Molly.

»Oh, meine arme Molly ist krank, sehr, sehr krank, Andersen. Ich habe sie nicht mehr gesehen, seit sie …« Erneut döst Salomine weg, hängt schwer in seinen Armen.

Er schüttelt sie: »Nicht gesehen seit wann …?«

Die Alte ist weit weg, kein Leben in ihren Augen. Er zieht sie hoch, muss ihr einen Kaffee oder einen Branntwein einflößen. Er hakt sie unter und zieht die Tür des Wirtshauses mit dem Fuß auf. Hitze, Mief und Feuchtigkeit schlagen ihm entgegen, aber er schiebt sich mit Salomine im Arm durch die Menschen. Seeleute auf Landurlaub, Studenten und ein paar Frauen in tief ausgeschnittenen Kleidern. Niemand denkt auch nur daran, ihm Platz zu machen, und Salomine schon gar nicht. Er schiebt sie schließlich auf eine Bank und bestellt eine Tasse Kaffee, die er hastig bezahlt, damit niemand seine volle Börse sieht. Dann flößt er ihr das heiße Getränk ein.

»Wo ist Molly«, fragt er wieder, den Mund dicht an Salomines Ohr. »Und die Kleine?«

»Ich kann es kaum ertragen, meine arme Molly.«

Er flößt ihr noch mehr Kaffee ein.

»Was fehlt ihr?« Ein gefährlicher Gedanke meldet sich. »Ist sie schwanger?«

Alles um ihn herum verschwindet im Nebel, die Leute, der Gestank nach Feuchtigkeit und Schweiß. Er sieht nur noch die alten Lippen. Versucht zu verstehen, was sie sagt.

»Es ist diese verfluchte Lungenseuche. Sie hustet Blut, es ist furchtbar!«

»Wo ist sie jetzt? Und wo ist Marie?«, fragt er verzweifelt.

Salomine schüttelt den Kopf.

»Die Kleine … die habe ich schon ganz lange nicht mehr gesehen …« Sie sackt in sich zusammen.

Er schüttelt sie so heftig, dass ihr Kaffee aus dem Mund läuft.

»Ist sie im Hospital?«, fragt Hans Christian und erntet so etwas wie ein Nicken.

Schnell ist er auf der Straße und hastet über die Lille Kongensgade in Richtung Krankenhaus. Er schlägt den Kragen hoch und läuft, so schnell er kann. Die Sohlen seiner Stiefel verlieren immer wieder den Halt.

Schnee wirbelt durch die Luft und bleibt an den Hauswänden kleben, Pisspötte stehen gefroren vor den Haustüren. Zwei Männer haben auf der Straße ein Feuer entfacht und tauen ein gefrorenes Kaninchen auf.

Eine Dirne öffnet ein Fenster auf der Suche nach einem Freier.

»Wie wär's mit einem Schäferstündchen hinein ins neue Jahr?«

Sie ist alt, bestimmt über vierzig, und hat Kautabak im Mund.

Hans Christian war nicht im Hospital, seit Molly ihn dort vor ein paar Monaten aus dem Tollhaus befreit hat. Sie hat ihm das Leben gerettet. Sie hat an ihn geglaubt. Der Innenhof ist verwaist, eine aufgeschreckte Krähe wirbelt Schneeflocken auf. Sie kreist zweimal über den Hof und flattert dann in Richtung Stadt. Im Pförtnerhäuschen brennt ein kleines Feuer. Dampf steigt aus einem Topf auf. Neben dem Kamin sitzt eine Frau mit einer Decke über den Schultern. Aus ihrem Mund kommt warmer Atem.

»Ich suche Molly«, sagt er. »Fräulein Hansen. Sie soll hier liegen.«

Die Pförtnerfrau sieht auf.

»Keine Besuche heute Abend. Oder morgen«, sagt sie.

»Wissen Sie, wo sie liegt? Sie hat die Lungenseuche.«

Die Pförtnerfrau sagt etwas von neuen und alten Patienten, den zuerst und den zuletzt gekommenen. Die neu Eingetroffenen liegen oben, wenn sie noch selber gehen können. Wenn nicht, sind sie ganz unten, direkt neben dem Leichenhaus, damit der Weg nicht so weit ist.

Hans Christian stürmt an der Pforte vorbei und die Treppe nach oben. Er hört die Frau hinter sich herrufen. Er kann sich darum jetzt nicht kümmern, sein Herz schlägt ängstlich und ungeduldig. Erste Kammer, keine Molly. Er fragt eine Hilfsschwester, die sich gerade eine lange, dünne Pfeife angezündet hat, erntet aber nur einen verständnislosen Blick. Nächste Kammer, keine Molly, und so geht es immer weiter. Irgendwann ruft er ihren Namen und sieht eine Bewegung unter einer Decke, die roten Haare leuchten wie Feuer.

»Molly!«, bricht es aus Hans Christian hervor, und er fällt neben dem Bett auf die Knie.

Molly ist blass, ihre Sommersprossen haben die Leuchtkraft verloren. Ihre Zähne klappern, die Lippen zittern. Trotz der dicken Decke ist ihr kalt. Hans Christian reißt die Decke von dem schnarchenden Mann im Nebenbett und breitet sie über Molly aus. Sie öffnet die Augen. Sieht ihn an.

»Mein Dichter«, sagt sie mit schwacher Stimme und drückt seine Hand.

»Molly, Molly. Warum hast du … keinen Boten zu mir geschickt?«

Sie schließt die Augen. »So ein … feiner Herr. Mit Hut.«

»Warum sagst du so etwas, Molly. Ich habe an dich gedacht, jeden Tag! Ich dachte, du wolltest mich nicht sehen, bevor ich das Geld habe, das ich dir schulde«, sagt er und denkt in diesem Moment wieder an seine Börse. »Hier«, sagt er und drückt sie ihr in die Hand. »Das habe ich heute bekommen. Alles, was ich dir schulde. Es gehört dir, es gehört euch, für das Gasthaus.«

Ein kraftloses Lächeln huscht über Mollys Lippen.

»Alles wird gut. Von jetzt an wird alles besser werden«, sagt Hans Christian.

Molly hustet. Ein rasselnder Husten.

Hans Christian sieht sich in der kleinen Kammer um. Überall liegen Kranke. An so einem Ort kann man nicht gesund werden.

»Wir müssen dich zu einem Arzt bringen, einem guten Arzt.« Er denkt an den Arzt, dessen Jungen er gerettet hat. Er hat Hans Christian zweimal geschrieben. Einen Dank gesendet von ihm und seiner Frau. Er würde Molly sicher gerne helfen.

Sie hat die Augen geschlossen und öffnet sie nicht.

»Molly? Molly? Wo ist Marie?« Er legt ihr die Hand auf die Stirn. Sie fühlt sich kalt an.

»Groß… Großmutter ist unterwegs«, flüstert Molly.

»Unterwegs? Wo ist Marie, Molly? Antworte mir.«

»Im Dirnenhaus, die Schwestern hier … sie dürfen sie nicht sehen«, flüstert Molly und schüttelt den Kopf. »Sie hat Späne und Leim und … Schwefel. Salomine kümmert sich um sie.«

»Nein, nein.« Hans Christian steht so schnell auf, dass das Blut aus seinem Kopf weicht.

Molly versucht, die Augen offen zu halten, doch es gelingt ihr nicht. »Was?«

Wie soll er es ihr sagen?

»Ich habe Salomine gerade getroffen«, sagt er. »Sie war betrunken. Sie passt auf niemanden auf, nicht einmal auf sich selbst. Von Marie hat sie nichts gesagt, sie hat sie nicht gesehen.«

Molly reißt die Augen auf und versucht, die Decke zur Seite zu schlagen. »Ich muss … raus, ich muss …«

Er hält sie zurück.

»Du bleibst hier. Unter der Decke. Sie wird sicher in der Ulkegade sein. Bei einem der anderen Mädchen. Ich finde sie.«

Hans Christian hat ein seltsam beklemmendes Gefühl.

»Ich konnte nicht … ich bin krank geworden«, flüstert Molly. Zu müde und zu schwach, um zu weinen.

»Ich weiß«, sagt Hans Christian und küsst sie auf die Wange. Sie ist kalt. Es ist, als würde sie es gar nicht merken.

Er stürzt die Treppe hinunter zum Tor. Spürt weder den Wind noch die Kälte. Auch den Schnee, der ihm ins Gesicht schlägt, oder die glatten Pflastersteine nimmt er nicht mehr wahr. Die flirrende Leichtigkeit des Toddys ist längst verflogen. Er stürmt durch die Straßen und die kleine Gasse hinter dem Hotel du Nord. Es gibt keinen Grund, schon hier nach ihr zu suchen, trotzdem schaut er in alle Winkel und Ecken, an denen er vorbeikommt. Starrt auf die Gruppen frierender Menschen, die sich überall in dem harten Schnee zusammenkauern. Er sieht ein kleines Mädchen, das auf dem Weg nach Hause die Hand seiner Mutter hält, und ein anderes, das mit seinem großen Bruder im Fenster sitzt. Er sieht einen Krüppel mit nur einem Arm, eine Frau unbestimmbaren Alters, die bettelnd ein Lied singt, während alle an ihr vorbeihasten.

Endlich erreicht er das Dirnenhaus, und dieses Mal wartet er nicht darauf, dass jemand antwortet. Er stemmt sich mit der Schulter gegen die Tür, bis sie nachgibt, und stürmt, vier Stufen auf einmal nehmend, die Treppe hoch. Die Tür zu Mollys Kammer ist nur angelehnt.

»Marie!«, ruft er und tritt ein. Die Kammer ist kalt, Marie ist nicht da.

Er legt eine Hand auf den Ofen, aber das Eisen ist nicht einmal lauwarm. Er sieht sich in der Kammer um, weiß nicht, warum, hier kann sie sich nicht verstecken. Sie muss nach draußen gegangen sein. Nachdem sie ein paar Tage auf Molly und Salomine gewartet hat, war ihr Hunger sicher so groß, dass sie sich auf der Suche nach etwas zu essen auf den Weg in die Stadt gemacht hat.

Oder um ihre Schwefelhölzchen zu verkaufen.

Auf dem Tisch liegen Späne und eine Kiste mit Schwefel.

Ein guter Gedanke von Molly. Schwefelhölzer verkaufen sich gut im kalten Winter.

Er ist zurück auf der Straße, in der kalten, klaren Luft. Ein

Mann kommt vorbei, der nach Fisch stinkt. Bevor Hans Christian ihn fragen kann, ob er ein kleines Mädchen gesehen hat, ist der Mann bereits an ihm vorbeigestürmt.

Hans Christian geht um das Haus herum, sieht im Hinterhof nach und durchsucht das Hinterhaus, ruft ihren Namen, der mit einem Mal so unheilschwanger klingt. Er hört ihn durch die Gassen hallen, über die leeren Höfe, der Schnee schluckt fast alle Laute, und das alles fühlt sich so falsch, so verkehrt an, dass er es kaum aushält.

Er setzt die Suche in den angrenzenden Straßen fort. Fragt jeden, der ihm begegnet. Haben Sie sie gesehen? Ein Mädchen, das Schwefelhölzer verkauft? Ein paar antworten, die meisten aber hasten wortlos weiter und lassen ihn stehen.

Ein Schmied hat ein Mädchen gesehen, aber das ist schon ein oder zwei Tage her. Bei dem schrecklichen Schneegestöber kann er den einen nicht vom andern Tag unterscheiden. Ein Ehepaar bleibt kurz stehen, sie haben in der Vingårdstræde ein Kind gesehen, mit nackten Füßen. Die Frau erinnert sich genau, aber der Mann zieht sie unwirsch weiter.

Ein Nachtwächter zündet eine Laterne an, die der Wind ausgeblasen hat.

Die Straßen leeren sich. Es fällt kein Schnee mehr, aber die Menschen suchen in ihren Häusern Schutz, nur die Gottlosen taumeln noch durch die Kälte.

Er sieht, wie die Familien sich in den Wohnungen um die Tische versammeln, zum Essen oder Kartenspielen. In einem vornehmen Haus in der Admiralgade lauschen sie einer Lesung, ein junger Schauspieler steht vor einem bollernden Kachelofen und trägt ungehobelt seine Verse vor.

Ob Marie das auch gesehen hat? Hat sie draußen gestanden und durch die Fenster bestaunt, was sie niemals hatte und niemals haben wird? Vielleicht hat sie sich von ganzem Herzen ein anderes Leben gewünscht, ebenso verzweifelt wie er, bevor er Odense verlassen hatte?

Es schlägt zehn Uhr. Das Lied des Nachtwächters weckt die

schlimmsten Befürchtungen und erinnert an die vergehende Zeit. Das neue Jahr ist mit einem Mal ein bedrohliches Ungetüm.

Kurz überlegt er, an die Türen zu klopfen und sie alle zu bitten, ihm bei seiner Suche zu helfen, aber es würde zu viel Zeit und zu viele gute Geschichten erfordern, die Sympathie der Kopenhagener zu wecken. Nein, im Moment ist die Stadt die kälteste Stadt der ganzen Welt.

Er läuft durch die Gassen rings um den Kongens Nytorv und wirft in der flüchtigen Hoffnung, Marie könne von dem Licht, der Pracht und der Musik angezogen worden sein, einen Blick ins Theater, aber der Kartenverkäufer hat kein kleines Mädchen gesehen, außerdem sei die letzte Vorstellung längst vorüber.

Er sucht in der Laksegade und der Hummergade, auf Plätzen und in Hinterhöfen. Er sieht in den Rosenborg Garten und schließlich auch in den Botanischen Garten, aber beide liegen verschlossen und dunkel da. An solchen Orten würde kein Kind Zuflucht suchen. Aber wohin würde es gehen?

Er hat Nyhavn erreicht. Die auf und ab wippenden Lichter an den Masten der Fischerboote. Auf der anderen Seite des Kanals ertönt Gesang, eine Violine spielt, die Klänge kommen aus einem Wirtshauskeller. Eine Kutsche bahnt sich lautlos einen Weg durch den Schnee, er folgt ihrer Spur zurück zu dem feinen Restaurant, in dem er Cosmus vor einem halben Leben aufgesucht hat. So fühlt es sich jedenfalls an. Aber auch dort ist sie nicht. Oder, Moment, was ist das für eine Gestalt an der Mauer vor dem Fenster?

Eine Silhouette, so groß und doch so klein.

Als er vor ihr steht, erkennt er, dass die Gestalt von einer dicken Schneeschicht bedeckt ist. Wie ein Schneemann ohne Mund und Nase oder Hut. Als er den Schnee wegwischt, sieht er die wilden Haare.

»Nein!«, ruft er und sackt vor ihr auf die Knie. »Nein! Mein Mädchen, mein Kind!«

Er wirft den Hut weg und fegt den Schnee von ihr. Dann nimmt er sie in seine Arme und spürt den kalten Körper auf seiner Haut. Sie ist nicht gefroren, aber kalt, es kann erst Stunden, vielleicht Minuten her sein, dass sie aufgehört hat zu atmen. Der Mund ist geschlossen, die Lippen blau, die klarblauen Augen starren ins Leere.

Er riecht an ihren nassen Haaren, der frischen Haut.

Dann schreit er. So inbrünstig wie nie zuvor in seinem Leben. Für einen Moment wird es ganz still. Im Gasthaus verstummen die Gäste beim Essen, eine Gabel verharrt zitternd vor dem Mund eines reichen Bürgers, die Soße tropft auf den Teller. Einige Frauen schauen zum Fenster, bis jemand einen erlösenden Witz über den nächtlichen Schrei zum Besten gibt und sie weiteressen. Teller werden geleert und Gläser gefüllt, als wäre nichts geschehen.

Aber alles ist geschehen. Alles ist verändert.

Nichts wird jemals wieder so sein, wie es war. Marie liegt hier, ein kleines Mädchen mit Schwefelhölzern in der Hand, sie sollte nicht tot sein, sondern leben, sie hätte nicht sterben dürfen.

Sie müssen davon erfahren, denkt Hans Christian. Sie müssen es hören. Das fahrende Volk, die Fakire, Artisten und Schwertschlucker werden es zuerst hören und die Geschichte von Land zu Land tragen. Was dem Mariechen widerfahren ist, werden die Bäcker in Palermo weitererzählen, während sie ihr Brot an die Fischer verkaufen, die dann wieder Piraten begegnen, die Pygmäen treffen … Und noch bevor das Jahrhundert vorbei ist, werden Männer und Frauen und Kinder dieser Welt das Mädchen beweinen, wie Hans Christian jetzt um sie weint.

»Ich werde deine Geschichte erzählen, Marie«, flüstert Hans Christian. »Ich werde sie erzählen.«

Von Märchensammlern und Mordgesellen

Tanja Kinkel

Grimms Morde

Roman

Der historische Roman der Spiegel-Bestseller-Autorin Tanja Kinkel führt zurück in das neunzehnte Jahrhundert und verbindet märchenhaftes Setting und historische Spannung mit einer grausamen Mordserie: Aus Grimms Märchen werden Grimms Morde: Die Mätresse des hessischen Kurfürsten wird bestialisch ermordet, und die einzigen von der Polizei vorgefundenen Hinweise führen zu den Brüdern Grimm und zu den Schwestern von Droste zu Hülshoff. Nur die Zusammenarbeit der ungleichen Geschwisterpaare kann die Wahrheit über Morde und Märchen an den Tag bringen.

In einer Zeit, wo die Errungenschaften der Freiheitskriege verloren gehen, Zensur und Überwachung in deutschen Fürstentümern wieder Einzug halten, müssen die vier sich den Verwicklungen der Vergangenheit stellen, um die Rätsel der Gegenwart zu lösen.

DROEMER